AF178087

Hobbit
Presse
Klett-Cotta

Elphaba ist als junge Hexe ein ernsthaftes, intelligentes und unglücklicher-weise grünhäutiges Mädchen. Ihr Vater ist ein sittenstrenger Prediger, ihre Mutter eine leichtfertige Schönheit. An der Universität studiert sie Biologie und forscht besonders über grundlegende Ähnlichkeiten zwischen Menschen und Tieren. Unterdessen ist aber der Zauberer von Oz dabei, die Rechte der Tiere grausam einzuschränken. Kaum jemand scheint sich daran zu stören – bis auf Elphaba. Die etwas linkische und leuchtend grüne Studentenhexe be-reitet radikale Aktionen vor, um den tyrannischen Zauberer von Oz aus dem Amt zu jagen.

**Gregory Maguire**, geboren 1954, lebt mit seiner Familie in Boston, Massa-chusetts. Vor *Wicked* hat er zahlreiche Kinder- und Jugendbücher geschrie-ben. Das Musical *Wicked* wurde mit einem Tony ausgezeichnet und zog Mil-lionen Besucher an.

Gregory Maguire

# WICKED

## Die Hexen von Oz

Die wahre Geschichte der
Bösen Hexe des Westens

Aus dem Englischen übersetzt
von Hans-Ulrich Möhring

Klett-Cotta

Hobbit Presse
www.hobbitpresse.de
J. G. Cotta'sche Buchhandlung Nachfolger GmbH
Rotebühlstraße 77, 70178 Stuttgart
Fragen zur Produktsicherheit: produktsicherheit@klett-cotta.de

Die Originalausgabe erschien unter dem Titel
»Wicked – The Life and Times of the Wicked Witch of the West«
im Verlag Regan Books, ein Imprint von HarperCollins Publishers
© 1995 by Gregory Maguire
Für die deutsche Ausgabe
© 2008, 2024 by J. G. Cotta'sche Buchhandlung Nachfolger GmbH,
gegr. 1659, Stuttgart
Alle deutschsprachigen Rechte sowie die Nutzung des Werkes für Text und
Data Mining i.S.v. § 44b UrhG vorbehalten
Umschlaggestaltung: Birgit Gitschier, Augsburg
Illustration: © Max Meinzold, München
Gesetzt aus der Adobe Caslon von Dörlemann Satz, Lemförde
Gedruckt und gebunden von Druckerei GGP Media GmbH, Pößneck
ISBN 978-3-608-98855-0
E-Book ISBN 978-3-608-10156-0

Vierte Auflage, 2025

Dieses Buch ist Betty Levin gewidmet und allen,
die mich das Gute lieben und fürchten gelehrt haben.

*Eine Karte des Landes Oz*
*finden Sie auf den Seiten 534/535.*

# Inhalt

Es ist sehr sonderbar, wie gern die Menschen böser erscheinen möchten, als sie sind.

Daniel Defoe: A System of Magick

Bei historischen Ereignissen sind die sogenannten großen Männer nur die Etiketten, die dem Ereignis den Namen geben; sie stehen aber, ebenso wie die Etiketten, mit dem Ereignis selbst kaum in irgendeinem inneren Zusammenhang. Jede ihrer Handlungen, die sie als das Resultat ihres freien Willens betrachten und um ihrer eigenen Personen willen getan zu haben meinen, ist im geschichtlichen Sinn nicht ein Akt des freien Willens, sondern steht mit dem ganzen Gang der Geschichte in Verbindung und ist von Ewigkeit her vorausbestimmt.

Lew Tolstoj: Krieg und Frieden
(Übers. Hermann Röhl)

»Nun gut«, sagte der Kopf, »ich werde dir meine Antwort geben. Du kannst nicht von mir erwarten, dass ich dich so einfach nach Kansas schicke, ohne dass du auch etwas für mich tust. In diesem Land muss jeder für alles, was er bekommt, bezahlen. Wenn du willst, dass ich meine Zauberkräfte benutze, um dich heimzuschicken, musst du mir zuerst einen Dienst erweisen. Hilf mir, und ich werde dir helfen.«
»Was muss ich tun?«, fragte das Mädchen.
»Die Böse Hexe des Westens töten«, erwiderte Oz.

Lyman Frank Baum: Der Zauberer von Oz
(Übers. Freya Stephan-Kühn)

# Auf der Gelben Ziegelstraße

Eine Meile hoch über Oz hing die Hexe hart vor dem Wind wie ein von den Luftturbulenzen aufgewirbeltes und fortgewehtes grünes Bröckchen Erde. Weiße und dunkelrote Sommergewitterwolken türmten sich ringsum auf. Unten beschrieb die Gelbe Ziegelstraße einen Bogen wie eine schlaffe Schlinge. Winterliche Unwetter und die Stemmeisen von Unruhestiftern hatten die Straße aufgerissen, doch das änderte nichts daran, dass sie wie eh und je zur Smaragdstadt führte. Die Hexe sah die Gefährten dahinstapfen, die kaputten Abschnitte umgehen, Gräben ausweichen, fröhlich hüpfen, wenn der Weg frei war. Sie schienen nicht zu ahnen, was sie erwartete. Doch es war nicht die Sache der Hexe, sie darüber aufzuklären.

Sie saß auf ihrem Besen, als wäre er ein Treppengeländer, und kam so vom Himmel herabgesaust wie einer ihrer fliegenden Affen. Ihr Sturzflug endete auf dem obersten Ast einer Schwarzweide. Unter ihr, vom Laubwerk verborgen, hatten die Verfolgten eine Ruhepause eingelegt. Die Hexe klemmte sich den Besen unter den Arm. Lautlos kletterte sie Stückchen für Stückchen abwärts, bis sie nur noch fünf Meter über ihnen war. Der Wind bewegte die hängenden Zweige des Baumes. Die Hexe spähte und lauschte.

Sie waren zu viert. Sie konnte eine große KATZE erkennen – ein LÖWE, oder? – und einen metallisch glänzenden Holzfäller. Der Holzfäller, der aus Blech sein musste, zupfte Nissen aus der Mähne des LÖWEN, und der LÖWE brummelte und zuckte jedes Mal vor Unbehagen. Eine lebende Vogelscheuche fläzte in der Nähe und blies

Pusteblumen in den Wind. Das Mädchen war hinter den wehenden Weidenvorhängen nicht zu sehen.

»Wenn man den Leuten glauben darf, ist die überlebende Schwester regelrecht verrückt«, sagte der LÖWE. »Eine Hexe, wie sie im Buche steht. Psychisch verkorkst, von Dämonen besessen. Geisteskrank. Kein schöner Anblick.«

»Sie wurde bei der Geburt kastriert«, bemerkte der blecherne Holzfäller sachlich. »Sie kam als Hermaphrodit zur Welt oder komplett als Mann.«

»Ach du, wo du hinschaust, siehst du Kastrierte«, sagte der LÖWE.

»Ich wiederhole nur, was die Leute sagen«, entgegnete der blecherne Holzfäller.

»Jeder hat das Recht auf eine eigene Meinung«, sagte der LÖWE von oben herab. »Sie hat keine Mutterliebe bekommen, so habe ich's gehört. Sie wurde als Kind misshandelt. Sie war süchtig nach dem Medikament gegen ihr Hautleiden.«

»Sie hat kein Glück in der Liebe gehabt«, sagte der blecherne Holzfäller, »wie wir alle.« Er verstummte und legte sich wie leidend die Hand auf die Brust.

»Sie ist eine Frau, die lieber mit anderen Frauen zusammen ist«, sagte die Vogelscheuche und setzte sich auf.

»Sie ist die verschmähte Geliebte eines verheirateten Mannes.«

»Sie *ist* ein verheirateter Mann.«

Die Hexe war so verblüfft, dass sie beinahe den Ast losgelassen hätte, an dem sie sich festhielt. Auf Klatsch hatte sie noch nie etwas gegeben. Doch sie war den Menschen schon so lange entfremdet, dass sie über die Behauptungen dieser hergelaufenen Wichte staunen musste.

»Sie ist eine Despotin. Eine gefährliche Tyrannin«, erklärte der LÖWE entschieden.

Der blecherne Holzfäller zog fester als nötig an einer Mähnenlocke. »Du findest alles gefährlich, du alte Memme. Wie ich höre, setzt sie sich für die Selbstbestimmung der sogenannten Winkies ein.«

»Sie mag sein, was sie will, aber sie ist bestimmt traurig über den Tod ihrer Schwester«, sagte das Kind mit einer ernsten Stimme, die für so ein junges Ding zu weihevoll, zu innig war. Die Hexe überlief es kalt.

»Werd jetzt bloß nicht rührselig. *Mich* rührt sie jedenfalls nicht.« Der blecherne Holzfäller rümpfte abfällig die Nase.

»Aber Dorothy hat recht«, sagte die Vogelscheuche. »Gegen Trauer ist niemand gefeit.«

Die Hexe ärgerte sich mächtig über diese gönnerhaften Betrachtungen. Sie schob sich um den Stamm des Baumes herum und machte einen langen Hals, um einen Blick auf das Kind zu erhaschen. Der Wind frischte auf, und die Vogelscheuche zitterte. Sie schmiegte sich an den LÖWEN und wurde von diesem zärtlich umfangen, während der blecherne Holzfäller ihm weiter Nissen aus der Mähne klaubte. »Ein Gewitter am Horizont«, sagte die Vogelscheuche.

In der Ferne hallte der Donner. »Dort am Horizont ist eine – *Hexe!*«, sagte der blecherne Holzfäller und kitzelte den LÖWEN. Der LÖWE erschrak und wälzte sich wimmernd auf die Vogelscheuche, und der Holzfäller warf sich auf alle beide.

»Liebe Freunde, sollten wir uns nicht vor dem Gewitter in Sicherheit bringen?«, sagte das Mädchen.

Endlich schob der Wind den grünen Vorhang beiseite, und die Hexe erblickte die Kleine. Sie hatte die Beine untergeschlagen und die Arme um die Knie geschlungen. Sie war kein zartes Geschöpf, sondern ein robustes Bauernmädchen in einem blauweiß karierten Trägerkleid. In ihrem Schoß duckte sich winselnd ein hässlicher kleiner Hund.

»Das Gewitter macht dich nervös. Kein Wunder nach dem, was du durchgemacht hast«, sagte der blecherne Holzfäller. »Entspann dich.«

Die Finger der Hexe krallten sich in die Baumrinde. Das Gesicht des Mädchens konnte sie immer noch nicht sehen, nur die kräftigen Unterarme und den Hinterkopf mit den zu Zöpfen geflochtenen dunklen Haaren. Musste es ernst genommen werden, oder war es nichts weiter als ein vom Wind verwehter Pusteblumensame? Wenn ich das Gesicht des Mädchens sehen könnte, dachte die Hexe, wüsste ich wohl Bescheid.

Doch genau in dem Moment, als die Hexe sich weiter zur Seite streckte, drehte das Mädchen sich weg und wandte das Gesicht ab. »Das Gewitter kommt näher, und zwar rasch.« Der Wind wurde stärker und damit auch die Dringlichkeit in seiner gepressten Stimme. Es klang, als kämpfte es mit den Tränen. »Ich kenne solche Unwetter, ich weiß, wie sie plötzlich über einen hereinbrechen!«

»Hier sind wir am sichersten«, sagte der blecherne Holzfäller.

»Ganz gewiss nicht«, versetzte das Mädchen. »Dieser Baum ist der höchste Punkt weit und breit, und wenn der Blitz einschlägt, dann hier.« Es drückte sein Hündchen an sich. »Haben wir nicht weiter vorn an der Straße einen Schuppen gesehen? Kommt, kommt! Vogelscheuche, wenn es blitzt, brennst du als Erster. Kommt schnell!«

Es sprang auf und lief schwerfüßig los, und seine Gefährten folgten ihm, von jäher Angst getrieben. Als die ersten harten Regentropfen fielen, erblickte die Hexe zwar nicht das Gesicht des Mädchens, aber dafür die Schuhe. Die Schuhe ihrer Schwester. Sie funkelten selbst im Dämmerlicht des frühen Abends. Sie funkelten wie gelbe Diamanten und blutglühende Kohlen und dornige Sterne.

Wenn ihr die Schuhe gleich aufgefallen wären, hätte die Hexe dem Mädchen und seinen Freunden niemals zuhören können. Aber die Füße des Mädchens waren vom Kleid verdeckt gewesen. Jetzt fiel der Hexe wieder ein, was sie eigentlich wollte. Die Schuhe mussten ihr gehören! Hatte sie nicht genug gelitten, hatte sie sich diese Schuhe nicht *verdient?* Die Hexe hätte sich vom Himmel herab auf das Mädchen gestürzt und ihm die Schuhe von den dreisten Füßen gerissen, wenn sie gekonnt hätte.

Aber das Gewitter, vor dem die Gefährten auf der Gelben Ziegelstraße immer weiter und schneller davonliefen, beunruhigte die Hexe mehr als das Mädchen, das schon öfter im Regen nass geworden war, und die Vogelscheuche, die der Blitz verbrennen konnte. Die Hexe durfte sich in einem solchen heftigen, bis auf die Haut durchdringen-

14

den Guss nicht ins Freie wagen. Sie musste sich zwischen den freiliegenden Wurzeln der Schwarzweide verstecken, wo das Wasser ihr nicht zur Gefahr werden konnte, und warten, bis das Gewitter abzog.

Sie würde wiederkommen. Bis jetzt war sie immer wiedergekommen. Das mörderische politische Klima in Oz hatte sie niedergeworfen, ausgedörrt, weggeweht − wie ein Same war sie dahingetrieben, anscheinend zu vertrocknet, um jemals irgendwo Wurzeln zu schlagen. Aber der Fluch lag zweifellos auf dem Land Oz, nicht auf ihr. Oz hatte ihr zwar ein verpfuschtes Leben beschert, aber hatte es sie nicht auch stark gemacht?

Es spielte keine Rolle, dass die Gefährten ihr enteilt waren. Die Hexe konnte warten. Sie würden sich wiedersehen.

# I

# MUNCHKINS

# Die Wurzel des Bösen

Vom zerwühlten Bett aus sagte die Frau: »Ich glaube, heute ist es soweit. Sieh nur, wie erledigt ich bin.«

»Heute? Das würde dir ähnlich sehen, eigensinnig, wie du bist«, stichelte ihr Mann. Er stand in der Tür und schaute über den See, die Felder, die bewaldeten Hänge dahinter. Er konnte ganz schwach die Schornsteine von Binsenrain erkennen, den Rauch der Frühstücksfeuer. »Am denkbar unpassendsten Zeitpunkt für meine Amtspflichten. Natürlich.«

Die Frau gähnte. »Man hat dabei keine große Wahl, wie man so hört. Der Körper schwillt an und übernimmt das Kommando – wenn du dich nicht damit abfinden kannst, Schatz, dann meide ihn einfach. Er läuft jetzt auf seiner vorgegebenen Bahn und ist durch nichts mehr aufzuhalten.« Sie stemmte sich hoch und versuchte, über den Berg ihres Bauches zu blicken. »Ich komme mir vor wie die Geisel meines eigenen Körpers. Oder des Kindes.«

»Übe ein bisschen Selbstbeherrschung.« Er trat an ihre Seite und half ihr sich hinsetzen. »Betrachte es als eine geistliche Übung. Zügelung der Sinne. Leibliche wie moralische Enthaltsamkeit.«

»Selbstbeherrschung?« Sie lachte, während sie sich an die Bettkante schob. »Ich habe kein Selbst mehr, das ich beherrschen könnte. Ich bin nur noch der Wirtskörper dieses Schmarotzers. Wo mag mein Selbst abgeblieben sein? Wo habe ich das müde alte Ding bloß liegenlassen?«

»Denk auch mal an mich.« Sein Ton hatte sich geändert; er meinte es ernst.

»Frex«, sie ging nicht auf ihn ein, »wenn der Vulkan soweit ist, kann kein Priester der Welt den Ausbruch wegbeten.«

»Was werden meine Pfarrerskollegen denken?«

»Sie werden sich zusammensetzen und sagen: ›Bruder Frexspar, hast du deiner Frau gestattet, dein erstes Kind zur Welt zu bringen, obwohl du in der Gemeinde ein Problem zu lösen hattest? Wie unbedacht von dir. Das beweist einen Mangel an Autorität. Du bist deines Amtes enthoben.‹« Das war scherzhaft gemeint, denn es gab niemanden, der ihn des Amtes entheben konnte. Der nächste Bischof war zu weit entfernt, um sich mit den Alltagssorgen eines unionistischen Provinzpfarrers abzugeben.

»Der *Zeitpunkt* ist nur so ungelegen.«

»Ich denke mal, was den Zeitpunkt anbelangt, trifft dich die halbe Schuld«, sagte sie. »Also wirklich, Frex.«

»Das ist die landläufige Meinung, aber ich habe meine Zweifel.«

»Du hast deine *Zweifel*?« Sie lachte, den Kopf weit zurückgelegt. Die Linie von ihrem Ohr zu der Mulde am Halsansatz erinnerte Frex an einen eleganten silbernen Schöpflöffel. Selbst in morgendlicher Unordnung, mit einem Bauch wie eine Fregatte, war sie eine vornehme Schönheit. Ihre Haare hatten den gelackten Glanz nassen Eichenlaubs im Sonnenschein. Er machte ihr die privilegierte Herkunft zum Vorwurf und bewunderte ihre Anstrengungen, sie zu überwinden – und außerdem liebte er sie.

»Heißt das, du hast deine Zweifel, ob du der Vater bist?« Sie packte den Bettkasten, und Frex ergriff ihren anderen Arm und zog sie ein Stück in die Höhe. »Oder stellst du die Vaterschaft von Männern im Allgemeinen in Frage?« Sie stellte sich hin, kolossal, eine wandelnde Insel. Während sie im Schneckentempo zur Tür hinaustappte, lachte sie über so eine Idee. Er hörte sie draußen auf dem Plumpsklo lachen, als er daranging, sich für den Kampf des Tages herzurichten.

Frex kämmte sich den Bart und ölte sich die Haare. Damit sie ihm nicht ins Gesicht fielen, zog er sie im Nacken mit einer Klammer aus Knochen und Rohleder zusammen. Sein Mienenspiel musste heute von Weitem deutlich erkennbar sein: er durfte sich keine Missverständlichkeit erlauben. Er nahm etwas Kohlenstaub, um seine Augenbrauen zu schwärzen, einen Klecks rotes Wachs für seine hageren Wangen und bestrich sich die Lippen damit. Ein schmucker Priester zog mehr reuige Sünder an als einer, der unscheinbar daherkam.

Melena schwebte gemächlich durch den Küchengarten, nicht mit der üblichen Schwere der Schwangerschaft, sondern wie aufgeblasen, ein großer Ballon, der seine Bänder durch den Schmutz schleifte. In der einen Hand hielt sie eine Pfanne und in der anderen ein paar Eier und dünne herbstliche Schnittlauchspitzen. Sie sang vor sich hin, aber nur in kurzen Phrasen. Frex sollte sie nicht hören.

Nachdem er den strengen Talar bis zum Kragen fest zugeknöpft und die Sandalen über die Gamaschen geschnallt hatte, holte Frex den Bericht, den ihm sein Kollege aus dem Nachbardorf Drei Tote Bäume geschickt hatte, aus seinem Versteck unter einer Kommode hervor. Er verbarg die braunen Seiten in seiner Schärpe. Er hatte sie vor seiner Frau geheim gehalten, weil er befürchtete, dass sie gern mitkommen würde – um mitzulachen, falls es vergnüglich, oder mitzuschaudern, falls es erschreckend war.

Frex atmete tief, um seine Lungen für die Redestrapaze des Tages zu stärken, derweil Melena die Eier in der Pfanne mit einem Holzlöffel umrührte. Das Bimmeln von Kuhglocken tönte über den See. Sie hörte nicht hin, oder sie hörte stattdessen auf etwas anderes, etwas in ihrem Innern. Es war ein Klang ohne Melodie – wie Traummusik, die man wegen ihrer Wirkung im Gedächtnis behielt, nicht wegen ihrer harmonischen Spannungen und Lösungen. Sie stellte sich vor, dass es das Kind war, das in ihrem Bauch vor Glück summte. Sie wusste, dass es ein singender Junge werden würde.

Melena hörte, wie Frex im Haus zu proben begann, sich aufwärmte, sich die donnergrollenden Sätze seiner Ansprache vorsagte, sich aufs neue von seiner Gerechtigkeit überzeugte.

Wie ging dieser Spruch, den Ämmchen ihr vor Jahren in der Kinderstube vorgesingsangt hatte?

Geboren am Morgen,
Nur Leiden und Sorgen.
Nachmittagskind,
Im Leiden geschwind.
Abends entbunden,
Das Leiden schlägt Wunden.
Geboren zur Nacht,
Wird's wie morgens gemacht.

Doch ihr war das als Scherz im Ohr geblieben, liebevoll. Das Leiden ist die natürliche Bestimmung des Lebens, und doch bekommen wir unentwegt weiter Kinder.

Nein, hallte Ämmchens Stimme in Melenas Erinnerung (wie üblich ermahnend): Nein, nein, du hübscher kleiner verzogener Fratz. Wir bekommen *nicht* unentwegt weiter Kinder, das ist doch sonnenklar. Wir bekommen nur Kinder, solange wir jung genug sind, nicht zu wissen, wie grausam das Leben letztendlich ist. Sobald wir das erst einmal in vollem Umfang begriffen haben – wir lernen langsam, wir Frauen –, dörren wir vor Empörung aus und stellen sinnigerweise die Produktion ein.

Aber Männer dörren nicht aus, widersprach Melena. Sie können bis zum Tode Kinder zeugen.

Tja, wir lernen langsam, gab Ämmchen zurück. Aber *sie* lernen überhaupt nichts.

»Frühstück«, sagte Melena und schaufelte die Eier auf einen Holzteller. Ihr Sohn würde nicht so stumpfsinnig sein wie die meisten Männer. Sie würde ihn dazu erziehen, dem Vormarsch des Leidens zu trotzen.

»Unsere Gesellschaft macht zur Zeit eine Krise durch«, deklamierte Frex. Für einen Mann, der weltliche Vergnügungen missbilligte, aß er sehr gesittet. Sie genoss es, dem geschickten Spiel der Finger und zweier Gabeln zuzuschauen. Sie hatte den Verdacht, dass er hinter seiner asketischen Fassade eine heimliche Sehnsucht nach dem guten Leben hegte.

»Unsere Gesellschaft macht jeden Tag eine große Krise durch.« Witzelnd antwortete sie ihm mit den Phrasen der Männer. Der liebe Dummerjan bekam die Ironie in ihrer Stimme gar nicht mit.

»Wir stehen am Scheideweg. Abgötterei droht. Die traditionellen Werte sind in Gefahr. Die Wahrheit wird bekämpft und die Tugend verworfen.«

Er sprach weniger zu ihr, als dass er seine Tirade gegen das bevorstehende Spektakel der Gewalt und Magie probte. Es gab einen Zug an Frex, der an Verzweiflung grenzte; anders als die meisten Männer konnte er dieses Gefühl so kanalisieren, dass es seiner Lebensarbeit zugutekam. Mit einiger Beschwerlichkeit ließ sie sich auf einer Bank nieder. Ganze Chöre sangen wortlos in ihrem Kopf. War das kurz vor der Niederkunft immer so? Sie hätte gern die neugierigen Dorffrauen gefragt, die am Nachmittag vorbeikommen und schüchtern ihren Zustand begutachten würden. Aber sie traute sich nicht. Sie konnte zwar ihren vornehmen Akzent nicht ablegen, den die Frauen affektiert fanden, aber sie konnte sich bemühen, in diesen elementaren Dingen nicht ahnungslos zu klingen.

Frex bemerkte ihr Schweigen. »Du bist mir doch nicht böse, dass ich dich heute alleinlasse?«

»Böse?« Sie zog die Augenbrauen hoch, als ob ihr der Begriff noch nie untergekommen wäre.

»Die Geschichte hinkt auf den Stelzfüßen kleiner einzelmenschlicher Leben dahin«, sagte Frex, »und gleichzeitig wirken größere ewige Kräfte darauf ein. Man kann sich nicht um beide Bereiche auf einmal kümmern.«

»Vielleicht wird unser Kind gar kein kleines Leben haben.«

»Jetzt ist nicht der Zeitpunkt, sich zu streiten. Willst du mich heute von meiner heiligen Arbeit abhalten? Wir werden in Binsenrain das Böse im wahrsten Sinne erleben. Ich könnte mich selbst nicht mehr ertragen, wollte ich davor die Augen verschließen.« Es war ihm ernst damit, und dieser Inbrunst wegen hatte sie sich einst in ihn verliebt; aber natürlich hasste sie ihn auch genau deswegen.

»Gefahren drohen immer.« Ihr letztes Wort zu dem Thema. »Dein Sohn wird nur einmal zur Welt kommen, und wenn man dem wässrigen Aufruhr in meinem Bauch glauben darf, dann heute.«

»Es werden noch mehr Kinder kommen.«

Sie wandte sich ab, damit er den Zorn auf ihrem Gesicht nicht sah. Doch ihre Wut auf ihn war nicht von Dauer. Vielleicht war das ihre moralische Schwäche. (Sie verspürte in der Regel keine große Neigung, sich einen Kopf über moralische Schwächen zu machen; ein Pfarrer als Mann deckte den gemeinsamen Bedarf an religiösen Betrachtungen vollauf.) Sie verfiel in ein missmutiges Schweigen. Frex stocherte in seinem Essen herum.

»Es ist der Teufel«, sagte Frex seufzend. »Der Teufel kommt.«

»Sag doch nicht so was an einem Tag, an dem unser Kind erwartet wird!«

»Ich meine die Versuchung in Binsenrain! Das weißt du genau, Melena!«

»Worte sind Worte, und was gesagt ist, ist gesagt!«, erwiderte sie. »Ich verlange nicht deine ganze Aufmerksamkeit, Frex, aber ein wenig davon brauche ich schon!« Sie knallte die Pfanne auf die Bank an der Hauswand.

»Gleichfalls«, sagte er. »Was meinst du, womit ich es heute zu tun habe? Wie kann ich meine Schäfchen davon überzeugen, sich vom Blendwerk der Abgötterei abzukehren? Wenn ich heute Abend zurückkomme, werde ich wahrscheinlich gegen einen stärkeren Anreiz den Kürzeren gezogen haben. Du wirst heute wohl ein Kind gewinnen. Ich rechne mit einer Niederlage.« Dennoch sah er bei diesen Worten stolz aus; im Kampf für ein hohes moralisches Ziel zu unterliegen, erschien ihm befriedigend. Wie ließ sich das mit dem Fleisch, Blut, Unrat und Lärm einer Kindsgeburt vergleichen?

Er erhob sich schließlich zum Aufbruch. Über dem See kam ein Wind auf und verwehte die Küchenrauchsäulen. Sie sehen aus, dachte Melena bei sich, wie Wasserwirbel, die sich im Abfluss trichterförmig nach unten schrauben.

»Alles Gute, mein Liebes«, sagte Frex, obwohl er bereits seinen strengen öffentlichen Habitus angenommen hatte, von der Stirn bis zu den Zehen.

»Ja.« Melena seufzte. Das Kind boxte sie tief unten, und sie musste wieder zum Klo eilen. »Dir alles Heilige, und ich werde an dich denken – meine Stütze, mein Harnisch. Und versuche auch, dich nicht umbringen zu lassen.«

»Nach dem Willen des Namenlosen Gottes«, sagte Frex.

»Nach meinem Willen auch«, sagte sie blasphemisch.

»Richte deinen Willen auf Dinge, die ihm zukommen«, entgegnete er. Jetzt war er der Priester, und sie war die Sünderin, eine Arbeitsteilung, die ihr nicht sonderlich behagte.

»Auf Wiedersehen«, sagte sie und suchte lieber den Gestank des Klos auf, als ihm auf der Straße nach Binsenrain nachzuwinken.

# Die Uhr des Zeitdrachens

Frex sorgte sich mehr um Melena, als sie ahnte. Er hielt bei der ersten Fischerhütte an, die auf seinem Weg lag, und sprach mit dem Mann in der Klöntür. Ob ein oder zwei Frauen den Tag und wenn nötig die Nacht bei Melena verbringen könnten? Es wäre sehr freundlich. Frex nickte mit einer Andeutung von Dankbarkeit und nahm wortlos zur Kenntnis, dass Melena in der Nachbarschaft nicht sehr beliebt war.

Bevor er um das Ende des Übelsees herum weiter nach Binsenrain ging, blieb er an einem umgestürzten Baum stehen und zog zwei Briefe aus seiner Schärpe.

Der Absender war ein entfernter Verwandter von Frex, ebenfalls Pfarrer. Wochen zuvor hatte dieser Zeit und wertvolle Tinte auf eine Beschreibung der sogenannten Uhr des Zeitdrachens gewandt. Frex rüstete sich für die heilige Schlacht dieses Tages, indem er abermals die Angaben über die Götzenuhr las.

Ich schreibe in Eile, Bruder Frexspar, um meine Eindrücke festzuhalten, bevor sie verblassen.

Die Uhr des Zeitdrachens ist auf einen Wagen montiert und hochragend wie eine Giraffe. Sie ist nichts anderes als ein wackelndes, freistehendes Theater, an allen vier Seiten mit kleinen eingelassenen und vorgebauten Bühnen versehen. Auf dem flachen Dach sitzt ein mechanischer Drache, eine Phantasiefigur aus grün bemaltem Leder, mit silbrigen Klauen und Rubinaugen. Seine Haut besteht aus Hunderten von überlappenden

Kupfer-, Bronze- und Eisenscheibchen. Unter den elastischen Falten seiner Schuppen befindet sich ein vom Uhrwerk bewegtes Gerüst. Der Zeitdrache dreht sich auf seinem Sockel, schlägt mit seinen schmalen Lederflügeln (sie machen ein Geräusch wie ein Blasebalg) und stößt gelbrote, schweflig stinkende Flammenbälle aus.

In den Dutzenden von Türen, Fenstern und Balkonen darunter sieht man Puppen, Marionetten, Figürchen. Märchen- und Sagengeschöpfe. Karikaturen von Bauern und Königen gleichermaßen. Tiere und Feen und Heilige – unsere unionistischen Heiligen, Bruder Frexspar, kaltschnäuzig geraubt und missbraucht! Das empört mich maßlos! Die Figuren bewegen sich auf Kettenrädern. Sie kreisen zu den Türen hinein und hinaus. Sie knicken in der Taille ab, sie tanzen und tändeln und schäkern miteinander.

Wer hatte diesen Zeitdrachen in die Welt gesetzt, dieses falsche Orakel, dieses Propagandawerkzeug der Bosheit, das die Macht des Unionismus und des Namenlosen Gottes anfocht? Die Bediener der Uhr waren ein Zwerg und ein paar schmalhüftige Gehilfen, die zusammen gerade genug Grips zu haben schienen, um den Hut herumgehen zu lassen. Wer außer dem Zwerg und seinen Schönlingen zog sonst noch Nutzen daraus?

In seinem zweiten Brief kündigte der Verwandte an, dass das nächste Ziel der Uhr Binsenrain sein sollte. Diesmal war seine Beschreibung genauer.

Die Vorstellung begann mit lautem Saitengeschrummel und Knochengerassel. Unter Oh! und Ah! drängte sich die Menge möglichst nahe heran. Im erleuchteten Fenster einer Bühne sahen wir ein Ehebett mit den Puppen von Mann und Frau. Der Mann schlief, und die Frau seufzte. Mit beredten Bewegungen ihrer hölzernen Hände gab sie zu verstehen, dass ihr Mann an entscheidender Stelle enttäuschend klein war. Das

Publikum kreischte vor Lachen. Die Puppenfrau schlief ihrerseits ein. Als sie schnarchte, stahl sich der Puppenmann aus dem Bett.

An diesem Punkt drehte sich hoch oben der Drache auf seinem Untersatz und deutete mit seinen Krallen in die Menge, und zwar, ohne jeden Zweifel, auf einen einfachen Brunnenbauer namens Gren, einen treuen, wenn auch nachlässigen Ehemann. Dann richtete sich der Drache auf und machte, leicht zurückgelehnt, mit zwei Fingern »Komm her!«, womit eine Witwe namens Letta und ihre minderjährige, schiefzahnige Tochter gemeint waren. Die Menge verstummte und trat von Gren, Letta und dem errötenden Mädchen zurück, als ob sie urplötzlich ansteckende Eiterbeulen bekommen hätten.

Der Drache ließ sich wieder nieder, legte aber einen Flügel über ein anderes Bühnenportal, woraufhin dieses aufleuchtete und der durch die Nacht streifende Puppenmann erschien. Sogleich kam eine Puppenwitwe mit wild abstehenden Haaren und hochrotem Kopf an, die eine widerspenstige Tochter mit Kieselsteinzähnen mitschleifte. Die Witwe küsste den Puppenmann und zog ihm die Lederhosen aus. Er war mit zwei kompletten männlichen Geschlechtsteilen ausgestattet, eins vorne, ein zweites hinten am Steiß. Die Witwe pflanzte ihre Tochter auf das kürzere Horn vorne und ließ sich selbst das imposantere Gemächt am Hinterteil angedeihen. Die drei Puppen ruckten und zuckten und quietschten vor Freude. Als die Puppenwitwe und ihre Tochter fertig waren, stiegen sie ab und küssten den buhlerischen Ehemann. Dann rammten sie ihm gleichzeitig vorne und hinten ein Knie in den Unterleib. An Federn und Gelenken schwingend hielt er sich seine malträtierten Teile.

Das Publikum brüllte. Gren, der leibhaftige Brunnenbauer, schwitzte weinbeerengroße Tropfen. Letta rang sich ein schallendes Lachen ab, doch ihre Tochter war vor Scham schon geflohen. Bevor der Abend um war, wurde Gren von seinen aufgeputschten Nachbarn überfallen und auf die bizarre Anomalie hin untersucht. Letta wurde gemieden. Ihre Tochter ist wie vom Erdboden verschluckt. Wir befürchten das Schlimmste.

Wenigstens haben sie Gren nicht umgebracht. Doch wer kann sagen, wie es unsere Seelen geprägt hat, solch ein grausames Drama mitzuerleben? Alle Seelen sind ihren menschlichen Hüllen verhaftet, aber ein solches würdeloses Spektakel muss seelische Verkümmerung und Leid zur Folge haben ...

Manchmal hatte Frex den Eindruck, dass sämtliche Wanderhexen und zahnlos sabbelnden Seher in Oz, sofern sie auch nur das billigste Zauberkunststück veranstalten konnten, sich auf den abgelegenen Bezirk Wederhartung gestürzt hatten, um ein paar Kreuzer zu verdienen. Er wusste, dass die Bewohner von Binsenrain einfache Leute waren. Sie hatten ein hartes Leben und wenig zu hoffen. Je länger die Dürre anhielt, umso mehr bröckelte ihr unionistischer Glaube ab. Frex war sich darüber im Klaren, dass die Uhr des Zeitdrachens den Reiz der Technik und der Magie in sich vereinigte – er würde seine tiefsten Reserven an religiöser Überzeugungskraft aufbieten müssen, um sie zu besiegen. Wenn seine Gemeinde sich als anfällig für den sogenannten Freudenkult erweisen und dem Spektakel und der Gewalt erliegen sollte – was mochte dann als Nächstes kommen?

Er würde siegen. Er war ihr Pfarrer. Seit Jahren zog er ihre Zähne und beerdigte ihre Kinder und segnete ihre Kochtöpfe. Er hatte sich für sie erniedrigt. Er war mit zerzaustem Bart und einer Almosenschale von Dorf zu Dorf gezogen, hatte die arme Melena wochenlang im Pfarrhaus alleingelassen. Er hatte Opfer für sie gebracht. Sie *durften* sich von diesem Ding, diesem Zeitdrachen nicht irremachen lassen. Das waren sie ihm *schuldig*.

Die Schultern gestrafft, das Kinn vorgeschoben, ein saures Brennen im Magen, so setzte er seinen Weg fort. Der Himmel war braun von fliegendem Sand und Staub. Mit an- und abschwellendem Heulen brauste der Wind hoch über die Hügel, als ob er sich auf einem Berg weit hinter Frex' Gesichtskreis durch eine Felsspalte zwängte.

# Die Geburt einer Hexe

Erst gegen Abend brachte Frex den Mut auf, das armselige Dörfchen Binsenrain zu betreten. Er war klatschnass vor Schweiß. Er stampfte mit den Fersen auf, schwang die Fäuste und rief mit rauher, weittragender Stimme aus: »Hört mich an, ihr Kleingläubigen! Versammelt euch, da es noch Zeit ist, denn die Versuchung gehet um, dass sie euch auf die Probe stelle!« Die Worte waren archaisch, geradezu lächerlich, doch sie taten ihre Wirkung. Herbei kamen die mürrischen Fischer mit ihren leeren Netzen, die sie vom See hinter sich her schleiften. Herbei kamen die Kleinbauern, deren kümmerliche Parzellen in diesem Dürrejahr wenig getragen hatten. Bevor er überhaupt angefangen hatte, schauten sie alle schon schuldbewusst drein.

Sie folgten ihm zur morschen Treppe der Bootswerkstatt. Frex wusste, dass alle jeden Moment mit dem Eintreffen der bösen Uhr rechneten; die Nachricht griff um sich wie ein Lauffeuer. Er brüllte sie wegen ihrer lechzenden Erwartung an. »Dumm seid ihr wie die kleinen Kinder, die nach der schönen Glut die Hand ausstrecken! Ihr seid selber wie die Drachenbrut, begierig, an den Zitzen des Feuers zu lecken!« Das waren abgedroschene Mahnworte aus alten Schriften, und sie zogen an diesem Abend nicht so recht; er war müde und nicht in Form.

»Bruder Frexspar«, sagte Bfie, der Bürgermeister von Binsenrain, »könntest du dich mit deiner Strafpredigt vielleicht etwas zurückhalten, bis wir uns selbst davon überzeugen können, welche neue Form die Versuchung diesmal annehmen wird?«

»Ihr habt nicht das Zeug dazu, neuen Formen zu widerstehen«, sagte Frex und spuckte aus.

»Bist du nicht in den letzten Jahren unser vorbildlicher Lehrer gewesen?«, sagte Bfie. »Eine so gute Gelegenheit, uns wider die Sünde zu bewähren, haben wir bisher kaum gehabt. Wir brennen richtig darauf – auf die sittliche Prüfung, meine ich.«

Die Fischer lachten und johlten, und Frex blickte noch zorniger, doch als plötzlich das Knirschen schwerer Räder in den steinigen Furchen der Straße ertönte, drehten alle den Kopf und verstummten. Er hatte ihre Aufmerksamkeit verloren, ehe er richtig angefangen hatte.

Die Uhr wurde von vier Pferden gezogen und eskortiert von dem Zwerg und seinem Schlägertrupp. Auf dem breiten Dach thronte der Drache. Aber was für ein Ungetüm! Er sah aus, als setzte er schon zum Sprung an, als wäre er wirklich lebendig. Die Seiten des Aufbaus waren in Jahrmarktsfarben gestrichen und mit Blattgold verziert. Die Fischer rissen staunend die Mäuler auf.

Bevor der Zwerg den Zeitpunkt der Vorstellung bekanntgeben konnte, bevor der Trupp junger Männer die Keulen zücken konnte, sprang Frex auf die unterste Stufe, eine ausklappbare Trittfläche. »Warum nennt sich dieses Ding eine Uhr? Das einzige Ziffernblatt, das es hat, ist vor lauter ablenkendem Krimskrams gar nicht zu sehen. Außerdem bewegen sich die Zeiger nicht: Schaut her, seht selbst! Sie sind bloß aufgemalt und stehen auf einer Minute vor Mitternacht fest. Was ihr hier seht, ist nichts weiter als eine mechanische Spielerei, meine Freunde, nichts weiter. Ihr werdet mechanische Felder sprießen sehen, Monde zu- und abnehmen, einen Vulkan ein weiches rotes Stück Stoff mit schwarzen und roten Pailletten speien. Wenn es so ein tolles Tiktakding ist, warum können die Zeiger am Ziffernblatt dann nicht umlaufen? Warum nicht? Das frage ich euch, ja, dich, Gornette, und dich, Stoi, und dich, Perippa. Warum ist das keine richtige Uhr?«

Sie hörten gar nicht zu, weder Gornette noch Stoi noch Perippa, und die anderen genauso wenig. Sie waren zu sehr damit beschäftigt, erwartungsvoll zu gaffen.

»Die Antwort lautet natürlich, dass die Uhr nicht die irdische Zeit messen soll, sondern die Zeit der Seele. Die Zeit der Erlösung und der Verdammnis. Für die Seele steht die Uhr jederzeit auf einer Minute vor dem Gericht.

Eine Minute vor dem Gericht, meine Freunde! Wenn ihr in den nächsten sechzig Sekunden sterbt, wollt ihr dann die Ewigkeit in den vernichtenden Tiefen verbringen, die den *Götzenanbetern* vorbehalten sind?«

»Ziemlicher Radau hier heute Abend«, sagte jemand im Dunkeln – und die Zuschauer lachten. Genau über Frex – er riss den Kopf herum – schaute aus einer Klappe ein kläffender kleiner Hund, dessen Haare so dunkel und kraus waren wie seine. Der Hund wippte an einer Sprungfeder, und sein Geblaffe war ohrenbetäubend schrill. Das Gelächter schwoll an. Mittlerweile war es so dunkel geworden, dass Frex nicht mehr genau erkannte, wer da lachte, wer ihm jetzt zuschrie, er solle beiseitetreten, damit man was sehen könne.

Da er von alleine nicht wegging, wurde er höchst unfeierlich von seinem Standort entfernt. Der Zwerg hieß alle mit blumigen Worten willkommen. »Unser ganzes Leben ist ein sinnloses Hasten und Machen. Wie Ratten buddeln wir uns ins Leben ein, und wie Ratten wühlen wir uns hindurch, und wie Ratten werden wir am Ende ins Grab geworfen. Warum sollten wir da nicht hin und wieder einer prophetischen Stimme lauschen oder uns ein Mirakelspiel anschauen? Hinter der äußeren Falschheit und Nichtigkeit unseres Rattenlebens verbirgt sich doch eine einfache Ordnung, ein Sinn! Kommt näher, gute Leute, und erlebt, was ein wenig Wahrsagekunst über euer Leben zutage bringt! Der Zeitdrache blickt voraus ins Unsichtbare, er kennt die Wahrheit der kurzen Frist, die euch hier bemessen ist. Schaut her, was er euch zeigt!«

Die Menge schob sich weiter vor. Der Mond war aufgegangen und schien wie das Auge eines zornigen, rächenden Gottes. »Hört auf! Lasst mich los!«, rief Frex. Es war schlimmer, als er gedacht hatte. Er war noch niemals von seiner eigenen Gemeinde herumgestoßen worden.

Die Uhr führte eine Geschichte auf über einen öffentlich fromm tuenden Mann mit wolligem Bart und dunklen Ringellocken, der Einfachheit, Armut und Großzügigkeit predigte, dabei aber selbst eine geheime Schatulle mit Gold und Smaragden hatte, verborgen im aufklappbaren Busen einer verzärtelten Tochter der blaublütigen Gesellschaft. Der Halunke wurde auf höchst unappetitliche Weise mit einer langen Eisenstange gepfählt und seiner hungrigen Herde als Pfarrerrostbraten am Spieß serviert.

»Das appelliert an eure niedrigsten Instinkte!«, brüllte Frex, die Arme verschränkt, knallrot vor Wut.

Doch jetzt, wo es fast völlig finster war, griff ihn jemand von hinten an, um ihn zum Schweigen zu bringen. Ein Arm legte sich um seinen Hals. Er verdrehte sich, um zu erkennen, welches verfluchte Gemeindemitglied sich so eine Frechheit erlaubte, aber alle Gesichter waren von Kapuzen verhüllt. Er bekam ein Knie in den Unterleib, krümmte sich und ging zu Boden. Ein Fuß traf ihn voll zwischen den Hinterbacken, und sein Magen rebellierte. Die übrige Menge bekam davon nichts mit. Sie grölte vor Vergnügen über die nächste Posse des Zeituhrdrachens. Eine mitfühlende Frau im Witwentuch packte Frex am Arm und zog ihn fort – er war zu besudelt, zu schmerzverkrümmt, um sich aufzurichten und zu schauen, wer es war. »Ich verstecke dich im Kartoffelkeller, jawohl, unter einem Sack«, redete ihm die Frau gut zu, »denn heute Abend werden sie mit Heugabeln auf dich Jagd machen, so wie dieses Monstrum sie aufhetzt. Sie werden dich bei dir zu Hause suchen, aber nicht bei mir im Keller.«

»Melena«, krächzte er. »Sie werden sie finden …«

»Für sie wird gesorgt«, sagte seine Wohltäterin. »Das werden wir Frauen wohl noch zuwege bringen.«

Während Melena im Pfarrhaus darum rang, bei Bewusstsein zu bleiben, strichen ständig zwei Hebammen an ihrem getrübten Blick vorbei, eine Fischfrau die eine, eine zittrige Alte die andere. Abwechselnd fühlten sie ihr die Stirn, lugten ihr zwischen die Beine und warfen verstohlene Blicke auf die paar schönen Schmuckstücke und

Wertgegenstände, die Melena aus Kolkengrund hatte mitbringen können.

»Jetzt kau schön brav diese Paste aus Spitzlappblättern, Gnädigste, dann bist du im Nu bewusstlos«, sagte die Fischfrau. »Du entspannst dich, der kleine Liebling kommt herausgeflutscht, und am Morgen ist alles in bester Ordnung. Ich dachte, du würdest nach Rosenwasser und Feentau duften, aber du stinkst wie wir anderen auch. Nun kau schon, Melena, kau!«

Als es klopfte, blickte die Alte schuldbewusst von der Truhe auf, die sie kniend durchstöberte. Sie ließ den Deckel zuknallen und nahm Gebetshaltung an, die Augen geschlossen. »Herein!«, rief sie.

Ein junges Mädchen mit zarter Haut und gerötetem Gesicht trat ein. »Hab ich mir doch gedacht, dass jemand hier ist«, sagte sie. »Wie geht's ihr?«

»Sie ist geschafft und hat's bald geschafft«, antwortete die Fischfrau. »Noch eine Stunde, würde ich schätzen.«

»Ich soll euch warnen. Die Männer sind betrunken und machen die Gegend unsicher. Sie sind von diesem Drachen der magischen Uhr aufgehetzt worden, und jetzt suchen sie Frex und wollen ihn umbringen. Die Uhr hat es befohlen. Sie werden wahrscheinlich bald angetorkelt kommen. Wir sollten die Frau lieber in Sicherheit bringen – lässt sie sich wegschaffen?«

Nein, ich lasse mich nicht wegschaffen, dachte Melena, und wenn die Bauern Frex finden, dann sollen sie ihn in meinem Namen gnadenlos abmurksen, denn ich habe noch nie so furchtbare Schmerzen gehabt, dass ich das Blut hinter den eigenen Augen sehen konnte. Tötet ihn dafür, dass er mir das angetan hat. Bei diesem Gedanken lächelte sie und wurde ohnmächtig.

»Wir lassen sie lieber hier liegen und machen uns davon«, sagte die Jungfer. »Die Uhr will, dass sie ebenfalls stirbt, und der kleine Drache, den sie zur Welt bringt, auch. Ich will nicht erwischt werden.«

»Das ist gegen unsere Ehre«, sagte die Fischfrau. »Wir können das feine Dämchen nicht mitten in der Geburt im Stich lassen. Ist mir gleich, was irgendeine Uhr dazu sagt.«

Die Alte, die den Kopf wieder in der Truhe hatte, sagte: »Jemand Interesse an echter Spitze aus Gillikin?«

»Auf dem unteren Feld steht ein Heuwagen, aber wir müssen sofort handeln«, sagte die Fischfrau. »Kommt, helft mir ihn holen! Und du, alte Mutter Gierhals, nimm die Nase aus der Wäsche und kühle lieber diese hübsche rosige Stirn. Gut, auf geht's!«

Wenige Minuten später zogen die Alte, die Mittelalte und die Junge den Heuwagen auf einem selten benutzten Weg durch das Gestrüpp und Farndickicht des Herbstwalds. Der Wind war stärker geworden. Er pfiff über die baumlosen Höhen der Tuchberge. Melena, halb ohnmächtig in Decken verpackt, wälzte sich und stöhnte vor Schmerzen.

Sie hörten eine betrunkene Meute mit Heugabeln und Fackeln vorbeiziehen, und starr vor Angst blieben die Frauen mucksmäuschenstill stehen und lauschten den genuschelten Verwünschungen. Dann setzten sie ihren Weg mit größerer Eile fort, bis sie an ein nebeliges Waldstück kamen – den Friedhof für die ungeweihten Toten. Auf einmal erblickten sie die verschwommenen Umrisse der Uhr. Der Zwerg, der nicht dumm war, hatte sie zur Sicherheit dort abgestellt, wohl in der Annahme, dass dieser entlegene Winkel der letzte Ort der Welt war, den die schreckhaften Dörfler in dieser Nacht aufsuchen würden. »Der Zwerg und seine Jüngelchen haben auch in der Schenke getrunken«, sagte die Jungfer atemlos. »Hier wird uns niemand in die Quere kommen.«

Die Alte sagte: »Du hast also durchs Wirtshausfenster die Männer beobachtet, du Schlampe?« Sie stieß die Klappe an der Rückseite der Uhr auf.

Dahinter war Platz zum Unterkriechen. Pendel hingen unheildrohend im Dunkeln. Große Zahnräder sahen aus, als wollten sie jeden unbefugten Eindringling in Wurstscheiben zerschneiden. »Los, zieht sie rein!«, sagte die Alte.

Die nächtlichen Fackeln und Nebelschwaden wichen bei Tagesanbruch breiten Gewitterwolkenwänden und zuckenden Blitzen. Zwischendurch rissen kurz blaue Flecken am Himmel auf, obwohl es zeitweise so schwere Tropfen regnete, dass sie eher aus Schlamm als aus Wasser zu sein schienen. Schließlich war das Neugeborene da, und die Hebammen krabbelten damit auf allen vieren hinten zum Uhrwagen hinaus. Sie schirmten das Kind vor der überlaufenden Dachrinne ab. »Seht mal, ein Regenbogen!«, sagte die Älteste mit einer kurzen Kopfbewegung. Ein fahler bunter Lichtstreif hing am Firmament.

Was sie erblickten, als sie die Glückshaube und das Blut von der Haut abrieben, war es nur das täuschende Licht? Nach dem Gewitter nämlich schien das Gras eine viel intensivere Farbe zu haben, und die Rosen leuchteten mit wahnsinniger Pracht auf ihren Stengeln. Und doch waren das Licht und die Atmosphäre nicht verantwortlich für das, was die Hebammen vor sich sahen. Unter der Käseschmiere glänzte das Kleine in einem blassen, doch schockierend smaragdgrünen Ton.

Kein Schrei ertönte, kein empörtes Neugeborenenplärren. Das Kind machte den Mund auf, atmete und bewahrte ansonsten Stillschweigen. »Na heul schon, du Teufel!«, sagte die Alte. »Das ist deine erste Schuldigkeit.« Das Kleine kam seiner Verpflichtung nicht nach.

»Schon wieder so ein starrsinniger Junge«, seufzte die Fischfrau. »Sollen wir ihn töten?«

»Sei nicht so brutal«, sagte die Alte. »Es ist ein Mädchen.«

»Ha«, sagte die übernächtigte Jungfer, »schau noch mal genau hin, da ist doch der Pumpenschwengel.«

Eine Weile waren sie uneins, obwohl das Kind nackt vor ihnen lag. Erst nach einem zweiten und dritten Abrubbeln war deutlich, dass es tatsächlich weiblichen Geschlechts war. Vielleicht war ja während der Geburt ein Bröckchen organischer Ausfluss hängengeblieben und rasch angedörrt. Im abgetrockneten Zustand wurde die Kleine für wohlgeformt befunden, mit einem länglichen, feinen Kopf, schön gebildeten Unterarmen, einem drallen kleinen Kneifhintern, niedlichen Fingerchen mit winzigen kratzigen Nägeln.

Und mit einer unbestreitbar grünen Hautfarbe. Auf Backen und Bauch war ein lachsfarbener Schimmer, ein beiger Anflug um die zugekniffenen Augenlider, auf der Kopfhaut ein bräunlicher Ton, der den künftigen Haarwuchs ahnen ließ. Hauptsächlich jedoch hatte man den Eindruck von etwas Pflanzlichem.

»Seht euch an, was bei unserer Mühe rausgekommen ist«, sagte die Jungfer. »Ein kleiner grüner Klacks Butter. Wollen wir es nicht lieber töten? Ihr wisst doch, was die Leute sagen werden.«

»Ich finde es eklig«, sagte die Fischfrau und sah prüfend nach einem Schwanzansatz, zählte Finger und Zehen. »Es riecht nach Dung.«

»Das *ist* Dung, was du da riechst, du dumme Gans. Du hockst mitten in einem Kuhfladen.«

»Es ist krank, es ist schwach, daher die Farbe. Schmeißen wir es in den Tümpel, ersäufen wir das Balg. Sie wird nie was erfahren. Sie wird noch stundenlang in ihrer vornehmen Ohnmacht liegen.«

Sie gickelten. Sie wiegten das Kleine in den Armen, prüften eine nach der anderen Gewicht und Gleichgewichtssinn. Es zu töten war die menschlichste Lösung. Die Frage war, wie.

Da gähnte das Kind, und die Fischfrau schob ihm automatisch einen Finger zum Nuckeln in den Mund, und das Kind biss den Finger am zweiten Knöchel ab. Es erstickte beinahe am ausströmenden Blut. Das Glied fiel ihm aus dem Mund wie eine Garnrolle. Schlagartig kam Leben in die Frauen. Die Fischfrau machte Miene, die Kleine zu erwürgen, und die Alte und die Junge gingen sofort schützend dazwischen. Der Finger wurde aus dem Schlamm gezogen und in eine Schürzentasche gesteckt, um ihn der Hand, die ihn verloren hatte, möglichst wieder anzunähen. »Es ist ein Pimmel«, kreischte die Jungfer und warf sich lachend auf den Boden. »Sie hat gerade gemerkt, dass sie keinen hat. Das arme Jüngelchen, das als Erstes versucht, mit ihr seinen Spaß zu haben, soll nur aufpassen! Die knipst ihm zum Andenken den Schniedel ab!«

Die Hebammen krochen in die Uhr zurück und legten das Kind auf der Mutterbrust ab; an Gnadentod dachten sie nicht mehr, sie wollten nicht noch mal von dem Säugling gebissen werden. »Vielleicht hackt sie als nächstes die Zitze ab, da wird Ihre Hochwohlgeborene Rammdösigkeit fix wieder zu sich kommen«, kicherte die Alte. »Aber was für ein Kind, das schon vor dem ersten Tropfen Muttermilch Blut leckt!« Sie stellten ein Töpfchen mit Wasser in die Nähe, und im Schutze des nächsten Regengusses patschten sie von dannen, auf der Suche nach ihren Söhnen und Männern und Brüdern, um sie zu schelten und zu schlagen, wenn sie verfügbar waren, oder zu beerdigen, wenn nicht.

Im Halbdunkel starrte der Säugling auf die regelmäßigen geölten Zähne der Zeituhr droben.

# Um Heilung des Unheils bemüht

Tagelang brachte Melena es nicht über sich, das Balg anzuschauen. Sie hielt es, wie es sich für eine Mutter gehörte. Sie wartete darauf, dass das Grundwasser der Mutterliebe anstieg und sie überflutete. Sie weinte nicht. Sie kaute Spitzlappblätter, um Abstand von dem Unglück zu bekommen.

Es war eine Sie. Ein Mädchen. Wenn sie allein war, versuchte Melena umzudenken. Das zappelnde, unglückliche Bündel war nicht männlich; es war nicht kastriert; es war weiblich. Es schlief und sah dabei aus wie ein Haufen Kohlblätter, die man gewaschen und zum Abtropfen auf den Tisch gelegt hatte.

In einem Panikanfall schrieb Melena nach Kolkengrund, um Ämmchen dem Ruhestand zu entreißen. Frex fuhr mit einer Kutsche nach Hintersteinfurt, um Ämmchen an der Poststation abzuholen. Auf dem Rückweg fragte sie Frex, was denn im Argen liege.

»Im Argen.« Er seufzte und versank in Gedanken. Ämmchen begriff, dass sie ihre Worte schlecht gewählt hatte, denn jetzt gingen Frex andere Dinge durch den Kopf. Er fing an, allgemein etwas über das Wesen des Bösen zu murmeln. Ein Vakuum, entstanden durch die unerklärliche Abwesenheit des Namenlosen Gottes, aufgefüllt vom Einstrom geistlichen Gifts. Ein Strudel.

»Ich will wissen, wie der Zustand des Kindes ist!«, explodierte Ämmchen. »Ich muss nichts vom Universum erfahren, wenn ich irgendwie von Nutzen sein soll, sondern von einem bestimmten Kind! Warum lässt Melena mich kommen und nicht ihre Mutter? Warum kein Brief an ihren Großvater? Er ist schließlich die Eminenz

Thropp, herrje! Melena kann ihre Pflichten nicht so gründlich vergessen haben, oder ist das Leben bei euch auf dem Lande noch schlimmer, als wir dachten?«

»Es ist schlimmer, als wir dachten«, sagte Frex grimmig. »Das Kind – du solltest darauf gefasst sein, Ämmchen, damit du keinen Schreck bekommst –, das Kind hat einen Schaden.«

»Einen Schaden?« Ämmchen fasste den Griff ihrer Tasche fester und schaute auf die rotblättrigen Perlfruchtbäume am Straßenrand. »Frex, erzähl mir alles.«

»Es ist ein Mädchen«, sagte Frex.

»Weiß Gott ein Schaden«, sagte Ämmchen spöttisch, aber wie üblich merkte Frex die Spitze nicht. »Na, immerhin bleibt der Titel eine weitere Generation in der Familie. Hat sie sämtliche Gliedmaßen?«

»Ja.«

»Mehr als nötig?«

»Nein.«

»Trinkt sie?«

»Wir können es nicht an die Brust lassen. Es hat außergewöhnliche Zähne, Ämmchen. Es hat Haifischzähne oder so was in der Art.«

»Na, sie ist nicht das erste Kind, das aus der Flasche oder einem Lappen trinkt statt aus der Brust, mach dir darüber keine Sorgen.«

»Es hat die falsche Farbe«, sagte Frex.

»Welche Farbe ist denn die falsche?«

Eine Weile konnte Frex nur den Kopf schütteln. Ämmchen mochte ihn nicht, und sie würde ihn auch nicht mögen lernen, aber sie wurde milder gestimmt. »Frex, so schlimm kann es nicht sein. Es gibt immer einen Ausweg. Erzähl es dem Ämmchen.«

»Es ist grün«, sagte er schließlich. »Ämmchen, es ist grün wie Moos.«

»*Sie* ist grün, willst du sagen. Es ist eine Sie, um Himmels willen!«

»Das ist nicht der Wille des Himmels.« Frex fing zu weinen an. »Der Himmel hat nichts davon, Ämmchen, und der Himmel hält nichts davon. Was sollen wir tun?«

»Ruhig Blut.« Ämmchen verabscheute Männer, die weinten. »Ganz so schlimm wird es schon nicht sein. In Melenas Adern fließt kein Tropfen gemeines Blut. Was immer sich das Kind eingefangen hat, das Ämmchen wird es schon wieder richten. Vertraue nur dem Ämmchen.«

»Ich habe auf den Namenlosen Gott vertraut«, schluchzte Frex.

»Wir arbeiten nicht *immer* gegeneinander, Gott und das Ämmchen«, sagte Ämmchen. Sie wusste, dass das Lästerung war, aber sie konnte sich den Hieb nicht verkneifen, wo Frex gerade so wunderbar wehrlos war. »Keine Bange, ich werde Melenas Familie kein Sterbenswörtchen verraten. Wir bringen das blitzschnell in Ordnung, und niemand muss etwas davon erfahren. Hat die Kleine einen Namen?«

»Elphaba«, sagte er.

»Nach der heiligen Aelphaba vom Wasserfall?«

»Ja.«

»Ein guter alter Name. Ihr werdet den üblichen Kosenamen Fabala gebrauchen, nehme ich an.«

»Wer weiß, ob sie überhaupt lange genug lebt, um einen Kosenamen zu erhalten.« Frex klang, als hoffte er auf diesen Ausgang.

»Interessante Landschaft. Sind wir schon in Wederhartung?«, fragte Ämmchen, um das Thema zu wechseln. Aber Frex war innerlich zugeklappt und achtete kaum mehr darauf, die Pferde auf den richtigen Weg zu lenken. Das Land war schmutzig, trostlos, bäurisch; Ämmchen wünschte, sie wäre nicht in ihren besten Reisesachen gefahren. Straßenräuber konnten auf den Gedanken kommen, dass eine so vornehm aussehende ältere Frau Gold mit sich führte, und damit hätten sie recht gehabt, denn Ämmchen trug ein goldenes Strumpfband, das sie vor Jahr und Tag aus dem Boudoir der gnädigen Frau gestohlen hatte. Was für eine Schande, wenn dieses Strumpfband all die Jahre später an Ämmchens immer noch wohlgeformtem Schenkel auftauchte! Doch Ämmchens Ängste waren unbegründet, denn die Kutsche rollte ohne Zwischenfall in den Hof des Pfarrhauses ein.

»Lass mich gleich als Erstes das Kind sehen«, sagte Ämmchen. »Es wird Melena eine Last abnehmen, wenn ich schon weiß, womit wir es zu tun haben.« Und das war nicht schwer zu bewerkstelligen, denn dank einiger Spitzlappblätter döste Melena vor sich hin, während die Kleine leise quäkend in einem Korb auf dem Tisch lag.

Ämmchen zog sich einen Stuhl heran, damit sie sich nichts tat, wenn sie auf der Stelle ohnmächtig wurde. »Frex, stell den Korb auf den Boden, damit ich hineinschauen kann.« Frex gehorchte und fuhr dann los, um Pferde und Kutsche Bfie zurückzubringen, der sie selten für bürgermeisterliche Verpflichtungen benötigte, aber sie gelegentlich auslieh, um politisches Kapital daraus zu schlagen.

Ämmchen sah, dass der Säugling in Windeln gewickelt und der Mund mit einer Schlinge unterm Kinn und über den Ohren zugebunden war. Die schnaufend emporgereckte Nase sah aus wie ein kleiner Giftpilz, und die Augen waren offen.

Ämmchen beugte sich näher heran. Das Kind konnte nicht älter sein als, was, drei Wochen? Doch als Ämmchen sich hin und her bewegte und das Profil der Stirn aus diesem Winkel und jenem betrachtete, um den Verstand zu beurteilen, verfolgten sie die Augen des Mädchens. Sie waren tiefbraun, die Farbe umgepflügter Erde, mit Glimmer gesprenkelt. In jedem Augenwinkel war ein Netz zarter roter Linien, als ob von der Anstrengung des Guckens und Verstehens die Äderchen geplatzt wären.

Und die Haut, ach ja, die Haut war grün wie die Sünde. Keine hässliche Farbe, fand Ämmchen. Nur keine menschliche Farbe.

Sie streckte die Hand aus und strich mit dem Finger über das Bäckchen der Kleinen. Das Kind zuckte zurück und drückte das Rückgrat durch, und das Wickeltuch, in das es vom Hals bis zu den Zehen fest eingepackt war, ging auf wie eine Schote. Ämmchen biss die Zähne zusammen und war entschlossen, sich nicht einschüchtern zu lassen. Die Kleine hatte Ober- und Unterleib entblößt, und die Haut auf der Brust hatte dieselbe auffällige Farbe. »Habt ihr das Kind überhaupt schon mal angefasst, ihr zwei?«, murmelte Ämmchen. Sie legte die flache Hand auf die schwer atmende Brust des Kindes, so dass ihre Finger die kaum sichtbaren kleinen Brustwarzen bedeckten, und ließ sie dann nach unten gleiten, um die Beschaffenheit dort zu untersuchen. Das Kind war nass und schmutzig, schien aber von ganz normaler Bauart zu sein. Die Haut war genauso ein Wunder an geschmeidiger Glätte, wie die von Melena als Säugling gewesen war.

»Komm zum Ämmchen, du scheußliches kleines Ding du.« Ämmchen beugte sich vor, um die Kleine aufzuheben, besudelt, wie sie war.

Die Kleine wand sich, um der Berührung auszuweichen. Ihr Kopf schlug gegen den Binsenboden des Korbes.

»Du hast im Mutterleib Tänzchen gemacht, wie ich sehe«, sagte Ämmchen. »Zu wessen Musik, wüsste ich gern. So wohlentwickelte Muskeln! Nein, du kommst mir nicht aus. Komm her, du Dämönchen! Ämmchen macht sich nichts daraus. Ämmchen hat dich lieb.« Sie log wie gedruckt, doch im Gegensatz zu Frex glaubte sie, dass manche Lügen vom Himmel gutgeheißen wurden.

Und sie bekam Elphaba zu fassen und packte sie sich auf den Schoß. Dann wartete Ämmchen, gurrte vor sich hin und schaute ab und zu weg, zum Fenster hinaus, um sich nicht zu übergeben. Sie rieb der Kleinen den Bauch, um sie zu beruhigen, doch sie wollte sich nicht beruhigen lassen, jedenfalls noch nicht.

Melena stemmte sich auf die Ellbogen hoch, als Ämmchen am späten Nachmittag ein Tablett mit Tee und Brot brachte. »Ich habe mich schon häuslich eingerichtet«, sagte Ämmchen, »und ich habe mich mit deinem kleinen Liebling angefreundet. Jetzt komm mal zu dir, Schätzchen, und lass dir einen Kuss geben.«

»Ach, Ämmchen!« Melena ließ sich liebkosen. »Danke, dass du gekommen bist. Hast du die kleine Bestie gesehen?«

»Sie ist entzückend«, sagte Ämmchen.

»Lüg nicht, und versuch nicht, mich zu schonen«, sagte Melena. »Wenn du helfen willst, musst du ehrlich sein.«

»Wenn ich helfen soll, musst *du* ehrlich sein«, erwiderte Ämmchen. »Wir müssen nicht gleich darüber sprechen, aber ich werde alles erfahren müssen, mein Liebes. Damit wir entscheiden können, was zu tun ist.« Sie schlürften ihren Tee, und weil Elphaba irgendwann einschlief, war es ein Weilchen so wie in alten Zeiten in Kolkengrund, wenn Melena von nachmittäglichen Spaziergängen mit feschen jungen Landadeligen auf Freiersfüßen nach Hause kam und von deren männlicher Schönheit schwärmte, die Ämmchen gar nicht bemerkt zu haben vorgab.

Allerdings fielen Ämmchen im Lauf der Wochen einige recht beunruhigende Dinge an der Kleinen auf.

Beispielsweise wollte Ämmchen das Kind gern von der Verschnürung befreien, doch Elphaba schien gewillt zu sein, sich die eigenen Hände abzubeißen, und die Zähne in ihrem hübschen, dünnlippigen Mund waren in der Tat furchterregend. Ungehindert hätte sie ein Loch durch den Korb gebissen. Sie schnappte nach ihrer eigenen Schulter und kratzte sie wund. Die Schlinge erwürgte sie fast.

»Kann nicht ein Barbier kommen und ihr die Zähne ziehen?«, fragte Ämmchen. »Wenigstens bis sie ein wenig Selbstbeherrschung lernt?«

»Du bist ja von Sinnen«, sagte Melena. »Es würde sich im ganzen Tal herumsprechen, dass die kleine Range grün ist. Der Mund bleibt zugebunden, bis wir das Hautproblem gelöst haben.«

»Wie um alles in der Welt ist ihre Haut grün geworden?«, sinnierte Ämmchen und schien damit einen wunden Punkt zu berühren, denn Melena wurde weiß und Frex rot, und die Kleine hielt den Atem an, als wollte sie zur allgemeinen Unterhaltung blau werden. Ämmchen musste ihr einen Klaps geben, damit sie wieder zu atmen anfing.

Draußen im Garten nahm Ämmchen Frex ins Gebet. Nach dem doppelten Schlag der Geburt und seiner öffentlichen Demütigung konnte er seinen beruflichen Pflichten noch nicht wieder nachkommen und saß stattdessen müßig herum, schnitzte Gebetsperlen aus Eichenholz und versah sie mit Emblemen der Namenlosigkeit Gottes. Ämmchen stellte Elphaba drinnen ab – sie hatte eine irrationale Furcht davor, dass dieses Kind mithörte, was sie sagten, und, schlimmer noch, es *verstand* –, setzte sich vor die Tür und schälte zum Abendessen einen Kürbis.

»Ich gehe mal davon aus, Frex, dass ihr in eurer Familie keine Fälle von grüner Haut habt«, fing sie an, obwohl sie sicher war, dass Melenas mächtiger Großvater eine solche Anlage ausgeschlossen hatte,

43

bevor er der Heirat seiner Enkelin mit einem unionistischen Geistlichen zustimmte – bei den Angeboten, die sie hatte!

»In unserer Familie gibt es kein Streben nach Geld oder irdischer
Macht«, sagte Frex, ausnahmsweise einmal nicht beleidigt. »Aber ich
stamme in direkter Linie von sechs Generationen Geistlicher ab,
in denen das Amt vom Vater auf den Sohn vererbt wurde. Wir sind in
religiösen Kreisen so hochangesehen, wie Melenas Familie das in den
Salons und am Hofe Ozmas ist. Und, nein, kein Grün nirgends. So
ein Fall ist mir bisher aus keiner Familie zu Ohren gekommen.«

Ämmchen nickte und sagte: »Na schön, ich wollte nur gefragt haben. Ich weiß, du bist rechtschaffener als ein Märtyrer.«

»Aber«, sagte Frex geknickt, »Ämmchen, ich glaube, ich bin an
der Sache schuld. Am Tag der Geburt ist mir die Zunge ausgerutscht:
Ich habe erklärt, dass der Teufel kommt. Ich meinte damit die Uhr
des Zeitdrachens. Aber angenommen, die Worte hätten dem Teufel
einen Raum aufgeschlossen …?«

»Die Kleine ist kein Teufel!«, bemerkte Ämmchen scharf. Ein Engel sicher auch nicht, dachte sie, behielt es aber für sich.

»Andererseits«, fuhr Frex mit etwas gefestigter Stimme fort, »könnte
Melena sie unabsichtlich verwünscht haben, als sie meine Bemerkung
falsch verstand und deswegen weinte. Vielleicht hat Melena damit
in ihrem Innern ein Fenster geöffnet, durch das ein freischweifender
Kobold eindrang und das Kind färbte.«

»Exakt am Tag der Geburt?«, sagte Ämmchen. »Das muss ein fähi-
ger Kobold gewesen sein. Stehst du sittlich so hoch, dass du unter den
Geistern der Verirrung die wahrhaft großmächtigen anziehst?«

Frex zuckte die Achseln. Ein paar Wochen zuvor hätte er genickt,
aber sein klägliches Versagen in Binsenrain hatte sein Selbstbewusstsein erschüttert. Er wagte nicht auszusprechen, was er befürchtete:
dass die Abnormität des Kindes die Strafe für seine Unfähigkeit war,
seine Schäfchen vor dem Freudenkult zu schützen.

»Tja«, meinte das praktisch denkende Ämmchen, »wenn der Schaden durch eine Verwünschung entstanden ist, wodurch könnte das
Übel dann wieder aus der Welt geschafft werden?«

»Durch einen Exorzismus«, sagte Frex.

»Besitzt du die Kraft dazu?«

»Wenn es mir gelingt, ihre Farbe zu ändern, dann wissen wir, dass ich die Kraft besitze«, sagte Frex. Jetzt wo er ein Ziel hatte, hellte sich seine Stimmung auf. Er gedachte, einige Tage zu fasten, Gebete zu sprechen und Zutaten für das geheime Ritual zu sammeln.

Als er im Wald verschwunden war und Elphaba schlummerte, setzte sich Ämmchen zu Melena auf das harte Ehelager.

»Frex fragt sich, ob seine Bemerkung über das Kommen des Teufels in dir ein Fenster geöffnet haben könnte, durch das ein böser Geist eingedrungen ist und das Kind verhext hat«, sagte Ämmchen. Sie häkelte ungeschickt einen Spitzensaum; in Handarbeit war sie noch nie besonders gut gewesen, aber sie mochte die Berührung der blanken elfenbeinernen Häkelnadel. »Ich frage mich, ob du vielleicht ein ganz anderes Fenster geöffnet hast.«

Melena, wie üblich von Spitzlappblättern benommen, zog verwirrt eine Augenbraue hoch.

»Hast du mit jemand anderem als Frex geschlafen?«, fragte Ämmchen.

»Red doch keinen Quatsch!«, rief Melena aus.

»Ich kenne dich, Schätzchen«, sagte Ämmchen. »Ich sage nicht, du wärst keine gute Ehefrau. Aber als damals im Obstgarten deiner Eltern die Jungs um dich herumgeschwirrt sind, hast du mehr als einmal am Tag deine parfümierte Unterwäsche gewechselt. Du warst sinnenfroh und verstohlen und ziemlich geschickt. Ich mache dir keine Vorwürfe. Aber erzähl mir nicht, du hättest keinen gesunden Geschlechtstrieb gehabt.«

Melena vergrub das Gesicht im Kissen. »Ach, die schöne Zeit damals!«, jammerte sie. »Es ist nicht so, dass ich Frex nicht liebe! Aber ich hasse es, etwas Besseres zu sein als die hiesigen Bauerntölpel!«

»Na, dieses grüne Kind stellt dich auf eine Stufe mit ihnen, da kannst du ganz beruhigt sein«, sagte Ämmchen bissig.

»Ämmchen, ich liebe Frex. Aber er lässt mich so oft allein! Für einen Hausierer, der vorbeikäme und mehr für mich auf Lager hätte als bloß eine Blechkanne, würde ich einen Mord begehen! Ich würde viel dafür geben, wenn einer weniger gottgefällig und dafür etwas phantasievoller wäre!«

»Das betrifft die Zukunft«, wandte Ämmchen ein. »Ich frage dich nach der Vergangenheit. Die jüngere Vergangenheit. Seit deiner Hochzeit.«

Aber Melenas Gesichtsausdruck war vage und unentschieden. Sie nickte, sie zuckte die Achseln, sie wiegte den Kopf.

»Die naheliegendste Erklärung wäre ein Elf«, sagte Ämmchen.

»Ich würde es doch nicht mit einem Elf treiben!«, kreischte Melena.

»Ich auch nicht«, sagte Ämmchen, »aber das Grün gibt einem zu denken. Gibt es Elfen hier in der Gegend?«

»Eine Horde Baumelfen wohnt irgendwo da hinten über dem Berg, doch die sind, sofern das möglich ist, noch dümmer als die braven Bürger von Binsenrain. Wirklich, Ämmchen, ich habe nie einen zu Gesicht bekommen, höchstens von ferne. Die Vorstellung ist widerlich. Elfen gackern über alles, wusstest du das? Einer von ihnen fällt von einer Eiche und sein Schädel wird zermatscht wie eine verfaulte Rübe, und sie scharen sich darum und gackern und denken dann nicht mehr an ihn. Es ist eine Beleidigung, dass du so etwas auch nur in Erwägung ziehst.«

»Gewöhn dich daran, wenn wir keinen Ausweg aus diesem Schlamassel finden.«

»Die Antwort ist *nein*.«

»Dann jemand anders. Äußerlich halbwegs gutaussehend, aber mit einem Keim infiziert, den du vielleicht erwischt hast.«

Melena blickte entsetzt. Sie hatte seit Elphabas Geburt nicht mehr an ihre eigene Gesundheit gedacht. Konnte es sein, dass *sie* gefährdet war?

»Die Wahrheit«, sagte Ämmchen. »Wir müssen sie rauskriegen.«

»Die Wahrheit.« Melena winkte ab. »Die ist unergründlich.«

»Was willst du damit sagen?«

»Ich kenne die Antwort auf deine Frage nicht.« Melena erklärte den Sachverhalt. Ja, das Haus war abgelegen, und natürlich wechselte sie mit den hiesigen Bauern und Fischern und Schwachköpfen nie mehr als den kürzesten Gruß. Aber es verschlug mehr Reisende in die Berge und Wälder, als man glauben würde. Schon oft hatte sie einsam und apathisch dagesessen, während Frex irgendwo predigen war, und hatte Trost darin gefunden, einen Wanderer mit einer einfachen Mahlzeit und einem munteren Gespräch zu erfreuen.

»Und womit noch?«

Doch an solchen langweiligen Tagen, brummelte Melena, hatte sie sich angewöhnt, Spitzlappblätter zu kauen. Wenn sie aufwachte, weil gerade die Sonne unterging oder Frex sie stirnrunzelnd oder grinsend betrachtete, konnte sie sich an wenig erinnern.

»Du meinst, du hast dir einen Ehebruch gegönnt, und du hast nicht mal eine schöne Erinnerung daran behalten?« Ämmchen war entrüstet.

»Ich weiß nichts davon!«, beteuerte Melena. »Ich würde so etwas nicht freiwillig machen, jedenfalls nicht, solange ich noch klar denken kann. Aber ich kann mich erinnern, dass mir ein fahrender Händler mit einem komischen Akzent einmal irgendein berauschendes Gebräu aus einer grünen Glasflasche eingeschenkt hat. Und ich hatte ungewöhnlich wilde Träume, Ämmchen, vom Anderen Land – von Städten aus Glas und Rauch – von Geräuschen und Farben. Ich habe mich daran zu erinnern versucht.«

»Demnach könntest du *durchaus* von Elfen vergewaltigt worden sein. Das wird deinen Großvater freuen, wenn er erfährt, wie gut Frex auf dich aufpasst.«

»Hör auf!«, rief Melena.

»Also, ich weiß wirklich nicht, was da zu machen ist.« Ämmchen verlor langsam die Geduld. »Alle verhalten sich unverantwortlich! Wenn du dich nicht erinnern kannst, ob du dein Treuegelöbnis gebrochen hast oder nicht, dann musst du dich nicht aufführen wie eine gekränkte Heilige.«

»Wir haben immer die Möglichkeit, das Kind zu ersäufen und es noch mal zu versuchen.«

»Probier nur, das Ding zu ersäufen«, grummelte Ämmchen. »Der arme See, der sie abkriegen soll, tut mir jetzt schon leid.«

Später ging Ämmchen Melenas kleine Sammlung von Arzneimitteln durch: Kräuter, Tropfen, Wurzeln, Schnäpse, Blätter. Sie überlegte, ohne sich große Hoffnungen zu machen, ob sie vielleicht etwas mischen konnte, das die Haut des Mädchens erbleichen ließ. Ganz hinten in der Truhe fand sie die grüne Glasflasche, von der Melena gesprochen hatte. Das Licht war schlecht, und ihre Augen waren nicht sehr gut, aber auf einem aufgeklebten Zettel konnte sie die Worte WUNDERELIXIER entziffern.

Obwohl sie ein angeborenes Talent zur Heilerin hatte, wollte Ämmchen auf kein Hautveränderungsmittel kommen. Auch das Kind in Kuhmilch zu baden, machte die Haut nicht weißer. Um keinen Preis jedoch ließ sich die Kleine in einen Eimer mit Seewasser tauchen; sie wand sich wie eine panische Katze. Ämmchen machte mit der Kuhmilch weiter. Die Milch hinterließ einen grässlichen sauren Geruch, wenn sie sie hinterher nicht gründlich mit einem Tuch abrieb.

Frex veranstaltete einen Exorzismus mit Kerzen und Gesängen. Ämmchen sah von ferne zu. Der Mann hatte glänzende Augen und schwitzte vor Anstrengung, obwohl die Tage immer kälter wurden. Elphaba schlief mitten auf dem Teppich in ihrem Wickeltuch, ungerührt von der heiligen Handlung.

Nichts geschah. Erschöpft und ausgelaugt sank Frex zu Boden und legte sich sein grünes Töchterchen in die Armbeuge, als akzeptierte er endlich den Beweis einer unentdeckten Sünde. Melenas Gesicht wurde hart.

Jetzt blieb nur noch eines, was sie versuchen konnten. Ämmchen ermannte sich, es am Vorabend ihrer Rückreise nach Kolkengrund anzusprechen.

»Wie wir sehen, schlagen die Hausmittel nicht an«, sagte sie, »und die geistliche Fürbitte hat auch nichts gebracht. Habt ihr den Mut, Zauberei in Erwägung zu ziehen? Gibt es jemand Einheimisches, der das grüne Gift aus dem Kind hexen könnte?«

Frex sprang auf und drosch mit den Fäusten nach Ämmchen. Sie fiel rückwärts von ihrem Hocker, und Melena sprang kreischend um sie herum. »Wie kannst du es wagen?«, schrie Frex. »In diesem Hause! Ist dieses grüne Mädchen nicht Schmähung genug? Zauberei ist das Werkzeug der Unmoral. Wenn sie nicht die reine Scharlatanerie ist, ist sie gefährlich und böse! Ein Pakt mit den Dämonen!«

Ämmchen sagte: »Oooh, verschone mich! Du kluger, kluger Mann, hast du noch nie gehört, dass man Feuer mit Feuer bekämpfen muss?«

»Ämmchen, es reicht«, sagte Melena.

»Eine schwache alte Frau zu schlagen«, sagte Ämmchen gekränkt, »die nur helfen will.«

Am nächsten Morgen packte Ämmchen ihre Reisetasche. Sie konnte nichts weiter tun, und sie hatte nicht vor, den Rest ihrer Tage mit einem fanatischen Einsiedler und einem entstellten Kind zu leben, nicht einmal um Melenas willen.

Frex fuhr Ämmchen wieder zum Wirtshaus in Hintersteinfurt, wo die vierspännige Kutsche abging. Ämmchen vermutete, dass Melena immer noch daran dachte, das Kind zu töten, aber irgendwie traute sie ihr das nicht zu. Sie hielt die Tasche an ihren füligen Busen gepresst, denn sie fürchtete wieder Banditen. In der Tasche war ihr goldenes Strumpfband versteckt (sie konnte immer behaupten, es sei ohne ihr Wissen dort hingeschmuggelt worden, während sich im Falle des Falles schwerlich behaupten ließ, dass es ihr ans Bein geschmuggelt worden war). Auch die elfenbeinerne Häkelnadel hatte sie mitgehen lassen, ferner drei von Frex' Gebetsperlen, weil ihr die Schnitzereien darauf gefielen, und die hübsche grüne Glasflasche, die Hinterlassenschaft irgendeines wandernden Hausierers, der anscheinend Träume, Leidenschaft und Schlafsucht verkaufte.

Sie wusste nicht, was sie von der Geschichte halten sollte. War Elphaba ein Kind des Teufels? War sie eine Halbelfe? War sie die Strafe für das Versagen ihres Vaters als Prediger oder für die losen Sitten und das schlechte Gedächtnis ihrer Mutter? Oder war sie lediglich eine körperliche Missgeburt, ein Unfall der Natur wie ein verkrüppelter Apfel oder ein fünfbeiniges Kalb? Ämmchen wusste, dass ihr Weltbild nebulös und chaotisch war, zusammengestoppelt aus Dämonismus, Gottesglauben und Volksweisheit. Es war jedoch ihrer Aufmerksamkeit nicht entgangen, dass beide, Melena und Frex, felsenfest mit einem Sohn gerechnet hatten. Frex war der siebte Sohn eines siebten Sohnes, und zu dieser eindrucksvollen Zahlengleichheit kam noch, dass er von sechs Geistlichen hintereinander abstammte. Welches Kind, einerlei welchen Geschlechts, konnte sich vermessen, sich in so eine glorreiche Linie einzureihen?

Vielleicht, dachte Ämmchen, hat die kleine grüne Elphaba sich ihr Geschlecht einfach selbst ausgesucht, und die Hautfarbe auch, und sich nicht um ihre Eltern geschert.

# Der Glasbläser aus Quadlingen

Gegen Anfang des nächsten Jahres zog die Dürre einen kurzen, nassen Monat lang ab. Der Frühling strömte ein wie grünes Quellwasser, an den Hecken schäumend, am Straßenrand gurgelnd, vom Hausdach auf die Efeu- und Schnurblumenranken triefend. Melena ging leichtgeschürzt im Garten umher, damit sie die Sonne auf der bleichen Haut fühlen konnte und die tiefe Wärme, die sie den Winter über entbehrt hatte. An ihren Stuhl im Eingang geschnallt schlug Elphaba, inzwischen anderthalb Jahre alt, mit dem Löffel auf ihren Frühstücksfisch ein. »Herrje, iss das Ding, zermansche es nicht!«, sagte Melena, aber milde. Seit dem Kind die Kinnschlinge abgenommen worden war, hatten Mutter und Tochter begonnen, sich gegenseitig eine gewisse Beachtung zu schenken. Zu ihrer Überraschung fand Melena Elphaba manchmal richtig liebenswert, wie ein Kleinkind eben sein sollte.

Das Einzige, was sich ihren Augen bot, seit sie den prächtigen Landsitz ihrer Familie verlassen hatte, das Einzige, was sie in diesem Leben geboten bekommen würde, war dieser Anblick hier: die windgepeitschte Fläche des Übelsees, die fernen dunklen Steinhäuser und Schornsteine von Binsenrain auf der anderen Seite, die träge dahinter liegenden Berge. Sie würde noch einmal verrückt werden; ihre Welt bestand nur aus See und Sehnen. Wenn eine Schar Elfen durch den Garten getollt käme, würde sie sich auf sie stürzen, um mitzutollen, mitzuvögeln, mitzumorden.

»Dein Vater ist ein falscher Hund«, sagte sie zu Elphaba. »Den ganzen Winter fort, um sich selbst zu finden, so dass du meine einzige Gesellschaft bist. Iss dein Frühstück, denn wenn du es auf den Boden wirfst, gibt es nichts anderes.«

Elphaba nahm die Elritze und warf sie auf den Boden.

»Dein Vater ist ein Scharlatan«, fuhr Melena fort. »Früher war er für einen Geistlichen sehr gut im Bett, und daher kenne ich sein Geheimnis. Heilige Männer sind angeblich über die irdischen Freuden erhaben, aber dein Vater hat seine mitternächtlichen Nahkämpfe genossen. Früher! Wir dürfen ihm niemals verraten, dass wir sein Theater durchschauen, es würde ihm das Herz brechen. Wir wollen doch nicht, dass ihm das Herz bricht, oder?« Melena brach in ein schrilles Gelächter aus.

Elphaba verzog keine Miene. Sie deutete auf den Fisch.

»Frühstück. Frühstück im Dreck. Frühstück für die Käfer.« Melena ließ den Kragen ihres Frühlingskleides ein bisschen tiefer sinken, und mit kreisenden Bewegungen lockerte sie ihre nackten rosigen Schultern. »Sollen wir heute am See spazieren gehen, und du ertrinkst vielleicht?«

Doch Elphaba würde niemals ertrinken, niemals, weil sie unter keinen Umständen nahe ans Wasser ging.

»Vielleicht fahren wir mit dem Boot hinaus und kentern!«, stichelte Melena.

Elphaba legte den Kopf schief, als lauschte sie auf einen Teil ihrer Mutter, der nicht von Blättern und Wein berauscht war.

Die Sonne strahlte hinter einer Wolke hervor. Elphaba zog ein finsteres Gesicht. Melenas Kleid rutschte tiefer. Ihre Brüste schoben sich zwischen den schmutzigen Rüschen des Kragens ins Freie.

Ich bin vielleicht eine, dachte Melena, zeige meine Brüste dem Kind, das ich aus Angst vor Verstümmelung nicht stillen konnte. Ich, die ich die Rose von Nestenhartung war, die Schönste meiner Generation! Und nun bin ich verurteilt zur Zweisamkeit mit meiner ungeliebten widerborstigen kleinen Tochter. Mit diesen knochigen kleinen Schenkeln, diesen hochgezogenen Augenbrauen, diesen grappelnden Fingern ist sie mehr Grashüpfer als Mädchen. Sie ist mit Lernen beschäftigt wie jedes Kind, aber sie hat keine Freude an der Welt: Sie stößt und bricht und beißt an den Dingen herum, ohne sich daran zu freuen. Als ob es ihr aufgetragen wäre, alle Enttäuschungen des Lebens zu kosten und zu messen. Mit denen Binsenrain reich gesegnet ist. Der Namenlose Gott sei gnädig, sie ist ein Scheusal. Wirklich und wahrhaftig.

»Oder wir könnten heute einen Waldspaziergang machen und die letzten Winterbeeren pflücken.« Melena hatte Schuldgefühle wegen ihres Mangels an mütterlicher Zuneigung. »Wir können sie auf einen Kuchen tun. Sollen wir sie auf einen Kuchen tun? Sollen wir, Schätzchen?«

Elphaba konnte noch nicht sprechen, aber sie nickte und zappelte, weil sie hinunterwollte. Melena fing ein Klatschspiel an, auf das Elphaba nicht einging. Das Kind knurrte und zeigte auf den Boden und streckte die langen dünnen Beine, um sein Verlangen deutlich zu machen. Dann wies es zum Tor, das vom Küchengarten und dem Hühnerhof auf die Straße führte.

Am Torpfosten lehnte schüchtern ein hungrig aussehender Mann mit der Hautfarbe von Rosen in der Abenddämmerung: ein dunkles, fast schwärzliches Rot. Er hatte zwei Ledertaschen, eine über der Schulter und eine auf dem Rücken, einen Wanderstock und ein gefährlich attraktives, ausgemergeltes Gesicht. Melena schrie auf, fing sich aber sogleich und wechselte in ein tieferes Register. Es war lange her, dass sie mit jemand anderem als einem quengelnden Kleinkind geredet hatte. »Lieber Himmel, haben Sie uns erschreckt!«, rief sie aus. »Hätten Sie gern was zum Frühstück?« Sie hatte die normalen Umgangsformen verlernt. Zum Beispiel sollten ihre Brüste ihn nicht so anstarren. Trotzdem schloss sie ihr Kleid nicht.

»Bitte mögen verzeihen das plötzliche Auftauchen von fremdem Mann am Tor der gnädigen Frau«, sagte der Mann.

»Schon verziehen, na klar«, sagte sie ungeduldig. »Kommen Sie rein, dass ich Sie anschauen kann – kommen Sie, kommen Sie!«

Elphaba hatte in ihrem Leben so wenig andere Leute gesehen, dass sie ein Auge hinter ihrem Löffel versteckte und mit dem anderen lugte.

Der Mann trat näher. Seine Bewegungen verrieten die Schwerfälligkeit der Erschöpfung. Er hatte kräftige Fesseln und dicke Füße, schmale Hüften und Schultern und dann wieder einen dicken Hals – als wäre er an einer Drehbank gefertigt und an den Enden nicht sorgfältig gearbeitet worden. Seine Hände, die jetzt die Umhängetaschen abnahmen, sahen aus wie Tiere mit einem eigenen Willen. Sie waren übergroß und wunderschön.

»Wanderer weiß nicht, wo er sein mag«, sagte der Mann. »Zwei Nächte mag er gegangen sein von Krannenbach über die Berge. Das Wirtshaus in Drei Tote Bäume suchen. Zum Übernachten.«

»Sie haben sich verlaufen, sind vom Weg abgekommen«, sagte Melena und beschloss, sich über seine seltsame Redeweise nicht zu wundern. »Na, egal. Ich mache Ihnen was zu essen, während Sie mir Ihre Geschichte erzählen.« Sie strich sich mit den Händen durch die Haare, die früher einmal als herrlich wie gesponnenes Messing gegolten hatten. Wenigstens waren sie sauber.

Der Mann war geschmeidig und sehnig. Als er die Mütze abnahm, fielen seine Haare in fettigen Strähnen herunter, sonnenuntergangsrot. Er streifte sein Hemd ab und wusch sich an der Pumpe, und Melena fand es erfreulich, mal wieder einen Mann mit Taille zu sehen. (Der gute Frex hatte in den knapp anderthalb Jahren seit Elphabas Geburt ordentlich zugelegt.) Hatten alle Quadlinger diese wunderbare dunkelrote Farbe? Der Name des Mannes, erfuhr Melena, war Schildkrötenherz, und er war ein Glasbläser aus Huden im wenig bekannten Lande Quadlingen.

Sie packte endlich ihre Brüste ein, wenn auch ungern. Elphaba quäkte, um loszukommen, und ohne eine Miene zu verziehen, schnallte der Besucher sie ab und warf sie in die Luft und fing sie wieder auf. Das Kind quietschte vor Überraschung, ja Vergnügen, und Schildkrötenherz machte es noch einmal. Melena nutzte seine Beschäftigung mit dem Gör aus, um die ungegessene Elritze vom Boden aufzuheben und abzuspülen. Sie klatschte den Fisch zwischen die Eier und den Teerwurzelbrei und hoffte, dass Elphaba nicht plötzlich zu sprechen anfing und sie bloßstellte. Das hätte dem Kind ähnlich gesehen.

Doch Elphaba war von dem Mann zu bezaubert, um zu petzen oder zu klagen. Sie quengelte nicht einmal, als Schildkrötenherz schließlich an die Bank trat und sich zum Essen hinsetzte. Sie krabbelte zwischen seine glatten, haarlosen Waden (er hatte seine Gamaschen ausgezogen), und mit einem zufriedenen Grinsen im Gesicht summte sie eine Art Lied vor sich hin. Melena verspürte Eifersucht auf ein weibliches Wesen von noch nicht einmal zwei Jahren. Sie hätte selbst nichts dagegen gehabt, zwischen den Beinen von Schildkrötenherz zu sitzen.

»Ich habe vorher noch nie einen Quadlinger kennengelernt«, sagte sie zu laut, zu munter. Sie hatte in den Monaten der Einsamkeit ihre Manieren vergessen. »Meine Familie hätte niemals Quadlinger zum Essen eingeladen – nicht dass es auf dem Land um unser Gut herum viele gegeben hätte, meines Wissens gar keine. Den Geschichten nach, die man zu hören bekam, sollen Quadlinger verschlagen sein und nie die Wahrheit sagen.«

»Was mag ein Quadlinger auf einen solchen Vorwurf erwidern, wenn ein Quadlinger immer lügt?« Er lächelte sie an.

Sie schmolz wie Butter auf einem warmen Stück Brot. »Ihnen glaube ich alles.«

Er erzählte ihr vom Leben im hintersten Huden, von den langsam im Sumpf verrottenden Häusern, von den Schnecken und Disteln, die sie aßen, dem gemeinschaftlichen Leben und dem Ahnenkult. »Sie glauben also, dass Ihre Ahnen Ihnen nahe sind?«, hakte sie nach. »Ich will ja nicht neugierig sein, aber ich interessiere mich neuerdings für Religion.«

»Gnädige Frau mag glauben, dass die Ahnen ihr nahe sind?«

Sie konnte kaum auf die Frage achten, so hell strahlten seine Augen und so wunderbar war es, »gnädige Frau« genannt zu werden. Ihre Schultern strafften sich. »Meine unmittelbaren Vorfahren könnten mir nicht ferner sein«, antwortete sie. »Ich meine damit meine Eltern – sie leben noch, aber sie gehen mich so wenig an, dass sie ebenso gut tot sein könnten.«

»Wenn tot, sie mögen gnädige Frau oft besuchen.«

»Bloß nicht! Sie sollen wegbleiben.« Sie lachte und machte eine scheuchende Bewegung. »Meinen Sie damit Gespenster? Das hätte mir noch gefehlt. Das wäre das Schlimmste von beiden Welten – sofern es überhaupt ein Anderes Land gibt.«

»Es gibt eine andere Welt«, sagte er mit Bestimmtheit. Sie fröstelte. Sie hob Elphaba auf und drückte sie fest an sich. Die Kleine hing schlaff in ihren Armen, ohne sich zu wehren oder die Umarmung zu erwidern, denn es war für sie etwas Neues, angefasst zu werden. »Sind Sie ein Seher?«, fragte Melena.

»Schildkrötenherz mag Glas blasen«, sagte er. Er schien das als Antwort zu meinen.

Melena fielen plötzlich die Träume ein, die sie früher gehabt hatte, Träume von fremden Ländern, die sie nicht erfunden haben konnte, phantasielos, wie sie war. »Mit einem Pfarrer verheiratet und weiß nicht mal, ob sie an ein Anderes Land glaubt«, gestand sie. Sie hatte gar nicht sagen wollen, dass sie verheiratet war, obwohl das Kind sie wahrscheinlich verriet.

Aber Schildkrötenherz hatte zu reden aufgehört. Er stellte den Teller hin (die Elritze hatte er übriggelassen) und holte aus seinen Tragetaschen einen kleinen Topf, eine Pfeife und ein paar Säckchen mit Sand, Sodaasche, Kalk und anderen Mineralien. »Mag Schildkrötenherz der gnädigen Frau für ihre Freundlichkeit danken dürfen?«, fragte er. Sie nickte.

Er entfachte das Herdfeuer, sichtete und mischte seine Zutaten, legte sich alles zurecht und säuberte den Kopf seiner Pfeife mit einem speziellen Lappen, den er in einem eigenen Beutel aufbewahrte. Elphaba saß da wie gebannt, die grünen Hände an den grünen Zehen, Neugierde im scharf geschnittenen Gesicht.

Melena hatte noch nie jemanden Glas blasen sehen, genau wie sie noch nie jemanden Papier schöpfen, Tuch weben oder aus Baumstämmen Balken hauen gesehen hatte. Es kam ihr so phantastisch vor wie die Dorfgeschichten von der umherziehenden Uhr, die ihren Mann so gründlich verhext hatte, dass er bis heute sein Amt nicht mehr richtig ausüben konnte, so sehr er es auch versuchte.

Zu einem summenden Ton durch die Nase oder die Pfeife blies Schildkrötenherz eine unregelmäßig geformte Knolle, die trotz ihrer Hitze wie grünliches Eis aussah. Sie dampfte und zischte an der Luft. Er wusste, was er damit zu tun hatte; er war ein Glaszauberer. Melena musste Elphaba zurückhalten, damit sie sich nicht die Hände verbrannte, die sie danach ausstreckte.

So schnell, dass es wie Magie erschien, war das Glas aus einem halb flüssigen Phantasma zu härtender, abkühlender Wirklichkeit geworden.

Es war ein glatter, nicht ganz exakter Kreis, wie ein etwas länglicher Teller. Während Schildkrötenherz daran arbeitete, dachte Melena an ihren Charakter, an den Wandel vom jugendlichen Äther zur immer härter werdenden Schale, die völlig durchsichtig war. Auch zerbrechlich. Doch bevor sie in Selbstmitleid versinken konnte, nahm Schildkrötenherz ihre beiden Hände und führte sie dicht an das Glas heran, doch ohne dass sie die Oberfläche berührten.

»Gnädige Frau mögen mit Ahnen sprechen«, sagte er. Aber sie wollte nicht mühsam mit alten langweiligen Toten im Anderen Land Verbindung aufnehmen, nicht wo seine großen Hände auf ihren lagen. Sie atmete durch die Nase, um nicht aus einem ungewaschenen Mund nach Frühstück zu riechen (Obst und ein Glas Wein, oder waren es zwei gewesen?). Ihr war, als könnte sie ohnmächtig werden.

»Mögen in Glas schauen«, forderte er sie auf. Sie konnte nur auf seinen Hals und seine himbeerhonigfarbene Haut schauen.

Er sah sie an. Elphaba kam und hielt sich mit einer kleinen Hand an seinem Knie fest; sie wollte auch schauen.

»Ehemann ist nahe«, sagte Schildkrötenherz. War dies eine Weissagung durch einen Glasteller, oder stellte er ihr eine Frage? Doch er fuhr fort: »Ehemann mögen kommen mit Esel, um ältere Frau zu bringen. Ist Ahnin, die auf Besuch kommt?«

»Ist wahrscheinlich alte Amme«, sagte Melena. Sie verfiel schon in seine wunderliche Ausdrucksweise, passte sich schamlos an. »Mögen Sie das wirklich da drin sehen können?«

Er nickte. Elphaba nickte auch, aber warum?

»Wie viel Zeit bleibt uns, bis er hier ist?«, fragte sie.

»Bis Abend.«

Bis Sonnenuntergang sprachen sie kein Wort mehr. Sie schütteten Asche aufs Feuer, machten Elphaba an einem Gurt fest und setzten sie vor das abkühlende Glas, das sie wie einen Spiegel an einer Schnur aufhängten. Es schien sie zu fesseln und zu beruhigen, sie nagte nicht einmal geistesabwesend an ihren Handgelenken oder Zehen. Sie ließen die Haustür offen stehen, damit sie von Zeit zu Zeit vom Bett aus nach dem Kind sehen konnten, das, geblendet vom prallen Sonnenschein, im Dunkel des Hauses nichts hätte erkennen können und sich ohnehin kein einziges Mal umschaute. Schildkrötenherz war hinreißend schön. Melena spielte mit ihm Drachenschlange, nahm ihn in den Mund, goss ihn sich in die Hände, erhitzte und kühlte und formte sein Leuchten. Er füllte ihre Leere.

Sie waren gewaschen und bekleidet und hatten das Abendessen fast fertig, als der Esel eine halbe Meile entfernt schrie. Melena wurde rot. Schildkrötenherz blies wieder an seiner Pfeife. Elphaba drehte sich um und blickte in die Richtung des rauhen Eselsschreis. Ihre Lippen, die gegen die Frühapfelfarbe ihrer Haut beinahe schwarz wirkten, spannten sich, fest aneinandergepresst. Sie biss sich auf die Unterlippe, als dächte sie nach, doch es blutete nicht; mit der Zeit hatte sie gelernt, die Zähne etwas vorsichtiger zu gebrauchen. Sie legte die Hand auf die scheinende Scheibe. Das Glasoval fing das letzte Blau des Himmels ein, bis es wie ein magischer Spiegel aussah, in dem nichts als silberkaltes Wasser zu sehen war.

# Die sichtbare Welt und die unsichtbare

Den ganzen Weg von Hintersteinfurt, wo Frex sie von der Kutsche abholte, beklagte sich Ämmchen. Hexenschuss, schwache Nieren, Senkfüße, Zahnfleischbluten, wundgesessener Hintern. Am liebsten hätte Frex bemerkt: Und was ist mit deinem aufgeblähten Ich? Doch obwohl er die Gemeinschaft der Menschen schon länger mied, wusste er, dass das unhöflich gewesen wäre. Ämmchen bemitleidete sich und klammerte sich eisern an ihrem schwankenden Sitz fest, bis sie im Pfarrhaus bei Binsenrain eintrafen.

Melena begrüßte Frex mit rührender Schüchternheit. »Mein Harnisch, meine Stütze«, murmelte sie. Sie war schlank nach dem harten Winter, die Backenknochen standen stärker vor. Ihre Haut sah aus wie mit der Drahtbürste eines Künstlers gescheuert – aber sie hatte schon immer etwas von einer Fleisch gewordenen Radierung gehabt. Sie war gewöhnlich keck mit ihren Küssen, und er fand ihre Zurückhaltung bedenklich, bis er merkte, dass ein Fremder im Schatten stand. Nachdem alle vorgestellt waren, sahen Ämmchen und Melena zu, dass etwas zu essen auf den Tisch kam, und Frex streute dem armen Vieh, das den Wagen gezogen hatte, etwas Hafer hin. Als das getan war, setzte er sich in das Licht des Frühlingsabends, um die Bekanntschaft mit seiner Tochter zu erneuern.

Elphaba war vorsichtig in seiner Nähe. Er holte aus seinem Beutel ein Mitbringsel, das er für sie geschnitzt hatte, einen kleinen Spatz mit einem drolligen Schnabel und erhobenen Flügeln. »Sieh nur, Fabala«, flüsterte er (Melena konnte den Kosenamen nicht leiden, deshalb benutzte er ihn: Es war sein und Elphabas heimliches Band, der

Vater-Tochter-Pakt gegen die Welt). »Sieh nur, was ich im Wald gefunden habe. Einen kleinen Ahornvogel.«

Die Kleine nahm das Ding in die Hand. Sie berührte es sacht und steckte sein Köpfchen in den Mund. Frex machte sich auf das unvermeidliche Knacken gefasst und nahm sich vor, den Seufzer der Enttäuschung zu unterdrücken. Doch Elphaba biss nicht zu. Sie lutschte den Kopf und sah ihn sich wieder an. Nass wirkte er lebendiger.

»Er gefällt dir«, sagte Frex.

Sie nickte und begann, die Flügel zu betasten. Jetzt wo sie abgelenkt war, konnte Frex sie zwischen seine Knie ziehen. Er schmiegte sein krausbärtiges Kinn in ihre Haare – sie roch nach Seife und Holzrauch und leicht angebranntem Toast, ein gesunder Geruch –, und er schloss die Augen. Es war gut, zu Hause zu sein.

Er hatte den Winter in einer verlassenen Schäferhütte auf der Windseite des Greifenkopfs zugebracht, hatte gebetet und gefastet, war tiefer in sich hinein und dann weiter aus sich heraus gegangen. Warum auch nicht? Zu Hause hatte er den Hohn und Spott der Leute im ganzen dichtbesiedelten Tal des Übelsees gefühlt; sie hatten die Lügengeschichte des Zeitdrachens von einem verdorbenen Geistlichen mit der Ankunft eines missgebildeten Kindes zusammengebracht. Sie hatten ihre eigenen Schlüsse gezogen. Sie mieden seine Gottesdienste. Daher war ihm eine Art Einsiedlerleben, wenigstens zeitweise, sowohl als Buße erschienen wie auch als Vorbereitung auf etwas *anderes*, etwas *Zukünftiges* – aber was?

Er wusste, dass dies nicht das Leben war, das Melena sich erhofft hatte, als sie ihn heiratete. Bei seiner Herkunft hatte man angenommen, dass ihm die Ernennung zum Prokurator oder irgendwann sogar zum Bischof sicher war. Er hatte sich vorgestellt, wie glücklich sich Melena als Dame der großen Gesellschaft fühlen würde, wenn sie bei Feiertagsessen und Wohltätigkeitsbällen und bischöflichen Teerunden den Vorsitz führte. Stattdessen – im Feuerschein sah er, wie sie eine letzte, schlaffe Wintermohrrübe über ein Fischgericht raspelte – verkümmerte sie hier in einer schwierigen Ehe an einem kalten, düsteren Seeufer. Frex hatte den Eindruck, dass sie ihn hin und wieder nicht ungern ziehen ließ, damit sie sich freuen konnte, wenn er wieder heimkehrte.

Während er so grübelte, kitzelte sein Bart Elphaba im Nacken, und sie biss die Flügel von ihrem Holzspatz ab und saugte an dem übriggebliebenen Rumpf. Dann entwand sie sich ihm, lief zu einer Glaslinse, die an der vorspringenden Dachkante hing, und schlug danach.

»Nicht! Du machst es kaputt!«, sagte ihr Vater.

»Das mag sie nicht kaputt machen können.« Der Wanderer aus Quadlingen kam vom Spülstein, wo er abgewaschen hatte.

»Sie hat gerade ihr Spielzeug verstümmelt«, sagte Frex und deutete auf das zerbrochene Vögelchen.

»Sie hat gern die halben Sachen«, sagte Schildkrötenherz. »Glaube ich. Das kleine Mädchen mag besser spielen mit den kaputten Teilen.«

Frex verstand nicht ganz, nickte aber. Er wusste, dass die Monate ohne menschliche Gespräche ihn anfangs unbeholfen machten. Der Junge aus dem Wirtshaus, der den Greifenkopf hinaufgestiegen war, um auszurichten, dass Ämmchen in Hintersteinfurt abgeholt werden wollte, hatte den knurrigen und struppigen Frex offensichtlich für einen wilden Mann gehalten. Frex hatte etwas aus der *Ozias* zitieren müssen, um sich halbwegs als Mensch auszuweisen: »Land der grünen Fülle, reich belaubtes Land.« Mehr war ihm nicht eingefallen.

»Warum kann sie es nicht kaputt machen?«, fragte Frex.

»Weil ich es nicht gemacht haben mag, kaputt zu gehen«, antwortete Schildkrötenherz. Dabei lächelte er Frex an, ohne Aggression, während Elphaba mit dem schimmernden Glas herumtaperte, als ob es ein Spielzeug wäre, und damit Schatten, Spiegelungen, Lichter einfing.

»Wohin gehen Sie?«, fragte Frex genau in dem Moment, als Schildkrötenherz fragte: »Woher kommen Sie?«

»Ich bin ein Munchkin«, sagte Frex.

»Ich dachte, alle Munchkins mögen kleiner sein als ich oder Sie.«

»Die Bauern ja, die Landbevölkerung«, sagte Frex. »Aber in Familien von etwas edlerer Abstammung wurde von einem bestimmten Punkt an in die Höhe geheiratet. Und Sie? Sie sind aus Quadlingen.«

»Ja«, antwortete der Quadlinger. Seine rötlichen Haare waren gewaschen und bildeten jetzt, wo sie trockneten, einen luftig abstehenden Bausch. Frex sah es gern, dass Melena so großzügig war und einem vorbeiziehenden Wanderer Gelegenheit bot, sich zu waschen. Vielleicht gewöhnte sie sich am Ende doch noch an das Landleben. Denn, mein Gott, ein Quadlinger stand auf der sozialen Stufenleiter ungefähr so weit unten, wie man als Mensch überhaupt stehen konnte.

»Aber mag ich verstehen«, sagte der Quadlinger. »Huden ist eine kleine Welt. Bis ich weggegangen bin, ich mochte nichts gewusst haben von Bergen, einer hinter dem anderen und auf den zackigen Höhen so eine weite Welt ringsherum. Von der schleierigen Ferne mögen die Augen mir wehtun, weil nicht deutlich zu erkennen. Mögen Sie bitte beschreiben, gnädiger Herr, die Welt, die Sie kennen.«

Frex hob einen Stock vom Boden auf. Er zeichnete ein auf der Seite liegendes Ei in den Staub. »So habe ich es gelernt«, sagte er. »Dieser Kreis hier ist Oz. Wenn man ein X macht«, er kreuzte das Oval durch, »hat man ungefähr so etwas wie einen viergeteilten Kuchen. Oben liegt Gillikin. Voll von Städten und Akademien und Theatern, dem zivilisierten Leben, wie man sagt. Und Industrie.« Er machte im Uhrzeigersinn weiter. »Im Osten liegt Munchkinland, wo wir jetzt sind. Ackerland, das Hauptanbaugebiet von Oz, außer unten im gebirgigen Süden – diese Striche hier, im Bezirk Wederhartung, sind die Berge, über die Sie gekommen sind.« Er zeichnete Buckel und Krakel ein. »Unmittelbar im Süden des Zentrums von Oz liegt Quadlingen. Ein unwirtliches Land, wie ich höre, sumpfig, wertlos, von Insekten und Fieberdünsten geplagt.« Schildkrötenherz blickte verdutzt, nickte aber. »Der Westen wird Winkieland genannt. Darüber weiß ich nicht viel, nur dass es trocken und unbewohnt ist.«

»Und außen herum?«, fragte Schildkrötenherz.

»Sandsteinwüsten im Norden und Westen, Lacksteinwüsten im Osten und Süden. Früher hieß es, der Wüstensand wäre tödlich giftig, aber das ist bloß staatliche Propaganda. Soll Eindringlinge aus Ev und Quox abschrecken. Munchkinland ist ein reiches und begehrtes Ackerbaugebiet, und Gillikin ist auch nicht schlecht. Im Glikkus hier oben«, er ritzte im Nordosten ein paar Linien ein, an der Grenze zwischen Gillikin und Munchkinland, »sind die Smaragdminen und die berühmten Glikkuskanäle. Anscheinend wird darum gestritten, ob der Glikkus zu Munchkinland oder Gillikin gehört, aber ich habe dazu keine Meinung.«

Schildkrötenherz bewegte die Hände über der Zeichnung und beugte die Finger, als ob er die Karte auf diese Weise lesen könnte. »Aber hier?«, sagte er. »Was mag hier sein?«

Frex wusste nicht, ob er die Luft über Oz meinte. »Das Reich des Namenlosen Gottes?«, fragte er. »Das Andere Land? Sind Sie Unionist?«

»Schildkrötenherz ist Glasbläser«, antwortete der Gefragte.

»Ich meinte Ihre Religion.«

Schildkrötenherz senkte den Kopf und wich Frex' Blick aus. »Schildkrötenherz mag dafür keinen Namen kennen.«

»Mit Quadlingern kenne ich mich nicht aus«, sagte Frex angeregt, eine Bekehrungsmöglichkeit witternd. »Aber Gillikinesen und Munchkins sind überwiegend Unionisten. Seit es mit dem heidnischen Lurlinismus vorbei ist. Seit Jahrhunderten gibt es in ganz Oz unionistische Heiligtümer und Kirchen. In Quadlingen nicht?«

»Schildkrötenherz mag nicht kennen, was das ist«, sagte er.

»Und jetzt laufen angesehene Unionisten scharenweise zum Freudenkult über«, schnaubte Frex, »oder sogar zum Tiktakismus, obwohl man den schwerlich als Religion bezeichnen kann. Für die Unwissenden ist heutzutage alles ein Spektakel. Die alten unionistischen Mönche und Nonnen kannten ihre Aufgabe im Universum – dem namenlos erhabenen Lebensquell zu huldigen –, und wir hängen uns heute an den Rocksaum jedes hergelaufenen Magiers. Hedonisten, Anarchisten, Solipsisten! Individuelle Freiheit und Vergnügung ist alles! Als ob die Zauberei irgendetwas Moralisches hätte! Taschenspielertricks, Gaukelei, künstliche Ton- und Lichteffekte, Verwandlungsbluffs!

Scharlatane, Nekromanten, Alchimisten und Kräuterheiler, leichtfertige Schwindler! Wollen nur ihre elenden Rezepte und Altweibersprüche und Kleinkinderzauber verhökern! Das macht mich krank!«

Schildkrötenherz sagte: »Mag Schildkrötenherz Ihnen Wasser bringen, Sie betten?« Er legte Frex seine Finger, weich wie Kalbshaut, an den Hals. Frex zitterte und merkte, dass er geschrien hatte. Ämmchen und Melena standen schweigend mit dem Fischgericht in der Tür.

»Das ist nur eine Redensart, ich bin nicht krank«, sagte er, doch die Fürsorge des Fremden rührte ihn. »Ich denke, wir essen jetzt erst mal.«

Das taten sie. Elphaba aß nichts von ihrer Portion, sie polkte nur dem gebackenen Fisch die Augen aus und versuchte, sie ihrem flügellosen Vogel einzusetzen. Ämmchen grummelte etwas über den Wind vom See, ihr Frösteln, ihren steifen Rücken, ihre Verdauung. Ihre Blähungen roch man schon von Weitem, und Frex setzte sich so diskret wie möglich auf ihre Windseite. Dadurch bekam er den Quadlinger zum Banknachbarn.

»Und, ist Ihnen das jetzt klar?« Frex deutete mit der Gabel auf die Landkarte von Oz.

»Die Smaragdstadt mag wo sein?«, fragte der Quadlinger mit Fischgräten zwischen den Lippen.

»Genau in der Mitte«, antwortete Frex.

»Und da ist Ozma«, sagte Schildkrötenherz.

»Ozma, zur Königin von Oz bestimmt – heißt es jedenfalls«, sagte Frex. »Aber in unseren Herzen muss der Namenlose Gott Herrscher über alles sein.«

»Wie mag ein Wesen ohne Namen herrschen können –«, begann Schildkrötenherz.

»Keine Theologie beim Essen!«, tönte Melena. »Das ist seit Anbeginn unserer Ehe eine Hausregel, Schildkrötenherz, und wir halten uns daran.«

»Außerdem bin *ich* immer noch der Lurlina ergeben.« Ämmchen schnitt eine Grimasse in Frex' Richtung. »Alte Leute wie ich dürfen das. Kennen Sie Lurlina, fremder Herr?«

Schildkrötenherz schüttelte den Kopf.

»Wenn Theologie kein Gesprächsthema sein darf, dann gewiss auch nicht dieser heidnische Quatsch –«, begann Frex, aber Ämmchen, die schließlich zu Gast war und sich gern ein wenig taub stellte, wenn es ihr passte, redete unverdrossen weiter.

»Lurlina ist die Feenkönigin, die auf ihrem Flug über die sandigen Wüsten unter sich das schöne grüne Land Oz erblickte. Sie trug ihrer Tochter Ozma auf, in ihrer Abwesenheit das Land zu regieren, und versprach, in seiner dunkelsten Stunde nach Oz zurückzukehren.«

»Ha!«, machte Frex.

»Bleib mir weg mit deinem Ha!« Ämmchen zog die Nase hoch. »Ich habe genauso ein Recht auf eigene Meinungen wie du, o gottgefälliger Frexspar. Wenigstens bringen sie mich nicht so in Schwierigkeiten wie dich deine.«

»Ämmchen, mäßige dich!«, sagte Melena und amüsierte sich.

»Das ist doch Unsinn«, sagte Frex. »Ozma residiert in der Smaragdstadt, und wer sie gesehen hat, oder Gemälde von ihr, weiß, dass sie gillikinesischer Abstammung ist. Sie hat die typische breite Stirn, die kleine Zahnlücke vorne, den Schock blonder Locken, die jähen Stimmungswechsel – meistens Wutanfälle. Alles typisch für Gillikinesen. Du hast sie doch mal gesehen, Melena, erzähl's ihm.«

»Oh, sie ist elegant auf ihre Art«, musste Melena zugeben.

»Die Tochter einer Feenkönigin?«, fragte Schildkrötenherz.

»Auch das ist Unsinn«, erklärte Frex.

»Überhaupt kein Unsinn!«, widersprach Ämmchen.

»Die Leute bilden sich ein, dass sie sich immer wieder selbst neu gebiert wie ein Phönix«, sagte Frex. »Ha und noch mal ha! In den letzten dreihundert Jahren hat es ganz verschiedene Ozmas gegeben. Ozma die Verlogene war eine eifrige Nonne, die ihre Entscheidungen in einem Eimer aus der höchsten Turmstube ihres Klosters herabließ. Sie war verrückt wie ein Mistkäfer. Ozma die Kriegerin unterwarf sich den Glikkus, wenigstens eine Zeitlang, und konfiszierte die Smaragde, mit denen die Smaragdstadt geschmückt wurde. Ozma die Bibliothekarin tat ihr Lebtag nichts anderes als Genealogien lesen. Dann gab es noch Ozma die Kaumgeliebte, die Hermeline als Haustiere hielt. Sie erlegte den Bauern erdrückende Steuern auf, um das Straßennetz aus gelben Ziegelsteinen in Angriff zu nehmen, an dem heute noch gebaut wird – na, viel Glück damit, kann ich nur sagen.«

»Wer ist jetzt Ozma?«, fragte Schildkrötenherz.

»Sie müssen wissen«, sagte Melena, »dass ich einmal das Vergnügen hatte, die letzte Ozma während der Vergnügungssaison in der Smaragdstadt kennenzulernen – mein Großvater, Eminenz Thropp, hat ein Haus in der Stadt. Im Winter, als ich fünfzehn war, wurde ich dort in die Gesellschaft eingeführt. Damals war Ozma die Gallige an der Macht, so genannt wegen ihres kranken Magens. Sie hatte eine Statur wie ein Seewal, trug aber wunderschöne Kleider. Ich sah sie mit ihrem Mann Pastorius beim Ozer Gesangs- und Gefühlsfest.«

»Sie ist nicht mehr Königin?«, fragte Schildkrötenherz verwirrt.

»Sie starb unter unglücklichen Umständen, bei denen Rattengift im Spiel war«, sagte Frex.

»Aber ihr Geist«, sagte Ämmchen, »ging auf ihr Kind über, Ozma Tippetarius.«

»Die derzeitige Ozma ist etwa so alt wie Elphaba«, sagte Melena, »deshalb ist ihr Vater Pastorius der Ozma-Regent. Der Gute wird regieren, bis Ozma Tippetarius alt genug ist, um den Thron zu besteigen.«

Schildkrötenherz schüttelte den Kopf. Frex war verstimmt, weil sie so viel über die weltliche Herrschaft statt über das ewige Reich geredet hatten.

Doch trotz seiner Ärgers war Frex froh, zu Hause zu sein. Wegen Melenas Schönheit – beim Sonnenuntergang bekam sie beinahe etwas Leuchtendes – und wegen des Überraschungsgastes Schildkrötenherz, der unbefangen lächelnd neben ihm saß. Vielleicht lag es an dessen religiöser Unbedarftheit, die Frex reizte und anzog, ja geradezu verlockte.

»Dann gibt es noch den Drachen, der am Grunde von Oz in einer verborgenen Höhle lebt«, sagte Ämmchen gerade zu Schildkrötenherz. »Der Drache, der die Welt erträumt hat und der sie mit seinem Feuer verbrennen wird, wenn er erwacht –«

»Jetzt hör aber mit diesem abergläubischen Mumpitz auf!«, schrie Frex.

Elphaba kam auf allen vieren über den unebenen Dielenboden gekrabbelt. Sie bleckte die Zähne – als ob sie wüsste, was ein Drache war, als ob sie selbst Drache spielte – und brüllte. Mit ihrer grünen Haut konnte man sie glatt für ein Drachenkind halten.

# Kinderspiel

Gegen Ende des Sommers sagte Ämmchen eines Nachmittags: »Draußen treibt sich ein wildes Tier herum. Ich habe es in der Dämmerung mehrmals durch die Farne schleichen sehen. Was für Tiere leben eigentlich hier in den Bergen?«

»Nichts, was größer ist als ein Hamster«, sagte Melena. Sie waren am Bach und machten die Wäsche. Die kurze Nässeperiode im Frühling war schon lange vorbei, und die Dürre lag wieder schwer auf dem Land. Der Bach war nur ein dünnes Rinnsal. Elphaba, die nicht in die Nähe des Wassers ging, schüttelte von einem wilden Birnbaum die krüppligen Früchte ab. Sie hing mit Händen und Füßen am Stamm und warf den Kopf hin und her, dann fing sie das saure Fallobst mit den Zähnen auf und spuckte Kerne und Stiel auf den Boden.

»Es ist ganz gewiss größer als ein Hamster«, sagte Ämmchen. »Glaube mir. Habt ihr Bären? Es könnte ein Bärenjunges gewesen sein, obwohl es sich mächtig schnell bewegt hat.«

»Keine Bären. Es gibt Gerüchte über Felsentiger auf der Bergkuppe, aber soweit ich weiß, ist seit Urzeiten keiner mehr gesichtet worden. Und Felsentiger sind notorisch scheu und nervös. Sie kommen nicht in die Nähe der Menschen.«

»Dann eben ein Wolf. Gibt es Wölfe?« Ämmchen ließ das Laken im Wasser liegen. »Es könnte ein Wolf gewesen sein.«

»Ämmchen, du denkst, du bist in der Wüste. Wederhartung ist trostlos, zugegeben, aber es ist doch keine Wildnis. Du machst mir Angst mit deinem Gerede von Wölfen und Tigern.«

Elphaba, die noch nicht redete, machte tief im Hals ein leises Knurren.

»Mir gefällt das nicht«, sagte Ämmchen. »Lass uns schnell fertigwaschen und die Sachen im Garten trocknen. Genug ist genug. Außerdem gibt es noch andere Dinge, die ich dir sagen möchte. Wir lassen das Kind bei Schildkrötenherz und gehen irgendwohin.« Sie schüttelte sich. »Wo es sicher ist.«

»Was du zu sagen hast, kannst du auch in Elphabas Beisein sagen«, meinte Melena. »Du weißt doch, dass sie kein Wort versteht.«

»Du verwechselst nicht sprechen mit nicht horchen«, sagte Ämmchen. »Ich glaube, sie versteht eine ganze Menge.«

»Sieh nur, sie schmiert sich Obstmatsch an den Hals, wie ein Parfüm.«

»Wie eine Kriegsbemalung, meinst du wohl.«

»Ach Ämmchen, sei keine Gans und schrubbe lieber die Laken fester. Sie sind schmutzig.«

»Ich muss wohl kaum fragen, wessen Schweiß das ist …«

»Nein, das musst du nicht fragen, aber halte mir bloß keine Moralpredigten.«

»Du weißt, dass Frex das früher oder später merken wird. Diese dynamischen Mittagsschläfchen, die du hältst – na ja, du hattest von jeher eine Schwäche für kräftige Kerle.«

»Ämmchen, lass das, das geht dich gar nichts an!«

»Bedauerlicherweise«, seufzte Ämmchen. »Ist das Altwerden nicht eine einzige Gemeinheit? Ich würde meine harterworbenen Weisheitsperlen jederzeit gegen eine flotte Nummer mit dem Herrn Fahnenmastträger eintauschen.«

Melena spritzte Ämmchen eine Handvoll Wasser ins Gesicht, damit sie den Mund hielt. Die alte Frau kniff die Augen zusammen und sagte: »Na, es ist dein Garten, pflanz darin, was du willst, und ernte, was du kriegst. Worüber ich eigentlich reden wollte, ist die Kleine.«

Das Mädchen hockte mittlerweile hinter dem Birnbaum und spähte mit schmalen Augen in die Ferne. Sie sah aus, dachte Melena, wie eine Sphinx, wie ein steinernes Ungeheuer. Selbst als eine Fliege in ihrem Gesicht landete und über ihren Nasenrücken spazierte, verzog die Kleine keine Miene. Plötzlich sprang sie auf und machte einen Satz, ein nacktes grünes Kätzchen auf der Jagd nach einem unsichtbaren Schmetterling.

»Weshalb?«

»Melena, sie muss sich an andere Kinder gewöhnen. Sie wird ein bisschen zu sprechen anfangen, wenn sie merkt, dass andere Kinder sprechen.«

»Die Bedeutung des Sprechens bei Kindern wird allgemein überschätzt.«

»Werd nicht pampig! Du weißt, dass sie den Kontakt zu anderen Menschen außer uns braucht. Leicht wird sie es sowieso nicht haben, es sei denn, sie wird ihre grünliche Haut los, wenn sie älter wird. Sie braucht regelmäßige Ansprache. Schau, ich stelle ihr Aufgaben, ich trällere ihr Kinderlieder vor. Melena, warum reagiert sie darauf nicht wie andere Kinder?«

»Sie ist langweilig. Manche Kinder sind einfach so.«

»Sie sollte andere Knirpse zum Spielen haben. Sie würde lernen, ein bisschen vergnügt zu sein.«

»Ehrlich gesagt, erwartet Frex nicht, dass ein Kind von ihm vergnügt ist«, sagte Melena. »Vergnügen wird in dieser Welt viel zu hoch bewertet, Ämmchen. Da bin ich ganz seiner Meinung.«

»Und dein Geschlängel mit Schildkrötenherz ist was – eine Andachtsübung?«

»Ich habe gesagt, du sollst nicht so gemein sein!« Melena nahm sich den Frotteestoff vor und schlug ihn verärgert. Ämmchen würde keine Ruhe geben, sie führte irgendetwas im Schilde. Und Ämmchen hatte den Nagel auf den Kopf getroffen. Wenn Melena müde war, weil sie den Vormittag im Gemüsegarten gearbeitet hatte, stahl sich Schildkrötenherz in den kühlen Schatten des Hauses. Er gab ihr ein Gefühl von Heiligkeit, und nicht allein ihre Unterwäsche fiel von ihr ab, wenn sie sich keuchend auf das Bettzeug fallen ließen. Sie verlor auch jede Scham.

Sie wusste, was die Allgemeinheit darüber dachte. Dennoch, wegen Ehebruch vor ein Tribunal unionistischer Geistlicher gestellt, würde sie die Wahrheit sagen. Irgendwie hatte Schildkrötenherz sie gerettet und ihr Kraft und Hoffnung wiedergegeben. Ihr Glaube an das Gute in der Welt war in Scherben gegangen, als die kleine grüne Elphaba aus ihr herausgekommen war. Das Kind war eine maßlos strenge Strafe für eine Sünde, die so gering war, dass sie nicht einmal wusste, ob sie sie überhaupt begangen hatte.

Es war nicht der Sex, der sie rettete, obwohl der Sex ungemein belebend war, geradezu erschreckend. Es war der Umstand, dass Schildkrötenherz nicht rot wurde, wenn Frex erschien, dass er nicht vor der hässlichen kleinen Elphaba zurückschreckte. Er ging weiter hinten im Garten seiner Arbeit nach, Glas zu blasen und zu schleifen, als ob das Leben ihn eigens zur Erlösung Melenas hergeführt hätte. Welches Ziel er auch einmal gehabt haben mochte, er hatte es vergessen.

»Na schön, du aufdringliche alte Kuh«, sagte Melena. »Nur mal spaßeshalber, was schlägst du vor?«

»Wir müssen Elphie nach Binsenrain bringen und ein paar kleine Kinder finden, mit denen sie spielen kann.«

Melena ließ sich hinplumpsen. »Du machst wohl Witze!«, rief sie. »Auch wenn Elphaba nicht die Hellste ist, wenigstens tut ihr hier niemand was. Ich bringe vielleicht nicht viel mütterliche Wärme auf, aber ich ernähre sie, Ämmchen, und ich passe auf, dass sie sich nicht verletzt. Wie grausam, sie der Außenwelt auszuliefern! Ein grünes Kind fordert Hohn und Misshandlung geradezu heraus. Und Kinder sind gemeiner als Erwachsene, sie haben keine Hemmungen. Genauso gut könnten wir sie in den See werfen, vor dem sie so eine Todesangst hat.«

»Nein, nein, nein«, sagte Ämmchen in wildentschlossenem Ton, die Patschhände auf die Knie gestemmt. »Ich werde mit dir darüber streiten, Melena, bis du nachgibst. Die Zeit wird dich Einsicht lehren, und irgendwann wirst du mir zustimmen. Hör zu. Hör mir gut zu! Du bist nur ein verzogenes reiches Gör, das mit Nachbarkindern, die genauso reich und dumm waren wie du, von Musikstunde zu Tanzstunde durch die Gegend flatterte. Natürlich geschehen Grausamkeiten. Aber Elphaba muss begreifen, wer sie ist, und sie muss Grausamkeiten frühzeitig die Stirn bieten lernen. Und es werden weniger sein, als du denkst.«

»Spiel hier nicht Göttin Ämmchen. Das zieht nicht bei mir.«

»Das Ämmchen gibt nicht auf«, sagte Ämmchen nicht minder energisch. »Ich habe dein langfristiges Glück im Auge und ihres genauso, und glaube mir, wenn du ihr nicht die Waffen und die Rüstung gibst, damit sie sich gegen Hohn und Spott verteidigen kann, dann wird sie dir das Leben ebenso zur Qual machen, wie ihres eine Qual sein wird.«

»Und Waffen und Rüstung bekommt sie von den dreckigen Rangen in Binsenrain?«

»Lachen. Spaß. Foppen. Herumalbern.«

»Ach, *bitte!*«

»Ich hätte keine Skrupel, dich deswegen zu erpressen, Melena«, sagte Ämmchen. »Ich kann heute Nachmittag nach Binsenrain spazieren, wo Frex seine Erweckungsversammlung abhalten will, und ihm ein paar Wörtchen zuflüstern. Ob es ihn wohl interessiert zu erfahren, was seine Frau mit Schildkrötenherz treibt, während er sich abmüht, den Binsenrainer Trantüten das Feuer der Gottesliebe einzublasen?«

»Du bist ein elendes altes Scheusal! Eine miese, unmoralische Erpresserin!«, schrie Melena.

Ämmchen grinste. »Spätestens morgen«, sagte sie. »Morgen gehen wir ins Dorf und sehen zu, dass ihr Leben in Gang kommt.«

Am Morgen wehte ein steifer, unbarmherziger Wind von den Bergen. Er wirbelte alte Blätter und Feld- und Gartenabfälle auf. Ämmchen zog sich ein Tuch über ihre runden Schultern und eine Haube in die Stirn. Am Wegrand meinte sie überall wilde Tiere zu erspähen; wenn sie sich umdrehte, sah sie eine schleichende katzen- oder fuchsartige Gestalt in Laub- und Unrathaufen verschwinden.

Ämmchen hob einen Schwarzdornstock auf, als bräuchte sie beim Gang über Steine und Furchen eine Stütze, doch sie hoffte, dass sie entschlossen genug war, eine hungrige Bestie damit abzuwehren. »Das Land ist trocken und kalt«, bemerkte sie fast wie im Selbstgespräch. »Und so wenig Regen! Natürlich treibt das die großen Tiere aus den Bergen. Lass uns dicht zusammenbleiben. Nicht vorauslaufen, mein Grünchen!«

Sie gingen schweigend dahin: Ämmchen ängstlich, Melena verärgert, weil sie ihr nachmittägliches Liebesspiel mit Schildkrötenherz verpasste, und Elphaba wie eine Aufziehpuppe, die fest einen Fuß vor den anderen setzte. Das Wasser des Sees war zurückgewichen, und manche der primitiven Bootsstege führten jetzt über Kiesel und vertrocknende Algen hinweg.

Gornette wohnte in einem dunklen Steinhaus mit verrottendem Reetdach. Wegen eines Hüftleidens taugte sie schlecht zum Einholen der Fischernetze oder zum Knien in den darbenden Gemüsebeeten. Stattdessen hatte sie auf dem staubigen Hof ein Rudel mehr oder weniger unbekleideter kleiner Kinder, die kreischend und schmollend im Kreis herumliefen. Sie blickte auf, als die Pfarrersfamilie nahte.

»Ja, guten Tag, du musst Gornette sein«, sagte Ämmchen munter. Sie war erleichtert, als sie das Tor öffnete und den sicheren Garten betrat, selbst wenn er zu einer Bruchbude gehörte. »Bruder Frexspar hat uns erzählt, dass wir dich hier antreffen würden.«

»Du liebe Lurlina, es stimmt also doch!«, sagte Gornette und machte gegen Elphaba ein frommes Abwehrzeichen. »Ich hab's für bösartiges Gerede gehalten, und nun sieh sie dir an!«

Die Kinder bewegten sich auf einmal langsamer. Es waren Jungen und Mädchen, braun im Gesicht und weiß am Körper, alle schmutzig, alle neugierig. Obwohl sie weiter im Kreis gingen, weil sie irgendein Ausdauer- oder Phantasiespiel machten, ließen sie Elphaba nicht aus den Augen.

»Du weißt sicher – natürlich weißt du es –, dass dies Melena ist, und ich bin ihre Amme«, sagte Ämmchen. »Sehr erfreut, dich kennenzulernen, Gornette.« Sie warf Melena einen verstohlenen Blick zu, biss sich auf die Oberlippe und nickte.

»Sehr erfreut, ja, gewiss«, sagte Melena eisig.

»Und wir bräuchten deinen Rat, denn du bist uns wärmstens empfohlen worden«, sagte Ämmchen. »Das kleine Mädchen hier hat Probleme, und so sehr wir uns auch den Kopf zerbrechen, wir kommen auf keine guten Ideen.«

Gornette beugte sich misstrauisch vor.

»Die Kleine ist grün«, flüsterte Ämmchen vertraulich. »Bei ihrer bezaubernden und herzlichen Art ist dir das vielleicht noch gar nicht aufgefallen. Natürlich wissen wir, dass die braven Bürger von Binsenrain sich von so etwas niemals stören lassen würden. Aber weil sie grün ist, ist sie schüchtern. Sieh sie dir an! Eine schreckhafte kleine Springschildkröte. Wir müssen sie aus ihrem Panzer herausholen, sie fröhlicher machen, und wir wissen nicht, wie.«

»Grün ist sie, das kann man sagen«, bestätigte Gornette. »Kein Wunder, dass dem nichtsnutzigen Bruder Frexspar so lange das Predigen vergangen ist.« Sie warf den Kopf in den Nacken und lachte rauh und herzlos. »Jetzt traut er sich langsam wieder, damit anzufangen. Der hat echt Nerven.«

»Bruder Frexspar«, unterbrach Melena kalt, »weist uns auf das Schriftwort hin: ›Niemand kennt die Farbe einer Seele.‹ Gornette, er meinte, ich sollte dir die Stelle in Erinnerung rufen.«

»So, meinte er«, brummelte Gornette etwas kleinlauter. »Na schön, und was wollt ihr von mir?«

»Lass sie spielen, lass sie lernen, lass sie herkommen und unter deiner Aufsicht sein. Du bist erfahrener als wir«, sagte Ämmchen.

Die gerissene alte Kuh, dachte Melena. Sie versucht es mit der kühnsten Strategie überhaupt: die Wahrheit zu sagen, und zwar so, dass sie glaubhaft klingt. Sie setzten sich.

»Ich weiß nicht, ob sie mit ihr warmwerden würden«, zierte sich Gornette. »Und mit meiner Hüfte, nicht wahr, da kann ich nicht aufspringen und eingreifen, wenn sie's zu wild treiben.«

»Warten wir's ab. Und natürlich gäbe es eine Bezahlung, ein bisschen Geld, der Meinung ist Melena auch«, sagte Ämmchen. Der verödete Gemüsegarten war ihr aufgefallen. Die nackte Armut. Ämmchen gab Elphaba einen Schubs. »Na, geh nur zu, Kind, und sieh dich ein bisschen um.«

Das Mädchen rührte sich nicht, zuckte nicht mit der Wimper. Die Kinder kamen näher. Es waren fünf Jungen und zwei Mädchen. »Was'n hässliches Ding«, sagte einer der älteren Jungen. Er berührte Elphaba an der Schulter.

»Spielt nett miteinander«, sagte Melena und wollte schon aufspringen, aber Ämmchen gebot ihr mit einer Handbewegung sitzenzubleiben.

»Fangen, wir spielen Fangen!«, sagte der Junge. »Wer ist dran?«

»Die nicht, die nicht!« Die anderen Kinder stürmten kreischend heran, streiften Elphaba mit den Händen und liefen schnell wieder weg. Elphaba blieb einen Moment unsicher stehen, die Arme herabhängend, die Fäuste geballt, dann lief sie ein paar Schritte und blieb wieder stehen.

»So ist's recht, gesunder Auslauf«, sagte Ämmchen und nickte. »Gornette, du bist genial.«

»Ich kenn meine Küken«, sagte Gornette. »Soll mir keiner das Gegenteil behaupten.«

Wieder stürmten die Kinder im Rudel heran, um sie abzuklatschen und davonzuschießen, doch das Mädchen verfolgte sie nicht. Also kamen sie aufs neue.

»Stimmt es, dass sich bei euch so ein Quadlinger Dreckteufel aufhält?«, fragte Gornette. »Stimmt es, dass er nur Gras und Mist frisst?«

»Ich muss doch sehr bitten!«, rief Melena.

»Stimmt es, was man sich erzählt?«, ließ Gornette nicht locker.

»Er ist feiner Mensch.«

»Aber er ist ein Quadlinger?«

»Ja – und?«

»Dann bring ihn bloß nicht hierher, die verbreiten die Pest«, sagte Gornette.

»Sie verbreiten nichts dergleichen«, giftete Melena.

»Nicht werfen, Elphielein!«, rief Ämmchen.

»Ich sage nur, was man so hört. Es heißt, dass Quadlinger am Abend einschlafen und ihre Seelen dann aus dem Mund kommen und herumschweifen.«

»Dumme Leute erzählen dumme Sachen.« Melena sprach barsch und zu laut. »Ich habe noch nie gesehen, dass ihm seine Seele beim Schlafen aus dem Mund gekommen ist, und und ich habe reichlich Geleg –«

»Schätzchen, keine Steine!«, befahl Ämmchen schrill. »Die anderen Kinder haben auch keine Steine.«

»Doch, haben sie«, bemerkte Gornette.

»Er ist der feinfühligste Mensch, der mir je begegnet ist«, sagte Melena.

»Mit feinfühlig kann man als Fischfrau nicht viel anfangen«, meinte Gornette. »Und als Pfarrer und Pfarrersfrau?«

»Jetzt blutet sie, wie ärgerlich«, sagte Ämmchen. »Kinder, lasst Elphie los, damit ich die Wunde abwischen kann. Ach, ich habe gar keinen Lappen mit. Gornette?«

»Bluten tut ihnen gut, da haben sie weniger Hunger«, sagte Gornette.

»Bei mir steht *feinfühlig* wesentlich höher im Kurs als *dämlich*«, sagte Melena wutschnaubend.

»Nicht beißen«, sagte Gornette zu einem der kleinen Jungen. Doch als Elphaba den Mund aufmachte, um es ihm heimzuzahlen, rappelte sie sich auf, Hüftleiden hin oder her, und schrie: »*Nicht beißen, zum Donnerwetter!*«

»Sind Kinder nicht etwas Wunderbares?«, sagte Ämmchen.

# Dunkelheit zieht auf

Jeden zweiten oder dritten Tag nahm Ämmchen Elphaba an der Hand und watschelte mit ihr die schattige Straße nach Binsenrain. Dort spielte Elphaba unter den Augen der mürrischen Gornette mit den schmuddeligen Dorfkindern. Frex war wieder unterwegs (aus Selbstvertrauen oder Verzweiflung?) und verstörte armselige Dörfer mit seinem wilden Bart und seinen gesammelten Glaubenssätzen. Er war acht, zehn Tage am Stück weg. Melena übte Klavierläufe auf einer stummen Tastatur, die Frex für sie in Originalgröße geschnitzt hatte.

Schildkrötenherz schien mit dem Nahen des Herbstes zu welken und auszudörren. Ihre Liebesnachmittage verloren langsam die triebhafte Hitze und gewannen an zärtlicher Wärme. Melena war stets für die Gefälligkeiten von Frex empfänglich und ihrerseits ihm gefällig gewesen, aber irgendwie war sein Körper nicht so geschmeidig wie der von Schildkrötenherz. Beim Einschlummern lag Schildkrötenherzens Mund an einer ihrer Brustwarzen, und seine Hände – seine großen Hände – wanderten wie intelligente Haustiere auf ihr umher. Sie stellte sich vor, dass seine Körperteile sich verselbständigten, wenn ihre Augen geschlossen waren: sein Mund wurde tätig, sein Schwanz erhob sich und stupste und drückte, sein Atem kam von woanders her als aus seinem Mund, wenn er ihr sanft ins Ohr säuselte, wortlos, seine Arme waren wie Bügel.

Dennoch kannte sie ihn nicht, nicht wie sie Frex kannte, sie konnte ihn nicht durchschauen wie die meisten anderen Menschen. Sie schrieb das seinem noblen Verhalten zu, doch das aufmerksame Ämmchen bemerkte eines Abends, es liege nur daran, dass seine Sitten die eines Quadlingers waren; Melena habe sich niemals klargemacht, dass er einer anderen Kultur entstammte als sie.

»Kultur, was ist schon Kultur«, sagte Melena träge. »Menschen sind Menschen.«

»Hast du deine Kinderverse vergessen?« Ämmchen legte ihr Nähzeug beiseite (sehr erleichtert) und rezitierte:

> Jungen lernen, Mädchen wissen,
> Weshalb sie nichts lernen müssen.
> Jungen büffeln, Mädchen vergessen,
> Andres lockt sie unterdessen.
> Gillikinesen sind nicht blöd,
> Munchkinleben sind meist öd.
> Glikker hauen ihre Frauen,
> Winkies hausen wie die Sauen.
> Doch der Quadlinger, strohdumm,
> Eklig, widrig, gar nicht fromm,
> Frisst die Jungen, begräbt die Alten,
> Noch bevor ihre Leichen erkalten.
> *Gib mir 'nen Apfel, dann sag ich's noch mal.*

»Was weißt du von ihm?«, fragte Ämmchen. »Ist er verheiratet? Warum hat er Niederdreckloch verlassen, oder wie das heißt, wo er herkommt? Selbstverständlich kommt es mir in meiner Stellung nicht zu, persönliche Fragen zu stellen ...«

»Seit wann weißt du, was dir in deiner Stellung zukommt, und hältst dich auch noch dran?«

»Glaub mir, wenn das Ämmchen seine Stellung vergisst, das wirst du merken.«

Eines Abends Anfang August machten sie im Garten ein Feuer. Frex war zu Hause und guter Laune, und Ämmchen dachte daran, nach Kolkengrund zurückzukehren, was Melena ihrerseits in gute Laune versetzte. Schildkrötenherz stellte zum Abendessen einen widerlich schmeckenden Gulasch aus kleinen sauren Frühäpfeln, Käse und Speck zusammen.

Frex war gesprächig. Die Nachwirkung des verfluchten Tiktakdings, der Uhr des Zeitdrachens, war endlich abgeklungen – dem Namenlosen Gott sei Dank –, und die gottlosen Armen kamen wieder aus ihren Löchern gekrochen, um sich von Frex die Leviten lesen zu lassen. Ein zweiwöchiger Einsatz in Drei Tote Bäume war ein Erfolg gewesen. Frex war mit einer kleinen Kollekte von Kupfermünzen und Tauschgegenständen belohnt worden sowie mit dem Leuchten der Andacht oder sogar des Eifers auf dem Gesicht des einen oder anderen Büßers.

»Vielleicht neigt sich unsere Zeit hier dem Ende zu«, sagte er zufrieden seufzend und verschränkte die Hände hinter dem Kopf – die typisch männliche Reaktion auf Glück, dachte Melena: sein Ende zu prophezeien. Ihr Mann fuhr fort. »Vielleicht führt uns die Straße von Binsenrain ja zu höheren Dingen, Melena. Zu größeren Aufgaben im Leben.«

»Ach, sei so gut«, sagte sie. »Meine Familie ist neun Generationen lang aus bescheidenen Anfängen aufgestiegen, und herausgekommen bin ich, die ich hier draußen am Arsch der Welt knöcheltief im Dreck stecke. Ich glaube nicht an höhere Dinge.«

»Ich rede von den erhabenen Zielen des Geistes. Ich rede nicht davon, die Smaragdstadt zu erstürmen und der persönliche Beichtvater des Ozma-Regenten zu werden.«

»Warum bewirbst du dich nicht darum, der Beichtvater von Ozma Tippetarius zu werden?«, fragte Ämmchen. Sie sah sich schon in der vornehmen Smaragdstädter Gesellschaft verkehren, wenn Frex eine solche Position bekleidete. »Was tut's, ob die Infantin erst, was, zwei Jahre alt ist? Drei? Erst mal übt wieder ein männlicher Regent die Herrschaft aus, aber er macht das ja nur für eine begrenzte Frist – wie meistens, wenn Männer sich binden. Du bist noch jung, sie wird erwachsen werden, und du könntest dann Einfluss auf die Politik nehmen ...«

»Ich lege keinen Wert darauf, für jemanden am Hofe den Seelsorger zu machen, nicht einmal für Ozma die fanatisch Fromme.« Frex zündete sich eine Weidenpfeife an. »Mein Weg führt zu den Erniedrigten und Beleidigten.«

»Der gute Herr mag nach Quadlingen ziehen sollen«, sagte Schildkrötenherz. »Genug Erniedrigte dort.«

Schildkrötenherz sprach nicht häufig von seiner Vergangenheit, und Melena fiel Ämmchens Kritik an ihrer mangelnden Neugier ein. Sie wedelte den Pfeifenrauch weg und sagte: »Warum bist du eigentlich aus Huden weggegangen?«

»Greuel«, antwortete er.

Elphaba, die gehofft hatte, dass Ameisen über den Mahlstein liefen, damit sie sie mit einem anderen Stein zerquetschen konnte, hob den Kopf und blickte über den Rand der flachen Mulde. Die anderen warteten, dass Schildkrötenherz weitersprach. Melena wurde unbehaglich zumute – sie fühlte plötzlich eine Veränderung, just an diesem Abend, in dieser wunderbar milden Nacht; spürte, wie gerade jetzt, wo sie hier ein wenig heimisch geworden waren, neues Unheil drohte.

»Was für Greuel?«, fragte Frex.

»Mir ist kalt. Ich hole mir ein Tuch«, sagte Melena.

»Oder Seelsorger von Pastorius! Dem Ozma-Regenten! Warum nicht, Frex?«, sagte Ämmchen. »Ich bin sicher, wenn Melenas Familie ihre Beziehungen spielen ließe, könntest du eine Einladung ergattern –«

»Greuel«, sagte Elphaba.

Es war ihr erstes Wort, und es wurde mit Schweigen aufgenommen. Selbst der Mond, der als strahlende Schüssel zwischen den Bäumen hing, schien einen Moment innezuhalten.

»Greuel?«, sagte Elphaba wieder und sah sich um. Obwohl ihr Mund ernst war, leuchteten ihre Augen; sie merkte, dass sie etwas Besonderes geleistet hatte. Sie war jetzt fast zwei Jahre alt. Die großen, scharfen Zähne in ihrem Mund konnten die Wörter nicht länger eingesperrt halten. »Greuel«, probierte sie flüsternd. »Greuel.«

»Komm zum Ämmchen, Schatz. Komm, setz dich auf meinen Schoß und sei ein Weilchen still.«

Sie gehorchte, setzte sich aber ganz vorn aufs Knie, mit Abstand von Ämmchens polsterartigem Busen, und ließ keinen anderen Kontakt zu, als dass Ämmchens Arme ihre Taille umschlossen. Sie starrte Schildkrötenherz an und wartete.

Und Schildkrötenherz sagte mit ergriffener Stimme: »Schildkrötenherz denkt, das Kind mag zum ersten Mal gesprochen haben.«

»Ja«, bestätigte Frex und blies einen Rauchring in die Luft, »und sie fragt nach den Greueln. Oder möchtest du uns lieber nichts darüber erzählen?«

»Schildkrötenherz mag wenig zu sagen haben. Schildkrötenherz mag arbeiten mit Glas und die Worte dem guten Herrn und der gnädigen Frau und dem Ämmchen überlassen. Und jetzt auch dem Mädchen.«

»Dann sage das Wenige. Du hast das Thema aufgebracht.«

Melena zitterte; sie war das Tuch nicht holen gegangen. Sie konnte sich nicht bewegen. Sie war schwer wie ein Stein.

»Arbeiter aus der Smaragdstadt und von anderswo, sie mögen nach Quadlingen kommen. Gucken und kosten und prüfen die Luft, das Wasser, die Erde. Planen die Straße. Quadlinger mögen wissen, das ist verschwendete Zeit und verschwendete Mühe. Aber mögen nicht horchen auf Quadlinger Stimmen.«

»Quadlinger sind keine Straßenbauingenieure, vermute ich mal«, bemerkte Frex.

»Das Land ist schwierig«, sagte Schildkrötenherz. »In Huden die Häuser mögen schwimmen zwischen den Bäumen. Mag alles wachsen auf kleinen, angeseilten Terrassen. Jungen tauchen in flachem Wasser nach Gemüseperlen. Zu viele Bäume, und nicht genug Licht für Pflanzen und Gesundheit. Zu wenig Bäume, und das Wasser steigt und oben schwimmende Pflanzen mögen nicht mit den Wurzeln zum Boden kommen. Quadlingen ist armes Land, aber reich an Schönheit. Mag nur durch Planung und Zusammenarbeit Lebensunterhalt geben.«

»Das heißt, der Widerstand gegen die Gelbe Ziegelstraße –«

»Reicht nicht aus. Quadlinger mögen die Straßenbauer nicht überzeugen können, die Erd- und Steindämme bauen und Quadlingen in

81

Stücke schneiden wollen. Quadlinger mögen erklären und beten und beweisen und doch mit Worten nicht gewinnen können.«

Frex hielt die Pfeife in beiden Händen und beobachtete, wie Schildkrötenherz sprach. Er war von ihm angezogen; Intensität zog Frex immer an.

»Quadlinger überlegen, ob sie kämpfen mögen«, sagte Schildkrötenherz. »Weil denken, das ist nur der Anfang. Bauarbeiter, wenn sie die Erde prüfen und das Wasser filtern, mögen Dinge erfahren, die Quadlinger von jeher wissen, aber geheimgehalten haben.«

»Dinge, die du weißt?«

»Schildkrötenherz mag von Rubinen sprechen«, sagte er mit einem tiefen Seufzer. »Rubine unter dem Wasser. Rot wie Taubenblut. Ingenieure mögen sagen: roter Korund in Bändern von körnigen Kalksteinseifen unterm Sumpf. Quadlinger mögen sagen: das Blut von Oz.«

»Wie das rote Glas, das du machst?«, sagte Melena.

»Rubinglas mag entstehen durch Beigeben von Goldchlorid«, sagte Schildkrötenherz. »Aber Quadlingen mag Lager von echten Rubinen haben. Und die Bauarbeiter mögen die Nachricht in die Smaragdstadt tragen. Die Folge wird sein Greuel über Greuel.«

»Woher willst du das wissen?«, fragte Melena ungehalten.

»In das Glas gucken«, sagte Schildkrötenherz und deutete auf die Scheibe, die er als Spielzeug für Elphaba gemacht hatte, »mag heißen, die Zukunft sehen, in Blut und Rubinen.«

»Ich glaube nicht, dass man in die Zukunft blicken kann. Das riecht nach Freudenkult«, sagte Frex heftig. »Nach dem Fatalismus des Zeitdrachens. Bäh! Nein, der Namenlose Gott hält auch eine namenlose Geschichte für uns bereit, und Wahrsagerei gründet bloß auf Mutmaßung und Angst.«

»Dann Angst und Mutmaßung genug, dass Schildkrötenherz mag Quadlingen verlassen haben«, sagte der Glasbläser, ohne sich dafür zu entschuldigen. »Quadlinger mögen ihre Religion nicht einen Freudenkult nennen, doch horchen auf Zeichen und achten auf Hinweise. Wie das Wasser mag rot von Rubinen sein, so wird es sein vom Blut der Quadlinger.«

»Unsinn!«, ereiferte sich Frex, seinerseits rot. »Man muss ihnen mal tüchtig ins Gewissen reden.«

»Außerdem, ist Pastorius nicht ein Einfaltspinsel?«, sagte Melena, die sich als Einzige ein fundiertes Urteil über das Königshaus erlauben konnte. »Was wird er schon groß tun, bis Ozma volljährig ist, als auf die Jagd reiten, Munchkiner Kuchen mampfen und nebenbei mal ein Hausmädchen verführen?«

»Die Gefahr ist ein Ausländer«, sagte Schildkrötenherz, »kein einheimischer König oder Königin. Die alten Frauen und die Schamanen und die Sterbenden: Sie mochten sehen einen fremden König, grausam und mächtig.«

»Was bezweckt der Ozma-Regent eigentlich damit, dass er Straßen in dieses gottverlassene Sumpfland plant?«, fragte Melena.

»Fortschritt«, sagte Frex, »genau wie mit der Gelben Ziegelstraße durch Munchkinland. Fortschritt und Kontrolle. Truppenbewegungen. Allgemeine Besteuerung. Militärischer Schutz.«

»Schutz vor wem?«, fragte Melena.

»Tja«, sagte Frex, »das ist immer die Frage.«

»Tja«, sagte Schildkrötenherz beinahe flüsternd.

»Und wohin willst du gehen?«, fragte Frex. »Nicht dass wir dich hier nicht haben wollten, durchaus nicht. Melena freut sich, dass du da bist. Wir alle.«

»Greuel«, sagte Elphaba.

»Still jetzt!«, sagte Ämmchen.

»Die gnädige Frau ist freundlich und der gute Herr ist freundlich zu Schildkrötenherz. Der eigentlich nicht länger als einen Tag bleiben wollte. Auf dem Weg in die Smaragdstadt Schildkrötenherz mochte sich verlaufen haben. Schildkrötenherz mochte bitten wollen um eine Audienz bei Ozma –«

»Dem Ozma-Regenten jetzt«, unterbrach Frex.

»– und um Gnade für Quadlingen flehen. Und warnen vor dem brutalen Fremden –«

»Greuel«, sagte Elphaba und klatschte vergnügt in die Hände.

»Das Kind mag Schildkrötenherz an seine Pflichten erinnern«, sagte er. »Davon zu reden bringt die Pflichten zurück aus dem Schmerz der Vergangenheit. Schildkrötenherz mag vergessen haben. Doch wenn Worte mögen in die Luft gesprochen sein, Taten müssen folgen.«

Melena funkelte Ämmchen hasserfüllt an, die das Mädchen auf den Boden gesetzt hatte und anfing, das Essensgeschirr einzusammeln. Siehst du, was bei solchem neugierigen Schnüffeln herauskommt, Ämmchen? Siehst du? Ist ja bloß das Ende meines einzigen Glücks im Leben, weiter nichts. Melena wandte den Blick von ihrem grässlichen Kind ab, das zu lächeln schien – oder war das ein ängstlicher Gesichtsausdruck? Verzweifelt blickte sie ihren Mann an. Tu was, Frex!

»Vielleicht ist dies das höhere Ziel, das wir suchen«, murmelte dieser. »Wir sollten nach Quadlingen ziehen, Melena. Wir sollten den Luxus von Munchkinland fahrenlassen und uns im Feuer wahrer Not erproben.«

»Den Luxus von Munchkinland?« Melenas Stimme war schrill.

»Wenn der Namenlose Gott durch ein niedriges Gefäß spricht«, begann Frex mit einer Handbewegung auf Schildkrötenherz, der wieder niedergeschlagen guckte, »dann können wir beschließen, darauf zu hören, oder wir können beschließen, unser Herz zu verhärten –«

»Na fein, dann hör jetzt mal darauf«, sagte Melena. »Ich bin schwanger, Frex. Ich kann nicht auf Reisen gehen. Ich kann nicht umziehen. Und wenn ich außer Elphaba noch einen Säugling habe, für den ich sorgen muss, dann ist an ein Herumtingeln im Schlammland gar nicht zu denken.«

Nachdem die Stille nicht mehr ganz so drückend war, fuhr sie fort: »Ich hätte es dir lieber anders gesagt.«

»Herzlichen Glückwunsch«, sagte Frex kalt.

»Greuel«, sagte Elphaba zu ihrer Mutter. »Greuel, Greuel, Greuel.«

»Das reicht jetzt an gedankenlosem Geplapper für einen Abend«, übernahm Ämmchen das Kommando. »Melena, du wirst dich noch erkälten, wenn du so hier draußen sitzt. Die Sommerabende werden wieder frischer. Komm nach drinnen und lass es für heute genug sein.«

Doch Frex erhob sich, trat zu seiner Frau und küsste sie. Niemand wusste so recht, ob er den Verdacht hatte, dass Schildkrötenherz der Vater war, und auch Melena wusste nicht, wer der Vater war, ihr Angetrauter oder ihr Geliebter. Im Grunde war es ihr egal. Sie wollte nur nicht, dass Schildkrötenherz wegging, und sie nahm es ihm bitter übel, dass er sich auf einmal gegenüber seinen elenden Landsleuten moralisch verpflichtet fühlte.

Frex und Schildkrötenherz unterhielten sich leise, so dass Melena nichts verstand. Sie saßen am Feuer, die Köpfe zusammengesteckt, und Frex hatte Schildkrötenherz den Arm um die bebenden Schultern gelegt. Ämmchen machte Elphaba bettfertig, ließ sie draußen bei den Männern und setzte sich mit einem Glas heißer Milch und einem Schälchen mit Arzneikapseln zu Melena aufs Bett.

»Ich wusste, dass so was kommen würde«, sagte sie ruhig. »Trink die Milch, Herzchen, und hör auf zu flennen. Du benimmst dich wieder wie ein Kind. Wie lange weißt du es schon?«

»Sechs Wochen etwa«, antwortete Melena. »Ich will keine Milch, Ämmchen. Ich will meinen Wein.«

»Du wirst Milch trinken. Keinen Wein mehr, bis das Kind da ist. Willst du noch ein Unglück erleben?«

»Wein trinken ändert die Hautfarbe eines Embryos nicht«, sagte Melena. »Ich bin vielleicht ein bisschen doof, aber so weit kenne ich mich in Biologie aus.«

»Es ist schlecht für deinen Gemütszustand, nicht mehr und nicht weniger. Trink die Milch und schluck eine von diesen Kapseln.«

»Wozu?«

»Ich habe getan, was ich dir seinerzeit versprochen habe«, sagte Ämmchen im Verschwörerton. »Letzten Herbst habe ich mich für dich im Armenviertel unserer schönen Hauptstadt umgetan –«

Mit einem Mal war die junge Frau ganz Ohr. »Ämmchen, das ist nicht wahr! Wie klug von dir! Hast du dich nicht gefürchtet?«

»Gewiss doch. Aber das Ämmchen liebt dich, auch wenn du noch so dumm bist. Ich habe einen Laden mit den geheimen Zeichen der Alchimisten außen dran gefunden.« Sie rümpfte die Nase bei der Erinnerung an den Geruch von verrottendem Ingwer und Katzenpisse. »Ich habe bei einer frech grinsenden Alten aus Shiz gesessen, einem Lästermaul namens Schackel, und habe den Tee getrunken und die Tasse umgestülpt, damit sie aus den Blättern lesen konnte. Schackel konnte kaum ihre eigene Hand sehen, viel weniger die Zukunft lesen.«

»Eine echte Meisterin ihrer Kunst«, bemerkte Melena trocken.

»Dein Mann glaubt nicht an Vorhersagen, also dämpfe deine Stimme. Jedenfalls habe ich ihr von der grünen Haut deines ersten Kindes erzählt, und wie schwer es ist, genau zu ergründen, wie es dazu gekommen ist. Wir wollen nicht, dass es noch mal geschieht, habe ich gesagt. Daraufhin hat Schackel ein paar Kräuter und Mineralien zermahlen und sie mit Gombaöl geröstet und ein paar heidnische Gebete darüber gesprochen, und vermutlich hat sie auch noch hineingespuckt, ich habe nicht allzu genau hingeschaut. Aber ich habe für eine Neunmonatsration bezahlt, mit deren Einnahme man beginnen muss, sobald man sicher weiß, dass man schwanger ist. Wir sind vielleicht einen Monat zu spät dran, aber trotzdem wird es besser als nichts sein. Ich vertraue dieser Frau vollkommen, Melena, und du solltest das auch tun.«

»Und warum?«, fragte Melena und schluckte die erste von neun Kapseln. Sie schmeckte wie Knochenmark.

»Weil Schackel deinen Kindern eine große Zukunft geweissagt hat«, antwortete Ämmchen. »Sie sagte, Elphaba wird deine Erwartungen übertreffen und dein zweites Kind genauso. Sie sagte, du sollst nicht den Lebensmut verlieren. Sie sagte, dass große geschichtliche Umwälzungen bevorstehen und dass diese Familie dabei mitmischen wird.«

»Was sagt sie über meinen Geliebten?«

»Du bist eine Nervensäge«, stöhnte Ämmchen. »Sie sagte, du sollst Ruhe geben und dir keine Sorgen machen. Sie gibt dir ihren Segen. Sie ist eine dreckige Hure, aber sie weiß, wovon sie spricht.« Ämmchen erwähnte nicht, dass das nächste Kind nach Schackels Angaben wieder ein Mädchen werden würde. Die Wahrscheinlichkeit war zu groß, dass Melena es abzutreiben versuchte, und wie Schackel geklungen hatte, würde die Geschichte zwei Schwestern gehören, nicht einem einzelnen Mädchen.

»Und du bist heil wieder nach Hause gekommen? Hat jemand Verdacht geschöpft?«

»Wer würde schon das harmlose alte Ämmchen verdächtigen, im Armenviertel verbotene Substanzen zu erwerben?«, lachte Ämmchen. »Ich mache meine Strickarbeit und kümmere mich um meine eigenen Angelegenheiten. So, und jetzt leg dich schlafen, mein Schatz. Schluss mit Wein in den nächsten Monaten, und nimm diese Arznei regelmäßig ein, dann wird dir und Frex ein prächtiges, gesundes Kind beschert, das eure Ehe wieder vollkommen kitten wird.«

»Mit meiner Ehe ist alles in Ordnung«, sagte Melena, während sie sich unter die Decke kuschelte (die Kapsel hatte eine anregende Wirkung, aber das brauchte Ämmchen nicht zu wissen), »solange wir nicht dorthin ziehen, wo die Sonne im Sumpf versinkt.«

»Die Sonne geht im Westen unter, nicht im Süden«, sagte Ämmchen begütigend. »Das war ein Geniestreich, dass du heute Abend die Schwangerschaft auf den Tisch gepackt hast, Herzchen. Ich würde dich nicht mehr besuchen kommen, wenn du nach Quadlingen ziehen würdest, muss ich dir sagen. Ich werde dieses Jahr fünfzig. Für manche Sachen ist das Ämmchen mittlerweile wirklich zu alt.«

»Am besten, niemand geht irgendwohin«, sagte Melena und schlief ein.

Zufrieden mit sich blickte Ämmchen noch einmal aus dem Fenster, während sie sich zum Schlafengehen fertig machte. Frex und Schildkrötenherz waren immer noch ins Gespräch vertieft. Ämmchen gab genauer acht, als sie sich anmerken ließ; sie hatte Schildkrötenherzens Gesicht gesehen, als ihm die Gefahr für sein Volk wieder einfiel. Es war aufgegangen wie ein Hühnerei, und die Wahrheit war so arglos herausgeflattert wie ein Küken. Und so verletzlich. Kein Wunder, dass Frex sich dichter an den leidgeprüften Quadlinger herangesetzt hatte, als sich in Ämmchens Augen gehörte. Aber an Abartigkeiten schien es in dieser Familie keinen Mangel zu haben.

»Schickt die Kleine herein, damit ich sie hinlegen kann«, rief sie aus dem Fenster, auch um die Intimität der beiden zu stören.

Frex blickte sich um. »Sie ist doch drinnen, oder?«

Ämmchen sah nach. Das Kind spielte normalerweise nicht Verstecken, weder hier noch mit den Rangen im Dorf. »Nein, ist sie denn nicht bei euch?«

Die Männer wandten sich hierhin und dorthin. Ämmchen meinte, im Schatten der Eibe eine rasche Bewegung zu sehen. Sie hielt sich am Fenstersims fest. »Seht zu, dass ihr sie findet. Um diese Zeit schleicht alles Mögliche draußen herum.«

»Hier schleicht gar nichts herum, Ämmchen. Das ist nur deine übersteigerte Phantasie«, wiegelte Frex ab, doch die Männer erhoben sich umgehend und suchten.

»Melena, Schätzchen, schlaf noch nicht. Weißt du, wo Elphaba ist? Hast du sie weggehen sehen?«, fragte Ämmchen.

Melena stemmte sich schwerfällig auf einen Ellbogen. Leicht berauscht starrte sie durch ihre Haare. »Was willst du schon wieder?«, nuschelte sie. »Wer ist weggegangen?«

»Elphaba«, sagte Ämmchen. »Komm, steh lieber auf! Wo kann sie sein? Wo kann sie nur sein?« Sie machte Anstalten, Melena aufzuhelfen, doch es ging ihr zu langsam, und ihr Herz raste. Sie legte Melenas Hände auf die Bettpfosten und sagte: »Komm schon, Melena, das verheißt nichts Gutes«, und sie griff sich ihren Schwarzdornstock.

»Wer?«, sagte Melena. »Wer ist weg?«

Die Männer riefen durch die aufziehende Dunkelheit: »Fabala! Elphaba! Elphie! Fröschlein!« Sie entfernten sich vom Garten und den verglimmenden Resten des Feuers, sie spähten ins Unterholz und schlugen auf die unteren Zweige der Sträucher. »Schlänglein! Eidechslein! Wo bist du?«

»Es ist die Bestie aus den Bergen!«, rief Ämmchen. »Wer weiß, was das für ein Untier ist!«

»Es gibt hier keine Bestie, du phantasierst ja«, sagte Frex, doch er sprang immer aufgeregter von Stein zu Stein und drosch die Äste zur Seite. Schildkrötenherz war stehengeblieben, die offenen Hände gen

Himmel gestreckt, als versuchte er, das schwache Licht der ersten Sterne aufzufangen.

»Ist es Elphaba?«, rief Melena, die endlich die Benommenheit abgeschüttelt hatte, und trat von der Tür im Nachthemd hinaus. »Ist das Kind fort?«

»Sie ist nicht da, sie ist verschleppt worden«, sagte Ämmchen grimmig. »Diese beiden Trottel haben geturtelt wie Schulmädchen, und das Untier aus den Bergen streift umher.«

Melena fing an zu rufen, und ihre Stimme wurde immer lauter und ängstlicher. »Elphaba! Elphaba, willst du wohl hören! Komm sofort her! Elphaba!«

Nur der Wind gab Antwort.

»Sie ist nicht weit«, sagte Schildkrötenherz nach einer Weile. In der Dunkelheit war er nahezu unsichtbar, während Melena in ihrem weißen Popelin wie ein Engel leuchtete, als ob sie ein Licht in sich hätte. »Sie ist nicht weit, sie ist nur nicht hier.«

»Was zum Teufel willst du damit sagen«, schluchzte Ämmchen, »mit deinen Rätseln und deinen Spielen?«

Schildkrötenherz drehte sich um. Frex war zurückgekommen, um einen Arm um ihn zu legen und ihn auf den Beinen zu halten, und Melena trat an seine andere Seite. Er knickte kurz ein, als wollte er ohnmächtig werden, und Melena stieß einen erschrockenen Schrei aus. Doch Schildkrötenherz fing sich wieder und setzte sich in Bewegung, und gemeinsam schritten sie auf den See zu.

»Nicht zum See, das Mädchen kann Wasser nicht ausstehen, das wisst ihr doch«, rief Ämmchen, aber auch sie kam gelaufen, wobei sie mit dem Stock den Boden abklopfte, um nicht zu stolpern.

Das ist das Ende, dachte Melena. Ihr Hirn war zu benebelt, um etwas anderes zu denken, und sie sagte es immer wieder, wie um zu verhindern, dass es sich bewahrheitete.

Das ist der Anfang, dachte Frex, aber wovon?

»Sie ist nicht weit, sie ist nur nicht hier«, wiederholte Schildkrötenherz.

»Die Strafe für euer unzüchtiges Treiben, ihr falschen Lüstlinge«, sagte Ämmchen.

Das Gelände fiel zum Ufer des stillen, weiter zurückgewichenen Sees hin ab. Der trockengefallene Bootssteg erhob sich erst fußhoch, dann hüfthoch und höher, wie eine Brücke ins Nichts.

Im Schatten unter dem Steg sah man Augen.

»Oh, liebe Lurlina«, wisperte Ämmchen.

Elphaba saß dort mit dem Glasstück, das Schildkrötenherz gemacht hatte. Sie hielt es mit beiden Händen und starrte es mit einem Auge an, das andere zugekniffen.

Vom Wasser gespiegeltes Sternenlicht, dachte Frex, hoffte Frex, doch er wusste, dass es kein Sternenlicht war, was das starre Auge beleuchtete.

»Greuel«, murmelte Elphaba.

Schildkrötenherz stürzte auf die Knie. »Sie sieht ihn kommen«, sagte er dumpf. »Sie sieht, wie er kommen mag, aus der Luft kommen mag, jetzt kommt er an. Ein Ballon vom Himmel, rot wie eine Blutblase, eine riesige rote Kugel, eine rubinrote Kugel: Er fällt vom Himmel. Der Regent ist gefallen. Das Haus Ozma ist gefallen. Die Uhr hat recht gehabt. Eine Minute vor dem Gericht.«

Er kippte vornüber, beinahe in Elphabas kleinen Schoß. Sie schien ihn gar nicht zu bemerken. Hinter ihr ertönte ein leises Knurren. Es kam von einem Bergtiger – oder einem sonderbaren Mischwesen von Tiger und Drache – mit leuchtenden rotgelben Augen. Elphaba saß in seinen verschränkten Vorderbeinen wie auf einem Thron.

»Greuel«, sagte sie abermals und blickte weiter mit einem Auge in das Glas, in dem ihre Eltern und Ämmchen nichts als Finsternis erkennen konnten. »Greuel.«

# II
# GILLIKIN

# Galinda

## 1

»Wittika, Settika, Wiccasande, Rotensande, Dixxi-Haus, in Dixxi-Haus umsteigen nach Shiz, Fahrgäste mit den östlichen Reisezielen Tenchingen, Broxheim und Truam bleiben bitte in diesem Zug sitzen«, der Schaffner holte kurz Luft, »in Kürze erreichen wir Wittika, nächste Station Wittika!«

Galinda presste sich ihre Reisetasche an die Brust. Der alte Geißbock, der auf dem Sitz gegenüber fläzte, verschlief den Halt in Wittika. Sie war froh, dass das Zugfahren die Passagiere müde machte. Sie hatte keine Lust, ständig seinem Blick ausweichen zu müssen. Beim Einsteigen war ihre Wärterin Muhme Schnapp im letzten Moment in einen rostigen Nagel getreten, und weil sie Gesichtslähmung befürchtete, hatte sie um Erlaubnis gebeten, den nächsten Wundarzt aufzusuchen und sich Heilmittel und Beruhigungszauber geben zu lassen. »Ich komme gewiss auch allein nach Shiz«, hatte Galinda nur kühl erklärt. »Mach dir um *mich* keine Gedanken, Muhme Schnapp.« Und Muhme Schnapp hatte sich keine Gedanken gemacht. Galinda hoffte, sie würde eine *geringe* Lähmung der Mundpartie bekommen, bevor sie so weit wiederhergestellt war, dass sie in Shiz aufkreuzen und Galinda in ihrem Tun und Lassen beaufsichtigen konnte.

Sie ihrerseits hatte, glaubte sie, einen festen Zug um den Mund, der die Langeweile der weltläufigen Bahnfahrerin andeutete. In Wirklichkeit war sie noch nie länger als eine Tagesfahrt mit der Kutsche von dem Marktstädtchen Frottika weggewesen, wo ihre Familie wohnte. Der Bau der Bahnlinie vor zehn Jahren hatte zur Folge gehabt, dass der Grund vieler alteingesessener Milchbauern in Landsitze für die Kaufleute und Fabrikanten von Shiz parzelliert worden war. Doch Galindas Familie hing weiter am ländlichen Gillikin mit seinen Fuchsjagden, seinen feuchten Tälern, seinen abgeschiedenen alten heidnischen Tempeln der Lurlina. Für sie war Shiz eine ferne großstädtische Bedrohung, und selbst die Bequemlichkeit von Bahnreisen hatte bisher keinen von ihnen dazu verlockt, sich den damit verbundenen Komplikationen, Aufregungen und Schlechtigkeiten auszusetzen.

Galinda sah nicht die grüne Welt hinter der Scheibe ihres Abteils, sondern nur ihr eigenes Spiegelbild. Sie hatte die Kurzsichtigkeit der Jugend. In ihren Augen war sie bedeutend, weil sie schön war, nur was sie bedeutete, und wem, war ihr noch nicht klar. Wenn sie den Kopf bewegte, schwangen ihre cremeblonden Ringellöckchen und funkelten wie blanke Münzen. Ihre makellosen vollen Lippen glichen der Knospe einer aufgehenden Mayablüte und waren genauso leuchtend rot. Ihr grünes Reisekleid mit den Einsatzstreifen aus ockergelbem Musset deutete Reichtum an, während ihr lässig über die Schultern drapiertes schwarzes Umhängetuch ein dezenter Hinweis auf ihre akademischen Ambitionen war. Sie war schließlich auf dem Weg nach Shiz, weil sie *gescheit* war.

Doch es gab verschiedene Arten, gescheit zu sein.

Sie war siebzehn. Ganz Frottika hatte sie am Bahnhof verabschiedet. Das erste Mädchen aus dem Perther Bergland, das in Shiz studieren durfte! Sie hatte für die Aufnahmeprüfung eine gute Arbeit abgeliefert, eine Erörterung über »Ethische Lehren aus der Betrachtung der Natur« (»Verübeln es Blumen, wenn man sie pflückt? Übt der Regen Enthaltsamkeit? Können Tiere sich wirklich entscheiden, gut zu sein? Oder: Eine Moralphilosophie des Frühlings.«) Sie hatte ausführlich aus der *Ozias* zitiert, und ihr hymnischer Stil hatte den Prüfungsausschuss gewonnen. Ein dreijähriges Stipendium im Grattler-Kolleg. Es war keines der besseren Institute – die waren Studentinnen immer noch verwehrt. Doch es war die Akademie von Shiz.

Der andere Fahrgast in ihrem Abteil wachte auf, als der Schaffner durchkam, und streckte gähnend die Hinterbeine. »Wären Sie bitte so freundlich, meine Fahrkarte herunterzugeben, sie ist im Gepäckfach«, sagte er. Galinda stand auf und war sich beim Suchen der Fahrkarte deutlich bewusst, dass das bärtige alte Ekel ihre attraktive Figur beäugte. »Bitte schön«, sagte sie, und er antwortete: »Nicht mir, meine Liebe, dem Schaffner. Ohne opponierbare Daumen habe ich keine Chance, so ein winziges Stück Pappe zu greifen.«

Der Schaffner lochte die Fahrkarte und sagte: »Kommt selten vor, dass Viehzeug sich eine Fahrt erster Klasse leisten kann.«

»Ich verbitte mir die Bezeichnung ›Viehzeug‹«, sagte der Geißbock. »Nach dem Gesetz darf ich erster Klasse fahren wie alle anderen auch, oder?«

»Geld ist Geld«, sagte der Schaffner, der es nicht böse gemeint hatte, lochte Galindas Fahrkarte und gab sie ihr zurück.

»Nein, Geld ist *nicht* Geld«, widersprach der Geißbock, »denn meine Fahrkarte hat doppelt so viel gekostet wie die der jungen Dame. In diesem Falle ist Geld ein Visum. Ich habe das Glück, es zu besitzen.«

»Und Sie fahren nach Shiz?«, sagte der Schaffner zu Galinda, ohne auf die Bemerkung des Geißbocks einzugehen. »Das sehe ich an ihrem Institutstuch.«

»Na ja, man muss sich beschäftigen«, sagte Galinda. Sie legte keinen Wert darauf, sich mit Schaffnern zu unterhalten. Doch als er seinen Weg durch den Wagen fortsetzte, stellte sie fest, dass der böse Blick, den der Bock ihr zuwarf, ihr noch weniger gefiel.

»Haben Sie vor, in Shiz etwas zu lernen?«, fragte er.

»Ich habe bereits gelernt, dass man sich von Fremden nicht ansprechen lässt.«

»Dann werde ich mich vorstellen, und wir sind uns nicht mehr fremd. Ich heiße Dillamond.«

»Ich möchte Ihre Bekanntschaft nicht machen.«

»Ich unterrichte in Shiz an der Akademie, an der Fakultät der biologischen Kunst.«

Du bist schäbig gekleidet, selbst für einen Geißbock, dachte Galinda. Geld ist nicht alles. »Dann muss ich meine natürliche Schüchternheit überwinden. Ich heiße Galinda. Ich stamme mütterlicherseits von den Arduennas ab.«

»Dann möchte ich Sie als Erster in Shiz willkommen heißen, Glinda. Ist es Ihr erstes Jahr?«

»Galinda, bitte sehr. Die korrekte alte gillikinesische Aussprache, wenn es Ihnen nichts ausmacht.« Sie konnte sich nicht überwinden, ihn mit »gnädiger Herr« anzusprechen. Nicht bei diesem grässlichen Ziegenbart und der schmuddeligen Weste, die aussah wie aus einem Wirtshausteppich herausgeschnitten.

»Ich wüsste gern, was Sie von den Reisebeschränkungen halten, die der Zauberer plant.« Die Augen des Bocks waren gefühlvoll, warm – und beängstigend. Galinda hatte noch nie von irgendwelchen Reisebeschränkungen gehört. Das sagte sie ihm. Dillamond – oder Doktor Dillamond? – legte ihr dar, dass der Zauberer daran dachte, Tieren das Fahren mit öffentlichen Verkehrsmitteln nur in eigens ausgewiesenen Abteilen zu gestatten. Galinda erwiderte, Tiere hätten doch immer eine Sonderbehandlung genossen. »Nein, ich spreche von Tieren«, sagte Dillamond. »Von denen, die Verstand haben.«

»Ach, *die*«, sagte Galinda schnippisch. »Ich weiß nicht, wo da das Problem liegen soll.«

»Ts, ts«, machte Dillamond. »Wirklich nicht?« Der Ziegenbart zitterte; er ärgerte sich. Er fing an, sie wortreich über die Rechte der Tiere zu belehren. Schon jetzt könne sich seine alte Mutter eine Fahrt erster Klasse nicht leisten und müsse in einem Viehwaggon fahren, wenn sie ihn in Shiz besuchen wolle. Wenn die vom Zauberer angekündigten Reisebeschränkungen die Bewilligungskammer passierten, wovon auszugehen sei, dann werde er selbst gesetzlich verpflichtet sein, auf die Privilegien zu verzichten, die er sich durch jahrelanges Studieren, Arbeiten und Sparen erworben habe. »Gehört sich das für ein vernünftiges Lebewesen?«, fragte er. »In einem *Viehwaggon* zu reisen?«

»Ich stimme Ihnen zu, Reisen ist ungemein bildend«, sagte Galinda. Sie verbrachten die restliche Fahrt einschließlich des Umsteigens in Dixxi-Haus in frostigem Stillschweigen.

Als er sah, wie sehr der Bahnhof in Shiz sie mit seiner Größe und dem Gedränge erschreckte, hatte Dillamond ein Herz und erbot sich, ihr eine Kutsche zum Grattler-Kolleg zu besorgen. Sie bemühte sich, so wenig beschämt wie möglich dreinzuschauen, während sie ihm folgte. Ihr Gepäck, geschultert von zwei Trägern, kam hinterher.

Shiz! Sie musste aufpassen, dass sie nicht offenen Mundes staunte. All das geschäftige Treiben, das Lachen, Hasten und Küssen, das Ausweichen vor Kutschen, und dazu ringsherum am Eisenbahnplatz die Häuser aus Sandstein und Blaustein, mit Ranken und Moos bewachsen, die im Sonnenschein dampften. Die Tiere – und die TIERE! Zu Hause in Frottika war sie höchstens einmal einem philosophisch dahergackernden Huhn begegnet – hier aber sah sie vier Zebras in einem Straßencafé, auffällig gekleidet in Seide mit schwarzweißen Streifen diagonal zu ihrer natürlichen Musterung, einen auf den Hinterbeinen stehenden Elefanten, der den Verkehr regelte, einen Tiger in einer fremdartigen religiösen Tracht, eine Art Mönch oder so was. Ja, ja, es hieß ZEBRAS und ELEFANT und TIGER und vermutlich GEISSBOCK. Sie würde sich an die korrekte Aussprache und die eigentümliche Betonung gewöhnen müssen, sonst merkte man ihr die ländliche Herkunft an.

Zum Glück trieb Dillamond für sie eine Kutsche mit menschlichem Fahrer auf, nannte ihm das Grattler-Kolleg als Ziel und bezahlte ihn im Voraus, wofür Galinda sich ein schwaches Dankeslächeln abringen musste. »Unsere Wege werden sich wieder kreuzen«, sagte Dillamond galant, wenn auch kurz angebunden, als spräche er eine Weissagung aus, dann drehte er sich um, und die Kutsche fuhr ruckartig an. Galinda sank in die Polster zurück. Allmählich begann es ihr leid zu tun, dass Muhme Schnapp sich einen Nagel in den Fuß getreten hatte.

Das Grattler-Kolleg war nur zwanzig Minuten vom Eisenbahnplatz entfernt. Hinter seinen Blausteinmauern ragte das stattliche Gebäude mit seinen großen Spitzbogenfenstern empor. Allerlei Blendmaßwerk wie Vierpässe und Vielpässe verzierte die Dachkanten. Architektur war Galindas heimliche Leidenschaft, und sie versuchte die Stile zu identifizieren, obgleich die Ranken und Moose viele der Bauornamente unkenntlich machten. Allzu rasch wurde sie hineingeführt.

Die Rektorin des Grattler-Kollegs, eine fischgesichtige Gillikinesin der Oberschicht mit vielen Cloisonnéreifen an den Armen, begrüßte die Neuzugänge im Atrium. Die Kleidung der Rektorin zeichnete sich nicht durch das Blaustrumpfhafte aus, das Galinda bei einer Akademikerin erwartet hatte. Die imposante Frau war vielmehr in ein johannisbeerrotes Kleid mit wild versprengten schwarzen Jettaufnähern gewandet, die das Oberteil wie eine dynamische Notenschrift überzogen. »Ich bin Madame Akaber«, sagte sie zu Galinda. Ihr Stimmlage war Bass, ihr Händedruck wie ein Schraubstock, ihre Haltung militärisch, ihre Ohrringe wie Festbaumschmuck. »Ein bisschen Paradieren und Schwadronieren und eine rasche Tasse Tee im Salon. Dann versammeln wir uns im Großen Saal und teilen die Stubenkameradinnen ein.«

Der Salon war voll von hübschen jungen Damen, alle in Grün oder Blau gekleidet und mit schwarzen Umhängetüchern, die ihnen über den Rücken hingen wie erschöpfte Schatten. Galinda war froh über die natürlichen Vorzüge ihrer flachsblonden Haare und stellte sich an ein Fenster, damit das Licht auf ihren Locken spielen konnte. Von dem Tee nippte sie kaum. In einem Nebenzimmer bedienten sich die mitgekommenen Muhmen aus einem Teekessel und lachten und schwatzten bereits, als ob sie alte Freundinnen aus demselben Dorf wären. Es war ein wenig grotesk, diese ganzen pummeligen Weiblein dabei zu beobachten, wie sie sich angrienten und mit Marktstimmen aufeinander einredeten.

Galinda hatte das Kleingedruckte nicht genau gelesen. Es war ihr nicht klargewesen, dass sie sich ein Zimmer mit jemand teilen musste. Aber vielleicht hatten ihre Eltern ja einen Aufpreis bezahlt, damit sie ein eigenes Zimmer haben konnte? Und wo sollte Muhme Schnapp unterkommen? Wenn sie sich umschaute, sah sie, dass einige von diesen Dämchen aus Familien kamen, die deutlich reicher sein mussten als ihre. Wie sie mit Perlen und Diamanten behängt waren! Galinda

war froh, dass sie sich für ein schlichtes Silberkollier mit Mettanitein-
sätzen entschieden hatte. Es war ein wenig vulgär, schmuckbeladen
auf Reisen zu gehen. Kaum war ihr diese Wahrheit aufgegangen,
prägte sie einen Spruch daraus. Bei der ersten sich bietenden Gelegenheit würde sie ihn anbringen und damit beweisen, dass sie sich
selbst eine Meinung bilden konnte – und reiseerfahren war. »Die
übertrieben aufgeputzte Reisende verrät mehr Interesse daran, gesehen zu werden, als selber zu sehen«, murmelte sie versuchsweise.
»Die *wahre* Reisende dagegen weiß, dass die unbekannte Welt um sie
herum das schicklichste Accessoire abgibt.« Gut, sehr gut.

Madame Akaber zählte die Köpfe ab, griff sich eine Tasse Tee und
scheuchte alle in den Großen Saal. Dort musste Galinda erkennen,
dass es ein schwerer Fehler gewesen war, Muhme Schnapp den Besuch beim Wundarzt zu gestatten. Das Geplapper unter den Muhmen war offenbar durchaus keine belanglose und oberflächliche
Konversation gewesen. Sie hatten den Auftrag gehabt, untereinander
abzuklären, welche jungen Damen zusammenziehen sollten. Man
hatte den Muhmen zugetraut, das rascher und besser zu regeln als die
Studentinnen selbst. Für Galinda hatte niemand gesprochen – sie war
ohne Begleitung erschienen!

Als nach dem kurzen Willkommensgruß die Studentinnen paar-
weise mit ihren Muhmen abzogen, um ihre Zimmer in Augenschein
zu nehmen und sich einzurichten, wurde Galinda vor Verlegenheit
immer blasser. Muhme Schnapp, die alte Zicke, hätte sie sicher mit
einer verkuppelt, die gerade ein oder zwei Sprossen über ihr auf der
gesellschaftlichen Stufenleiter stand. Tief genug, dass Galinda sich
nicht geschämt hätte, und *hoch* genug, dass der Umgang sich gelohnt
hätte. Jetzt aber waren alle besseren Partien vergeben. Diamant zu
Diamant, Smaragd zu Smaragd, soweit sie sehen konnte. Während
der Saal sich leerte, überlegte Galinda, ob sie nicht vorgehen, Madame
Akaber unterbrechen und ihr das Problem darlegen sollte. Galinda
war schließlich eine Arduenna zu Hochborn, wenigstens mütterlicherseits. Es war ein furchtbares Missgeschick. Tränen traten ihr in
die Augen.

Doch sie traute sich nicht. Sie blieb auf der Kante des dummen, zierlichen Stuhls sitzen. Außer ihr war in der Mitte des Saals niemand mehr übriggeblieben, nur noch an den Rändern, im Schatten die schüchterneren, unbedeutenderen Mädchen. Einzig und allein Galinda saß inmitten eines Hindernisparcours goldgelackter leerer Stühle wie bestellt und nicht abgeholt.

»Die Übrigen sind also ohne Muhmen da, wenn ich recht verstehe«, sagte Madame Akaber ein wenig naserümpfend. »Da Beaufsichtigung bei uns vorgeschrieben ist, werde ich Sie auf die drei Schlafsäle für Erstsemester verteilen, in denen jeweils fünfzehn Mädchen untergebracht sind. Der Schlafsaal bedeutet keine soziale Benachteiligung, möchte ich hinzufügen. Nicht die geringste.« Das war gelogen, und nicht einmal sehr überzeugend.

Galinda stand endlich auf. »Bitte, Madame Akaber, da liegt ein Versehen vor. Ich bin Galinda von Arduenna. Meine Muhme hat sich auf der Fahrt einen Nagel in den Fuß getreten und ist deswegen ein oder zwei Tage verhindert. Ich gehöre nicht in die Schlafsaalklasse, Sie verstehen.«

»Wie misslich für Sie«, sagte Madame Akaber lächelnd. »Ich bin sicher, Ihre Muhme wird mit Freuden die Aufsicht in, sagen wir, dem Rosa Schlafsaal führen? Dritter Stock rechts –«

»Nein, nein, das wird sie nicht«, unterbrach Galinda sie beherzt. »Ich bin nicht hier, um in einem Schlafsaal zu landen, ob rosa oder sonst wie. Das haben Sie missverstanden.«

»Ich habe gewiss nichts missverstanden, Damsell Galinda«, sagte Madame Akaber, und dabei machten ihre vorquellenden Augen sie noch fischartiger. »Es gibt Missgeschicke, es gibt Verspätungen, es gibt Entscheidungen, die zu treffen sind. Da Sie durch das Ausbleiben Ihrer Muhme nicht imstande waren, Ihre eigene Entscheidung zu treffen, bin ich befugt, für Sie zu entscheiden. Bitte, es gibt viel zu tun, und ich muss die anderen Mädchen benennen, die mit Ihnen den Rosa Schlafsaal beziehen werden.«

»Ich hätte gern unter vier Augen mit Ihnen gesprochen, Madame«, sagte Galinda in höchster Verzweiflung. »Für mich selbst ist Schlafsaal oder Doppelzimmer nicht von Belang. Aber ich rate Ihnen sehr, nicht von meiner Muhme zu verlangen, dass sie andere Mädchen beaufsichtigt, und zwar aus Gründen, die ich nicht öffentlich sagen möchte.« Sie log schneller, als sie denken konnte, und besser als Madame Akaber, die immerhin interessiert wirkte.

»Das ist ziemlich haarsträubend, was Sie da erzählen, Damsell Galinda«, sagte sie milde.

»Ich darf Sie beruhigen, Madame Akaber, Ihnen sträubt sich kein einziges Härchen.« Galinda brachte ihre dreiste Pointe mit ihrem holdesten Lächeln an.

Madame Akaber beschloss zu lachen, Lurlina sei Dank! »Ein kesses Persönchen! Sie können heute Abend in meine Privatwohnung kommen und mir die Geschichte von den Unzulänglichkeiten Ihrer Muhme erzählen, denn davon sollte ich Kenntnis haben. Aber ich will Ihnen entgegenkommen, Damsell Galinda. Ihr Einverständnis vorausgesetzt werde ich Ihre Muhme bitten müssen, sowohl Sie als auch ein anderes Mädchen zu beaufsichtigen, das ohne Muhme erschienen ist. Denn wie Sie sehen, sind alle anderen Studentinnen mit Begleitung bereits in Paare eingeteilt, nur Sie allein sind noch übrig.«

»Ich bin sicher, dass meine Muhme wenigstens das bewerkstelligen könnte.«

Madame Akaber überflog die Namensliste und sagte: »Nun gut. Ein Doppelzimmer mit Damsell Galinda von Arduenna teilt sich … wie wär's mit der Thropp dritten Gliedes aus Nestenhartung, Elphaba?«

Niemand rührte sich. »Elphaba?«, wiederholte Madame Akaber, wobei sie ihre Armreife zurechtrückte und zwei Finger an den Halsansatz legte.

Das Mädchen war ganz hinten im Saal, eine ärmliche Erscheinung in rotem Kleid mit geschmackloser Lochstickerei und klobigen Alte-Leute-Stiefeln. Zuerst glaubte Galinda an eine Sinnestäuschung durch das von den überwachsenen Nebengebäuden reflektierte Licht. Doch als Elphaba mit ihren Reisetaschen angeschlurft kam, wurde deutlich, dass sie tatsächlich grün war. Ein Mädchen mit messerscharfem Gesicht, ekelhafter Haut und langen, fremdländisch aussehenden schwarzen Haaren. »Geboren in Munchkinland, als Kind aber viele Jahre in Quadlingen verbracht«, las Madame Akaber aus ihren Unterlagen vor. »Wie faszinierend für uns alle, Damsell Elphaba. Wir sind schon ganz gespannt auf Ihre Geschichten von exotischen Sitten und Gebräuchen. Damsell Galinda und Damsell Elphaba, hier sind Ihre Schlüssel. Sie haben Zimmer 22 im ersten Stock.«

Sie lächelte Galinda breit an, als die beiden vortraten. »Reisen ist ungemein bildend«, flötete sie. Galinda zuckte zusammen, als sie ihre eigenen Worte wie einen Fluch zurückbekam. Sie knickste und suchte eilends das Weite. Mit niedergeschlagenen Augen kam Elphaba hinterher.

## 2

Als Muhme Schnapp am nächsten Tag eintraf, der verletzte Fuß durch den Verband dreimal so dick wie zuvor, hatte Elphaba ihre wenigen Habseligkeiten bereits ausgepackt. Sie hingen wie Lumpen im Schrank: dünne, formlose Fetzen, die sich vor den ausladenden Reifröcken und gestärkten Turnüren und gepolsterten Schultern und Ellbogen von Galindas Garderobe schamhaft in die Ecke drückten. »Ist mir doch ein Vergnügen, auch Ihre Muhme zu sein, das macht mir gar nichts aus«, erklärte Muhme Schnapp und lächelte Elphaba freundlich an, bevor Galinda Gelegenheit hatte, sie allein zu sprechen und zu verlangen, dass sie sich weigerte. »Zweifellos bezahlt dich mein Papa dafür, dass du *meine* Muhme bist«, bemerkte Galinda vielsagend, doch Muhme Schnapp entgegnete: »So viel auch wieder nicht, Herzchen, so viel auch wieder nicht. Ich kann das schon selbst entscheiden.«

»Muhme«, sagte Galinda, als Elphaba kurz auf die Toilette verschwunden war, »Muhme, bist du blind? Dieses Munchkinmädchen ist *grün.*«

»Merkwürdig, nicht wahr? Ich dachte, alle Munchkins wären winzig. Aber sie ist normal groß. Vermutlich gibt es solche und solche.

Ach, stört dich etwa das Grün? Na, es tut dir vielleicht ganz gut, wenn du damit leben lernst. Du gibst dich sehr welterfahren, Galinda, dabei kennst du die Welt noch gar nicht. Ich finde es putzig. Warum nicht? Warum denn nicht?«

»Es ist nicht *deine* Sache, meine Erziehung zu regeln, ob sie nun die Welt oder sonst was betrifft, Muhme Schnapp!«

»Nein, meine Liebe«, sagte Muhme Schnapp, »in dieses Schlamassel hast du dich ganz allein geritten. Ich sehe nur zu, dass ich mich nützlich mache.«

Und so musste Galinda in den sauren Apfel beißen. Auch das kurze Gespräch mit Madame Akaber am Abend davor hatte keinen Ausweg eröffnet. Galinda war pünktlich in einem gepunkteten Morphelinrock mit Spitzenoberteil erschienen, einem Traum, wie sie sich sagte, in abendlichen Dunkelrot- und mitternächtlichen Blautönen. Madame Akaber bat sie ins Empfangszimmer, in dem eine Gruppe von Ledersesseln und ein kleines Sofa vor einem unnötigen Feuer standen. Die Rektorin schenkte Minzetee ein und bot kandierten Ingwer in Perlfruchtblättern an. Sie ließ Galinda in einem Sessel Platz nehmen, blieb aber selber am Kaminsims stehen wie ein Großwildjäger.

Im vollendeten Genießerstil der Oberschicht nippten und knabberten sie zunächst still vor sich hin. Das verschaffte Galinda die Gelegenheit zu bemerken, dass Madame Akaber nicht nur in ihren Gesichtszügen, sondern auch in ihrer Kleidung einem Fisch glich: Ihre weite sahnefarbene Fuchsille floss wie eine große luftige Blase vom gerüschten hohen Ausschnitt zu den Knien, wo sie eng gerafft war und um Waden und Knöchel ordentlich gefältelt zu Boden fiel. Sie sah aus wie ein riesiger Karpfen. Und zudem wie ein stumpfer, gelangweilter Karpfen, nicht einmal wie ein intelligenter KARPFEN.

»Nun also zu Ihrer Muhme. Weshalb sie außerstande ist, einen Schlafsaal zu überwachen. Ich bin ganz Ohr.«

Galinda hatte sich den ganzen Nachmittag darauf vorbereitet. »Sehen Sie, Frau Rektorin, ich mochte das nicht in der Öffentlichkeit sagen, aber Muhme Schnapp hat letzten Sommer bei einem Picknick im Perther Bergland einen schweren Unfall gehabt. Sie wollte ein Büschel Bergthymian pflücken und ist dabei einen Steilhang hinuntergestürzt. Wochenlang hat sie im Koma gelegen, und als sie wieder zu sich kam, hatte sie keinerlei Erinnerung mehr an den Sturz. Wenn man sie danach fragte, wusste sie nicht einmal, wovon die Rede war. Amnesie durch Trauma.«

»Verstehe. Wie überaus beschwerlich für Sie. Aber was hat das mit ihrer Eignung für die Aufgabe zu tun, die ich ihr zuweisen wollte?«

»Sie ist seither ein wenig wirr im Kopf. Hin und wieder weiß Muhme Schnapp nicht mehr, was Leben hat und was nicht. Dann unterhält sie sich etwa mit, sagen wir, einem Stuhl und erzählt uns dann, was er gesagt hat. Seine Hoffnungen, seine Bedenken –«

»Seine Freuden, seine Leiden«, sagte Madame Akaber. »Wie ungemein originell. Das Seelenleben des Mobiliars. So was aber auch.«

»Aber so abstrus das ist, und immer wieder ein Anlass zur Belustigung, ist doch die Kehrseite der Sache besorgniserregender. Madame Akaber, ich muss Ihnen sagen, dass Muhme Schnapp mitunter vergisst, dass Menschen lebendig sind. Oder Tiere.« Galinda stockte und fügte dann hinzu. »Oder auch Tiere.«

»Nur weiter, meine Liebe.«

»Mir macht es nichts aus, weil die Muhme mein Leben lang auf mich aufgepasst hat und ich sie kenne. Ich weiß, wie sie ist. Aber manchmal kann sie vergessen, dass jemand da ist oder dass er sie braucht oder dass er ein Mensch ist. Einmal hat sie einen Kleiderschrank gereinigt und ihn dabei umgestoßen, so dass er auf den Hausdiener fiel und ihm das Rückgrat brach. Sie nahm sein Schreien überhaupt nicht wahr, obwohl er unmittelbar vor ihren Füßen lag. Sie legte die Nachthemden zusammen und führte ein Gespräch mit dem Abendkleid meiner Mutter, in dem sie ihm alle möglichen impertinenten Fragen stellte.«

»Was für ein faszinierendes Gebrechen«, sagte Madame Akaber. »Und wie außerordentlich belastend für Sie.«

»Ich durfte nicht zulassen, dass ihr die Verantwortung für vierzehn andere Mädchen übertragen wurde«, erklärte Galinda. »Für mich allein geht es durchaus. Ich liebe sie in ihrer ganzen Wirrköpfigkeit, quasi.«

»Und was ist mit Ihrer Stubenkameradin? Können Sie deren Wohlergehen aufs Spiel setzen?«

»Ich habe nicht darum gebeten, mit ihr zusammenzuziehen.« Galinda sah der Rektorin in die starren, kalten Augen. »Das arme Munchkinmädchen scheint ein entbehrungsreiches Leben gewohnt zu sein. Entweder sie arrangiert sich damit, oder, was ich vermute, sie wird darum ersuchen, aus meinem Zimmer verlegt zu werden. Das heißt, sofern Sie sich nicht jetzt schon verpflichtet fühlen, die Damsell um ihrer eigenen Sicherheit willen zu verlegen.«

Madame Akaber sagte: »Falls Damsell Elphaba nicht mit dem leben kann, was wir ihr geben, dann wird sie das Grattler-Kolleg wohl von sich aus verlassen müssen. Meinen Sie nicht auch?«

Es war das »wir« in »was wir ihr geben«: Madame Akaber band Galinda in ein gemeinsames Handeln ein. Das war beiden klar. Galinda rang darum, ihre Eigenständigkeit zu bewahren. Doch sie war erst siebzehn, und ihr war erst Stunden zuvor im Großen Saal ebenfalls die Schmach widerfahren, ausgeschlossen zu werden. Sie wusste nicht, was Madame Akaber außer dem Aussehen an Elphaba auszusetzen haben konnte. Aber irgendetwas gab es, ganz eindeutig. Nur was? Sie fühlte, dass es irgendwie nicht richtig war. »Meinen Sie nicht, meine Liebe?«, wiederholte Madame Akaber, wobei sie sich leicht vorbeugte wie ein Fisch, der sich im Sprung krümmt.

»Gewiss doch, wir müssen tun, was wir können«, sagte Galinda so vage wie möglich. Auf einmal fühlte sie sich ihrerseits wie ein Fisch, ein Fisch, der an einem höchst raffinierten Haken hing.

Aus einer dunklen Ecke des Empfangszimmers kam ein kleines Tiktakding, keinen Meter groß, aus blitzblanker Bronze. Auf einem vorn angeschraubten Schild stand in kunstvoller Schnörkelschrift *Schmitt und Spengler – Maschinenmann*. Der mechanische Diener räumte die leeren Teetassen ab und surrte davon. Galinda wusste nicht, wie lange er schon dort gestanden oder was er gehört hatte, aber Tiktaks hatte sie noch nie leiden können.

Elphaba litt stark an Lesewut, wie Galinda es nannte. Weniger zusammengerollt – dazu war sie zu knochig – als zusammengeklappt lag sie auf dem Bett und steckte ihre spitze grüne Nase in die vergilbten Seiten eines Buchs. Sie wickelte beim Lesen Haarsträhnen um ihre Finger, Finger, die so dünn und zweigartig waren, dass sie fast wie Sporne eines Außenskeletts wirkten. Ihre Haare wurden niemals lockig, einerlei wie oft Elphaba sie eindrehte. Bei aller Eigentümlichkeit waren es schöne Haare, deren Glanz an den Pelz einer Güldantilope erinnerte. Schwarze Seide. Zu Fäden versponnener Kaffee. Mitternachtsregen. Obwohl sie im Allgemeinen nicht zu dichterischen Vergleichen neigte, fand Galinda Elphabas Haare berückend, umso mehr, als das Mädchen ansonsten hässlich war.

Sie redeten nicht viel miteinander. Galinda war zu beschäftigt damit, Verbindungen zu den besseren Mädchen zu knüpfen, die ihr von Rechts wegen als Stubenkameradinnen zugestanden hätten. Zweifellos würde sie in den Ferien das Zimmer wechseln können, und wenn das nicht, dann zum Herbst. Also ließ Galinda Elphaba allein und flog ein paar Zimmer weiter, um mit ihren neuen Freundinnen zu schwatzen. Milla, Fanny, Schenschen. Wie in Kinderbüchern über das Internatsleben war jede neue Freundin reicher als die davor.

Zuerst erwähnte Galinda nicht, wer ihre Stubenkameradin war. Und von Elphabas Seite gab es keinerlei Anzeichen, dass sie auf den Umgang mit Galinda Wert legte, was eine gewisse Erleichterung war. Aber früher oder später musste der Klatsch beginnen. Die erste Welle des Elphabagetuschels betraf ihre Garderobe und ihre offensichtliche Armut, als ob ihre Kommilitoninnen zu fein dazu wären, ihre abstoßende Hautfarbe zu bemerken. »Jemand hat mir erzählt, die Rektorin hätte gesagt, Damsell Elphaba sei die Thropp dritten Gliedes aus Nestenhartung«, sagte Milla, die ebenfalls aus Munchkinland war, aber eine von der kleinwüchsigen Sorte, nicht normal groß wie die Thropps. »Die Familie Thropp ist in Nestenhartung und auch anderswo hochangesehen. Eminenz Thropp ließ die Landeswehr aufstellen und die Gelbe Ziegelstraße aufreißen, die der Ozma-Regent ins Land gelegt hatte, als wir alle noch klein waren – vor der Glorreichen Revolution. Weder Eminenz Thropp noch seine Frau oder seine Familie einschließlich seiner Enkeltochter Melena hatte irgendetwas Unschickliches, das kann ich euch versichern.« Mit unschicklich meinte Milla natürlich grün.

»Ja, ja, so kommen die Hohen zu Fall. Sie läuft herum wie eine Zigeunerin«, bemerkte Fanny. »Habt ihr jemals eine derart geschmacklose Aufmachung gesehen? Ihre Muhme sollte gefeuert werden.«

»Ich glaube, sie hat gar keine Muhme«, sagte Schenschen. Galinda, die das sicher wusste, sagte nichts.

»Es hieß, sie hätte eine Zeitlang in Quadlingen gelebt«, fuhr Fanny fort. »Vielleicht waren ihre Eltern als Verbrecher dort in der Verbannung?«

»Oder sie haben mit Rubinen spekuliert«, sagte Schenschen.

»Wo ist dann das Geld geblieben?«, versetzte Fanny. »Leute, die mit Rubinen spekuliert haben, sind reich geworden, Damsell Schenschen. Unsere Damsell Elphaba hat keinen roten Heller, über den sie frei verfügen könnte.«

»Vielleicht ist es eine Art religiöses Gelübde? Eine freiwillige Armut?«, meinte Milla, und bei dieser absurden Vorstellung warfen sie alle den Kopf in den Nacken und lachten.

Als Elphaba in die Mensa kam, um eine Tasse Kaffee zu trinken, wurde das Lachen noch lauter. Elphaba sah nicht zu ihnen hinüber, doch alle anderen Studentinnen warfen ihnen heimliche Blicke zu, und jedes Mädchen hätte furchtbar gern mitgelacht, was den vier neuen Freundinnen einen zusätzlichen Genuss bescherte.

Was das Lernen betraf, tat sich Galinda anfangs schwer. Sie hatte ihre Zulassung zur Shizer Akademie gewissermaßen als einen Tribut an ihre Blitzgescheitheit aufgefasst und war der Meinung gewesen, dass sie mit ihrer Schönheit und einer geistreichen Bemerkung hin und wieder eine Zierde für die Hallen der Gelehrsamkeit sein würde. Bedrückt gestand sie sich ein, dass sie von sich das Bild einer lebenden Marmorbüste gehabt hatte: Hier kommt die verkörperte jugendliche Intelligenz, bewundert sie!

Galinda hatte sich gar nicht klargemacht, dass es tatsächlich etwas zu lernen gab und, was noch wichtiger war, dass man von ihr erwartete, sich anzustrengen. Das Bildungserlebnis, das sämtliche neuen Studentinnen hauptsächlich ersehnten, hatte natürlich nicht das Geringste mit Madame Akaber oder den dozierenden TIEREN an Pulten und Tafeln zu tun. Was die Mädchen wollten, waren keine Vorlesungen, keine Gleichungen oder Zitate – sie wollten Shiz pur. Das Stadtleben. Das breite, aufreizende Spektrum des Lebens und des LEBENS in fließendem Übergang.

Es erleichterte Galinda, dass Elphaba nie an den Ausflügen teilnahm, die von den Muhmen organisiert wurden. Da sie häufig zu einem kleinen Imbiss einkehrten, erhielt der einmal wöchentlich ausfliegende Wanderverein den Spitznamen »Die Zug- und Brutvögel«. Der Akademiebezirk leuchtete von den Farben nicht nur des Herbstlaubs, sondern auch der Verbindungswimpel, die auf Dachfirsten und Türmchen flatterten.

Galinda vertiefte sich in die Architektur von Shiz. Hier und da, hauptsächlich in geschützten Kolleghöfen und Nebenstraßen, standen noch uralte, windschiefe Fachwerkhäuser mit Lehmwänden, wie gebrechliche Omis beiderseits von kräftigeren, jüngeren Verwandten gestützt. Ansonsten waren sämtliche Baustile in beispielloser Vollständigkeit zu bewundern: die Blutsteinzeit, die Merthik (die frühe ebenso wie die verspieltere späte), die Galantik mit ihrer Vorliebe für Symmetrie und Maß, der Galantizismus mit den überhandnehmenden Karniesen und gesprengten Giebeln, die Neoblutsteinzeit, die Imperialbombastik und der Industriestil oder, wie die Kritiker in der liberalen Presse sich ausdrückten, der Hostile Hochvulgarismus, der Stil, der von dem modern denkenden Zauberer von Oz gefördert wurde.

Außerhalb der Architektur hielten sich die aufregenden Erlebnisse freilich in Grenzen. Nur eines denkwürdigen Tages, den keine der beteiligten Grattler-Kollegiatinnen jemals vergaß, hatten sich ältere Jungen aus dem Drei-Königinnen-Kolleg auf der anderen Kanalseite aus Jux und Tollerei mitten am Nachmittag mit Bier Mut angetrunken, einen Geige spielenden EISBÄREN angeheuert und sich ans

Wasser begeben, um unter den Weiden gemeinsam zu tanzen, bekleidet nur mit ihren nach dem Baden am Leib klebenden Baumwoll-
unterhosen und ihren Schulschals. Es wirkte wunderbar heidnisch,
denn sie hatten eine alte beschädigte Statue der Feenkönigin Lurlina
auf einen dreibeinigen Hocker gestellt, und sie schien über ihre ge-
lenkige Lustbarkeit hold zu lächeln. Die Mädchen und die Muhmen
taten schockiert, aber nur pro forma; sie blieben und äugten hinüber,
bis ein paar entsetzte Aufseher vom Drei-Königinnen herbeigestürzt
kamen und die Zecher ins Haus trieben. Halbnacktes Treiben war
eine Sache, aber öffentlicher Lurlinismus, und sei es nur spaßeshalber, war fast schon verboten reaktionär, ja royalistisch. Und so etwas
wurde unter der Herrschaft des Zauberers nicht geduldet.

Eines Samstagabends – die Muhmen hatten ausnahmsweise einmal
frei und waren zu einer freudistischen Versammlung im Ticknor-Zir-
kus gegangen – hatte Galinda einen kleinen albernen Streit mit Fanny
und Schenschen, woraufhin sie sich früh auf ihr Zimmer zurückzog,
angeblich wegen Kopfschmerzen. Elphaba saß auf dem Bett, in die
obligatorische braune Decke gehüllt. Wie üblich war sie über ein
Buch gebeugt, und die Haare hingen ihr an beiden Seiten herab wie
Gardinen. Sie kam Galinda vor wie eine dieser Radierungen aus
den Naturkundebüchern von absonderlichen winkischen Bergfrauen,
die sich hinter einem vors Gesicht gezogenen Kopftuch versteckten.
Elphaba nagte an einem Apfelgriebs, nachdem sie den restlichen
Apfel offenbar verzehrt hatte. »Na, Sie scheinen es sich ja gemütlich
gemacht zu haben, Damsell Elphaba«, sagte Galinda in provozieren-
dem Ton. Nach drei Monaten war es die erste persönliche Bemerkung
zu ihrer Stubenkameradin, zu der sie sich überwinden konnte.

»Der Schein kann trügen«, erwiderte Elphaba, ohne aufzuschauen.

»Stört es Ihre Konzentration, wenn ich mich vors Feuer setze?«

»Sie werfen einen Schatten, wenn Sie gerade dort sitzen.«

»Oh, *Verzeihung*«, sagte Galinda und rutschte ein Stück. »Schatten
werfen darf natürlich nicht sein, wenn wichtige Dinge gelesen sein
wollen, nicht wahr?«

Elphaba war schon wieder in ihr Buch versunken und gab keine Antwort.

»Was um alles in der Welt lesen Sie da eigentlich Tag und Nacht?«

Elphaba schien aus einem einsamen stillen Teich aufzutauchen. »Ich lese durchaus nicht jeden Tag dasselbe Buch. Heute Abend sind es Reden der frühen unionistischen Väter.«

»Wie kommt man darauf, so etwas zu lesen?«

»Keine Ahnung. Ich weiß nicht einmal, ob ich sie wirklich lesen will. Ich lese sie halt.«

»Aber warum? Damsell Elphaba die Deliröse, warum, warum?«

Elphaba blickte auf und lächelte Galinda an. »Elphaba die Deliröse. Das gefällt mir.«

Bevor sie es verhindern konnte, hatte Galinda zurückgelächelt. Im selben Moment warf ein Windstoß eine Handvoll Hagel an die Fensterscheibe, und der Riegel brach. Galinda drückte den Flügel eilig wieder zu, doch Elphaba verzog sich in den hintersten Winkel des Raums, um ja nicht nass zu werden. »Geben Sie mir den ledernen Gepäckriemen, Damsell Elphaba, aus meiner Tasche – dort auf dem Bord, hinter den Hutschachteln, ja, genau –, dann mache ich damit das Fenster fest, bis wir es morgen vom Hausmeister repariert bekommen.« Elphaba fand den Riemen, doch dabei fielen die Hutschachteln herunter, und drei farbenprächtige Hüte kullerten über den Boden. Während Galinda auf einen Stuhl stieg, um das Fenster zu verschließen, tat Elphaba die Hüte in die Schachteln zurück. »Oh, probieren Sie ihn doch mal an!«, rief Galinda. Sie wollte etwas zu lachen haben und dann Fanny und Schenschen davon erzählen, um von ihnen wieder in Gnaden angenommen zu werden.

»Das traue ich mich nicht, Damsell Galinda«, sagte Elphaba und wollte den Hut verstauen.

»Nein, bitte, ich bestehe darauf«, sagte Galinda. »Nur zum Spaß. Ich habe noch nie etwas Hübsches an Ihnen gesehen.«

»Ich trage keine hübschen Sachen.«

»Was soll das schon machen?«, sagte Galinda. »Nur hier. Niemand sonst wird Sie sehen.«

Elphaba, die mit dem Gesicht zum Feuer stand, drehte den Kopf und sah Galinda, die noch nicht wieder vom Stuhl gesprungen war, lange und unbewegt an. Das Munchkinmädchen war im Nachthemd, einem formlosen Sack ohne zierende Spitzenborten oder Besatz. Das grüne Gesicht über dem aschgrauen Stoff schien beinahe zu glühen, und die prachtvollen langen, glatten, schwarzen Haare hingen ihr über die Partie, wo der Busen sein musste, auch wenn nichts darauf hindeutete, dass sie so etwas besaß. Elphaba sah aus wie ein Mittelding zwischen einem Tier und einem TIER, wie ein Wesen, das mehr als Leben, aber noch nicht ganz LEBEN hatte. Es lag – konnte man es so sagen? – eine ahnungslose Erwartung in ihrem Blick, dem Blick eines Kindes, das sich nicht erinnern kann, jemals geträumt zu haben, und nun schöne Träume gewünscht bekommt. Ungeformt war vielleicht das richtige Wort, aber nicht im sozialen Sinne, sondern eher als wenn die Natur mit Elphaba nicht ganz fertig geworden war, sie nicht in ausreichendem Maße so gemacht hatte, wie sie eigentlich gedacht war.

»Jetzt setz einfach das verdammte Ding auf!«, sagte Galinda, die, was Introspektion betraf, mit ihrer Geduld schnell am Ende war.

Elphaba tat ihr den Gefallen. Der Hut war ein reizendes flaches Modell, gekauft bei der besten Modistin im Perther Bergland. Er hatte orange Girlanden und ein gelbes Spitzennetz, das verschiedene Grade der Verschleierung erlaubte. Auf dem falschen Kopf sah er grauenhaft aus, und Galinda rechnete damit, sich auf die Lippe beißen zu müssen, um nicht zu lachen. Es war ein ultrafeminines Kleidungsstück von der Art, wie es Jungen in einer Posse trugen, wenn sie Mädchen darstellen wollten.

Elphaba stülpte das aufgeputzte Wagenrad auf ihren eigentümlichen spitzen Schädel und blickte unter der breiten Krempe hervor Galinda an. Sie sah aus wie eine seltene Blume, die Haut stengelgleich mit ihrem milden Perlglanz, der Hut eine botanische Orgie. »Oh, Damsell Elphaba«, sagte Galinda, »Sie gemeine Betrügerin, Sie sind ja hübsch!«

»So, jetzt haben Sie gelogen und sollten zum unionistischen Pfarrer beichten gehen«, sagte Elphaba. »Gibt es irgendwo einen Spiegel?«

»Aber sicher, in der Toilette am Ende des Gangs.«

»Kommt nicht in Frage. Ich werde mich den ganzen Schnepfen nicht mit diesem Ding auf dem Kopf zeigen.«

»Tja«, meinte Galinda. »Vielleicht können Sie sich irgendwo hinstellen, wo Sie das Licht der Flammen nicht verdecken und doch Ihr Spiegelbild im dunklen Fenster sehen.«

Gemeinsam betrachteten sie das blumige grüne Gespenst in der Fensterscheibe, umgeben von Schwarz und von heftigem Regen durchschossen. Ein Ahornblatt, geformt wie ein Stern mit breiten Spitzen, wirbelte plötzlich aus der Nacht heran und klebte sich leuchtend rot und vom Feuer beschienen auf das Spiegelbild in der Scheibe, genau dort, wo das Herz sein musste – jedenfalls sah es aus Galindas Perspektive so aus.

»Bezaubernd«, sagte sie. »Sie besitzen eine gewisse exotische Schönheit. Hätte ich nicht gedacht.«

»Überraschung«, sagte Elphaba und wurde ein wenig rot beziehungsweise dunkelgrün – »ich wollte sagen, *Überraschung*, nicht Schönheit. Das ist nur der Überraschungseffekt. Keine Schönheit.«

»Ich werde mich hüten zu widersprechen.« Galinda warf ihre Locken zurück und nahm eine affektierte Pose an, und als Elphaba tatsächlich darüber lachte, erwiderte sie das Lachen, auch wenn sie selbst darüber erschrak. Schließlich riss sich Elphaba den Hut vom Kopf und tat ihn in die Schachtel zurück, und als sie ihr Buch wieder zur Hand nahm, sagte Galinda: »Und darf ich die lesende Schöne fragen, wie man ausgerechnet auf solche alten Predigten verfallen kann?«

»Mein Vater ist ein unionistischer Pfarrer«, sagte Elphaba. »Ich bin bloß neugierig, was es damit eigentlich auf sich hat, mehr nicht.«

»Warum fragen Sie ihn nicht einfach?«

Elphaba gab keine Antwort. Ihr Gesicht nahm einen undurchdringlichen, gespannten Ausdruck an – der Blick einer Eule, kurz bevor sie sich auf eine Maus stürzt.

»Und, worum geht's darin so? Irgendwas Interessantes?«, bohrte Galinda nach. Sie wollte jetzt nicht aufhören. Es gab nichts anderes zu tun, und sie war von dem Gewitter zu aufgewühlt, um zu schlafen.

»In dem hier wird über Gut und Böse nachgedacht«, sagte Elphaba. »Darüber, ob es das wirklich gibt.«

»Das Böse gibt es, das weiß ich, und sein Name ist Langeweile, und am meisten schuld daran sind die Pfarrer«, sagte Galinda.

»Meinen Sie das im Ernst?«

Galinda machte sich selten Gedanken darüber, ob sie etwas, was sie sagte, im Ernst meinte; der ganze Sinn der Konversation bestand doch nur darin, dass man *redete*. »Ich wollte Ihren Vater nicht beleidigen. Bestimmt ist er ein unterhaltsamer und lebendiger Prediger.«

»Nein, ich wollte sagen, glauben Sie, dass es das Böse wirklich gibt?«

»O je, woher soll ich wissen, was ich glaube?«

»Na, dann fragen Sie sich, Damsell Galinda. Gibt es das Böse?«

»Ich weiß es nicht. Sagen *Sie's* mir! Gibt es das Böse?«

»Ich glaube kaum, dass ich das weiß.« Elphabas Blick bog ab und schien sich nach innen zu kehren – oder lag es daran, dass die Haare wieder wie ein Schleier nach vorn fielen?

»Warum fragen Sie nicht einfach Ihren Vater? Das verstehe ich nicht. Er müsste das doch wissen, das ist sein Beruf.«

»Mein Vater hat mir viel beigebracht«, sagte Elphaba langsam. »Er hat eine sehr gründliche Ausbildung genossen. Er hat mich lesen und schreiben und denken gelehrt und vieles mehr. Aber nicht genug. Ich bin der Meinung, dass Pfarrer, genau wie unsere Lehrer hier, ihre Arbeit dann gut machen, wenn sie Fragen stellen, die einen zum Nachdenken bringen. Ich glaube nicht, dass man von ihnen erwarten sollte, die Antworten zu haben.«

»Na, erzählen Sie das mal unserem langweiligen Pfarrer zu Hause. Er hat sämtliche Antworten und lässt sich auch noch dafür bezahlen.«

»Aber vielleicht ist ja was dran an dem, was Sie gesagt haben«, meinte Elphaba. »Das Böse und die Langeweile. Das Böse und die fehlende Anregung. Das Böse und das träge Blut.«

»Hört sich an, als wollten Sie ein Gedicht schreiben. Warum sollte sich ein Mädchen für das Böse interessieren?«

»Es interessiert mich eigentlich gar nicht. Es ist nur das Thema, von dem die ganzen frühen Predigten handeln. Also denke ich über das nach, worüber sie nachgedacht haben, das ist alles. Manchmal sprechen sie von Ernährung, davon, dass man keine TIERE essen darf, und dann denke ich darüber nach. Ich denke einfach gern über das nach, was ich lese. Sie nicht?«

»Ich bin keine große Leserin. Somit bin ich vermutlich auch keine große Denkerin.« Galinda lächelte. »Dafür weiß ich, wie man sich elegant anzieht.«

Elphaba reagierte nicht. Galinda, die sich normalerweise etwas darauf einbildete, jedes Gespräch in ein Loblied auf ihre Person umlenken zu können, war perplex. Widerwillig fragte sie weiter und ärgerte sich über sich selbst. »Und was haben diese alten Barbaren nun zum Bösen gemeint?«

»Das lässt sich nicht so genau sagen. Anscheinend waren sie darauf versessen, es irgendwo festzumachen, in einer bösen Quelle in den Bergen zum Beispiel, in einem bösen Rauch, in bösem Blut, das von Eltern auf Kinder übertragen wird. Sie waren ein wenig wie die frühen Entdecker von Oz, nur dass die Karten, die sie entwarfen, das Unsichtbare vermaßen und alle sich gegenseitig widersprachen.«

»Und wo haben sie das Böse nun festgemacht?«, fragte Galinda, wobei sie sich aufs Bett plumpsen ließ und die Augen schloss.

»Wie gesagt, sie waren sich nicht einig. Warum hätten sie sonst in Predigten darüber streiten müssen? Einige meinten, das Urböse sei das Vakuum, das entstand, als die Feenkönigin Lurlina uns hier alleinließ. Wenn das Gute sich entzieht, verfällt der Raum, den es bewohnt hat, und wird böse, und vielleicht spaltet und vervielfacht er sich. Somit ist jede Erscheinung des Bösen ein Zeichen für die Abwesenheit des Göttlichen.«

»Na, mich könnte man mit der Nase auf eine Erscheinung des Bösen stoßen, und ich würde sie nicht erkennen«, sagte Galinda.

»Die frühen Unionisten, die viel lurlinistischer waren als die Unionisten heutzutage, waren der Meinung, dass eine unsichtbare Blase der Verderbnis umhertrieb, eine direkte Folge des Schmerzes, den die Welt empfand, als Lurlina entschwand. Wie ein Kaltluftloch in einer warmen stillen Nacht. Ihnen zufolge konnte es vorkommen, dass eine friedliche Seele dort hindurchging und sich ansteckte und dann einfach so einen Nachbarn umbrachte. Aber war man selber schuld, wenn man durch einen solchen Dunstkreis des Schlechten ging? Wenn man ihn doch nicht sehen konnte? Es fand nie ein Konzil der Unionisten statt, das die Frage endgültig entschieden hätte, und heutzutage glauben viele Leute nicht einmal mehr an Lurlina.«

»Aber sie glauben immer noch an das Böse«, sagte Galinda. »Ist das nicht komisch: das Göttliche ist passé, aber seine Attribute und Auswirkungen leben fort.«

»Sie *denken* ja!«, rief Elphaba derart begeistert aus, dass Galinda sich auf die Ellbogen hochstemmte.

»Ich bin dabei einzuschlafen, weil ich das sterbenslangweilig finde«, sagte sie, aber Elphaba grinste von einem Ohr zum anderen.

Am Morgen unterhielt Muhme Schnapp die beiden mit Geschichten von ihrem freien Abend. Sie hatten eine talentierte junge Hexe gesehen, die nur in rosa Unterwäsche und mit Feder- und Perlenschmuck aufgetreten war. Schockierend. Sie hatte gesungen und sich dann von den knallrot angelaufenen Studenten an den vorderen Tischen Essensmarken ins Dekolleté stecken lassen. Sie hatte ein bisschen gezaubert, Wasser in Orangensaft und Kohlköpfe in Mohrrüben verwandelt und Messer in ein quiekendes Ferkel gestochen, aus dessen Wunden Champagner statt Blut geflossen war: sie hatten alle einmal gekostet. Ein entsetzlich dicker Mann mit Bart war auf die Bühne gekommen und hatte so getan, als ob er die Hexe küssen wollte – oh, es war ein Mordsspaß gewesen, ein Mordsspaß! Am Schluss hatten sämtliche Darsteller und Zuschauer sich erhoben und gemeinsam gesungen »Was uns in den feinen Häusern geniert. Im Tingeltangel wird's präsentiert«. Die Muhmen hatten sich alle prächtig amüsiert.

»Also wirklich«, Galinda rümpfte die Nase. »Dieser Freudenkult ist so … gewöhnlich.«

»Aber wie ich sehe, ist das Fenster kaputt«, sagte Muhme Schnapp. »Ich hoffe, das waren keine Jungen, die hier einsteigen wollten.«

»Bei dem Gewitter?« sagte Galinda.

»Was für ein Gewitter?« Muhme Schnapp schüttelte den Kopf. »Wovon redest du? Der Abend gestern war so ruhig wie der Mondschein.«

»Ha, das muss ja eine tolle Schau gewesen sein«, sagte Galinda. »Du warst von deinem Freudenkultspektakel so gefesselt, dass du gar nichts anderes mehr mitgekriegt hast, Muhme Schnapp.« Die beiden gingen zum Frühstück nach unten und ließen Elphaba, die noch schlief oder so tat, im Bett liegen. Doch während sie durch die Flure schritten und der durch die breiten Fenster fallende Sonnenschein Schattengitter auf die kalten Schieferplatten warf, gab die Launenhaftigkeit des Wetters Galinda zu denken. War es denn möglich, dass ein Gewitter einen Stadtteil heimsuchte und einen anderen verschonte? Es gab so viele Dinge auf der Welt, von denen sie keine Ahnung hatte.

»Sie hat die ganze Zeit nur über das Böse geschwafelt«, erzählte Galinda ihren Freundinnen bei Röstbrot mit Butter und Scharfußmarmelade. »Irgendein innerer Hahn war bei ihr aufgedreht, und das Geplapper floss einfach heraus. Und als sie meinen Hut aufprobiert hat, ich sage euch, ich wäre fast gestorben. Sie sah aus wie eine dem Grabe entstiegene alte Jungfer, so stillos wie eine Kuh. Ich habe es nur euretwegen über mich ergehen lassen, damit ich es euch berichten kann, ansonsten wäre ich vor Häme auf der Stelle gestorben, so unsäglich war es!«

»Sie Ärmste, dass Sie als unsere Spionin diese Heuschrecke von einer Stubenkameradin über sich ergehen lassen müssen!«, sagte Fanny innig und drückte Galinda die Hand.

## 3

An dem Tag, als der erste Schnee fiel, veranstaltete Madame Akaber einen Poesieabend. Jungen vom Drei-Königinnen und den Ozma-Türmen waren eingeladen. Galinda kam in ihrem kirschroten Seidenkleid, Tuch und Schuhe farblich darauf abgestimmt, und mit einem gillikinesischen Fächer, einem mit Farnen und Phönixen bemalten Familienerbstück. Sie erschien rechtzeitig, um sich genau den Polstersessel aussuchen zu können, der ihre Garderobe am besten zur Geltung brachte, und sie schleifte den Sessel zu den Bücherregalen hinüber, damit sie im milden Licht der Bibliothekskerzen sitzen konnte. Die übrigen Mädchen – vom ersten bis zum letzten Semester – traten als große wispernde Traube ein und verteilten sich auf die Sessel und Sofas des schönsten Salons im Grattler-Kolleg. Die Jungen, die kamen, waren eher enttäuschend: Es waren nicht viele, und sie blickten beklommen oder kicherten untereinander. Dann stellten sich die Professoren und Dozenten ein, nicht nur die TIERE aus dem Grattler-Kolleg, sondern auch die Lehrkräfte der Jungen, die größtenteils Männer waren. Jetzt waren die Mädchen doch froh, dass sie sich feingemacht hatten, denn auch wenn die Jungen ein pickeliger Haufen waren, hatten die Professoren würdevolle und charmante Mienen aufgesetzt.

Sogar einige Muhmen erschienen, doch sie verzogen sich hinter einen Schirm am Ende des Raums. Das Geräusch ihrer emsigen Stricknadeln empfand Galinda als irgendwie beruhigend. Sie wusste, dass Muhme Schnapp in der Nähe war.

Die Flügeltür am Ende des Salons wurde von dem kleinen bronzenen Automaten aufgestoßen, dem Galinda an ihrem ersten Abend im Grattler-Kolleg begegnet war. Er war zu dem Anlass eigens gewartet worden; er strömte noch den beißenden Geruch von Metallpolitur aus. Dann hatte Madame Akaber ihren Auftritt. Sie ließ ein ebenso strenges wie auffallendes schwarzes Cape zu Boden fallen (das Männlein hob es auf und hängte es über eine Sofalehne), woraufhin ein Kleid in feurigem Orangeton zum Vorschein kam, über und über mit großen Seemuscheln besetzt. Wider Willen musste Galinda den Effekt bewundern. Noch salbungsvoller als sonst hieß Madame Akaber die Besucher willkommen und erhielt höflichen Applaus für ihre Ankündigung, über »Die Poesie und ihre zivilisierende Wirkung« sprechen zu wollen.

In ihrem Vortrag verbreitete sie sich über die neue Gedichtform, die dabei war, die Salons und Literatenzirkel von Shiz im Sturm zu erobern. »Sie nennt sich Dikt«, erklärte Madame Akaber mit einem hoheitsvollen Lächeln, das ein eindrucksvolles Gebiss entblößte. »Das Dikt ist ein kurzes Gedicht von erbaulicher Art. Es hat dreizehn knappe Verse, die von einem reimlosen Apophthegma abgeschlossen werden. Der Reiz des Gedichts besteht in dem beziehungsreichen Kontrast zwischen dem gereimten Thema und der abschließenden Bemerkung. Es kann vorkommen, dass sie sich widersprechen, aber das Ziel ist stets, dass sie das Leben erhellen und, wie alle Poesie, verklären.« Sie strahlte wie ein Leuchtfeuer im Nebel. »Gerade heute Abend könnte ein Dikt das Unbehagen über die unerfreulichen Unruhen in unserer Hauptstadt lindern, von denen wir hören.« Die Jungen blickten immerhin gespannt, und alle Professoren nickten, doch Galinda merkte, dass keine der Studentinnen eine Ahnung hatte, von welchen »unerfreulichen Unruhen« Madame Akaber redete.

Eine ältere Studentin am Hammerklavier klimperte ein paar Akkorde, und die Gäste räusperten sich mit gesenkten Blicken. Galinda sah Elphaba in ihrem üblichen roten Alltagskleid den Raum betreten, zwei Bücher unter dem Arm und einen Schal um den Kopf gewickelt. Sie ließ sich auf den letzten freien Stuhl sinken und biss in einen Apfel, als Madame Akaber gerade dramatisch Atem holte, um zu beginnen.

> Rühmet die Rechtschaffenheit,
> Und übt Fortschrittsgläubigkeit.
> Zeiget tiefe Dankbarkeit
> Für strengste Allgeregeltheit.
> Zur Förderung der Einigkeit
> In Brüder- und Schwesterlichkeit
> Lobpreisen wir die Obrigkeit.
> O Brüder, Schwestern, alle Zeit
> Sind wir zur Einschränkung bereit
> Der maßlosen Freizügigkeit.

> Denn keine Numinosität
> Bezähmt wie die Autorität
> Die üble Bestialität.
> *Wer die Rute führt, erzieht das Kind.*

Madame Akaber senkte den Kopf zum Zeichen, dass sie fertig war. Ein allgemeines Raunen erhob sich. Galinda, die von Poesie nicht viel verstand, dachte, dies sei vielleicht die gängige Art, sie zu würdigen. Sie brummelte Schenschen etwas zu, die neben ihr auf einem Stuhl saß und leidend dreinschaute. Kerzenwachs drohte auf Schenschens weiße Seidenschultern mit den zitronengelben Chiffonbändern zu tropfen und das Kleid höchstwahrscheinlich zu ruinieren, doch Galinda entschied, dass Schenschens Familie es sich leisten konnte, ein Kleid zu ersetzen. Sie blieb stumm.

»Noch ein Dikt«, sagte Madame Akaber.

Stille trat ein – und auch eine leichte Beklommenheit.

> Wehe der Sittenlosigkeit,
> Dem Untergang der Frömmigkeit.
> Zu unserer Gesellschaft Heil
> Nehmt ja nicht sinn- und maßlos teil
> An unzüchtiger Lustbarkeit.
> Pflegt Klarheit, Schlichtheit, Nüchternheit.
> Seid immer sittsam, keusch und traut,
> Als ob die Gottheit selbst euch schaut,
> Und grüßet sie mit vollem Klang.
> Schwesterlichkeit ein Leben lang
> Sei euer höchster, stärkster Drang,
> So wird die Tugend recht geehrt,
> Und das Gemeinwohl wird gemehrt.
> *Tiere sollte man sehen und nicht hören.*

Wieder gab es ein Gemurmel, aber anders diesmal, ärgerlicher. Doktor Dillamond räusperte sich missbilligend, stampfte mit einem Huf auf den Boden und ließ sich vernehmen: »Also, das ist keine Poesie, das ist Propaganda, und nicht einmal besonders gute.«

Elphaba stahl sich mit ihrem Stuhl nach vorn und stellte ihn zwischen Galinda und Schenschen. Sie schob ihren knochigen Hintern auf die hölzerne Sitzfläche, beugte sich zu Galinda vor und fragte: »Was halten Sie davon?«

Es war das erste Mal überhaupt, dass Galinda von Elphaba in der Öffentlichkeit angesprochen wurde. Vor Scham versank sie fast im Erdboden. »Keine Ahnung«, sagte sie leise und blickte in die andere Richtung.

»Ziemlich raffiniert, nicht wahr?«, sagte Elphaba. »Der letzte Vers, meine ich. Durch die gezierte Aussprache war nicht zu erkennen, ob Tiere oder Tiere gemeint waren. Kein Wunder, dass Dillamond wütend ist.«

Das war er in der Tat. Doktor Dillamond sah sich im Saal um, als wollte er die Opposition versammeln. »Ich bin schockiert«, sagte er, »zutiefst schockiert«, und marschierte hinaus. Professor Lenx, der Eber, der Mathematik unterrichtete, verließ ebenfalls den Raum, wobei er versehentlich ein vergoldetes antikes Beistelltischchen ramponierte, als er sich bemühte, nicht auf Damsell Millas gelbe Spitzenschleppe zu treten. Herr Mikko, der Affe mit dem Lehrfach Geschichte, blieb zusammengesunken im Schatten sitzen, weil er zu verwirrt und verunsichert war, um sich von der Stelle zu rühren. »Nun«, sagte Madame Akaber mit lauter Stimme, »Poesie muss Anstoß erregen, wenn sie echt ist. Das ist das Vorrecht der Kunst.«

»Die hat doch einen Knall«, sagte Elphaba. Galinda fand es abscheulich. Wenn bloß niemand Elphaba mit ihr flüstern sah, und sei es einer der pickeligen Jungen! Dann konnte sie sich nirgends mehr erhobenen Hauptes blicken lassen. Ihr Leben war ruiniert. »Pssst, ich will zuhören. Ich *liebe* Poesie«, zischte Galinda. »Sprechen Sie mich nicht an, Sie verderben mir den Abend.«

Elphaba lehnte sich zurück und aß ihren Apfel auf, und beide hörten weiter zu. Das Grummeln und Murmeln wurde nach jedem Gedicht lauter, und die Jungen und Mädchen begannen sich zu entspannen und nacheinander umzuschauen.

Als das letzte Dikt des Abends verklungen war (mit dem kryptischen Schlussvers »*Die Hex' im Haus erspart den Zimmermann*«), nahm Madame Akaber unter geteiltem Beifall Platz. Sie ließ erst den Gästen, dann den Mädchen und schließlich den Muhmen von ihrem bronzenen Diener Tee bringen. Unter Seidengeraschel und Muschelgeklapper nahm sie Komplimente von den Herren Professoren und einigen der mutigeren Jungen entgegen und bat sie, sich zu ihr zu setzen und ihr die Freude ihrer Kritik zu machen. »Sagen Sie die Wahrheit. Ich war zu dramatisch, nicht wahr? Das ist mein großer Fehler. Obwohl mich die Bühne rief, entschied ich mich für ein Leben im Dienst der Mädchen.« Sie schlug bescheiden die Wimpern nieder, während ihre Bewunderer Töne des Bedauerns hören ließen.

Galinda war immer noch damit beschäftigt, die peinliche Gesellschaft Elphabas loszuwerden, die sich unverdrossen weiter über die Dikte verbreitete: was sie bedeuteten und ob sie als Gedichte etwas taugten. »Woher soll ich das wissen? Wir sind Erstsemester, vergessen Sie das nicht«, sagte Galinda, die für ihr Leben gern zu Fanny, Milla und Schenschen abgerauscht wäre, die gerade Zitronen in die Teetassen einiger nervöser Jungen auspressten.

»Ich denke, Ihre Meinung gilt hier so viel wie die von Madame Akaber«, meinte Elphaba. »Das ist doch das eigentliche Wesen der Kunst, oder? Dass sie nicht moralisch verurteilt, sondern zum Widerspruch auffordert. Wozu sonst das ganze Theater?«

Ein Junge näherte sich ihnen. Galinda fand ihn nicht sehr erregend, aber alles war besser als die grüne Klette an ihrer Seite. »Einen wunderschönen Abend!« Galinda wartete nicht einmal ab, bis er seinen Mut zusammengenommen hatte. »Wie nett, Sie kennenzulernen. Sie sind bestimmt vom … warten Sie …«

»Vom Brischko-Kolleg«, sagte er. »Aber ursprünglich bin ich aus Munchkinland. Wie Sie sicher sehen.« Das sah sie in der Tat, denn er reichte ihr kaum bis zur Schulter. Dabei sah er gar nicht einmal so schlecht aus. Ein goldgelber Wuschelkopf, ein strahlendes Lächeln, ein gesunder Teint. Sein Abendjackett war langweilig blau, aber auflockernd mit Silberfäden durchwirkt. Er wirkte nicht unadrett. Seine Stiefel waren blank geputzt, und beim Stehen, die Fußspitzen nach außen, hatte er leichte O-Beine.

»Ich finde es *wunderbar,* Fremde kennenzulernen«, sagte Galinda. »Das ist doch das Schönste an Shiz. Ich bin Gillikinesin.« Sie konnte es sich gerade noch verkneifen, »natürlich« hinzuzufügen, denn ihrer Meinung nach war das nicht zu übersehen. Die Mädchen aus Munchkinland kleideten sich gewöhnlich dezenter, ja dermaßen schlicht, dass sie in Shiz häufig für Dienerinnen gehalten wurden.

»Ja dann, auch Ihnen einen schönen Abend«, sagte der Junge. »Ich bin Junker Boq.«

»Damsell Galinda von Arduenna.«

»Und Sie?«, fragte Boq, an Elphaba gewandt. »Wie heißen Sie?«

»Ich gehe«, sagte sie. »Schöne Träume allerseits.«

»Nein, gehen Sie nicht«, sagte Boq. »Ich glaube, ich kenne Sie.«

»Sie kennen mich nicht«, sagte Elphaba, drehte sich aber dennoch um. »Woher sollten Sie mich kennen?«

»Sie sind Damsell Elphie, nicht wahr?«

»Damsell Elphie!«, rief Galinda belustigt. »Köstlich!«

»Woher wissen Sie, wer ich bin«, fragte Elphaba. »Junker Boq aus Munchkinland? Ich kenne Sie nicht.«

»Sie und ich haben zusammen gespielt, als Sie noch ganz klein waren«, sagte Boq. »Mein Vater war Bürgermeister in dem Dorf, wo Sie geboren wurden. Glaube ich jedenfalls. Sie kommen aus Binsenrain in Wederhartung, stimmt's? Sie sind die Tochter des unionistischen Pfarrers, ich komme gerade nicht auf seinen Namen.«

»Frex«, sagte Elphaba. Ihr Blick war schräg und argwöhnisch.

»Frexspar der Gottgefällige!«, rief Boq. »Genau. Die Leute erzählen heute noch von ihm und von Ihrer Frau Mama und von dem

Abend, als die Uhr des Zeitdrachens nach Binsenrain kam. Ich war damals zwei oder drei, und ich durfte mit, aber ich habe keine Erinnerung mehr daran. Woran ich mich allerdings erinnere, ist, dass Sie mit mir in einer Kindergruppe waren, als ich noch in kurzen Hosen herumlief. Können Sie sich an Gornette erinnern? Das war die Frau, die uns gehütet hat. Und an Bfie? Das ist mein Vater. Erinnern Sie sich noch an Binsenrain?«

»Das ist für mich alles nur Schall und Rauch«, sagte Elphaba. »Ich könnte Ihnen nicht mal widersprechen. Aber ich kann Ihnen erzählen, was in *Ihrem* Leben passiert ist, bevor bei *Ihnen* die Erinnerung einsetzt. Sie wurden als Frosch geboren.« (Das war gemein, denn Boq sah wirklich ein wenig lurchartig aus.) »Sie wurden der Uhr des Zeitdrachens geopfert und in einen Jungen verwandelt. Doch in Ihrer Hochzeitsnacht, wenn Ihre Frau die Beine breit macht, verwandeln Sie sich wieder in eine Kaulquappe und –«

»Damsell Elphaba!«, rief Galinda und spreizte ihren Fächer auf, um sich die Schamesröte aus dem Gesicht zu wedeln. »Was sind das für Redensarten!«

»Ich habe keine Kindheit gehabt«, sagte Elphaba. »Sie können also erzählen, was Sie wollen. Ich bin in Quadlingen unter den Sumpfbewohnern aufgewachsen. Ich werde zeitlebens durch den Matsch waten. Ich bin nicht interessant für Sie. Unterhalten Sie sich lieber mit Damsell Galinda, sie kann sich in Salons viel besser bewegen als ich. Ich muss jetzt gehen.« Elphaba verabschiedete sich mit einem Nicken und machte sich fast im Laufschritt davon.

»Warum hat sie das alles gesagt?« In Boqs Stimme lag keine Betretenheit, nur Verwunderung. »Natürlich erinnere ich mich an sie. Wie viele grüne Leute gibt es denn sonst?«

»Es wäre immerhin möglich«, gab Galinda zu bedenken, »dass es ihr unangenehm ist, an ihrer Hautfarbe erkannt zu werden. Ich bin mir nicht sicher, aber vielleicht ist sie in der Beziehung empfindlich.«

»Es muss ihr klar sein, dass einem so etwas im Gedächtnis bleibt.«

»Jedenfalls haben Sie sie richtig erkannt, soweit ich informiert bin«, fuhr Galinda fort. »Es heißt, ihr Urgroßvater sei Eminenz Thropp von Kolkengrund in Nestenhartung.«

»Stimmt genau«, sagte Boq. »Elphie. Ich hätte nie gedacht, dass ich sie einmal wiedersehe.«

»Möchten Sie noch etwas Tee?«, sagte Galinda. »Setzen wir uns doch, dann können Sie mir alles über Munchkinland erzählen. Ich bin gespannt wie ein Flitzbogen.« Sie nahm wieder Platz und bemühte sich, den allerbesten Eindruck zu machen. Boq setzte sich ebenfalls und schüttelte den Kopf, als könnte er die Erscheinung Elphabas immer noch nicht fassen.

Als Galinda an dem Abend aufs Zimmer kam, lag Elphaba schon im Bett, die Decken über den Kopf gezogen, und ließ ein theatralisches Schnarchen hören. Galinda warf sich auf ihr eigenes Bett, dass es krachte, und ärgerte sich, dass sie sich von dem grünen Mädchen abgelehnt fühlen konnte.

In der folgenden Woche wurde viel über den Poesieabend und die Dikte gesprochen. Doktor Dillamond unterbrach seine Biologievorlesung, um von seinen Studentinnen eine Stellungnahme zu erbitten. Die Mädchen verstanden nicht, wie eine biologische Stellungnahme zu Gedichten aussehen sollte, und beantworteten seine Suggestivfragen mit Schweigen. Schließlich explodierte er: »Sieht denn niemand von Ihnen die Verbindung zwischen diesen Äußerungen und den jüngsten Ereignissen in der Smaragdstadt?«

Damsell Fanny, die nicht einsah, dass sie Studiengebühren bezahlen sollte, um sich anschreien zu lassen, bellte zurück: »Wir haben nicht die blasseste Ahnung von den Ereignissen in der Smaragdstadt! Hören Sie auf, uns zu triezen! Wenn Sie etwas zu sagen haben, sagen Sie es! Meckern Sie nicht so!«

Doktor Dillamond starrte aus dem Fenster und schien um Beherrschung zu ringen. Die Studentinnen verfolgten das kleine Drama gespannt. Schließlich drehte sich der GEISSBOCK um und erklärte ihnen in milderem Ton als erwartet, dass es vor einigen Wochen einen Erlass gegeben hatte, in dem der Zauberer von Oz die Bewegungsfreiheit der TIERE einschränkte. Dies bedeutete nicht nur, dass TIERE Beförderungsmittel, Wohnungen und öffentliche Dienstleistungen nicht mehr frei in Anspruch nehmen konnten. Die »Bewegungsfreiheit« betraf auch die Berufsausübung. Volljährig gewordene TIERE durften nicht mehr Akademiker oder Beamte werden. Wenn sie überhaupt eine bezahlte Arbeit verrichten wollten, blieb ihnen letztlich nichts anderes übrig, als sich in Feld und Wald zurückbringen zu lassen, wo sie herkamen.

»Was meinen Sie, was Madame Akaber sagen wollte, als sie dieses Dikt mit dem Epigramm ›Tiere sollte man sehen und nicht hören‹ beendete?«, fragte der GEISSBOCK angespannt.

»Gewiss, das kann keinem gefallen«, sagte Galinda. »Keinem TIER, meine ich. Aber andererseits sind Sie in Ihrer Berufsausübung nicht behindert, oder? Sie unterrichten uns doch nach wie vor.«

»Und die nächste Generation? Meine Kinder?«

»Haben Sie Kinder? Ich wusste gar nicht, dass Sie verheiratet sind.«

Dillamond schloss die Augen. »Ich bin nicht verheiratet, Damsell Galinda. Aber ich könnte verheiratet sein. Oder eines Tages heiraten. Oder vielleicht habe ich Nichten und Neffen. Die dürfen de facto schon nicht mehr in Shiz studieren, weil sie keinen Stift halten und somit keine Aufsätze schreiben können. Wie viele studentische TIERE haben Sie in diesem Bildungsparadies schon gesehen?« Das stimmte: Es gab kein einziges.

»Ja, das finde ich auch ziemlich schlimm«, sagte Galinda. »Warum macht der Zauberer von Oz so etwas?«

»In der Tat, warum?«, sagte der GEISSBOCK.

»Nein, die Frage war ernst gemeint. Warum? Ich weiß es nicht.«

»Ich weiß es auch nicht.« Dillamond wandte sich seinem Pult zu und schob ein paar Papiere hierhin und dorthin, dann angelte er sich ein Taschentuch aus einem Fach und putzte sich die Nase. »Meine Großmütter waren ZIEGEN in einem Milchbetrieb in Gillikin. Durch lebenslanges aufopferungsvolles Arbeiten und Sparen brachten sie das Geld für einen Dorflehrer zusammen, der mich unterrichtete und dem ich in meinen Prüfungen diktieren konnte. Jetzt sieht es so aus, als wären ihre Opfer umsonst gewesen.«

»Aber Sie können doch noch unterrichten!«, sagte Fanny ungehalten.

»Noch«, sagte der GEISSBOCK und entließ die Klasse vorzeitig. Galinda blickte unwillkürlich zu Elphaba hinüber, die eine eigentümlich konzentrierte Miene machte. Als Galinda den Hörsaal verließ, sah sie Elphaba nach vorn treten, wo Doktor Dillamond stand und am ganzen Leib zitterte, den gehörnten Kopf gesenkt.

Wenige Tage später hielt Madame Akaber einen ihrer gelegentlichen öffentlichen Vorträge, diesmal über »Frühe Choräle und heidnische Päane«. Sie forderte zu Fragen auf, und zum Erstaunen der ganzen Versammlung entrollte sich Elphaba in der hintersten Reihe aus ihrer üblichen Embryonalhaltung und wandte sich an die Rektorin.

»Bitte, Madame Akaber«, sagte Elphaba, »wir hatten nie die Gelegenheit, über die Dikte zu diskutieren, die Sie vorige Woche im Salon vorgetragen haben.«

»Diskutieren Sie!«, sagte Madame Akaber mit einer kurzen Bewegung ihrer bereiften Hand, bei der man nicht sagen konnte, ob sie auffordernd oder abwehrend gemeint war.

»Doktor Dillamond schien sie in Anbetracht der eingeschränkten Bewegungsfreiheit für TIERE ein wenig geschmacklos zu finden.«

»Doktor Dillamond«, entgegnete Madame Akaber, »ist nun einmal Biologe. Er ist kein Dichter. Er ist außerdem ein GEISSBOCK, und ich möchte die versammelten jungen Damen fragen, ob es jemals einen großen Sonett- oder Balladendichter gegeben hat, der ein GEISSBOCK war. Leider, liebe Damsell Elphaba, versteht Doktor Dillamond das dichterische Stilmittel der *Ironie* nicht. Wären Sie vielleicht so gut, uns Ironie zu definieren?«

»Ich glaube nicht, dass ich das kann, Madame.«

»Ironie, sagt man, ist die Kunst, unvereinbare Aussagen neben-einanderzustellen. Man braucht dazu eine intellektuelle *Distanz*. Ironie setzt Abstand voraus, etwas, woran es Doktor Dillamond beim Thema der Rechte der TIERE verzeihlicherweise mangelt.«

»Der Satz, an dem er Anstoß nahm – *Tiere sollte man sehen und nicht hören* –, war demnach ironisch?«, hakte Elphaba nach, den Blick auf ihre Papiere und nicht auf Madame Akaber gerichtet. Galinda und ihre Kommilitoninnen lauschten gebannt, denn es war klar, dass die beiden Frauen an den verschiedenen Enden des Saals nichts lieber gesehen hätten, als wenn die andere plötzlich mit einem Herzanfall zusammengebrochen wäre.

»Man könnte ihn ironisch verstehen, wenn man wollte«, sagte Madame Akaber.

»Und wollen Sie?«, fragte Elphaba.

»Wie impertinent!«, rief Madame Akaber aus.

»Ich wollte nicht impertinent sein. Ich versuche zu begreifen. Wenn der Satz nach Ihrer Meinung – oder der von sonst jemand – wahr wäre, dann stünde er nicht im Widerspruch zu den langweili-gen, rechthaberischen Versen vorher. Dann wäre es lediglich ein Fall von Prämisse und Schluss, und ich könnte die Ironie nicht sehen.«

»Sie können vieles nicht sehen, Damsell Elphaba«, sagte Madame Akaber. »Sie müssen lernen, sich in jemand Klügeren und dessen Per-spektive hineinzuversetzen. In der Unwissenheit zu verharren, sich von den Wänden des eigenen bescheidenen Verstandes einengen zu lassen, ist ein überaus trauriges Schauspiel, wenn man so jung ist und so *grün*.« Sie spuckte das letzte Wort förmlich aus, und Galinda emp-fand es als eine ausgesprochen gehässige Spitze gegen Elphabas Haut, die durch die Aufregung des öffentlichen Sprechens heute in der Tat besonders auffallend glänzte.

»Ich habe doch versucht, mich in Doktor Dillamond hineinzuver-setzen«, sagte Elphaba beinahe jammernd, aber ohne aufzugeben.

»Was die Interpretation von Gedichten betrifft, wage ich zu be-haupten, dass es buchstäblich wahr sein könnte: TIERE sollte man nicht hören«, versetzte Madame Akaber bissig.

»Meinen Sie das ironisch?«, fragte Elphaba, doch sie setzte sich hin, die Hände vor das Gesicht geschlagen, und blickte während der restlichen Veranstaltung nicht mehr auf.

## 4

Als das zweite Semester anfing und Galinda immer noch mit Elphaba als Stubenkameradin geschlagen war, legte sie bei Madame Akaber eine zaghafte Beschwerde ein. Doch die Rektorin wollte von Umlegung und Zimmerneuverteilung nichts wissen. »Das schafft unter meinen anderen Mädchen viel zu viel Unruhe«, sagte sie. »Es sei denn, Sie möchten in den Rosa Schlafsaal umziehen. Ihre Muhme Schnapp, die ich aufmerksam beobachtet habe, scheint sich von dem Leiden zu erholen, das Sie mir bei unserem ersten Gespräch beschrieben haben. Vielleicht wäre sie inzwischen ja imstande, fünfzehn Mädchen zu beaufsichtigen?«

»Nein, nein«, sagte Galinda rasch. »Von Zeit zu Zeit treten Rückfälle auf, die ich aber nicht erwähne. Ich möchte nicht lästig fallen.«

»Sehr rücksichtsvoll«, sagte Madame Akaber. »Sie sind eine gute Seele. Aber da Sie gerade zu einem Schwätzchen hier sind, meine Liebe, frage ich mich, ob wir uns nicht einmal über Ihre akademischen Pläne für den nächsten Herbst unterhalten sollten. Wie Sie wissen, steht im zweiten Jahr die Wahl der Spezialgebiete an. Haben Sie schon einmal darüber nachgedacht?«

»Sehr wenig«, sagte Galinda. »Offen gestanden dachte ich, dass meine Begabung sich schon erweisen würde und ich dann sehe, ob ich es mit Naturwissenschaft oder Kunst oder Zauberei oder vielleicht sogar mit Geschichte versuchen sollte. Ich glaube nicht, dass ich für administrative Aufgaben geeignet bin.«

»Es wundert mich nicht, dass eine wie Sie ihre Zweifel hat«, meinte Madame Akaber, was Galinda nicht besonders ermutigend fand. »Aber dürfte ich vielleicht Zauberei vorschlagen? Es könnte sein, dass Sie dafür sehr gut geeignet sind. Ich bilde mir ein, einen Blick dafür zu haben.«

»Ich werde darüber nachdenken«, sagte Galinda, obwohl ihre ursprüngliche Lust zur Zauberei geschwunden war, als sie gehört hatte, was für eine Plackerei es war, Zaubersprüche zu lernen und sie vor allem zu *verstehen*.

»Für den Fall, dass Sie sich für die Zauberei entscheiden, bestünde – eventuell! – die Aussicht, eine neue Stubenkameradin für Sie zu finden«, sagte Madame Akaber, »da Damsell Elphaba mir bereits mitgeteilt hat, dass ihre Interessen im naturwissenschaftlichen Bereich liegen.«

»Oh, unter den Umständen werde ich sehr gründlich darüber nachdenken«, sagte Galinda. Sie fühlte einen inneren Konflikt, den sie nicht benennen konnte. Trotz ihrer gewählten Ausdrucksweise und ihrer Garderobe erschien ihr Madame Akaber ein klein bisschen ... gefährlich. Als ob ihr demonstratives öffentliches Strahlen sein Licht von reflektierenden Messern und Speeren hätte, als ob in ihrer tiefen Stimme das Grollen ferner Explosionen anklänge. Galinda hatte immer das Gefühl, dass sie nicht das ganze Bild zu sehen bekam. Es war verstörend, und zu ihren Gunsten musste man sagen, dass Galinda immerhin so etwas wie einen wertvollen inneren Stoff – ihre Redlichkeit? – zerreißen fühlte, wenn sie in Madame Akabers Salon saß und formvollendet mit ihr Tee trank.

»Wie ich höre, wird die Schwester in absehbarer Zeit auch nach Shiz kommen«, bemerkte Madame Akaber abschließend, nachdem sie ein paar Minuten geschwiegen und mehrere Kekse verzehrt hatten. »Ich wüsste nicht, wie ich es verhindern sollte. Und das, denke ich mir, wäre *schrecklich*. Es würde Ihnen gar nicht gefallen. So wie es nun einmal um die Schwester bestellt ist. Die zweifellos viel Zeit in Damsell Elphabas Zimmer verbringen müsste, pflegehalber.« Sie lächelte matt. Eine Duftwolke ging plötzlich von ihrem Hals aus, fast als ob Madame Akaber nach Belieben einen angenehmen persönlichen Geruch verbreiten könnte.

»So wie es um die Schwester bestellt ist.« Madame Akaber schnalzte mit der Zunge und wiegte den Kopf, während sie Galinda zur Tür brachte. »Wirklich ein Trauerspiel, aber ich denke, wir werden alle zusammenhalten und damit fertigwerden. Das ist Schwesterlichkeit, nicht wahr?« Die Rektorin fasste ihr Tuch und legte Galinda sanft die Hand auf die Schulter. Galinda erschauerte und war sicher, dass Madame Akaber es spürte, doch diese ließ sich nichts anmerken. »Aber sehen Sie, mein Gebrauch von ›Schwesterlichkeit‹ – wie ironisch. Sehr witzig. Wobei man natürlich auf lange Sicht, wenn der Bezugsrahmen weit genug ist, überhaupt nichts sagen oder tun kann, was letztlich nicht ironisch ist.« Sie drückte Galindas Schulterblatt, als ob es ein Fahrradlenker wäre, beinahe fester, als es sich für eine Frau schickte. »Wir können nur hoffen – ha, ha –, dass die Schwester ein paar Schleier mitbringt. Aber das ist noch ein Jahr hin. Bis dahin haben wir Zeit. Denken Sie über die Zauberei nach, ja? Im Ernst. Und jetzt gute Nacht.«

Während Galinda langsam zu ihrem Zimmer zurückging, fragte sie sich, womit Elphabas Schwester die boshafte Bemerkung über Schleier verdient haben mochte. Sie hätte gern Elphaba gefragt. Aber sie wusste nicht, wie sie das anstellen sollte. Sie traute sich nicht.

# Boq

## 1

»Nun komm schon«, sagten die Jungen. »Komm!« Sie lehnten im Eingangsbogen zu Boqs Stube, vor dem Schein der Öllampe im Studierzimmer nur als amorpher Menschenklumpen wahrzunehmen. »Die Bücher hängen uns zum Hals raus. Komm mit!«

»Geht nicht«, sagte Boq. »Ich bin in Bewässerungstheorie hintendran.«

»Vergiss deine Bewässerungstheorie – die Kneipe ruft«, sagte der athletische gillikinesische Bursche, der Avaric hieß. »Es ist zu spät, jetzt noch die Noten zu verbessern. Die Prüfungen sind so gut wie vorbei und die Prüfer selbst angedudelt.«

»Es ist nicht wegen der Noten«, sagte Boq. »Ich verstehe es einfach noch nicht.«

»Wir ziehen in die Kneipe, wir ziehen in die Kneipe!«, sangen ein paar Jungen, die anscheinend schon nicht mehr ganz nüchtern waren. »Vergesst Boq, das Bier wartet, und es ist schon lange ausgegoren!«

»Na schön, in welche Kneipe geht ihr? Vielleicht komme ich in einer Stunde nach«, sagte Boq und nahm wieder eine entschlossene Lernhaltung ein, ohne die Füße auf die Fußbank zu stellen, da dies, wie er wusste, seine Kommilitonen dazu anstacheln konnte, ihn auf ihre Schultern zu setzen und einfach zu ihrer Sause mitzuschleppen. Seine kleine Statur schien solche Übergriffe herauszufordern. Wenn er die Füße ganz auf den Boden setzte, sah er fester verwurzelt aus, dachte er.

»In den Wilden Eber«, sagte Avaric. »Da tritt eine neue Hexe auf. Angeblich eine heiße Nummer. Sie ist eine kumbrische Hexe.«

»Aha«, sagte Boq ohne große Begeisterung. »Dann zieht mal los, einen guten Platz ergattern. Ich komme nach, wenn ich so weit bin.« Die Jungen trotteten ab, wobei sie noch an den Türen anderer Freunde rüttelten und im Vorbeigehen die Porträts ehemaliger Studenten schiefrückten, aus denen inzwischen honorige Förderer geworden waren. Avaric blieb noch einen Moment im Bogen stehen.

»Wir könnten auch die Banausen sausenlassen und uns in ausgewählter Runde in den Philosophischen Club begeben«, sagte er lockend. »Zu späterer Stunde, meine ich. Es ist schließlich Wochenende.«

»Ach, Avaric, nimm lieber eine kalte Dusche«, sagte Boq.

»Du hast zugegeben, dass es dich interessiert. Doch, das hast du. Warum sich nicht zum Ende des Semesters was Besonderes gönnen?«

»Ich bereue, dass ich das je gesagt habe. Der Tod interessiert mich auch, aber mit genaueren Nachforschungen lasse ich mir lieber Zeit, vielen Dank. Zieh Leine, Avaric! Sieh zu, dass du deine Freunde einholst. Viel Spaß bei den kumbrischen Possen, wobei ich vermute, dass man euch einen Bären aufgebunden hat. Kumbrische Hexen gibt es schon seit Jahrhunderten nicht mehr. Falls es sie überhaupt je gegeben hat.«

Avaric schlug den Kragen seines Jacketts um. Die Unterseite war mit dunkelrotem Samt gefüttert. An seinem sauber rasierten Hals nahm sich das Futter wie ein Adelsband aus. Nicht zum ersten Mal stellte Boq zwischen sich und dem schmucken Avaric Vergleiche an, bei denen er den Kürzeren zog. »Was ist, Avaric?«, sagte er, von sich selbst genauso genervt wie von seinem Freund.

»Irgendwas ist mit dir«, sagte Avaric. »Ich bin nicht ganz blind. Was ist los?«

»Gar nichts ist los.«

»Sag mir, ich soll mich um meinen eigenen Kram kümmern, sag mir, ich soll mich verziehen, verpissen, los, sag es, aber erzähl mir nicht, dass nichts los ist. Ein so guter Lügner bist du nicht, und ich bin kein Idiot. Auch wenn ich ein verlebter Gillikinese von dekadentem Adel bin.« Seine Miene war sanft, und Boq war einen Moment in Versuchung. Er machte den Mund auf und überlegte, wie er es ausdrücken sollte, doch beim Klang der Glocken in den Ozma-Türmen, die zur vollen Stunde schlugen, ruckte Avarics Kopf kaum merklich in die Richtung. Seinem besorgten Gebaren zum Trotz war er doch nicht ganz bei der Sache. Boq machte den Mund wieder zu, überlegte noch ein bisschen und sagte: »Nenn es von mir aus munchkinsche Sturheit. Ich will dich nicht anlügen, Avaric, dafür sind wir zu gute Freunde. Aber es gibt im Augenblick nichts zu sagen. Und jetzt geh und amüsier dich. Aber pass auf dich auf.« Er wollte noch ein warnendes Wort zum Philosophischen Club hinzufügen, aber verbiss es sich. Wenn Avaric ärgerlich wurde, konnte Boqs Fürsorglichkeit das Gegenteil bewirken und ihn erst recht anspornen.

Avaric trat auf ihn zu und küsste ihn auf beide Backen und die Stirn, eine Oberschichtsitte aus dem Norden, die Boq immer verlegen machte. Dann verschwand er mit einem Zwinkern und einer obszönen Geste.

Von Boqs Stube aus hatte man einen Blick auf eine Kopfsteingasse, auf der Avaric und seine Kumpane jetzt davonsprangen. Boq stellte sich mit Abstand zum Fenster in den Schatten, doch das hätte er sich sparen können: seine Freunde dachten schon nicht mehr an ihn. Sie hatten ihre Prüfungen zur Hälfte hinter sich und durften jetzt zwei Tage verschnaufen. Nach den Prüfungen würden alle den Campus fluchtartig verlassen bis auf die wirklich Besessenen unter den Professoren und die ärmeren Jungen. Boq kannte das schon. Er fand es jedoch angenehmer zu lernen, als alte Handschriften mit einem fünfhaarigen Teckhaarpinsel abzustauben, eine Beschäftigung, der er den ganzen Sommer über in der Drei-Königinnen-Bibliothek nachgehen würde.

Gegenüber verlief die Blausteinwand eines privaten Reitstalls, der zu einem Herrenhaus ein paar Straßen weiter an einem vornehmen Platz gehörte. Hinter dem Stalldach sah man die Wipfel einiger Obstbäume im Küchengarten des Grattler-Kollegs, und darüber leuchteten die Spitzbogenfenster der Schlaf- und Hörsäle. Wenn die Mädchen die Vorhänge zuzuziehen vergaßen – was erstaunlich häufig vorkam –, konnte man sie halb oder viertel entkleidet sehen.

Selbstverständlich niemals am ganzen Leib nackt; in dem Fall hätte er ganz sicher weggeschaut, oder jedenfalls, sagte er sich streng, würde sich das so gehören. Aber das Weiß und Rosé der Unterhemden und Leibchen, die Rüschigkeit der Korsetts, die Schnüre der Turnüren und das Plusen um den Busen – das war, wenn sonst nichts, ein Aufklärungskurs in Damenreizwäsche. Boq, der keine Schwestern hatte, blickte gebannt.

Der Schlafsaal im Grattler-Kolleg war gerade so weit entfernt, dass er die einzelnen Mädchen nicht erkennen konnte. Dabei war Boq ganz wild darauf, seinen Schwarm wiederzusehen. Verdammt und noch mal verdammt! Er konnte sich einfach nicht konzentrieren. Er würde abgehen müssen, wenn er die Prüfungen verpatzte! Er würde seinen Vater, den alten Bfie, enttäuschen und sein Dorf und die anderen Dörfer dazu.

Verflixt und zugenäht! Das Leben war hart, und es gab noch andere Dinge als Gerstenanbau. Jäh entschlossen sprang Boq über die Fußbank, griff sich sein Studentencape und stürzte den Flur und die steinerne Wendeltreppe im Eckturm hinunter. Er konnte nicht mehr warten. Er musste etwas unternehmen, und gerade war ihm eine Idee gekommen.

Er nickte dem diensthabenden Pförtner zu, wandte sich draußen im Eilschritt nach links und gab sich alle Mühe, in der Abenddämmerung den vielen Pferdeäpfeln auf der Straße auszuweichen. Da seine Kommilitonen auf Zechtour waren, würde er sich wenigstens vor ihnen nicht zum Narren machen. Es war keine Seele mehr im Brischko-Kolleg. Er bog links ab, dann noch einmal links, dann war er in der Gasse am Reitstall. Ein Stapel Klafterholz, die vorspringende Kante eines aufgetriebenen Fensterladens, der eiserne Tragarm einer Winde. Boq war klein, aber er war auch gelenkig, und fast ohne sich die Knöchel zu schrammen schwang er sich zur Dachrinne des Stalls hinauf und krabbelte wie ein Seekrebs über das steile Dach.

Ah ja! Darauf hätte er schon vor Wochen, vor Monaten kommen können! Aber der Abend, an dem alle Jungen feiern gegangen waren und er sicher sein konnte, dass niemand im Brischko-Kolleg ihn sah, dieser Abend war heute, und vielleicht war es der einzige Abend. Aus irgendeinem Impuls heraus hatte er Avarics Lockung widerstanden. Und jetzt hockte er auf dem Stalldach, und der Wind, der durch das nasse Laub der Pfirsich- und Birnbäume strich, rauschte leise zur Begleitung. Da betraten auch schon die Mädchen den Saal – als ob sie im Flur gewartet hätten, bis er richtig in Position saß, als ob sie gewusst hätten, dass er kam!

Aus größerer Nähe betrachtet waren sie alles in allem gar nicht so hübsch …

Aber wo war die Eine?

Und ob hübsch oder nicht, sie waren deutlich zu erkennen. Die Finger, mit denen sie große seidene Schleifen lösten, die Finger, mit denen sie Handschuhe abstreiften und entzückende Reihen von vierzig winzigen Perlknöpfen entlangglitten, die Finger, die sie einander bei den inneren Spitzenteilen und den geheimen Stellen liehen, die man als Junge nur aus mythischen Erzählungen kannte! Die unerwarteten Geheimnisse – wie zart! Wie wunderbar tierähnlich! Seine Hände bewegten sich unwillkürlich, begierig auf etwas, das er kaum ahnte – und wo war *sie?*

»Was zum Donner machen Sie da oben?«

Natürlich geriet er ins Rutschen, weil er so erschrak und weil das Schicksal, nachdem es ihm freundlicherweise diese Ekstase gewährt hatte, ihn zum Ausgleich nun umzubringen gedachte. Er verlor den Halt und griff nach dem Schornstein, aber daneben. Er kullerte vom Dach wie ein Kinderspielzeug und krachte in die stechenden Äste des verdammten Birnbaums, was seinen Fall bremste und ihm wahrscheinlich das Leben rettete. Mit einem dumpfen Schlag landete er in einem Salatbeet, und durch den Aufprall entwich ihm die Luft aus sämtlichen Körperöffnungen, sehr zu seiner Beschämung.

»Oh, hervorragend«, ließ sich die Stimme vernehmen. »Die Früchte fallen dies Jahr früh vom Baum.«

Er hatte eine letzte schwache Hoffnung, dass die Sprecherin seine Angebetete war. Er versuchte, weltmännisch dreinzuschauen, obwohl ihm seine Brille davongeflogen war.

»Guten Abend«, sagte er unsicher und setzte sich auf. »So hatte ich mir das nicht vorgestellt.«

Barfuß und mit Schürze trat sie hinter einer mit rosigen Perther Trauben bewachsenen Laube hervor. Es war nicht die Richtige, die Eine. Es war die andere. Das konnte er auch ohne Brille erkennen. »Oh, Sie sind's.« Er bemühte sich, nicht maßlos enttäuscht zu klingen.

Sie hielt ein Sieb mit unreifen Trauben in der Hand, den sauren, die für Frühlingssalate genommen wurden. »Oh, *Sie* sind's«, machte sie ihn nach und trat näher. »Ich kenne Sie doch.«

»Junker Boq zu Ihren Diensten.«

»Junker Boq in meinem Salat, meinen Sie wohl.« Sie pflückte die Brille von den Stangenbohnen und reichte sie ihm.

»Wie geht es Ihnen, Damsell Elphie?«

»Ich bin nicht so sauer wie die Trauben und nicht so zermatscht wie der Salat«, antwortete sie. »Und wie geht es Ihnen, Junker Boq?«

»Die Sache«, sagte er, »ist mir außerordentlich peinlich. Wird mich das in Schwierigkeiten bringen?«

»Das ließe sich machen, wenn Sie möchten.«

»Bemühen Sie sich nicht. Ich gehe dort wieder hinaus, wo ich hereingekommen bin.« Er blickte zum Birnbaum hinauf. »Sie Ärmste, ich habe ein paar ordentliche Äste abgebrochen.«

»Bedauern Sie lieber den armen Baum. Warum haben Sie ihm das angetan?«

»Na ja, ich habe mich erschrocken«, sagte er, »und mir blieb nur die Wahl: Entweder ich hechte wie eine Baumnymphe durchs Geäst, oder ich steige einfach auf der anderen Seite des Stalls wieder ab und kehre still in mein Leben zurück. Wofür hätten Sie sich entschieden?«

»Ja, das ist die Frage«, sagte sie. »Aber nach meiner Erfahrung sollte man sich erst gar nicht auf so ein Entweder-oder einlassen. Wenn ich einen solchen Schreck bekommen hätte wie Sie, wäre ich weder still vom Dach gestiegen, noch wäre ich mit Getöse durch die

Bäume in den Salat geplumpst. Ich hätte mich umgestülpt, um leichter zu werden, und mich in die Luft erhoben, bis der äußere Luftdruck wieder ausbalanciert gewesen wäre. Dann wäre ich in dem umgestülpten Zustand ganz langsam, Zehe für Zehe, auf das Dach zurückgesunken.«

»Und hätten Sie dann Ihre Haut wieder zurückgewendet?«, fragte er belustigt.

»Das hängt davon ab, wer dort gestanden und was er oder sie gewollt und ob ich etwas dagegen gehabt hätte. Es hängt auch davon ab, welche Farbe die Innenseite meiner Haut hat. Da ich mich bis jetzt noch nie gewendet habe, nicht wahr, kann ich das nicht sicher wissen. Ich habe mich immer gefragt, ob es nicht scheußlich ist, rosig wie ein Ferkel zu sein.«

»Häufig«, bestätigte Boq. »Besonders unter der Dusche. Man fühlt sich wie ein nicht ganz durchgekochtes –« Er brach ab. Der Unsinn wurde zu persönlich. »Ich bitte vielmals um Verzeihung«, sagte er. »Ich habe Sie erschreckt, und das wollte ich nicht.«

»Sie haben nach einer Birne Ausschau gehalten, die die richtige Reife und Rundung hat, nehme ich an?« Sie blickte vergnügt.

»So ist es«, entgegnete er kühl.

»Haben Sie die Birne Ihrer Träume gesehen?«

»Die Birne meiner Träume ist mein privater Traum, und davon erzähle ich weder meinen Freunden noch Ihnen, die ich kaum kenne.«

»Aber natürlich kennen Sie mich. Wir waren zusammen in der Kindergruppe, das haben Sie mir bei unserer Begegnung im vorigen Jahr in Erinnerung gerufen. Damit sind wir beinahe Bruder und Schwester. Sie können mir ohne Bedenken Ihre Lieblingsbirne nennen, und ich sage Ihnen, ob ich weiß, wo sie wächst.«

»Sie machen sich über mich lustig, Damsell Elphie.«

»Es ist nicht meine Absicht, mich über dich lustig zu machen, Boq.« Sie wechselte von der förmlichen in die vertrauliche Anrede, wie um ihre angebliche Geschwisterschaft zu betonen. »Ich vermute, dass du etwas über Damsell Galinda erfahren willst, das gillikinesische Mädchen, das du letzten Herbst bei Madame Akabers Poesiegemetzel kennengelernt hast.«

Boq ging gern auf das Du ein. »Vielleicht kennst du mich doch besser, als ich dachte.« Er seufzte. »Darf ich hoffen, dass sie an mich denkt?«

»Na ja, hoffen darfst du immer«, sagte Elphaba. »Sinnvoller wäre es, du fragst sie und bringst es hinter dich. Dann weißt du wenigstens Bescheid.«

»Aber du bist doch mit ihr befreundet, oder? Weißt du es denn nicht?«

»Du solltest dich nicht darauf verlassen, was ich weiß oder nicht«, sagte Elphaba, »oder was ich zu wissen behaupte. Ich könnte lügen. Ich könnte in dich verliebt sein und meine Stubenkameradin hintergehen, indem ich Lügen über sie verbreite –«

»Sie ist deine Stubenkameradin?«

»Überrascht dich das?«

»Ja ... nein, es ... es freut mich nur.«

»Die Köchinnen werden sich fragen, was ich für lange Gespräche mit dem Spargel führe«, sagte Elphaba. »Ich könnte es einrichten, dass Damsell Galinda einen Abend mit mir herkommt, wenn du magst. Je eher, je lieber, damit dein Glück schon im Ansatz erstickt wird – wenn das Schicksal es so will. Aber wie gesagt«, fügte sie hinzu, »woher soll ich das wissen? Wenn ich nicht vorhersagen kann, was es für einen Auflauf zum Essen gibt, wie soll ich dann vorhersagen, was für Gefühle jemand hat?«

Sie verabredeten sich für drei Abende später, und Boq bedankte sich überschwenglich bei Elphaba und schüttelte ihre Hand so heftig, dass seine Brille bedenklich auf der Nase wackelte. »Du bist eine gute alte Freundin, Elphie, auch wenn wir uns fünfzehn Jahre lang nicht gesehen haben«, beteuerte er. Sie duckte sich unter die Zweige des Birnbaums und verschwand. Boq sah zu, dass er aus dem Küchengarten hinaus und zurück auf sein Zimmer kam, wo er sich wieder an seine Bücher setzte, doch seine Schwierigkeiten waren nicht behoben, nein, ganz und gar nicht. Sie waren eher schlimmer als vorher. Er konnte sich nicht konzentrieren. Er war immer noch wach, als die betrunkenen Jungen ins Brischko-Kolleg zurückkehrten, und hörte das laute Gepolter, das zur Stille mahnende Zischen, das Zerbrechen fallender Dinge und das Lallen von Balladen.

## 2

Avaric war in die Sommerferien gefahren, sobald die Prüfungen abgeschlossen waren, und Boq hatte sich entweder durchgemogelt oder war schimpflich gescheitert, in welchem Falle er jetzt wenig zu verlieren hatte. Dieses erste Rendezvous mit Galinda konnte das letzte sein. Boq gab sich mehr Mühe als sonst mit seiner Kleidung und ließ sich von der neuen Haarmode, die man in den Cafés sah, zu einer extravaganten Frisur inspirieren: ein dünnes weißes Band, das die Haare über dem Kopf straff zusammenzog, so dass sie in Locken herunterwallten wie Schaum aus einem überkochenden Topf Milch. Er putzte mehrmals seine Stiefel. Es war eigentlich zu warm für Stiefel, doch er hatte keine ausgehtauglichen Halbschuhe. Improvisieren war die Devise.

Am verabredeten Abend nahm er denselben Weg wie das erste Mal, und oben auf dem Stalldach stellte er fest, dass eine Obstpflückerleiter an der Mauer stehengelassen worden war, so dass er nicht am Baum nach unten klettern musste wie ein unbeholfener Schimpanse. Er nahm vorsichtig die ersten Sprossen, dann sprang er mannhaft das restliche Stück, diesmal jedoch nicht in den Salat. Auf einer Bank unter den Wurmnussbäumen saßen Elphaba, die Knie an die Brust gezogen und die nackten Füße flach aufgestellt, und Galinda, die Füße zierlich gekreuzt und das Gesicht hinter einem Seidenfächer verborgen, wobei sie ohnehin in die andere Richtung schaute.

»Ja, heiliger Bimbam, ein Besucher!«, rief Elphaba aus. »So eine Überraschung aber auch!«

»Guten Abend, die Damen«, sagte er.

»Du siehst wie ein erschrockener Igel aus. Was hast du mit deinen Haaren angestellt?«, sagte Elphaba. Immerhin guckte Galinda sich um, doch sie verschwand gleich wieder hinter dem Fächer. Konnte es sein, dass sie nervös war? Dass ihr Herz zagte?

»Ich bin ein IGEL-Mischling, habe ich dir das nicht erzählt?«, sagte Boq. »Großväterlicherseits. Zur Jagdsaison fand er sein Ende als Schnitzel für Ozmas Gefolge, und alle haben ihn als sehr schmackhaft in Erinnerung behalten. Das Rezept, eingeklebt im Familienalbum, wird von Generation zu Generation weitergegeben. Serviert mit Käse und Walnusssauce. Mmm.«

»Tatsächlich?« Elphaba legte das Kinn auf die Knie. »Du stammst echt von IGELN ab?«

»Nein, das war nur Spaß. Guten Abend, Damsell Galinda. Sehr freundlich von Ihnen, sich mit mir zu treffen.«

»Dies hier gehört sich ganz und gar nicht«, sagte Galinda. »Aus mehreren Gründen, wie Sie wohl wissen, Junker Boq. Aber meine Stubenkameradin ließ mir keine Ruhe, bis ich schließlich einwilligte. Ich kann nicht sagen, dass es mich freut, Sie wiederzusehen.«

»Ach, sagen Sie es, sagen Sie es, vielleicht wird es dann wahr«, rief Elphaba. »Probieren Sie's. Er ist gar nicht so schlecht. Für einen armen Jungen.«

»Es ehrt mich, dass Sie so von mir eingenommen sind, Junker Boq«, sagte Galinda, um Höflichkeit bemüht. »Ich bin geschmeichelt.« Sie war eindeutig nicht geschmeichelt, sie war gedemütigt. »Aber Sie müssen einsehen, dass es keine intime Freundschaft zwischen uns geben kann. Ganz abgesehen von meinen Gefühlen stehen weiteren Schritten zu viele gesellschaftliche Hindernisse entgegen. Ich habe dem Treffen nur zugestimmt, um Ihnen das persönlich sagen zu können. Um der Fairness willen.«

»Um der Fairness willen und vielleicht auch zur Unterhaltung«, sagte Elphaba. »Das ist mein Grund, noch zu bleiben.«

»Zunächst einmal sind da die verschiedenen Kulturen«, fuhr Galinda fort. »Ich weiß, dass Sie Munchkin sind. Ich bin Gillikinesin. Ich werde einen Landsmann heiraten müssen. Es ist die einzige Möglichkeit, tut mir leid«, sie senkte den Fächer und hob die Hand, wie um einen Protest seinerseits abzuwehren. »Hinzu kommt, dass Sie

Landwirtschaft studieren, und ich brauche einen Staatsmann oder Bankier aus den Ozma-Türmen. So sind die Dinge nun mal. Außerdem«, fügte sie hinzu, »sind Sie zu klein.«

»Was ist damit, dass er mit seinem Verhalten die guten Sitten untergräbt, was ist mit seiner Dämlichkeit?«, warf Elphaba ein.

»Genug«, sagte Galinda. »Das reicht jetzt.«

»Bitte, Sie sind sich Ihrer selbst zu sicher«, sagte Boq. »Wenn ich so kühn sein darf.«

»Du bist überhaupt nicht kühn«, sagte Elphaba. »Du bist ungefähr so kühn wie zweimal aufgegossener Tee. Das ist schon beinahe peinlich, wie halbherzig du das angehst. Komm schon, sag etwas Interessantes. Langsam wünschte ich, ich wäre in die Kirche gegangen.«

»Du störst«, sagte Boq. »Elphie, es war sehr nobel von dir, Damsell Galinda zu diesem Treffen mit mir zu bewegen, aber ich muss dich jetzt bitten, uns die Sache allein klären zu lassen.«

»Keiner von euch wird verstehen, was der andere sagt«, erklärte Elphaba bestimmt. »Ich bin in Munchkinland geboren, wenn auch nicht dort aufgewachsen, und ich bin ein Mädchen, wenn auch eher versehentlich. Ich bin die ideale Vermittlerin zwischen euch beiden. Ich glaube nicht, dass ihr ohne mich zurechtkommt. Wenn ich den Garten verlasse, wird mit Sicherheit keiner mehr aus den Worten des anderen schlau werden. Sie spricht die Sprache der Reichen, du sprichst Arme-Leute-Jargon. Außerdem habe ich für diese Vorstellung bezahlt, indem ich Damsell Galinda drei Tage lang bearbeitet habe. Ich darf zuschauen.«

»Es wäre sehr nett, wenn Sie bleiben würden, Damsell Elphaba«, sagte Galinda. »Ich muss eine Anstandsdame haben, wenn ich mich mit einem Jungen unterhalte.«

»Siehst du?«, sagte Elphaba zu Boq.

»Wenn du schon bleiben musst, lass mich wenigstens reden«, sagte Boq. »Bitte lassen Sie mich sprechen, Damsell Galinda, nur ein paar Minuten. Was Sie sagen, ist richtig. Sie sind von hoher Abstammung, ich von niedriger. Sie sind Gillikinesin, ich bin Munchkin. Sie müssen sich an Ihre gesellschaftlichen Regeln halten, ich mich an meine.

Und meine verbieten mir, ein Mädchen zu heiraten, das zu reich ist, zu fremd ist und zu viel erwartet. Ich bin nicht hier, um Ihnen die Ehe anzutragen.«

»Seht ihr? Gut, dass ich nicht gegangen bin, jetzt wird es endlich unterhaltsam«, sagte Elphaba, presste aber die Lippen zusammen, als beide sie böse anfunkelten.

»Ich bin hier, um Ihnen vorzuschlagen, dass wir uns von Zeit zu Zeit sehen, mehr nicht«, fuhr Boq fort. »Dass wir Freunde werden. Dass wir ohne jeden Erwartungsdruck als gute Freunde miteinander verkehren. Ich will nicht leugnen, dass Ihre Schönheit mich überwältigt. Sie sind der Mond in der Dunkelheit. Sie sind die Frucht des Kerzenbaums. Sie sind der himmelhoch kreisende Phönix –«

»Hört sich einstudiert an«, sagte Elphaba.

»Sie sind das mythische Meer«, beschloss er seine Aufzählung.

»Mit Poesie habe ich nicht viel im Sinn«, sagte Galinda, »aber Sie sind sehr freundlich.« Die Komplimente schienen sie ein wenig aufzuheitern. Jedenfalls bewegte sich der Fächer schneller. »Was ich nicht verstehe, ist der Zweck einer *Freundschaft*, wie Sie es nennen, Junker Boq, zwischen ledigen Personen unseres Alters. Ich finde es ... *abwegig*. Es könnte meines Erachtens zu Komplikationen führen, zumal Sie eine Verliebtheit eingestehen, die ich nicht erwidern kann. Nie und nimmer.«

»Es ist das Alter des Wagemuts«, sagte Boq. »Die einzige Zeit, die wir haben. Wir müssen in der Gegenwart leben. Wir sind jung und lebendig.«

»Ich weiß nicht, ob ›lebendig‹ es wirklich trifft«, sagte Elphaba. »Das klingt mir vorformuliert.«

Galinda schlug Elphaba mit dem zusammengefalteten Fächer auf den Kopf und faltete ihn sogleich wieder mit einer geübten eleganten Bewegung auf, die wirklich beeindruckend war. »Sie werden lästig, Damsell *Elphie*. Ich bin Ihnen für Ihre Gesellschaft verbunden, aber ich habe nicht um einen laufenden Kommentar gebeten. Ich bin durchaus in der Lage, die Vorzüge von Junker Boqs Ausführungen selbst zu beurteilen. Lassen Sie mich über seinen kuriosen Vorschlag nachdenken. Heilige Lurlina, ich kann mich selbst kaum denken hören!«

Wenn sie die Fassung verlor, war Galinda schöner denn je. Dieses alte Sprichwort stimmte also auch. Boq erfuhr hier so viel über Mädchen! Ihr Fächer sank. War das ein gutes Zeichen? Wenn sie ihm nicht ein wenig gewogen gewesen wäre, hätte sie dann ein Kleid mit einem Ausschnitt getragen, der noch eine Idee tiefer war, als er zu hoffen gewagt hatte? Und sie duftete nach Rosenwasser. Er verspürte ein Aufwallen von Hoffnung, einen Drang, seine Lippen auf die Stelle zu drücken, wo ihre Schulter in den Hals überging.

»Ihre Vorzüge«, setzte sie neu an. »Nun, Sie sind tapfer, nehme ich an, und klug, sonst hätten Sie das hier nicht so arrangieren können. Wenn Madame Akaber Sie hier entdecken würde, kämen wir beide in ernste Schwierigkeiten. Sicher, das haben Sie vielleicht nicht gewusst, also streichen wir die Tapferkeit. Nur klug. Sie sind klug und äußerlich irgendwie, hm, na ja ...«

»Gutaussehend?«, schlug Elphaba vor. »Schneidig?«

»Sie sind lustig anzuschauen«, befand Galinda.

Boq machte ein langes Gesicht. »Lustig?«, sagte er.

»Ich würde viel dafür geben, als *lustig* zu gelten«, sagte Elphaba. »Für mich ist das höchste der Gefühle normalerweise *faszinierend*, und wenn Leute das sagen, ist es meistens nicht als Kompliment gemeint.«

»Nun, vielleicht bin ich so, wie Sie sagen, oder ganz anders«, sagte Boq treuherzig, »aber Sie werden feststellen, dass ich auf jeden Fall hartnäckig bin. Ich werde mir unsere Freundschaft von Ihnen nicht ausreden lassen, Galinda. Dazu liegt mir zu viel daran.«

»Hört nur, wie das Tigermännchen im Dschungel nach seinem Weibchen brüllt«, sagte Elphaba. »Seht, wie das Weibchen hinter einem Gesträuch kichert, bevor sie mit Unschuldsmiene hervortritt und sagt: ›Entschuldige, mein Lieber, hast du etwas gesagt?‹«

»Elphaba!«, herrschten alle beide sie an.

»Ich muss schon sagen!«, ließ sich eine Stimme hinter ihnen vernehmen. Alle drei fuhren herum. Es war eine ältere Wärterin in einer gestreiften Kittelschürze, die schütteren grauen Haare zu einem Knoten hochgesteckt. »Schätzchen, was treibst du denn hier?«

»Muhme Schnapp!«, rief Galinda. »Wie bist du darauf gekommen, hier nach mir zu schauen?«

»Dieses ZEBRA in der Küche hat mir erzählt, dass hier draußen ein großes Palaver stattfindet. Meinst du, die sind blind da drinnen? Also, wer ist das? Das gefällt mir ganz und gar nicht.«

Boq stand auf. »Ich bin Junker Boq aus Binsenrain in Munchkinland. Ich bin Student am Brischko-Kolleg.«

Elphaba gähnte.

»Ich bin schockiert! Mit einem Gast geht man nicht in den Gemüsegarten, daher vermute ich, dass Sie ungeladen erschienen sind. Mein Herr, machen Sie sich davon, bevor ich Sie von den Pförtnern entfernen lasse!«

»Ach, Muhme Schnapp, mach doch keine Szene«, sagte Galinda und seufzte.

»So unreif, wie er ist, gibt es nichts zu befürchten«, erklärte Elphaba. »Sehen Sie, er hat noch nicht einmal einen Bart. Und nach allem, was wir folgern können –«

Boq fiel ihr hastig ins Wort. »Vielleicht habe ich falsch gehandelt. Jedenfalls bin ich nicht hier, um mich beleidigen zu lassen. Verzeihen Sie, Damsell Galinda, wenn es mir nicht einmal gelungen ist, Sie zu amüsieren. Was Sie betrifft, Damsell Elphaba«, seine Stimme war so kalt, wie es ihm möglich war, und kälter, als er sie selbst je gehört hatte, »so war es ein Fehler von mir, auf Ihr Mitgefühl zu vertrauen.«

»Wart's ab«, sagte Elphaba. »Nach meiner Erfahrung dauert es lange, bis etwas als Fehler erwiesen ist. Wie wär's, wenn du vorher irgendwann noch mal vorbeischaust?«

»Ein zweites Mal wird es hier nicht geben«, sagte Muhme Schnapp und zog an Galinda, doch die saß so fest wie Zement. »Damsell Elphaba, schämen Sie sich, dass Sie diesem Skandal Vorschub geleistet haben.«

»Hier ist nichts gewesen als ein bisschen Geschäker, und ziemlich harmloses Geschäker obendrein«, sagte Elphaba. »Damsell Galinda,

143

Sie benehmen sich ja äußerst widerspenstig. Wollen Sie hier im Gemüsegarten Wurzeln schlagen, weil Sie hoffen, dieser Herrenbesuch könnte sich wiederholen? Haben wir Ihr Interesse verkannt?«

Da erhob sich Galinda so würdevoll wie möglich. »Verehrter Junker Boq«, sagte sie, als diktierte sie ihm in die Feder, »es war von Anfang an mein Ziel, Sie von Ihren Nachstellungen meiner Person abzubringen, sei es um einer Liebschaft oder auch nur einer *Freundschaft* willen, wie Sie es ausdrücken. Ich hatte nicht die Absicht, Sie zu kränken. Das ist mir wesensfremd.« Elphaba verdrehte hierzu die Augen, doch dieses eine Mal hielt sie den Mund, vielleicht weil Muhme Schnapp die Fingernägel in ihren Ellbogen bohrte. »Ich werde mich nicht zu einem weiteren Treffen dieser Art bereitfinden. Das ist, wie Muhme Schnapp mich gemahnt hat, unter meiner Würde.« Muhme Schnapp hatte zwar nichts dergleichen gesagt, aber trotzdem nickte sie grimmig. »Doch wenn sich unsere Pfade auf unbedenklichem Terrain kreuzen sollten, Junker Boq, werde ich immerhin die Güte haben, Sie nicht zu ignorieren. Ich hoffe sehr, dass Sie sich damit zufrieden geben.«

»Niemals«, sagte Boq mit einem Lächeln. »Aber es ist ein Anfang.«

»Und jetzt guten Abend«, wünschte Muhme Schnapp stellvertretend für alle und bugsierte die Mädchen davon. »Träumen Sie gut, Junker Boq, und kommen Sie nicht wieder!«

»Damsell Elphaba, Sie waren *grässlich*«, hörte er Galinda sagen, doch die hatte nichts Besseres zu tun, als sich umzudrehen und ihm mit einem Lächeln nachzuwinken, das er sich nicht erklären konnte.

## 3

Damit begann der Sommer. Da er die Prüfungen bestanden hatte, konnte Boq unbeschwert sein letztes Jahr am Brischko-Kolleg planen. Täglich begab er sich in die Bibliothek im Drei-Königinnen-Kolleg, wo er unter dem wachsamen Auge eines gigantischen NASHORNS, des Leiters der Handschriftenabteilung, alte Manuskripte reinigte, die offensichtlich seit hundert Jahren niemand mehr angeschaut hatte. Wenn das NASHORN den Raum verließ, witzelte er mit den beiden Jungen links und rechts von ihm herum, typischen Drei-Königinnen-Studenten, die sich für ihr Leben gern in Klatsch und dunklen Anspielungen ergingen und bei allem Gefrotzel doch treu und anhänglich waren. Er war gern mit ihnen zusammen, wenn sie gut aufgelegt waren, und fand sie unausstehlich, wenn sie sich anmotzten. Krapp und Timmel. Timmel und Krapp. Boq spielte den Ahnungslosen, wenn sie zu neckisch oder anzüglich wurden, was ungefähr einmal die Woche vorkam, aber sie hörten auch bald wieder damit auf. Am Nachmittag verzehrten sie miteinander ihre Käsebrote am Ufer des Selbstmordkanals und beobachteten die Schwäne. Wenn die kräftigen Ruderer ihre Sommerübungen machten und den Kanal auf und ab fuhren, gerieten Krapp und Timmel in Verzückung und ließen sich lang ins Gras fallen. Boq lachte über sie, ohne sie auszulachen, und wartete darauf, dass das Schicksal ihm Galinda wieder über den Weg führte.

Er musste nicht allzu lange warten. Etwa drei Wochen nach ihrem Techtelmechtel im Gemüsegarten, an einem windigen Sommermorgen, richtete ein kleines Erdbeben in der Drei-Königinnen-Bibliothek geringfügige Schäden an, und das Gebäude musste wegen Reparaturarbeiten geschlossen werden. Timmel, Krapp und Boq nahmen ihre Brote, dazu Becher mit Tee aus der Mensa, und warfen sich an ihrem Lieblingsplatz am Kanalufer ins Gras. Eine Viertelstunde später kam Muhme Schnapp mit Galinda und zwei anderen Mädchen des Wegs.

»Ich glaube, wir kennen Sie«, sagte Muhme Schnapp, während Galinda sich einen Schritt hinter ihr hielt. In Fällen wie diesem hatte die Dienerin die Namen all derjenigen in Erfahrung zu bringen, die sich noch nicht kannten, damit sie sich persönlich begrüßen konnten. Muhme Schnapp verkündete, dass die Junker Boq, Krapp und Timmel die Bekanntschaft der Damsellen Galinda, Schenschen und Fanny machten. Dann trat sie ein paar Schritte zur Seite, um den jungen Leuten Gelegenheit zu geben, sich miteinander zu unterhalten.

Boq sprang auf und machte eine kleine Verbeugung, und Galinda sagte: »Um mein Versprechen zu halten, Junker Boq, darf ich fragen, wie es Ihnen geht?«

»Sehr gut, danke sehr«, antwortete Boq.

»Er steht voll im Saft«, sagte Timmel.

»Er schäumt förmlich über, recht betrachtet«, sagte Krapp, der ein kleines Stück weiter hinten saß, aber Boq drehte sich um und blickte so böse, dass Krapp und Timmel verstummten und spielten, sie seien beleidigt.

»Und Sie, Damsell Galinda?«, fragte Boq mit einem prüfenden Blick in das vorbildlich beherrschte Gesicht. »Geht es Ihnen gut? Wie aufregend, Sie den Sommer über in Shiz zu wissen.« Doch das war keine glückliche Bemerkung. Die bessergestellten Mädchen fuhren den Sommer über nach Hause, und Galinda als Gillikinesin hatte gewiss schwer daran zu tragen, dass sie hierbleiben musste wie ein Munchkinmädchen oder eine aus dem gemeinen Volk. Der Fächer kam hoch. Die Augen gingen nach unten. Die Damsellen Schenschen und Fanny strichen ihr mit stummem Mitgefühl über die Schulter. Doch Galinda fing sich wieder.

»Meine guten Freundinnen, Damsell Fanny und Damsell Schenschen, nehmen sich den Hochsommermond über ein Häuschen am Ufer des Kluchtsees. Ein kleines Traumhaus in der Nähe der Ortschaft Nimmertal. Ich habe mich entschlossen, die Ferien dort zu verbringen, statt die beschwerliche Rückfahrt ins Perther Bergland auf mich zu nehmen.«

»Bestimmt sehr erholsam.« Er sah die geschliffenen Kanten ihrer lackierten Fingernägel, die sandfarbenen Wimpern, das Schimmern der glatten Wangen, die feine Hautfalte in der Mitte der Oberlippe. Im Licht des Sommermorgens war alles an ihr von gefährlicher, berauschender Überdeutlichkeit.

»Vorsicht!«, rief Krapp, und er und Timmel sprangen auf und fassten den schwankenden Boq links und rechts am Ellbogen. Erst da dachte er wieder daran zu atmen. Doch ihm fiel nichts mehr zu sagen ein, und Muhme Schnapp drehte unruhig ihre Handtasche hin und her.

»Wir haben eine Ferienarbeit«, rettete Timmel die Situation. »In der Drei-Königinnen-Bibliothek. Wir pflegen buchstäblich die Literatur. Wir sind die Putzfrauen der Kultur. Arbeiten Sie auch, Damsell Galinda?«

»Nein, keineswegs«, erwiderte Galinda. »Ich muss mich vom Studieren erholen. Es war ein aufreibendes Jahr, aufreibend. Meine Augen sind immer noch müde vom Lesen.«

»Und was ist mit euch beiden?«, fragte Krapp die zwei anderen Mädchen mit demonstrativer Lockerheit. Doch die kicherten nur schamhaft und wichen ein Stück zurück. Ihre Freundin führte dieses Gespräch, nicht sie. Boq, der langsam die Fassung zurückgewann, merkte, dass die Gruppe im Begriff war, sich wieder in Bewegung zu setzen. »Und Damsell Elphie?«, erkundigte er sich, um sie aufzuhalten. »Wie geht es Ihrer Stubenkameradin?«

»Sie ist eigensinnig und schwierig wie immer«, sagte Galinda streng, zum ersten Mal im normalen Ton, nicht mit gehauchter förmlicher Flüsterstimme. »Aber Lurlina sei Dank, sie hat eine Ferienarbeit, da habe ich ein wenig Ruhe vor ihr. Sie arbeitet im Laboratorium und in der Bibliothek unter unserem Doktor Dillamond. Kennen Sie ihn?«

»Doktor Dillamond? Ob ich ihn *kenne?*«, sagte Boq. »Er ist der beeindruckendste Biologiedozent in Shiz.«

»Er ist allerdings«, sagte Galinda, »ein GEISSBOCK.«

»Ja, ja. Ich wünschte, er würde uns unterrichten. Selbst unsere Professoren erkennen seine herausragenden Fähigkeiten an. Anscheinend war es früher so, unter der Herrschaft des Regenten und davor, dass er alljährlich zu einem Vortrag am Brischko-Kolleg eingeladen wurde. Doch wegen der Einschränkungen ist jetzt auch damit Schluss, so dass ich ihn niemals richtig kennengelernt habe. Allein ihn bei diesem Poesieabend im vorigen Jahr zu sehen, wenn auch nur kurz, war ein Erlebnis –«

»Na ja, er redet in einem fort«, sagte Galinda. »Er mag ja brillant sein, aber er hat kein Gefühl dafür, wann er ermüdend wird. Jedenfalls ist Damsell Elphaba mit irgendetwas tüchtig beschäftigt. Auch sie redet darüber in einem fort. Es scheint ansteckend zu sein.«

»Tja, ein Laboratorium brütet so manches aus«, sagte Krapp.

»Allerdings«, sagte Timmel, »und nebenbei darf ich vielleicht bemerken, dass Boq mit seinen schwärmerischen Ergüssen über Ihre Schönheit nicht im Geringsten übertrieben hat. Wir haben eigentlich an eine überhitzte Phantasie geglaubt, das Produkt psychischer und physischer Frustrationen –«

»Wissen Sie was?«, sagte Boq. »Ihre Damsell Elphie und meine ehemaligen Freunde hier machen jede Hoffnung zunichte, dass wir jemals Freundschaft schließen. Wollen wir uns stattdessen nicht lieber duellieren? Zehn Schritte abzählen, umdrehen und schießen? Es würde uns eine Menge Ärger ersparen.«

Doch Galinda hielt nichts von solchen Witzen. Sie nickte zum Zeichen, dass es reichte, und die vier Damen setzten sich wieder in Bewegung und folgten auf dem Kiesweg der Biegung des Kanals. Man hörte noch, wie Damsell Schenschen mit tiefer, hauchiger Stimme sagte: »Du liebe Güte, er ist ja ganz süß, wenn man auf Zwerge steht.«

Die Stimme verklang. Boq wollte schimpfend auf Krapp und Timmel losgehen, doch die fingen an, ihn zu kitzeln, und alle drei brachen lachend über den Resten ihres Mittagsbrots zusammen. Und da es aussichtslos war, sie zu verändern, verzichtete Boq darauf, seine Freunde zu maßregeln. Wozu sich über ihr kindisches Geflachse aufregen, wenn Damsell Galinda ihn so unmöglich fand?

Ein oder zwei Wochen später begab sich Boq an seinem freien Nachmittag zum Eisenbahnplatz. Er blieb an einem Kiosk stehen und gaffte die Auslagen an: Zigaretten, Ersatzliebeszauber, frivole Zeichnungen sich entkleidender Frauen und Bildrollen, die grelle Sonnenuntergänge zeigten und mit aufrüttelnden Einzeilern beschriftet waren: »Lurlina lebt in jedem Herzen fort.« »Haltet die Gesetze des Zauberers, und die Gesetze des Zauberers werden euch halten.« »Ich bete zum Namenlosen Gott, dass Gerechtigkeit geschehen möge in Oz.« Boq bemerkte die unterschiedlichen Tendenzen: die heidnische, die obrigkeitsstaatliche und die altmodisch unionistische.

Aber keine direkte Parteinahme für die Royalisten, die in den sechzehn harten Jahren, seit der Zauberer dem Ozma-Regenten die Macht entrissen hatte, in den Untergrund gegangen waren. Die Ozmasche Linie stammte ursprünglich aus Gillikin, musste es da nicht aktive Widerstandsnester geben, die den Zauberer bekämpften? Andererseits hatte Gillikin unter dem Zauberer einen Aufschwung erlebt, daher hielten sich die Royalisten bedeckt. Außerdem hatten alle die Gerüchte über drakonische Strafen für Renegaten und Peristrophisten gehört.

Boq kaufte eine in der Smaragdstadt erschienene Zeitung – mehrere Wochen alt, doch es war die erste, die er seit einiger Zeit zu Gesicht bekommen hatte – und setzte sich damit in ein Café. Er las, dass der smaragdstädtische Heimatschutz einige TIERISCHE Demonstranten davon abgehalten hatte, im Palastgarten die öffentlichen Ordnung zu stören. Er schaute nach Nachrichten aus den Provinzen und fand einen Lückenfüller über Munchkinland, wo weiterhin dürreähnliche Zustände herrschten; es gingen zwar gelegentlich Wolkenbrüche nieder, doch das Wasser lief ab oder versickerte nutzlos im Lehm. In dem Artikel stand, dass es im Winkus verborgene unterirdische Seen gab, deren Wasserressourcen ganz Oz versorgen konnten. Doch die Vorstellung eines Kanalnetzes über das ganze Land fanden alle zum Lachen. Die Kosten! Es herrschte große Uneinigkeit zwischen den Eminenzen und der Smaragdstadt in der Frage, was zu tun sei.

Abspaltung, dachte Boq aufwieglerisch, und als er aufschaute, stand Elphaba vor ihm, allein, ohne Anstandsdame oder Muhme.

»Was für einen köstlichen Ausdruck du im Gesicht hast, Boq«, sagte sie. »Viel interessanter als Liebe.«

»In gewisser Weise ist es Liebe«, sagte Boq, dann besann er sich und sprang auf. »Willst du dich nicht zu mir setzen? Bitte, nimm Platz! Sofern es dir nichts ausmacht, dass du unbeaufsichtigt bist.«

Sie setzte sich und gestattete ihm, ihr einen Mineraltee zu bestellen; sie sah ein bisschen mitgenommen aus. Sie hatte ein braunes, mit Kordel verschnürtes Paket unter dem Arm. »Ein paar Kleinigkeiten für meine Schwester«, sagte sie. »Sie ist wie Galinda, sie liebt den äußeren Schick. Ich habe im Basar ein winkisches Umhängetuch für sie gefunden, rote Rosen auf schwarzem Grund, mit schwarzgrünen Fransen. Ich schicke es ihr zusammen mit einem Paar gestreifter Strümpfe, die Muhme Schnapp für mich gestrickt hat.«

»Ich wusste gar nicht, dass du eine Schwester hast«, sagte er. »War sie mit uns zusammen in der Spielgruppe?«

»Sie ist drei Jahre jünger als ich«, sagte Elphaba. »Sie wird in Kürze aufs Grattler-Kolleg kommen.«

»Ist sie so schwierig wie du?«

»Sie ist auf andere Art schwierig. Sie ist behindert, meine Nessarose, und zwar ziemlich schwer, und hält einen ordentlich auf Trab. Selbst Madame Akaber weiß noch nicht genau, wie es wirklich um sie steht. Doch zu dem Zeitpunkt werde ich im dritten Jahr sein und den Mut haben, der Rektorin die Stirn zu bieten, hoffe ich. Es gibt Leute, die Nessarose das Leben schwermachen. Das Leben ist auch so schon schwer genug für sie.«

»Kümmert sich deine Mama um sie?«

»Meine Mutter ist tot. Mein Vater ist offiziell für sie zuständig.«

»Offiziell?«

»Er ist *Pfarrer*«, sagte Elphaba und rieb die Handflächen im Kreis aneinander, eine Geste, die zu verstehen gab, dass zwei Mühlsteine noch so lange mahlen konnten, aber wenn es kein Korn gab, niemals Mehl dabei herauskommen konnte.

»Das hört sich sehr schwer für euch alle an. Woran ist deine Mutter gestorben?«

»Sie ist im Kindbett gestorben, und das ist die letzte persönliche Auskunft, die du bekommst.«

»Erzähl mir von Doktor Dillamond. Wie ich höre, arbeitest du für ihn.«

»Erzähl du mir von deiner Werbung um das Herz von Galinda der Eiskönigin.«

Boq interessierte sich wirklich für Doktor Dillamond, ließ sich aber durch Elphabas Bemerkung von dem Thema abbringen. »Ich werde nicht aufhören, Elphie, niemals! Wenn ich sie sehe, brennt es wie Feuer in meinen Adern. Ich kann nichts sagen, und wenn ich etwas denke, ist mir, als hätte ich Visionen. Als träumte ich. Als flöge ich im Traum dahin.«

»Ich träume nicht.«

»Sag mir, gibt es irgendeine Hoffnung? Was erzählt sie? Kann sie sich überhaupt *vorstellen*, eine Neigung für mich zu entwickeln?«

Elphaba hatte die Ellbogen auf den Tisch gestützt und die Hände gefaltet und hielt ihre beiden ausgestreckten Zeigefinger an die dünnen, gräulichen Lippen. »Weißt du, Boq«, sagte sie, »Galinda ist mir mittlerweile selbst ganz lieb geworden. Hinter ihrer blauäugigen Selbstverliebtheit verbirgt sich ein Hirn, das gern arbeiten würde. Sie denkt tatsächlich über so manches nach. Wenn sie ihr Hirn in Betrieb nimmt und man etwas nachhilft, kann es durchaus sein, dass sie an dich denkt – nicht einmal unfreundlich, vermute ich. Wohlgemerkt, ich vermute es. Ich weiß es nicht. Aber wenn sie wieder in sich zurücksinkt, das heißt, in das Mädchen, das zwei Stunden am Tag damit zubringt, seine schönen Haare in Locken zu legen, dann ist es, als ob die denkende Galinda in einer inneren Abstellkammer verschwindet und die Tür hinter sich zuschlägt. Als ob sie hysterisch vor Dingen zurückweicht, die zu groß für sie sind. Ich liebe sie in beiden Fällen, aber ich finde es komisch. Wobei ich gar nichts dagegen hätte, mich irgendwo abzustellen, wenn ich könnte, aber ich weiß nicht, wie ich das machen soll.«

»Ich finde, du urteilst sehr hart über sie, und auf jeden Fall bist du zu respektlos«, sagte Boq streng. »Wenn sie hier sitzen würde, wäre sie, glaube ich, über deine spitze Zunge verwundert.«

»Ich versuche nur, mich so benehmen, wie sich meines Erachtens eine Freundin benehmen sollte. Wobei ich, zugegeben, darin nicht viel Übung habe.«

»Ich weiß nicht, was ich von deiner Freundschaft halten soll, wenn du Damsell Galinda ebenfalls als deine Freundin betrachtest und wenn das deine Art ist, über eine abwesende Freundin herzuziehen.«

Obwohl Boq sich ärgerte, merkte er, dass diese Auseinanderset-zung lebendiger war als die konventionellen Floskeln, die Galinda und er bis dahin gewechselt hatten. Er wollte Elphaba nicht mit kri-tischen Bemerkungen verprellen. »Ich bestelle dir noch einen Mine-raltee«, sagte er in entschiedenem Ton, dem Ton seines Vaters, wie er in dem Moment merkte, »und dann erzählst du mir etwas über Dok-tor Dillamond.«

»Vergiss den Tee, ich habe den ersten noch nicht ausgetrunken, und ich wette, du hast nicht mehr Geld als ich«, sagte Elphaba. »Aber von Doktor Dillamond will ich dir erzählen. Sofern du dich von mei-nen Ansichten nicht zu sehr vor den Kopf gestoßen fühlst.«

»Bitte, vielleicht irre ich mich ja. Schau, es ist ein schöner Tag, und wir sind nicht auf dem Campus. Wieso kannst du übrigens allein un-terwegs sein? Hat Madame Akaber dir das erlaubt?«

»Dreimal darfst du raten.« Sie grinste. »Als klar war, dass *du* durch den Gemüsegarten und über das Dach des Reitstalls nach Belieben im Grattler-Kolleg ein- und ausgehen kannst, beschloss ich, dass ich das auch kann. Mein Fehlen fällt niemandem auf.«

»Das kann ich kaum glauben«, traute er sich zu sagen, »denn du bist nicht gerade eine unauffällige Erscheinung. Aber jetzt erzähl mir von Doktor Dillamond. Er ist mein Idol.«

Sie seufzte, legte endlich das Paket auf den Tisch und fand sich damit ab, dass es länger dauern würde. Sie erzählte ihm von Doktor Dillamonds Arbeit mit natürlichen Essenzen: wie er mit wissen-schaftlichen Methoden ergründen wollte, worin die wirklichen Un-terschiede zwischen tierischem und TIERISCHEM Gewebe und zwi-schen TIERISCHEM und menschlichem Gewebe lagen. Die Literatur zu dem Thema, hatte sie bei ihrer Tätigkeit als seine Helferin erfah-ren, war nachhaltig vom unionistischen Denken gefärbt, die ältere noch vom heidnischen Denken, und hielt einer wissenschaftlichen Überprüfung nicht stand. »Vergiss nicht, dass die Akademie von Shiz ursprünglich ein unionistisches Kloster war«, sagte Elphaba. »Trotz der Laissez-faire-Einstellung unter der gebildeten Elite sind die unionistischen Tendenzen immer noch stark.«

»Ich bin auch Unionist«, meinte Boq, »und für mich besteht da kein Widerspruch. Der Namenlose Gott umfasst alle Lebensformen, nicht bloß die menschliche. Meinst du, es gibt in den frühen unionistischen Traktaten eine untergründige Tendenz gegen TIERE, die heute noch nachwirkt?«

»Jedenfalls denkt das Doktor Dillamond. Wobei er selber Unionist ist. Erkläre mir dieses Paradox, und ich werde mit Freuden konvertieren. Ich bewundere diesen GEISSBOCK außerordentlich. Aber mein eigentliches Interesse gilt dem politischen Aspekt. Wenn er irgendwelche biologischen Bausteine isolieren und damit beweisen kann, dass sich tief in den unsichtbaren Zellen menschlichen und TIERISCHEN Fleischs kein Unterschied erkennen lässt, dass es keinen Unterschied gibt, vielleicht nicht einmal zum tierischen Fleisch, dann … na ja, du kannst dir denken, was das für Konsequenzen hätte.«

»Nein«, sagte Boq, »kann ich nicht.«

»Wie will man die Beschränkungen der TIERISCHEN Freiheit aufrechterhalten, wenn Doktor Dillamond wissenschaftlich beweisen kann, dass es keinen wesentlichen Unterschied zwischen Menschen und TIEREN gibt?«

»Oh, das ist allerdings die Vision einer unglaublich rosigen Zukunft.«

»Denk doch mal nach«, sagte Elphaba. »*Denk nach*, Boq! Mit welcher Begründung könnte der Zauberer diese Beschränkungen weiter durchsetzen?«

»Wer sollte ihn davon abbringen? Der Zauberer hat die Bewilligungskammer auf unbestimmte Zeit aufgelöst. Ich glaube nicht, Elphie, dass er offen für sachliche Argumente ist, selbst wenn sie von einem so hochangesehenen TIER wie Doktor Dillamond kommen.«

»Aber er *muss* dafür offen sein. Als Machthaber ist es seine Aufgabe, neue Erkenntnisse zu berücksichtigen. Wenn Doktor Dillamond den Beweis erbracht hat, wird er an den Zauberer schreiben und sich für Veränderungen einsetzen. Zweifellos wird er auch alles tun, was in seiner Macht steht, um die TIERE im ganzen Land von seinen Absichten zu unterrichten. Er ist nicht dumm.«

»Ich habe nicht gesagt, dass er dumm ist«, entgegnete Boq. »Aber wie handfest, meinst du, sind die Beweise, die er bis jetzt hat?«

»Ich bin nur eine studentische Hilfskraft«, sagte Elphaba. »Ich verstehe kaum den Sinn seiner Worte. Ich bin nur eine Sekretärin, eine Schreibhilfe – er kann ja nicht selber schreiben, weil er mit seinen Hufen keinen Stift halten kann. Ich nehme Diktate auf, ich lege sie ab, und ich flitze zur Grattler-Kollegsbibliothek und schlage Sachen nach.«

»Die Bibliothek im Brischko-Kolleg wäre für Material dieser Art ergiebiger«, meinte Boq. »Selbst die Drei-Königinnen, wo ich diesen Sommer arbeite, hat im Magazin Urkunden der Mönche über ihre Beobachtungen des Tier- und Pflanzenlebens.«

»Ich bin keine offizielle Mitarbeiterin«, sagte Elphaba, »und als Mädchen darf ich die Brischko-Kollegsbibliothek nicht benutzen. Und Doktor Dillamond als Tier auch nicht, mittlerweile wenigstens. Diese wertvollen Quellen sind uns also verschlossen.«

»Na ja«, sagte Boq leichthin, »wenn ihr genau wisst, was ihr braucht ... Ich habe Zutritt zu den Magazinen beider Sammlungen.«

»Und wenn der gute Doktor Dillamond den Unterschied zwischen Tieren und Menschen endlich ausgetüftelt hat, werde ich ihm vorschlagen, dass er dieselben Kriterien auf den Unterschied zwischen den Geschlechtern anwendet«, sagte Elphaba. Erst da ging ihr auf, was Boq gesagt hatte, und sie streckte die Hand aus, fast als wollte sie ihn anfassen. »O Boq! Boq! Im Namen von Doktor Dillamond nehme ich hiermit dein großzügiges Hilfsangebot an. Die erste Liste von Quellen lasse ich dir im Laufe der Woche zukommen. Nur lass meinen Namen aus dem Spiel. Mir ist es egal, ob ich mir den Zorn der makabren Akaber zuziehe, aber ich will nicht, dass sie ihren Unmut an meiner Schwester Nessarose auslässt.«

Sie stürzte den letzten Schluck Tee hinunter, schnappte sich ihr Paket und war aufgesprungen, bevor Boq sich ordentlich verabschieden konnte. Etliche Gäste, die ihrerseits mit Zeitungen oder Romanheften beim Frühstück saßen, schauten auf, als das linkische Mädchen zur Tür hinausstürmte. Als Boq wieder saß und sich fragte, auf was er sich da eingelassen hatte, bemerkte er bei einem langsamen, aber gründlichen Blick in die Runde, dass an diesem Morgen keine TIERE ihren Tee in dem Lokal nahmen. Nicht ein einziges TIER.

## 4

In späteren Jahren seines langen Lebens sollte der restliche Sommer in Boqs Erinnerung stets den muffigen Geruch alter Bücher ausströmen. Er stöberte allein in den dumpfigen Magazinen herum, er beugte sich über die Mahagonischubfächer mit ihren Pergamentschätzen, deren altertümliche Schrift ihm vor den Augen verschwamm. Den ganzen Sommer über, schien ihm, beschlugen die Rautenscheiben der Fenster mit ihrem Blausteinstab- und -maßwerk immer wieder mit kleinen, nervtötenden Regentropfen, die fast wie Sandkörner prasselten. Anscheinend gelangte der Regen niemals bis Munchkinland – aber daran versuchte Boq nicht zu denken.

Krapp und Timmel wurden zwangsverpflichtet, sich an den Nachforschungen für Doktor Dillamond zu beteiligen. Anfangs mussten sie davon abgebracht werden, sich für ihre Suchexpeditionen mit Kneifern, gepuderten Perücken und Roben mit hohem Kragen zu verkleiden, alles Funde, die sie in der gut ausgestatteten Garderobe der studentischen Theatergruppe am Drei-Königinnen-Kolleg machten. Doch als sie den Ernst der Sache begriffen hatten, stellten sie sich begeistert in ihren Dienst. Einmal die Woche trafen sie sich mit Boq und Elphaba im Café am Eisenbahnplatz. Elphaba erschien in diesen nieseligen Wochen immer in einem weiten braunen Mantel mit Kapuze und Schleier, der sie bis auf die Augen vollständig vermummte. Sie trug lange, abgenutzte graue Handschuhe, gebraucht von einem Bestattungsunternehmen gekauft, wie sie stolz erklärte, und billig, weil sie schon bei etlichen Beerdigungen getragen worden waren. Über ihre Bohnenstangenbeine zog sie zwei Paar Baumwollstrümpfe.

Als Boq Elphaba das erste Mal so sah, sagte er: »Ich konnte Krapp und Timmel mit Mühe und Not überreden, auf den Spionagefummel zu verzichten, und du kommst daher wie die original kumbrische Hexe.«

»Ich bin damit nicht auf euern Beifall aus, Jungs.« Sie streifte den Mantel ab und hängte ihn so über den Stuhl, dass sie nicht mit der nassen Wolle in Berührung kam. Wenn es einmal vorkam, dass ein anderer Gast im Vorbeigehen seinen regennassen Schirm ausschüttelte, zuckte Elphaba immer zurück, und bei jedem Tröpfchen, das sie traf, verzog sie schmerzlich das Gesicht.

»Ist das was Religiöses, Elphie, dass du so darauf achtest, trocken zu bleiben?«, fragte Boq.

»Ich habe dir schon mal gesagt, dass ich mit Religion nichts anfangen kann.«

»Daher also deine generelle Abneigung gegen Wasser«, bemerkte Krapp. »Vielleicht könnte ein Spritzer, ohne dass du es ahnst, als Taufwasser wirken, und dann wäre deine Freiheit als ungebundene Agnostikerin beeinträchtigt.«

»Ich dachte immer, du wärst zu sehr mit dir selbst beschäftigt, um meinen spirituellen Knacks zu bemerken«, sagte Elphaba. »Also, Jungs, was habt ihr heute für mich?«

Jedes Mal dachte Boq: Wenn doch Galinda hier wäre. Denn die selbstverständliche Kameradschaft, die sich während dieser Wochen zwischen ihnen entwickelte, war wunderbar erfrischend – so ungezwungen und witzig, wie man nur wünschen konnte. Den Anstandsregeln zum Trotz waren sie alle zum Du übergegangen. Sie fielen sich gegenseitig ins Wort und lachten und kamen sich wegen der Heimlichkeit ihres Treibens kühn und wichtig vor. Krapp und Timmel als Smaragdstädtern – Sohn eines Steuereinnehmers der eine, eines Sicherheitsberaters im Palast der andere – waren TIERE und die Beschränkungen ihrer Freiheit ziemlich gleichgültig, doch Elphabas leidenschaftlicher Glaube an die Sache beflügelte sie. Auch Boqs Engagement wuchs. Er stellte sich vor, wie Galinda sich zu ihnen setzte, wie sie ihre vornehme Reserviertheit ablegte, wie ihre Augen bei dem Gedanken an das gemeinsame geheime Ziel leuchteten.

»Ich dachte, ich kenne sämtliche Formen der Leidenschaft«, sagte Elphaba eines sonnigen Nachmittags. »Wo ich doch einen unionistischen Pfarrer zum Vater habe, meine ich. Man geht fraglos davon aus, dass Theologie das Fundament ist, auf dem alles übrige Denken und Meinen aufbaut. Aber ich sage euch, Jungs, diese Woche hat Doktor Dillamond irgendeinen wissenschaftlichen Durchbruch geschafft. Ich weiß nicht genau, worum es sich handelt, aber er hat dazu zwei Linsen in einer ganz bestimmten Weise angeordnet und damit Gewebeproben betrachtet, die er auf eine Glasscheibe gelegt hatte, mit Kerzen im Hintergrund. Er begann zu diktieren, und er war so aufgeregt, dass er seine Befunde förmlich sang, er komponierte die reinsten Arien über das, was er sah. Rezitative über Strukturen, über Farben, über die elementaren Formen organischen Lebens. Er hat eine hässliche kratzige Stimme, wie bei einem GEISS-BOCK zu erwarten, aber auf einmal schmetterte er los. Tremolo bei den Kommentaren, vibrato bei den Interpretationen und sostenuto bei den Folgerungen: lange, triumphierende offene Vokale der Entdeckerfreude! Ich hatte Angst, dass ihn jemand hört. Und ich sang ebenfalls, ich trug ihm seine Aufzeichnungen vor wie eine Kompositionsstudentin.«

Von seinen Funden bestärkt verlangte der kühne Forscher, dass ihre Forschungen zielgerichteter wurden. Er wollte mit seinen Erkenntnissen nicht eher an die Öffentlichkeit treten, als bis er sich über die politisch günstigste Art, sie zu präsentieren, im Klaren war. Gegen Ende des Sommers gingen die Bemühungen dahin, lurlinistische und frühe unionistische Abhandlungen zu der Frage zu finden, wie die TIERE und die Tiere erschaffen und voneinander getrennt worden waren. »Es geht nicht darum, einer vorwissenschaftlichen Schar unionistischer Mönche oder heidnischer Priester und Priesterinnen wissenschaftliche Theorien unterzuschieben«, erklärte Elphaba. »Doktor Dillamond will vielmehr belegen, wie unsere Vorfahren darüber dachten. Das

Recht des Zauberers, ungerechte Gesetze zu erlassen, lässt sich besser bestreiten, wenn wir wissen, wie die alten Träumer sich die Sache zurechtlegten.«

Es war eine interessante Übung.

»In der einen oder anderen Form kennen wir doch alle einige der Ursprungsmythen, die vor der *Ozias* im Schwange waren«, sagte Timmel und warf sich mit theatralischer Gebärde seine blonde Tolle aus der Stirn. »Am schlüssigsten ist der, wo unsere gute Feenkönigin Lurlina auf Reisen ist. Ermüdet vom Fliegen machte sie Rast und rief aus dem Wüstensand eine Quelle hervor, die tief unter den trockenen Dünen der Erde verborgen gewesen war. Das Wasser sprudelte auf ihren Befehl hin in solchen Massen, dass fast augenblicklich das Land Oz in seiner ganzen Mannigfaltigkeit aus dem Boden schoss. Lurlina trank bis zur Besinnungslosigkeit und sank dann auf dem Gipfel des Zinkenhorns in einen langen Schlaf. Als sie erwachte, ließ sie ausgiebig Wasser, und daraus entstand der Gillikinfluss, der durch die ungeheuren Weiten der Gillikinesischen Wälder und dann am östlichen Rand des Winkus in den Rastensee fließt. Die Tiere waren *terrikolos* und gehörten damit einer niedrigeren Ordnung an als Lurlina und ihr Gefolge. Schaut mich nicht so an, ich weiß, was das Wort bedeutet – ich hab's nachgeschlagen. Es bedeutet, ›im oder am Boden lebend‹.

Die Tiere waren als Erdklumpen entstanden, die sich durch das unmäßige Pflanzenwachstum an den Hängen gelöst und im Hinabrollen ihre Formen erhalten hatten. Als Lurlina losstrullte, meinten die Tiere, der wütende Strom sei eine Sintflut, die ihre junge Welt überschwemmen wollte, und sie bangten um ihr Leben. In ihrer Verzweiflung warfen sie sich in die reißenden Fluten und versuchten, durch Lurlinas Urin zu schwimmen. Diejenigen, die es mit der Angst zu tun bekamen und umkehrten, blieben Tiere, die zur Arbeit eingespannt, zum Essen geschlachtet, zum Vergnügen gejagt, für Geld veräußert, als unschuldig bewundert wurden. Diejenigen, die weiterschwammen und ans andere Ufer gelangten, wurden mit Vernunft und Sprache beschenkt.«

»Ein tolles Geschenk, sich den eigenen Tod vorstellen zu können«, knurrte Krapp.

»Daher TIERE. Der Brauch, die Tiere von den TIEREN zu trennen, reicht in unvordenkliche Zeiten zurück.«

»Mit Pisse getauft«, sagte Elphaba. »Ist das eine hintergründige Art, die Fähigkeiten der TIERE zu erklären und sie gleichzeitig zu verunglimpfen?«

»Und was ist mit den Tieren, die ertranken?«, fragte Boq. »Das sind doch die wahren Verlierer gewesen.«

»Oder die Märtyrer.«

»Oder die Geister, die heute unter der Erde leben und den Feldern von Munchkinland die Wasserversorgung abdrehen.«

Sie lachten und ließen sich noch eine Runde Tee bringen.

»Ich habe ein paar spätere Schriften mit einem eher unionistischen Einschlag gefunden«, sagte Boq. »Sie erzählen eine Geschichte, die vermutlich auf den heidnischen Mythos zurückgeht, aber ein wenig bereinigt wurde. Die einige Zeit nach der Schöpfung und vor den ersten Menschen auftretende Sintflut war keine gewaltige Entleerung Lurlinas, sondern das Tränenmeer, das der Namenlose Gott bei seinem einzigen Besuch in Oz weinte. Der Namenlose Gott erkannte das Leid, das im Laufe der Zeit über das Land hereinbrechen würde, und er heulte vor Schmerz. Ganz Oz stand eine Meile tief unter der salzigen Flut. Die Tiere hielten sich an entwurzelten Bäumen über Wasser. Diejenigen, die genug von den Tränen des Namenlosen Gottes geschluckt hatten, wurden von maßlosem Mitgefühl mit ihren Artgenossen erfüllt, und sie fingen an, aus dem Treibholz Flöße zu bauen. Sie retteten ihre Artgenossen aus Barmherzigkeit, und durch ihre Güte wurden sie eine neue, intelligente Art: die TIERE.«

»Wieder eine Taufe, diesmal von innen«, sagte Timmel. »Durch Trinken. Das gefällt mir.«

»Aber was ist mit dem Freudenkult?«, fragte Krapp. »Kann eine Hexe oder ein Zauberer ein Tier nehmen und es mit einem Spruch in ein TIER verwandeln?«

»Das ist etwas, womit ich mich beschäftigt habe«, sagte Elphaba.

»Die Freudisten sagen, wenn irgendjemand das einmal tun konnte, sei es Lurlina oder der Namenlose Gott, dann kann die Magie es aufs neue tun. Sie lassen sogar durchblicken, dass die Unterscheidung zwischen TIEREN und Tieren ursprünglich ein kumbrischer Hexenzauber von solcher Stärke und Beständigkeit war, dass seine Wirkung niemals vergangen ist. Das ist gefährliche Propaganda, die Niedertracht schlechthin. Niemand weiß, ob es so etwas wie eine kumbrische Hexe überhaupt gibt oder jemals gegeben hat. Ich persönlich denke, dass die Figur ein Teil des lurlinistischen Sagenkreises ist, der sich ablöste und eine unabhängige Entwicklung nahm. Ausgemachter Blödsinn. Wir haben keinen Beweis dafür, dass Magie so stark ist –«

»Wir haben keinen Beweis dafür, dass *Gott* so stark ist«, unterbrach Timmel sie.

»Das stimmt, das Argument gilt genauso gut gegen Gott wie gegen die Magie«, sagte Elphaba, »aber lassen wir das. Der Punkt ist, ein Jahrhunderte alter fortwirkender kumbrischer Zauber ist aufhebbar. Oder er kann als aufhebbar *dargestellt* werden, was genauso schlimm ist. Und während die Zauberer mit Sprüchen und Beschwörungen herumexperimentieren, verlieren unterdessen die TIERE ihre Rechte, eins nach dem andern. Gerade langsam genug, dass es nur schwer als eine von langer Hand geplante politische Kampagne erkannt werden kann. Das ist eine Möglichkeit, auf die Doktor Dillamond noch gar nicht gekommen ist –«

Auf einmal zog sie sich das Kapuzenteil ihres Mantels über den Kopf, so dass ihr Gesicht völlig verschwand. »Was ist los?«, fragte Boq, doch sie legte den Finger auf die Lippen. Krapp und Timmel begannen wie auf Kommando ein albernes Geplänkel darüber, wie begehrenswert sie es fänden, von Wüstenpiraten entführt und gezwungen zu werden, nur mit Fußfesseln bekleidet Fandango zu tanzen. Boq sah nichts Ungewöhnliches: zwei Männer, die die Startlisten vom Pferderennen lasen, ein paar vornehme Damen mit Limonade und Romanheften, ein Tiktak, der ein Pfund Kaffeebohnen kaufte, ein alter Professor wie aus dem Bilderbuch, der an einem

Lehrsatz herumtüftelte und dazu auf der Klinge seines Buttermessers ein paar Zuckerwürfel hierhin und dorthin schob.

Wenig später entspannte Elphaba sich wieder. »Dieses Tiktakding arbeitet im Grattler-Kolleg. Ich glaube, es heißt Grommetik. Meistens folgt es Madame Akaber wie ein liebeskranker Schoßhund. Ich glaube nicht, dass es mich gesehen hat.«

Aber sie war jetzt zu nervös, um das Gespräch fortzusetzen, und nachdem sie sich vergewissert hatte, dass alle über ihre nächsten Aufträge im Bilde waren, gingen sie in verschiedenen Richtungen auseinander.

## 5

Zwei Wochen, bevor sich das Brischko-Kolleg zum neuen Semester wieder füllte, kehrte Avaric von zu Hause zurück, dem Sitz des Markgrafen von Zehnwiesen. Er war braungebrannt und blendend erholt und auf Vergnügen aus. Er zog Boq damit auf, dass er mit Jungen vom Drei-Königinnen Freundschaft geschlossen hatte, und unter anderen Umständen hätte Boq seine neue Verbindung mit Krapp und Timmel wahrscheinlich einschlafen lassen. Aber sie arbeiteten jetzt alle engagiert an Doktor Dillamonds Forschungen mit, und so ließ Boq Avarics Gefrotzel kommentarlos über sich ergehen.

Elphaba bemerkte eines Tages, sie habe einen Brief von Galinda bekommen, die sich mit ihren Freundinnen am Kluchtsee aufhielt. »Kannst du dir das vorstellen, sie hat vorgeschlagen, dass ich eine Kutsche nehme und sie übers Wochenende besuchen komme«, sagte sie. »Sie muss sich in ihrer feinen Gesellschaft wirklich unsterblich langweilen.«

»Aber sie gehört selbst zur feinen Gesellschaft, wie kann sie sich da langweilen?«, fragte Boq.

»Verlange nicht von mir, dass ich dir die Feinheiten dieser Kreise erkläre«, sagte Elphaba, »aber ich vermute, dass unsere Damsell Galinda mit der feinen Gesellschaft nicht ganz so glücklich ist, wie sie tut.«

»Und, Elphie, wann fährst du?«

»Gar nicht«, antwortete Elphaba. »Die Arbeit hier ist zu wichtig.«

»Lass mich den Brief mal sehen.«

»Ich habe ihn nicht dabei.«

»Bring ihn das nächste Mal mit.«

»Wozu?«

»Vielleicht braucht sie dich. Sie macht immer den Eindruck, dich zu brauchen.«

»Mich zu brauchen?« Elphaba lachte rauh und laut. »Na ja, ich weiß, dass du verliebt bist, und das ist auch ein wenig meine Schuld. Ich zeige dir den Brief nächste Woche. Aber ich werde nicht fahren, nur damit du aus der Ferne mitfiebern kannst, Boq. Freundschaft hin oder her.«

In der Woche darauf hatte sie den Brief dabei.

Meine liebe Damsell Elphaba,

meine Gastgeberinnen, die Damsellen Fanny von Fannburg und Schenschen von Zobelitz, bitten mich, Ihnen zu schreiben. Wir verbringen einen herrlichen Sommer hier am Kluchtsee. Die Luft ist ruhig und mild, und alles ist furchtbar schön. Wenn Sie Lust hätten, uns drei oder vier Tage vor Semesterbeginn zu besuchen, wir wissen, Sie haben den Sommer über hart gearbeitet und so weiter. Eine kleine Veränderung. Wenn Sie kommen mögen, brauchen Sie nicht zu schreiben, wenn Sie uns besuchen mögen. Sie fahren einfach mit der Kutsche nach Nimmertal und kommen zu Fuß oder mit einer Mietdroschke, über die Brücke sind es nur ein oder zwei Meilen. Das Haus ist entzückend, mit Rosen und Efeu überwachsen, es nennt sich »Haus Kiefernlust«. Wem würde es hier nicht gefallen! Ich hoffe sehr, dass Sie kommen können! Ich hoffe das ganz besonders aus Gründen, die ich nicht zu schreiben wage. Was Anstandsdamen anbelangt, weiß ich Ihnen nicht zu raten, Muhme Schnapp ist bereits hier und Muhme Klimmt und Muhme Schmund auch. Entscheiden

Sie selbst. Wir hoffen auf lange Stunden unterhaltsamer Gespräche.

Herzlichst, Ihre gute Freundin,

Damsell Galinda von Arduenna
33. Hochsommermond, Mittag
Haus Kiefernlust

»Du musst fahren!«, rief Boq. »Sieh nur, wie sie dir schreibt!«

»Sie schreibt wie eine, die nicht sehr oft schreibt«, bemerkte Elphaba.

»›Ich hoffe sehr, dass Sie kommen können!‹, sagt sie. Sie braucht dich, Elphie. Ich bestehe darauf, dass du fährst!«

»Ach, tatsächlich? Warum fährst *du* nicht?«, sagte Elphaba.

»Ich kann ja wohl kaum ohne eine Einladung fahren.«

»Ach, das ist kinderleicht. Ich schreibe ihr, dass sie dich einladen soll.« Elphaba griff nach dem Stift in ihrer Tasche.

»Mach dich nicht über mich lustig, Elphaba«, sagte Boq streng. »Die Sache muss ernst genommen werden.«

»Du bist verliebt und verblendet«, sagte Elphaba. »Außerdem kann ich nicht fahren. Ich habe keine Anstandsdame.«

»Ich werde auf dich aufpassen.«

»Ha! Als ob Madame Akaber das zulassen würde!«

»Na schön ... wie wär's mit ...« Boq überlegte hin und her. »Wie wär's mit meinem Freund Avaric? Er ist der Sohn eines Markgrafen. Er ist durch seinen Stand über jeden Verdacht erhaben. Selbst Madame Akaber würde vor dem Sohn eines Markgrafen die Segel streichen.«

»Madame Akaber würde vor keinem Orkan die Segel streichen. Außerdem, denkst du gar nicht an mich? Ich habe keine Lust, mit diesem Avaric zu reisen.«

»Elphie«, sagte Boq, »du bist mir was schuldig. Ich habe mich den ganzen Sommer über von dir einspannen lassen, und Krapp und Timmel habe ich mit eingespannt. Jetzt musst du mir einen Gefallen tun.

Bitte Doktor Dillamond um ein paar freie Tage, und ich gehe Avaric fragen; er brennt darauf, irgendetwas zu unternehmen. Zu dritt fahren wir dann zum Kluchtsee. Avaric und ich nehmen uns in einem Gasthaus ein Zimmer, und wir bleiben nur ganz kurz. Nur bis ich mich vergewissert habe, dass mit Damsell Galinda alles in Ordnung ist.«

»Um dich mache ich mir Sorgen, nicht um sie«, sagte Elphaba, und Boq sah, dass er gewonnen hatte.

Madame Akaber wollte Elphaba nicht der Obhut von Avaric anvertrauen. »Ihr guter Vater würde mir das nie verzeihen«, sagte sie. »Aber ich bin nicht die makabre Akaber, für die Sie mich halten. O ja, ich kenne Ihren Spitznamen für mich, Damsell Elphaba. Amüsant und infantil. Ich bin um Ihr Wohlergehen besorgt. Und bei Ihrer vielen Arbeit den Sommer über sind Sie, wie ich sehe, nun, wie soll ich sagen, ganz blassgrün geworden? Ich werde Ihnen daher einen Kompromissvorschlag machen. Vorausgesetzt, Sie können Junker Avaric und Junker Boq überreden, mit Ihnen und meinem kleinen Grommetik zu fahren, den ich Ihnen zur Aufsicht überlasse, werde ich die Erlaubnis zu Ihrem kleinen Sommerausflug geben.«

Elphaba, Boq und Avaric fuhren in der Kutsche, und Grommetik musste mit dem Gepäck oben sitzen. Elphaba blickte Boq hin und wieder an und schnitt eine Grimasse, doch sie ignorierte Avaric, gegen den sie vom ersten Moment an eine Abneigung gefasst hatte.

Als er mit seinen seitenlangen Pferdelisten durch war, hänselte Avaric Boq wegen des Ausflugs. »Als ich in die Sommerferien fuhr, hätte ich ahnen müssen, dass du in Liebesbanden schmachtest. Du hast diesen ernsthaften Gesichtsausdruck bekommen, das hat mich getäuscht. Ich dachte, es wäre mindestens die Schwindsucht. Du hättest wirklich in dieser Nacht vor meiner Abreise mit mir ausgehen sollen. Ein Besuch im Philosophischen Club wäre genau das richtige Mittel gewesen.«

Die Erwähnung einer solchen Spelunke im Beisein eines weiblichen Wesens war Boq schrecklich peinlich. Aber Elphaba schien daran keinen Anstoß zu nehmen. Vielleicht kannte sie den Namen gar nicht. Er versuchte, Avaric von dem Thema wegzulotsen.

»Du kennst Damsell Galinda nicht, aber du wirst sie bezaubernd finden«, sagte er. »Das garantiere ich.« Und wahrscheinlich wird sie *dich* bezaubernd finden, dachte er, wenn auch ein wenig verspätet. Aber er war sogar bereit, damit zu leben, wenn das der Preis dafür war, Galinda aus einer schwierigen Situation zu helfen.

Avaric musterte Elphaba mit Verachtung. »Damsell Elphaba«, sagte er förmlich, »deutet Ihr Name darauf hin, dass es in Ihrer Familie Elfenblut gibt?«

»Was für ein origineller Gedanke«, sagte Elphaba. »Wenn ja, dann wären meine Gliedmaßen vermutlich so brüchig wie rohe Nudeln und würden beim kleinsten Druck kaputtgehen. Möchten Sie vielleicht ein wenig Gewalt anwenden?« Sie hielt ihm einen Unterarm hin, grün wie eine Zitronenbeere im Frühling. »Bitte, ich beschwöre Sie, damit wir diese Frage ein für allemal klären können. Wir werden den Schluss ziehen, dass das Weniger an Gewalt, das Sie anwenden müssen, um meinen Arm zu brechen – verglichen mit anderen Armen, die Sie gebrochen haben –, dem Anteil von Elfenblut im Verhältnis zum Menschenblut in meinen Adern entspricht.«

»Ich werde Sie ganz gewiss nicht anfassen«, sagte Avaric und brachte damit mehrere Dinge gleichzeitig zum Ausdruck.

»Die elfische Elphie ist voll des Bedauerns«, sagte Elphaba. »Wenn Sie mich zerbröselt hätten, wäre ich vielleicht in kleinen Stücken nach Shiz zurückexpediert worden, und diese stumpfsinnige Gesellschaft wäre mir erspart geblieben.«

»Ach, Elphie.« Boq seufzte. »Das ist kein guter Anfang.«

»Ich finde ihn prima«, sagte Avaric und blickte böse.

»Ich hätte nicht gedacht, dass Freundschaft einem so viel abverlangt«, fauchte Elphaba Boq an.

Es ging schon gegen Abend, als sie in Nimmertal eintrafen, im Gasthaus ein Zimmer nahmen und sich zu Fuß am See zum Haus Kiefernlust begaben.

Zwei ältere Frauen saßen im Sonnenschein vor dem Säulengang und enthülsten grüne Bohnen und Stauchen. Boq erkannte eine von ihnen: Muhme Schnapp, Galindas Anstandsdame. Die andere musste die Wärterin von Damsell Schenschen oder Damsell Fanny sein. Die beiden stutzten beim Anblick der Prozession, die zur Einfahrt hereinkam, und Muhme Schnapp beugte sich vor, so dass ihr die Bohnen vom Schoß fielen. »Na, so was aber auch«, sagte sie, als sie näherkamen. »Das ist doch Damsell Elphie. Da brat mir einer 'nen Storch. So was aber auch.« Sie rappelte sich auf und schloss Elphaba in die Arme. Elphaba blieb steif wie eine Gipsfigur.

»Von der Überraschung müssen wir uns erst mal erholen«, sagte Muhme Schnapp. »Was um des lieben Himmels willen machen Sie hier, Damsell Elphaba? Ich kann es noch gar nicht glauben.«

»Ich bin von Damsell Galinda eingeladen worden«, antwortete Elphaba, »und meine Mitreisenden hier bestanden darauf, mich zu begleiten. Mir blieb nichts anderes übrig, als einzuwilligen.«

»Davon weiß ich ja gar nichts«, sagte Muhme Schnapp. »Damsell Elphaba, lassen Sie mich diese schwere Tasche nehmen und Ihnen etwas Sauberes zum Anziehen heraussuchen. Sie müssen doch von der Reise erhitzt sein. Die Herren werden im Dorf wohnen, versteht sich. Die Mädchen sind im Sommerhaus am Seeufer.«

Die Reisenden folgten einem Pfad mit steinernen Stufen an den steileren Stellen. Grommetik brauchte an den Stufen länger und blieb zurück, und niemand verspürte die Neigung, zu warten und einer Figur mit solch harter Haut und Uhrwerksgedanken zu helfen. Als sie die letzten Sandstocksträucher passierten, stießen sie auf den Pavillon.

Das Haus war ein nach allen sechs Seiten offenes Gerüst aus rohen Baumstämmen mit einem Gitterwerk malerisch verschlungener Zweige dazwischen und dem Kluchtsee als weitem blauen Hintergrund. Die Mädchen saßen auf Stufen und Korbstühlen, und Muhme Klimmt war in eine Handarbeit mit drei Nadeln und vielen bunten Fäden vertieft.

»Damsell Galinda!«, platzte Boq heraus, der unbedingt als Erster die Stimme erheben musste.

Die Mädchen schauten auf. In luftigen Sommerkleidern, ohne Reifröcke und Turnüren, sahen sie aus wie Vögel, die im Begriff waren aufzufliegen.

»Du großer Schreck!«, staunte Galinda offenen Mundes. »Was machen Sie denn hier?«

»Ich bin nicht gesellschaftsfähig!«, kreischte Schenschen, was die Blicke auf ihre unbeschuhten Füße und ihre unverhüllten bleichen Fesseln lenkte.

Fanny biss sich auf die Lippe und versuchte, ihr Feixen zu einem Begrüßungslächeln zu verziehen.

»Ich werde nicht lange bleiben«, sagte Elphaba. »Dies, meine Damen, ist übrigens Junker Avaric, der zukünftige Markgraf von Zehnwiesen in Gillikin. Und dies ist Junker Boq aus Munchkinland. Sie studieren beide am Brischko-Kolleg. Junker Avaric, wie Sie dem liebeskranken Ausdruck auf Boqs Gesicht entnehmen können, ist dies Damsell Galinda von Arduenna nebst Damsell Schenschen und Damsell Fanny, die Ihnen ihre Abkunft selber genauestens darlegen können.«

»Ja, wie entzückend – und wie keck«, sagte Damsell Schenschen. »Damsell Elphaba die Grußlose, mit dieser netten Überraschung haben Sie Ihre sonstige abweisende Haltung für immer und ewig wettgemacht. Herzlich willkommen, meine Herren.«

»Aber«, stammelte Galinda, »aber warum sind Sie hier? Was ist passiert?«

»Ich bin hier, weil ich dummerweise Junker Boq gegenüber Ihre Einladung erwähnte, und der sah es als ein Zeichen des Namenlosen Gottes an, dass wir Sie besuchen sollten.«

Jetzt endlich konnte Damsell Fanny sich nicht mehr beherrschen. Sie ließ sich nach hinten auf den Boden des Pavillons fallen und wand sich vor Lachen. »Was ist?«, fragte Schenschen. »*Was?*«

»Von was für einer Einladung reden Sie?«, fragte Galinda.

»Die muss ich Ihnen wohl kaum zeigen«, sagte Elphaba. Zum ersten Mal, seit Boq sie kannte, sah sie verwirrt aus. »Ich muss doch gewiss nicht beweisen –«

»Ich glaube, das ist ein Streich, um mich zu kränken«, sagte Galinda und funkelte die prustende Fanny böse an. »Ich werde zum Spaß gedemütigt. Das ist nicht lustig, Damsell Fanny! Ich hätte fast Lust, Sie zu … zu treten!«

Just in dem Moment hatte Grommetik es doch noch geschafft und kam um das Sandstockgesträuch herum. Bei dem Anblick des ungeschickten Monstrums, das auf der Kante einer Steinstufe kippelte, konnte sich auch Schenschen nicht mehr halten und bog sich, an einen Pfeiler gelehnt, vor Lachen. Selbst Muhme Klimmt musste still grinsen, während sie ihre Handarbeitssachen wegräumte.

»Was wird hier eigentlich gespielt?«, sagte Elphaba.

»Sind Sie nur auf der Welt, um mich zu quälen?«, hielt Galinda ihrer Stubenkameradin unter Tränen vor. »Habe ich etwa um Ihre Gesellschaft gebeten?«

»Nicht«, sagte Boq. »Bitte, Damsell Galinda, kein Wort mehr! Sie sind außer sich.«

»Ich – habe – den Brief – geschrieben«, ächzte Fanny zwischen ihren Lachanfällen. Avaric begann zu glucksen, und Elphabas Augen wurden weit und ein wenig starr.

»Das heißt, Sie haben mich nicht eingeladen, Sie hier zu besuchen?«, fragte sie Galinda.

»Liebe Güte, nein, ganz gewiss nicht«, sagte Galinda. Trotz ihres Zorns gewann sie schon wieder eine gewisse Fassung, obwohl der angerichtete Schaden, vermutete Boq, nicht wiedergutzumachen war. »Meine liebe Damsell Elphaba, ich würde nicht im Traum daran denken, Sie solchen herzlosen Grausamkeiten auszusetzen, wie diese Mädchen sie rein zum Vergnügen aneinander und an mir verüben. Außerdem ist bei einem solchen Arrangement kein Platz für Sie.«

»Aber ich bin eingeladen worden«, sagte Elphaba. »Damsell Fanny, *Sie* haben diesen Brief geschrieben, nicht Damsell Galinda?«

»Sie haben es für bare Münze genommen«, kicherte Fanny.

»Na schön, Sie sind hier zu Hause, und ich nehme Ihre Einladung an, auch wenn sie unter falschem Namen geschrieben wurde.« Elphaba sprach mit größtmöglicher Ruhe und sah dabei Fanny in die schmaler gewordenen Augen. »Ich gehe jetzt ins Haus und packe meine Sachen aus.«

Sie schritt davon. Nur Grommetik folgte. Unausgesprochene Vorwürfe lagen in der Luft. Nach und nach legte sich Fannys Hysterie, und leichtgeschürzt und ungekämmt auf dem Plattenboden des Pavillons liegend, schnaubte sie nur noch gelegentlich und verstummte schließlich ganz.

»Ihr müsst mich nicht alle mit euren strafenden Blicken durchbohren«, sagte sie schließlich. »Es war ein Jux.«

Elphaba blieb einen Tag lang auf ihrem Zimmer. Galinda erschien zum Essen und ging gleich wieder. Manchmal blieb sie ein paar Minuten. Also vertrieben sich die Jungen die Zeit damit, zu schwimmen und mit den Mädchen auf den See hinauszurudern. Boq versuchte, in sich ein Interesse an Schenschen oder Fanny zu entfachen, die gewiss genug kokettierten. Doch sie schienen beide von Avaric hingerissen zu sein.

Endlich fing er Galinda auf der Veranda ab und bat sie inständig, mit ihm zu reden. Sie willigte ein, und sie setzten sich zusammen auf eine Schaukel – mit einem Sicherheitsabstand, wie ihre wiederkehrende Sittsamkeit es verlangte. »Ich muss mir wohl vorwerfen lassen, dass ich dieses Spiel nicht durchschaut habe«, sagte Boq. »Elphie wollte die Einladung eigentlich gar nicht annehmen. Ich habe sie dazu genötigt.«

»Wieso eigentlich *Elphie?*«, sagte Galinda. »Wo ist der Anstand geblieben in diesem Sommer, frage ich Sie?«

»Wir sind Freunde geworden.«

»Das habe ich mitbekommen, Sie werden es nicht glauben. Warum haben Sie sie genötigt, die Einladung anzunehmen? Wussten Sie nicht, dass ich so etwas niemals schreiben würde?«

»Woher hätte ich das wissen sollen? Sie sind Stubenkameradinnen.«

»Auf ausdrückliche Anordnung von Madame Akaber, nicht auf eigenen Wunsch!«

»Das wusste ich nicht. Ich dachte, ihr kommt gut miteinander aus.«

Sie rümpfte die Nase und schob die Unterlippe vor, doch verkniff sich jeden weiteren Kommentar.

Boq fuhr fort: »Wenn Sie so schmählich gedemütigt wurden, warum gehen Sie dann nicht?«

»Das werde ich vielleicht«, sagte sie. »Ich denke darüber nach. Elphaba sagt, wer geht, gibt sich geschlagen. Doch wenn sie aus ihrem Versteck hervorkommt und mit euch anderen – und mir – herumzieht, wird der Scherz unerträglich werden. *Die beiden können sie nicht leiden*«, fügte sie erklärend hinzu.

»Das können Sie doch genauso wenig!«, sagte Boq in heftigem Flüsterton.

»Das ist etwas anderes, ich habe alle Ursache dazu«, gab sie zurück. »Ich bin gezwungen, es mit ihr auszuhalten! Und das alles nur, weil meine dumme Muhme auf dem Bahnhof von Frottika in einen rostigen Nagel getreten ist und bei der Einführung nicht anwesend war! Meine ganze akademische Laufbahn nur wegen der Achtlosigkeit meiner Muhme verpfuscht! Wenn ich erst einmal Zauberin bin, werde ich ihr das heimzahlen!«

»Man könnte sagen, dass Elphaba uns zusammengebracht hat«, sagte Boq leise. »Dadurch, dass ich ihr nähergekommen bin, bin ich auch Ihnen nähergekommen.«

Galinda kapitulierte. Sie ließ den Kopf auf das Samtkissen der Schaukel sinken und sagte: »Boq, so ungern ich es sage, Sie sind ein klein wenig süß. Sie sind ein klein wenig süß, und Sie sind ein klein wenig charmant, und Sie sind ein klein wenig nervig, und Sie werden ein klein wenig zur Gewohnheit.«

Boq hielt den Atem an.

»Aber Sie sind *klein!*«, schloss sie. »Sie sind ein *Munchkin*, herrje!«

Er küsste sie, er küsste sie, er küsste sie, jedes Mal ein klein wenig mehr.

Am nächsten Tag brachten Elphaba, Galinda, Boq und Grommetik – und natürlich Muhme Schnapp – die sechsstündige Rückfahrt nach Shiz hinter sich, ohne mehr als ein Dutzend Bemerkungen zu wechseln. Avaric blieb da, um sich mit Fanny und Schenschen zu vergnügen. Der lästige Regen setzte am Rande von Shiz ein, und die ehrwürdigen Fassaden des Grattler- und des Brischko-Kollegs waren vor lauter Dunst kaum zu erkennen, als sie endlich zu Hause eintrafen.

<h1 style="text-align:center">6</h1>

Boq hatte weder Zeit noch Lust, von seinem Liebesabenteuer zu erzählen, als er Krapp und Timmel wiedersah. Nachdem der NAS-HÖRNIGE Bibliothekar den Jungen und dem Fortgang ihrer Arbeit den ganzen Sommer über wenig Beachtung geschenkt hatte, war ihm plötzlich aufgefallen, wie wenig getan worden war, und jetzt waren sie ständig seinen wachsamen Blicken und seinem missbilligenden Schnauben ausgesetzt. Die Jungen reinigten Pergamentseiten mit Pinsel und Läppchen, rieben Schwimmfußöl auf lederne Einbände und polierten Messingschließen und kamen über alledem kaum dazu, miteinander zu schwatzen. Nur noch wenige Tage, dann war der Stumpfsinn ausgestanden.

Eines Nachmittags ließ Boq den Blick über den Kodex schweifen, mit dem er gerade beschäftigt war. Meistens achtete er bei der Arbeit nicht auf den Inhalt der Werke, aber die in der Illumination verwendete knallrote Farbe zog seine Aufmerksamkeit an. Es war das Bild – vier-, fünfhundert Jahre alt? – einer kumbrischen Hexe. Der visionäre Eifer oder das besorgte Interesse an Magie hatte einem Mönch den Pinsel geführt. Die Hexe stand auf einem Isthmus, der zwei felsige Landmassen verband, und zu beiden Seiten erstreckte sich himmelblaues Meer mit schaumgekrönten Wellen von erstaunlicher Plastizität und Genauigkeit. Die Hexe hielt auf dem Arm ein tierisches Wesen von unbestimmbarer Art, das allem Anschein nach ertrunken war oder jedenfalls beinahe. Ein Arm von unnatürlicher Biegsamkeit umschlang liebevoll den nassen, zotteligen Rücken des Wesens. Mit der anderen Hand holte sie eine Brust aus ihrem Kleid, um das Wesen daran trinken zu lassen. Ihr Gesichtsausdruck war schwer zu deuten –

vielleicht hatte die Hand des Mönchs ihn verschmiert oder Alter und Schmutz ihm den verschwommenen Charakter des Mitgefühls verliehen? Sie wirkte fast wie eine Mutter mit einem leidenden Kind. Ihr Blick war nach innen gekehrt oder traurig. Doch ihre Füße passten nicht zum Gesichtsausdruck, denn sie krallten sich mit Greifzehen an der Landenge fest, gut erkennbar trotz der silbernen Schuhe, deren münzenartiger Glanz Boq gleich ins Auge gefallen war. Außerdem standen die Füße im rechten Winkel zu den Schienbeinen, spiegelbildlich Ferse an Ferse und Zehen nach außen weisend wie in einer Ballettposition. Das Kleid war in einem schleierigen Dämmerblau. Nach den kräftigen Farbtönen vermutete er, dass das Werk seit Jahrhunderten nicht mehr aufgeschlagen worden war.

Das Bild erschien ihm wie eine kalkulierte dramatische Vermischung der Mythen von der Erschaffung der Tiere. Die Wasser der Sintflut waren da, ob sie nun den Sagen um Lurlina oder den Namenlosen Gott entstammten, ob sie nun stiegen oder sanken. War die kumbrische Hexe dabei, das den Wesen bestimmte Schicksal zu vereiteln oder zu vollenden? Obwohl Boq die schnörkelige archaische Handschrift nicht entziffern konnte, bestätigte dieses Dokument vielleicht die Sage von einem kumbrischen Hexenzauber, der den Tieren Sprache, Erinnerung und Barmherzigkeit verliehen hatte. Aber vielleicht bestritt es sie auch in glühenden Farben. Wie man es auch betrachtete, der Synkretismus des Mythos sprach daraus, seine hemmungslose Aneignungslust. Drückte dieses Bild womöglich die Befürchtung eines beunruhigten Mönchs aus, dass die Tiere ihre Fähigkeiten durch eine Taufe ganz anderer Art erhalten hatten, durch das Trinken an der Brust der kumbrischen Hexe? Dass sie durch die Milch der Hexe erweckt worden waren?

Solche Analysen waren nicht Boqs Stärke. Er tat sich schon schwer genug mit den Nährstoffen und den Hauptschädlingen der Gerste. Er sollte das Undenkbare tun und diese Schriftrolle Doktor Dillamond vorlegen. Sie war es wert, erforscht zu werden.

Oder konnte es nicht auch sein, dachte er, als er die Rolle in der tiefen Tasche seines Capes unbeschadet aus der Drei-Königinnen-Bibliothek geschmuggelt hatte und jetzt überlegte, wie er es anstellte, sich schleunigst mit Elphaba zu treffen, konnte es nicht sein, dass die Hexe das klatschnasse Tier gar nicht stillte, sondern es tötete? Dass sie es den Fluten opferte?

Kunst war ihm einfach zu hoch.

Auf dem Basar war er auf Muhme Schnapp gestoßen und hatte sie gebeten, Elphaba einen Zettel zu überbringen. Die gute Frau war ihm freundlicher als gewöhnlich vorgekommen – ob Galinda in ihren privaten vier Wänden sein Lob sang?

Es war das erste Treffen mit der seltsamen grünen Springbohne seit ihrer Rückkehr nach Shiz. Und tatsächlich erschien sie pünktlich zum erbetenen Zeitpunkt im Café, gehüllt in ein lappiges graues Kleid und einen an den Ärmeln ausfransenden Strickpullover, einen großen schwarzen Männerschirm unterm Arm, der eingerollt einer Lanze glich. Elphaba ließ sich auf den Stuhl plumpsen und begutachtete die Schriftrolle. Sie betrachtete sie genauer, als sie sich überwinden konnte, Boq zu betrachten. Aber sie hörte sich seine Auslegungsideen an und fand sie dürftig. »Wieso soll das nicht die Feenkönigin Lurlina sein?«, fragte sie.

»Weil die glamouröse Staffage fehlt. Die goldene Aureole der Haare. Die Eleganz. Die durchsichtigen Flügel. Der Zauberstab.«

»Diese silbernen Schuhe sind ziemlich schrill.« Sie knabberte an einem trockenen Keks.

»Es sieht nicht aus wie die Darstellung einer zielgerichteten Handlung oder meinetwegen der Schöpfung. Es sieht weniger aktiv als reaktiv aus. Diese Gestalt ist zumindest verwirrt, meinst du nicht?«

»Du hast dich zu lange mit Krapp und Timmel herumgetrieben, kehr lieber zu deiner Gerste zurück«, sagte sie, während sie die Rolle einsteckte. »Du wirst vage und affektiert. Aber ich werde sie Doktor Dillamond geben. Ich sage dir, er erzielt einen Durchbruch nach dem anderen. Diese Geschichte mit den gegenüberstehenden Linsen hat eine ganze neue Welt der Teilchenzusammenhänge eröffnet. Er hat mich einmal schauen lassen, aber ich konnte nicht viel erkennen außer Spannung und Bewegung, Farbe und Puls. Er ist sehr aufgeregt. Meines Erachtens besteht das Problem jetzt darin, ihn zum Aufhören zu bewegen – ich glaube, er steht kurz davor, einen völlig neuen Forschungszweig zu begründen, und jeden Tag werfen die Ergebnisse hundert weitere Fragen auf. Klinische, theoretische, hypothetische, empirische, sogar ontologische, vermute ich. Er arbeitet bis tief in die Nacht im Labor. Wenn wir abends die Vorhänge zuziehen, brennen bei ihm immer noch die Lichter.«

»Braucht er vielleicht noch irgendetwas von uns? Ich bin nur noch zwei Tage dort in der Bibliothek, dann fängt das Semester an.«

»Ich bringe ihn einfach nicht dazu, irgendwie auf den Punkt zu kommen. Ich glaube, er wirft einfach alles, was er findet, auf einen Haufen.«

»Und Galinda«, fragte er, »wenn wir fürs Erste mit der Bibliotheksspionage fertig sind? Wie geht es ihr? Fragt sie nach mir?«

Elphaba gestattete sich einen Blick auf Boq. »Nein. Galinda erwähnt dich mit keinem Wort. Um dir eine Hoffnung zu geben, die du nicht verdienst, sollte ich hinzufügen, dass sie in letzter Zeit kaum mit mir geredet hat. Sie schmollt heftig.«

»Wann werde ich sie wiedersehen?«

»Bedeutet dir das so viel?« Sie lächelte matt. »Boq, bedeutet sie dir wirklich so viel?«

»Sie ist meine Welt«, antwortete er.

»Deine Welt ist zu klein, wenn sie nur aus ihr besteht.«

»Die Größe einer Welt kann man nicht kritisieren. Ich kann nichts dagegen machen, und ich kann nicht damit aufhören, und ich kann es nicht leugnen.«

»Ich finde, du machst dich lächerlich.« Sie leerte die letzten Tropfen lauwarmen Tee. »Ich vermute, eines Tages wirst du auf diesen Sommer zurückblicken und dich vor Scham winden. Sie mag ja schön sein, Boq – nein, sie *ist* schön, ich gebe es zu –, aber du bist ein Dutzend von ihrer Sorte wert.« Als sie seine entsetzte Miene sah, warf sie die Hände in die Luft. »Nicht für *mich!* Ich meine doch nicht *mich!* O nein, dieser Leidensblick! Verschone mich!«

Aber er war sich nicht sicher, ob er ihr glauben sollte. Sie raffte hastig ihre Sachen zusammen und fegte hinaus, wobei der Spucknapf scheppernd umfiel und ihr großer Schirm die Zeitung eines anderen Gastes zerfetzte. Sie schaute weder links noch rechts, als sie über den Eisenbahnplatz stürmte, und wäre um ein Haar von einem alten OCHSEN auf einem schwerfälligen Dreirad umgefahren worden.

# 7

Als Boq Elphaba und Galinda das nächste Mal sah, vergingen ihm alle romantischen Gedanken. Es war in dem kleinen dreieckigen Park vor den Toren des Grattler-Kollegs. Er war wieder einmal zufällig vorbeigekommen, diesmal von Avaric begleitet. Die Tore hatten sich geöffnet, und kreideweiß im Gesicht und mit triefender Nase war Muhme Schmund herausgestürzt, gefolgt von einem Schwarm völlig aufgelöster Mädchen. Elphaba, Galinda, Schenschen, Fanny und Milla waren darunter. Außerhalb der schützenden Mauern drängten sich die Mädchen in wild durcheinanderredenden Grüppchen zusammen, standen bestürzt unter den Bäumen oder nahmen sich in den Arm und heulten und wischten einander die Tränen ab.

Boq und Avaric eilten zu ihren Freundinnen. Elphaba hatte die Schultern hochgezogen wie eine knochige buckelnde Katze, und ihre Augen waren als einzige trocken. Sie hielt eine Armeslänge Abstand von Galinda und den anderen. Boq hätte Galinda am liebsten in den Arm genommen, aber sie sah ihn nur einmal an und vergrub dann das Gesicht in Millas Teckpelzkragen.

»Was ist los? Was ist passiert?«, fragte Avaric. »Damsell Schenschen, Damsell Fanny?«

»Es ist so furchtbar!«, riefen die beiden, und Galinda nickte, und dabei lief ihr die Nase und besudelte die Schulter von Millas Bluse. »Die Polizei ist da, und ein Arzt, aber wie es aussieht –«

175

»Was denn?«, drängte Boq. Er wandte sich an Elphaba. »Elphie, sag, was ist geschehen?«

»Sie sind dahintergekommen«, sagte sie. Ihre Augen glänzten wie altes Shizer Porzellan. »Irgendwie sind die Schweine dahintergekommen.«

Knarrend ging das Tor wieder auf, und beregnet von blauen und dunkelroten Blättern frühherbstlicher Kletterpflanzenblüten, die über die Mauer geflattert kamen, wie Schmetterlinge in der Luft tanzten und dann langsam zu Boden sanken, trugen drei Polizisten und ein Arzt mit dunkler Mütze eine Bahre heraus. Der Patient lag unter einer roten Decke, doch der Wind, der die Blütenblätter aufwirbelte, fuhr unter eine Ecke und klappte die Decke zurück. Die Mädchen kreischten alle auf, und Muhme Schmund stürzte vor und schlug die Decke wieder um, doch da hatten schon alle die verdrehten Schultern und den nach hinten gekippten Kopf von Doktor Dillamond gesehen. Striemen geronnenen Blutes verkrusteten seine säuberlich aufgeschlitzte Kehle.

Erschüttert und fassungslos setzte Boq sich hin und hoffte, dass er keinen Toten gesehen hatte, nur einen, der grässlich verwundet, aber noch zu retten war. Doch die Polizisten und der Arzt hatten keine Eile, es gab keinen Grund zur Eile mehr. Boq sackte mit dem Rücken an die Mauer, und Avaric, der den GEISSBOCK nie zuvor gesehen hatte, drückte mit einer Hand Boqs beide Hände und hielt sich die andere vors Gesicht.

Bald darauf ließen sich Galinda und Elphaba neben ihm nieder, und es wurde ausgiebig geweint, ehe jemand etwas sagen konnte. Schließlich erzählte Galinda, was passiert war.

»Gestern Abend sind wir zu Bett gegangen, und Muhme Schnapp wollte die Vorhänge zuziehen, wie sie es immer macht. Da schaut sie hinaus und sagt wie zu sich selbst: ›Aha, das Licht brennt, Doktor GEISSBOCK arbeitet wohl noch.‹ Dann guckt sie genauer hin und späht über den Hof und sagt: ›Hm, das ist aber komisch.‹ Und ich achte gar nicht darauf, sondern glotze nur vor mich hin, aber Elphaba sagt: ›Was ist komisch, Muhme Schnapp?‹ Und Muhme Schnapp zieht einfach den Vorhang ganz fest zu und sagt in so einem merkwürdigen Ton: ›Ach, nichts, meine Engelchen. Ich gehe nur mal kurz nachschauen und mich vergewissern, dass alles in Ordnung ist. Geht ihr nur zu Bett.‹ Sie sagt gute Nacht und verschwindet, und ich weiß nicht, ob sie in den Hof hinuntergeht oder was, jedenfalls schlafen wir beide ein, und am Morgen kommt sie nicht mit dem Tee. Sie kommt immer mit dem Tee! *Immer!*«

Galinda überließ sich den Tränen und sank zu Boden, dann hockte sie sich auf die Knie und versuchte, ihr schwarzes Seidenkleid mit den weißen Epauletten und den weißen Klöppelspitzen zu zerreißen. Elphaba, trockenen Auges wie ein Wüstenstein, fuhr fort.

»Wir haben bis nach dem Frühstück gewartet, aber dann sind wir zu Madame Akaber gegangen«, berichtete sie, »und haben ihr erzählt, wir wüssten nicht, wo Muhme Schnapp ist. Und Madame Akaber sagte, Muhme Schnapp hätte in der Nacht einen Rückfall gehabt und liege auf der Krankenstation. Erst wollte sie uns nicht zu ihr lassen, aber als Doktor Dillamond zu unserer ersten Vorlesung nicht auftauchte, sind wir hingegangen und haben uns einfach Einlass verschafft. Muhme Schnapp lag in einem Krankenhausbett. Ihr Gesicht sah so merkwürdig aus. Wir haben sie angesprochen: ›Muhme Schnapp, Muhme Schnapp, was ist geschehen?‹ Sie hat nichts gesagt, obwohl ihre Augen offen waren. Sie schien uns gar nicht zu hören. Wir dachten, vielleicht schläft sie oder ist im Schock, doch ihr Atem ging regelmäßig und ihre Hautfarbe war gut, obwohl ihr Gesicht verzerrt war. Als wir gerade gehen wollten, hat sie sich umgedreht und zum Nachttisch geguckt.

Neben einer Arzneiflasche und einer Tasse mit Zitronenwasser lag ein langer rostiger Nagel auf einem Silbertablett. Sie streckte zitternd eine Hand nach dem Nagel aus, nahm ihn und hielt ihn zärtlich in der Hand, und dann redete sie mit ihm. Sie sagte so etwas wie: ›Ja, sicher, ich weiß, dass du mir letztes Jahr nicht in den Fuß stechen wolltest. Du wolltest nur meine Aufmerksamkeit haben. Genau damit fängt das unartige Benehmen an, dass man ein kleines bisschen Sonderzuwendung haben will. Aber mach dir keine Sorgen, Nagel, denn ich liebe dich genauso sehr, wie du es nötig hast. Und nachher, wenn ich mein Nickerchen gemacht habe, kannst du mir erzählen, wie es kam, dass du im Bahnsteig von Frottika so eine tragende Funktion innehattest, denn das ist doch ein ziemlicher Aufstieg von deinen frühen Jahren als gewöhnlicher Halter eines Schildes ÜBER WINTER GESCHLOSSEN an diesem schäbigen Hotel, von dem du gesprochen hast.«

Aber Boq hatte für solchen Quatsch kein Ohr. Er hatte keinen Sinn für die Geschichte von einem lebendigen Nagel, während dort auf der Bahre ein toter GEISSBOCK lag, umringt von aufgeregt betenden Mitgliedern des Lehrkörpers. Boq konnte das Plappern der Gebete um den Frieden seiner Seele nicht mit anhören. Er konnte den Abtransport der Leiche nicht mit ansehen. Denn ein kurzer Blick auf das unbewegte Gesicht des GEISSBOCKS hatte ihm unmissverständlich klargemacht, dass die Kraft, die dem Doktor seine mitreißende Art verliehen hatte, schon entwichen war.

178

# Eine verschworene Gemeinschaft

## 1

Niemand, der die Leiche gesehen hatte, zweifelte daran, dass man hier von Mord sprechen musste. Die Art, wie das Fell um den Hals herum zerzaust und verklebt war wie ein schlecht gesäuberter Malerpinsel, die blutige gelbbraune Augenhöhle. Offiziell verlautete, der Doktor habe ein Vergrößerungsglas zerbrochen, sei gestolpert und habe sich dabei eine Halsschlagader aufgeschnitten – aber das glaubte niemand.

Die Einzige, die sie fragen konnten, war Muhme Schnapp, doch die lächelte bloß, wenn sie mit einem Strauß sich hübsch verfärbender Blätter oder einem Teller später Perther Trauben zu Besuch kamen. Sie verschlang die Trauben und plauderte mit den Blättern. Eine solche Krankheit hatte noch nie jemand gesehen.

Glinda – denn als verspätete Abbitte für ihre anfängliche Schroffheit gegenüber dem gemeuchelten GEISSBOCK nannte sie sich jetzt so, wie er sie einst genannt hatte – Glinda schien es angesichts des Zustands von Muhme Schnapp die Sprache verschlagen zu haben. Sie wollte die Ärmste weder besuchen noch ein Wort über ihre Krankheit verlieren, und so blieb es Elphaba überlassen, ein- oder zweimal am Tag vorbeizuschauen. Boq ging davon aus, dass Muhme Schnapps Anfall vergehen würde. Doch nach drei Wochen ließ Madame Akaber erste besorgte Äußerungen darüber hören, dass Elphaba und Glinda – nach wie vor Stubenkameradinnen – keine Anstandsdame hatten. Sie empfahl ihnen beiden den gemeinsamen Schlafsaal. Glinda, die nicht mehr allein zu Madame Akaber ging, nickte und wollte die Degradierung akzeptieren. Es war Elphaba, die sich eine Lösung einfallen ließ, hauptsächlich um einen letzten Rest von Glindas Würde zu retten.

So kam es, dass Boq zehn Tage später im Biergarten des Kollernden Truthahns saß und auf die Werktagskutsche aus der Smaragdstadt wartete. Madame Akaber hatte Elphaba und Glinda nicht erlaubt mitzukommen, und so musste er selbst herausfinden, wer von den sieben aussteigenden Fahrgästen Ämmchen und Nessarose waren. Die Behinderung ihrer Schwester sei geschickt kaschiert, hatte Elphaba ihn wissen lassen. Nessarose könne sogar einigermaßen elegant aus einer Kutsche steigen, sofern der Tritt fest und der Boden eben war.

Er erkannte sie auf Anhieb. Ämmchen war rot und wabbelig wie eine Schmorpflaume, und ihre alte Haut sah aus, als wollte sie sich jeden Moment von den Knochen lösen, mit Ausnahme der Falten in den Mundwinkeln und der Wülste unter den Augen. Fünfzehn Jahre im hintersten Quadlingen hatten sie lethargisch, nachlässig und missmutig gemacht. In ihrem Alter hätte sie es verdient gehabt, in einem warmen Eckchen am Kamin vor sich hin zu dämmern. »Wie gut, einen kleinen Munchkin zu sehen«, murmelte sie Boq zu. »Wie in alten Zeiten.« Dann drehte sie sich um und rief in die dunkle Kutsche: »Komm, mein Püppchen!«

Wenn er nicht vorgewarnt gewesen wäre, hätte Boq Nessarose niemals für Elphabas Schwester gehalten. Sie war kein bisschen grün, nicht einmal blauweiß wie vornehme Herrschaften mit schlechter Durchblutung. Nessarose stieg sehr umsichtig und behutsam aus und setzte dabei den ganzen Fuß gleichzeitig auf den eisernen Tritt, Ferse wie Zehen. Mit ihrem merkwürdigen Gang lenkte sie die Aufmerksamkeit auf ihre Füße, so dass man nicht auf den Oberkörper achtete, wenigstens anfangs.

Ein letzter fester Schritt, und Nessarose stand vor ihm, sichtlich um Gleichgewicht bemüht. Sie war, wie Elphaba gesagt hatte: atemberaubend, rosig, schlank wie ein Weizenstengel – und armlos. Das Institutstuch war so geschickt über die Schultern drapiert, dass es den Schreck etwas milderte.

»Hallo, mein Herr«, sagte sie und beugte ganz leicht das Haupt. »Die Koffer sind oben. Schaffen Sie das?« Ihre Stimme war so weich und schmeichelnd, wie Elphabas rauh war. Ämmchen schob Nessarose sanft zu der Droschke hin, die Boq gemietet hatte. Er sah, dass Nessarose nicht gut gehen konnte, ohne eine stützende Hand im Rücken zu haben.

»Und jetzt muss das Ämmchen auf die Mädchen aufpassen, solange sie studieren«, erklärte Ämmchen Boq während der Fahrt. »Wo ihre selige Mutter schon seit vielen Jahren im nassen Grab liegt und ihr Vater nicht mehr alle Tassen im Schrank hat. Na, in der Familie waren sie von jeher helle, und solche Helligkeit geht bekanntlich gern in den leuchtenden Wahnsinn über. Der alte Herr, Eminenz Thropp, lebt immer noch und ist grundvernünftig wie ein alter Pflug. Hat seine Tochter *und* seine Enkeltochter überlebt. Elphaba ist die Thropp dritten Gliedes. Eines Tages wird sie das Amt übernehmen. Aber als Munchkin wissen Sie ja über solche Dinge Bescheid.«

»Ämmchen, klatsche nicht, das tut mir in der Seele weh«, sagte Nessarose.

»Ach, mein Schönchen, hab dich nicht so. Der Herr Boq ist ein alter Freund, oder so gut wie«, sagte Ämmchen. »In der Sumpfhölle von Quadlingen, mein Lieber, da ist uns die Kunst der Konversation abhanden gekommen. Da krächzen wir im Chor mit denen, die vom Froschvolk noch übrig sind.«

»Ich werde jetzt vor lauter Scham Kopfschmerzen bekommen«, behauptete Nessarose.

»Ich kannte Elphie, als sie noch ganz klein war«, sagte Boq. »Ich bin aus Binsenrain in Wederhartung. Ich muss Sie auch kennengelernt haben.«

»Im Allgemeinen habe ich es vorgezogen, in Kolkengrund zu wohnen«, sagte Ämmchen. »Ich war die größte Stütze der gnädigen Frau Partra, der Thropp ersten Gliedes. Aber ich bin gelegentlich auf Besuch in Binsenrain gewesen. Da könnte ich Sie kennengelernt haben, als Sie noch ohne Hosen rumgerannt sind.«

»Sehr angenehm«, sagte Nessarose.

»Boq ist mein Name«, sagte Boq.

»Sie heißt Nessarose«, sagte Ämmchen, als ob es für das Mädchen zu schmerzhaft wäre, sich selbst vorzustellen. »Sie sollte eigentlich erst nächstes Jahr nach Shiz kommen, aber offenbar gibt es ein Problem mit einer gillikinesischen Wärterin, die den Verstand verloren hat. Also wird nach dem Ämmchen gerufen, und kann das Ämmchen ihre Süße alleinlassen? Sie sehen ja, warum das nicht geht.«

»Ein trauriger, rätselhafter Fall. Wir hoffen auf Muhme Schnapps Besserung«, sagte Boq.

Im Grattler-Kolleg wurde Boq Zeuge des herzlichen Wiedersehens der beiden Schwestern. Madame Akaber hieß ihren mechanischen Diener Tee und Krapfen für die Damen Thropp und für Ämmchen, Boq und Glinda servieren. Boq, der angefangen hatte, sich Sorgen über Glindas Verstummen zu machen, bemerkte mit Erleichterung den harten, taxierenden Blick, den Glinda über Nessaroses elegantes Kleid schweifen ließ. Ob Glinda sich fragte, wie es sein konnte, dass die Schwestern beide entstellt waren und sich so unterschiedlich kleideten? Elphaba trug einen denkbar bescheidenen Kittel, heute in dunkelrot, beinahe schwarz. Nessarose, auf einem Sofa neben Ämmchen plaziert, die ihr die Teetasse an die Lippen führte und ihr Krapfenstückchen mundgerecht abbrach, war in Seide in den Tönen von Moos, Smaragd und gelbgrünen Rosen gehüllt. Die grüne Elphaba, die auf der anderen Seite saß und sie zwischen den Schultern stützte, wenn sie den Kopf zum Trinken in den Nacken legte, sah aus wie ein darauf abgestimmtes Accessoire.

»Die ganze Regelung ist höchst ungewöhnlich«, sagte Madame Akaber gerade, »aber wir haben leider keinen unbegrenzten Platz für Sonderfälle. Wir lassen Damsell Elphaba und Damsell Galinda – oder neuerdings Glinda, stimmt's?, wie originell –, wir lassen also diese beiden alten Freundinnen, wo sie sind, und quartieren Sie, Damsell Nessarose, mit Ihrer Wärterin im Zimmer daneben ein, das der armen Muhme Schnapp gehört hat. Es ist klein, aber betrachten Sie es einfach als *heimelig*.«

»Aber wenn Muhme Schnapp wieder gesund wird?«, fragte Glinda.

»Ach, meine Liebe«, sagte Madame Akaber, »was für ein Vertrauen die Jugend doch hat! Wirklich rührend.« In härterem Ton fuhr sie fort: »Sie haben mir seinerzeit erzählt, dass diese außergewöhnliche Krankheit seit langem schon immer wieder bei ihr auftritt. Ich kann nur annehmen, dass es jetzt zu einer Verschlechterung und einem dauerhaften Rückfall gekommen ist.« Sie mümmelte einen Keks auf ihre langsame, fischähnliche Art, wobei ihre Backen sich wie ein lederner Blasebalg blähten und wieder einfielen. »Natürlich können wir alle hoffen. Ich fürchte, viel mehr bleibt uns nicht übrig.«

»Wir können beten«, bemerkte Nessarose.

»Oh, gewiss doch«, sagte die Rektorin. »Unter wohlerzogenen Menschen versteht sich das von selbst, Damsell Nessarose.«

Boq sah, wie Nessarose und Elphaba rot wurden. Glinda entschuldigte sich und verließ den Raum. Der übliche Anflug von Panik, den Boq bei ihrem Weggang empfand, wurde durch das Wissen gemildert, dass er sie in der nächsten Woche in Biowissenschaft wiedersehen würde, denn angesichts des neuen Einstellungsverbots für TIERE hatten die Kollegien beschlossen, ab sofort Gemeinschaftsvorlesungen für sämtliche Studenten beiderlei Geschlechts einzuführen. Boq würde Glinda in der ersten gemischten Vorlesung sehen, die in Shiz jemals gehalten worden war. Er konnte es kaum erwarten.

Allerdings hatte sie sich verändert. Sie hatte sich merklich verändert.


## 2

Glinda war in der Tat verändert. Das wusste sie selbst. Sie war als ein eitles, albernes Ding nach Shiz gekommen, und auf einmal fand sie sich in einer Schlangengrube wieder. Vielleicht war es ihre eigene Schuld. Sie hatte sich für Muhme Schnapp eine Phantasiekrankheit ausgedacht, und jetzt hatte Muhme Schnapp sie bekommen. War das der Beweis für eine angeborene zauberische Begabung? Glinda hatte für dieses Jahr Zauberei als Hauptfach gewählt und nahm es als gerechte Strafe hin, dass Madame Akaber ihre Stubenkameradin nicht wie versprochen ausgetauscht hatte. Glinda legte keinen Wert mehr darauf. Neben Doktor Dillamonds Tod kamen ihr viele andere Dinge unbedeutend vor.

Aber genauso wenig traute sie Madame Akaber über den Weg. Glinda hatte niemand sonst diese dumme und überspannte Lüge erzählt, deshalb nahm sie sich jetzt vor Madame Akaber in Acht. Nach wie vor brachte sie es nicht über sich, irgendjemandem ihr Vergehen zu beichten. Während sie sich grämte, surrte Boq, dieser lästige kleine Floh, um sie herum und wollte beachtet werden. Sie bereute, dass sie sich von ihm hatte küssen lassen. Was für ein Fehler! Na, damit war sie jetzt fertig, mit diesem Zittern und Zagen am Rand der gesellschaftlichen Katastrophe. Sie hatte Fanny und die übrigen Damsellen als das erkannt, was sie waren – oberflächliche, egoistische Hühner –, und sie wollte nichts mehr mit ihnen zu tun haben.

Da Elphaba somit keine gesellschaftliche Bürde mehr darstellte, konnte sie unter Umständen zu einer richtigen Freundin werden. Falls diese kleine Schwester, die sie am Hals hatte, nicht zu sehr störte. Allein durch vieles Nachbohren hatte Glinda Elphaba dazu gebracht, überhaupt von ihrer Schwester zu sprechen, wenn auch nur, damit Glinda auf Nessaroses Ankunft und die Erweiterung ihres gemeinsamen Kreises vorbereitet war.

»Sie kam in Kolkengrund zur Welt, als ich ungefähr drei war«, hatte Elphaba ihr erzählt. »Meine Familie war kurzzeitig dorthin zurückgekehrt. Es war eine von diesen schrecklichen Dürreperioden. Unser Vater hat uns später, nachdem unsere Mutter gestorben war, erzählt, dass Nessarose genau zu dem Zeitpunkt geboren wurde, als die Brunnen in der Gegend wieder zu fließen begannen. Die Leute hatten heidnische Tänze veranstaltet und ein Menschenopfer gebracht.«

Glinda hatte Elphaba, die das ebenso widerwillig wie lapidar von sich gab, ungläubig angestarrt.

»Es war ein Freund von ihnen, ein Quadlinger Glasbläser. Aufgehetzt von demagogischen Freudisten und einer weissagenden Uhr, fiel die Menge über ihn her und brachte ihn um. Er hieß Schildkrötenherz.« Elphaba presste die Hände auf das Oberleder ihrer steifen schwarzen Schuhe, gebraucht gekauft, und blickte unverwandt zu Boden. »Ich glaube, das war der Grund, weshalb meine Eltern Missionare bei den Quadlingern wurden, weshalb sie nie mehr nach Kolkengrund oder Munchkinland zurückkehrten.«

»Aber ist deine Mutter nicht im Kindbett gestorben?«, sagte Glinda. »Wie kann sie da Missionarin gewesen sein?«

»Sie ist erst fünf Jahre später gestorben«, sagte Elphaba, den Blick auf die Falten ihres Kleides gerichtet, als ob die Geschichte ihr peinlich wäre. »Sie starb bei der Geburt unseres kleinen Bruders. Mein Vater nannte ihn Krott, Schildkrötenherz zu Ehren, glaube ich. So zogen Krott, Nessarose und ich mit Ämmchen und unserem Vater Frex von einer Quadlinger Siedlung zur anderen und führten dabei das Leben von Zigeunerkindern. Mein Vater predigte, und Ämmchen unterrichtete uns und erzog uns und bestellte das Haus, so weit es da etwas zu bestellen gab. Unterdessen begannen die Männer des Zauberers, das Sumpfland trockenzulegen, um an die Rubinlager heranzukommen. Das war natürlich ein Fehlschlag. Es gelang ihnen, die Quadlinger zu vertreiben und umzubringen, sie ›zu ihrem eigenen Schutz‹ in Lagern zusammenzupferchen und verhungern zu lassen. Sie durchwühlten das Ödland, kratzten die Rubine zusammen und gingen wieder. Mein Vater wurde darüber verrückt. Die paar Rubine, die es gab, waren den Aufwand nicht wert. Wir haben immer noch kein Kanalnetz, mit dem das legendäre Wasser aus dem Winkus durch ganz Oz nach Munchkinland geleitet werden könnte. Und trotz einiger kurzer Unterbrechungen dauert die Dürre unvermindert an. Die TIERE werden in die Gebiete ihrer Vorfahren zurückbeordert, ein fauler Trick, um den Bauern das Gefühl zu geben, mit *irgendetwas* frei schalten und walten zu können. Eine systematische Verelendung der Bevölkerung, Glinda, das ist es, was bei der Regierung des Zauberers herauskommt.«

»Wir haben von deiner Kindheit gesprochen«, sagte Glinda.

»Das ist meine Kindheit, das gehört alles mit dazu. Man kann die konkreten Lebensumstände nicht von der Politik trennen«, sagte

Elphaba. »Willst du wissen, was wir gegessen haben? Was wir gespielt haben?«

»Ich wüsste gern, wie Nessarose ist, und Krott«, sagte Glinda.

»Nessarose ist eine willensstarke Invalidin«, sagte Elphaba. »Sie ist sehr klug, und sie hält sich für heilig. Den Geschmack an Religion hat sie von meinem Vater geerbt. Sie ist nicht gut darin, für andere Menschen zu sorgen, weil sie niemals für sich selbst sorgen gelernt hat. Das kann sie nicht. Mein Vater verlangte von mir, dass ich sie betreute, fast meine ganze Kindheit über. Was aus ihr wird, wenn Ämmchen einmal stirbt, weiß ich nicht. Ich nehme an, dann werde ich wieder für sie sorgen müssen.«

»O je, was für eine grauenhafte Aussicht«, entfuhr es Glinda, bevor sie es verhindern konnte.

Doch Elphaba nickte nur grimmig. »Ich stimme dir voll und ganz zu«, sagte sie.

»Und Krott …?«, fragte Glinda weiter, unsicher, welchen neuen Schmerz sie damit auslösen mochte.

»Ist männlich, weiß und gesund«, sagte sie. »Er ist jetzt ungefähr zehn, denke ich. Er wird zu Hause sein und sich um unseren Vater kümmern. Er ist ein Junge, wie Jungen eben so sind. Vielleicht ein bisschen schwer von Begriff, aber er hat auch nicht die Vorteile genossen, die wir gehabt haben.«

»Als da wären?«, hakte Glinda nach.

»Wir hatten eine Mutter«, antwortete Elphaba, »wenn auch nur kurze Zeit. Eine flatterhafte, trinkende, phantasievolle, unsichere, verzweifelte, tapfere, hartnäckige, fürsorgliche Frau. Wir hatten sie. Melena. Krott hatte nur Ämmchen als Mutterersatz. Sie hat ihr Bestes gegeben.«

»Und wen hat deine Mutter am liebsten gehabt?«

»Keine Ahnung.« Elphaba zuckte die Achseln. »Ich weiß es wirklich nicht. Wahrscheinlich wäre es Krott gewesen, weil er ein Junge ist. Aber da sie gestorben ist, ohne ihn gesehen zu haben, hat sie nicht einmal diesen kleinen Trost gehabt.«

»Und dein Vater?«

»Oh, das ist einfach.« Elphaba sprang auf, schnappte sich ihre Bücher vom Bord und eilte zur Tür, womit das Gespräch beendet war. »Nessarose. Wenn du sie kennenlernst, wirst du verstehen, warum. Jeder hat sie am liebsten.« Mit einem kurzen Wedeln der grünen Finger flitzte sie aus dem Zimmer.

Glinda war sich nicht sicher, ob sie Elphabas Schwester am liebsten hatte. Nessarose wirkte sehr fordernd. Ämmchen war überfürsorglich, und Elphaba schlug immer neue Verbesserungen an diesem und jenem vor, damit alles perfekt war. Ziehen wir die Vorhänge lieber nicht so weit auf, damit Nessaroses zarte Haut nicht zu viel Sonne abbekommt. Können wir die Öllampe höherstellen, damit Nessarose lesen kann? Pssst, kein lautes Reden zu später Stunde, Nessarose hat sich hingelegt, und sie hat so einen leichten Schlaf.

Glinda war von Nessaroses außergewöhnlicher Schönheit ein wenig eingeschüchtert. Nessarose war immer stilvoll, wenn auch nicht extravagant gekleidet. Sie hatte jedoch eine Reihe kleiner Marotten – zum Beispiel Andachtsanfälle mit plötzlichem Kopfsenken und heftigem Blinzeln –, mit denen sie neugierige Blicke von sich abwehrte. Besonders rührend – und verunsichernd – war es, still vor sich hin rinnende Tränen abwischen zu müssen, die Folge einer tiefen Regung in Nessaroses reichem Innenleben, von der Außenstehende keine Ahnung haben konnten. Was sollte man dazu sagen?

Glinda zog sich nach und nach in ihre Studien zurück. Zauberei wurde von Frau Gräuling unterrichtet, einer dubiosen neuen Dozentin. Sie hatte zwar die größte schwärmerische Hochachtung vor der Sache, aber, wie sich bald herausstellte, eine geringe natürliche Begabung. »Auf der elementarsten Ebene ist ein Zauberspruch nichts anderes als ein Verwandlungsrezept«, flötete sie ihnen vor. Doch als das Küken, das sie in einen Toast zu verwandeln suchte, stattdessen ein Haufen Kaffeesatz in einem Salatblatt wurde, fassten alle Studentinnen im Stillen den Vorsatz, niemals eine Einladung zum Essen bei ihr anzunehmen.

In der hintersten Reihe, wo sie sich als vermeintlich unsichtbare

Beobachterin eingeschlichen hatte, schüttelte Madame Akaber den Kopf und schnalzte mit der Zunge. Ein- oder zweimal konnte sie sich nicht enthalten einzugreifen. »Ich verstehe ja nicht viel von der Zauberkunst«, beteuerte sie, »aber haben Sie nicht vielleicht die Zwischenschritte des Bindens und Überwindens ausgelassen, Frau Gräuling? Ich frage ja nur. Lassen Sie es mich mal versuchen. Sie wissen, dass unsere Zauberinnenausbildung mir ein besonderes Vergnügen bereitet.« Unweigerlich setzte sich Frau Gräuling dann auf die Überreste einer vorausgegangenen Vorführung oder ließ ihre Handtasche fallen und sank zu einem Häufchen Elend zusammen. Die Mädchen kicherten und hatten den Eindruck, dass sie nicht viel lernten.

Oder vielleicht doch? Der Vorteil an Frau Gräulings Ungeschicklichkeit war, dass sie keine Angst davor hatten, selbst etwas auszuprobieren. Und sie sparte nicht mit Begeisterung, wenn einer Studentin die Aufgabe des Tages glückte. Als Glinda es zum ersten Mal schaffte, eine Garnrolle mit einem Unsichtbarkeitszauber ein paar Sekunden lang verschwinden zu lassen, klatschte Frau Gräuling in die Hände und sprang so wild in die Höhe, dass sie sich einen Absatz vom Schuh brach. Es war befriedigend und ermutigend.

»Nicht dass ich etwas dagegen hätte«, sagte Elphaba eines Tages, als sie mit Glinda und Nessarose (und natürlich Ämmchen) am Selbstmordkanal unter einem Perlfruchtbaum saß. »Aber wundern muss ich mich doch. Wieso kann die Akademie Zauberei auf dem Lehrplan haben, wenn ihre ursprüngliche Satzung doch streng unionistisch war?«

»Zauberei ist nicht notwendig religiös oder nichtreligiös«, meinte Glinda. »Oder? Und sie ist auch nicht notwendig freudistisch.«

»Sprüche, Verwandlungen, Erscheinungen? Der reine Mumpitz«, sagte Elphaba. »Theater.«

»Nun, es sieht vielleicht wie Theater aus, und in den Händen von Frau Gräuling sieht es häufig wie schlechtes Theater aus«, gab Glinda zu. »Aber im Wesentlichen ist es eine handfeste praktische Fähigkeit wie Lesen und Schreiben. Nicht *dass*, sondern *was* man liest und schreibt, darauf kommt es an. Beziehungsweise was man zaubert.«

»Vater war immer strikt dagegen«, sagte Nessarose im süßen Ton unerschütterlicher Glaubensgewissheit. »Vater hat immer gesagt, Magie sei betrügerisches Teufelswerk. Er meinte, der Freudenkult sei nichts anderes als der Versuch, die Massen vom wahren Gegenstand ihrer Andacht abzubringen.«

»Das ist die Sicht eines Unionisten«, sagte Glinda, in keiner Weise beleidigt. »Eine vernünftige Auffassung, wenn man es mit Scharlatanen und Taschenspielern zu tun hat. Aber Zauberei kann auch anders sein. Was ist mit den ganz normalen Hexen im Glikkus? Sie sagen, dass sie die Kühe verzaubern, die sie aus Munchkinland eingeführt haben, damit die nicht dumpf vor sich hin muhend in eine Schlucht stürzen. Die Einheimischen können es sich nicht leisten, vor jedem Abgrund einen Zaun zu bauen. Die Magie ist dort gang und gäbe, sie fördert das Gemeinwohl. Sie muss nicht notwendig die Religion ersetzen.«

»Vielleicht nicht notwendig«, sagte Nessarose, »aber gesetzt den Fall, sie neigt dazu, haben wir dann nicht die Pflicht, vor ihr auf der Hut zu sein?«

»Auf der Hut, von mir aus. Ich bin auf der Hut vor dem Wasser, das ich trinke, denn es könnte vergiftet sein«, sagte Glinda. »Das heißt aber nicht, dass ich kein Wasser mehr trinke.«

»Ich für meinen Teil glaube gar nicht, dass es so eine große Sache ist«, sagte Elphaba. »Ich finde die Zauberei banal. Sie dreht sich hauptsächlich um sich selbst, sie weist keinen Weg nach außen.«

Glinda konzentrierte sich mit aller Kraft, um den Rest von Elphabas Brot über den Kanal schweben zu lassen. Sie schaffte es aber nur, das Ding explodieren und geraspelte Mohrrüben- und gehackte Olivenstückchen mit Mayonnaise durch die Luft spritzen zu lassen. Nessarose verlor vor Lachen das Gleichgewicht, und Ämmchen musste sie wieder aufrichten. Elphaba war mit Essensbröckchen bekleckert, die sie zur Erheiterung der anderen von sich abpflückte und verzehrte.

»Reine Effekthascherei, Glinda«, sagte sie. »Nichts an Magie ist ontologisch interessant. Wobei ich an den Unionismus genauso wenig glaube«, fügte sie hinzu. »Ich bin Atheistin und Aspiritualistin.«

»Das sagst du nur, um zu schockieren und provozieren«, sagte Nessarose spitz. »Glinda, hör gar nicht hin! Sie macht das immer so, meistens um Vater zu erzürnen.«

»Vater ist nicht hier«, erinnerte Elphaba ihre Schwester.

»Ich vertrete ihn hier, und mich kränkt es«, sagte Nessarose. »Du kannst sehr gut die Nase über den Unionismus rümpfen, wenn der Namenlose Gott dir eine Nase zum Rümpfen gegeben hat. Sehr witzig, nicht wahr, Glinda? Kindisch.« Sie schnaubte förmlich vor Wut.

»Vater ist nicht hier«, wiederholte Elphaba in einem Ton, der fast schon entschuldigend klang. »Du musst dich nicht beeilen, seine Obsessionen öffentlich zu verteidigen.«

»Was du seine Obsessionen nennst, sind meine Glaubensartikel«, erklärte ihre Schwester mit eisiger Klarheit.

»Na, für eine Anfängerin zauberst du gar nicht so schlecht«, wandte Elphaba sich an Glinda. »Das war eine ziemlich ordentliche Schweinerei, die du da aus meiner Stulle gemacht hast.«

»Danke«, sagte Glinda. »Ich wollte dich nicht damit vollspritzen. Aber ich werde langsam besser, nicht wahr? Und das in der Öffentlichkeit.«

»Eine nichtige Spielerei«, sagte Nessarose. »Genau das hat Vater an der Zauberei verurteilt. Der Reiz liegt rein an der Oberfläche.«

»Ganz meiner Meinung, es schmeckt immer noch nach Oliven«, sagte Elphaba. Sie fischte ein schwarzes Olivenklümpchen aus ihrem Ärmel und hielt es ihrer Schwester mit der Fingerspitze hin. »Mal probieren, Nessa?«

Doch Nessarose wandte das Gesicht ab und versank in stillem Gebet.

## 3

Ein paar Tage später gelang es Boq, in der Pause ihrer gemeinsamen biowissenschaftlichen Vorlesung Elphabas Blick zu erhaschen, und sie trafen sich in einer Nische des Hauptgangs. »Was hältst du von diesem neuen Doktor Nikidik?«, fragte er.

»Es fällt mir schwer, ihm zuzuhören«, antwortete sie, »aber wohl deswegen, weil ich immer noch Doktor Dillamond hören möchte und nicht glauben kann, dass er nicht mehr ist.« Auf ihrem Gesicht erschien ein Ausdruck grauer Ergebung in etwas Undenkbares.

»Das ist eine der Sachen, die mich interessieren«, sagte er. »Du hast mir so viel von Doktor Dillamonds Durchbruch erzählt. Weißt du, ob sein Labor schon geräumt worden ist? Vielleicht gibt es dort noch etwas, das die Suche lohnen würde. Er hat dir doch seine Ergebnisse diktiert, könnten diese Aufzeichnungen nicht die Grundlage für eine Hypothese sein oder wenigstens für weitere Untersuchungen?«

Sie sah ihn mit fester Miene an. »Denkst du, darauf wäre ich nicht längst gekommen?«, fragte sie. »Selbstverständlich habe ich dort noch am selben Tag herumgestöbert, an dem seine Leiche gefunden wurde. Bevor irgendjemand die Tür mit Vorhängeschlössern und Bindezaubern verschließen konnte. Boq, hältst du mich für einen Schwachkopf?«

»Nein, ich halte dich nicht für einen Schwachkopf, also erzähl mir, was du entdeckt hast.«

»Die Aufzeichnungen sind gut versteckt«, sagte sie, »und obwohl meine Fachkenntnis große Lücken hat, arbeite ich sie alleine durch.«

»Heißt das, du willst sie mir nicht zeigen?« Er war betroffen.

»Das Thema hat dich nie sonderlich interessiert«, sagte sie. »Außerdem, wozu soll das gut sein, solange nichts bewiesen werden kann. Ich glaube, dass Doktor Dillamond noch keine endgültige Klarheit hatte.«

»Ich bin ein Munchkin«, erklärte er stolz. »Hör zu, Elphie, du hast mich so ziemlich überzeugt, was die Absichten des Zauberers betrifft. Dass er die TIERE wieder auf dem Land einpferchen will, damit die unzufriedenen Munchkinbauern den Eindruck erhalten, er tue etwas für sie. Damit sie als Zwangsarbeiter sinnlose neue Brunnen bohren. Es ist abscheulich. Aber das betrifft Wederhartung und die Dörfer, die mich hergeschickt haben. Ich habe das Recht zu erfahren, was du weißt. Vielleicht können wir gemeinsam dahinterkommen, uns für einen politischen Umschwung einsetzen.«

»Du hast zu viel zu verlieren«, sagte sie. »Ich werde das alleine durchziehen.«

»Was wirst du durchziehen?«

Sie schüttelte nur den Kopf. »Je weniger du weißt, umso besser, und zwar um deinetwillen. Wer Doktor Dillamond umgebracht hat, will nicht, dass seine Ergebnisse an die Öffentlichkeit gelangen. Was für eine Freundin wäre ich, wenn ich dich dieser Gefahr aussetzen würde?«

»Was für ein Freund wäre ich, wenn ich nicht darauf bestehen würde?«, versetzte er.

Doch sie gab nicht nach. Während des restlichen Seminars saß er neben ihr und steckte ihr kleine Zettel zu, doch sie ignorierte alle. Später fragte er sich, ob ihre Freundschaft in eine echte Krise geraten wäre, wenn sich an dem Tag nicht der absonderliche Angriff auf den Neuen ereignet hätte.

Doktor Nikidik dozierte über die Lebenskraft. Er wickelte sich die beiden Zipfel seines langen zottigen Bartes um die Handgelenke und sprach jeden Satz mit periodisch sinkender Lautstärke, so dass immer nur die erste Hälfte bis in die hinteren Reihen drang. Kaum jemand folgte dem Vortrag. Als Doktor Nikidik eine kleine Flasche aus seiner Westentasche holte und irgendetwas über einen »Extrakt biologischer Intention« murmelte, richteten sich nur die Studenten in der ersten Reihe auf und öffneten die Augen. Boq, Elphaba und alle anderen hörten nur: »Ein wenig Soße in die Suppe murmel murmel, als ob die Schöpfung ein unabgeschlossener murmel murmel murmel, ungeachtet der Verpflichtung aller intelligenten murmel murmel murmel, und als kleine Übung, damit die Schläfer dort hinten nicht murmel murmel murmel, ein kleines profanes Wunder, dankenswerterweise ermöglicht durch murmel murmel murmel.«

Eine Erregung ging durch die Reihen, und plötzlich waren alle hellwach. Der Doktor entkorkte die rauchende Flasche und machte eine ruckartige Bewegung. Alle sahen, wie eine kleine Staubwolke aufwallte und dann leicht schwankend über dem Flaschenhals in der

Luft schwebte. Der Doktor wedelte kurz mit den Händen, um die Luft nach oben zu fächeln. Ohne den Zusammenhalt zu verlieren, begann die Wolke in die Höhe zu steigen. Die Studenten mussten den Überraschungslaut hinunterschlucken, den sie am liebsten gemacht hätten, denn Doktor Nikidik gebot ihnen mit mahnend erhobenem Zeigefinger zu schweigen, und sie begriffen, warum. Ein allgemeines Einatmen hätte die Luftströme verändert und den steigenden Pulverschwaden von seiner Bahn abgebracht. Doch wider Willen mussten die Studenten grinsen. Über dem Podium, zwischen den üblichen zeremoniellen Hirschgeweihen und Trompeten am Band, hingen vier Ölgemälde der Gründerväter der Ozma-Türme. In ihrer altertümlichen Tracht blickten sie mit ernsten Mienen auf die Studenten von heute herab. Wenn diese »biologische Intention« einen der Gründerväter erreichen würde, was würde er wohl dazu sagen, dass Männer und Frauen gemeinsam im Vorlesungssaal saßen? Was hätte er überhaupt zu sagen? Es war ein Augenblick größter Spannung.

Da ging neben der Bühne eine Tür auf, und die Luftströme wurden gestört. Ein Student steckte verdutzt den Kopf herein. Es war ein neuer Student, merkwürdig gekleidet in Wildlederhosen und ein weißes Baumwollhemd, dazu auf der dunklen Haut von Gesicht und Händen ein tätowiertes blaues Karomuster. Niemand hatte ihn oder einen wie ihn je zuvor gesehen. Boq drückte Elphabas Hand und flüsterte: »Sieh nur! Ein Winkie!«

In der Tat schien es sich um einen Studenten aus dem Winkus in landestypischer Tracht zu handeln, der sich verspätet und die falsche Tür geöffnet hatte und jetzt verwirrt und beschämt dastand, doch die Tür war hinter ihm ins Schloss gefallen und von innen nicht wieder zu öffnen, und in seiner Nähe waren keine Plätze frei. Also setzte er sich an Ort und Stelle auf den Boden, den Rücken gegen die Tür gelehnt, und gab sich alle Mühe, unauffällig dreinzuschauen.

»Verflucht noch mal, das Ding ist aus der Bahn geraten«, ärgerte sich Doktor Nikidik. »Sie Armleuchter, warum kommen Sie nicht pünktlich?«

Der ungefähr blumenstraußgroße leuchtende Nebel war mit einem Luftzug nach oben geschwenkt, vorbei an der Reihe langverblichener Würdenträger, die auf die unverhoffte Gelegenheit warteten, noch einmal das Wort zu ergreifen. Stattdessen hüllte die Wolke eines der Geweihe ein, und einen Moment lang sah es so aus, als wollte sie sich an die zuckenden Sprossen hängen. »Na, von diesem Ding werden wir schwerlich irgendwelche Weisheiten zu hören bekommen, und ich denke nicht daran, mehr von diesem kostbaren Extrakt für Demonstrationszwecke zu verschwenden«, erklärte Doktor Nikidik. »Seine Erforschung ist noch nicht abgeschlossen, und ich hatte gedacht, dass murmel murmel murmel. Damit Sie selbst herausfinden können, ob murmel murmel murmel. Ich möchte auf keinen Fall einen Einfluss ausüben auf Ihre murmel.«

Das Geweih an der Wand vollführte plötzlich eine heftige Verrenkung und riß sich von der Eichentäfelung los. Krachend fiel es auf den Fußboden, und die Studenten kreischten und lachten, vor allem weil Doktor Nikidik über den Grund des Aufruhrs eine Weile gar nicht im Bilde war. Als er sich umdrehte, sah er gerade noch, wie das Geweih sich aufrichtete und zitternd und zuckend auf dem Podium verharrte wie ein aufgestachelter Kampfhahn, der darauf brannte, in den Ring zu kommen.

»Herrje, schau nicht mich an«, sagte Doktor Nikidik, während er seine Bücher zusammenraffte. »Von *dir* habe ich überhaupt nichts gewollt. Gib dem da die Schuld, wenn es sein muss.« Dabei deutete er auf den winkischen Studenten, der sich so erschrocken zusammenkauerte, dass die zynischeren unter den älteren Studenten ein abgekartetes Spiel vermuteten.

Das Geweih stellte sich auf die Sprossen und flitzte krebsartig los. Mit einem Schrei wie aus einem Mund sprangen die Studenten von den Sitzen, als das Geweih an dem Jungen aus dem Winkus emporkrabbelte und ihn an die verschlossene Tür drückte. Eine Geweihstange klemmte ihm mit der äußersten Gabel den Hals ein, während die andere nach hinten ausholte, um ihm ins Gesicht zu stechen.

Doktor Nikidik fiel bei dem Versuch, schnell zu Hilfe zu eilen, auf seine arthritischen Knie, doch bevor er sich aufrappeln konnte, waren schon zwei Jungen aus der ersten Reihe auf die Bühne gesprungen, packten das Geweih und rangen es zu Boden. Der Junge aus dem Winkus schrie etwas in einer fremden Sprache. »Das sind Krapp und Timmel!«, sagte Boq und stieß Elphaba an die Schulter. »Sieh nur!« Die Studenten sprangen alle auf ihre Sitze und schauten gebannt zu, wie Krapp und Timmel im Kampf mit dem mörderischen Geweih die Oberhand gewannen und sie verloren und sie wieder gewannen, bis es ihnen schließlich gelang, eine der stechwütigen Sprossen abzubrechen, dann die nächste, und die immer noch zuckenden Stücke, ihrer Triebkraft beraubt, zu Boden fielen.

»Der arme Kerl«, sagte Boq, denn der winkische Student lag zusammengekrümmt da und weinte hemmungslos hinter seinen blau tätowierten Händen. »Das ist der erste Student aus dem Winkus, den ich sehe. Was für eine schreckliche Begrüßung in Shiz.«

Der Angriff auf den winkischen Studenten gab den Anstoß zu allerlei Gerede und Spekulationen. In der Zaubereivorlesung am nächsten Tag bat Glinda Frau Gräuling um eine Erklärung. »Wie kommt es, dass Doktor Nikidiks Extrakt biologischer Intention, oder wie es sonst heißt, in der Biowissenschaft durchgenommen wird, wenn das Zeug doch wie ein mächtiger Zauber wirkt? Was ist eigentlich der Unterschied zwischen Wissenschaft und Zauberei?«

»Tja«, sagte Frau Gräuling und fühlte sich bemüßigt, gerade diesen Moment der Pflege ihrer Frisur zu widmen, »die Wissenschaft, meine Lieben, ist die systematische Zergliederung der Natur mit dem Ziel, sie auf ihre Bestandteile zu reduzieren, die im Großen und Ganzen universellen Gesetzen gehorchen. Die Zauberei wirkt in der Gegenrichtung. Sie zerpflückt nicht, sie ergänzt. Sie ist Synthese, nicht Analyse. Sie schafft etwas Neues, statt das Alte durchschaubar zu machen. In den Händen des echten Könners«, bei diesen Worten stach sie sich mit einer Haarnadel und jaulte auf, »ist sie eine Kunst. Man könnte sie als die höchste, die edelste Kunst bezeichnen. Sie geht über die schönen Künste der Malerei, des Schauspiels und der Dichtung hinaus. Ihr geht es nicht um die Darstellung der Welt, sondern um ihr tatsächliches Werden. Ein sehr edler Beruf.« Sie fing leise zu weinen an, überwältigt von ihren eigenen Worten. »Kann es ein höheres Streben geben, als die Welt zu verwandeln? Sich nicht mit utopischen Entwürfen zu begnügen, sondern reale Veränderungen vorzunehmen? Das Verformte neuzubilden, das Verfehlte zu berichtigen, die Spielräume dieser verpfuschten Welt auszunutzen? Sie durch Zauberei weiterzuentwickeln?«

Beim Tee gab die immer noch beeindruckte und belustigte Glinda den beiden Schwestern Thropp Frau Gräulings kleine tiefempfundene Ansprache wieder. Nessarose sagte: »Nur der Namenlose Gott erschafft und gestaltet die Welt, Glinda. Wenn Frau Gräuling Zauberei mit Schöpfung verwechselt, besteht die große Gefahr, dass sie euch moralisch verdirbt.«

»Na ja.« Glinda musste daran denken, dass Muhme Schnapp mit einem seelischen Leiden darniederlag, das sie ihr einmal angedichtet hatte. »Mit mir ist es moralisch ohnehin nicht zum Besten bestellt, Nessa.«

»Dann muss die Zauberei, wenn sie überhaupt einen Nutzen haben soll, dich charakterlich festigen«, erklärte Nessarose entschieden. »Wenn du in dieser Richtung Anstrengungen unternimmst, wird wohl am Ende etwas Gutes dabei herauskommen. Benutze dein Zaubertalent, lass dich nicht davon benutzen.«

Glinda hatte die Befürchtung, Nessarose könnte mit der Zeit eine penetrante Überheblichkeit entwickeln. Bei dem Gedanken schauderte es sie, obwohl sie beschloss, sich Nessaroses Empfehlung zu Herzen zu nehmen.

Doch Elphaba sagte: »Glinda, das war eine gute Frage. Ich wünschte, Frau Gräuling hätte sie beantwortet. Diese albtraumartige Szene mit dem Geweih kam mir auch mehr wie Magie als wie Wissenschaft vor. Der arme Junge! Sollen wir Doktor Nikidik nächste Wochen fragen?«

»Wer würde sich das trauen?«, rief Glinda. »Bei Frau Gräuling geht das noch, sie hat so etwas Lächerliches. Aber Doktor Nikidik mit seiner zerstreuten Mummelbrummelart – er ist so abgehoben.«

In der biowissenschaftlichen Vorlesung der folgenden Woche waren alle Augen auf den Neuen aus dem Winkus gerichtet. Er kam frühzeitig und setzte sich in die hinteren Ränge, so weit vom Katheder entfernt, wie es ging. Boq betrachtete ihn mit dem eingefleischten Misstrauen aller sesshaften Bauern gegen Nomaden, doch er musste zugeben, dass der Neue einen intelligenten Blick hatte. Avaric schob sich auf den Sitz neben Boq und sagte: »Es heißt, dass er ein Fürst ist. Ein Fürst ohne Geld oder Thron. Ein verarmter Adeliger. In seinem Stamm, meine ich. Er hat die Ozma-Türme bezogen und heißt Fiyero. Er ist ein echter, vollblütiger Winkie. Ich frage mich, was er von der Zivilisation hält.«

»Wenn das vorige Woche Zivilisation war, dann muss er sich nach seinen heimischen Barbaren zurücksehnen«, sagte Elphaba, die auf Boqs anderer Seite saß.

»Wozu hat er diese alberne Bemalung?«, sagte Avaric. »Damit erregt er doch bloß Aufmerksamkeit. Und diese Haut. Ich möchte keine Haut mit einer solchen Farbe haben.«

»Wie kannst du so was sagen!«, empörte sich Elphaba. »Wenn du mich fragst, ist das eine farblose Meinung.«

»*Bitte!*«, sagte Boq. »Seid einfach still!«

»Das hatte ich vergessen, Elphie, die Hautfarbe ist ja auch dein Thema«, sagte Avaric.

»Lass mich aus dem Spiel!«, erwiderte sie. »Wir haben gerade gegessen, und du machst mir Magendrücken, Avaric. Du und die Bohnen, die es gegeben hat.«

»Ich wechsle den Platz«, drohte Boq, doch in dem Moment kam Doktor Nikidik herein, und alle erhoben sich, wie es Vorschrift war, und ließen sich dann wieder polternd, knuffend und schwatzend auf die Sitze fallen.

Eine ganze Weile schlenkerte Elphaba mit der Hand, um den

197

Doktor auf sich aufmerksam zu machen, doch sie saß zu weit hinten und er brummelte unbeirrt etwas in seinen Bart. Schließlich lehnte sie sich zu Boq hinüber und sagte: »In der Pause setze ich mich nach vorn, damit er mich bemerkt.« Doktor Nikidik beendete seine nicht zu verstehende Einleitung und winkte einem Studenten, die Tür an der Seite der Bühne zu öffnen, durch die Fiyero in der Woche davor gekommen war.

Ein Junge vom Drei-Königinnen trat ein und schob wie ein Kellner einen Rollwagen vor sich her. Darauf saß ein Löwenjunges so zusammengekauert, als wollte es sich so klein wie möglich machen. Selbst von den hinteren Rängen aus war seine Todesangst zu erkennen. Sein kleiner erdnussbrauner Schwanz peitschte hin und her, und seine Schultern waren hochgezogen. Es hatte noch keine Mähne, dafür war es noch zu klein. Doch der braune Kopf wandte sich hierhin und dorthin, als wollte es die Gefahren zählen. Es riss das Maul zu einem kleinen verängstigten Kläffen auf, der kindlichen Form des erwachsenen Brüllens. Im ganzen Saal schmolzen die Herzen, und viele machten »Oooooh«.

»Kaum mehr als ein Kätzchen«, sagte Doktor Nikidik. »Ich wollte es eigentlich Prr nennen, doch es zittert mehr als es purrt, deshalb habe ich es stattdessen Brr genannt.«

Das Tierchen sah Doktor Nikidik an und verzog sich an den entgegengesetzten Rand des Wagens.

»Die Frage des Morgens lautet folgendermaßen«, fuhr Doktor Nikidik fort. »Ausgehend von den ein wenig verdrehten Interessen Doktor Dillamonds, der murmel murmel. Wer kann mir sagen, ob es sich hier um ein TIER oder ein Tier handelt?«

Elphaba wartete nicht darauf, drangenommen zu werden. Sie stand auf und gab ihre Antwort mit deutlicher, kräftiger Stimme. »Doktor Nikidik, Sie haben gefragt, wer sagen kann, ob es sich um ein TIER oder ein Tier handelt. Die Antwort scheint mir zu sein, dass seine Mutter das kann. Wo ist seine Mutter?«

Ein Raunen allgemeiner Heiterkeit. »Da bin ich wohl in den semantischen Sumpf getappt«, sagte der Doktor amüsiert. Er sprach lauter, als wäre ihm eben erst bewusst geworden, dass weiter hinten auch noch jemand saß. »Gut gemerkt, Damsell. Ich will die Frage neu formulieren. Möchte jemand hier eine Hypothese über die Natur dieses Versuchsobjekts wagen? Und diese vielleicht noch begründen? Wir sehen vor uns ein Junges, das noch nicht in dem Alter ist, wo es der Sprache mächtig sein könnte, sofern es mit einem Sprachvermögen ausgestattet ist. Können wir es vor einem möglichen Spracherwerb schon mit einem Tier zu tun haben?«

»Ich wiederhole meine Frage, Herr Doktor«, ließ sich Elphaba vernehmen. »Dies ist ein noch sehr kleines Junges. Wo ist seine Mutter? Warum ist es seiner Mutter in einem so frühen Alter entrissen worden? Wie kann es sich überhaupt ernähren?«

»Das sind Fragen ohne Belang für das wissenschaftliche Problem, das uns hier beschäftigt«, sagte der Doktor. »Aber was soll's, das junge Herz blutet schnell. Sagen wir, die Mutter starb in einer zeitlich schlecht berechneten Explosion. Wir wollen für unsere Zwecke hier annehmen, es wäre nicht festzustellen gewesen, ob die Mutter eine Löwin oder eine Löwin war. Zum Beispiel deshalb, weil einige Tiere, wie Sie vielleicht gehört haben, in die Wildnis zurückkehren, um den Auswirkungen der neuen Gesetze zu entgehen.«

Verwirrt nahm Elphaba wieder Platz. »Das kommt mir nicht richtig vor«, sagte sie zu Boq und Avaric. »Dass man für eine wissenschaftliche Vorführung ein Junges ohne seine Mutter hier hereinschleift. Seht nur, wie verängstigt es ist! Es zittert wirklich. An der Kälte kann es nicht liegen.«

Andere Studenten trugen verschiedene Meinung vor, doch der Doktor widerlegte eine nach der anderen. Bewiesen werden sollte anscheinend, dass ein solches Junges, ohne Sprache und nicht in bestimmten Lebensumständen zu verorten, nicht eindeutig ein Tier oder ein Tier war.

»Das hat politische Konsequenzen«, sagte Elphaba vernehmlich. »Ich dachte, wir hätten hier Biowissenschaft, nicht Zeitgeschichte.«

Boq und Avaric brachten sie zum Schweigen. Sie machte sich mit ihren vorlauten Wortmeldungen langsam unbeliebt.

Der Doktor walzte die Sache weiter aus, obwohl alle seine These längst verstanden hatten. Doch schließlich drehte er sich zur Seite und sagte: »Was meinen Sie, wenn wir nun den für die Sprachentwicklung zuständigen Teil des Hirns kauterisieren, können wir dann die Idee des Schmerzes und damit seine Existenz ausschalten? Erste Tests an diesem kleinen Junglöwen haben interessante Ergebnisse erbracht.« Er hatte einen kleinen Gummihammer und eine Spritze zur Hand genommen. Das Kleine zog sich zusammen, fauchte und wich zurück, und dabei fiel es vom Wagen und huschte zur Tür, die jedoch wie in der Vorwoche ins Schloss gefallen war.

Jetzt aber war nicht nur Elphaba protestierend aufgesprungen. Ein halbes Dutzend Studenten schrie den Doktor an. »Schmerz? Die Schmerzen ausschalten? Sehen Sie doch hin, es hat Todesangst! Es hat bereits Schmerzen! Tun Sie das nicht! Sind Sie von Sinnen?«

Der Doktor stutzte und fasste den Hammer sichtlich fester. »Eine solche bestürzende Lernverweigerung werde ich nicht dulden!«, sagte er beleidigt. »Sie ziehen vorschnell unsinnige Schlüsse, die nur auf Gefühlen und nicht auf Beobachtung beruhen. Bringen Sie das Junge her! Bringen Sie es zurück! Ich bestehe darauf! Jetzt hört der Spaß aber auf!«

Doch zwei Studentinnen gehorchten nicht und liefen aus dem Saal, das krallende Löwenjunge zwischen sich in einer Schürze. Ein allgemeiner Aufruhr brach aus, und Doktor Nikidik zog sich von der Bühne zurück. Elphaba wandte sich Boq zu und sagte: »Tja, vermutlich werde ich Glindas schlaue Frage nach dem Unterschied zwischen Wissenschaft und Zauberei doch nicht stellen können, was? Heute sind wir wohl auf ein etwas anderes Gleis geraten.« Doch ihre Stimme bebte.

»Das Kleine hat dir leid getan, nicht wahr?« Boq war gerührt. »Elphie, du zitterst ja. Ich meine das nicht beleidigend, aber du bist vor Aufregung ganz weiß. Komm, verdrücken wir uns und gehen im Café am Eisenbahnplatz einen Tee trinken, in Erinnerung an alte Zeiten.«

# 4

Vielleicht gibt es bei jeder Gruppenbildung, zwischen der Schüchternheit und Voreingenommenheit am Anfang und dem Widerwillen
und Verrat am Schluss, eine kurze Periode der Harmonie. In dieser
Zeit schien es Boq, dass der tiefere Sinn seiner sommerlichen Verliebtheit in die frühere Galinda in der anschließenden reiferen Trau-
lichkeit eines Kreises von Freunden bestand, die sich fest und unver-
brüchlich verbunden fühlten.

Die Jungen hatten immer noch keinen Zugang zum Grattler-
Kolleg und die Mädchen nicht zu den Kollegien der Jungen, aber das
Stadtzentrum von Shiz wurde zur Fortsetzung der Salons und Hörsäle, in denen sie Gemeinschaft pflegen durften. Nachmittags unter
der Woche oder vormittags am Wochenende traf man sich mit einer
Flasche Wein am Kanal oder auch in einem Café oder einer Studentenkneipe, oder man ging spazieren und diskutierte die architektoni-
schen Feinheiten der Gebäude oder lachte über die Marotten der Professoren. Boq und Avaric, Elphaba und Nessarose (mit Ämmchen),
Glinda und manchmal Fanny, Schenschen und Milla, manchmal
auch Krapp und Timmel. Krapp brachte Fiyero mit und führte ihn
ein, weswegen Timmel eine Woche lang zugeknöpft war, bis Fiyero
eines Abends auf seine schüchterne förmliche Art sagte: »Selbstverständlich ... bin ich schon länger verheiratet. Im Winkus heiraten wir
früh.« Die anderen fanden die Vorstellung faszinierend und fühlten
sich unreif.

Gewiss, Elphaba und Avaric hackten unbarmherzig aufeinander
herum. Nessarose ging allen mit ihrem religiösen Geschwafel auf
die Nerven. Wegen ihrer ewigen anzüglichen Bemerkungen lande-
ten Krapp und Timmel mehr als einmal im Kanal. Aber Boq stellte zu
seiner Erleichterung fest, dass seine Verliebtheit in Glinda sich etwas
gelegt hatte. Sie saß mit einem Selbstgenügsamkeit signalisierenden
Blick am Rand der Picknickdecke und wehrte ab, wenn das Gespräch
auf sie kam. Er hatte das Mädchen geliebt, das ihr eigenes Strahlen geliebt hatte, und dieses Mädchen schien verschwunden zu sein.

Doch er freute sich, Glinda als Freundin zu haben. Kurz gesagt: er hatte *Galinda* geliebt, und dies hier war jetzt *Glinda*. Eine, aus der er nicht mehr recht schlau wurde. Fall erledigt.

Sie waren eine verschworene Gemeinschaft.

Alle Mädchen gingen Madame Akaber aus dem Weg, wo sie nur konnten. Eines kalten Abends jedoch bestellte Grommetik die Schwestern Thropp zu ihr. Ämmchen schnaubte abschätzig, band sich eine frische Schürze um und geleitete Nessarose und Elphaba nach unten in die Gemächer der Rektorin.

»Ich kann diesen Grommetik nicht ausstehen«, sagte Nessarose. »Wie funktioniert das Ding überhaupt? Ist es mechanisch oder magisch oder eine Kombination von beidem?«

»Ich habe mir dazu immer irgendeinen Unsinn vorgestellt: dass ein Zwerg im Innern steckt oder dass eine akrobatische Elfenfamilie jeweils ein Glied bedient«, sagte Elphaba. »Immer wenn Grommetik in die Nähe kommt, verspürt meine Hand einen merkwürdigen Hunger nach einem Hammer.«

»Das kann ich mir nicht vorstellen«, sagte Nessarose. »Eine hungrige Hand, meine ich.«

»Still, ihr zwei, das Ding hat Ohren«, sagte Ämmchen.

Madame Akaber schaute rasch noch die Wirtschaftszeitung durch und machte ein paar Anstreichungen am Rand, ehe sie geruhte, ihre Studentinnen zur Kenntnis zu nehmen. »Ich werde Sie nicht lange aufhalten«, sagte sie. »Ich habe einen Brief von Ihrem werten Herrn Vater bekommen und ein Paket für Sie. Ich dachte, es ist am freundlichsten, wenn ich Ihnen die Nachricht persönlich mitteile.«

»Die Nachricht?«, sagte Nessarose und erbleichte.

»Genauso gut wie Ihnen hätte er uns schreiben können«, sagte Elphaba.

Madame Akaber ignorierte sie. »Er fragt nach Nessaroses Gesundheit und ihren Fortschritten, und er lässt Ihnen beiden ausrichten, dass er für die Rückkehr von Ozma Tippetarius fasten und büßen will.«

»Ach, das selige kleine Mädchen«, schwärmte Ämmchen, denn dies war eines ihrer Lieblingsthemen. »Als der Zauberer vor vielen Jahren die Macht übernahm und den Ozma-Regenten einsperren ließ, da dachten wir alle, das heilige Ozma-Kindchen würde den Zauberer verwünschen und ihn verderben. Aber es heißt, sie sei weggezaubert und in einer Höhle eingefroren worden, wie Lurlina. Hat Frexspar etwa das Zeug, sie aufzutauen? Ist die Zeit ihrer Rückkehr gekommen?«

»Bitte«, sagte Madame Akaber mit einem säuerlichen Blick auf Ämmchen zu den Schwestern, »ich habe Sie nicht hergebeten, damit Ihre Wärterin die Gerüchteküche anheizen oder unseren glorreichen Zauberer verleumden kann. Es war eine friedliche Machtübergabe. Dass die Gesundheit des Ozma-Regenten während seines Hausarrests versagte, war purer Zufall, weiter nichts. Und was die Fähigkeit Ihres Vaters betrifft, das vermisste Königskind aus irgendeinem rein hypothetischen Schlummerzustand zu erwecken … nun, Sie haben mir gegenüber praktisch zugegeben, dass Ihr Vater unzurechnungsfähig, wenn nicht wahnsinnig ist. Ich kann ihm nur wünschen, dass er bei seinen Bestrebungen zur Vernunft kommt. Aber ich empfinde es als meine Pflicht, Sie beide darauf hinzuweisen, dass wir hier im Grattler-Kolleg Aufrührertum nicht gutheißen können. Ich will hoffen, dass Sie die royalistischen Ansichten Ihres Vaters in unserem Hause nicht verbreitet haben.«

»Wir weihen uns dem Namenlosen Gott, nicht dem Zauberer oder einer eventuellen Nachfahrin der königlichen Familie«, erklärte Nessarose stolz.

»Ich habe in der Sache überhaupt keine Meinung«, murmelte Elphaba. »Ich weiß nur, dass Vater aussichtslose Fälle liebt.«

»Sehr schön«, sagte die Rektorin. »Wie es sich gehört. Und jetzt habe ich ein Paket für Sie.« Sie reichte es Elphaba, fügte aber hinzu: »Es ist für Nessarose, glaube ich.«

»Mach es auf, Elphie, bitte!«, sagte Nessarose. Ämmchen beugte sich neugierig vor.

Elphaba knotete die Schnur auf und öffnete die Holzkiste. Aus einem Haufen Eschenspäne zog sie einen Schuh hervor, dann noch einen. Waren sie silbern? oder blau? oder jetzt wieder rot? mit einer bonbonbunt funkelnden Politur überzogen? Es war schwer zu sagen und nicht von Bedeutung: Die Wirkung jedenfalls war hinreißend. Selbst Madame Akaber staunte über ihre Pracht. Hunderte von Spiegelungen und Brechungen schienen auf der Oberfläche der Schuhe zu pulsen. Im Feuerschein meinte man, auf brodelnde Blutkörperchen unter einem Vergrößerungsglas zu blicken.

»Er schreibt, dass er die Schuhe von einer zahnlosen Hausiererin in der Nähe von Huden für Sie gekauft hat«, sagte Madame Akaber, »und dass er sie mit selbstgemachten silbernen Glasperlen besetzt hat … deren Herstellung ihn irgendjemand gelehrt hat …?«

»Schildkrötenherz«, sagte Ämmchen düster.

»… und«, Madame Akaber drehte den Brief um und kniff die Augen zusammen, »er sagt, er hatte gehofft, Ihnen dieses besondere Geschenk zum Studienantritt zu machen, aber wegen der Plötzlichkeit von Muhme Schnapps Erkrankung … und so weiter und so fort … hatte er sie da noch nicht fertig. Jetzt also schickt er sie seiner Nessarose, damit ihre schönen Füße darin warm und trocken und wohlgeformt bleiben, und dazu wünscht er Ihnen alles Liebe.«

Elphaba fuhr mit den Fingern durch die geringelten Hobelspäne. Es war sonst nichts in der Kiste, nichts für sie.

»Sind sie nicht himmlisch!«, rief Nessarose aus. »Elphie, zieh sie mir an, tust du das bitte? Oh, wie sie funkeln!«

Elphaba ging vor ihrer Schwester auf die Knie. Nessarose saß so königlich da wie eine Ozma, das Rückgrat kerzengerade und das Gesicht leuchtend. Elphaba hob erst den einen, dann den anderen Fuß ihrer Schwester an, streifte die gewöhnlichen Pantoffeln ab und ersetzte sie durch die prachtvollen Schuhe.

»Wie aufmerksam er ist!«, sagte Nessarose.

»Nur gut, dass du auf deinen eigenen zwei Füßen stehen kannst«, murmelte Ämmchen Elphaba zu und legte ihr die alte Hand mitfühlend auf den Rücken, doch Elphaba schüttelte sie mit einem Schulterzucken ab.

»Sie sind einfach phantastisch«, sagte sie mit belegter Stimme.
»Nessarose, sie sind für dich gemacht. Sie passen dir traumhaft.«

»Ach, Elphie, sei nicht böse«, sagte Nessarose, den Blick auf ihre
Füße gerichtet. »Verdirb mir nicht meine kleine Freude mit Grollen,
ja? Er weiß, dass du solche Dinge nicht nötig hast ...«

»Natürlich nicht«, sagte Elphaba. »Natürlich habe ich sie nicht
nötig.«

An diesem Abend trauten sich die Freunde, die Sperrstunde zu über-
ziehen, und bestellten noch eine Flasche Wein. Ämmchen machte
missbilligende Töne, doch da sie so fleißig mittrank wie alle anderen,
hörte niemand auf sie. Fiyero erzählte die Geschichte, wie er im Alter
von sieben Jahren mit einem Mädchen aus dem Nachbarstamm verheiratet worden war. Alle waren bestürzt über diese vermeintliche
Schamlosigkeit. Er hatte seine Braut nur einmal flüchtig gesehen,
als sie beide ungefähr neun gewesen waren. »Ich werde sie nicht
anrühren, bevor wir zwanzig sind, und jetzt bin ich erst achtzehn«,
fügte er hinzu. Erleichtert darüber, dass er wahrscheinlich noch
genauso jungfräulich war wie sie selbst, bestellten sie die nächste Flasche Wein.

Die Kerzen flackerten, ein leichter Herbstregen ging nieder. Obwohl der Raum trocken war, zog Elphaba ihren Mantel fester um
sich, als probte sie schon für den Heimweg. Sie war inzwischen über
die kränkende Nichtachtung durch ihren Vater hinweg. Sie und
Nessarose begannen, lustige Geschichten über Frex zu erzählen, als
wollten sie sich und allen anderen beweisen, dass alles in Ordnung
war. Nessarose, die nie viel trank, gestattete sich zu lachen. »Trotz
meines Äußeren, oder vielleicht gerade deswegen, nannte er mich immer sein hübsches Schmusekätzchen«, sagte sie, die erste öffentliche
Anspielung auf ihre fehlenden Arme. »Er sagte so etwas wie: ›Komm
her, mein Schmusekätzchen, und lass dich mit einem Stück Apfel füttern.‹ Und dann bin ich zu ihm gegangen, so gut ich konnte, mehr ge-
torkelt als gegangen, wenn Ämmchen oder Elphie oder Mutter nicht
da waren, um mich zu stützen, und bin ihm in den Schoß gefallen und

habe mich lächelnd emporgereckt, und er hat mir kleine Apfelbröckchen in den Mund gesteckt.«

»Wie hat er dich genannt, Elphie?«, fragte Glinda.

»Er hat sie Fabala genannt«, antwortete Nessarose an ihrer Stelle.

»Zu Hause, nur zu Hause«, sagte Elphaba.

»Das stimmt, du bist Vaters kleine Fabala«, murmelte Ämmchen, knapp außerhalb des Kreises lachender Gesichter, vor sich hin. »Kleine Fabala, kleine Elphaba, kleine Elphie.«

»Er hat mich jedenfalls niemals Schmusekätzchen genannt«, sagte Elphaba und hob das Glas auf ihre Schwester. »Aber wir alle wissen, dass er die Wahrheit gesagt hat, denn Nessarose ist wirklich das Schmusekätzchen in der Familie. Daher auch diese prachtvollen Schuhe.«

Nessarose errötete und ließ sich das allgemeine Anstoßen gefallen. »Ja, aber während ich seine Zuwendung wegen meiner Behinderung bekommen habe, hast du sein Herz gewonnen, wenn du gesungen hast«, sagte sie.

»Sein Herz gewonnen? Ha! Du willst sagen, dass ich eine notwendige Funktion erfüllt habe.«

Doch die anderen sagten zu Elphaba: »Ach, du singst? Na, dann auf! Sing, du musst etwas für uns singen! Noch eine Flasche, noch ein Glas, schieb den Stuhl zurück, und bevor wir den Abend beenden, musst du singen! Auf geht's!«

»Nur wenn die anderen auch singen«, erklärte Elphaba entschieden. »Boq? Ein munchkinsches Spinell? Avaric, eine gillikinesische Ballade? Glinda? Ämmchen, ein Wiegenlied?«

»Wir kennen einen schmutzigen Kanon, den singen wir, wenn du zuerst singst«, sagten Krapp und Timmel.

»Und ich werde ein winkisches Jagdlied singen«, versprach Fiyero. Alle lachten vor Vergnügen und schlugen ihm auf den Rücken. So blieb Elphaba nichts anderes übrig: Sie stand auf, schob ihren Stuhl zurück, räusperte sich und summte einen Ton in ihre gewölbten Hände, dann fing sie an. Als ob sie nach langer Zeit wieder für ihren Vater sänge.

Die Wirtin schlug mit dem Scheuerlappen nach ein paar älteren Männern, um sie zum Schweigen zu bringen, und die Pfeilspieler ließen die Hände sinken. Stille kehrte ein. Elphaba sang ein kleines Lied aus dem Stegreif, ein Lied von Sehnsucht und Verlorenheit, von weiten Fernen und künftigen Zeiten. Fremde lauschten mit geschlossenen Augen.

So auch Boq. Elphaba hatte eine passable Stimme. Er sah den imaginären Ort, den sie beschwor, ein Land, in dem Ungerechtigkeit und allgemeine Grausamkeit und despotische Herrschaft und die harte Faust der Dürre nicht in unheiliger Allianz die Bevölkerung niederdrückten. Nein, sein Urteil war nicht gerecht: Elphaba hatte eine *gute* Stimme. Sie war kontrolliert und gefühlvoll und nicht theatralisch. Er lauschte konzentriert bis zum Ende, und das Lied klang im respektvollen Schweigen der ganzen Wirtschaft aus. Später dachte er: Die Melodie ist entschwunden wie ein Regenbogen nach dem Gewitter oder wie ein nach langem Wehen abflauender Wind, und zurückgeblieben ist Ruhe und Offenheit und Wohlgefühl.

»Jetzt du, du hast es versprochen«, rief Elphaba und deutete auf Fiyero, doch keiner wollte mehr folgen, weil sie so schön gesungen hatte. Nessarose bat Ämmchen mit einem Nicken, ihr eine Träne aus dem Augenwinkel zu wischen.

»Elphaba behauptet zwar, dass sie mit Religion nichts zu tun hat, aber seht nur, wie tiefempfunden sie vom künftigen Leben singt«, sagte Nessarose, und dieses eine Mal verspürte niemand den Drang, ihr zu widersprechen.

## 5

Eines Morgens früh, als die Welt von Rauhreif versilbert war, kam Grommetik mit einer Mitteilung für Glinda. Anscheinend lag Muhme Schnapp im Sterben. Glinda und ihre Mitbewohnerinnen eilten auf die Krankenstation.

Dort empfing sie die Rektorin und führte sie in eine fensterlose

Nische. Muhme Schnapp warf sich im Bett hin und her und redete mit dem Kissenbezug. »Du darfst mich nicht einfach ertragen!«, sagte sie gerade heftig. »Was tue ich denn für dich? Ich nutze nur deine Uneigennützigkeit aus, du Guter, und lege meine fettigen Locken auf deinem feingewebten Stoff ab und reiße mit den Zähnen an deiner Spitzenbordüre. Es ist eine Riesendummheit von dir, das zuzulassen, finde ich. Diese ganzen Ideen vom Dienen sind alle Quatsch, sage ich dir, Quatsch und Aberquatsch!«

»Muhme Schnapp, Muhme Schnapp, ich bin's«, sagte Glinda. »Hör doch, meine Gute, ich bin's! Deine kleine Galinda!«

Muhme Schnapp wälzte den Kopf hin und her. »Mit deinen Einwänden beleidigst du deine Vorfahren«, fuhr sie fort und verdrehte wieder die Augen nach dem Kissenbezug. »Die Baumwollpflanzen an den Ufern des Rastensees haben sich nicht deswegen ernten lassen, damit du dich wie ein Fußabtreter hinlegst und jedem Schmutzfinken gestattest, dich nachts mit Spucke vollzusabbern. Das ist doch aberwitzig!«

»Muhme!« Glinda weinte. »Bitte! Du redest irre!«

»Aha, *darauf* weißt du nichts mehr zu sagen«, stellte Muhme Schnapp befriedigt fest.

»Komm zu dir, Muhme, komm noch einmal zu dir, bevor du uns verlässt!«

»O du liebe Lurlina, ist das schrecklich«, sagte Ämmchen. »Kinder, wenn ich jemals so werde, seid so gut und vergiftet mich, ja?«

»Sie stirbt, das sehe ich«, sagte Elphaba. »In Quadlingen habe ich das oft miterlebt, ich kenne die Zeichen. Glinda, sag, was du zu sagen hast, rasch.«

»Madame Akaber, dürfte ich bitten, dass Sie sich zurückziehen?«, sagte Glinda.

»Ich werde an Ihrer Seite bleiben und Sie stützen. Das bin ich meinen Mädchen schuldig«, sagte die Rektorin und stemmte die schinkenartigen Hände entschlossen in die Hüften. Aber Elphaba und Ämmchen standen auf und bugsierten sie an den Ellbogen aus der Nische, durch den Flur und zur Tür hinaus. Dabei schnalzte Ämmchen die ganze Zeit mit der Zunge und sagte: »Das ist wirklich sehr nett von Ihnen, Frau Rektorin, doch das muss nicht sein. Ganz und gar nicht.« Sie schlossen die Tür hinter sich ab.

Glinda nahm Muhme Schnapps Hand. Weiße Schweißperlen bildeten sich auf der Stirn der Dienerin wie Kartoffelwasser. Sie strengte sich an, die Hand wegzuziehen, doch ihre Kräfte verließen sie. »Muhme Schnapp, du stirbst«, sagte Glinda, »und ich bin schuld daran.«

»Lass das«, sagte Elphaba.

»Es stimmt aber«, sagte Glinda heftig. »Es *stimmt*.«

»Dem will ich gar nicht widersprechen«, entgegnete Elphaba. »Ich will nur nicht, dass du dich zum Mittelpunkt machst. Das ist *ihr* Tod, nicht deine Beichte vor dem Namenlosen Gott. Los. Sag etwas!«

Glinda fasste jetzt beide Hände, hielt sie noch fester. »Ich werde dich zurückhexen«, stieß sie mit zusammengebissenen Zähnen hervor. »Muhme Schnapp, tu, was ich dir sage! Ich bin immer noch deine Herrin, und du musst mir gehorchen! Hör jetzt auf diesen Zauberspruch und benimm dich!«

Die Zähne der Muhme knirschten, die Augen rollten, und das wulstige Kinn ruckte, als wollte sie einen unsichtbaren Dämon in der Luft über dem Bett durchbohren. Glindas Augen schlossen sich, ihr Mund bewegte sich, und eine Silbenfolge, die nicht einmal sie selbst verstand, entfuhr ihren bleichen Lippen. »Ich hoffe nur, sie explodiert nicht wie meine Stulle«, murmelte Elphaba.

Glinda achtete nicht darauf. Sie summte und brummte, sie schaukelte und keuchte. Muhme Schnapps geschlossene Lider zuckten so heftig, dass es aussah, als ob ihre Höhlen die eigenen Augäpfel kauten. »Magicordium senssus ovinda clenx«, schloss Glinda laut, »und wenn es das nicht tut, gebe ich auf. Dann helfen auch die Beschwörungen sämtlicher Zauberbücher nicht mehr.«

Auf dem Strohlager sank Muhme Schnapp zurück. Aus beiden Augen lief ihr ein bisschen Blut. Doch das wilde Hin und Her der Augäpfel hatte aufgehört. »Ach, mein Schätzchen«, seufzte sie, »dann geht es dir also gut, oder bin ich schon tot?«

»Noch nicht«, sagte Glinda. »Ja, liebe Muhme, ja, mir geht es gut. Aber du, fürchte ich, wirst uns verlassen.«

»Gewiss werde ich das. Der Wind ist hier, hörst du nicht?«, sagte Muhme Schnapp. »Egal. Oh, da ist ja auch Elphie. Lebt wohl, meine Schätzchen. Haltet euch vom Wind fern, solange die Zeit nicht gekommen ist, sonst werdet ihr in die falsche Richtung geweht.«

»Muhme Schnapp«, sagte Glinda, »ich muss dir etwas sagen. Ich muss dir beichten, dass −«

Da beugte sich Elphaba vor, so dass sie Glinda vor dem Blick der Muhme verdeckte, und sagte: »Muhme Schnapp, bevor du uns verlässt, sage uns, wer Doktor Dillamond getötet hat.«

»Das werdet ihr doch wissen«, antwortete Muhme Schnapp.

»Gib uns Sicherheit«, sagte Elphaba.

»Ich habe es gesehen, jedenfalls beinahe. Es war gerade geschehen, und das Messer lag noch da«, Muhme Schnapp rang nach Atem, »mit Blut beschmiert, das noch nicht getrocknet war.«

»Was hast du gesehen? Das ist wichtig!«

»Ich habe das Messer in der Luft gesehen. Ich habe gesehen, wie der Wind Doktor Dillamond holen kam. Ich habe gesehen, wie das Uhrwerk stehenblieb. Die Zeit des GEISSBOCKS war abgelaufen.«

»Es war Grommetik, stimmt's?«, murmelte Elphaba. Sie wollte unbedingt, dass die alte Frau es aussprach.

»Das sage ich doch, Schätzchen«, erklärte Muhme Schnapp.

»Und hat er dich gesehen, ist er auf dich losgegangen?«, rief Glinda. »Bist du davon krank geworden, Muhme Schnapp?«

»Meine Zeit war gekommen, krank zu werden«, sagte Muhme Schnapp gefasst, »da konnte ich mich nicht beklagen. Und jetzt ist meine Zeit zu sterben gekommen, also lass mich einfach. Halte mir nur die Hand, mein Liebes.«

»Aber mich trifft die Schuld −«, begann Glinda.

»Du würdest mir einen größeren Gefallen tun, wenn du still wärst, Galinda, mein Schätzchen«, sagte Muhme Schnapp sanft und tätschelte Glindas Hand. Dann schloss sie die Augen und atmete ein paarmal ein und aus. Ein Schweigen legte sich über alle, das eigentümlich dienerinnengillikinesisch wirkte, obwohl sich später niemand recht erklären konnte, warum. Draußen ging Madame Akaber auf den knarrenden Dielen hin und her. Sie bildeten sich ein, dass sie einen Wind hörten oder das Echo eines Windes, dann war Muhme Schnapp hinüber, und aus dem Winkel ihres erschlafften Mundes rann etwas menschlicher Speichel auf den allzu unterwürfigen Kissenbezug.

## 6

Die Beerdigung war denkbar formlos: ein paar gute Worte, Deckel zu, fertig. Glindas Freundeskreis füllte zwei Reihen, und dahinter saß eine Abordnung von Muhmen. Ansonsten war die Kirche leer.

Nachdem die Tote in ihrem Leichentuch auf der gut eingefetteten Rutsche in den Verbrennungsofen geglitten war, begab sich die kleine Trauergemeinde in Madame Akabers Privatsalon, wo eine bescheidene Stärkung gereicht wurde, für die sich niemand in Unkosten gestürzt hatte. Der Tee war alt und schmeckte wie Sägemehl, die Kekse waren hart, und es gab weder Safransahne noch Tamornamarmelade. Glinda bemerkte tadelnd zu der Rektorin: »Nicht einmal ein Schälchen Sahne?«, und Madame Akaber antwortete: »Meine Liebe, ich versuche, meine Schäfchen durch Sparsamkeit und eigenen Verzicht vor den schlimmsten Lebensmittelengpässen zu bewahren, aber für Ihre *Unwissenheit* bin ich nicht verantwortlich. Wenn die Leute dem Zauberer nur absolut gehorchen würden, gäbe es zu essen im Überfluss. Ist Ihnen nicht klar, dass wir am Rand einer Hungersnot stehen und dass zweihundert Meilen von hier die Kühe verhungern? Das verteuert die Safransahne auf dem Markt außerordentlich.« Glinda machte Anstalten, sich zu entfernen, doch Madame Akaber hielt sie mit ihren fleischigen, juwelenberingten Fingern auf. Die Berührung ließ Glinda das Blut in den Adern gefrieren. »Ich würde Sie und Damsell Nessarose und Damsell Elphaba gern sprechen«, sagte die Rektorin. »Bitte bleiben Sie noch, wenn die Gäste gegangen sind.«

»Wir sind zu einer Strafpredigt bestellt«, flüsterte Glinda den Schwestern Thropp zu. »Wir werden einen Tadel bekommen.«

»Kein Wort darüber, was Muhme Schnapp gesagt hat – oder dass sie noch einmal zu sich gekommen ist«, sagte Elphaba beschwörend. »Ist das klar, Nessa? Ämmchen?«

Alle nickten. Boq und Avaric verkündeten beim Abschied, dass die Gruppe sich im Wirtshaus an der Regentenpromenade treffen wollte. Die Mädchen versprachen, nach ihrem Gespräch mit der Rektorin dazuzustoßen. Sie beschlossen, im Rosigen Pfirsich eine angemessenere Gedenkfeier für Muhme Schnapp abzuhalten.

Als die kleine Schar sich verlaufen hatte und nur noch Grommetik Tassen und Kekskrümel beseitigte, schürte Madame Akaber persönlich das Feuer – eine vertrauliche Geste, die niemandem entging – und schickte ihren mechanischen Diener fort. »Später, Kerlchen«, sagte sie, »später. Geh dich irgendwo in einem Kämmerlein schmieren.« Grommetik rollte davon und machte dabei, sofern das möglich war, einen geradezu beleidigten Eindruck. Elphaba musste den Drang unterdrücken, ihn mit der Spitze ihres festen schwarzen Wanderstiefels zu treten.

»Sie auch, Ämmchen«, sagte Madame Akaber. »Eine kleine Pause von Ihren Pflichten.«

»O nein«, sagte Ämmchen. »Das Ämmchen lässt ihre Nessa nicht allein.«

»Doch, das tut das Ämmchen. Ihre Schwester ist durchaus imstande, für sie zu sorgen. Nicht wahr, Damsell Elphaba? So eine mildtätige Seele, wie Sie sind.«

Elphaba machte den Mund auf – das Wort »Seele«, wusste Glinda, provozierte sie immer –, aber schloss ihn gleich wieder. Mit einem unwilligen Nicken deutete sie zur Tür. Ohne ein Wort stand Ämmchen auf und ging, doch bevor die Tür sich hinter ihr schloss, sagte sie noch: »Auch wenn es mir nicht zukommt, Beschwerde zu führen, aber wirklich: keine Sahne? Auf einer Beerdigung?«

»Hilfe«, stöhnte Madame Akaber, als die Tür zuging, aber Glinda war sich nicht sicher, ob es eine Kritik am Personal oder ein Aufruf zum Mitgefühl war. Die Rektorin sammelte sich, indem sie ihren Rock und die Schlitze und Litzen ihrer schicken Jacke richtete. Mit den rötlichen Kupferpailletten sah sie aus wie eine ausgepolsterte und hochkant gestellte große Goldfischgöttin. Wie ist sie überhaupt Rektorin geworden?, fragte sich Glinda.

»Jetzt, wo Muhme Schnapp wieder zu Asche geworden ist, werden wir, nein, *müssen* wir tapfer weitermachen«, begann Madame Akaber. »Liebe Mädchen, als Erstes möchte ich Sie bitten, mir die traurige Geschichte ihrer letzten Worte zu erzählen. Das ist ein wesentlicher therapeutischer Schritt zur Überwindung des Schmerzes.«

Die Mädchen vermieden es, sich anzusehen. Glinda, in dieser Situation die Sprecherin, holte tief Luft und sagte: »Ach, sie hat bis zum Schluss Unsinn gebrabbelt.«

»Kein Wunder, geistig verwirrt, wie sie war«, sagte Madame Akaber. »Aber was für Unsinn?«

»Das konnten wir nicht verstehen«, antwortete Glinda.

»Ich habe mich gefragt, ob sie wohl vom Tode des GEISSBOCKS gesprochen hat.«

Glinda stutzte einen Moment. »Des GEISSBOCKS? Das kann ich wirklich nicht sagen —«

»Ich hatte die Vermutung, dass sie in ihrem gestörten Zustand vielleicht auf diesen kritischen Augenblick zurückkommt. Sterbende versuchen häufig, sich im allerletzten Moment die Rätsel ihres Lebens zu deuten. Ein sinnloses Unterfangen. Zweifellos war Muhme Schnapp verblüfft über die Szene, auf die sie stieß, die Leiche des GEISSBOCKS, das Blut. Und Grommetik.«

»Oh?«, hauchte Glinda. Die Schwestern neben ihr vermieden jede Regung.

»An dem schrecklichen Morgen war ich früh auf – um meine Andacht zu halten –, und ich bemerkte das Licht in Doktor Dillamonds Labor. Also schickte ich Grommetik mit einer aufmunternden Kanne Tee hinüber. Bei Grommetiks Eintreffen hing er schlaff über einer zerbrochenen Linse: er war anscheinend gestolpert und hatte sich die Drosselvene durchtrennt. Ein tragischer Unfall, die Folge wissenschaftlichen Übereifers (um nicht zu sagen Hybris) und eines bedauernswerten Mangels an praktischer Umsicht. Schlaf, wir alle brauchen Schlaf, auch der Gescheiteste unter uns braucht seinen Schlaf. Grommetik in seiner Verwirrung fühlte seinen Puls – es gab nichts mehr zu fühlen –, und ich vermute, dass just in dem Moment Muhme Schnapp hereinkam. Und den guten Grommetik blutbeschmiert erblickte. Muhme Schnapp kam urplötzlich herein, und ohne dort etwas verloren zu haben, möchte ich hinzufügen, aber wir wollen nicht schlecht über die Toten sprechen, nicht wahr?«

Glinda schluckte neue Tränen hinunter und erwähnte nicht, dass Muhme Schnapp schon am Abend davor etwas Ungewöhnliches gesehen hatte und nachschauen gegangen war.

»Ich denke, der Schock des vielen Blutes könnte der letzte auslösende Funken gewesen sein , der noch fehlte, damit Muhme Schnapp einen Rückfall erlitt. Deshalb übrigens habe ich Grommetik gerade weggeschickt. Er ist immer noch sehr empfindlich und vermutet, glaube ich, dass Muhme Schnapp in ihm den Schuldigen am Tod des GEISSBOCKS sah.«

Glinda sagte zitternd: »Madame Akaber, Sie sollten wissen, dass Muhme Schnapp niemals an einer solchen Krankheit, wie ich sie Ihnen beschrieben habe, gelitten hat. Ich habe sie erfunden. Aber ich habe sie ihr nicht aufgebunden. Ich habe sie ihr nicht angehext.«

Elphaba blickte Madame Akaber fest an, hielt jedoch ihre Spannung zurück. Nessaroses Wimpern flatterten. Madame Akaber verriet mit keiner Miene, ob Glindas Mitteilung sie überraschte oder nicht. Sie blieb so ruhig wie ein vertäutes Ruderboot. »Nun, das bestätigt nur meine Beobachtungen«, meinte sie. »In Ihrem hübschen Köpfchen steckt eine außerordentliche Einbildungskraft, ja geradezu eine prophetische Gabe, Damsell Glinda.«

Die Rektorin stand auf, und ihr Rock raschelte, als ob der Wind durch ein Weizenfeld wehte. »Was ich jetzt sage, ist streng vertraulich. Ich erwarte, dass meine Mädchen meinem Befehl gehorchen. Sind wir uns da einig?« Sie schien das betroffene Schweigen der drei als Zustimmung aufzufassen. Sie blickte sie herrisch an. Deshalb sieht sie so sehr wie ein Fisch aus, dachte Glinda plötzlich. Sie blinzelt kaum jemals.

»Von einer Autorität, die zu hoch ist, um genannt zu werden, bin ich mit einer wichtigen Aufgabe betraut worden«, sagte die Rektorin. »Mit einer Aufgabe, die für die innere Sicherheit von Oz wesentlich ist. Ich arbeite schon seit einigen Jahren an dieser Aufgabe, und jetzt ist der Zeitpunkt gekommen, wo ich das Material zu meiner Verfügung habe.« Sie betrachtete die drei prüfend. Sie waren das Material.

»Sie werden nicht wiederholen, was Sie in diesem Raum hören«, sagte sie. »Sie werden es nicht wollen, und Sie werden es nicht können. Was dieses hochsensible Thema betrifft, hülle ich jede von Ihnen in einen bindenden Kokon. Nein«, sie wehrte einen Einwand Elphabas mit erhobener Hand ab, »nein, Sie haben nicht das Recht zu widersprechen. Die Sache ist bereits geschehen, und Sie müssen zuhören und offen für das sein, was ich Ihnen sage.«

Glinda prüfte, ob sie sich eingehüllt oder gebunden oder versteinert fühlte. Doch sie fühlte sich nur erschrocken und jung, was vielleicht auf dasselbe hinauslief. Sie blickte verstohlen die Schwestern an. Nessarose mit ihren funkelnden Schuhen saß stocksteif da, die Nasenlöcher vor Furcht oder Aufregung gebläht. Elphaba dagegen sah so kühl und missmutig aus wie meistens.

»Sie leben hier in einem kleinen Schutzraum, einem warmen Nest, Mädchen mit Mädchen. Oh, ich weiß, dass Sie irgendwo am Rande Ihre albernen Jungen haben, periphere Geschöpfe. Nur zu einem zu gebrauchen und nicht einmal darin verlässlich. Aber ich schweife ab. Ich muss Ihnen sagen, dass Sie wenig bis nichts vom heutigen Zustand des Landes wissen. Sie haben keine Ahnung von dem Ausmaß, das die Unruhen erreicht haben. Gemeinden im Aufruhr, Volksgruppen im Kampf gegeneinander, Bankiers gegen Bauern und Fabriken gegen Ladenbesitzer. Oz ist ein brodelnder Vulkan, der jeden Moment auszubrechen und uns in seinem giftigen Eiterstrom zu verbrennen droht.

Unser Zauberer scheint stark genug zu sein. Aber stimmt das? Ist er das wirklich? Er ist innenpolitisch versiert. Er ist auf Zack, wenn er mit den Ausbeutern von Ev, Jemmiko oder Fliaan Wechselkurse aushandelt. Er regiert die Smaragdstadt mit einem Fleiß und einer Effektivität, wie sie die entartete und verlebte Ozma-Linie nicht im Traum erreicht hätte. Ohne ihn wären wir schon vor Jahren in einem Feuersturm weggefegt worden. Wir können ihm gar nicht genug danken. Eine starke Faust wirkt in einer verfahrenen Situation Wunder. Vertrauen ist gut, Kontrolle ist besser. Aber ich will Sie nicht brüskieren. Jedenfalls taugt ein Mann immer gut als öffentliches Aushängeschild der Macht, oder nicht?

Doch. Aber die Dinge sind nicht immer so, wie sie scheinen. Und es ist schon seit längerem deutlich, dass die Tricks und Finten des Zauberers auf Dauer nicht ausreichen werden. Es wird zwangsläufig zu Volksaufständen kommen – dumme, sinnlose Empörungen, bei denen starke, einfältige Naturen sich begeistert für politische Veränderungen umbringen lassen, die binnen zehn Jahren wieder rückgängig gemacht werden. Das gibt dem sinnlosen Leben so richtig Sinn, meinen Sie nicht? Ein anderer Grund dafür ist eigentlich nicht denkbar. Wie dem auch sei, der Zauberer braucht Mitstreiter. Er braucht Generäle. Auf lange Sicht. Leute mit organisatorischen Fähigkeiten. Leute mit Grips im Kopf.

Mit einem Wort: Frauen.

Ich habe Sie drei Mädchen hergebeten. Sie sind zwar noch keine Frauen, aber der Tag ist nicht mehr fern, er ist näher, als Sie vielleicht denken. Trotz meines Urteils über Ihr Verhalten musste ich Sie auswählen. Jede von Ihnen hat Qualitäten, die nicht gleich ins Auge fallen. Sie, Damsell Nessarose, als die Neueste kann ich noch am schlechtesten einschätzen, aber wenn Sie erst einmal Ihren rührenden Religionsfimmel abgelegt haben, wird eine außerordentliche Führungspersönlichkeit zum Vorschein kommen. Ihre körperliche Behinderung ist dabei nicht von Bedeutung. Damsell Elphaba, Sie sind eine Einzelgängerin, und trotz meines Bindezaubers kochen Sie vor Zorn über jedes Wort, das ich sage. Das beweist große innere Kraft und Willensstärke, eine Eigenschaft, die ich unbedingt respektiere, auch wenn sie sich gegen mich richtet. Sie haben keinerlei Interesse an der Zauberei gezeigt, und ich will nicht behaupten, Sie hätten eine natürliche Begabung. Aber Ihr wunderbarer eigenbrötlerischer Geist und Mut kann nutzbar gemacht werden, oh, das kann er, und Sie müssen Ihr Leben nicht in fruchtlosem Zorn verbringen. Und Damsell Glinda: Sie haben sich mit Ihrem Talent für die Zauberei selbst überrascht. Das ahnte ich schon. Ich hatte gehofft, Ihre Neigungen würden auf Damsell Elphaba abfärben, aber dass sie das nicht getan haben, ist nur ein weiterer Beweis für Damsell Elphabas eisernen Charakter.

Ich sehe in Ihren Augen, dass Sie alle meine Methoden missbilligen. Wilde Gedanken gehen Ihnen durch den Kopf: Hat die makabre Akaber es veranlasst, dass dieser Nagel sich in den Fuß meiner Muhme Schnapp bohrte und ich mir deshalb mit Elphaba ein Zimmer teilen musste? Hat sie es veranlasst, dass Muhme Schnapp nach unten ging und den toten GEISSBOCK fand, wodurch sie aus dem Weg geräumt werden konnte und sich die Notwendigkeit für Ämmchens und somit Nessaroses Erscheinen hier ergab? Wie schmeichelhaft, dass Sie mir solche Kräfte zutrauen.«

Die Rektorin hielt inne und wurde beinahe ein bisschen rot, was bei ihr so war, wie wenn sich auf einer zu hoch gestellten Flamme beim Milchkochen die Sahne absondert. »Ich bin eine Helferin im Dienste von Höheren«, fuhr sie fort, »und mein besonderes Talent ist es, Talente zu fördern. Auf meine bescheidene Weise bin ich zur Erzieherin berufen, und darin leiste ich meinen kleinen Beitrag zur Geschichte.

Um jetzt konkret zu werden. Ich möchte, dass Sie Ihre Zukunft bedenken. Ich möchte Sie drei zu Adeptinnen machen, weihen gewissermaßen. Auf lange Sicht möchte ich Sie mit geheimen politischen Aufgaben in verschiedenen Landesteilen betrauen. Ich habe dazu, wie gesagt, Vollmacht von denen, deren Schnürsenkel ich nicht wert bin zu lecken.« Doch sie blickte selbstzufrieden, als ob sie sich der Aufmerksamkeit dieser mysteriösen Kräfte durchaus für wert erachtete. »Sagen wir, Sie werden geheime Mitarbeiter der höchsten Regierungskreise sein. Als anonyme Friedensbotschafter werden Sie mithelfen, die widerspenstigen Elemente unter unseren weniger zivilisierten Bevölkerungsgruppen zu zähmen. Selbstverständlich ist noch nichts entschieden, und Sie können frei Ihre Meinung sagen – mir gegenüber, nicht gegeneinander oder gegen sonst jemanden, das verbietet der Zauber –, aber ich möchte, dass Sie darüber nachdenken. Ich brauche – eines Tages – eine Adeptin irgendwo in Gillikin. Damsell Glinda, Sie mit Ihrer gesellschaftlichen Mittelposition und Ihren durchsichtigen Ambitionen können weltgewandt in markgräflichen Ballsälen auftreten und sich gleichzeitig im Schweinestall heimisch fühlen. Ach, zieren Sie sich nicht so, Ihr Blut ist nur von einer Seite adelig, und auch die ist nicht besonders vornehm. Die Adeptin von Gillikin, Damsell Glinda? Klingt das ansprechend?«

Glinda konnte nur zuhören. »Damsell Elphaba«, sagte Madame Akaber, »so sehr Sie erfüllt sind von jugendlicher Verachtung für erblichen Rang, sind Sie dennoch die Thropp dritten Gliedes, und Ihr Urgroßvater, Eminenz Thropp, geht dem Ende entgegen. Eines Tages werden Sie erben, was dann noch von Kolkengrund übrig ist, diesem protzigen Kasten in Nestenhartung, und Sie hätten das Zeug zur Adeptin von Munchkinland. Trotz oder vielleicht sogar wegen Ihrer unglücklichen Hautfarbe haben Sie eine Durchsetzungskraft und einen Widerstandsgeist entwickelt, der durchaus etwas für sich hat, jedenfalls in Maßen. Er wird von Nutzen sein. Glauben Sie mir.

Und Damsell Nessarose«, fuhr sie fort, »da Sie in Quadlingen aufgewachsen sind, werden Sie mit Ämmchen dorthin zurückkehren wollen. Die sozialen Zustände in Quadlingen sind eine Katastrophe, nicht zuletzt durch die Dezimierung der Sumpfbewohner, aber sie könnten sich ein wenig bessern, und es sollte jemanden geben, der ein Auge auf die Rubinminen hat. Wir brauchen jemanden, der im Süden nach dem Rechten sieht. Wenn Sie erst einmal von Ihrem religiösen Wahn genesen sind, wäre das ein idealer Wirkungskreis. Ein Leben in der großen Gesellschaft können Sie mit ihren fehlenden Armen ohnehin nicht erwarten.

Was den Winkus betrifft, so gehen wir nicht davon aus, dass dort eine Adeptin eingesetzt werden muss, jedenfalls nicht zu unseren

Lebzeiten. Nach dem Generalplan wird die spärliche Bevölkerung in diesem gottverlassenen Land weitgehend ausradiert.«

Die Rektorin hielt wieder inne und blickte in die Runde. »Ach, Mädels. Ich weiß, ihr seid jung. Ich weiß, dies hier bedrückt euch. Aber ihr müsst das nicht als Gefängnisstrafe, sondern als Bewährungsmöglichkeit begreifen. Fragt euch: Wie werde ich zu einer bedeutenden und verantwortlichen Stellung aufsteigen, und sei es im Verborgenen? Wie können sich meine Talente entfalten? Wie, meine Lieben, wie kann ich meinem Oz helfen?«

Elphabas Fuß verdrehte sich, erwischte das Bein eines Beistelltischs, und eine Tasse samt Untertasse fiel zu Boden und zerbrach.

»Sie sind so berechenbar«, seufzte Madame Akaber. »Das macht meine Aufgabe so leicht. Und jetzt, Mädchen, zum Schweigen gezwungen, wie ihr seid, möchte ich, dass ihr geht und darüber nachdenkt, was ich euch gesagt habe. Bitte, versucht nicht einmal, es untereinander zu besprechen, davon bekommt ihr nur Kopfweh und Krämpfe. Ihr werdet nicht dazu imstande sein. Irgendwann im nächsten Semester werde ich euch einzeln herbestellen, und ihr könnt mir eure Antwort mitteilen. Und falls ihr beschließt, euerm Land in der Stunde der Not nicht zu helfen ...« Sie rang mit gespielter Verzweiflung die Hände. »Nun, ihr seid nicht die einzigen Fische im Meer, nicht wahr?«

Am Abendhimmel waren im Norden, jenseits der Dächer und Blausteintürme, dunkelrote Haufenwolken aufgezogen. Die Temperatur war seit dem Morgen um zwanzig Grad gefallen, und auf dem Weg zum Wirtshaus zogen die Mädchen ihre Tücher fest um sich. Ämmchen, die in dem schneidenden Wind zitterte, rief aus: »Und was hat die alte Wichtigtuerin nun zu sagen gehabt, das ich nicht hören durfte?«

Doch sie konnten ihr keine Antwort geben. Glinda konnte nicht einmal den anderen in die Augen schauen. »Wir trinken ein Glas Champagner auf Muhme Schnapp«, sagte Elphaba schließlich, »wenn wir im Rosigen Pfirsich sind.«

»Ich nehme einen Löffel echter Sahne«, sagte Ämmchen. »Wie knauserig die alte Kuh ist! Keine Achtung vor den Toten.«

Aber Glinda merkte, dass der Bindezauber tiefer ging, zwingender wirkte, als sie sich vorgestellt hatte. Dass sie nicht darüber reden konnte, war nur das Eine. Nein, sie war schon im Begriff ... die Wörter dafür zu verlieren, die Gedanken nicht fassen, das Gespräch nicht im Gedächtnis behalten zu können. Es gab einen Vorschlag. Es war doch ein Vorschlag, oder? Irgendeine fragwürdige Tätigkeit ... im Staatsdienst? Ein ... ein Tanzen im Ballsaal – aber das konnte nicht sein. Ein wenig Lachen, ein Glas Champagner, ein gutaussehender Mann, der seine Schärpe ablegte und seine gestärkten Manschetten an ihren Hals drückte und an den tränenförmigen Rubinen an ihren Ohren knabberte ... Misstrauen ist gut, Sittenkontrolle ist besser. Oder war es gar kein Vorschlag, sondern eine Vorhersage? Ein freundlicher Zuspruch für die Zukunft? Und sie war allein gewesen, die anderen hatten gar nicht zugehört. Madame Akaber hatte direkt mit ihr gesprochen. Ein schöner Beweis für Glindas ... Fähigkeiten. Die Gelegenheit aufzusteigen. Einen bedeutenden Mann zu heiraten. Rumsauen ist gut, je toller je besser. Ein Mann hängte seine Krawatte an ein Bettgestell und rollte seine diamantenen Manschettenknöpfe mit der Nase über ihren Schwanenhals nach unten ... Es war ein Traum, Madame Akaber konnte das nicht gesagt haben. Sie musste vor Kummer von Sinnen sein. Die arme Muhme Schnapp. Die gute, diskrete Rektorin, die sich schwertat, in der Öffentlichkeit zu sprechen, hatte ihr nur im Stillen ihr Beileid ausgesprochen. Aber die Berührung eines Mannes auf ihren Schenkeln, ein Löffelchen Safransahne ...

Nessarose sagte: »Haltet sie, ich kann's nicht, ich –!« Dabei sank sie an Ämmchens Busen, und im selben Augenblick wurde Glinda ohnmächtig. Mit starken Armen fing Elphaba sie auf. Glinda verlor nicht wirklich das Bewusstsein, aber nach dieser unerwünschten inneren Wunscherfüllung hätte sie sich in der unangenehmen körperlichen Nähe der hageren Elphaba am liebsten vor Abscheu gewunden und gleichzeitig vor Wollust geschnurrt. »Beherrsch dich, Glinda, nicht hier!«, sagte Elphaba. »Los, wehr dich dagegen!« Sich wehren war genau das, was Glinda am allerwenigsten wollte. Andererseits war der Schatten eines Apfelkarrens am Rande des Marktes, wo Händler die letzten Fische des Tages verschleuderten, ganz gewiss nicht der richtige Ort, um sich gehenzulassen. »Hart, sei hart!« Elphaba schien die Worte weit hinten aus der Kehle hervorzuwürgen. »Komm schon, Glinda, du hast mehr im Kopf – komm! Ich liebe dich zu sehr, reiß dich da raus, du Wahnsinnige!«

»Also wirklich«, sagte sie, als Elphaba sie auf einen Haufen altes Packstroh fallenließ. »So romantisch muss es nun auch wieder nicht sein!« Aber es ging ihr besser, so als ob eine Übelkeitswelle abgezogen wäre.

»Mädels, ich sage euch, solche Schwächeanfälle kommen davon, dass die Füße zu eingeengt sind«, sagte Ämmchen missbilligend und lockerte Nessaroses glänzende Schuhe. »Vernünftige Leute tragen Leder oder Holz.« Sie massierte ein Weilchen Nessaroses Spann, und diese stöhnte und drückte den Rücken durch, doch nach kurzer Zeit atmete sie schon wieder normaler.

»Geht's wieder?«, fragte Ämmchen. »Was für Leckereien habt ihr da mit der Rektorin genascht?«

»Kommt jetzt, sie warten«, sagte Elphaba. »Wir sollten nicht trödeln. Außerdem fürchte ich, dass es gleich regnet.«

Im Rosigen Pfirsich hatten die anderen einen Tisch in einer erhöhten Nische mit Beschlag belegt. Sie waren schon nicht mehr nüchtern, und offensichtlich hatte es Tränen gegeben. Avaric lümmelte an der Backsteinwand der Studentenkneipe, einen Arm um Fiyero geschlungen und die Beine in Schenschens Schoß. Boq und Krapp stritten sich über irgendetwas, und Timmel sang Fanny ein nicht enden wollendes Lied vor, und diese sah aus, als hätte sie ihm am liebsten einen Wurfpfeil in den Schenkel gebohrt. »Ah, die Damen«, nuschelte Avaric und deutete ein höfliches Aufstehen an.

Sie sangen und schwatzten und bestellten belegte Brote, und Avaric knallte großkotzig ein paar Münzen auf den Tisch und verlangte eine Runde Safransahne für alle, zum Andenken an Muhme Schnapp.

Das Geld wirkte Wunder, und in einer Speisekammer fand sich tatsächlich Sahne, was Glinda irgendwie beklommen machte, auch wenn sie nicht wusste, warum. Sie löffelten sich die luftige Masse gegenseitig in den Mund, modellierten sie, mischten sie in den Champagner, bewarfen einander mit kleinen Häufchen, bis der Geschäftsführer kam und sie hinauswarf. Sie fügten sich grollend. Sie wussten nicht, dass sie an diesem Abend zum letzten Mal alle zusammen waren, sonst wären sie vielleicht geblieben.

Draußen war derweil ein kräftiger Schauer niedergegangen. Das Wasser gurgelte noch in den Rinnsteinen, und das Lampenlicht schimmerte und schillerte silbrig auf den schwarzen Pfützen zwischen den Pflastersteinen. Sie scharten sich dicht zusammen, denn sie bildeten sich ein, im Schatten einen Räuber oder einen hungrigen Streuner lauern zu sehen. »Ich habe eine Idee«, sagte Avaric und stellte dabei gelenkig seine Füße in verschiedene Richtungen. »Wer ist heute Abend Manns genug für den Philosophischen Club?«

»Werdet ihr das wohl bleiben lassen!«, sagte Ämmchen, die nicht ganz so viel getrunken hatte.

»Ich will mit«, quengelte Nessarose und schwankte noch mehr als gewöhnlich.

»Du weißt ja nicht einmal, was das ist«, sagte Boq kichernd und rülpste.

»Das ist mir egal, ich will heute Abend nicht heimgehen«, sagte Nessarose. »Wir haben nur einander, und ich will nicht ausgeschlossen werden, und ich will nicht nach Hause!«

»Still, Nessa, still, still, meine Schöne«, sagte Elphaba. »Das ist nichts für dich, und für mich auch nicht. Komm, wir gehen nach Hause. Glinda, komm mit!«

»Ich habe keine Muhme mehr«, sagte Glinda trotzig, den Finger auf Elphaba gerichtet. »Ich passe jetzt auf mich selbst auf. Ich will in den Philosophischen Club gehen und schauen, ob es stimmt, was man sagt.«

»Die Übrigen können machen, was sie wollen, aber wir gehen nach Hause«, erklärte Elphaba bestimmt.

Glinda schlich zu Elphaba hinüber, die nun auf einen sehr unsicher dreinblickenden Boq zusteuerte. »Boq, du willst doch nicht in dieses abscheuliche Lokal mitgehen, nicht wahr?«, sagte sie. »Komm, lass dich von den Jungen nicht zu etwas überreden, was du gar nicht willst.«

»Du kennst mich nicht«, sagte er, wobei er mit der Straßenlaterne zu reden schien. »Elphie, woher willst du wissen, was ich will? Muss ich das nicht selbst herausfinden?«

»Komm doch mit!«, sagte Fiyero zu Elphaba. »Wenn wir dich ganz höflich bitten?«

»Ich will mit!«, jammerte Glinda.

»Ja, komm mit, Glindalein!«, sagte Boq. »Vielleicht werden wir ja drangenommen. Komm mit! Aus alter Freundschaft – oder aus neuer.«

Die anderen hatten unterdessen einen schlafenden Droschkenkutscher geweckt und waren bei ihm eingestiegen. »Boq, Glinda, Elphie, kommt schon!«, rief Avaric aus dem Fenster. »Wo ist euer Mumm geblieben?«

»Boq, überleg dir das noch mal«, redete Elphaba ihm zu.

»Immer überlege ich, aber ich fühle nie, ich lebe nie«, klagte er. »Kann ich mich nicht einmal gehenlassen? Nur einmal? Nur weil ich klein bin, bin ich noch lange kein Kind mehr, Elphie!«

»Jetzt bist du eins«, sagte Elphaba. Ziemlich gefühlsduselig heute Abend, dachte Glinda und machte sich los, um in die Droschke zu steigen. Doch Elphaba packte sie am Ellbogen und riss sie herum. »Das geht nicht«, flüsterte sie. »Wir wollen in die Smaragdstadt.«

»Ich fahre jetzt mit meinen Freunden in den Philosophischen Club –«

»Heute Abend«, zischte Elphaba, »haben wir keine Zeit für schlüpfrige Spielchen, du kleines Schafshirn!«

Ämmchen hatte Nessarose bereits fortgebracht, und auf ein Zügelschnalzen des Kutschers hin setzte sich die Droschke in Bewegung. Glinda stolperte und fragte: »Was wolltest du gerade sagen? Was war das?«

»Ich habe es schon gesagt, und ich sage es nicht noch einmal, meine Liebe. Du und ich, wir gehen heute Abend nur deshalb zum

Grattler-Kolleg zurück, um eine Reisetasche zu packen. Dann machen wir uns davon.«

»Aber die Tore werden verschlossen sein –«

»Wir klettern über die Gartenmauer«, sagte Elphaba, »und wir werden mit dem Zauberer reden, und wenn die Hölle sämtliche Teufel auf uns hetzt.«

## 7

Boq konnte es nicht fassen, dass er endlich doch in den Philosophischen Club mitfuhr. Er hoffte, er würde sich im entscheidenden Moment nicht übergeben müssen. Er hoffte, er würde sich morgen noch an die ganze Sache erinnern können, oder wenigstens an das Wesentliche – trotz der Kopfschmerzen, die sich strafend in seinen Schläfen zu melden begannen.

Das Lokal war äußerlich dezent, obwohl es der bekannteste Nachtclub in ganz Shiz war. Es verbarg sich hinter einer Fassade mit abgedunkelten Fenstern. Zwei AFFEN patrouillierten draußen auf der Straße und ließen Unruhestifter erst gar nicht ein. Avaric zählte alle der Reihe nach ab, wie sie aus dem Wagen purzelten. »Schenschen, Krapp, ich, Boq, Timmel, Fiyero und Fanny. Sieben. Nicht zu fassen, dass die Droschke uns alle gefasst hat.« Er bezahlte den Kutscher und gab ihm zu Ehren von Muhme Schnapp ein Trinkgeld, dann schob er sich an die Spitze des schweigenden Häufleins. »Auf geht's, wir haben das richtige Alter und die richtige Menge Alkohol im Blut«, sagte er, und an das verschattete Gesicht im Fenster gewandt: »Sieben. Wir sind zu siebt, werter Herr.«

Das Gesicht kam an die Scheibe und feixte ihn an. »Heiße Schackel und bin weder Herr noch wert. Was für eine Sorte soll's sein heute Abend, Junker Studiosus?« Hinter der Scheibe saß eine hässliche Alte mit Zahnlücken und einer glänzenden weißrosa Perücke, die ihr vom Schädel zu rutschen drohte.

»Sorte?«, sagte Avaric, dann im mutigeren Ton: »Alle Sorten.«

»Ich meine, was für Eintrittskarten, Süßer. Auf dem Tanzboden die Sau rauslassen oder im alten Weinkeller rumhuren?«

»Das volle Programm«, sagte Avaric.

»Ihr kennt die Hausordnung? Die abgeschlossenen Türen, das Prinzip ›Wer zahlt, der spielt‹?«

»Sieben Karten, und ein bisschen plötzlich, wenn ich bitten darf. Wir sind doch nicht blöd.«

»Ganz bestimmt nicht«, sagte die garstige Alte. »Hier, bitte schön, und nun komme, was mag. Oder wer mag.« Sie nahm eine züchtige Pose an, wie dem Gemälde einer jungfräulichen unionistischen Heiligen abgeguckt. »Tretet ein und seid erlöst!«

Die Tür ging auf, und sie stiegen eine ausgetretene Backsteintreppe hinunter. Unten empfing sie ein Zwerg in einem dunkelroten Burnus. Er besah sich ihre Karten und sagte: »Wo seid ihr Weicheier her? Aus der Stadt?«

»Wir gehen auf die Akademie«, antwortete Avaric.

»Ein bunter Haufen. Also, ihr habt Karosiebenkarten. Seht her, die sieben roten Karos hier, und hier. Trinkt einen auf Rechnung des Hauses, schaut euch die nackten Mädchen an und tanzt ein wenig, wenn ihr wollt. Ungefähr alle Stunde schließe ich diese Tür zur Straße und öffne die nächste.« Er deutete auf eine mächtige Eichentür, die mit zwei kolossalen Balken verriegelt war. »Ihr geht entweder alle zusammen rein oder gar nicht. So will es die Hausordnung.«

Eine Sängerin gab eine Parodie von »Was ist Oz ohne Ozma« zum Besten und spielte aufreizend mit einer papageienfarbenen Federboa. Eine kleine Elfenkapelle – richtige Elfen! – dudelte und rasselte eine blecherne Begleitung. Boq hatte noch niemals Elfen gesehen, obwohl er wusste, dass es unweit von Binsenrain eine Kolonie gab. »Irre«, sagte er und wagte sich etwas vor. Die Elfen sahen aus wie haarlose Affen, nackt bis auf kleine rote Mützen und ohne erkennbare Geschlechtsmerkmale. Sie waren so grün wie die Sünde. Boq drehte sich um und wollte sagen: Guck mal, Elphie, die sehen aus wie ein ganzer Wurf Kinder von dir, aber dann fiel ihm ein, dass sie ja gar nicht mitgekommen war. Glinda auch nicht. Verdammt.

Sie tanzten. Die Menge war so buntgemischt, wie Boq schon lange keine mehr gesehen hatte: TIERE, Menschen, Zwerge, Elfen und mehrere Tiktaks mit unvollständiger oder experimenteller geschlechtlicher Identität. Eine Truppe gut gebauter blonder Jungen ging herum und bot Gläser mit fuseligem Kürbiswein an, den die Freunde tranken, weil er umsonst war.

»Ich glaube, noch gewagter als hier brauche ich es nicht«, bemerkte Fanny irgendwann zwischendurch zu Boq. »Sieh nur, diese PAVIAN-Tussi tanzt schon fast ohne ihr Kleid. Vielleicht sollten wir langsam an Aufbruch denken.«

»Meinst du?«, sagte Boq. »Na ja, ich könnte noch weitermachen, aber wenn dir dabei nicht wohl ist.« Hurra, eine Fluchtmöglichkeit! Ihm war selber nicht wohl. »Dann reden wir mal mit Avaric. Er ist da drüben und macht sich an Schenschen ran.«

Doch bevor sie sich einen Weg über die rammelvolle Tanzfläche bahnen konnten, stießen die Elfen ein schrilles Kreischen aus, und die Sängerin stellte die Hüfte aus und rief: »Das ist der Paarungsschrei, Leute! Damen und Herzen! Es sind dabei – richtig *dabei*, soll das heißen«, sie blickte auf einen Zettel, den sie in der Hand hielt, »eine schwarze Kreuzfünf, eine schwarze Kreuzdrei, eine rote Herzsechs, eine rote Karosieben und – in den Flitterwochen, ist das nicht süß?«, sie tat so, als müsste sie sich gleich übergeben, »– eine schwarze Pikzwei. Hinein in die Pforte ewiger Wonne, meine Dummen und Huren!«

»Avaric, nein«, sagte Boq.

Da drängelte sich die Alte von der Kasse, die sich Schackel genannt hatte, durch den Saal – anscheinend hatte sie einstweilen die Eingangstür zugesperrt –, und sie erinnerte sich an die Besitzer der aufgerufenen Karten und schleppte sie grinsend nach vorn. »Alle Kandidaten auf die Plätze, fertig, los!«, rief sie. »Auf geht's zum Höhepunkt des Abends! Ein bisschen freundlicher, wenn ich bitten darf, das ist hier keine Beerdigung, das ist ein Vergnügen!« Doch, es hatte eine Beerdigung gegeben, erinnerte sich Boq und versuchte, sich den selbstlosen Geist von Muhme Schnapp ins Gedächtnis zu rufen. Aber die Chance, noch einen Rückzieher zu machen, falls sie je bestanden hatte, war vorbei.

Sie wurden durch die Eichentür geschoben, einen leicht abschüssigen Gang entlang, dessen Wände mit rotem und blauem Samt ausgeschlagen waren. Weiter hinten erklang beschwingte Musik, eine fetzige Melodie zum Mittanzen. Es roch süß und einschmeichelnd nach röstenden Timmblättern – man spürte beinahe, wie sich die violetten Ränder kräuselten. Schackel ging voraus, und die dreiundzwanzig Nachtschwärmer, in denen Beklommenheit, Euphorie und Erregung durcheinandergingen, zogen hinterdrein. Der Zwerg bildete den Abschluss. Boq machte eine Personenbestandsaufnahme, soweit er in seinem benommenen Zustand dazu in der Lage war. Ein aufrecht gehender TIGER in hüfthohen Stiefeln und Cape. Zwei Bankiers und ihre weibliche Abendbegleitung, alle mit schwarzen Masken – zum Schutz vor Erpressung oder zur Steigerung der Erregung? Eine Gruppe Kaufleute aus Ev und Fliaan, die geschäftlich in der Stadt waren. Zwei Frauen in recht fortgeschrittenem Alter, mit Modeschmuck behängt. Die beiden Flitterwöchner waren Glikker. Boq hoffte, dass seine Truppe nicht so tumb glotzte wie die Glikker. Beim Blick in die Runde wirkten nur Avaric und Schenschen erwartungsfroh – und Fiyero, möglicherweise, weil er noch nicht begriffen hatte, was hier gespielt wurde. Die anderen machten einen ziemlich verunsicherten Eindruck.

Sie betraten ein abgedunkeltes kleines kreisrundes Theater, dessen Sperrsitze in sechs Boxen unterteilt waren. Oben verlor sich die Decke in steinerner Schwärze. Kerzen flackerten, und die Musik tönte hohl durch Spalten in der Wand, was die unheimliche Atmosphäre der Ortlosigkeit und Fremdheit noch verstärkte. Die Sitze, im Kreis um die schwarz verhangene Bühne in der Mitte angeordnet, waren durch Holzgitterwände mit Spiegelleisten separiert. Die Gruppen wurden gemischt, Freunde und Partner voneinander getrennt. Lag auch Weihrauch in der Luft? Boq hatte auf einmal das Gefühl, dass er aufplatzte wie eine Schote und sein zarteres, williges Inneres zum Vorschein kam. Die weichere, verletzlichere Seite, die geheimen Wünsche, die Hingabebereitschaft.

Er spürte, dass er immer weniger verstand und dass ihm das immer angenehmer wurde. Warum war er in Sorge gewesen? Er saß auf einem Hocker, und um ihn herum in der Box saßen dicht an dicht ein schwarz maskierter Mann, eine NATTER, die ihm noch gar nicht aufgefallen war, der TIGER, dessen Atem ihm heiß und feucht in den Nacken blies, eine schöne Studentin – oder war das die junge Braut? Kippte jetzt die ganze Box nach vorne, wie ein leicht geneigter Eimer? Jedenfalls beugten sich alle zusammen zum zentralen Podium vor, einem verschleierten Opferaltar. Boq lockerte seinen Kragen und dann seinen Gürtel, spürte den glühenden Trieb zwischen Herz und Magen und gleich darauf die Versteifung ein Stück tiefer. Die Flöten- und Pfeifenmusik wurde langsamer, oder schien das nur so, weil er so gespannt schaute und ganz, ganz langsam atmete, dass sich die geheime Zone in seinem Innern enthüllte, wo er mit allem einverstanden war?

Der Zwerg, jetzt in eine dunklere Kutte gewandet, erschien auf der Bühne. Er konnte von seiner Warte aus in sämtliche Boxen blicken, doch die Insassen der getrennten Boxen sahen einander nicht. Der Zwerg beugte sich vor und streckte eine Hand hierhin, eine Hand dorthin, hieß die Gäste willkommen – hieß sie kommen. Aus einer Box holte er sich eine Frau, aus einer anderen einen Mann (war es Timmel?) und aus der Box, wo Boq saß, den TIGER. Boq tat es nur sehr wenig leid, dass er nicht ausgewählt worden war, als er sah, wie der Zwerg unter den Nasen der drei Assistenten eine rauchende Phiole schwenkte und ihnen half, die Kleider abzulegen. Auf der Bühne befanden sich Fesseln, ein Teller mit Duftölen und Beruhigungsmitteln und eine Truhe, deren Inhalt noch im Dunkeln lag. Der Zwerg verband den Erkenntnissuchenden mit schwarzen Tuchstreifen die Augen.

Der TIGER schritt leise knurrend auf allen vieren auf und ab und warf vor Nervosität oder Erregung den Kopf hin und her. Timmel – denn er war es, wenn auch kaum noch bei Bewusstsein – musste sich mit dem Rücken auf den Boden der Bühne legen. Der TIGER stellte sich über ihn und hielt sich still, während der Zwerg und seine Gehilfen Timmel anhoben, ihm Arme und Beine um den TIGER legten und Hand- und Fußgelenke fesselten, so dass er unter dem Bauch des TIERS hing wie ein Schwein am Spieß, das Gesicht in dessen Brustbehaarung vergraben.

Die Frau wurde auf einen schrägen, gewölbten Sitz plaziert, der einer großen geneigten Schüssel glich, und der Zwerg goss etwas Aromatisches in die dunkle Vertiefung. Dann deutete er auf Timmel, der anfing, sich an der Brust des TIGERS zu winden und zu stöhnen. »X soll der Namenlose Gott sein«, erklärte der Zwerg und piekte Timmel in die Rippen. Als nächstes schlug er dem TIGER mit einer Reitgerte auf die Flanke, und dieser bewegte sich vorwärts und steckte den Kopf zwischen die Beine der Frau. »Y soll der Zeitdrache in seiner Höhle sein«, sagte der Zwerg, wobei er den TIGER abermals schlug.

Während er die Frau in der Schale festband und ihr dabei die Brustwarzen mit einer leuchtenden Salbe bestrich, reichte er ihr die Reitgerte, damit sie Flanken und Gesicht des TIGERS peitschen konnte. »Und Z soll die kumbrische Hexe sein und uns heute Abend zeigen, ob es sie wirklich gibt ...« Die Zuschauer rutschten auf die Vorderkante ihrer Sitze, und erfüllt vom schwülen Gefühl des Verbotenen zupften sie an ihren Knöpfen, kauten auf ihren Lippen und beugten sich immer weiter vor, vor, vor.

»Das sind die Variablen in unserer Gleichung«, sagte der Zwerg, während der Raum sich weiter verdunkelte. »Und jetzt möge das wahre, verborgene Streben nach Erkenntnis beginnen.«

## 8

Da die Industriellen von Shiz die wachsende Macht des Zauberers von früh an mit Misstrauen beobachteten, hatten sie sich dagegen entschieden, die Eisenbahnlinie von Shiz zur Smaragdstadt zu bauen, wie ursprünglich geplant. Daher war es bis dorthin eine gute Dreitagesreise – und das bei bestem Wetter und nur für die Reichen, die sich den ständigen Pferdewechsel leisten konnten. Für Glinda und Elphaba dauerte die Fahrt über eine Woche. Eine trostlose, stürmisch kalte Woche, in der die Herbstwinde die Blätter von den Bäumen rissen und die dürren Äste protestierend kreischten und um sich schlugen.

Wie andere Reisende dritter Klasse übernachteten sie in Hinterzimmern über Gasthausküchen. In einem einzigem unbequemen Bett drängten sie sich zusammen, suchten Wärme und Trost beieinander und, sagte sich Glinda, Schutz. Die Stallknechte riefen und schimpften unten im Hof, die Küchenmädchen kamen und gingen lautstark zu jeder Stunde. Oft fuhr Glinda auf wie aus einem schrecklichen Traum und kuschelte sich näher an Elphaba, die nachts niemals zu schlafen schien. Tagsüber, während der langen Stunden in schlecht gefederten Kutschen, nickte Elphaba dann an Glindas Schulter ein. Die Landschaft draußen wurde karger und eintöniger. Die Bäume waren kleinwüchsig, als sparten sie ihre Kraft auf.

Und dann erschienen in dem sandigen Buschland Spuren von Bewirtschaftung. Auf überweideten Feldern standen Kühe mit verschrumpelten und papieren aussehenden Buckeln und muhten verzweifelt. Die Höfe wirkten menschenleer. Einmal sah Glinda eine Bäuerin auf der Türschwelle stehen, die Hände tief in den Schürzentaschen vergraben, das Gesicht von Gram und Zorn über den verschlossenen Himmel zerfurcht. Die Frau beobachtete die vorbeifahrende Kutsche, und aus ihrer Miene sprach der Wunsch, darin zu sein, tot zu sein, irgendwo anders zu sein als auf diesem Kadaver von einem Bauernhof.

Die bäuerlichen Anwesen wurden von verlassenen Mühlen und leeren Scheunen abgelöst. Auf einmal erhob sich schroff und abweisend die Smaragdstadt vor ihnen. Eine Stadt des Willens, der totalen Proklamation. Wider alle Vernunft überwucherte sie den Horizont, spross aus der gesichtslosen Ebene von Mittel-Oz empor wie eine Fata Morgana. Glinda hasste sie vom ersten Moment an. Eine Stadt wie ein frecher Emporkömmling. Sie nahm an, dass sich darin ihr gillikinesisches Überlegenheitsgefühl ausdrückte. Sie war stolz darauf.

230

Die Kutsche fuhr durch eines der Nordtore, und sofort waren sie von wimmelndem Leben umgeben, von weltstädtischem allerdings, das nicht so gedrosselt und augenzwinkernd war wie in Shiz. Die Smaragdstadt vergnügte sich nicht, fand überhaupt Vergnügtheit als Eigenschaft für eine Stadt ungehörig. Ihr stolzes Selbstbewusstsein tat sich in öffentlichen Orten kund, in denkmalgeschmückten Plätzen, in Parks und Fassaden und spiegelnden Wasserbecken. »Wie infantil, wie ironielos«, murmelte Glinda. »Dieser Pomp, dieser Dünkel!«

Doch Elphaba, die schon einmal durch die Smaragdstadt gekommen war, auf dem Weg nach Shiz, interessierte sich nicht für Architektur. Ihr Blick war auf die Bewohner geheftet. »Keine Tiere«, sagte sie, »jedenfalls soweit man sehen kann. Vielleicht sind sie alle in den Untergrund gegangen.«

»In den Untergrund?«, fragte Glinda und dachte dabei an sagenumwobene Schrecken wie den Gnomenkönig und seine unterirdische Kolonie oder die Bergwerke der Zwerge im Glikkus oder den Zeitdrachen der alten Mythen, der in seinem luftlosen Grab die Welt von Oz erträumte.

»In Verstecke«, erklärte Elphaba. »Und sieh dir die Armen an! Ist das die hungernde Landbevölkerung von Oz? Oder ist es bloß … der städtische Überschuss? Der entbehrliche menschliche Ausstoß? Sieh sie dir an, Glinda, das ist eine echte Frage. Die völlig mittellosen Quadlinger damals … sie sahen noch besser aus als die hier …«

Von der Hauptstraße, auf der sie fuhren, gingen Seitenstraßen ab, in denen die Massen der Verelendeten unter Dächern aus Blech und Pappe hausten. Viele von ihnen waren Kinder, doch es waren auch kleinwüchsige Munchkins, Zwerge und Gillikinesen darunter, von Hunger und Leid gebeugt. Die Kutsche fuhr langsam, und einzelne Gesichter fielen ins Auge. Ein blutjunger zahnloser und beinloser Glikker, der auf den Oberschenkelstummeln in einer Kiste saß und bettelte. Eine Frau aus Quadlingen – »Schau, eine Quadlingerin!«, rief Elphaba und fasste Glinda am Unterarm. Glindas Blick fiel auf eine wettergegerbte braune Frau mit Kopftuch, die dem Kind, das sie in einer Schlinge um den Hals trug, einen kleinen Apfel reichte. Drei gillikinesische Mädchen, als käufliche Frauen zurechtgemacht. Ein Rudel Kinder, die sich kreischend wie Ferkel um einen Kaufmann drängten, um ihn zu bestehlen. Zerlumpte Trödler mit Handkarren. Kioskbesitzer, die ihre Waren hinter Gittern verschlossen hielten. Und eine Art Bürgerwehr, wenn man sie so nennen konnte, die auf jeder zweiten oder dritten Straße in Vierergruppen patrouillierte, Knüppel schwingend, Schwert im Gürtel. Sie bezahlten den Kutscher und machten sich mit ihrem Gepäck auf den Weg zum Palast, der sich in Stufen vor ihnen erhob, ein Konglomerat von Kuppeln und Türmen, von Strebewerk aus grünem Marmor, von blauen Achatscheiben in den vertieften Fenstern. Am auffallendsten erhoben sich in der Mitte die breiten, sanft geschwungenen vorspringenden Dächer der Pagode über dem Thronsaal, gedeckt mit getriebenen Plättchen aus Jungferngold, die im Zwielicht des späten Nachmittags glänzten.

Fünf Tage später waren sie am Torhüter, dem Empfangspersonal und dem Privatsekretär vorbei. Sie hatten stundenlang auf ein dreiminütiges Gespräch mit dem Audienzadmissionar gewartet. Mit einem harten, verzerrten Ausdruck im Gesicht hatte Elphaba es geschafft, die Worte »Madame Akaber« über die widerstrebenden Lippen zu bringen. »Morgen um elf«, beschied der Admissionar. »Sie werden vier Minuten zwischen dem Botschafter von Ix und der Vorsteherin des Damenvereins zur Heimatschutzverpflegung haben. Gesellschaftskleidung ist obligatorisch.« Er reichte ihnen eine Karte mit Vorschriften, die sie leider ignorieren mussten, da sie keine feine Garderobe mithatten.

Im Zuge der allgemeinen Verspätung wurde es nachmittags um drei, bis der Botschafter von Ix den Thronsaal mit aufgeregter und missgelaunter Miene verließ. Glinda plusterte die plattgedrückten Federn an ihrem Reisehut zum achtzigsten Male auf und seufzte: »Aber du bist diejenige, die das Wort führt.« Elphaba nickte. Glinda kam sie müde und ängstlich, aber dennoch stark vor, als ob sie aus

Eisen und Whisky statt aus Knochen und Blut gemacht wäre. Der Admissionar erschien in der Tür des Wartezimmers.

»Sie haben vier Minuten«, sagte er. »Treten Sie erst näher, wenn Sie dazu aufgefordert werden. Sprechen Sie erst, wenn Sie angesprochen werden. Äußern Sie sich nur, um einen Kommentar oder eine Frage zu beantworten. Sie haben den Zauberer mit ›Eure Hoheit‹ anzureden.«

»Das hört sich ziemlich königlich an«, sagte Elphaba. »Ich dachte, die Monarchie wäre –« Doch da stieß Glinda ihr den Ellbogen in die Rippen, damit sie den Mund hielt. Wirklich, Elphaba war manchmal einfach unvernünftig. Sie hatten doch nicht den weiten Weg gemacht, um im letzten Moment als jugendliche Unruhestifter abgewiesen zu werden.

Der Admissionar beachtete es gar nicht. Als sie eine hohe Flügeltür erreichten, in die allerlei okkulte Zeichen geschnitzt waren, bemerkte er: »Der Zauberer ist heute nicht bei bester Laune, weil es Berichte über einen Aufstand im Bezirk Ugabu nördlich des Winkus gegeben hat. An Ihrer Stelle würde ich mich auf alles gefasst machen.« Zwei stoische Wächter öffneten die Tür, und sie gingen hindurch.

Doch anders als erwartet stand der Thron nicht vor ihnen. Stattdessen ging es durch einen Vorraum nach links, und hinter einem Türbogen kam noch ein Vorraum, etwas nach rechts gedreht, und dahinter noch einer und noch einer. Es war, dachte Glinda, als folgte man der immer enger werdenden Schraube der Kammern eines Nautilus. Sie drehten eine Runde durch acht oder zehn Empfangszimmer, jedes ein wenig kleiner als das davor, jedes in ein dumpfes Licht getaucht, das von oben durch Bleiglasscheiben fiel. Der letzte Vorraum endete mit einem Durchgang in einen höhlenartigen kreisrunden Saal, höher als breit und düster wie eine Kapelle. Auf antiken gusseisernen Ständern türmten sich Schichten von geschmolzenem Bienenwachs mit zahlreichen Dochten dazwischen, und die Luft war stickig und roch ein wenig nach Mehl. Auf einem runden Podest erblickten sie den Thron, besetzt mit Smaragden, die im Kerzenschein glommen, nur der Zauberer war nirgends zu sehen.

»Er wird wohl auf die Toilette gegangen sein«, sagte Elphaba. »Na, wir warten.«

Sie blieben im Durchgang stehen und wagten nicht, ohne Aufforderung einzutreten.

»Ich hoffe, die Zeit zählt nicht mit, wenn wir nur vier Minuten haben«, sagte Glinda. »Schließlich hat es allein zwei Minuten gedauert, hierherzugelangen.«

»An diesem Punkt −«, sagte Elphaba, dann unterbrach sie sich: »Pssst!«

Glinda erstarrte. Sie hörte nichts. Dann war sie sich nicht mehr sicher. Sie konnte keine Veränderung in dem Halbdunkel feststellen, aber Elphaba sah aus wie ein sprungbereiter Vorstehhund: das Kinn vorgereckt, die Nase erhoben und die Nüstern gebläht, die dunklen Augen mal zusammengekniffen, mal weit aufgerissen.

»Was ist?«, fragte Glinda.

»Ein Geräusch wie …«

Glinda hörte kein Geräusch, höchstens das der heißen Luft, die von den Flammen in das kalte Dunkel zwischen den Deckenbalken aufstieg. Oder war es das Rascheln seidener Gewänder? War der Zauberer im Anmarsch? Sie blickte hierhin und dorthin. Nein − es war ein Rauschen, eine Art Zischen, wie es Speckschnitten in der Pfanne machten. Mit einem Mal bogen sich alle Kerzenflammen in einem säuerlichen Luftzug, der aus der Richtung des Throns kam.

Dicke Regentropfen trommelten auf das Thronpodest ein, und eine Salve künstlichen Donners erscholl, die mehr nach scheppernden Kochtöpfen als nach Pauken klang. Auf dem Thron erschien eine Art Gerippe zuckender Lichter. Blitz, dachte Glinda zuerst, doch dann erkannte sie, dass es tatsächlich leuchtende Knochen waren, die zu einer ungefähr menschen- oder wenigstens säugerähnlichen Form verbunden worden waren. Der Brustkasten klappte auf wie zwei vielfingerige Hände, und eine Stimme sprach im Gewitter, nicht aus dem Schädel, sondern aus dem dunklen Auge des Sturms, dort wo das Herz der blitzenden Kreatur sein musste, im Tabernakel des Brustkastens.

»Ich bin Oz, der Große und Schreckliche«, sagte die Stimme, und dazu fegte ein neuer Gewitterstoß durch den Raum. »Wer seid ihr?«

Glinda blickte auf Elphaba. »Los, Elphie!«, sagte sie und stupste sie. Aber Elphaba sah zu Tode erschrocken aus. Natürlich, der Regen. Sie hatte ja diese Wasserphobie.

»Weeer seiiiid iiiiihr?«, brüllte das Ding, der Zauberer von Oz oder was es war.

»Elphie«, zischte Glinda, doch die reagierte nicht. »Du alte Flasche, erst groß reden und dann –« Sie fasste sich selbst ein Herz. »Ich bin Glinda aus Frottika, wenn's recht ist, Euer Hoheit, und stamme mütterlicherseits von den Arduennas zu Hochborn ab, und dies, wenn's recht ist, ist Elphaba, die Thropp dritten Gliedes aus Nestenhartung. Wenn's recht ist.«

»Und wenn es nicht recht ist?«, sagte der Zauberer.

»Also echt, wie kindisch«, murmelte Glinda vor sich hin. »Elphie, komm schon, ich kann nicht erklären, warum wir hier sind!«

Aber die banale Bemerkung des Zauberers schien Elphaba aus ihrer ängstlichen Starre zu reißen. Sie blieb zwar am Rand des Raumes stehen und ergriff Glindas Hand, raffte sich aber auf zu sagen: »Wir sind Studentinnen von Madame Akaber am Grattler-Kolleg in Shiz, Euer Hoheit, und wir verfügen über hochwichtige Informationen.«

»Tatsächlich?«, sagte Glinda. »Nett, dass ich das auch mal erfahre.«

Der lokale Regen ließ etwas nach, doch der Raum blieb weiter dunkel. »Madame Akaber, die Mutter der Paradoxien«, sagte der Zauberer. »Hochwichtige Informationen von ihr?«

»Nein«, sagte Elphaba. »Das heißt, wir sind nicht befugt, über das, was wir hören, zu urteilen. Klatsch ist unzuverlässig, aber –«

»Klatsch ist aufschlussreich«, widersprach der Zauberer. »Er sagt einem, woher der Wind weht.« Der Wind wehte daraufhin in die Richtung der Mädchen, und Elphaba sprang zurück, um nicht nassgespritzt zu werden. »Nur zu, ihr Mädchen, erzählt mir Klatsch.«

»Nein«, sagte Elphaba. »Wir sind wegen wichtigerer Dinge hier.«

»Elphie!«, rief Glinda aus. »Willst du, dass wir ins Gefängnis kommen?«

»Was maßt du dir an zu entscheiden, was wichtige Dinge sind?«, herrschte der Zauberer sie an.

»Ich halte die Augen offen«, sagte Elphaba. »Wir sind nicht hier, weil Sie uns als Klatschzuträger herbestellt hätten. Wir sind mit einem eigenen Anliegen gekommen.«

»Woher willst du wissen, dass ich euch nicht herbestellt habe?«

Das wussten sie in der Tat nicht, zumal nach dem, was ihnen beim Tee bei Madame Akaber widerfahren war. »Beherrsche dich, Elphie!«, flüsterte Glinda. »Du machst ihn wütend.«

»Na und?«, sagte Elphaba. »Ich bin selber wütend.« Sie ergriff wieder das Wort. »Ich habe Neuigkeiten über den Mord an einem großen Wissenschaftler und großen Denker, Euer Hoheit. Ich habe Neuigkeiten von wichtigen Entdeckungen, die er gemacht hat, und von ihrer Unterdrückung. Mir liegt viel daran, dass Gerechtigkeit geschieht, und Ihnen auch, das weiß ich, deshalb werden die erstaunlichen Enthüllungen Doktor Dillamonds Ihnen helfen, Ihr Urteil über die Rechte der Tiere zu revidieren –«

»Doktor Dillamond?«, sagte der Zauberer. »Geht es etwa um den?«

»Es geht darum, dass die gesamte tierische Bevölkerung systematisch ihrer Rechte –«

»Ich habe von Doktor Dillamond und seiner Arbeit gehört«, sagte das leuchtende Gerippe des Zauberers und schnaubte verächtlich. »Abgeschriebener, unbewiesener, fadenscheiniger Humbug. Wie man es von einem akademischen Tier nicht anders erwartet. Gestützt auf wacklige politische Positionen. Empirismus, Scharlatanerie, Dünnbrettbohrerei. Eitle, hohle, leere Phrasen. Hast du dich vielleicht von seiner Begeisterung anstecken lassen? Von seiner tierischen Leidenschaft?« Das Skelett schüttelte sich belustigt – oder zuckte es angewidert? »Ich weiß über seine Interessen und seine Ergebnisse Bescheid. Ich weiß nur wenig von dem angeblichen Mord an ihm, und es interessiert mich kein bisschen.«

»Ich bin keine Sklavin meiner Gefühle«, sagte Elphaba fest. Sie zog Papiere aus ihrem Ärmel, die sie anscheinend um den Arm gewickelt hereingeschmuggelt hatte. »Dies ist keine Propaganda, Euer

Hoheit. Dies ist eine hieb- und stichfest begründete Theorie der Bewusstseinsneigung, wie er es nannte. Und Sie werden staunen, wenn Sie von seinen Entdeckungen erfahren. Kein rechtschaffener Herrscher kann es sich leisten, die Konsequenzen zu ign–«

»Dass du mich für rechtschaffen hältst, ist rührend«, sagte der Zauberer. »Du kannst die Sachen dort hinlegen, wo du stehst. Oder möchtest du sie mir lieber persönlich aushändigen?« Die blitzende Puppe grinste und streckte die Arme aus. »Mein Herzchen?«

Elphaba legte die Papiere hin. »Gut, mein Herr«, sagte sie in schneidendem Ton. »Ich werde davon ausgehen, dass Sie rechtschaffen sind, denn wenn nicht, wäre ich gezwungen, mich dem Widerstand gegen Sie anzuschließen.«

»Um Gottes willen, Elphie«, sagte Glinda, dann lauter: »Sie spricht nicht für uns beide, Euer Hoheit. Ich bin ganz anderer Meinung als sie.«

»Bitte«, sagte Elphaba hart und weich zugleich, stolz und flehend. Glinda wurde bewusst, dass sie Elphaba noch nie zuvor um etwas bitten gehört hatte. »Bitte! Die Grausamkeit, mit der gegen die TIERE vorgegangen wird, ist unerträglich. Es geht nicht nur um den Mord an Doktor Dillamond. Es geht um diese Zwangsrückführung, diese … diese Terrorisierung freier Lebewesen. Sie müssen sich einmal persönlich von dem Leid überzeugen. Es wird behauptet … es wird befürchtet, dass die nächsten Schritte das Schlachthaus und der Kannibalismus sein werden. Ich spreche nicht aus jugendlicher Empörung, nicht aus unbeherrschten Gefühlen. Bitte, Euer Hoheit. Was da geschieht, ist unmoralisch –«

»Ich höre weg, wenn jemand das Wort ›unmoralisch‹ gebraucht«, sagte der Zauberer. »Aus dem Mund der Jungen ist es lächerlich, aus dem Mund der Alten ist es salbungsvoll und reaktionär und ein erstes Zeichen für den bevorstehenden Schlaganfall. Aus dem Mund der mittleren Generation, die den Gedanken des moralischen Lebens am meisten liebt und fürchtet, ist es scheinheilig.«

»Wenn nicht unmoralisch, welches Wort kann ich dann gebrauchen, um auszudrücken, dass etwas *unrecht* ist?«, fragte Elphaba.

»Probier's mit ›unergründlich‹, und dann entspann dich ein wenig. Die Sache ist die, mein grünes Kind, dass es einem Mädchen oder einem Studenten oder einem Bürger nicht zukommt, darüber zu urteilen, was unrecht ist. Das ist die Aufgabe von Führern und der Grund, weshalb wir hier sind.«

»Aber dann würde mich nichts davon abhalten, ein Attentat auf Sie zu begehen, wenn ich nicht wüsste, was unrecht ist.«

»Ich halte nichts von Attentaten, ich weiß nicht einmal, was das Wort bedeutet«, rief Glinda. »Tschühüs! Ich verabschiede mich hiermit, solange ich noch am Leben bin.«

»Wartet!«, sagte der Zauberer. »Ich will euch etwas fragen.«

Sie blieben stehen. Minutenlang. Das Skelett befingerte seine Rippen, spielte darauf wie auf den allzu straff gespannten Saiten einer Harfe. Musik wie polternde Steine in einem Bachbett. Das Skelett nahm sich das leuchtende Gebiss aus den Kinnladen und jonglierte damit. Dann warf es die Zähne auf den Thron, wo sie mit bunten Blitzen explodierten. Der Regen lief durch ein Loch im Boden ab.

»Madame Akaber«, sagte der Zauberer. »Lockspitzel und Klatschbase, Busenfreundin und Weggefährtin, Lehrerin und Dienerin. Sagt mir, warum sie euch hergeschickt hat.«

»Hat sie nicht«, sagte Elphaba.

»Wisst ihr, was das Wort ›Marionette‹ bedeutet?«, kreischte der Zauberer.

»Wissen Sie, was Widerstand bedeutet?«, gab Elphaba zurück.

Doch der Zauberer lachte nur, statt sie auf der Stelle zu töten. »Was will sie von euch?«

Glinda meldete sich zu Wort. Es war höchste Zeit. »Sie will uns eine ordentliche Ausbildung geben. Trotz ihrer pompösen Art ist sie eine fähige Rektorin. Es kann nicht leicht sein.« Elphaba warf ihr einen befremdeten Blick zu.

»Hat sie euch eingeführt …?«

Glinda verstand nicht recht. »Wir sind nur Studentinnen im zweiten Jahr. Wir haben unsere Hauptfächer gerade erst gewählt. Meines ist Zauberei, Elphabas ist Biowissenschaft.«

»Verstehe.« Der Zauberer schien nachzudenken. »Und wenn ihr nächstes Jahr euern Abschluss macht?«

»Ich denke, ich werde nach Frottika zurückgehen und heiraten.«

»Und du?«

Elphaba gab keine Antwort.

Der Zauberer drehte sich um, brach seine Oberschenkelknochen ab und drosch damit auf den Thron ein, als wäre er eine Kesselpauke. »Das wird wirklich langsam absurd, es ist alles bloß freudistisches Theater«, sagte Elphaba. Sie trat zwei Schritte vor. »Entschuldigung, Euer Hoheit, darf ich noch etwas sagen? Bevor unsere Zeit um ist?«

Der Zauberer wandte sich ihr wieder zu. Sein Schädel brannte, und obwohl es wieder heftiger regnete, ging das Feuer nicht aus.

»Eine letzte Sache werde ich noch sagen«, verkündete der Zauberer mit stöhnender Stimme, die klang, als ob er Schmerzen hätte. »Ich werde etwas aus der *Ozias* vortragen, dem Heldenepos des alten Oz.«

Die Mädchen warteten.

Der Zauberer von Oz rezitierte:

Holpernd gleich einem Gletscher scheuert die alte Kumbricia
Dann den Himmel, den nackten, bis er Blut niederregnet,
Reißt die Haut von der Sonne herunter, schlingt heiß sie hinab,
Steckt die Sichel des Mondes in ihre geduldige Börse,
Trägt ihn dann aus, voll geworden, einen stetig wechselnden
    Stein.
Scherbe um Scherbe bringt sie die Welt in eine neue Ordnung.
Aus wohl sieht sie wie früher, sagt sie, aber sie ist es nicht.
Aus wohl sieht sie, wie man's erwartet, aber sie ist es nicht.

»Gebt acht, wem ihr dient«, sagte der Zauberer von Oz. Dann war er verschwunden. Der Abfluss im Boden gurgelte, und die Kerzen gingen schlagartig aus. Ihnen blieb nichts anderes übrig, als zurückzugehen, woher sie gekommen waren.

In der Kutsche hatte Glinda zwei der begehrten Sitze in Fahrtrichtung ergattert, machte sich breit und verteidigte Elphabas Platz gegen drei andere Passagiere. »Für meine Schwester«, log sie, »ich halte diesen Platz für meine Schwester frei.« Wie ich mich doch, dachte sie, in noch nicht einmal zwei Jahren verändert habe. Erst habe ich das grüne Mädchen verachtet, und jetzt erkläre ich uns schon für blutsverwandt. Also verändert einen das Studentenleben doch. Womöglich bin ich die Einzige im ganzen Perther Bergland, die jemals unseren Zauberer persönlich kennengelernt hat. Nicht aus eigenem Antrieb, aber immerhin, ich habe ihn kennengelernt. Und wir sind noch am Leben.

Aber viel ausgerichtet haben wir nicht.

Endlich sah sie Elphaba angerannt kommen, den dünnen, knochigen Körper wie üblich mit einem Cape vor möglicher Nässe geschützt. Mit den Ellbogen bahnte sie sich einen Weg durch die Menge, drängte vornehmere Fahrgäste zur Seite, um weiterzukommen, und Glinda stieß die Tür auf. »Dem Himmel sei Dank, ich dachte schon, du schaffst es nicht mehr«, sagte sie. »Der Fahrer will unbedingt los. Hast du Verpflegung für uns besorgt?«

Elphaba warf ihr zwei Orangen, ein Stück harten Käse und einen Laib altbacken riechendes Brot in den Schoß. »Damit musst du bis zum Halt heute Abend auskommen«, sagte sie.

»Ich, wieso ich?«, sagte Glinda. »Und was ist mit dir? Wirst du vielleicht etwas Besseres essen?«

»Wahrscheinlich eher etwas Schlechteres«, erwiderte Elphaba. »Aber was soll's? Unsere Wege trennen sich hier. Ich werde nicht mit dir zum Grattler-Kolleg zurückfahren. Ich werde selbständig irgendwo weiterstudieren. Ich werde nie wieder Madame Akabers ... Anstalt besuchen.«

»Nein, nein«, schrie Glinda. »Das lasse ich nicht zu! Ämmchen wird mich in der Luft zerreißen! Nessarose wird es nicht überleben! Madame Akaber wird ... Elphie, nein. Nein!«

»Sag ihnen, ich hätte dich entführt und gezwungen mitzukommen, das werden sie mir zutrauen«, sagte Elphaba. Sie stand auf dem

Trittbrett. Eine dicke glikkische Zwergin bekam mit, worum die dramatische Auseinandersetzung geführt wurde, und wechselte auf den bequemeren Platz neben Glinda. »Sie brauchen nicht nach mir zu suchen, Glinda, denn sie werden mich nicht finden. Hiermit mache ich meinen Abgang.«

»Abgang? Aber wohin denn? Zurück nach Quadlingen?«

»Da hätten sie mich bald gefunden«, meinte Elphaba. »Aber ich will dich nicht anlügen, mein Liebes. Das ist gar nicht nötig. Ich weiß nicht, wohin ich gehe. Ich habe mich noch nicht entschieden, damit ich nicht lügen muss.«

»Elphie, red keinen Quatsch, steig jetzt in diese Kutsche!«, rief Glinda. Der Fahrer griff sich die Zügel und schrie Elphaba zu, sie solle zur Seite gehen.

»Du machst das schon«, sagte Elphaba. »Du bist inzwischen eine erfahrene Reisende. Das ist ja nur die Rückfahrt auf einer Strecke, die du bereits kennst.« Sie schmiegte ihr Gesicht an Glindas und küsste sie. »Halte durch, wenn du kannst«, murmelte sie und küsste sie noch einmal. »Halte durch.«

Der Fahrer schnalzte mit den Zügeln und schrie eine letzte Aufforderung. Glinda reckte den Kopf und sah, wie Elphaba wieder in die Menge eintauchte. Es war erstaunlich, wie rasch sie bei ihrer auffälligen Hautfarbe im allgemeinen Gewimmel auf den Straßen der Smaragdstadt verschwand. Oder vielleicht lag es auch an den dummen Tränen, die Glindas Blick verschleierten. Elphaba hatte natürlich nicht geweint. Sie hatte hastig den Kopf abgewandt, als sie absprang, nicht um ihre Tränen, sondern um ihre Tränenlosigkeit zu verbergen. Aber der Schmerz, den Glinda fühlte, war echt.

# III

# DIE

# SMARAGDSTADT

An einem nasskalten Spätsommerabend ungefähr drei Jahre nach seinem Abgang von der Shizer Akademie betrat Fiyero die unionistische Kirche am St.-Glinda-Platz, um sich ein wenig die Zeit zu vertreiben, bevor er sich mit einem Landsmann in der Oper traf.

Fiyero hatte als Student dem Unionismus nichts abgewinnen können, aber er hatte ein Auge für Fresken entwickelt, die häufig die Nebenräume älterer Kirchen zierten. Er hoffte, ein Porträt der heiligen Glinda zu finden. Glinda von Arduenna hatte er seit ihrem Abgang nicht mehr gesehen – sie hatte ihr Studium ein Jahr vor ihm beendet. Doch es war gewiss kein Sakrileg, wenn er vor einem Bild der heiligen Glinda eine Zauberwachskerze anzündete und ihrer Namensschwester gedachte.

Der Gottesdienst war gerade aus, und die Gemeinde empfindsamer halbwüchsiger Jungen und schwarz vermummter Großmütter schob sich langsam nach draußen. Fiyero wartete, bis die Leierspielerin im Mittelschiff ein schwieriges Diminuett fertiggezupft hatte, dann sprach er sie an. »Entschuldigen Sie, ich bin ein Besucher aus dem Westen.« Bei seiner gelbbraunen Haut und seinen Tätowierungen war das nicht zu übersehen. »Ich sehe hier keinen Küster – oder Mesner oder Sakristan oder wie man dazu sagt – und finde auch keine Broschüre, der ich das entnehmen könnte ... Gibt es irgendwo ein Bild der heiligen Glinda?«

Sie sah ihn ernst an. »Sie können von Glück sagen, wenn es nicht mit einem Plakat unseres glorreichen Zauberers überklebt ist. Ich bin eine Wandermusikerin und komme hier nur gelegentlich durch. Aber ich glaube, Sie können mal im letzten Seitenchor schauen, da ist eine Kapelle für die heilige Glinda, war jedenfalls früher. Viel Glück.«

Als er den gruftähnlichen Andachtsraum – mit einer Schießscharte statt einem richtigen Fenster – gefunden hatte, erblickte Fiyero im rosigen Schein eines ewigen Lichts ein verräuchertes Bild der Heiligen, ein wenig nach rechts geneigt. Zu seiner Enttäuschung war das Porträt neuerer Kitsch, kein frühmeisterliches Kunstwerk. Wasserschäden hatten auf den Gewändern der Heiligen große weiße Flecken hinterlassen, die fast wie Waschmittelreste aussahen. Er konnte sich nicht mehr an ihre Legende erinnern, auch nicht an die erbauliche Art, wie sie für ihr Seelenheil und das ihrer Bewunderer den Tod auf sich genommen hatte.

Doch dann bemerkte er, dass in dem Raum mit dem unterwasserartigen Zwielicht eine Frau saß und betete. Ihr Kopf war gebeugt, und er wollte sich schon zurückziehen, als ihm aufging, dass er sie kannte.

»Elphaba!«, sagte er.

Sie wandte langsam den Kopf. Ein Spitzentuch fiel ihr auf die Schultern. Ihre Haare waren zum Dutt eingedreht und mit spiraligen Elfenbeinnadeln aufgesteckt. Sie blinzelte ein-, zweimal langsam, als ob sie aus großer Ferne in den Raum zurückkehrte. Er hatte sie im Gebet unterbrochen – sie war ihm gar nicht als fromm in Erinnerung –, vielleicht erkannte sie ihn deshalb nicht gleich.

»Elphaba, ich bin's, Fiyero«, sagte er und trat in den Türbogen. Damit versperrte er den Ausgang, aber auch das Licht, und plötzlich konnte er ihr Gesicht nicht mehr erkennen und war verwirrt, als er sie sagen hörte: »Ich kenne Sie nicht, mein Herr.«

»Elphie, ich bin Fiyero. Wir waren zusammen in Shiz«, sagte er. »Liebe Elphie – wie geht es dir?«

»Ich glaube, Sie verwechseln mich mit jemandem«, sagte sie mit Elphabas Stimme.

»Elphaba, die Thropp dritten Gliedes, wenn ich den Titel recht erinnere«, sagte er mit einem herzhaften Lachen. »Ich verwechsele dich keineswegs. Ich bin der Arjiki Fiyero – du kennst mich, du *musst* dich an mich erinnern! Aus Doktor Nikidiks Vorlesungen in Biowissenschaft.«

»Sie irren sich«, sagte sie, »*mein Herr.*« Die beiden letzten Worte klangen ein wenig unwirsch, ganz und gar nach Elphaba. »Wenn ich jetzt vielleicht wieder in Frieden meiner Andacht nachgehen könnte?« Sie zog sich das Tuch weit über den Kopf, so dass es die Schläfen bedeckte. Mit dem im Profil hervorschauenden Kinn hätte man eine Salami schneiden können, und selbst in dem schlechten Licht wusste er, dass er sich nicht irrte.

»Was soll das?«, sagte er. »Komm schon, Elphie, du kannst mich nicht so abblitzen lassen. Natürlich bist du es. Dich kann man gar nicht verkennen. Was treibst du für ein Spiel?«

Sie antwortete nicht, sondern befingerte demonstrativ ihren Gebetskranz und gab ihm damit zu verstehen, dass er verschwinden sollte.

»Ich gehe nicht«, sagte er.

»Sie stören meine Andacht, mein Herr«, sagte sie leise. »Muss ich erst den Küster rufen und Sie entfernen lassen?«

»Ich treffe dich draußen«, sagte er. »Wie lange brauchst du zum Beten? Eine halbe Stunde? Eine Stunde? Ich warte solange.«

»In einer Stunde dann. Gegenüber ist ein kleiner Brunnen mit ein paar Bänken. Ich werde fünf Minuten mit Ihnen reden, nur fünf Minuten, und Ihnen beweisen, dass Sie mich verwechseln. Das ist zwar nicht schlimm, wird mir aber langsam lästig.«

»Entschuldige die Belästigung. In einer Stunde dann – *Elphaba.*« Er würde sich nicht so abfertigen lassen, was auch immer dahintersteckte. Doch er zog sich zurück und sprach noch einmal die Musikerin hinten im Mittelschiff an. »Gibt es hier noch einen anderen Ausgang außer dem Hauptportal?«, fragte er, während sie Arpeggiaturen übte. Als es ihr passte, ihm zu antworten, deutete sie mit Kopf und Augen in die Richtung. »Die Seitentür zum Kloster der Nonnen. Kein öffentlicher Zugang, aber Sie kommen da auf eine kleine Lieferantengasse.«

Er setzte sich in den Schatten einer Säule. Nach etwa vierzig Minuten betrat eine verhüllte Gestalt die Kirche und humpelte an einem Stock direkt in die Kapelle, in der Elphaba saß. Er war zu weit entfernt, um zu hören, ob Worte gewechselt wurden – oder sonst etwas. (Vielleicht war der neue Besucher ja bloß ein Verehrer der heiligen Glinda, der im Stillen beten wollte.) Der Mann hielt sich nicht lange auf; er ging so rasch wieder, wie seine steifen Gelenke es zuließen.

Fiyero steckte etwas Geld in die Almosenbüchse – einen Schein, um das Münzenklimpern zu vermeiden. In einem derart von Armen bevölkerten Stadtviertel verlangte seine vergleichsweise wohlhabende Stellung eine milde Gabe, auch wenn ihn eher Schuldgefühle als Mildtätigkeit motivierten. Dann schlüpfte er durch die Seitentür hinaus in den überwucherten Klostergarten. Ein paar alte Frauen in Rollstühlen gackerten am anderen Ende und beachteten ihn gar nicht. Er fragte sich, ob Elphaba zu dieser Gemeinschaft von Klosterschwestern gehörte, Frauen, die sich für das paradoxeste Leben überhaupt entschieden hatten: in einer Gemeinschaft von Einsiedlern. Anscheinend jedoch wurden sie mit einsetzender Alterssenilität von ihrem Schweigegelübde entbunden. Er konnte sich nicht vorstellen, dass Elphaba sich in fünf Jahren so sehr verändert hatte. Er trat durch den Lieferanteneingang in eine schmale Gasse.

Drei Minuten vergingen, dann kam Elphaba aus dem Seiteneingang, wie er vermutet hatte. Sie wollte ihm unbedingt aus dem Weg gehen! Warum nur? Das letzte Mal – es war ihm noch gut im Gedächtnis – hatte er sie am Tag von Muhme Schnapps Beerdigung und dem anschließenden Trinkgelage in der Kneipe gesehen. Sie war mit irgendeinem obskuren Anliegen in die Smaragdstadt geflohen und nie mehr zurückgekehrt, während er zu den instruktiven Freuden und Schrecken des Philosophischen Clubs mitgeschleift worden war. Gerüchten zufolge hatte ihr Urgroßvater, Eminenz Thropp, Agenten beauftragt, in Shiz und in der Smaragdstadt nach ihr zu suchen. Von Elphaba selbst kam nie eine Postkarte, nie eine Botschaft, nie ein Lebenszeichen. Nessarose war anfangs untröstlich gewesen und hatte dann einen Groll gegen ihre Schwester gefasst, weil sie ihr diese schmerzhafte Trennung angetan hatte. Nessa hatte sich immer tiefer in der Religion vergraben, so tief, dass ihre Freunde sie schließlich zu meiden begannen.

Fiyero beschloss, sich morgen bei seinem Geschäftskollegen dafür zu entschuldigen, dass er ihn in der Oper versetzt hatte. Heute Abend wollte er sich Elphaba nicht durch die Lappen gehen lassen. Während sie durch die Straßen eilte und sich dabei hin und wieder misstrauisch umschaute, dachte er: Um jemanden abzuhängen, der dir auf den Fersen ist, ist es genau die richtige Tageszeit – nicht wegen der langen Schatten, sondern wegen des Lichts. Mehrmals wurde er, wenn Elphaba um eine Ecke bog, von den Strahlen der untergehenden Sommersonne geblendet, die durch Nebenstraßen, durch Arkaden, über Gartenmauern fielen.

Aber er hatte langjährige Übung darin, unter ähnlichen Bedingungen Pirschjagd auf Tiere zu machen – nirgends sonst in Oz war die Sonne einem so sehr feind wie im Tausendjährigen Grasland. Er verstand sich darauf, die Augen zusammenzukneifen und der kontinuierlichen Bewegung zu folgen, statt krampfhaft die Form zu fixieren. Er verstand sich auch darauf, sich zur Seite zu ducken, ohne zu stolpern oder das Gleichgewicht zu verlieren, urplötzlich in die Hocke zu gehen, an anderen Anzeichen zu merken, dass die Beute sich wieder in Bewegung gesetzt hatte – an aufgestörten Vögeln, veränderten Geräuschen, einem unterbrochenen Wind. Sie konnte ihn nicht abschütteln, und sie konnte nicht merken, dass er ihr auf der Spur war.

So schlich er durch die halbe Stadt, vom eleganten Zentrum zum mietgünstigen Lagerhausbezirk, wo die Ärmsten der Armen in finsteren Hauseingängen ihre übelriechenden Notlager aufschlugen. Einen Steinwurf von einer Militärkaserne entfernt blieb Elphaba vor einem verbretterten Getreidespeicher stehen, wühlte aus einer Innentasche einen Schlüssel und schloss die Tür auf.

Er rief aus kurzer Entfernung im normalen Ton: »Fabala!« Schon im Akt des Umdrehens fing sie sich und versuchte, ihre Miene zu kontrollieren. Doch es war zu spät. Sie hatte gezeigt, dass sie ihn erkannte, und sie sah es ein. Sein Fuß hinderte sie daran, ihm die schwere Tür vor der Nase zuzuschlagen.

»Bist du in Schwierigkeiten?«, fragte er.

»Lass mich in Ruhe!«, erwiderte sie. »*Bitte!*«

»Du bist in Schwierigkeiten. Lass mich rein!«

»*Du* bist die Schwierigkeit. Bleib draußen!« Echt Elphaba. Seine letzten Zweifel verflogen. Er stemmte die Tür mit der Schulter auf.

»Du machst mich zum Monster«, sagte er, vor Anstrengung ächzend – sie war stark. »Ich will dich doch nicht berauben oder vergewaltigen. Ich will mich nur nicht so … abfällig behandeln lassen. Warum tust du das?«

Sie gab endlich auf, und er stolperte gegen die unverputzte Backsteinmauer des Hausflurs wie der Tollpatsch in einer Varieténummer. »Ich habe dich als feinfühlend und rücksichtsvoll in Erinnerung«, sagte sie. »Bist du irgendwo in schlechte Gesellschaft geraten, oder hast du dir das angelernt?«

»Mach halblang«, versetzte er. »Du zwingst einen doch, sich wie ein Bauerntrampel zu benehmen, du lässt einem gar keine Wahl. Da darfst du dich nicht wundern. Rücksicht und Einfühlung kriege ich immer noch hin. Gib mir ein paar Sekunden.«

»Shiz hat dich verkorkst«, sagte sie, die Augenbrauen hochgezogen, aber ironisch. Ihre Verwunderung war nicht echt. »Was für arrogante Studentensprüche! Wo ist der Eingeborenenjunge geblieben, der diese reizende Naivität verströmte wie ein exquisites Parfüm?«

»Danke sehr«, sagte er, ein wenig verletzt. »Wohnst du hier in diesem Treppenhaus, oder gehen wir irgendwohin, wo es ein bisschen gemütlicher ist?«

Sie fluchte und stieg die Treppe hoch, die mit Mäusekot und Packstroh verdreckt war. Ein trübes Abendlicht suppte durch die schmutzig grauen Fenster. Auf einem Treppenabsatz wartete eine weiße Katze, hochnäsig und pikiert wie alle ihresgleichen. »Mulki, Mulki, miau miau«, sagte Elphaba im Vorbeigehen, und die Katze geruhte, ihr zu der Spitzbogentür im obersten Stockwerk zu folgen.

»Dein Helfergeist?«, fragte Fiyero.

»Was für eine Idee!«, sagte Elphaba. »Na ja, warum nicht? Ich kann mich genauso gut als Hexe ausgeben wie als sonst etwas. Hier, Mulki, Milch für dich!«

Der Raum, ursprünglich ein Lager, war groß und nur notdürftig als Wohnung hergerichtet. Er hatte eine verbarrikadierte Flügeltür nach außen zur Straße, die früher zum Ein- und Ausladen von Getreidesäcken über eine Winde gedacht gewesen war. Das einzige natürliche Licht fiel durch zwei gesprungene Glasscheiben in einem Oberlicht, das einen Spaltbreit geöffnet war. Taubenfedern und Taubenkot unten am Boden. Acht oder zehn Kisten im Kreis, wohl als Sitzgelegenheiten. Ein aufgerolltes Bettzeug. Zusammengelegte Kleidungsstücke auf einer Truhe. Hier und da ein paar Federn, Knochen, aufgefädelte Zähne und eine schrumpelige Dodoklaue, braun und verdreht wie ein Dörrfleischstreifen. Letztere hingen an Nägeln an der Wand, sei es als Kunstwerke oder als Abwehrzauber. Ein Weidentisch – ein richtig schönes Möbelstück –, dessen drei geschwungene Beine sich zu elegant geschnitzten Hirschhufen verjüngten. Ein paar Blechteller, rot mit weißen Punkten, ein paar mit Tuch und Bindfaden eingewickelte Lebensmittel. Ein Stapel Bücher neben dem Schlaflager. Ein Katzenspielzeug an einer Schnur. Als eindrucksvollstes und gruseligstes Stück hing an einem Deckenbalken ein Elefantenschädel, und in dem Loch in der Mitte der Hirnschale steckte ein Strauß getrockneter pastellroter Rosen – wie das explodierende Hirn eines sterbenden Tiers, musste er denken, und Elphabas früheres Engagement fiel ihm ein. Oder war es vielleicht ein Tribut an die angeblichen Zauberkräfte von Elefanten?

Darunter hing ein zerkratztes und angeschlagenes ovales Stück Glas, das vielleicht als Spiegel benutzt wurde, obwohl es dazu nur wenig zu taugen schien.

»Hier bist du also zu Hause«, sagte Fiyero, während Elphaba der Katze Futter gab und Fiyero wieder ignorierte.

»Stell mir kein Fragen, dann bekommst du keine Lügen erzählt«, sagte sie.

»Darf ich mich setzen?«

»Das ist die Frage …« Doch dabei grinste sie. »Na schön, setz dich für zehn Minuten und erzähl mir von dir. Was hat ausgerechnet dich zu einem schicken Städter gemacht?«

»Der Schein trügt«, sagte er. »Ich kann die Kleidung anziehen und die Sprache annehmen, aber darunter bin ich nach wie vor ein waschechter Arjiki.«

»Wie lebst du so?«

»Gibt es etwas zu trinken? Kein Alkohol – ich habe schlicht Durst.«

»Ich habe kein fließendes Wasser. Ich benutze keins. Es gibt etwas fragwürdige Milch – Mulki trinkt sie immerhin noch –, oder dort oben im Regal steht eine Flasche Bier. Bedien dich!«

Sie goss sich einen Schluck in ein Gläschen und überließ ihm den Rest.

Er erzählte ihr in den gröbsten Umrissen von seinem Leben. Von seiner Frau Sarima, der Kindheitsbraut, die erwachsen geworden war und ihm drei Kinder geboren hatte. Von der alten staatlichen Wasserwerkszentrale in Kiamo Ko, die sein Vater noch zur Zeit des Ozma-Regenten in seine Gewalt gebracht und zu einem Häuptlingssitz und einer Stammesfeste ausgebaut hatte. Von der extremen Zwiespältigkeit eines Lebens, in dem man Jahr für Jahr aus dem Tausendjährigen Grasland, wo der Stamm im Frühling und Sommer jagte und es sich gutgehen ließ, nach Kiamo Ko zog, um dort im Herbst und Winter ein sesshafteres Dasein zu führen. »Ein Arjikifürst hat geschäftlich hier in der Smaragdstadt zu tun?«, sagte Elphaba. »Wenn es Bankgeschäfte wären, wärst du in Shiz. Das Geschäft dieser Stadt ist das Militär, mein Freund. Was führst du im Schilde?«

»Du hast genug von mir erfahren«, sagte er. »Ich kann auch verschlossen und verschwiegen tun, auch wenn gar nichts dran ist und es überhaupt keine dunklen Geheimnisse gibt.« Er vermutete, dass er seine alte Freundin mit irgendwelchen langweiligen Handelsabkommen nicht sonderlich beeindrucken konnte. Es war ihm peinlich, dass seine Geschäfte nicht waghalsiger und spannender waren. »Aber ich habe lange genug geredet. Was ist mit dir, Elphie?«

Ein paar Minuten lang sagte sie nichts. Sie packte etwas getrocknete Wurst und gräuliches Brot aus und legte zwei Orangen und eine Zitrone unfeierlich auf den Tisch. In dem trüben Licht sah sie eher wie ein Schatten als wie ein Mensch aus. Ihre grüne Haut wirkte eigentümlich weich, wie zarteste Frühlingsblätter. Er verspürte den unbekannten Drang, sie am Handgelenk zu packen, damit sie aufhörte, zu tun und zu machen, und, wenn sie schon nicht redete, wenigstens irgendwo still stehenblieb, so dass er sie anschauen konnte.

»Iss das hier!«, sagte sie schließlich. »Ich habe keinen Hunger. Iss du, greif zu!«

»Erzähl mir von dir«, bat er. »Du hast uns seinerzeit in Shiz verlassen, hast dich verzogen wie Morgennebel. Warum, wohin und was kam dann?«

»Wie poetisch du bist«, sagte sie. »In meinen Augen ist Poesie die höchste Form des Selbstbetrugs.«

»Lenk nicht vom Thema ab.«

Doch sie war aufgeregt. Ihr Finger zuckten. Sie rief nach der Katze, machte sie mit hektischem Kraulen nervös und warf sie wieder vom Schoß. Schließlich sagte sie: »Na gut, ein bisschen also. Aber du darfst nie wiederkommen. Ich will nicht umziehen müssen, die Wohnung hier ist hervorragend für mich. Versprichst du das?«

»Ich werde mir überlegen, ob ich es verspreche, mehr nicht. Wie könnte ich mehr versprechen! Ich weiß doch noch gar nichts.«

Hastig begann sie zu erzählen: »Na ja, mit Shiz war ich fertig. Der Tod von Doktor Dillamond quälte mich: dass alle Trauer bekundeten und niemand sie wirklich empfand. Es war sowieso nicht der richtige Ort für mich, diese ganzen albernen Hühner. Auch wenn ich Glinda recht gern gemocht habe. Was treibt sie so?«

»Ich habe keinen Kontakt zu ihr. Ich rechne immer damit, ihr mal auf einem Palastempfang zu begegnen. Mir ist zu Ohren gekommen, dass sie einen Freiherrn von Paltos geheiratet hat.«

Elphaba blickte unmutig, und ihr Rücken straffte sich. »Bloß einen Freiherrn? Nicht einmal einen Grafen oder Fürsten? Wie enttäuschend. Ihre vielversprechenden Anlagen sind also nicht zur Entfaltung gekommen.« Das war als Witz gemeint, klang aber steif und humorlos. »Hat sie Kinder?«

»Weiß ich nicht. Aber ich bin jetzt mit Fragen dran, nicht vergessen.«

»Und Palastempfänge!«, sagte sie. »Steckst du mit unserem glorreichen Zauberer unter einer Decke?«

»Er lebt mittlerweile völlig zurückgezogen, wie ich höre. Ich habe ihn nie persönlich kennengelernt«, sagte Fiyero. »Wenn er in die Oper geht, sitzt er hinter einem tragbaren Paravent. Bei seinen eigenen Diners speist er allein, in einem Nebenzimmer hinter einer kunstvoll durchbrochenen marmornen Schranke. Einmal habe ich einen stattlichen Mann im Profil eine Promenade entlanggehen sehen. Sofern das überhaupt der Zauberer war, war das der einzige Blick, den ich je auf ihn hatte. Aber du, du: *du!* Warum hast du mit uns allen gebrochen?«

»Ich habe euch zu gerngehabt, um den Kontakt aufrechtzuerhalten.«

»Was soll *das* nun bedeuten?«

»Frag mich nicht!«, rief sie und warf die Arme in die Luft.

»Doch, ich frage dich. Wohnst du seit der Zeit hier? Seit fünf Jahren? Studierst du? Arbeitest du?« Er rieb sich die bloßen Unterarme, während er sie zu ergründen versuchte: Was würde ihr ähnlich sehen? »Arbeitest du in der Liga zur Unterstützung der Tiere mit oder in einer dieser humanitären Widerstandsgruppen?«

»Ich vermeide es, die Worte ›human‹ oder ›humanitär‹ zu gebrauchen, weil Menschlichkeit für mich gleichbedeutend ist mit der Fähigkeit, die scheußlichsten Verbrechen zu begehen.«

»Du weichst schon wieder aus.«

»Von Berufs wegen sozusagen«, sagte sie. »Siehst du, da hast du einen Anhaltspunkt, mein lieber Fiyero.«

»Sag es genauer.«

»Ich bin untergetaucht«, sagte sie leise. »Ich lebe im Untergrund. Du bist der Erste, der meine Anonymität geknackt hat, seit ich vor fünf Jahren von Glinda Abschied genommen habe. So, jetzt weißt du, warum ich nicht mehr sagen kann und warum du mich nicht wiedersehen darfst. Was weiß ich, ob du mich nicht an die Sturmtruppe verrätst.«

»Ha! Diese Schinder! Du hast ja eine sehr schlechte Meinung von mir, wenn du denkst, ich −«

»Herrje, woher soll ich das wissen!« Sie verklammerte ihre grünen Finger. »Sie trampeln mit ihren Stiefeln über die Armen und Schwachen hinweg. Sie werfen um drei Uhr morgens Familien aus dem Bett und führen Oppositionelle ab, sie hauen mit ihren Äxten Druckerpressen in Stücke, sie halten mitternächtliche Scheinprozesse wegen Hochverrat ab und führen bei Tagesanbruch die Hinrichtungen durch. Sie durchstöbern sämtliche Viertel dieser trügerisch schönen Stadt. Monat für Monat bringen sie ihre Ernte an Opfern ein. Es ist eine Schreckensherrschaft. Es könnte sein, dass sie in diesem Moment auf der Straße aufmarschieren. Auch wenn sie mir nie gefolgt sind, könnten sie dir gefolgt sein.«

»Du bist nicht so schwer zu verfolgen, wie du meinst«, erklärte er ihr. »Du bist gut, aber so gut auch wieder nicht. Ich könnte dir ein paar Dinge beibringen.«

»Ganz bestimmt«, sagte sie, »aber dazu wird es nicht kommen, denn ein zweites Treffen wird es nicht geben. Es ist zu gefährlich, für dich wie für mich. Das habe ich gemeint, als ich sagte, ich hätte euch alle zu gerngehabt, um den Kontakt aufrechtzuerhalten. Meinst du, die Sturmtruppe schreckt davor zurück, Freunde und Verwandte zu foltern, um an wichtige Informationen zu kommen? Du hast Frau und Kinder, und ich bin bloß eine alte Studienfreundin, die dir zufällig über den Weg gelaufen ist. Beachtlich, dass du mir folgen konntest. Nie wieder, hörst du? Ich werde umziehen, wenn ich herausfinde, dass du mir nachstellst. Ich kann meine Sachen nehmen und in dreißig Sekunden verschwunden sein. Das habe ich gelernt.«

»Sei nicht so zu mir«, sagte er.

»Wir sind alte Freunde, aber besonders gut befreundet waren wir nicht. Mach hieraus jetzt kein sentimentales Rendezvous. Es war schön, dich zu sehen, aber ich will dich nie mehr wiedersehen. Pass auf dich auf, und sieh dich vor mit Verbindungen zu den höheren Schweinekreisen, denn wenn die Revolution kommt, wird es für Kriecher und Arschlecker keine Gnade geben.«

»Mit, was?, dreiundzwanzig?, spielst du die Revolutionsbraut?«, sagte er. »Das passt nicht zu dir.«

»Es ist unpassend«, stimmte sie zu. »Genau das richtige Wort für mein neues Leben. Unpassend. Ich habe noch nie gepasst, und mir hat noch nie etwas gepasst. Wobei ich bemerken möchte, dass du genauso alt bist wie ich und hier als Fürst durch die Landschaft stolzierst. So, bist du satt? Wir müssen jetzt Lebewohl sagen.«

»Müssen wir nicht«, widersprach er entschieden. Er hätte gern ihre Hand genommen – er konnte sich nicht erinnern, sie je zuvor berührt zu haben. Er korrigierte sich: Er wusste, dass er es nicht getan hatte.

Es war fast, als könnte sie seine Gedanken lesen. »Du weißt, wer du bist«, sagte sie, »aber du weißt nicht, wer ich bin. Es geht nicht, es geht und geht und geht nicht – zum einen, weil es nicht sein darf, zum anderen, weil du nicht dazu in der Lage bist. Behüte dich wer oder was auch immer, Fiyero. Mach's gut.«

Sie reichte ihm seinen Abendmantel und hielt ihm zum Abschied die Hand hin. Er nahm sie und blickte ihr ins Gesicht, das eine Sekunde lang aufgegangen war. Was er dort sah, jagte ihm gleichzeitig kalte und heiße Schauer über den Rücken. Er erschrak vor dem Ausmaß ihrer Bedürftigkeit.


»Was hörst du so von Boq?«, erkundigte sie sich, als sie sich das nächste Mal trafen.

»Du willst mir einfach keine Frage zu deiner Person beantworten, stimmt's?«, sagte er. Er saß zurückgelehnt da, die Füße auf den Tisch gelegt. »Warum hast du mir zu guter Letzt doch erlaubt wiederzukommen, wenn du dich weiter verschließt wie eine Gefangene?«

»Ich mochte Boq gern, nur deshalb frage ich.« Sie grinste. »Ich habe dich wiederkommen lassen, um Neuigkeiten von ihm und den anderen aus dir herauszukitzeln.«

Er erzählte ihr, was er wusste. Boq hatte zur allgemeinen Überraschung Milla geheiratet. Er hatte sie nach Nestenhartung geschleift, wo sie todunglücklich war. Sie hatte mehrere Selbstmordversuche unternommen. »Seine regelmäßigen Briefe zu den Lurlinalien sind zum Schießen. Sie kommentieren ihre gescheiterten Versuche, sich umzubringen, in der Art eines jährlichen Familienberichts.«

»Ich frage mich, was meine Mutter unter ganz ähnlichen Umständen wohl durchgemacht hat«, sagte Elphaba. »Bei beiden die privilegierte Kindheit im großen Herrensitz, dann der brutale Schock eines Lebens im Niemandsland. In Mamas Fall führte der Abstieg von Kolkengrund nach Binsenrain und dann ins Quadlinger Tiefland. Eine Strafe der härtesten Art.«

»Wie die Mutter, so die Tochter«, sagte Fiyero. »Hast du nicht ebenfalls auf ein ziemlich privilegiertes Leben verzichtet, um hier wie eine Schnecke zu hausen? Verborgen und einsam?«

»Ich weiß noch, wie ich dich zum ersten Mal gesehen habe.« Sie schüttelte ein paar Tropfen Essig über das Gemüse, das es zum Abendessen geben sollte. »Es war in diesem Hörsaal bei Doktor … Wie hieß er noch mal?«

»Doktor Nikidik.« Fiyero errötete bei den Worten.

»Du hattest diese wunderschöne Zeichnung im Gesicht – so etwas hatte ich noch nie gesehen. War dieser Auftritt damals darauf berechnet, unsere Herzen zu erobern?«

»Bei meiner Ehre, wenn ich irgendetwas anderes hätte tun können, hätte ich es getan. Ich war ebenso beschämt wie verängstigt. Weißt du, ich dachte wirklich, dieses verzauberte Geweih würde mich umbringen. Und meine Retter waren der komische Krapp und der verquasselte Timmel.«

»Krapp und Timmel! Timmel und Krapp! Die hatte ich völlig vergessen. Was machen die so?«

»Timmel hat sich von dieser Eskapade im Philosophischen Club nie wieder richtig erholt. Krapp hat, glaube ich, bei einem Kunstauktionshaus angefangen und treibt sich ansonsten in der Theaterszene herum. Ich sehe ihn hin und wieder bei Veranstaltungen, aber wir sprechen nicht miteinander.«

»Na, du bist vielleicht streng!« Sie lachte. »Aber da ich so lüstern bin wie alle anderen auch, habe ich mich natürlich immer gefragt, wie es im Philosophischen Club wohl war. Weißt du, im nächsten Leben würde ich sie alle gern einmal wiedersehen. Und Glinda, die liebe Glinda. Selbst den scheußlichen Avaric. Was macht der?«

»Mit Avaric spreche ich noch. Er verbringt die meiste Zeit des Jahres auf seinem Markgrafensitz, aber er hat ein Haus in Shiz. Und wenn er in der Smaragdstadt ist, steigt er im selben Club ab wie ich.«

»Ist er immer noch so ein eingebildeter Schnösel?«

»Jetzt bist du aber streng!«

»Kann schon sein.« Sie begannen zu essen. Fiyero rechnete damit, dass sie nach seiner Familie fragte. Doch anscheinend zogen sie es beide vor, über ihre häuslichen Lebensumstände voreinander Stillschweigen zu bewahren: er über Frau und Kinder im heimischen Winkus, sie über ihren Kreis von Agitatoren und Aufrührern.

Wenn er das nächste Mal kam, dachte er, musste er ein Hemd mit offenem Kragen tragen, damit sie sehen konnte, dass das blaue Karomuster in seinem Gesicht sich auf seiner Brust fortsetzte ... Da es ihr zu gefallen schien.

»Du verbringst doch gewiss nicht den ganzen Herbst in der Smaragdstadt, oder?«, fragte sie eines Abends, als es langsam kälter wurde.

»Ich habe Sarima benachrichtigt, dass die Geschäfte mich auf unbestimmte Zeit hier festhalten. Es macht ihr nichts aus. Wie sollte es ihr auch etwas ausmachen? Wo sie das Glück gehabt hat, als kleines Kind aus einer schmutzigen Karawanserei herausgeholt und mit einem arjikischen Fürstensohn verheiratet zu werden. Ihre Eltern waren nicht dumm. Sie hat Essen, Diener und die festen Steinmauern von Kiamo Ko zum Schutz vor den anderen Stämmen. Sie geht jetzt nach ihrem dritten Kind ein wenig in die Breite. Sie kriegt es kaum mit, ob ich zu Hause bin oder nicht – sie hat schließlich fünf Schwestern, die alle mit eingezogen sind. Ich habe einen Harem geheiratet.«

»Nein!« Elphaba klang von der Vorstellung fasziniert und ein wenig peinlich berührt.

»Nein, du hast recht, das stimmt nicht ganz. Sarima hat mich ein- oder zweimal wissen lassen, dass ihre jüngeren Schwestern liebend gern meiner Manneskraft ein nächtliches Betätigungsfeld bieten würden. Im Land hinter den Großen Kallen ist das Tabu gegen solche

Bräuche nicht mehr so strikt, wie es im übrigen Oz zu sein scheint, also schau nicht so schockiert.«

»Ich kann nichts dagegen machen. Hast du es getan?«

»Habe ich was getan?« Er spielte mit ihr.

»Hast du mit deinen Schwägerinnen geschlafen?«

»Nein«, antwortete er. »Nicht wegen moralischer Bedenken, auch nicht aus Mangel an Interesse. Der Grund ist, dass Sarima eine schlaue Frau ist und die Ehe ein einziges Taktieren. Sie hätte mich noch mehr in der Hand gehabt als jetzt schon.«

»So übel ist die Ehe?«

»Du bist nicht verheiratet, du weißt das nicht. Ja, so übel.«

»Ich bin verheiratet«, sagte sie, »nur nicht mit einem Mann.«

Er zog die Augenbrauen hoch. Sie schlug die Hände vors Gesicht. Er hatte diesen Blick noch nie bei ihr gesehen – ihre Worte hatten sie selbst erschreckt. Sie musste sich kurz abwenden, sich räuspern, die Nase putzen. »Verdammt, *Tränen*, sie brennen wie Feuer!«, rief sie plötzlich ganz außer sich, eilte zu einer alten Decke und wischte sich die Augen, bevor das salzige Nass ihr die Wangen hinunterlaufen konnte.

Sie stand vornübergebeugt wie eine alte Frau, einen Arm auf dem Tresen, in der anderen Hand die ins Gesicht gedrückte Decke. »Elphie, Elphie«, sagte er entsetzt, trat zu ihr und schlang die Arme um sie. Die Decke hing zwischen ihnen vom Kinn bis zu den Füßen, doch es war, als wollte sie jeden Augenblick in Flammen ausbrechen oder in Rosen oder eine Fontäne von Champagner und Weihrauch. Seltsam, wie einem die lebhaftesten Bilder durch den Kopf schossen, wenn der Körper am wachsten war …

»Nein«, schrie sie, »nein, nein, ich bin keine Haremsdame, ich bin keine Frau, ich bin kein Mensch, nein!« Doch ihre Arme griffen von selber nach ihm und drückten ihn an die Wand wie damals das verhexte Geweih, aber nicht um ihn zu töten.

Mit ungewohnter Diskretion sprang Mulki auf eine Kiste und sah in die andere Richtung.

Während sich das oberste Stockwerk des ehemaligen Getreidespeichers in ihr Liebesnest verwandelte, herrschte draußen wechselhaftes Herbstwetter: mal mild, mal ein Tag Sonne, mal vier Tage kalter Wind und Nieselregen.

Es gab Zeiten, wo sie sich tagelang nicht sehen konnten. »Ich habe zu tun, vertraue mir, oder du siehst mich nicht wieder«, sagte sie. »Ich werde Glinda schreiben und sie bitten, mir den Zauberspruch zu verraten, mit dem man in einer Rauchwolke verpufft. Ich mache Spaß, aber es ist mir ernst, Fiyero.«

»Fiyero + Fae« schrieb er in das Mehl, das sie ausstreute, um einen Pastetenteig auszurollen. Fae, hatte sie geflüstert, als wollte sie es selbst vor der Katze geheimhalten, sei ihr Deckname. In der Zelle durfte keiner den anderen bei seinem richtigen Namen kennen.

Sie ließ sich von ihm nicht bei Licht nackt sehen, doch da er sie ohnehin nicht am Tage besuchen durfte, störte ihn das nicht besonders. An den verabredeten Abenden saß sie nackt unter der Decke, während sie auf ihn wartete, und las Aufsätze über politische Theorie und Moralphilosophie. »Ich weiß nicht, ob ich sie verstehe, ich lese sie als Gedichte«, gestand sie ihm einmal. »Ich mag den Klang der Worte, aber ich erwarte im Grunde nicht, dass meine beschränkte und tendenziöse Wahrnehmung der Welt sich durch das, was ich lese, ändert.«

»Ändert sie sich durch die Art, wie du lebst?«, fragte er, während er das Licht löschte und sich auszog.

»Du denkst, das wäre mir alles neu«, sagte sie seufzend. »Du hältst mich für komplett jungfräulich.«

»Du hast beim ersten Mal nicht geblutet«, bemerkte er. »Da muss ich gar nicht erst zu denken anfangen.«

»Ich weiß, was du denkst«, sagte sie. »Aber wie erfahren bist *du*, großmächtiger Herr Fiyero, Arjikifürst von Kiamo Ko, gewaltigster Jäger im Tausendjährigen Grasland, oberster Häuptling in den Großen Kallen?«

»Ich bin Wachs in deinen Händen«, sagte er wahrheitsgemäß. »Ich habe eine Kindsbraut geheiratet, und aus Machtgründen bin ich ihr nicht untreu geworden. Bis jetzt. Du bist nicht wie sie«, fügte er hinzu. »Es ist anders mit dir. Du bist nicht so leicht zu ergründen.«

»Mich gibt es gar nicht«, sagte sie. »Du bist ihr also auch jetzt nicht untreu.«

»Dann lass uns auf der Stelle nicht untreu sein«, sagte er. »Ich kann's kaum erwarten.« Er strich ihr über die Rippen, über den straffen Bauch weiter nach unten. Jedes Mal nahm sie dann seine Hände und legte sie auf ihre kleinen, hocherregbaren Brüste; sie mochte am Unterleib nicht angefasst werden. Sie gingen in der gemeinsamen Bewegung auf, blaue Karos auf grünem Feld.

Er hatte tagsüber nicht genug Beschäftigung. Als Häuptling der Arjikis wusste er, dass feste Verbindungen zum Wirtschaftszentrum der Smaragdstadt in ihrem politischen Interesse waren. Doch die Vertretung arjikischer Wirtschaftsinteressen erforderte nur, dass Fiyero sich bei gesellschaftlichen Anlässen, in Vorstandssitzungen und bei Finanzbesprechungen blicken ließ. In der übrigen Zeit streifte er auf der Suche nach Fresken der heiligen Glinda und anderer Heiliger umher. Elphaba-Fabala-Elphie-Fae erzählte ihm nie, was sie damals in der St.-Glinda-Kirche des Nonnenklosters am St.-Glinda-Platz gemacht hatte.

Eines Tages besuchte er Avaric, und sie aßen zusammen zu Mittag. Avaric schlug danach ein Amüsierlokal vor, und Fiyero lehnte dankend ab. Avaric war selbstherrlich, zynisch, korrupt und gutaussehend wie immer. Es gab nicht viel Klatsch, den er Elphaba erzählen konnte.

Der Wind riss die Blätter von den Bäumen. Die Sturmtruppe schaffte weiterhin TIERE und Kollaborateure aus der Stadt. Die Zinssätze in den gillikinesischen Banken schnellten in die Höhe – gut für Investoren, schlecht für Leute mit zinsvariablen Darlehen. Zwangsvollstreckungen bei vielen wertvollen Innenstadtgrundstücken. Weit vor der Zeit begannen die Geschäfte die grüngoldenen Lichterketten der Lurlinalien aufzuhängen, um vorsichtige und deprimierte Bürger zum Kaufen zu animieren.

Lieber als alles andere wäre er mit Elphaba durch die Straßen der Smaragdstadt spaziert. Es gab für Verliebte keine schönere Stadt, vor allem wenn zur Dämmerung die Lichter angingen und vor dem blauroten Abendhimmel golden leuchteten. Er war vorher noch nie verliebt gewesen, erkannte er jetzt. Das beschämte ihn. Es machte ihm Angst. Er hielt es kaum aus, wenn die erzwungene Trennung von ihr länger als vier oder fünf Tage dauerte.

»Küsse Irji, Manek und Nor von mir«, schrieb er unter seinen wöchentlichen Brief an Sarima, die nicht zurückschreiben konnte, unter anderem weil sie keines der Alphabete je gelernt hatte. Irgendwie fasste er ihr Stillschweigen als unausgesprochene Billigung dieses ehebrecherischen Intermezzos auf. Von Küssen für sie schrieb er nichts. Er hoffte, dass es die mitgeschickte Schokolade tat.

Er wälzte sich herum und zog die Decke mit; Elphaba holte sie sich zurück. Die Luft im Raum war so kalt, dass man die Feuchtigkeit spüren konnte. Mulki erduldete ihre zappelnden Beine, um nur in ihrer wärmenden Nähe zu bleiben, und gab dafür, was man bei Katzen für Zuneigung hält.

»Fae, mein Schatz«, sagte Fiyero. »Du weißt es wahrscheinlich schon, und ich habe auch nicht vor, ein Mitstreiter in deinem Kampf zu werden – für die Senkung der Bibliotheksgebühren oder die Rücknahme des Halsbandzwangs für Katzen oder was weiß ich. Aber ich halte die Ohren offen. Gegen die Quadlinger wird wieder militärisch vorgegangen. Jedenfalls wird das bei uns im Club, in der Presse und über Lautsprecher verbreitet. Anscheinend ist eine Armeedivision bei einem Einfall in Quadlingen bis Qhoyre vorgestoßen und hat überall verbrannte Erde hinterlassen. Dein Vater, dein Bruder und Nessarose, leben sie noch dort?«

Elphaba gab eine Weile keine Antwort. Sie schien nicht nur darüber nachdenken zu müssen, was sie sagen wollte, sondern vielleicht auch darüber, woran sie sich noch erinnern konnte. Ihre Miene verriet Verwirrung, ja Gereiztheit. Schließlich sagte sie: »Wir haben eine Zeitlang in Qhoyre gelebt, als ich ungefähr zehn war. Es ist ein eigentümliches Städtchen, mitten im Sumpf gebaut. Die Hälfte der Straßen sind Kanäle. Die Dächer sind niedrig, die Fenster sind zur Sicherheit vergittert und zur Belüftung immer schräg gestellt, die Luft ist dampfig und die Flora üppig: großflächige palmenartige Blätter, beinahe wie flache Steppkissen, die im Wind aneinander schlagen und dabei ein Geräusch machen wie tirr tirr, tirr tirr.«

»Ich glaube, von Qhoyre ist nicht mehr viel übrig«, sagte Fiyero zögernd. »Wenn die Gerüchte stimmen, die ich gehört habe.«

»Nein, Papa ist zum Glück nicht mehr dort«, fuhr Elphaba fort. »Sofern er nicht zurückgegangen ist. Er hatte bei den guten Leutchen von Qhoyre keine großen missionarischen Erfolge zu verbuchen. Sie baten Papa und mich ins Haus, bewirteten uns mit pappigen Küchlein und lauwarmem Rotminztee. Wir saßen am Boden auf schimmeligen Polstern und hielten uns Geckos und Spinnen vom Leib. Papa verbreitete sich weitschweifig über die Freigebigkeit des Namenlosen Gottes, schwang wie gewohnt seine fremdenfreundlichen Reden. Er führte mich als Beweis an. Ich setzte dann ein grauenhaft braves Grinsen auf und sang einen Choral – die einzige Musik, die Papa guthieß. Ich war furchtbar schüchtern und schämte mich wegen meiner Haut, aber Papa hatte mich vom Wert seiner Arbeit überzeugt.

Aus Gastfreundlichkeit kapitulierten die gutmütigen Bürger von Qhoyre irgendwann. Sie sprachen die Gebete an den Namenlosen Gott nach, aber man merkte, dass sie mit dem Herzen nicht dabei waren. Ich glaube, ich spürte sehr viel deutlicher als Papa, wie wenig wir tatsächlich erreichten, und es entmutigte mich.«

»Und wo sind sie jetzt? Papa, Nessarose und der Junge – dein Bruder, wie hieß er noch mal?«

»Krott heißt er. Nun, Papa meinte, weiter im Süden von Quadlingen tätig werden zu müssen, wirklich am Ende der Welt. Wir wohnten nacheinander in mehreren winzigen Häuschen in der Gegend von Huden – die Buden in Huden nannten wir sie –, in dieser harten, brutalen Landschaft mit ihrer furchtbaren Schönheit.«

Auf seine fragende Miene hin führte sie das weiter aus. »Vor fünfzehn, zwanzig Jahren, Fiyero, entdeckten die Spekulanten aus der Smaragdstadt die dortigen Rubinvorkommen. Erst unter dem Ozma-Regenten, nach dem Putsch dann unter dem Zauberer: Die hässlichen Praktiken blieben die gleichen. Immerhin wurde unter dem Ozma-Regenten die Ausbeutung nicht mit Mord und roher Gewalt betrieben. Mit Elefanten schafften die Ingenieure Kies heran, sie dämmten Quellen ein, sie perfektionierten ein kompliziertes System des Tagebaus im ein Meter hohen brackigen Grundwasser. Papa fand, diese Situation des gesellschaftlichen Unfriedens sei für die Missionsarbeit wie geschaffen. Und er hatte recht. Die Quadlinger bekämpften den Zauberer mit konfusen Proklamationen, sie verfielen auf alte Totems, aber ihre einzigen richtigen Waffen waren Steinschleudern. Also rotteten sie sich um meinen Vater zusammen. Er gewann sie für seinen Glauben, und sie zogen mit dem Fanatismus der Neubekehrten in den Kampf. Sie wurden vertrieben und verschwanden. Aber wenigstens waren sie des unionistischen Segens teilhaftig.«

»Du bist vielleicht bitter.«

»Ich war ein *Werkzeug*. Mein guter Vater hat mich benutzt – Nessarose auch, aber seltener, weil sie nicht so gut umherziehen konnte –, er hat mich als Anschauungsbeispiel benutzt. Dass sie ihm vertrauten, lag zum Teil an meinem Gesang, hauptsächlich aber an meinem ungewöhnlichen Aussehen. Wenn der Namenlose Gott mich lieben konnte, wie viel treuer würde er dann für sie sorgen, die keine Missbildungen aufwiesen.«

»Heißt das, es ist dir gleichgültig, wo er im Augenblick ist oder was ihm zustößt?«

»Wie kannst du so etwas sagen?« Entrüstet setzte sie sich auf. »Ich liebe diesen engstirnigen alten Spinner. Er hat wirklich an das geglaubt, was er gepredigt hat. Er dachte sogar, dass ein Toter, der in einem Brackwassertümpel schwamm – sofern er irgendwo das Bekehrungsmal an sich trug –, besser dran war als ein Überlebender. Er war der Meinung, dass er ihm einen Fahrschein direkt in das Andere

Land des Namenlosen Gottes ausgestellt hatte. Er fand, glaube ich, dass er seine Pflicht vorbildlich erfüllt hatte.«

»Und du nicht?« Mit Fiyeros spirituellem Leben war es nicht weit her. Er fühlte sich nicht befugt, ein Urteil über die Berufung ihres Vaters zu fällen.

»Vielleicht hatte er seine Pflicht vorbildlich erfüllt«, sagte sie traurig. »Woher soll ich das wissen? Aber nicht für mein Gefühl. In einer Siedlung nach der anderen feierten wir Bekehrungserfolge. In einer Siedlung nach der anderen kamen die Bautrupps an und sprengten das Dorfleben in die Luft. Kein Aufschrei der Empörung im übrigen Oz. Niemand schenkte der Sache Beachtung. Wer interessierte sich schon für Quadlinger?«

»Aber was hat ihn ursprünglich dorthin verschlagen?«

»Er und Mama hatten einen Freund, einen Quadlinger, der in unserem Haus starb, einen wandernden Glasbläser.«

Elphaba runzelte die Stirn, schloss die Augen und wollte nicht mehr darüber sagen. Fiyero küsste ihre Fingernägel. Er küsste ihr das V zwischen Daumen und Zeigefinger, er lutschte daran, als wäre es ein Stück Zitrone.

Nach einer Weile sagte er: »Aber Elphie-Fabala-Fae, machst du dir denn gar keine Sorgen um deinen Vater und Nessarose und deinen kleinen Bruder?«

»Mein Vater hat ein Faible für hoffnungslose Fälle. Das gibt seinem Scheitern im Leben eine gewisse Berechtigung. Eine Zeitlang gab er sich als Prophet aus, der die Rückkehr des letzten, verschollenen Sprosses der Ozma-Linie verkündete. Das ist jetzt vorbei. Und mein Bruder Krott – er muss mittlerweile fünfzehn sein. Fiyero, ich will mir keine Sorgen um sie machen und ich will mich nicht wegen der nächsten Militäraktion ängstigen. Ich kann nicht in ganz Oz herumflitzen – vielleicht auf diesem Besenstiel dort wie eine Märchenhexe – und nach dem Rechten sehen. Ich bin in den Untergrund gegangen, damit ich mir keine Sorgen mehr mache. Und was früher oder später mit Nessarose passiert, weiß ich.«

»Nämlich was?«

»Wenn mein Urgroßvater sich endlich für immer verabschiedet, wird sie die nächste Eminenz Thropp werden.«

»Ich dachte, du kämst dann an die Reihe. Bist du nicht die Ältere?«

»Ich bin verschwunden, mein Lieber, ich habe mich in Luft aufgelöst. Das war's. Und Nessarose wird das guttun. Sie wird da draußen in Nestenhartung eine Art Provinzkönigin sein.«

»Sie hat in Shiz anscheinend einen Kurs in Zauberei belegt. Hast du das gewusst?«

»Nein, habe ich nicht. Na, gratuliere. Wenn sie jemals von ihrem Sockel steigt, auf dem in goldenen Lettern geschrieben steht *AN MORAL UND RECHTSCHAFFENHEIT UNÜBERTROFFEN*, wenn sie sich traut, die kleine Hexe zu sein, die sie in Wirklichkeit ist, dann wird sie zur Hexe des Ostens werden. Ämmchen und das ganze treue Gefolge in Kolkengrund werden sie stützen.«

»Ich dachte, du hättest sie gern.«

»Merkst du nicht, wenn jemand etwas aus Liebe sagt?«, schimpfte Elphaba. »Ich liebe Nessie. Sie ist eine Nervensäge, sie ist unerträglich selbstgerecht, sie ist ein gemeines Biest. Ich bete sie an.«

»Auch wenn sie die Eminenz Thropp wird?«

»Besser sie als ich«, sagte Elphaba trocken. »Zum Beispiel hat sie einen guten Geschmack für Schuhe.«

Eines Nachts schien der Vollmond durch das Oberlicht direkt auf die schlafende Elphaba. Fiyero war wachgeworden und noch hinaus auf den Nachttopf gegangen. Mulki jagte auf der Treppe Mäuse. Als er zurückkam, betrachtete Fiyero die Gestalt seiner Geliebten, deren Haut im Mondlicht eher perlmuttartig als grün schimmerte. Er hatte ihr einen traditionellen winkischen Seidenschal mit Fransen mitgebracht – Rosen auf schwarzem Grund – und ihn ihr um die Hüften gebunden, und von da an war er ihr Liebeskostüm geworden. Im Schlaf war er nach oben gerutscht, und Fiyero bewunderte die Kurve ihrer Hüfte, die zarte Bildung ihres Knies, die knochige Fessel. Ein Parfümgeruch lag noch in der Luft und ein harziger, animalischer Geruch und der Geruch des mystischen Meeres und der süße, heimliche Geruch im Liebesakt zerwühlter Haare. Er setzte sich auf die Bettkante und sah sie genauer an. Ihre Schamhaare, beinahe eher violett als schwarz, wuchsen in glitzernden Ringellöckchen, ganz anders als die von Sarima. In der Leistengegend war ein merkwürdiger Schatten – im ersten Moment fragte er sich verschlafen, ob einige seiner blauen Karos in der Hitze des Liebesspiels auf ihrer Haut aufgedampft worden waren. Oder war es eine Narbe?

Doch da wachte sie auf und zog im Mondschein die Decke über sich. Sie lächelte ihn halb träumend an und murmelte: »Yeros, mein Heros.«

Andererseits konnte sie unglaublich wütend werden.

»Es würde mich nicht wundern, wenn die Roulade, die du gerade mit gedankenloser Selbstverständlichkeit verschlingst, von einem SCHWEIN heruntergeschnitten wäre«, bäffte sie ihn einmal an.

»Nur weil du schon gegessen hast, musst du mir nicht den Appetit verderben«, protestierte er sanft. Freie TIERE kamen in seiner Heimat nicht sehr häufig vor, und die wenigen, die er in Shiz kennengelernt hatte, ausgenommen die im Philosophischen Club in jener Nacht, hatten keinen großen Eindruck auf ihn gemacht. Das Elend der TIERE berührte ihn nicht sehr.

»Deshalb sollte man sich nicht verlieben. Die Liebe macht einen blind, sie ist ein bösartiger Wahnsinn.«

»Jetzt hast du mir das Essen verleidet.« Er verfütterte den Rest der Roulade an Mulki. »Was um alles in der Welt weißt du vom Bösen? Du bist doch nur eine kleine Nummer in diesem Rebellennetzwerk, nicht wahr? Eine Anfängerin.«

»Eines weiß ich: Die Bosheit der Männer kommt von der Dummheit und Blindheit, die ihre Macht erzeugt«, sagte sie.

»Und was ist mit den Frauen?«

»Frauen sind schwächer, aber ihre Schwäche ist voller List und einer genauso großen moralischen Rigidität. Da ihr Wirkungskreis kleiner ist, ist auch ihre Fähigkeit, echten Schaden anzurichten, weniger besorgniserregend. Sie gehen mehr auf andere ein, sind aber auch hinterhältiger.«

»Und was ist mit meiner Fähigkeit zum Bösen?«, fragte Fiyero, der sich mitgemeint und daher unbehaglich fühlte. »Und mit deiner?«

»Fiyeros Fähigkeit zum Bösen liegt darin, dass er zu krampfhaft an die Fähigkeit zum Guten glaubt.«

»Und deine?«

»Meine liegt darin, dass ich in Epigrammen denke.«

»Du lässt dich billig davonkommen«, sagte er leicht verärgert. »Hat dein geheimes Netzwerk dich dafür rekrutiert? Dass du geistreiche Epigramme von dir gibst?«

»Oh, es sind große Dinge im Schwange«, sagte sie mit untypischer Offenheit. »Ich werde nicht im Mittelpunkt stehen, aber ich werde am Rande mitwirken, glaube mir.«

»Was meinst du damit? Einen Staatsstreich?«

»Kümmere dich nicht darum, dann bleibst du ohne Schuld. Genau wie du es dir wünschst.« Das war gemein von ihr.

»Ein Attentat? Und wenn du nun irgendeinen großen Schlächter umbringst? Was bist du dann? Eine Heilige? Eine Heilige der Revolution? Oder eine Märtyrerin, wenn du bei der Aktion umkommst?«

Sie gab keine Antwort. Sie schüttelte gereizt ihren schmalen Kopf und schleuderte dann den Rosenschal durch den Raum, als ob er sie ärgerte.

»Wenn nun ein unschuldiger Passant umkommt, obwohl du es auf den Schlächter abgesehen hast?«

»Ich weiß nichts über Märtyrer und mache mir nichts aus ihnen«, sagte sie. »Das alles riecht nach einem höheren Sinn, einem großen Schöpfungsplan – und daran glaube ich nicht. Wenn wir nicht einmal den Sinn des Tagtäglichen verstehen können, wie dann irgendeinen höheren Sinn? Aber wenn ich an den Märtyrertod glauben würde, dann würde ich vermutlich sagen, dass man nur ein Märtyrer sein kann, wenn man weiß, wofür man stirbt, und sich frei dafür entscheidet.«

»Mit unschuldigen Opfern wird also doch gerechnet. Die sich nicht frei entscheiden, aber leider in der Schusslinie stehen.«

»Es kann … es wird … Unfälle geben, vermute ich.«

»Kann es in deinem erlauchten Kreis Trauer geben, Bedauern? Gibt es so etwas wie einen Fehler? Ist so etwas wie eine Tragödie denkbar?«

»Fiyero, du alter Meckerer, die Tragödie ist überall! Sich Sorgen um geringere Dinge zu machen, lenkt nur davon ab. Jeder, der in diesem Kampf fällt, geht auf ihr Konto, nicht auf unseres. Wir wollen die Gewalt nicht, aber wir leugnen nicht, dass es sie gibt – wie denn auch, wenn ihre Wirkungen überall offenbar sind? Das zu leugnen ist eine Sünde, sofern es so was wie Sünde gibt.«

»Aha, jetzt habe ich das Wort gehört, mit dem ich aus deinem Munde nie gerechnet hätte.«

»Leugnen? Sünde?«

»Nein. *Wir.*«

»Ich weiß nicht, warum –«

»Die einsame Rebellin vom Grattler-Kolleg wird kollektivistisch? Eine Vereinsnudel? Eine Teamspielerin? Unsere einstige Solitärkönigin?«

»Du verstehst das falsch. Es gibt eine Aktion, aber keine Akteure, ein Spiel, aber keine Spieler. Ich habe keine Kollegen. Ich habe kein Ich. Eigentlich von jeher nicht, aber das tut nichts zur Sache. Ich bin bloß ein Muskelzucken im Gesamtorganismus.«

»Ha! Du bist die individuellste, besonderste, krasseste –«

»Wie alle anderen redest du über mein Aussehen. Und du machst dich darüber lustig.«

»Ich *liebe* dein Aussehen und würde nie ein schlechtes Wort darüber sagen. Fae!«

Sie gingen an dem Tag wortlos auseinander, und er verbrachte den Abend im Wettbüro und verspielte Geld.

Als er sie das nächste Mal sah, brachte er drei grüne und drei goldene Kerzen mit und schmückte ihre Wohnung für die Lurlinalien. »Ich glaube nicht an religiöse Feste«, sagte sie, aber ließ sich dazu herab, einzuräumen: »Sie sind ja ganz hübsch.«

»Du hast keine Seele«, neckte er sie.

»Da hast du recht«, erwiderte sie nüchtern. »Ich dachte nicht, dass man mir das ansieht.«

»Das sind doch jetzt nur Wortspiele.«

»Keineswegs«, sagte sie. »Was für einen Beweis gibt es, dass ich eine Seele habe?«

»Wie kannst du ein Gewissen haben, wenn du keine Seele hast?«, konnte er sich nicht enthalten zu fragen, obwohl er eigentlich bei leichten Themen hatte bleiben wollen, um nach dem Streit und der Entfremdung des letzten Mals zu größerer Nähe zurückzufinden.

»Wie kann ein Vogel seine Jungen füttern, wenn er kein Bewusstsein von vorher und nachher hat? Ein Gewissen, Yeros, mein Heros, ist nur Bewusstsein in einer anderen Dimension, der zeitlichen Dimension. Was du Gewissen nennst, nenne ich lieber Instinkt. Vögel füttern ihre Jungen, ohne zu verstehen, warum, ohne darüber zu flennen, dass alles, was geboren wurde, sterben muss, schluchz schluchz. Ich tue meine Arbeit aus einem ähnlichen Antrieb: dem inneren Drang nach Nahrung, Gerechtigkeit und Sicherheit. Ich bin ein Packtier, das mit der Herde läuft, mehr nicht. Ich bin ein unbedeutendes Blatt am Baum.«

»Da deine Arbeit der Terrorismus ist, ist das die extremste Rechtfertigung des Verbrechens, die ich je gehört habe. Du drückst dich um jede persönliche Verantwortung. Damit bist du nicht besser als diejenigen, die ihren persönlichen Willen zugunsten eines unnennbaren Gottes opfern und im dunklen Morast seines unerkennbaren Willens ersäufen. Wenn du die Idee der Persönlichkeit unterdrückst, dann unterdrückst du auch den Begriff der individuellen Schuldfähigkeit.«

»Was ist schlimmer, Fiyero? Die *Idee* der Persönlichkeit zu unterdrücken oder durch Folter, Gefängnis und Hunger wirkliche lebende Wesen zu unterdrücken? Schau: Würdest du daran denken, auch nur ein kostbares gefühlvolles Porträt im Kunstmuseum zu retten, wenn die Stadt ringsherum lichterloh in Flammen steht und reale Menschen verbrennen? Du darfst nicht das Maß verlieren.«

»Aber auch ein unschuldiger Passant – von mir aus eine abstoßende Dame der feinen Gesellschaft – ist ein realer Mensch, kein Porträt. Deine Metapher lenkt ab und verharmlost, sie ist eine billige Entschuldigung des Verbrechens.«

»Eine Dame der feinen Gesellschaft hat sich dafür entschieden, sich als lebendes Porträt zur Schau zu stellen. Als solches muss sie dann behandelt werden. So hat sie es verdient. Das zu leugnen, das ist deine Bosheit, um noch mal auf neulich zurückzukommen. Gut, rette den unschuldigen Passanten, wenn du kannst, auch wenn es eine Dame der feinen Gesellschaft ist oder ein Wirtschaftsboss, der von der ganzen Unterdrückungspolitik tüchtig profitiert – aber unter gar keinen Umständen auf Kosten anderer, realerer Leute. Und wenn du sie nicht retten kannst, dann eben nicht. Alles hat seinen Preis.«

»Ich glaube nicht, dass es ›reale‹ und ›realere‹ Leute gibt.«

»Nicht?« Sie lächelte kalt. »Wenn ich dann eines Tages wieder verschwinde, Schätzchen, werde ich sicherlich weniger real sein als jetzt.« Sie machte eine eindeutige Bewegung in seine Richtung; er wandte den Kopf ab und staunte selbst über die Heftigkeit seines Abscheus.

Später in der Nacht, nachdem sie sich wieder versöhnt hatten, bekam sie auf einmal qualvolle Krämpfe und Schweißausbrüche. Er durfte sie nicht anfassen. »Du solltest gehen, ich bin deiner nicht wert«, stöhnte sie, und als sie nach einiger Zeit ruhiger geworden war, murmelte sie, bevor sie wieder einschlief: »Ich liebe dich so sehr, Fiyero, aber du begreifst einfach nicht, dass der angeborene Hang, ein guter Mensch zu sein, schon die Anomalie ist.«

Sie hatte recht: Er begriff es nicht. Er wischte ihr mit einem trockenen Handtuch die Stirn ab und blieb dicht bei ihr. Das Oberlicht war bereift, und sie schliefen unter ihren Wintermänteln, um warm zu bleiben.

Eines schönen Nachmittags schickte er zur Gewissensberuhigung ein Paket mit buntem Holzspielzeug für die Kinder und einem juwelenbesetzten Halsreif für Sarima. Die Karawane wollte die Großen Kallen auf der Nordroute umgehen. Die Geschenke zu den Lurlinalien würden Kiamo Ko also erst im Frühling erreichen, aber er konnte behaupten, er hätte sie früher abgeschickt. Wenn es weiter nicht schneite, würde er bis dahin zu Hause sein und unruhig durch die hohen schmalen Räume der Bergfeste tigern, aber vielleicht würde ihm die Aufmerksamkeit angerechnet werden. Und durchaus zu Recht, oder nicht? Gewiss, Sarima würde ihre Winterdepressionen haben (nicht zu verwechseln mit ihren Frühlingslaunen, ihrem Sommerennui und ihren erblichen Herbstbeschwerden). Ein Halsreif würde sie wenigstens ein bisschen aufheitern.

Er ging in einem Viertel am Rand der Innenstadt, in dem sich Bohème und Reiche mischten, einen Kaffee trinken. Der Cafébesitzer entschuldigte sich: Der normalerweise mit Feuerkörben geheizte und von teuren Treibhausblumen strotzende Wintergarten war in der Nacht zuvor bei einer Explosion beschädigt worden. »Die Nachbarschaft ist beunruhigt. Wer hätte das gedacht?«, sagte der Besitzer und berührte Fiyero am Ellbogen. »Unser glorreicher Zauberer wollte doch die Unruhen ersticken. War das nicht das Ziel der Ausgangssperren und Kontrollgesetze?«

Fiyero fühlte sich nicht bemüßigt zu antwortete, und der Besitzer fasste sein Schweigen als Zustimmung auf. »Ich habe ein paar Tische nach oben in meinen Privatbereich gebracht. Wenn es Ihnen nichts ausmacht, zwischen meinen Familienbildern zu sitzen«, sagte er und ging voraus. »Ordentliche munchkinsche Hilfskräfte zu finden, die einem den Schaden reparieren, ist auch schwerer geworden. Es geht nichts über den Tiktakfleiß der Munchkins. Aber viele von unseren Freunden im Dienstleistungssektor sind auf ihre Bauernhöfe im Osten zurückgekehrt. Aus Angst vor gewalttätigen Übergriffen – na ja, viele von ihnen sind so klein, dass sie es förmlich herausfordern, meinen Sie nicht? Es sind alles Feiglinge.« Er unterbrach sich und bemerkte: »Offensichtlich sind Sie nicht mit Munchkins verwandt, sonst würde ich mich nicht so äußern.«

»Meine Frau ist aus Nestenhartung«, sagte Fiyero zwar nicht sehr überzeugend, aber unmissverständlich.

»Ich empfehle heute das Kirschschokoladenfrappé, frisch und köstlich«, zog sich der verlegene Besitzer aus der Affäre und rückte dabei einen Stuhl an einem Tisch vor hohen alten Fenstern zurecht. Fiyero setzte sich und sah hinaus. Ein Fensterladen war verzogen und ließ sich nicht ganz an die Wand zurückklappen, aber man hatte trotzdem eine recht gute Aussicht. Dachfirste, dekorative Schornsteinkappen, hier und da ein Blumenkasten mit dunklen Winterstiefmütterchen, Tauben, die sich wie die Herrscher der Lüfte am Himmel tummelten.

Der Besitzer war offensichtlich von besagter Abstammung, aber nach vielen Generationen in der Smaragdstadt schien er einer eigenen Rasse anzugehören. Die Gemälde von Familienmitgliedern zeigten die stechenden haselnussbraunen Augen und den vornehmen hohen Haaransatz bei Männern wie bei Frauen (und künstlich gezupft auch bei den Kindern, im Stil der neuesten Mode für die aufstrebende Smaragdstädter Mittelschicht). Beim Anblick affektiert lächelnder Jungen in rosa Seide mit kraushaarigen Schoßhündchen und kleinen Mädchen mit fraulichem dunklen Rouge und tiefen Ausschnitten (die nur die unschuldige Busenlosigkeit offenbarten) verspürte Fiyero plötzlich wieder Sehnsucht nach seinen eigenen kalten, reservierten Kindern. Auch wenn sie ihrerseits von ihrem Familienleben gezeichnet waren – und wer war das nicht? –, besaßen Irji, Manek und Nor in seiner Erinnerung mehr Würde als diese krampfigen Sprösslinge einer ehrgeizigen Familie.

Doch das war gehässig, eine Reaktion auf einen Darstellungsstil, nicht auf wirkliche Kinder. Seine Bestellung kam, und er wandte den Blick zum Fenster hinaus, um die grässlichen Kunstwerke und die anderen Leute im Raum nicht betrachten zu müssen.

Wenn er sonst unten im Wintergarten Kaffee trank, guckte er meistens auf berankte Backsteinwände, Sträucher und die eine oder andere Marmorstatue eines unglaublich schönen nackten Jünglings.

Hier oben jedoch ging der Blick über eine Mauer in einen Hinterhof-bereich. Er sah einen Stall und, wie es schien, eine Gemeinschafts-toilette, und am Rand seines Gesichtsfeldes war die Mauer von der Explosion aufgerissen worden. Ein verzwirbeltes, stacheliges Draht-geflecht war vor die Lücke gespannt worden, die auf einen Schulhof führte.

Während er so schaute, wurde eine der Türen der angrenzenden Schule aufgestoßen, und eine kleine Schar kam heraus und reckte und streckte sich in der Sonne. Es waren – Fiyero sah genau hin – zwei ältere Quadlinger Frauen und ein paar Quadlinger Burschen mit dem ersten Schnurrbartflaum, dessen Schatten bläulich von ihrer schönen rostroten Haut abstach. Fünf, sechs, sieben Quadlinger – und dazu zwei stämmige Männer, vielleicht gillikinesischer Abstammung, es war schwer zu erkennen – und eine Familie von Bären. Nein, BÄREN. Verhältnismäßig kleine ROTBÄREN, Mutter, Vater und Kind.

Der kleine BÄR ging schnurstracks auf ein paar Bälle und Reifen zu, die unter der Treppe lagen. Die Quadlinger bildeten einen Kreis und begannen zu singen und zu tanzen. Hand in Hand bewegten sich die arthritischen Alten und die Jugendlichen in dem größer und kleiner werdenden Kreis links herum, gegen den Uhrzeigersinn. Die beiden kräftigen Gillikinesen rauchten gemeinsam eine Zigarette und schauten durch die abgesperrte Schneise in der Mauer. Die ROT-BÄREN wirkten mutloser. Der Mann setzte sich auf die Umrandung eines Sandkastens, rieb sich die Augen und strich sich das Fell unterm Kinn. Die Frau ging auf und ab, trat hin und wieder gegen den Ball, um den Kleinen beschäftigt zu halten, und streichelte dann wieder den gesenkten Kopf ihres Mannes.

Fiyero nippte an seiner Tasse und rutschte ein Stück vor. Wenn es, wie viel, zwölf Gefangene waren und nur ein Drahtzaun sie von der Freiheit trennte, warum suchten sie dann nicht das Weite? Warum blieben sie nach Volk und Gattung getrennt?

Nach zehn Minuten ging die Tür wieder auf, und ein Sturmtrup-penmann kam heraus, stramm und – ja, Fiyero musste es endlich zu-geben – erschreckend in seiner ziegelroten Uniform mit den grünen

Stiefeln und dem smaragdgrünen Kreuz, ein senkrechter Streifen vom Schritt zum hochgeschlossenen Kragen, der waagerechte Streifen von Achselhöhle zu Achselhöhle quer über die muskulöse Brust. Er war noch jung, und seine lockigen Haare waren so blond, dass sie in der spätherbstlichen Sonne beinahe weiß wirkten. Er stellte sich breitbeinig auf die Treppe vor der Schule.

Fiyero konnte zwar durch das geschlossene Fenster nichts verstehen, aber der Soldat gab anscheinend ein Kommando. Die BÄREN erstarrten, und das Junge fing an zu weinen und presste den Ball an sich. Die gillikinesischen Männer kamen herbei und nahmen widerspruchslos Haltung an. Die Quadlinger ignorierten den Befehl und tanzten weiter. Sie schwangen die Hüften, hielten die Arme in Schulterhöhe und gaben sich Handzeichen, doch was diese bedeuteten, konnte Fiyero nur raten. Er hatte nie zuvor einen Quadlinger gesehen.

Der Sturmtruppenmann erhob die Stimme. In einer Schleife am Gürtel hatte er einen Schlagstock. Das BÄRENJUNGE versteckte sich hinter dem Vater, und man sah, dass die Mutter knurrte.

Tut euch doch zusammen, dachte Fiyero unwillkürlich, verwundert, dass er so etwas denken konnte. Macht gemeinsame Sache – ihr seid zu zwölft, und er ist allein. Sind die Unterschiede zwischen euch schuld, dass ihr so gefügig bleibt? Oder sitzen dort drin Verwandte, die gefoltert werden, wenn ihr einen Fluchtversuch wagt?

Es war alles Spekulation. Fiyero konnte die Dynamik der Situation nicht einschätzen, aber er war gefesselt. Er merkte, dass seine Hand flach an der Fensterscheibe lag. Weil die BÄREN sich nicht erhoben und mit in die Reihe gestellt hatten, nahm der Soldat seinen Knüppel und ließ ihn auf dem Schädel des Kleinen niedergehen. Ein Ruck ging durch Fiyeros Körper. Er stieß seine Tasse um, und sie zerbrach auf dem gelbbraunen fischgrätgemusterten Eichenparkett in tausend Scherben.

Der Besitzer kam hinter einer grünbespannten Tür hervorgeeilt, schnalzte bedauernd mit der Zunge und zog die Vorhänge zu, doch im letzten Moment sah Fiyero noch etwas anderes. Während er schaudernd zurückzuckte, als ob er noch nie im Tausendjährigen Grasland gejagt und getötet hätte, ging sein Blick nach oben und traf auf die blassen Gesichter von zwei oder drei Dutzend blonden Schulkindern in den oberen Fenstern der Schule, die gebannt und offenen Mundes die Szene auf ihrem Pausenhof begafften.

»Die nehmen keine Rücksicht auf Nachbarn, die ein Geschäft haben und Rechnungen bezahlen und eine Familie ernähren müssen«, schimpfte der Besitzer. »Dieses Theater müssen Sie wirklich nicht mit ansehen, wenn Sie nur in Ruhe Ihren Kaffee trinken wollen, mein Herr.«

»Der Schaden an Ihrem Wintergarten«, sagte Fiyero. »Das war jemand, der durch Ihre Mauer in diesen Hof einbrechen und die Leute herausholen wollte.«

»So etwas sollten Sie nicht einmal denken!«, zischte der Besitzer mit leiser Stimme. »In diesem Raum sind noch mehr Ohren als Ihre und meine. Woher soll ich wissen, wer hier was und warum gemacht hat? Ich bin ein rechtschaffener Bürger und kümmere mich um meine eigenen Angelegenheiten.«

Fiyero verzichtete auf eine neue Tasse Kirschschokolade zum Ersatz. Von der Bärenmutter waren laute Schreie zu hören, dann trat draußen hinter den schweren Damastvorhängen Schweigen ein. War es Zufall, dass ich das gesehen habe?, fragte sich Fiyero und betrachtete den Cafébesitzer auf einmal mit neuen Augen. Oder ist es so, dass die Welt sich dir enthüllt, wieder und wieder, sobald du bereit bist, wirklich hinzuschauen?

Er wollte Elphie erzählen, was er gesehen hatte, doch aus Gründen, die er nicht benennen konnte, tat er es nicht. Im Spiel ihrer gegenseitigen Zuneigung, spürte er, brauchte sie so etwas wie eine eigene Identität, die von seiner verschieden war. Wenn er auf ihre Seite überlief, konnte sie das zurückstoßen. Er wollte es nicht darauf ankommen lassen. Doch die Erinnerung an den kleinen Bären verfolgte ihn. Er war noch leidenschaftlicher mit Elphie, um ihr eine tiefere Verbundenheit mitzuteilen, ohne sie aussprechen zu müssen.

Er bemerkte auch, dass sie sich sexuell freier verhielt, wenn sie aufgeregt war. Mit der Zeit konnte er voraussagen, wann sie sagen würde: »Erst nächste Woche wieder.« Sie wirkte dann hemmungsloser, lüsterner, als bräuchte sie eine Reinigungsübung, bevor sie ein paar Tage verschwand. Eines Morgens, als er gerade von der Katze etwas Milch für seinen Kaffee stibitzte, rieb sie sich mit leicht schmerzverzogenem Gesicht die empfindliche Haut mit Öl ein und sagte über die glänzende grüne Schulter: »Zwei Wochen, mein Lieber. Mein Schmusekater, wie mein Vater sagen würde. Ich brauche jetzt vierzehn Tage für mich allein.«

Wie ein Stich durchzuckte ihn die Befürchtung, dass sie ihn verlassen wollte. Auf diese Weise hätte sie vierzehn Tage Vorsprung. »Nein!«, sagte er. »Das geht nicht, Fae-Fae. Das ist nicht in Ordnung, es ist zu lange.«

»Wir brauchen die Zeit.« Erklärend fügte sie hinzu: »Nicht du und ich, meine ich, sondern wir anderen. Ich kann dir natürlich nicht sagen, was wir vorhaben, aber die letzten Pläne für die Herbstaktion nehmen Gestalt an. Es wird etwas geschehen – mehr kann ich nicht sagen –, und ich muss jederzeit für das Netzwerk einsatzbereit sein.«

»Ein Putsch?«, fragte er. »Ein Attentat? Eine Bombe? Eine Entführung? Was? Nur die Art der Aktion, nichts Konkretes. *Was?*«

»Abgesehen davon, dass ich dir das nicht verraten dürfte«, sagte sie, »weiß ich es selbst nicht. Ich bekomme lediglich meinen kleinen Teil gesagt und führe den aus. Ich weiß nur, dass es ein kompliziertes Manöver mit vielen eng verzahnten Elementen wird.«

»Bist du der Pfeil?«, fragte er. »Bist du das Messer? Die Zündschnur?«

Sie sagte (doch er glaubte ihr nicht so recht): »Mein Liebling, mein Herz, ich bin zu grün, um an einem öffentlichen Ort etwas Gefährliches zu unternehmen. Ich falle zu sehr auf. Wachleute beobachten mich wie Eulen eine Maus. Meine bloße Anwesenheit löst Alarm und erhöhte Wachsamkeit aus. Nein, nein, ich spiele nur eine kleine Rolle als Helferin im Verborgenen.«

»Tu's nicht«, sagte er.

»Du bist egoistisch«, versetzte sie, »und du bist ein Feigling. Ich liebe dich, mein Schatz, aber deine Einwände sind verkehrt. Du willst bloß mein unbedeutendes Leben erhalten, dich interessiert nicht einmal, ob ich moralisch richtig oder falsch handele. Was mich nicht stört – es ist mir gleichgültig, was du davon hältst. Ich stelle nur fest, dass deine Einwände von der schwächsten Art sind. Auf jeden Fall gibt es hierüber nichts zu diskutieren. Zwei Wochen Pause, dann kannst du wiederkommen.«

»Wird die … *Aktion* dann abgeschlossen sein? Wer entscheidet darüber?«

»Ich weiß noch nicht, was es sein wird, und ich weiß nicht einmal, wer darüber entscheidet, also frage mich nicht.«

·»Fae –« Plötzlich konnte er ihren Decknamen nicht mehr leiden. »*Elphaba*. Weißt du wirklich nicht, wer die Fäden zieht, die dich bewegen? Woher willst du wissen, ob du nicht vom Zauberer manipuliert wirst?«

»Du bist in diesen Dingen völlig unerfahren, auch wenn du ein Stammesfürst bist«, sagte sie. »Warum sollte ich es nicht merken, wenn der Zauberer mich zu seiner Marionette machen wollte? Ich habe es auch gemerkt, als Madame Akaber, das alte Ekel, mich manipulieren wollte. Ich habe am Grattler-Kolleg etwas über Winkelzüge und direkten Widerspruch gelernt. Und du kannst mir zugute halten, dass ich damit schon ein paar Jahre Erfahrung habe, Fiyero.«

»Du kannst mir nicht sicher sagen, wer euer Anführer ist.«

»Papa kennt den Namen seines Namenlosen Gottes auch nicht.« Sie stand auf und rieb sich am Bauch und zwischen den Beinen mit Öl ein, kehrte ihm aber schamhaft den Rücken zu. »Es geht nie um das Wer, verstehst du? Es geht immer um das Warum.«

»Wie wirst du instruiert? Wie bekommst du gesagt, was du tun sollst?«

»Du weißt, dass ich dir das nicht sagen kann.«

»Ich weiß, dass du es kannst.«

Sie drehte sich um. »Reibst du mir bitte die Brüste ein?«

»So primitiv männlich bin auch wieder nicht, Elphaba.«

»Doch, bist du.« Sie lachte, aber liebevoll. »Komm, mach!«

Draußen war es noch hell, und der Wind toste, dass sogar die Fußbodendielen wackelten. Der kalte Himmel hinter den Fensterscheiben war rötlich blau. Sie ließ ihre Schüchternheit wie ein Nachthemd fallen, und im fahlen Schein der Sonne, der sich auf den alten Holzboden ergoss, streckte sie die Hände in die Höhe – als ob sie im erschreckenden Angesicht des bevorstehenden Gefechts endlich begriffen hätte, dass sie schön war. Auf ihre Art.

Die Aufgabe ihrer Zurückhaltung erschreckte ihn mehr als alles andere.

Er nahm etwas Kokosöl, wärmte es zwischen den Händen und legte diese dann wie lederig-samtige Tiere auf ihre kleinen Brüste. Die Brustwarzen stellten sich auf, die Farbe wurde dunkler. Er war bereits wieder voll bekleidet, doch darum unbekümmert presste er sich gegen ihr schwaches Sträuben an sie. Seine Hand glitt ihren Rücken hinunter: Sie spannte sich gegen ihn, stöhnte. Aber diesmal vielleicht nicht vor Begehren?

Dennoch glitt seine Hand weiter zu ihrem Gesäß, in die Spalte, weiter, fühlte die Stelle, wo ein Muskel einseitig angezogen war, verlockend, fühlte den feinen Ansatz der dunkel ins Zentrum strudelnden Haare. Er ließ seine kundige Hand spielen, deutete die Zeichen ihres Widerstands.

»Ich habe vier Gefährten«, sagte sie plötzlich und entzog sich mit einer sanften Bewegung, die den Kontakt nicht abbrach, nur in Frage stellte. »Ach, mein Herz, ich habe vier Genossen. Sie wissen auch nicht, wer unser Zellenführer ist, es geschieht alles im Dunkeln mit einem Tarnzauber, der die Stimme und die Gesichtszüge unkenntlich macht. Wenn ich mehr wüsste, könnte die Sturmtruppe mich fassen und die Information aus mir herausfoltern, siehst du das nicht ein?«

»Was ist euer Ziel?«, hauchte er, während er sie küsste, als ob ihr Liebesspiel eben erst begänne. Seine Zunge fuhr die Windungen ihrer Ohrmuschel nach.

»Den Zauberer töten«, antwortete sie und schlang die Beine um ihn. »Ich bin nicht die Pfeilspitze, ich bin nur der Schaft, der Köcher ...« Sie goss sich Öl in die Hand, und als sie zu Boden gesunken waren, ins Licht, bearbeitete sie ihn mit dem glänzenden Öl, nahm ihn tiefer in sich hinein als je zuvor.

»Trotz allem könntest du immer noch ein Agent des Palasts sein«, sagte sie später.

»Bin ich nicht«, sagte er. »Ich bin sauber.«

Eine Woche schneite es ein wenig, in der nächsten dann etwas mehr. Das Fest der Lurlina rückte näher. Die unionistischen Kirchen hatten sich äußerlich die alten heidnischen Bräuche in abgewandelter Form zu eigen gemacht und behängten sich schamlos mit Grün und Gold, schmückten sich mit grünen Kerzen und goldenen Gongs und Grünbeerkränzen und vergoldeten Früchten. In der Kaufstraße übertrafen die Läden sich gegenseitig (und die Kirchen) mit Dekorationen, mit Angeboten von modischer Kleidung und ebenso nutzlosen wie teuren Kinkerlitzchen. In den Schaufenstern stellten Papiermachéfiguren die gute Feenkönigin Lurlina in ihrem geflügelten Wagen dar sowie ihre Helferin, die Unterfee Prinella, die aus ihrem großen Zauberkorb Geschenkpäckchen unters Volk streute.

Er fragte sich immer wieder, ob er Elphaba liebte.

Er fragte sich auch, warum ihm diese Frage erst jetzt kam, nach einer zweimonatigen leidenschaftlichen Liebesaffäre, und ob er überhaupt wusste, was das Wort Liebe bedeutete. Und ob es eine Rolle spielte.

Er suchte weitere Geschenke für die Kinder und die ewig schmollende Sarima aus, dieses wohlgenährte Mangelwesen, dieses Monster. Sie fehlte ihm ein wenig; seine Gefühle für Elphaba schienen mit denen für Sarima nicht zu konkurrieren, sondern diese zu ergänzen. Unterschiedlicher konnten zwei Frauen nicht sein. Elphaba verkörperte die stolze Unabhängigkeit arjikischer Bergfrauen, die die jung verehelichte Sarima niemals entwickelt hatte. Und Elphie war nicht nur ein anderer (um nicht zu sagen, neuartiger) Schlag, sie schien die Grenzen ihres Geschlechts zu sprengen, ja, manchmal schien sie eine ganz andere Gattung zu sein.

Er betrat einen Laden mit Kleidern und Tüchern und kaufte drei, vier, sechs Schals für Sarima, die keine Schals trug. Er kaufte sechs Schals für Elphaba; die trug welche.

Die Verkäuferin, eine langweilige Munchkinzwergin, die auf einen Stuhl steigen musste, um an die Kasse zu kommen, sagte über seine Schulter hinweg: »Kleinen Moment, gnädige Frau.« Er drehte sich um, um für die andere Kundin an der Kasse Platz zu machen.

»Fiyero!«, rief Glinda.

»Glinda«, sagte er verblüfft. »Was für eine Überraschung!«

»Ein Dutzend Schals«, bemerkte sie. »Sieh mal, Krapp, wer hier ist!«

Und da war auch Krapp, schon mit Hängebäckchen, obwohl er noch keine fünfundzwanzig sein konnte, und blickte schuldbewusst von einer Auslage mit gefiedertem Flitterkram auf.

»Wir müssen einen Tee trinken gehen«, erklärte Glinda. »Unbedingt! Bezahl die nette Verkäuferin, und dann komm!« Mit ihrem voluminösen Rock rauschte sie wie eine ganze Ballerinentruppe.

Er hatte sie als nicht ganz so flatterhaft in Erinnerung; vielleicht war das Eheleben daran schuld. Er warf Krapp einen verstohlenen Blick zu, und dieser verdrehte hinter ihrem Rücken die Augen.

»Schreiben Sie das bitte bei Herrn von Paltos auf die Rechnung, und dies, und dies auch«, sagte Glinda und häufte dabei allerlei auf den Tresen, »und lassen Sie alles in den Guldenstern Club bringen. Ich brauche die Sachen zum Abendessen, also seien Sie so gut und schicken Sie gleich jemanden damit hinüber. Das wäre nett. Sehr verbunden. So. Jungs, kommt mit!«

Sie packte Fiyero mit festem Griff und zog ihn aus dem Laden; Krapp folgte ihr wie ein Schoßhund. Der Guldenstern Club lag nur ein oder zwei Straßen entfernt, und sie hätten die Einkäufe ohne weiteres selbst mitnehmen können. Glinda klapperte und plapperte so lautstark die große Freitreppe in den Eichensalon hinunter, dass jeder weibliche Gast mit dankenswerter Missbilligung aufschaute.

»So. Krapp, du sitzt dort, dann kannst du uns einschenken, wenn wir bestellt haben, und du, Fiyero, setzt dich hier an meine Seite.«

Sie bestellten Tee, und Glinda fing langsam an, sich zu beruhigen. »Wirklich, wer hätte das gedacht?«, sagte sie, wobei sie ungefähr achtmal hintereinander einen Keks aufhob und wieder hinlegte. »Wir waren im Grunde die absolute Oberschicht in Shiz. Überhaupt, Fiyero, du bist ein Fürst, nicht wahr? Müssen wir jetzt Euer Hoheit zu dir sagen? Das könnte ich nie. Und du bist immer noch mit diesem kleinen Kind verheiratet?«

»Sie ist inzwischen erwachsen, und wir haben eine Familie«, erzählte Fiyero ihr zögernd. »Drei Kinder.«

»Und sie ist hier. Ich muss sie kennenlernen.«

»Nein, sie ist zu Hause in unserem Wintersitz in den Großen Kallen.«

»Dann hast du eine Affäre«, sagte Glinda. »Du siehst so glücklich aus. Kenne ich sie?«

»Ich bin einfach glücklich, dich zu sehen«, sagte er, und das stimmte sogar. Sie sah überwältigend aus. Ein wenig runder war sie geworden. Die ätherische Schönheit war aufgeblüht, aber nicht derb geworden. Aus dem überspannten Mädchen war eine Frau von Welt geworden. Ihre Frisur war jungenhaft kurz, was ihr sehr gut stand, und in ihren Locken steckte eine Art Diadem. »Und du bist jetzt eine Zauberin.«

»Ach, damit ist es nicht weit her«, sagte sie. »Ich kann ja nicht einmal die verdammte Serviererin dazu bringen, sich ein bisschen mit dem Gebäck und der Marmelade zu beeilen. Gut, ich kann hundert Lurlinalienkarten auf einen Schlag unterschreiben. Aber das ist ein sehr geringes Talent, das sage ich dir. Die Zauberei wird in der Öffentlichkeit maßlos überschätzt. Sonst könnte der Zauberer seine Gegner einfach zum Teufel hexen, nicht wahr? Nein, ich gebe mich damit zufrieden, meinem Caspar eine gute Ehefrau zu sein. Er ist heute an der Börse und macht irgendwelche Finanzgeschäfte. Ach, weißt du, wer noch in der Stadt ist? Wahnsinn! Krapp, erzähl's ihm!«

Vor Überraschung, zum Reden aufgefordert zu werden, verschluckte Krapp sich an seinem Tee. Prompt kam ihm Glinda zuvor. »Nessarose! Ist das zu glauben! Sie hält sich im Haus der Familie in der Unteren Mennipin-Straße auf – eine Adresse, die in den letzten zehn Jahren ziemlich groß rausgekommen ist. Wir haben sie ... Wo haben wir sie noch mal gesehen, Krapp? Ja, im Kaffeehaus –«

»Es war im Eisgarten –«

»Nein, jetzt weiß ich's, es war im Varieté! Fiyero, stell dir vor, wir haben eine Vorstellung der alten Irrsel besucht, kannst du dich noch an sie erinnern? Nein, kannst du nicht, ich sehe es deinem Gesicht an. Das war die Sängerin, die an dem Tag, als unser glorreicher Zauberer in einem Ballon vom Himmel herabkam und den Putsch inszenierte, beim Ozer Gesangs- und Gefühlsfest auftrat. Sie macht gerade eine ihrer zahllosen Comeback-Tourneen. Sie ist mittlerweile ein bisschen out, aber was tut's, wir haben uns prächtig amüsiert. Und an einem besseren Tisch, als *wir* hatten, muss ich zugeben, saß dort Nessie! Sie war mit ihrem Großvater da – oder ist es der Urgroßvater? Eminenz Thropp? Er muss ja inzwischen hundertwasweißich Jahre alt sein. Ich war überrascht, sie dort zu sehen, bis mir klarwurde, dass sie nur mitging, damit er eine Begleitung hatte. Sie war von der Musik nicht sehr angetan, den ganzen Entreakt über hat sie stirnrunzelnd gebetet. Und das Ämmchen war auch da. Wer hätte das damals gedacht, Fiyero: du ein Fürst, und Nessarose praktisch schon zur nächsten Eminenz Thropp gekürt, und Avaric natürlich der Markgraf von Zehnwiesen, und meine Wenigkeit verheiratet mit Caspar von Paltos, dem Besitzer des nutzlosesten Titels und des größten Aktienportfolios im ganzen Perther Bergland?« Glinda hätte beinahe eine Verschnaufpause eingelegt, doch dann sprudelte sie munter weiter: »Und Krapp natürlich, der gute Krapp. Krapp, erzähl Fiyero alles über dich, er brennt vor Neugier, das sehe ich ihm an.«

Fiyero war tatsächlich interessiert, und sei es nur, um sich von dem Stakkatogeschnatter zu erholen.

»Er ist schüchtern«, schwadronierte Glinda fort, »schüchtern, schüchtern, schüchtern, heute wie damals.« Fiyero und Krapp wechselten einen Blick und versuchten zu verhindern, dass ihre Mundwinkel zuckten. »Er hat diesen schrecklich avantgardistischen *Palast* von einer Wohnung oben im Dach über einer Arztpraxis, kannst du dir das vorstellen? Phantastische Aussicht, die beste in der ganzen Smaragdstadt, und dann zu dieser Jahreszeit! Er malt nebenbei ein bisschen. Etwas malen, ein kleines Operettenbühnenbild hier und da. Als wir jung waren, dachten wir, die ganze Welt dreht sich um Shiz. Jetzt gibt es hier richtiges Theater, durch den Zauberer ist diese Stadt viel *kosmopolitischer* geworden, findest du nicht?«

»Schön, dich zu sehen, Fiyero«, sagte Krapp. »Erzähl etwas von dir, schnell, bevor es zu spät ist.«

»Du Schuft, du verspottest mich«, flötete Glinda. »Dann erzähle ich ihm eben von deiner kleinen Affäre mit … na, schon gut. So gemein bin ich nicht.«

»Es gibt nichts zu erzählen«, sagte Fiyero. Er fühlte sich noch abseitiger und winkischer als damals bei seiner Ankunft in Shiz. »Ich lebe gern, ich leite meinen Stamm, wenn es nötig ist, was nicht oft ist. Meine Kinder sind gesund. Meine Frau ist … wie soll ich sagen …?«

»Fruchtbar«, half Glinda ihm auf die Sprünge.

»Genau.« Er grinste. »Sie ist fruchtbar, und ich liebe sie, und ich kann leider nicht mehr lange bleiben, da ich eine geschäftliche Verabredung auf der anderen Seite der Stadt habe.«

»Wir müssen uns sehen«, sagte Glinda. Sie klang plötzlich flehend und sah einsam aus. »Ach, Fiyero, wir sind noch nicht alt, aber wir sind alt genug, um alte Freunde zu sein, nicht wahr? Schau, ich habe vor mich hingesprudelt wie eine Debütantin, die Plapperwasser getrunken hat. Es tut mir leid. Aber es war einfach so eine wunderbare Zeit damals, in ihrer ganzen Verrücktheit und Traurigkeit – und jetzt ist das Leben anders. Es ist wunderbar, aber es ist anders.«

»Ich weiß«, sagte er. »Aber ich glaube nicht, dass wir uns noch einmal sehen können. Die Zeit ist zu knapp, und ich muss nach Kiamo Ko zurück. Ich bin schon seit dem Sommer fort.«

»Sieh mal, wir sind gerade alle hier, ich und Caspar, Krapp, Nessarose, du – ist Avaric auch da, können wir ihn dazuholen? Wir könnten uns treffen, wir könnten oben in unseren Zimmern gemütlich zusammen zu Abend essen. Ich verspreche auch, nicht so aufgedreht zu sein. Bitte, Fiyero! Bitte, Euer Hoheit! Es wäre mir eine große Ehre.«

Sie neigte den Kopf zur Seite und legte einen Finger ans Kinn, und er erkannte, dass sie sich ehrlich bemühte, durch die Sprache ihrer Klasse hindurch etwas Echtes zu sagen.

»Wenn ich feststelle, dass es doch geht, gebe ich dir Bescheid, aber du darfst bitte nicht darauf zählen«, sagte er. »Es werden sich andere Gelegenheiten ergeben. Gewöhnlich bin ich so spät im Jahr nicht mehr in der Stadt, das ist diesmal eine Ausnahme. Meine Kinder warten auf mich – hast du Kinder, Glinda?«

»Caspar ist so vertrocknet wie zwei gebackene Nüsse«, sagte Glinda so unverblümt, dass Krapp sich wieder an seinem Tee verschluckte. »Aber bevor du gehst – ich merke ja, dass du dringend fortwillst –, guter Fiyero, hast du etwas von Elphaba gehört?«

Doch er war auf diese Frage gefasst gewesen und machte ein ausdrucksloses Gesicht. »*Den* Namen höre ich wirklich nicht alle Tage«, sagte er nur. »Ist sie je wieder aufgetaucht? Bestimmt hat Nessarose dir das gesagt.«

»Nessarose sagt, wenn ihre Schwester je wieder auftaucht, spuckt sie ihr ins Gesicht«, antwortete Glinda. »Darum müssen wir alle beten, dass Nessarose niemals ihren Glauben verliert, denn dann würde ihre ganze Güte und Toleranz sich in Luft auflösen. Ich glaube, sie würde Elphaba umbringen. Nessa wurde schnöde im Stich gelassen, und damit blieb es an ihr hängen, sich um ihren verrückten Vater zu kümmern, um den Urgroßvater, den Bruder, die Wärterin, das Haus, das Personal –.«

»Ich glaube, ich habe Elphaba einmal gesehen«, sagte Krapp.

»Ach?«, machten Fiyero und Glinda wie aus einem Munde, und Glinda setzte hinzu: »Das hast du mir nie erzählt, Krapp.«

»Ich war mir nicht sicher«, sagte er. »Ich war in der Straßenbahn, die am Spiegelteich beim Palast vorbeifährt. Es regnete – ein paar Jahre ist das schon her –, und ich sah eine Gestalt mit einem großen Schirm kämpfen. Ich dachte mir: Die wird gleich weggeweht. Ein Windstoß blies den Schirm nach oben, und das Gesicht – ein grünliches Gesicht, darum ist es mir überhaupt aufgefallen – zuckte zur Seite, um nicht vom Regen getroffen zu werden. Ihr erinnert euch sicher, wie sehr Elphaba darauf achtete, ja nicht nass zu werden.«

»Sie war gegen Wasser allergisch«, meinte Glinda. »Ich habe nie verstanden, wie sie es schaffte, so sauber zu sein. Und dabei war ich ihre Stubenkameradin.«

»Öl, denke ich«, sagte Fiyero. Die beiden sahen ihn an. »Das heißt, bei uns im Winkus«, stammelte er, »da reiben sich die alten Leute die Haut mit Öl ein, statt Wasser zu nehmen. Ich bin immer davon ausgegangen, dass Elphie es genauso machte. Wissen tue ich es natürlich nicht. Glinda, wenn wir uns noch mal sehen wollten, was wäre ein guter Tag?«

Sie wühlte in ihrer Handtasche nach dem Kalender. Krapp nutzte die Gelegenheit, sich zu Fiyero vorzubeugen und zu sagen: »Es freut mich wirklich sehr, dich zu sehen, ganz ehrlich.«

»Mich auch«, sagte Fiyero und merkte erstaunt, dass es stimmte. »Falls es dich je in die Großen Kallen verschlägt, musst du uns in Kiamo Ko besuchen kommen. Du musst bloß rechtzeitig Bescheid sagen, da wir immer nur die Hälfte des Jahres dort zubringen.«

»Das ist genau dein Fall, Krapp, die Bestien des wilden Winkus«, sagte Glinda. »Na ja, die modischen Perspektiven, die ganzen Lederriemen und Fransen und so, die könnten dich vielleicht interessieren, aber als großen Bergwanderer sehe ich dich irgendwie nicht.«

»Wahrscheinlich nicht«, stimmte Krapp zu. »Wenn sie keine eleganten Cafés an jeder Ecke zu bieten hat, ist eine Landschaft für meinen Geschmack zum menschlichen Leben eher ungeeignet.«

Fiyero gab Krapp zum Abschied die Hand, dann fielen ihm die Gerüchte über den Verfall des armen Timmel ein, und er küsste ihn. Glinda umarmte er und drückte sie fest an sich. Sie hakte sich bei ihm ein und brachte ihn zur Tür.

»Ich würde so gern Krapp loswerden und dich ganz für mich haben«, sagte sie leise, und ihre Stimme wurde auf einmal ernst. »Ich kann dir gar nicht sagen, wie gern. Wenn ich dich hier vor mir habe, kommt mir die Vergangenheit geheimnisvoller und begreifbarer zugleich vor. Ich will nicht rührselig werden, mein Lieber, bloß nicht!

Aber wir haben eine gemeinsame Geschichte.« Sie nahm seine Hand in ihre beiden. »Irgendetwas geschieht in deinem Leben. Ich bin nicht so stumpf, wie es vielleicht den Eindruck macht. Etwas Gutes und Schlechtes zugleich. Vielleicht kann ich helfen.«

»Lieb von dir, wie eh und je«, sagte er und gab dem Portier ein Zeichen, eine Droschke zu rufen. »Wie schade, dass ich deinen Mann nicht kennenlernen werde.«

Er trat zur Tür hinaus, und auf dem Marmorpflaster vor dem Eingang drehte er sich noch einmal um und tippte zum Abschied an seinen Hut. Wie sie da in der Tür stand, deren Flügel von den Portiers aufgehalten wurden, bot sie das Bild einer ruhigen, gefassten Frau, weder oberflächlich noch unfähig, einer Frau voller Grazie, hätte man sagen können. »Falls du sie sehen solltest«, bemerkte Glinda in unverfänglichem Ton, »sage ihr, dass sie mir immer noch fehlt.«

Er traf sich nicht noch einmal mit Glinda. Er meldete sich nicht im Guldenstern Club. Er schlenderte nicht am Haus der Thropps in der Unteren Mennipin-Straße vorbei (obwohl die Versuchung groß war). Er sprach keinen Schwarzhändler an, um vielleicht eine Eintrittskarte für Irrsels triumphale vierte Comeback-Tournee zu ergattern. Er ging öfter in die St.-Glinda-Kirche am St.-Glinda-Platz, in der er manchmal die Nonnen nebenan singen und raunen hörte wie einen Schwarm Bienen.

Als die zwei Wochen schließlich um waren, in denen die Stadt sich zu den Lurlinalien in den üblichen Kaufrausch steigerte, begab er sich zu Elphaba, halb in der Erwartung, dass sie sich davongemacht hatte.

Doch sie war da, streng und liebevoll und im Begriff, eine Gemüsepastete für ihn zu machen. Ihre geliebte Mulki tappte mit den Pfoten durchs Mehl und hinterließ im ganzen Raum Spuren. Sie unterhielten sich beklommen, bis Mulki die Schüssel mit der Gemüsebrühe umstieß: Da mussten sie beide lachen.

Er erzählte ihr nichts von Glinda. Wie auch? Elphaba hatte sich so sehr angestrengt, sie sich alle vom Leib zu halten, und jetzt bereitete sie sich auf die größte Aktion ihres Lebens vor, auf die sie seit fünf Jahren hinarbeitete. Er war kein Freund der Anarchie (gut, er hatte an *allem* seine müßigen Zweifel, Zweifel waren viel energiesparender als Überzeugungen). Und auch wenn er neulich die Misshandlung des jungen BÄREN miterlebt hatte, musste er doch gute Beziehungen zum aktuellen Machthaber wahren – schon wegen seines Stammes.

Außerdem wollte Fiyero Elphaba das Leben nicht schwerer machen, als es ohnehin war. Und sein egoistischer Wunsch, es mit ihr gemütlich zu haben, war stärker als sein Mitteilungsbedürfnis. Darum erzählte er ihr auch nicht, dass Nessarose und Ämmchen in der Stadt waren oder gewesen waren. (Wahrscheinlich waren sie längst wieder abgereist, rationalisierte er sein Verhalten.)

»Ich frage mich«, sagte sie, als später am Abend die Sterne durch das wilde Eisblumenmuster auf dem Oberlicht schienen, »ich frage mich, ob du nicht vor den Lurlinalien die Stadt verlassen solltest.«

»Geht es demnächst los?«

»Wie gesagt, ich kenne den ganzen Plan nicht, ich darf ihn nicht kennen. Aber es könnte sein, dass etwas losgeht. Es wäre vermutlich besser, wenn du gehst.«

»Ich gehe nicht, und du kannst mich nicht zwingen.«

»Ich habe nebenbei Fernkurse in Zauberei belegt. Ich werde ›Puff!‹ machen und dich in einen Stein verwandeln.«

»Heißt das, du willst mich verliebt machen? Das bin ich schon.«

»Ach, lass das!«

»Oh, du böse Frau, du hast mich schon wieder verhext …«

»Fiyero, lass das! Lass es einfach! Hör zu, es ist mir ernst. Ich will wissen, wo du zu den Lurlinalien sein wirst. Damit ich sicher sein kann, dass dir nichts passiert. Sag es mir!«

»Soll das heißen, wir werden nicht zusammen sein?«

»Ich habe da Nachtdienst«, sagte sie mit grimmiger Miene. »Wir sehen uns am Tag danach.«

»Ich werde hier auf dich warten.«

»Nein, das wirst du nicht. Ich glaube, wir haben unsere Spuren ganz gut verwischt, aber es ist selbst zu diesem Zeitpunkt immer noch möglich, dass jemand kommt und mich hier abfängt. Nein, du bleibst in deinem Club und nimmst ein Bad. Nimm ein schönes langes kaltes Bad! Klar? Geh am besten gar nicht vor die Tür. Es soll ohnehin Schnee geben.«

»Am Vorabend der Lurlinalien! Ich werde doch nicht den Feiertag ganz allein in der Badewanne verbringen!«

»Na schön, dann kauf dir Gesellschaft, ist mir auch egal.«

»Ist es dir nicht.«

»Bleib einfach von allen Menschenansammlungen fort, von Theatern und Feiergesellschaften, sogar von Restaurants, bitte! Versprichst du mir das?«

»Wenn du konkreter werden könntest, könnte ich vorsichtiger sein.«

»Am vorsichtigsten bist du, wenn du die Stadt ganz verlässt.«

»Und *du* bist am vorsichtigsten, wenn du mir sagst –«

»Hör auf damit, vergiss es. Wenn ich's mir recht überlege, will ich gar nicht wissen, wo du sein wirst. Ich will bloß, dass du in Sicherheit bist. Wirst du auf dich aufpassen? Wirst du drinbleiben, dich von heidnischen Feiern und Trinkgelagen fernhalten?«

»Kann ich zur Kirche gehen und für dich beten?«

»*Nein.*« Sie blickte so finster, dass er sich jede ironische Bemerkung verbiss.

»Warum soll ich so sehr auf meine Sicherheit achten?«, fragte er sie, doch es war fast, als fragte er sich selbst. Was ist an meinem Leben schützenswert? Ich habe eine gute Frau daheim in den Bergen, brauchbar wie ein alter Löffel, trocken im Herzen aus Angst vor der Ehe seit dem sechsten Lebensjahr. Ich habe drei Kinder, die ihrem Vater, dem Fürsten der Arjikis, so wenig trauen, dass sie sich kaum in seine Nähe wagen. Ich habe einen hierhin und dorthin ziehenden, sorgengebeugten Stamm, der dieselben Fehden austrägt, dieselben Herden weidet, dieselben Gebete spricht wie vor fünfhundert Jahren. Und ich habe mich, einen profil- und ziellosen Mann, ohne Gewandtheit im Ausdruck oder Auftreten, ohne besondere Güte gegenüber der Welt. Was gibt es, das mein Leben schützenswert machen würde?

»Ich liebe dich«, sagte Elphaba.

»Das wäre also geklärt«, entgegnete er ihr und sich. »Und ich liebe dich. Gut, ich verspreche, vorsichtig zu sein und auf mich aufzupassen.« Auf uns beide, dachte er bei sich.

Und so pirschte er ihr abermals nach. Die Liebe macht uns alle zu Jägern. Sie hatte sich in ein langes schwarzes Kleid gehüllt wie eine Ordensfrau und ihre Haare unter einem breitkrempigen Hut mit einer hohen, kegelförmigen Krone versteckt. Ein Schal, dunkelrot mit Gold, war um den Hals geschlungen und über den Mund gezogen, obwohl es mehr gebraucht hätte als einen Schal, um ihre entzückende spitze Nase zu tarnen. Sie trug elegante, eng sitzende Handschuhe, ein modischeres Accessoire, als man sonst an ihr sah, doch er fürchtete, dass sie nur dem gewandteren Gebrauch der Hände dienten. Ihre Füße steckten in großen Stiefeln mit Stahlkappen, wie die Bergleute im Glikkus sie trugen.

Wenn man nicht wusste, dass sie grün war, hätte man es an diesem dunklen Nachmittag, in diesem heftigen Schneegestöber schwer erkannt.

Sie sah sich nicht um; vielleicht kümmerte es sie nicht, ob sie verfolgt wurde. Ihre Route führte sie über einige der großen Plätze der Stadt. Sie verschwand kurz in der St.-Glinda-Kirche neben dem Nonnenkloster, in der er sie das erste Mal gesehen hatte. Vielleicht bekam sie noch allerletzte Instruktionen, aber sie machte keinen Versuch, ihn (oder sonst jemanden) abzuschütteln. Nach ein, zwei Minuten kam sie wieder heraus.

Oder konnte es sein, dass sie um Leitung und Stärke gebetet hatte? Sie überquerte die Gerichtshofbrücke, spazierte am Ozma-Ufer entlang und ging dann diagonal durch den verwilderten Königlichen Rosengarten. Der Schnee machte ihr zu schaffen; immer wieder zog sie ihr Cape fester um sich. Ihre Silhouette mit den dünnen, dunklen Beinen in diesen aberwitzig großen Stiefeln stach von den schneeweißen Flächen des Hirschparks ab (mittlerweile natürlich von HIRSCHEN wie Hirschen verlassen). Mit eingezogenem Kopf marschierte sie an den Zenotaphen und Obelisken und Gedenktafeln für die gefallenen Helden dieses oder jenes Feldzugs vorbei. Die Jahrzehnte, dachte Fiyero, von Liebe zu ihr erfüllt oder wenigstens so besorgt um sie, dass er das Gefühl mit Liebe verwechseln konnte, die Jahrzehnte schauten herab und bemerkten die Vorbeigehende gar nicht. Auf ihren festen Sockeln starrten sie sich gegenseitig an und sahen nicht die Revolution, die auf dem Weg zu ihrer Bestimmung zwischen ihnen hindurchschritt.

Aber der Zauberer konnte nicht ihr Ziel sein. Sie musste die Wahrheit gesagt haben, als sie behauptet hatte, sie sei zu unerprobt und zu auffällig, um für ein Attentat auf den Zauberer in Frage zu kommen. Sie musste Teil einer Ablenkungstaktik sein oder eines Plans zur Ausschaltung eines möglichen Nachfolgers oder eines hochrangigen Verbündeten. Denn heute Abend wollte der Zauberer in der Volksakademie für Kunst und Mechanik nahe dem Palast die antiroyalistische, revisionistische Ausstellung des Kampfes und des Heldenmuts eröffnen. Doch am Anfang der Shizer Straße bog Elphaba ab, weg vom Palastbezirk, und ging schnurstracks durch den kleinen, schicken Stadtteil Goldhafen. Die Häuser der Stinkreichen wurden von Söldnern bewacht, und sie trappte auf dem Pflaster an ihnen und an den Stallburschen vorbei, die mit Besen den Schnee vom Bürgersteig fegten. Sie sah nicht hoch, sie sah nicht auf den Weg, sie sah sich nicht um. Fiyero vermutete, dass er mit seinem Abendmantel im Schneetreiben mehr auffiel als sie.

Am Rande von Goldhafen stand ein kleines Blausteinjuwel von einem Schauspielhaus, das Feenzaubertheater. Auf dem schlichten, aber eleganten Platz davor hingen massenhaft Lichterketten und grüngoldene Glitzergirlanden von einer Straßenlaterne zur anderen. Irgendein Feiertagsoratorium stand auf dem Programm – er konnte vorn auf der Anschlagtafel nur AUSVERKAUFT entziffern –, und die Türen waren noch nicht geöffnet. Die Menge versammelte sich, Straßenhändler verkauften heiße Schokolade in hohen Keramikbechern, und eine Schar kecker junger Burschen amüsierte sich und provozierte einige ältere Herrschaften, indem sie die Parodie eines alten unionistischen Festchorals sang. Der Schnee legte sich auf alles, auf die Lichter, das Theater, die Menschen. Er fiel in die heiße Schokolade, er wurde auf dem Pflaster zu Matsch und Eis zertreten.

Wie von fremder Hand gesteuert erklomm Fiyero die Stufen einer nahen Privatbibliothek, um Elphaba im Auge zu behalten, die in die Menge eintauchte. Sollte im Theater ein Mord geschehen? Ein Brandanschlag, bei dem die harmlosen Genießer wie Kastanien geröstet wurden? Gab es ein einzelnes Ziel, ein ganz bestimmtes Opfer, oder sollte es ein allgemeines Gemetzel werden, je schlimmer, umso besser?

Er wusste nicht, ob er da war, um zu verhindern, was sie tun wollte, oder um vor der Katastrophe zu retten, wen er nur konnte, oder um unschuldige Verletzte zu pflegen, oder vielleicht sogar nur, um Augenzeuge zu werden und so mehr über sie zu erfahren. Und um sie zu lieben oder nicht zu lieben, aber auf jeden Fall Klarheit zu haben.

Sie schlängelte sich durch die Menge, als versuchte sie jemanden zu finden. Anscheinend merkte sie nicht, dass er da war, so erpicht war sie darauf, das richtige Opfer zu finden. *Fühlte* sie denn nicht, dass ihr Geliebter mit ihr auf demselben freien Platz stand, über dem der Wind die Schneevorhänge auf- und zuzog?

Eine Phalanx der Sturmtruppe kam aus einer Gasse zwischen dem Theater und einer Schule direkt daneben. Die Soldaten bezogen vor der Zeile der Glastüren am Eingang Stellung. Elphaba stieg die Stufen eines altertümlichen steinernen Wollmarktstandes hinauf. Fiyero sah, dass sie etwas unter dem Mantel hatte. Sprengstoff? Irgendein magisches Utensil?

Hatte sie Mitverschworene auf dem Platz? Begaben sie sich an ihre jeweiligen Posten? Die Menge drängte sich dichter zusammen, je näher die Aufführung des Oratoriums rückte. Hinter den Glastüren war man eifrig damit beschäftigt, Pfosten aufzustellen und Samtseile dazwischen zu spannen, um für ein geordnetes Betreten des Saales zu sorgen. Niemand schob und drängelte in der Öffentlichkeit so rücksichtslos wie die Reichen, wusste Fiyero.

Auf der anderen Seite des Platzes kam eine Kutsche um die Ecke eines Gebäudes. Sie konnte nicht direkt vor dem Theater halten, da die Menge dort zu dicht stand, doch sie fuhr so weit, wie es ging. Da alle die Ankunft einer hochgestellten Persönlichkeit spürten, wurde es etwas stiller. Konnte dies ein unangekündigter Besuch des öffentlichkeitsscheuen Zauberers sein? Ein Kutscher mit einer Teckpelzmütze riss die Tür auf und streckte die Hand hinein, um dem Passagier beim Aussteigen behilflich zu sein.

Fiyero hielt den Atem an; Elphaba versteinerte. Dies war die Zielperson.

In einem Schwall von schwarzer Seide und silbernen Pailletten rauschte eine massige Frau auf die verschneite Straße. Ihr Gebaren war herrisch und hoheitsvoll: Es war Madame Akaber, niemand anders, selbst Fiyero erkannte sie, obwohl er ihr nur einmal begegnet war.

Er sah es Elphaba an, dass dies die Person war, die sie töten sollte. Im Nu war alles sonnenklar. Wenn sie erwischt und gefangengenommen und verhört wurde, konnte ihr Motiv nicht einleuchtender sein: nur eine verrückte Studentin aus Madame Akabers Grattler-Kolleg, die einen unversöhnlichen Groll gegen ihre alte Rektorin hegte. Es war perfekt.

Aber konnte es überhaupt sein, dass Madame Akaber mit dem Zauberer unter einer Decke steckte? Oder war das nur ein Ablenkungsmanöver, mit dem die Sicherheitskräfte vom eigentlichen Ziel abgebracht werden sollten?

Elphabas Cape zuckte; ihre Hand ging darunter auf und ab, als ob sie eine Waffe schussfertig machte. Madame Akaber brummte unterdessen einen Gruß an die versammelten Leute, die zwar nicht unbedingt wussten, wer sie war, aber dennoch das Spektakel genossen, wenn auch weniger ihren Anblick.

Am Arm eines Tiktakdieners tat die Rektorin des Grattler-Kollegs vier Schritte auf das Theater zu, und Elphaba beugte sich ein wenig vor. Ihr Kinn ragte jetzt spitz unter dem Schal heraus, ihre Nase schien Ziel zu nehmen, als wollte sie Madame Akaber bloß mit der natürlichen Schärfe ihrer Gesichtszüge in Stücke schneiden. Ihre Hände hantierten weiter unter dem Cape herum.

Doch da wurden die Eingangstüren des Gebäudes aufgestoßen, an dem Madame Akaber gerade vorbeiging – nicht des Theaters, sondern der benachbarten Mädchenschule. Herausgeschwärmt kam eine kleine Horde von Schulmädchen, die sichtlich der Oberschicht entstammten. Was machten sie am Lurlinaabend in der Schule? Fiyero erhaschte Elphabas Blick maßloser Überraschung. Die Mädchen waren sechs oder sieben, wie Sahne in Pelzmuffs und Pelzschals und Stiefel mit Pelzsaum gegossen. Sie lachten und sangen laut und rauh wie die erwachsenen Elitedamen, die sie einmal werden wollten, und in ihrer Mitte stellte ein Schauspieler die Fee Prinella dar. Es war ein Mann, wie es der Brauch verlangte, ein Mann mit einer albernen clownsartigen Bemalung, falschem wippenden Busen, Perücke, extrem ausladendem Rock, Strohhut und einem großen Korb, der von allerlei Krimskrams überfloss. »Olé, Hautevolee«, flötete er Madame Akaber an. »Die Fee Prinella kann auch dich mit einem Geschenk beglücken.«

Einen Moment lang dachte Fiyero, der Mann im Frauenkostüm werde ein Messer ziehen und Madame Akaber vor den Augen der Kinder erstechen. Doch nein, die Aktion war gut organisiert, aber doch nicht so gut. Dies war ein echter Zufall, eine Störung. Die Schulfeier an dem Abend war nicht vorherzusehen gewesen, genauso wenig wie der Schwarm kreischender Mädchen, die gierig an einem als Frau verkleideten und im Falsett sprechenden Schauspieler zerrten.

Fiyero blickte wieder zu Elphaba hinüber. Die Fassungslosigkeit stand ihr im Gesicht geschrieben. Was immer sie tun sollte, die Kinder waren im Weg. Als wilde kleine Horde flitzten sie um die Rektorin herum, bestürmten Prinella, sprangen an ihm/ihr in die Höhe und grapschten nach den Geschenken. Die Kinder waren das zufällige Umfeld: fröhlich lärmende, unschuldige Töchter von Wirtschaftsbossen, Despoten …

Er sah, wie es in Elphaba arbeitete, sah, wie sie mit der Frage rang, ob sie es trotzdem tun oder ob sie es lassen sollte – was immer es sein mochte.

Madame Akaber wälzte sich weiter voran wie ein Festwagen in einem Trauertagsumzug, und die Türen des Theaters öffneten sich für sie. Mit Grandezza trat sie in die Sicherheit des Foyers. Draußen tanzten und sangen die Kinder im Schnee, und die Menge wogte hierhin und dorthin. Elphaba sank niedergeschmettert gegen eine Säule und zitterte vor Selbsthass so heftig, dass Fiyero es aus fünfzig Metern Entfernung erkennen konnte. Er drängte sich zu ihr hin, unbekümmert um die Konsequenzen, doch als er die Stufen erreichte, war sie ihm durch die Lappen gegangen.

Das Publikum schob sich langsam ins Theater. Die Kinder schrien auf der Straße ihr Lied, ganz trunken von Gier und Glück. Die Kutsche, die Madame Akaber gebracht hatte, konnte jetzt am Theater vorfahren und dort warten, bis sie endlich wieder herauskam. Ratlos blieb Fiyero noch ein Weilchen stehen für den Fall, dass es einen Ausweichplan gab, dass Elphaba etwas in der Hinterhand hatte, dass das Theater in die Luft flog.

Dann beschlich ihn die Sorge, Elphaba könnte in den wenigen Minuten, seit er sie aus den Augen verloren hatte, von der Sturmtruppe gefasst worden sein. Konnte es sein, dass die Soldaten sie so blitzschnell abgeführt hatten? Was sollte er tun, wenn sie plötzlich auch zu den Verschwundenen gehörte?

Mit schnellen Schritten machte er sich auf den Rückweg. Zum Glück fand er eine wartende Droschke, und er ließ sich direkt in die Straße mit den Lagerhäusern neben der Kaserne im neunten Bezirk bringen.

In einem denkbar aufgewühlten Zustand stieg er vor Elphabas Versteck im Obergeschoss des ehemaligen Getreidespeichers aus. Während er die Treppe hinaufging, musste er plötzlich mit dem Durchfall kämpfen, und er schaffte es nur mit Mühe und Not auf den Nachttopf. Zusammengekrümmt hielt er das schwitzende Gesicht in den

Händen, während sich sein Darm entleerte. Die Katze hockte auf dem Kleiderschrank und funkelte ihn böse an. Gerettet, gewaschen und halbwegs wieder hergerichtet versuchte er, Mulki mit einem Schälchen Milch zu ködern. Sie zeigte ihm die kalte Schulter.

Er fand ein paar trockene Kräcker und verzehrte sie niedergeschlagen, dann zog er mit der Kette das Oberlicht auf, um den Raum zu lüften. Zwei Schneeklumpen fielen herunter und blieben am Boden liegen, ohne zu schmelzen, so kalt war es in dem elenden Loch. Er ging ein Feuer machen und zog die Tür des eisernen Ofens auf.

Das Feuer flammte auf und warf Schatten, die sich nach Schattenart bewegten, doch diese Schatten bewegten sich schnell und stürzten durch den Raum auf ihn zu, bevor er begriff, was los war. Er sah drei, vier, fünf, und sie waren schwarz gekleidet und hatten sich das Gesicht mit Kohle geschwärzt und um den Kopf bunte Schals geschlungen, wie er sie für Elphaba gekauft hatte, für Sarima. Auf der Schulter des einen blinkte eine goldene Epaulette: ein Offizier der Sturmtruppe. Ein Knüppel fuhr durch die Luft und versetzte ihm einen Schlag, wuchtig wie der Tritt eines Pferdes, wie der fallende Ast eines vom Blitz getroffenen Baumes. Es musste weh tun, aber vor Überraschung merkte er es gar nicht. Das musste sein Blut sein, dieser rote Spritzer auf der zurückzuckenden weißen Katze. Er sah, wie die Katze die Augen aufriss, zwei goldgrüne Monde, passend zur Jahreszeit, und dann sprang sie durch das offene Oberlicht und verschwand in der Winternacht.

Die jüngste Nonne war verpflichtet, zur Klostertür zu gehen, wenn während der Mahlzeit die Glocke läutete. Sie war gerade dabei, die Reste der Kürbissuppe mit Roggenröstbrot abzuräumen, während die anderen Nonnen schon feierlich gestimmt nach oben in die Kapelle strebten. Sie schwankte, bevor sie sich entschied, an die Tür zu gehen – drei Minuten später wäre auch sie in frommer Andacht versunken gewesen, und die Glocke wäre unbeachtet geblieben. Eigentlich hätte sie lieber das Geschirr schon einmal eingeweicht. Doch die Festtagsfreude drängte sie zu mildtätigem Handeln.

Als sie die große Tür aufmachte, hockte in einer dunklen Ecke des

Portals eine affenartig zusammengekauerte Gestalt. Draußen ließ der Schnee die Fassade der nahen St.-Glinda-Kirche ganz knitterig erscheinen, so dass sie wie eine Spiegelung im Wasser aussah, nur nicht auf dem Kopf stehend. Die Straßen waren leer, und Chorgesang drang aus der von Kerzen erleuchteten Kirche.

»Was gibt es?«, fragte die Novizin, bevor sie daran dachte hinzuzufügen: »Fröhliche Lurlinalien wünsche ich.«

Als sie das Blut an den merkwürdigen grünen Handgelenken sah und einen Blick in die stechenden Augen tat, beschloss sie, dass der Feiertagsanstand es verlangte, die Fremde hereinzuholen. Doch sie hörte, wie sich die Schwestern in der kleinen Kapelle versammelten und wie die Mutter Oberin mit ihrem silberhellen Alt das Präludium anstimmte. Dies war das erste große liturgische Fest, das die Novizin als Mitglied der Gemeinschaft erlebte, und sie wollte keine Sekunde verpassen.

»Kommen Sie rein, Sie Arme«, sagte sie, und die Fremde, eine junge Frau, höchstens ein oder zwei Jahre älter als sie, schaffte es mit Mühe, sich so weit aufzurappeln, dass sie gehen oder eigentlich eher humpeln konnte, als ob sie ein Krüppel wäre oder dermaßen unterernährt, dass ihre Muskeln den Dienst versagten und ihre Beine jeden Moment umzuknicken drohten.

Die Novizin führte sie in einen Waschraum, um ihr das Blut von den Handgelenken zu spülen und sich zu vergewissern, dass es wirklich nur von einem Huhn stammte, das als Festtagsbraten geschlachtet worden war, und nicht etwa von einem Selbstmordversuch. Doch die Frau schreckte beim Anblick des Wassers zurück und sträubte sich so heftig, dass die Novizin es schließlich aufgab. Stattdessen benutzte sie ein trockenes Handtuch.

Die Nonnen begannen oben mit den Wechselgesängen! Wie ärgerlich! Die Novizin entschied sich für die einfachste Lösung. Sie schleifte das Häufchen Elend in den Wintergarten hinunter, wo die dementen alten Muttchen dem Ende entgegendämmerten, diskret umgeben von Marginiumpflanzen, deren süßer Duft die Gerüche des Alters und der Inkontinenz ein wenig überdeckte. Die Greisinnen lebten in ihrer eigenen Zeit und konnten ohnehin nicht mehr nach oben in die heilige Kapelle befördert werden.

»So, ich setze Sie jetzt hier hin«, sagte sie zu der Frau. »Ich weiß nicht, ob Sie Zuflucht oder eine Mahlzeit oder ein Bad oder Vergebung suchen oder sonst etwas. Aber hier ist es warm und trocken und sicher und still, da können Sie sich erst mal ausruhen. Nach Mitternacht komme ich wieder. Heute ist Feiertag, nicht wahr? Gerade findet die heilige Vigil statt. Warten und hoffen Sie.«

Sie schob die Leidende in einen weichen Sessel und packte sie in eine Decke ein. Die meisten Alten schnarchten vor sich hin, den Kopf auf die Brust gesenkt, während Speichelfäden auf Lätzchen rannen, die mit grünen und goldenen Beeren und Blättern bestickt waren. Ein paar beteten ihren Gebetskranz. Der im Sommer offene Innenhof war jetzt im Winter mit Glasplatten umgeben, so dass er wie ein großes quadratisches Aquarium aussah, und der hineinrieselnde Schnee stimmte alle friedlich.

»So, hier können Sie den Schnee anschauen, weiß wie die Gnade des Namenlosen Gottes«, sagte die Novizin, ihrer seelsorgerischen Pflichten eingedenk. »Denken Sie daran, und ruhen Sie sich aus, und schlafen Sie. Hier ist ein Kissen. Hier ist ein Hocker für Ihre Füße. Oben singen und loben wir derweil den Namenlosen Gott. Ich werde für Sie beten.«

»Nicht nötig ...«, sagte die gespenstisch grüne Asylsucherin und ließ den Kopf auf das Kissen zurücksinken.

»Das tue ich doch *gern*«, sagte die Novizin ein wenig bissig und floh davon, gerade noch rechtzeitig für den Prozessionschoral.

Eine Weile war es still im Wintergarten. Der Schnee fiel gleichmäßig, wie von einer Maschine produziert, sanft und hypnotisierend. Die Blüten der Marginiumpflanzen gingen in der zunehmenden Kälte ein Stück weit zu. Öllampen rußten ihren dunklen Trauerflor in die Luft. Auf der anderen Seite des Gartens, kaum zu erkennen durch den Schnee und die beiden Scheiben, begann eine uralte Nonne, deren Gedächtnis weiter zurückreichte als das ihrer Schwestern, eine anstößige heidnische Hymne an Lurlina zu brummeln.

Da schob sich eine der Alten in einem Rollstuhl ganz langsam an die schlotternde Gestalt der Neuen heran. Sie beugte sich vor und schnupperte. Aus der umgehängten blauweiß karierten Decke kamen ihre alten Hände hervor und griffen nach Elphaba.

»Ach, das arme Püppchen ist krank, das arme Püppchen ist müde«, sagte sie. Wie vorher die Novizin betastete sie die Handgelenke nach offenen Wunden. Nichts. »Unverletzt, und doch hat das arme Püppchen Schmerzen.« Es klang beinahe befriedigt. Die Decke rutschte ein wenig zurück und entblößte eine nur noch spärlich behaarte Schädelplatte. »Das arme Püppchen ist schwach, das arme Püppchen leidet«, fuhr sie fort. Sie schaukelte ein wenig und drückte Elphabas Hände, wie um sie zu wärmen, doch es war fraglich, ob ihr träger alter Kreislauf eine Fremde wärmen konnte, wo er sie doch selbst kaum warm bekam. Dennoch rieb und drückte sie weiter. »Das arme Püppchen ist völlig am Ende«, murmelte sie. »Frohes Fest dir und allen anderen. Komm, meine Kleine, leg deinen Kopf an meine alte Brust. Das alte Mütterchen macht alles wieder gut.« Sie konnte Elphaba nicht aus ihrer qualvollen Starre ziehen. Sie konnte nur Elphabas Hände fest umschlossen halten wie Kelchblätter eine noch ungeöffnete junge Blüte. »Komm, mein Liebling, alles wird wieder gut. Ruh dich aus an der Brust der verrückten Mutter Schackel. Mutter Schackel macht dich wieder gesund.«

# IV

# IM WINKUS

# Die Reise

## 1

Am Tage, an dem die Siebenjahresnonne Abschied nehmen sollte, zog die Schwester Ökonomin den großen eisernen Schlüssel aus ihrem Busen und sperrte das Magazin auf. »Tritt ein«, sagte sie. Sie nahm drei schwarze Kleider, sechs Mieder, Handschuhe und ein Schultertuch aus dem Schrank. Sie händigte ihr auch den Besen aus. Zuletzt noch für Notfälle einen Korb mit Heilmitteln: Kräuter und Wurzeln, Tinkturen, Salben und Balsame.

Es gab auch Papier, wenn auch nicht mehr als ein Dutzend Blätter in verschiedenen Formaten und Stärken. Papier wurde in Oz immer knapper. »Geh sparsam damit um«, riet die Schwester Ökonomin. »Du bist ein kluger Kopf, trotz deiner Verschlossenheit.« Sie fand eine Schreibfeder, eine Phönixfeder, bekannt für die Haltbarkeit und Stärke des Kiels. Drei Töpfchen schwarze Tinte, rundherum dick mit Wachs versiegelt.

Uda Lahmhand wartete mit der alten Mutter Oberin im Wandelgang. Das Kloster zahlte einen anständigen Preis für diesen Dienst, und Uda brauchte das Geld. Doch die unfreundliche Nonne, die von der Schwester Ökonomin hereingeführt wurde, gefiel ihr nicht. »Das ist Ihr Fahrgast«, sagte die Mutter Oberin. »Sie heißt Schwester Aelphaba. Viele Jahre lang hat sie einsam gelebt und Kranke gepflegt. Darüber ist ihr die Geschwätzigkeit vergangen. Aber es ist an der Zeit, dass sie weiterzieht, und das wird sie jetzt tun. Sie wird Ihnen nicht zur Last fallen.«

Uda besah sich die Frau und sagte: »Beim Wildbahnzug ist das Überleben der Mitreisenden nicht gesichert, Mutter. Ich habe in den letzten zehn Jahren ungefähr zwei Dutzend Fahrten geleitet, und es hat mehr Tote gegeben, als ich zugeben mag.«

»Sie fährt aus freien Stücken mit«, sagte die Mutter Oberin. »Sollte sie irgendwann umkehren wollen, würden wir sie wieder aufnehmen. Sie gehört zu uns.«

Sie machte auf Uda den Eindruck, nirgends hinzugehören, nicht Fisch und nicht Fleisch zu sein, nicht dumm und nicht gescheit. Schwester Aelphaba blickte nur unverwandt auf den Boden. Obwohl sie um die dreißig zu sein schien, hatte sie ein bleiches Jungmädchengesicht.

»Dort steht das Gepäck – können Sie es tragen?« Die Mutter Oberin deutete auf das Häuflein Sachen im ansonsten blitzsauberen Klostervorhof. Dann wandte sie sich der scheidenden Nonne zu. »Liebes Kind des Namenlosen Gottes«, sagte sie, »du gehst von uns, um eine Schuld zu sühnen. Du bist der Meinung, dass du Buße tun musst, bevor du Frieden finden kannst. Die ungestörte Stille des Klosters entspricht nicht mehr deinen Bedürfnissen. Du kehrst zu dir selbst zurück. Wir entlassen dich daher mit Liebe und guten Wünschen für deinen Erfolg. Der Namenlose Gott behüte dich, liebe Schwester.«

Die Angesprochene hielt den Blick auf den Boden gerichtet und antwortete nicht.

Die Mutter Oberin seufzte. »Die Andacht wartet auf uns.« Sie zog ein paar Scheine aus einer Geldrolle in den Tiefen ihrer Gewänder und reichte sie Uda Lahmhand. »Damit sollten Sie eigentlich gut auskommen.«

Es war ein ordentlicher Batzen. Uda verdiente viel an der Beförderung dieser stummen Person über die Kallen – mehr als die anderen Wagenführer zusammen. »Sie sind zu gütig, ehrwürdige Mutter«, sagte sie. Sie nahm das Geld mit ihrer guten Hand und machte mit ihrer lahmen eine Geste der Ehrerbietung.

»Niemand ist zu gütig«, erwiderte die Mutter Oberin freundlich und verzog sich mit erstaunlicher Geschwindigkeit hinter die Klostertüren. »Du bist jetzt auf dich allein gestellt, Schwester Aelphaba«, sagte die Schwester Ökonomin zum Abschied. »Mögen alle Sterne dir auf deinem Weg hold sein!« Und damit entschwand auch sie. Uda machte sich daran, Gepäck und Vorräte auf den Wagen zu laden. Hinter der Truhe schlief ein kleiner, dicklicher Junge in zerlumpter Kleidung. »Fort mit dir!«, sagte Uda, doch der Junge murmelte: »Ich soll mitkommen, hat es geheißen.« Als Schwester Aelphaba diese Aussage weder bestätigte noch bestritt, wurde Uda langsam klar, warum der Fuhrlohn für die grüne Nonne mehr als großzügig gewesen war.

Das Kloster der heiligen Glinda lag zwölf Meilen südwestlich der Smaragdstadt in der Schiefersenke und war ein Ableger des Konvents in der Stadt. Nach Auskunft der Mutter Oberin hatte Schwester Aelphaba zwei Jahre in der Stadt und fünf Jahre hier zugebracht. »Wollen Sie immer noch Schwester genannt werden, jetzt, wo Sie diesem heiligen Gefängnis entkommen sind?«, fragte Uda, während sie die Pferde mit einem Zügelschnalzen antrieb.

»Elphie tut's«, sagte ihre Passagierin.

»Und der Junge, wie heißt der?«

Die Frau namens Elphie zuckte die Achseln.

Ein paar Meilen weiter traf die Kutsche auf die übrige Karawane. Es waren insgesamt vier Wagen und fünfzehn Reisende. Elphaba und der Junge stießen als Letzte dazu. Uda Lahmhand beschrieb die Route, die sie nehmen wollten: nach Süden am Kallensee entlang, nach Westen durch die Kumbricia-Schneise, nach Nordwesten durch das Tausendjährige Grasland, Zwischenstation in Kiamo Ko und dann ein Stück weiter nordwestlich überwintern. Der Winkus war unzivilisiertes Gebiet, erklärte Uda ihnen, und es gab Stämme, vor denen man auf der Hut sein musste: die Yunamatas, die Schrähen, die Arjikis. Und es gab wilde Tiere. Und Geister. Sie mussten dicht zusammenbleiben. Sie mussten sich gegenseitig vertrauen.

Elphaba zeigte keinerlei Interesse. Sie spielte mit der Phönixfeder herum und zeichnete zwischen ihren Füßen Muster in den Staub, gewundene Formen wie sich ringelnde Drachen oder Rauchfahnen. Der Junge kauerte misstrauisch und verschlossen zwei, drei Meter entfernt. Er schien ihr Diener zu sein, denn er kümmerte sich um ihr Gepäck und bediente sie, wenn sie etwas brauchte, aber sie sahen sich nicht an und redeten nicht miteinander. Uda fand es höchst merkwürdig und hoffte, dass es nichts Böses verhieß.

Der Wildbahnzug brach im Morgengrauen auf und legte nur wenige Meilen zurück, bevor an einem Bach das erste Lager aufgeschlagen wurde. Die Reisenden, größtenteils Gillikinesen, faselten nervös davon, wie mutig sie waren, sich so weit von der Sicherheit von Mittel-Oz zu entfernen. Jeder hatte andere Gründe: Geschäfte, Familienpflichten, eine Schuld, die zu begleichen, ein Feind, der umzubringen war. Der Winkus war Grenzland und die Winkies ein unbedarfter, blutrünstiger Schlag, Leute, bei denen Badezimmer und Benimmregeln praktisch unbekannt waren, und so machte man sich mit Gesängen Mut. Uda sang ein Weilchen mit, aber sie wusste, dass kaum einer unter ihnen nicht lieber geblieben wäre, wo sie waren, und sich vom inneren Winkus ferngehalten hätte. Außer vielleicht dieser Elphie, die weitgehend für sich blieb.

Sie ließen das fruchtbare Randgebiet Gillikins hinter sich. Im Winkus wurde der schwere braune Boden langsam kieselig. Nachts wies ihnen der Eidechsenstern den Weg nach Süden am Rand der Großen Kallen entlang zu der gefährlichen Kluft der Kumbricia-Schneise. Kiefern und schwarze Sterntriefen ragten auf jeder Uferböschung wie Zähne empor. Bei Tag wirkten sie einladend und spendeten manchmal Schatten. Bei Nacht drohten sie düster und waren von Reißeulen und Fledermäusen bevölkert.

Elphaba lag nachts häufig wach. Das Denken kehrte ihr wieder, dehnte sich aus unter dem Eindruck der ungeheuren Weite, wo die Vögel mit fallenden Stimmen schrien und die Meteore ihre Omen an den Himmel zeichneten. Manchmal versuchte sie, mit ihrer Phönixfeder zu schreiben, manchmal saß sie da und dachte sich Worte aus und brachte sie nicht zu Papier.

Das Leben außerhalb des Klosters schien sich mit lauter solchen Kleinigkeiten zu füllen, und ihre vergangenen sieben Jahre gerieten darüber bereits in Vergessenheit, die viele undifferenzierte Zeit. Sie hatte Terrakottaböden geschrubbt, ohne die Hände in den Eimer zu tauchen, und für ein einziges Zimmer Stunden gebraucht, ohne dass je ein Fußboden dadurch sauberer geworden wäre. Sie hatte Wein bereitet, die Kranken aufgenommen, in der Pflege gearbeitet, was sie kurzzeitig ans Grattler-Kolleg erinnert hatte. Der Vorteil einer Uniform war, dass man sich nicht bemühen musste, einzigartig zu sein – wie viele Einzigartigkeiten konnte der Namenlose Gott oder die Natur erschaffen? Man konnte sich selbstlos im täglichen Ablauf verlieren, man ging seinen Weg, ohne ihn suchen zu müssen. Die kleinen Veränderungen – der rote Vogel landete auf dem Fensterbrett, und das war der Frühling, die Blätter wurden von der Terrasse gerecht, und das war der Herbst –, sie reichten völlig. Drei Jahre vollkommenes Stillschweigen, zwei Jahre Flüstern, dann auf Beschluss der Mutter Oberin zwei Jahre auf der Unheilbarenstation.

Dort, dachte Elphaba im Licht der Sterne bei sich, als schilderte sie es jemand anders, dort hatte sie neun Monate lang die Sterbenden gepflegt und die Ungeschickten, die das Sterben noch nicht verstanden. Nach und nach sah sie im Sterben einen Prozess, der auf seine Art schön war. Eine Menschengestalt ist wie ein Blatt, sie stirbt in einer bestimmten Ordnung, sofern nichts dazwischenkommt: erst dies, dann das, dann jenes. Sie hätte ewig als Pflegerin weitermachen können: die Hände über den gestärkten Laken hübsch zusammenlegen, die unsinnigen Worte der Schrift vorlesen, die doch so sehr zu helfen schienen. Sie konnte mit den Sterbenden umgehen.

Vor einem Jahr war dann der bleiche, todkranke Timmel ins Hospiz für die unheilbar Kranken eingeliefert worden. Er war noch nicht so hinfällig, dass er sie nicht erkannt hätte, trotz Schleier und Schweigen. Schwach, unfähig, ohne fremde Hilfe zu scheißen oder zu pissen, mit überall abblätternder Pergamenthaut, verstand er sich doch besser aufs Leben als sie. Selbstsüchtig verlangte er, dass sie sich als Individuum verhielt, und er sprach sie mit ihrem Namen an. Er scherzte, er kramte aus der Erinnerung Geschichten hervor, er beschwerte sich über alte Freunde, die ihn aufgegeben hatten, er bemerkte von einem

Tag zum anderen die Veränderungen in der Art, wie sie handelte, wie sie dachte. Er machte ihr klar, dass sie tatsächlich Gedanken hatte. Unter dem prüfenden Blick dieses Todgeweihten wurde sie gegen ihren Willen als ein Individuum neu geschaffen. Jedenfalls beinahe.

Schließlich starb er, und die Mutter Oberin meinte, es sei an der Zeit, dass sie ging und ihre Verfehlungen sühnte, obwohl nicht einmal die ehrwürdige Mutter wusste, worin diese bestanden. Und wenn das geschehen war? Nun, sie war immer noch eine junge Frau, sie konnte eine Familie gründen. Ihren Besen nehmen und nicht vergessen: Gehorsam und Geheimnis.

»Du kannst nicht schlafen«, sagte Uda eines Nachts, als Elphaba wieder unter den Sternen saß.

Doch auch wenn ihre Gedanken reich und vielfältig waren, waren ihre Worte arm, und sie knurrte bloß. Uda machte ein paar Witze, über die Elphaba zu lächeln versuchte, aber Uda lachte so viel, dass es für sie beide reichte. Laut und schallend. Es machte Elphaba müde.

»Ist dieser Koch nicht das Hinterletzte?«, sagte Uda und erzählte irgendeine zusammenhanglose Anekdote, und sie gackerte über ihre eigene Geschichte. Elphaba versuchte mitzulachen, wenigstens zu grinsen, über ihr aber wurden die Sterne immer dichter, eher glitzernder Fischlaich als verstreute Salzkörner. Sie drehten sich auf ihren Stengeln und machten dabei ein quälendes, knirschendes Geräusch, doch sie konnte es nicht hören; Uda war zu derb und zu laut.

Es gab viel zu hassen auf dieser Welt und zu viel zu lieben.

Nicht lange und sie kamen ans Ufer des Kallensees, eines unheimlichen Gewässers, das dalag wie aus der Flanke einer Gewitterwolke geschnitten. Es war völlig grau, von keinerlei Lichtern erhellt. »Deshalb«, meinte Uda, »trinken Pferde das Wasser nicht und Reisende auch nicht. Deshalb wurde es nie mit Aquädukten in die Smaragdstadt geleitet. Es ist totes Wasser. So was hast du noch nicht gesehen.« Die Reisenden waren beeindruckt. Am westlichen Ufer erhob sich eine lavendelfarbene Masse, die ersten Anzeichen der Großen Kallen, des Gebirges, das den Winkus vom übrigen Oz abteilte. Von ihrem Standort aus erschienen die Berge als ein dünner Gasschleier.

Uda demonstrierte den Nutzen des Nebelzaubers im Fall eines Angriffs durch eine Horde von Yunamatajägern. »Werden die uns überfallen?«, fragte der Junge, der Elphies Diener zu sein schien. »Die mach ich tot, bevor keiner weiß, was los ist.« Angst ging von ihm aus und übertrug sich auf die anderen. »Meistens geht es gut«, sagte Uda. »Wir müssen nur auf der Hut sein. Sie können freundlich sein. Wenn wir freundlich sind.«

Die vier Wagen zuckelten tagsüber in einiger Entfernung voneinander dahin, begleitet von neun Pferden, zwei Milchkühen, einem Stier, einer Färse und etlichen Hühnern. Der Koch hatte einen Hund namens Mordefroh, der Elphaba aber eher ein Spielefroh zu sein schien, ein überall herumschnüffelndes neugieriges Ding. Einige hatten eine Zeitlang den Verdacht, er könnte in Wirklichkeit ein HUND sein, der sich verstellte, doch schließlich gaben sie den Gedanken auf. »Ha«, sagte Elphaba zu den anderen, »habt ihr so selten mit TIEREN gesprochen, dass ihr den Unterschied nicht mehr kennt?« Nein, er war nur ein Hund, aber ein richtiger Prachthund, ein wütender Beller und ein schmeichelnder Bettler zugleich. Mordefroh war eine Gebirgskreuzung mit grauschwarzem Fell, eine Mischung aus Linstercollie, Lenxterrier und vielleicht Wolf. Seine Nase ging nach oben wie ein Butterkringel. Er ließ sich nicht davon abhalten zu jagen, aber er fing auch nicht viel. Nachts, wenn die Wagen im Karree aufgestellt waren, das Küchenfeuer brannte, die Tiere nahebei weideten und das Singen schließlich begann, verkroch sich Mordefroh unter einem der Wagen.

Uda hörte, wie der Junge dem Hund seinen Namen sagte. »Ich heiße Liir«, sagte der Junge. »Du kannst mein Hund sein, wenn du willst.« Sie musste grinsen. Der dicke Junge schloss nicht leicht Freundschaft, und für ein einsames Kind war ein Hund genau das Richtige.

Der Kallensee entschwand ihren Blicken. Weiter weg davon fühlten sich manche sicherer. Mit jeder Stunde wuchsen die Großen Kallen höher und massiger empor und nahmen bald die braune Farbe von

Buttertaumelonen an. Der Pfad schlängelte sich weiter durch das Tal des Winkusflusses, dahinter die Berge. Uda kannte mehrere Furten, doch sie waren nicht deutlich markiert. Während sie danach suchten, erwischte Mordefroh endlich eine Talglache, wurde aber bei dem Kampf verletzt. Er blutete und winselte und bekam etwas gegen eine eventuelle Vergiftung. Liir nahm ihn bei der Weiterfahrt auf den Schoß, was Elphaba ein wenig eifersüchtig machte. Es amüsierte sie beinahe, so ein abgeschmacktes, antiquiertes Gefühl an sich zu entdecken.

Der Koch war böse, dass Mordefroh lieber bei jemand anderem war als bei ihm, und schüttelte seine Kelle, als wollte er den Zorn des Küchenchefs der himmlischen Heerscharen herabrufen. Elphaba sah in ihm einen groben Schlächter, denn er schien keine Skrupel zu haben, Kaninchen zu schießen und zu verzehren. »Woher willst du wissen, dass es keine KANINCHEN sind?«, empörte sie sich und rührte keinen Bissen an.

»Sei bloß still, sonst brate ich stattdessen den kleinen Jungen da«, versetzte er.

Sie hätte Uda gern dafür erwärmt, den Koch fortzuschicken, doch die wollte nichts davon hören. »Wir nähern uns der Kumbricia-Schneise«, sagte sie. »Mich beschäftigen andere Dinge.«

Sie konnten sich der eigentümlichen Erotik der Landschaft nicht entziehen. Von Osten sah die Kumbricia-Schneise aus wie eine auf dem Rücken liegende Frau, die Beine einladend gespreizt.

Weiter oben an den Hängen verdeckten die Kiefern die Sonne und verschlangen die wilden Birnen ihre knorrigen Äste, als rängen sie miteinander. Hier herrschte plötzlich ein extrem feuchtes Klima, in dem die Rinden der Bäume nur so trieften und die Luft sich einem schwer auf die Haut legte wie halb getrocknete Wäsche. Einmal in den Wald eingetaucht, konnten die Reisenden die Gipfel nicht mehr sehen. Alles roch nach Farnen und Fiedelkraut. Und am Ufer eines kleinen Sees stand ein toter Baum, bewohnt von einem Schwarm Bienen, die fleißig ihrer Kammermusik und Honigproduktion frönten.

»Ich würde sie gern mitnehmen«, sagte Elphaba. »Ich rede mit ihnen und schaue, ob sie mitkommen wollen.«

Im Küchengarten des Grattler-Kollegs hatte es Bienen gegeben und im Kloster der heiligen Glinda in der Schiefersenke auch. Elphaba war von ihnen fasziniert. Liir jedoch machten sie Angst, und der Koch drohte, umzukehren und die Gruppe sich selbst zu überlassen. Eine hitzige Debatte entstand. Ein alter Mann, der auf eine nächtliche Vision hin zum Sterben nach Westen zog, gab zu bedenken, dass ein wenig Honig den geschmacklosen Spatzenblatttee verbessern würde. Eine Glikkin, die die Fahrt auf eine Heiratsanzeige hin unternahm, stimmte zu. Uda, begeisterungsfähig, wenn man es am wenigsten erwartete, votierte für Honig. Also stieg Elphaba auf den Baum und redete mit den Bienen, und diese kamen als ganzer Schwarm mit, doch die meisten Reisenden blieben in den anderen Wagen und fürchteten sich plötzlich vor jedem Staubkörnchen, das sie anwehte.

Mit Trommeln und Rauchzeichen bemühten sie sich, die Aufmerksamkeit eines Rafiqi auf sich zu ziehen, denn Karawanen durften nicht durch die Gebiete der verschiedenen winkischen Stämme ziehen, wenn sie nicht einen solchen Führer hatten, der für sie die Bedingungen aushandelte. Eines Abends, als allen langweilig war und ihnen die Dunkelheit aufs Gemüt schlug, kam das Gespräch auf die Sage von der kumbrischen Hexe. Wer war zuerst da, lautete die Frage, die Feenkönigin Lurlina oder die kumbrische Hexe?

Igo, der kranke alte Mann, zitierte die *Ozias* und erinnerte alle daran, wie die Welt entstanden war: Der Drache der Zeit schuf Sonne und Mond, und Lurlina verfluchte sie und erklärte, die Kinder der beiden würden die eigenen Eltern nicht kennen, und dann kam die kumbrische Hexe und mit ihr die Sintflut, der Krieg, die Verbreitung des Bösen über die Welt.

Uda Lahmhand widersprach. »Du alter Narr«, sagte sie, »die *Ozias* ist nur die kitischige, romantische Umdichtung älterer, rauherer Sagen. Was in der Erinnerung des Volkes lebt, ist wahrer als die Darstellung eines feingeistigen Dichters. Im Volksglauben geht das Böse immer dem Guten voraus.«

»Kann das die Wahrheit sein?«, fragte Igo interessiert.

»Gibt es nicht eine ganze Reihe alter Märchen, die anfangen mit ›Mitten im Wald, da wohnte einmal eine alte Hexe‹, oder ›Als der Teufel eines Tages über die Erde wandelte, begegnete ihm ein Kind‹?«, sagte Uda und bewies damit, dass sie außer Grips auch eine Schulbildung hatte. »Die Bitterarmen brauchen nicht erklärt zu bekommen, woher das Böse entsteht; es entsteht einfach, es ist immer da. Man erfährt nie, wie die Hexe böse wurde oder ob das für sie die richtige Wahl war – ist es jemals die richtige Wahl? Ringt der Teufel jemals darum, wieder gut zu werden, und wenn, ist er dann kein Teufel mehr? Das ist zumindest eine Definitionsfrage.«

»Es stimmt allerdings, dass es reichlich Märchen von der kumbrischen Hexe gibt«, pflichtete Igo bei. »Die anderen Hexen sind alle nur Schatten, eine Tochter, eine Schwester, ein armseliger Abklatsch. Die kumbrische Hexe ist das Urbild, hinter das man nicht zurückgehen kann.«

Da fiel Elphaba das Rollbild von damals in der Drei-Königinnen-Bibliothek ein, das möglicherweise die kumbrische Hexe dargestellt hatte: mit glänzenden Schuhen breitbeinig über einem Kontinent stehend, ein Lebewesen nährend oder erwürgend.

»Ich glaube nicht an die kumbrische Hexe, nicht einmal in der Kumbricia-Schneise«, prahlte der Koch.

»Du glaubst auch nicht an KANINCHEN«, fauchte Elphaba ihn ärgerlich an. »Die Frage ist, ob die kumbrische Hexe an dich glaubt.«

»Gemach, gemach«, sagte Uda begütigend und wiederholte es, bis ein Lied daraus wurde, das alle mitsangen. Elphaba stampfte davon. Sie fühlte sich zu sehr an die Gespräche erinnert, die sie in jungen Jahren mit ihrem Vater und Nessarose über die Frage geführt hatte, wo das Böse herkommt. Als ob man das jemals wissen konnte. Mit langen Beweisführungen zur Natur des Bösen hatte ihr Vater versucht, die Menschen zu überzeugen und zu bekehren. Elphaba war damals in Shiz der Gedanke gekommen, dass Männer Beweise benutzten wie Frauen Parfüm: um sich ihrer selbst zu vergewissern und damit anziehend zu sein. Aber war nicht das Böse über jeden Beweis erhaben, genau wie die kumbrische Hexe sich dem Zugriff der Geschichtsforschung entzog?

## 2

Ein Rafiqi erschien, ein hagerer Mann mit schütteren Haaren und Schlachtnarben. Die Yunamatas könnten dieses Jahr Schwierigkeiten machen, erklärte er ihnen. »Eure Karawane kommt nach einer ganzen Reihe von hinterhältigen Angriffen von Kavalleristen aus der Smaragdstadt auf die Winkies«, klagte er. Es war nicht klar, ob er damit Kneipenschlägereien wegen Beleidigung winkischer Frauen oder Sklavenhandel und Lagerhaft meinte.

Sie schlugen das Lager ab, verließen den See und zogen einen weiteren halben Tag durch den stillen Wald. Sonnenspeere stachen hin und wieder durch das Blätterdach, doch es war ein blasses Licht, das immer nur die Seiten beschien und niemals direkt den vor ihnen liegenden Weg. Sie hatten das gruselige Gefühl, dass Kumbricia persönlich neben ihnen herzog, versteckt, ungebeten, dass sie von Baum zu Baum huschte, hinter Felsen glitt, in schattigen Tiefen lauerte, schaute und lauschte. Der kranke alte Mann betete in näselndem Singsang, er möge diesem Hexenwald entkommen, bevor er starb, sonst werde sein Geist nie wieder herausfinden. Der Junge weinte wie ein Mädchen. Der Koch drehte einem Huhn den Hals um.

Selbst die Bienen hörten auf zu summen.

Mitten in der Nacht verschwand der Koch. Alle waren bestürzt bis auf Elphaba, die sich nicht darum scherte. War er entführt worden? War er schlafgewandelt? Hatte er Selbstmord begangen? Waren die erzürnten Yunamatas in der Nähe und beobachteten sie? Rächte Kumbricia selbst sich an ihnen für die leichtfertigen Reden, die sie über sie geführt hatten? Es gab viele Meinungen, und die Frühstückseier waren flüssig und ungenießbar.

Mordefroh störte das Verschwinden des Kochs nicht. Er grinste im Tiefschlaf und kuschelte sich näher an Liir.

Die Bienen in dem hohlen Stammstück, das als Wohnung für sie mitgenommen worden war, verfielen in einen rätselhaften Schlaf. Mordefroh, der immer noch an dem Glachengift laborierte, schlief vierundzwanzig Stunden am Tag. Die Reisenden stellten die Gespräche völlig ein, damit ja niemand sie belauschen konnte.

Gegen Abend wurden die Kiefern endlich spärlicher und nach und nach von Hirschkopfeichen abgelöst, deren ausladenderes Astwerk mehr Himmel durchscheinen ließ, käsig gelb, aber immerhin. Dann kamen sie an einen Abgrund. Sie waren höher gestiegen, als sie gemerkt hatten. Unter ihnen erstreckte sich der Rest der Kumbricia-Schneise, eine Fahrt von noch einmal vier oder fünf Tagen. Dahinter begann das Tausendjährige Grasland.

Niemand bedauerte es, dass der Himmel ihnen auf einmal Licht und Weite gewährte. Selbst Elphaba fühlte, wie ihr das Herz unerwartet leichter wurde.

Mitten in der Nacht kamen die Yunamatas. Sie brachten getrocknete Früchte als Geschenk, sangen Stammeslieder und ermunterten die Tanzwilligen dazu, aufzustehen und zu tanzen. Den Reisenden war ihre Gastlichkeit noch weniger geheuer als der Angriff, mit dem sie gerechnet hatten.

Auf Elphaba machten die Yunamatas den Eindruck eines sanften, nachgiebigen Menschenschlags, nicht furchtsamer und furchtloser als Schulmädchen – jedenfalls gaben sie sich so. Sie waren übermütig, eigensinnig; sie erinnerten Elphaba an die Quadlinger, mit denen sie aufgewachsen war. Vielleicht waren sie entfernte Verwandte. Lange Wimpern. Schmale Ellbogen. Kindlich geschmeidige Handgelenke. Längliche Schädel und dünne, konzentriert wirkende Lippen – trotz ihrer fremden Sprache fühlte Elphaba sich in ihrer Nähe heimisch.

Die Yunamatas zogen am Morgen ab und beschwerten sich lautstark über die Flüssigkeit der Frühstückseier. Sie würden keine Schwierigkeiten mehr machen, meinte der Rafiqi. Er wirkte enttäuscht, vielleicht weil seine Dienste kaum benötigt worden waren.

Über den Koch sagten die Yunamatas kein Wort. Sie schienen nichts von ihm zu wissen.

Beim weiteren Abstieg der Karawane öffnete sich der frische, herbstliche Himmel wieder und wurde so weit, dass das Auge ihn kaum überblicken konnte. Die Ebene tief unten erschien glatt wie die Oberfläche eines Sees. Der Wind zog Striche darauf, als buchstabierte er Wörter in einer Sprache der Kringel und Streifen. Aus dieser Ferne waren keine wilden Tiere zu erkennen, nur hier und da ein paar Lagerfeuer. Die Kumbricia-Schneise lag hinter ihnen, jedenfalls so gut wie.

Da kam von dort auf flinken ledrigen Füßen ein Yunamatabote angelaufen, um ihnen mitzuteilen, dass sie am Fuß eines Steilfelsens eine Leiche gefunden hatten; vielleicht war es der Koch. Es schien sich um einen Mann zu handeln, doch der Körper war derart von kleinen Wunden übersät und angeschwollen, dass man es nicht genau erkennen konnte. »Es waren die Bienen«, sagte jemand erbittert.

»Ach ja?«, erklang Elphabas ruhige Stimme. »Die schlafen schon lange. Hätte es nicht Schreie gegeben, wenn sie mitten in der Nacht einen Mann angegriffen hätten? Haben die Bienen ihn zuerst in die Kehle gestochen, damit die zuschwoll und er keinen Laut mehr herausbrachte? Sehr begabte Bienen, muss ich sagen.«

»Es waren die Bienen«, wurde allgemein gemurmelt, und die Folgerung war klar: *Du auch.*

»Ich habe die menschliche Phantasie vergessen«, bemerkte Elphaba giftig. »Wie grenzenlos sie ist.«

Doch sie war durchaus nicht bestürzt. Mordefroh erholte sich endlich wieder, und mit dem Abstieg aus den Bergen wachten auch die Bienen auf. Vielleicht hatte die Kälte auf der Höhe der Kumbricia-Schneise sie in eine Art Winterschlaf versetzt. Bald ging Elphaba lieber mit ihnen als mit den übrigen Reisenden um, und ihr war, als ob auch sie immer wacher würde.

Der Rafiqi wies auf mehrere Rauchwolken am Horizont hin. Zuerst befürchteten die Reisenden einen Sturm, aber Uda beruhigte und beunruhigte sie zugleich: Es waren die abendlichen Feuer eines großen Lagers. *Schrähen.* Es war Herbst und Jagdzeit, obwohl niemand an Wild etwas Größeres gesehen hatte als einen Hasen oder einen Grasfuchs (peitschende bronzene Rute im goldenen Gras, die Füße in schwarzen Strümpfen, wie Kellnerinnen sie trugen). Mordefroh wurde immer aufgeregter und fand nachts kaum mehr Ruhe. Selbst im Traum zuckte er vor Jagdfieber.

Die Reisenden fürchteten die Schrähen mehr als vorher die Yunamatas. Der Rafiqi sagte nicht viel, was ihre Ängste beschwichtigt hätte. Er war skeptischer, als es zuerst den Eindruck gemacht hatte; vielleicht war ja in den Verhandlungen mit argwöhnischen Völkerschaften eine gewisse Vorsicht geboten. Liir vergötterte ihn schon nach wenigen Tagen maßlos. Dumme Dinger, Kinder, dachte Elphaba, und so peinlich, denn aus Scham, oder weil sie geliebt werden wollen oder sonst etwas, passen sie sich ständig an. Tiere dagegen werden geboren, wie sie sind, finden sich damit ab und fertig. Sie leben mit größerem inneren Frieden als Menschen.

Bei dem Gedanken, den Schrähen zu begegnen, fühlte sie sich von jäher Vorfreude durchströmt. Neben vielem anderen hatte sie vergessen gehabt, was Vorfreude war. Bei Einbruch der Dunkelheit wurden alle wachsamer, sei es aus Furcht oder Erregung. Der Himmel vibrierte türkisblau, selbst um Mitternacht. Sternenlicht und Kometenschweife ließen die Spitzen der sich ins Endlose erstreckenden Gräser wie Kirchenkerzen erglühen, die gerade ausgeblasen worden waren, aber noch glommen.

Wenn man im Gras ertrinken könnte, dachte Elphaba, wäre das vielleicht die beste Art zu sterben.

Es war Mittag, als die Karawane am Rand des Schrähenlagers Halt machte, wo die letzten sandfarbenen Zelte sich im hohen Gras verloren. Eine Abordnung von Schrähen war ihnen entgegengeritten, etwa sieben oder acht Männer und Frauen mit blauen Bändern und Elfenbeinreifen. Daneben stand eine Art Sänfte, deren Vorhänge auf eine geknurrte Anweisung von innen hin zurückgezogen wurden und den Blick auf eine offensichtlich ältere Frau von kolossaler Statur freigaben, am ganzen Körper behängt mit kleinen Trommeln, klimpernden Amuletten und Gazeschleiern. Sie ließ den Rafiqi und die Stammespaladine Höflichkeiten oder Beleidigungen wechseln. Sie hatte eine wulstige Oberlippe, die so groß war, dass sie sich zurückkrümmte wie der umgekehrte Schnabel eines Kruges. Ihre Augen waren mit Kajal umrändert. Auf den Schultern hatte sie zwei mürrisch dreinblickende Krähen sitzen. Die Füße der Vögel waren von Goldringen umschlossen und an Schlingen in ihrem Zierkragen befestigt, in den der Saft der Früchte gelaufen war, die sie beim Warten verzehrt hatte. Ihre Schultern waren von Krähenkot besudelt.

»Die Fürstin Nastoya«, sagte der Rafiqi schließlich.

Sie war die schmutzigste, ungehobeltste Fürstin, die sie jemals gesehen hatten, doch sie besaß eine gewisse Würde. Selbst der glühendste Demokrat unter den Reisenden beugte das Knie. Sie lachte rauh. Dann befahl sie ihren Trägern, sie von diesem langweiligen Theater wegzubringen.

Das Schrähenlager war in konzentrischen Kreisen angeordnet, in der Mitte das Zelt der Fürstin, verschönt und erweitert mit ausgebleichten gestreiften Baldachinen an allen Seiten, ein kleiner luftiger Palast aus Seide und Baumwollmusselin. Ihre Berater und Beischläfer wohnten anscheinend im nächsten Kreis (armselige Hänflinge allesamt, dachte Elphaba bei sich, aber vielleicht wurden sie ja eigens nach ihrer Geducktheit und Magerkeit ausgewählt, um die Fürstin noch mächtiger erscheinen zu lassen). Um diesen Ring schlossen sich gut vierhundert Zelte, was insgesamt etwa tausend Bewohner bedeutete, tausend Menschen mit lachsroter Haut, feucht vorstehenden Augen (aber dezent niedergeschlagen, dem direkten Blick ausweichend), wohlgeformten großen Nasen, dicken Hinterteilen und schwingenden breiten Hüften, Männer und Frauen gleichermaßen.

Die meisten Mitglieder der Karawane entfernten sich nicht von ihren Wagen, weil sie gleich hinter dem nächsten Zelt mit dem Schlimmsten rechneten. Aber Elphaba konnte dieser ganzen lockenden Neuheit nicht widerstehen und einfach ruhig sitzenbleiben. Als sie umherging, wurde sie allgemein bestaunt, und die Erwachsenen wichen ihr scheu aus. Doch es waren gerade zehn Minuten vergangen, da schwirrte schon eine johlende Horde von sechzig Kindern hinter und vor ihr her wie ein Mückenschwarm.

Der Rafiqi riet ihr, vorsichtig zu sein und zu den Wagen zurückzukehren, doch die Kinderjahre in den Sümpfen von Quadlingen hatten Elphaba nicht nur kühn gemacht, sondern auch neugierig. Es gab noch andere Arten zu leben als nach den bekannten Vorschriften.

Nach dem Abendessen nahte sich eine Abordnung von aufrechten alten Schrähenwürdenträgern dem Wildbahnzug und begann ein langwieriges Palaver mit dem Rafiqi. Am Schluss übersetzte dieser das Anliegen: Eine kleine Schar war eingeladen (aufgefordert? angewiesen?), in das Heiligtum der Schrähen zu kommen. Mit dem Kamel sei es ein Ritt von einer Stunde. Vermutlich wegen ihrer sündhaften Hautfarbe, möglicherweise auch, weil sie die Kühnheit besessen hatte, allein durch die Zeltstadt der Schrähen zu schlendern, durfte Elphaba sich Uda, dem Rafiqi, Igo aufgrund seines ehrwürdigen Alters und einem der Spekulanten anschließen, der Knicker hieß – aber vielleicht war das auch ein boshafter Spitzname.

Im Licht von Weidenfackeln schaukelten die mit glitzernden Schabracken bedeckten Kamele einen ausgetretenen Pfad entlang. Auf ihnen zu reiten war, als ginge man eine Treppe gleichzeitig hinauf und hinunter. Elphaba blickte über die flirrende Weite des Graslands hinaus. Obwohl das Meer nur eine den Mythen entsprungene Idee war, sah sie beinahe, wie die Idee entstanden war: Kleine Grasfalken schossen empor wie aus der Gischt springende Fische, schnappten nach Leuchtkäfern, schluckten sie und ließen sich mit einem trockenen Platschen wieder fallen. Fledermäuse strichen mit einem lauten Flattern vorbei, das jäh mit einem *Wusch* endete. Die Ebene selbst schien nächtliche Farben hervorzubringen: mal ein Blauviolett, mal ein bronziertes Grün, mal ein rot und silbern geädertes Graubraun. Der Mond ging auf, eine opalisierende Göttin, die mit ihrem harten mütterlichen Krummsäbel Licht spendete. Mehr hätte für Elphabas Geschmack nicht zu geschehen brauchen: Die eigentümliche Ekstase, in die sie die sanften Farben und das Gefühl der Geborgenheit versetzten, reichte ihr vollkommen aus. Doch nein, es ging weiter.

Schließlich sah Elphaba in der überwältigenden Weite einen Hain sorgfältig gepflanzter und gepflegter Bäume auftauchen. Zuerst kam eine Reihe Krüppelfichten, vom Wind verformt zu knorrigen Gestalten mit rissiger Borke und zischenden Nadeln – und dem heidnischen Saftgeruch. Dahinter kam eine Reihe höherer und dahinter eine noch höherer Bäume. Das Kreismuster des Schrähenlagers wiederholte sich. Die Schar zog schweigend ein wie in ein Labyrinth, durch äußere Kreise flüsternden Grüns zu inneren, die von Öllampen an verzierten Holzpfosten beleuchtet wurden.

In der Mitte wartete die Fürstin Nastoya in einer einheimischen Tracht aus Leder und Gras, deren Wirkung noch durch eine Bahn rotweiß gestreiften Frotteestoff verstärkt wurde, den sie einem Reisenden abgehandelt haben musste. In Gedanken versunken und schwer atmend stützte sie sich auf derbe Wanderstöcke. Sandsteinblöcke standen um sie herum wie mächtige Zähne mit Lücken dazwischen und gemahnten an einen steinernen Käfig, dem sie bei ihrem Umfang kaum entschlüpfen konnte.

Die Gäste aßen und tranken mit ihren Gastgebern und zogen an einer Pfeife mit einem Kopf, der dem einer Krähe glich. Überall auf den Sandsteinblöcken saßen Krähen – zwanzig, dreißig, vierzig? Elphaba schwamm der Kopf, der Mond stieg höher, die nächtliche Ebene, von dem geheimen Zentrum des grünen Labyrinths aus nicht zu sehen, schien sich darum zu drehen wie ein Brummkreisel. Sie konnte das Drehen beinahe hören. Die Ältesten der Schrähen stimmten einen eintönigen Gesang an.

Als der Gesang verklungen war, hob die Fürstin Nastoya den Kopf. Die großen Lappen alten Fleisches unter ihrem kleinen Kinn wabbelten. Die Stoffbahn fiel zu Boden. Nackt und alt und stark stand sie da. Was wie Langeweile ausgesehen hatte, erwies sich als Geduld, Erinnerung, Beherrschung. Sie schüttelte sich buchstäblich die Haare vom Kopf, und sie glitten ihr über den Rücken und verschwanden. Ihre Füße stampften gewichtig, als suchten sie den besten Stand, wie Säulen, wie steinerne Pfeiler. Sie fiel nach vorn auf die Hände und wölbte den Rücken, doch der Kopf blieb erhoben, die Augen strahlten heller, die Nase verzog sich extrem. Sie war eine ELEFANTIN.

Eine ELEFANTEN-Göttin, dachte Elphaba und wich entsetzt und entzückt zurück, doch die Fürstin Nastoya sagte: »Nein.« Sie ließ den Rafiqi weiter übersetzen, der dies offensichtlich nicht zum ersten Mal sah, aber vor Trunkenheit stotterte und nach Worten suchen musste.

Einen nach dem anderen befragte sie die Reisenden nach ihren Zielen.

»Geld und Handel«, antwortete Knicker vor Schreck ehrlich: Geld und Handel und Raub und Plünderung um jeden Preis.

»Ein Ort, wo ich in Ruhe sterben und mein Geist sich auf die Reise machen kann«, erklärte Igo.

»Sicherheit und Bewegung, ohne dass es Ärger gibt«, sagte Uda energisch, womit sie ganz offensichtlich meinte: Ärger mit Männern.

Der Rafiqi gab mit einer Handbewegung zu verstehen, dass Elphabas Antwort noch ausstand.

In der Gegenwart eines solchen TIERES konnte Elphaba ihre Verschlossenheit nicht aufrechterhalten. Sie antwortete also, so gut sie konnte. »Der Welt entsagen, nachdem ich mich vergewissert habe, dass es der Familie meines Geliebten gut geht. Seiner Witwe Sarima mit Schuld und Verantwortung gegenübertreten und mich dann aus dieser finsteren Welt entfernen.«

Die ELEFANTIN gebot den anderen außer dem Rafiqi zu gehen.

Sie hob den Rüssel und schnupperte den Wind. Ihre wässrigen alten Augen blinzelten langsam, und ihre Ohren bewegten sich hin und her, als nähme sie eine Feineinstellung vor. Würdevoll und ungezwungen pisste sie mit einem mächtigen dampfenden Strahl, die Augen fest auf Elphaba geheftet.

Dann sagte die ELEFANTIN durch den Rafiqi: »Tochter des Drachens, auch ich bin verzaubert. Ich weiß, wie der Zauber gebrochen werden kann, aber ich habe mich entschieden, als Wechselwesen zu leben. Als ELEFANT wird man in der heutigen Zeit gejagt. Die Schrähen verehren mich. Sie haben Elefanten schon in der Zeit vor der Sprache angebetet, in der vorgeschichtlichen Zeit. Sie wissen, dass ich keine Göttin bin. Sie wissen, dass ich ein Lebewesen bin, das die magische Verkörperung als Mensch der gefährlichen Freiheit seiner eigenen machtvollen Gestalt vorzieht. In Zeiten der Krise, wenn das Leben zur Feuerprobe wird«, sagte sie, »sind diejenigen die Opfer, die am meisten sie selbst sind.«

Elphaba konnte nur schauen, sie konnte nichts sagen.

»Aber die Entscheidung, sich zu retten, kann ihrerseits tödlich sein«, fuhr die Fürstin Nastoya fort.

Elphaba nickte, schaute weg, schaute wieder hin.

»Ich werde dir drei Krähen als tierische Helfer mitgeben«, sagte die Fürstin. »Damit bist du jetzt als Hexe getarnt. Das ist deine Verstellung.« Sie machte eine Bemerkung zu den Krähen, und drei zerzauste, böse blickende Exemplare flogen herbei und ließen sich in der Nähe nieder.

»Als *Hexe* getarnt?«, rief Elphaba aus. Was ihr Vater wohl denken würde? »Wieso denn das?«

»Wir haben denselben Feind«, sagte die Fürstin. »Wir sind beide in Gefahr. Wenn du Hilfe brauchst, schick die Krähen aus. Sofern ich noch am Leben bin, sei es als alte Matriarchin oder als freie ELEFANTIN, werde ich kommen und dir beistehen.«

»Warum?«, fragte Elphaba.

»Weil kein Rückzug von der Welt verbergen kann, was dir im Gesicht geschrieben steht«, lautete die Antwort.

Die Fürstin sagte noch mehr. Es war Jahre her – mehr als ein Jahrzehnt –, seit Elphaba das letzte Mal Gelegenheit gehabt hatte, mit einem Tier zu sprechen. Wer, fragte sie die Fürstin, hatte sie verzaubert? Doch das wollte die Fürstin Nastoya nicht verraten, auch zum Selbstschutz, denn wenn derjenige starb, der sie verwünscht hatte, konnte das zur Aufhebung der Verwünschung führen, und diese war zugleich ihre Sicherheit.

»Aber ist das Leben in der falschen Gestalt lebenswert?«, fragte Elphaba.

»Das Innere verändert sich nicht, höchstens durch die Beschäftigung mit sich selbst. Wovor man keine Angst haben und zugleich auf der Hut sein muss.«

»Ich habe kein Inneres«, sagte Elphaba.

»*Irgendetwas* hat diesen Bienen befohlen, den Koch zu töten«, versetzte die Fürstin Nastoya mit einem Funkeln in den Augen. Elphaba merkte, wie sie erbleichte.

»Ich nicht!«, beteuerte sie. »Nein, das kann ich nicht gewesen sein! Und wie hast du davon erfahren?«

»Doch, das warst du, in gewisser Weise. Du bist eine starke Frau. Und ich kann Bienen hören, musst du wissen. Mein Gehör ist scharf.«

»Ich würde gern hier bei dir bleiben«, sagte Elphaba. »Das Leben ist sehr hart mit mir umgesprungen. Wenn du mich hören kannst, obwohl ich das selbst nicht kann – wozu nicht einmal die Mutter Oberin in der Lage war –, könntest du mir helfen, keinen Schaden in der Welt anzurichten. Das ist alles, was ich mir wünsche: keinen Schaden anrichten.«

»Wie du selbst erklärt hast, hast du eine Pflicht zu erfüllen«, sagte die Fürstin. Sie schlang ihren Rüssel um Elphabas Gesicht, betastete seine Züge und Zeichen. »Geh und erfülle sie!«

»Darf ich zu dir zurückkehren?«, fragte Elphaba.

Aber die Fürstin antwortete nicht. Sie wurde langsam müde, denn sie war selbst für eine Elefantin uralt. Ihr Rüssel schwang hin und her wie ein Pendel an einer Uhr. Auf einmal streckte sich die große Nasenhand aus, legte sich Elphaba schwer und doch sacht auf die

Schulter und wand sich ein wenig um ihren Hals. »Hör mir zu, Schwester«, sagte sie. »Denk immer daran: Nichts steht in den Sternen geschrieben. Nicht in diesen Sternen und auch nicht in irgendwelchen anderen. Niemand bestimmt dein Geschick.«

Elphaba konnte nicht antworten, so erschrocken war sie über die Berührung. Von der ELEFANTIN entlassen zog sie sich zurück und wusste kaum mehr, wer sie war.

Es folgte der Rückweg auf dem Rücken der Kamele durch die flimmernden Farben des nächtlichen Graslands: hypnotisch, ungewiss und bedrückend.

Und doch war diese Nacht gesegnet. Elphaba hatte vergessen gehabt, wie es war, gesegnet zu werden – wie vieles andere auch.

# 4

Sie ließen das Schrähenlager und die Fürstin Nastoya hinter sich. Der Wildbahnzug schwenkte jetzt in einem weiten Bogen nach Norden.

Igo starb und wurde in einem Sandhügel beigesetzt. »Möge sein Geist Freiheit und Flug gewinnen«, sagte Elphaba bei der Trauerfeier.

Der Rafiqi gestand später, dass er geglaubt hatte, einer der zwangsgeladenen Gäste der Fürstin Nastoya werde rituell geopfert werden. Es wäre nicht das erste Mal gewesen. Auch wenn sich die Fürstin mit ihrem Dilemma abfand, war ihr eine gewisse Rachsucht nicht ganz fremd. Knicker, auf den die Wahl wohl am ehesten gefallen wäre, war von seiner Ehrlichkeit gerettet worden. Vielleicht war ja auch Igo deutlicher von seinem bevorstehenden Tod gezeichnet gewesen, als Menschen erkennen konnten, und die ELEFANTIN hatte Mitleid gehabt.

Die Krähen waren lästig: Sie ärgerten die Bienen, schissen den ganzen Wagen voll, triezten Mordefroh. Die Glikkin, die Raraini hieß, traf den abgeschieden lebenden Witwer, den sie heiraten wollte, an einem Brunnen und verließ den Wildbahnzug. Der zahnlose neue Ehemann hatte sechs mutterlose Kinder, und sie hängten sich an Raraini wie verwaiste Entenküken an einen Hofhund. Damit waren nur noch zehn Reisende übrig.

»Wir kommen jetzt in das Stammesgebiet der Arjikis«, sagte der Rafiqi.

Die ersten Arjikis näherten sich ihnen ein paar Tage später. Sie hatten keine so prächtigen blauen Tätowierungen wie Fiyero – es waren Nomaden, Hirten, die dabei waren, die Schafe aus den westlichen Ausläufern der Großen Kallen für die jährliche Zählung und den Verkauf an östliche Abnehmer zusammenzutreiben. Trotzdem zerriss es Elphaba das Herz, als sie ihre stolzen Gestalten sah. Ihre Wildheit. Ihre Fremdartigkeit. Möglicherweise ist das eine Strafe bis zur Stunde meines Todes, dachte sie.

Die Karawane bestand jetzt nur noch aus zwei Wagen: in einem der Rafiqi, Uda, der kleine Liir, der Spekulant Knicker und ein gillikinesischer Mechaniker namens Kaupp, im anderen Elphaba mit den Bienen, den Krähen und Mordefroh. Sie war bereits, schien es, als Hexe anerkannt. Es war keine ganz unleidliche Tarnung.

Kiamo Ko war nur noch eine Woche entfernt.

Der Wildbahnzug wandte sich nach Osten und kam zu den stahlgrauen Pässen der steilen Großen Kallen. Der Winter stand vor der Tür, und die verbliebenen Reisenden waren dankbar, dass es noch nicht geschneit hatte. Uda hatte vor, den Winter in einem Arjikilager zwanzig Meilen weiter zu verbringen. Im Frühling wollte sie auf der Nordroute durch Ugabu und das Perther Bergland von Gillikin in die Smaragdstadt zurückkehren. Elphaba dachte daran, ihr einen Brief an Glinda mitzugeben, falls sie nach all den Jahren noch dort wohnte, doch da sie sich nicht dafür entscheiden konnte, entschied sie sich dagegen.

»Morgen«, sagte Uda, »werden wir Kiamo Ko sehen. Die Bergfeste der Herrschersippe der Arjikis. Bist du bereit, Schwester Elphie?«

Elphaba konnte solche Sticheleien nicht leiden. »Ich bin keine Schwester mehr, ich bin eine Hexe«, sagte sie und versuchte, Uda giftige Gedanken zu schicken. Aber Uda war anscheinend stärker als der Koch, denn sie lachte nur und ging ihres Weges.

Der Wildbahnzug machte an einem kleinen Bergsee Rast. Die anderen meinten, das Wasser sei erfrischend, wenn auch eiskalt; Elphaba interessierte das nicht. Doch in der Mitte war eine Insel, winzig, so groß wie eine Matratze, und darauf wuchs ein einziger laubloser Baum wie ein Schirm, dessen Bespannung verschlissen ist.

Bevor Elphaba wusste, was los war – zu dieser Jahreszeit dämmerte es früh und noch früher in den Bergen –, hatte Mordefroh sich wie wild ins Wasser gestürzt und platschte und schwamm zu der Insel hinüber, wo er wohl eine Bewegung oder einen lockenden Geruch wahrgenommen hatte. Er stöberte im Riedgras herum und legte dann die Zähne, die das Wolfartigste an ihm waren, sanft um den Schädel eines kleinen Lebewesens im Gras.

Elphaba war sich nicht sicher, doch es sah wie ein Säugling aus.

Uda schrie, und Liir zitterte wie ein Wackelpudding. Mordefroh ließ los, aber nur, um gleich wieder nachzufassen, und sein Speichel troff über den Kopf des Wesens, das er gepackt hielt.

Sie durfte auf keinen Fall ins Wasser gehen ... das wäre ihr Tod ...

Doch die Füße gingen trotzdem.

Sie kamen hart auf dem Wasser auf, und das Wasser kam hart zurück.

Sie lief, und mit jedem Schritt, den sie eilend machte, wurde das Wasser unter ihren Füßen zu Eis. Augenblicklich bildete sich eine silberne Fläche, die geradlinig weiterwuchs und eine kalte sichere Brücke zu der Insel baute.

Dort wurde Mordefroh geschimpft und der Säugling gerettet, obwohl sie nicht zu hoffen gewagt hatte, es noch rechtzeitig zu schaffen. Sie zog Mordefrohs Kinnladen auseinander und hob das Kleine auf. Es schlotterte vor Angst und vor Kälte. Seine verständigen schwarzen

Augen waren wach und gespannt und verrieten die Bereitschaft, zu tadeln oder zu verurteilen oder zu lieben, genau wie bei jedem denkenden erwachsenen Wesen.

Die anderen erstaunte der Anblick nicht minder, als das Eis sie erstaunt hatte, das vielleicht aufgrund eines Zaubers entstanden war, mit dem eine vorbeiziehende Hexe den Bergsee einst belegt hatte. Das Wesen war ein kleiner Affe, ein sogenannter Schneeaffe. Ein von seiner Mutter und seinem Stamm verlassenes oder durch Zufall getrenntes Junges.

Es hielt nicht viel von Mordefroh, aber die Wärme des Wagens gefiel ihm.

Sie schlugen ihr Lager auf halber Höhe des steilen Hangs von Kiamo Ko auf. Die Burg wuchs schroff und schwarz aus dem Fels empor. In Elphabas Augen hockte sie über ihnen wie ein Adler mit angelegten Flügeln. Die Türme mit ihren konischen Dächern, die Zinnen und Erker, die Fallgitter und Schießscharten, sie alle widersprachen ihrer ursprünglichen Bestimmung als Wasserwerkszentrale. Um ihren Fuß wand sich ein großer Nebenfluss des Winkus, an dem der Ozma-Regent damals in der schlimmsten Dürreperiode einen Staudamm hatte bauen wollen, um das Wasser mit Kanälen ins Zentrum von Oz zu leiten. Fiyeros Vater hatte die Feste belagert und eingenommen und zum Sitz der arjikischen Fürsten gemacht, ehe er starb und die Führung des Stammes an seinen einzigen Sohn fiel, wenn Elphaba sich richtig erinnerte.

Die wenigen Taschen waren gepackt, die Bienen summten (je mehr Elphaba lauschte, desto freundlicher klang ihr die Melodie in den Ohren), Mordefroh schmollte noch, weil ihm die Beute entrissen worden war, die Krähen spürten, dass eine Veränderung bevorstand, und wollten nichts fressen. Das Äffchen, das wegen der Geräusche, die es machte, den Namen Plapperaff bekommen hatte, schnatterte und plapperte jetzt, wo es warm und in Sicherheit war, munter vor sich hin.

Am Lagerfeuer nahm man Abschied voneinander, wünschte sich alles Gute, sogar ein paar Worte des Bedauerns fielen. Der Himmel war schwärzer als die ganze Zeit über, was vielleicht am Kontrast zu den weißen Schneegipfeln ringsherum lag. Liir erschien mit einem Kleiderbündel und einem Musikinstrument und verabschiedete sich ebenfalls.

»Ach, du bleibst auch hier?«, sagte Elphaba.

»Ja«, sagte er, »bei dir.«

»Bei den Krähen, beim Affen, bei den Bienen, beim Hund und bei der Hexe?«, sagte sie. »Bei mir?«

»Wo soll ich sonst hin?«, fragte er.

»Was weiß denn ich«, antwortete sie.

»Ich kann mich um den Hund kümmern«, sagte er ruhig. »Ich kann für dich den Honig einsammeln.«

»Das ist mir egal.«

»Abgemacht«, sagte er, und so kam es, dass Liir das Haus seines Vaters betrat.

# Die Jaspistore von Kiamo Ko

## 1

»Sarima«, sagte ihre jüngste Schwester, »wach auf! Die Mittagsruhe ist vorbei. Wir haben einen Gast zum Abendessen, und ich muss wissen, ob wir ein Huhn schlachten sollen. Es sind nicht mehr viele übrig, und eins weniger bedeutet auch, dass wir im Winter weniger Eier haben. Was meinst du?«

Die Fürstinwitwe der Arjikis stöhnte. »Kleinkram, Kleinkram«, sagte sie. »Kann ich dich denn gar nicht dazu erziehen, einmal selbst etwas zu entscheiden?«

»Na schön«, versetzte die Schwester bissig, »ich werde entscheiden, und dann kannst du auf dein Frühstücksei verzichten, wenn wir eins zu wenig haben.«

»Ach, Sechs, sei mir nicht böse«, sagte Sarima, »ich bin noch gar nicht richtig wach. Wer ist es? Irgendein Patriarch mit scheußlichem Mundgeruch, der uns mit seinen Jagdgeschichten von vor fünfzig Jahren langweilen will? Warum lassen wir uns das gefallen?«

»Es ist eine Frau – wenn man so sagen kann«, antwortete Sechs.

»Der Nachsatz war überflüssig«, sagte Sarima und setzte sich auf. »Wir sind auch alle nicht mehr die holden Nymphen von einst, Sechs.« Sie sah ihr Bild im Spiegel des Schranks an der Wand gegenüber: bleich wie Milchpudding, das immer noch hübsche Gesicht eingebettet in Fettwülste, die nach den Schwerkraftgesetzen sackten. »Nur weil du die Jüngste bist, Sechs, und deine Taille noch finden kannst, musst du noch lange nicht unfreundlich sein.«

Sechs zog einen Flunsch. »Na, dann eben einfach eine Frau. Und: Huhn oder nicht? Sag's mir jetzt gleich, damit Vier ihm den Kopf abschlagen und mit Rupfen anfangen kann, sonst bekommen wir vor Mitternacht nichts zu essen.«

»Es wird Obst und Käse und Brot und Fisch geben. Es sind doch noch Fische im Brunnen, oder?«

Mit einem bejahenden Nicken wandte Sechs sich zum Gehen, da fiel ihr noch ein zu bemerken: »Ich habe dir ein Glas süßen Tee gebracht, es steht da auf der Kommode.«

»Vielen Dank. Jetzt sage mir, und wenn möglich ohne Sarkasmus, wie unser Besuch wirklich aussieht.«

»Grün wie die Sünde, dünn und gebeugt, älter als du. Schwarz gekleidet wie eine alte Nonne – aber *so* alt auch wieder nicht. Ich würde schätzen ungefähr, na, dreißig, zweiunddreißig? Sie will ihren Namen nicht sagen.«

»Grün? Gottvoll«, sagte Sarima.

»Gottvoll ist nicht gerade das Wort, das einem in den Sinn kommt.«

»Du meinst nicht grün vor Eifersucht, du meinst richtig *grün?*«

»Vielleicht ist es ja aus Eifersucht, das kann ich nicht sagen, aber sie ist eindeutig grün. Richtig grasgrün.«

»Soso. Na, dann gehe ich heute Abend in Weiß, damit wir uns farblich nicht beißen. Ist sie allein?«

»Sie ist mit der Karawane gekommen, die wir gestern unten im Tal gesichtet haben. Sie ist mit einer kleinen Schar hiergeblieben: einem Wolfshund, einem Stock Bienen, einem Jungen, ein paar Krähen und einem kleinen Affen.«

»Was will sie denn mit *denen* hier in den Bergen im Winter?«

»Frag sie selbst.« Sechs rümpfte die Nase. »Sie ekelt mich an.«

»Dich ekelt ja schon halbfeste Gelatine an. Wann gibt es heute Abendessen?«

»Um halb acht. Mir dreht sich der Magen um, wenn ich sie sehe.«

Sechs ging mit dem Gefühl, ihrem Abscheu zur Genüge Ausdruck verliehen zu haben, und Sarima nahm ihren Tee im Bett, bis sich ihre Blase meldete. Sechs hatte neues Holz auf das Feuer gelegt und die Vorhänge zugezogen, doch Sarima zog sie wieder auf, um in den

Hof zu schauen. Kiamo Ko strotzte an allen Ecken und Kanten von wuchtigen vorspringenden Rundtürmen, die direkt aus dem Fels des Berges in die Höhe stießen. Nachdem die Arjikis das Gebäude der Wasserwerkskommission entrungen hatten, hatten sie die Mauern zur Verteidigung mit Zinnen versehen. Trotz der Umbauten war der Grundriss des Gebäudes immer noch einfach: ein großes Haupthaus, von dem ungefähr in der Form eines U zwei lange, schmale Flügel abgingen und einen abschüssigen Hof einfassten. Wenn es regnete, schoss das Wasser über das Kopfsteinpflaster und strömte unter den prächtigen, mit Jaspis eingelegten Eichentoren hindurch, vorbei an dem armseligen Dörfchen, dessen Häuser sich an die Außenmauern der Burg schmiegten. Im Augenblick war der Hof holzkohlengrau, und der kalte Wind trieb Heu und totes Laub darüber hin. In der alten Schusterwerkstatt brannte Licht, und Rauch wirbelte aus dem Schornstein, der dringend neu verfugt werden musste – wie alles an diesem verfallenden Gemäuer. Sarima war froh, dass der Besuch nicht in das Hauptgebäude gebracht worden war. Als Fürstinwitwe der Arjikis genoss sie das Privileg, Reisende in den Privatgemächern von Kiamo Ko willkommen zu heißen.

Nach dem Baden zog sie ein weißes Kleid mit weißen Paspeln an und legte den schönen Halsreif um, der wie eine Botschaft aus dem Anderen Land von ihrem lieben verschiedenen Gatten mehrere Monate nach dem bedauerlichen Unfall eingetroffen war. Aus Gewohnheit vergoss Sarima ein paar Tränen, während sie sich in diesem Kragen mit seinen flachen, juwelenbesetzten Gliedern bewunderte. Wenn er für diese Streunerin zu fein war, konnte Sarima ihn immer noch mit einer Serviette verdecken. Aber sie würde wissen, dass er da war. Noch ehe die Tränen getrocknet waren, summte sie schon wieder vor sich hin, gespannt auf den seltenen Besuch.

Sie sah kurz nach den Kindern, bevor sie hinunterging. Sie waren aufgedreht, wie immer, wenn Fremde kamen. Irji und Manek, zwölf und elf, waren beinahe alt genug, um aus diesem Schlag giftiger Tauben ausbrechen zu wollen. Irji war weich und weinte viel, aber Manek war von jeher ein kleiner Racker gewesen. Wenn sie die beiden im

Sommer mit dem Stamm in das Grasland ziehen ließe, müsste sie damit rechnen, dass ihnen die Kehlen aufgeschlitzt wurden – es gab zu viele Stammesgenossen, die für sich oder ihre Söhne die Führerschaft beanspruchten. Darum behielt Sarima die Jungen lieber in ihrer Nähe.

Ihre Tochter Nor, langbeinig und eine Daumenlutscherin, obwohl sie schon neun war, musste sich vor dem Einschlafen noch einmal in den Schoß kuscheln. Da sie sich zum Essen feingemacht hatte, wollte Sarima das erst verbieten, aber ließ es dann doch zu. Nor lispelte leicht. Sie freundete sich mit Steinen und Kerzen an und mit Grashalmen, die erstaunlicherweise in den Ritzen der Fensterlaibung wuchsen. Sie seufzte und rieb das Gesicht am Halsreif und sagte: »Ein Junge ist auch dabei, Mama. Wir haben mit ihm im Hof gespielt.«

»Wie ist er? Ist er auch grün?«

»Nö. Er ist normal. Er ist dick und kräftig und gutmütig, und Manek hat ihn mit Steinen beworfen, um zu sehen, wie weit sie von ihm abprallen. Das hat er sich gefallen lassen. Vielleicht tut's ja nicht weh, wenn man so dick ist.«

»Das bezweifle ich. Wie heißt er?«

»Liir. Ist das nicht ein komischer Name?«

»Klingt ausländisch. Und seine Mutter?«

»Ich weiß nicht, wie sie heißt, und ich glaube nicht, dass sie seine Mutter ist. Er wollte es nicht sagen, als wir gefragt haben. Irji hat gesagt, er muss ein Bastard sein. Liir hat gesagt, das ist ihm egal. Er ist nett.« Sie schob sich den rechten Daumen in den Mund, und mit der Linken tastete sie über den Stoff von Sarimas Kleid unter dem Halsreif, bis sie eine Brustwarze gefunden hatte. Liebevoll strich sie mit dem Daumen darüber wie über ein kleines Schmusetier. »Manek hat ihn gezwungen, die Hose runterzulassen, damit wir uns überzeugen konnten, dass sein Ding nicht grün ist.«

Sarima missbilligte das, und sei es nur aus Gründen der Gastfreundschaft, aber musste doch fragen: »Und was habt ihr gesehen?«

»Ach, das Übliche.« Nor schmiegte den Kopf an den Hals ihrer

Mutter und musste dann von dem Puder niesen, den Sarima nahm, damit ihre Kinnlappen sich nicht wundscheuerten. »So ein doofes Jungending. Kleiner als bei Manek und Irji. Aber nicht grün. Ich fand es so doof, dass ich nicht lange geguckt habe.«

»Das hätte ich auch nicht. Das war sehr rüpelhaft.«

»Ich war's nicht. Manek war's!«

»Na gut, Schluss damit. Jetzt noch ein Märchen vor dem Einschlafen. Ich muss bald nach unten, also ein kurzes. Welches willst du hören, mein Kleines?«

»Das Märchen von der Hexe und den Fuchskindern.«

Nicht ganz so dramatisch wie sonst spulte Sarima das Märchen ab, das davon handelte, wie die drei Fuchskinder entführt und eingesperrt und für eine Fuchskasserolle mit Käse überbacken gemästet wurden und wie dann die Hexe von der Sonne Feuer holen ging, um sie zu schmoren. Doch als die Hexe erschöpft mit der Flamme in ihre Höhle zurückkam, überlisteten die Füchslein sie, indem sie ihr ein Schlaflied sangen. Als die Hexe einnickte und ihr der Arm niedersank, verbrannte die Flamme von der Sonne die Tür des Käfigs, und die Füchslein liefen davon. Dann holten sie mit lautem Geheule die alte Mutter Mond herab, und die stellte sich als unverrückbare Tür in den Eingang der Höhle. Zuletzt kamen die üblichen Schlussformeln. »Und dort musste die böse alte Hexe lange, lange bleiben«, beendete Sarima die Geschichte.

»Und ist sie je wieder rausgekommen?«, fragte Nor wie gewohnt fast im Trancezustand.

»*Bis jetzt nicht*«, sagte Sarima, und sie küsste und biss ihre Tochter am Handgelenk. Beide kicherten, dann wurde das Licht gelöscht.

Die Treppe von ihren Privatgemächern führte ohne Geländer an der Wand entlang bis ins Burgverlies hinunter. In ihrem wallenden weißen Gewand nahm Sarima hoheitsvoll die erste Treppe, um den Hals den juwelenbesetzten Reif mit seinen sanften Farben, das Gesicht sorgfältig auf Willkommen vorbereitet.

Auf dem Treppenabsatz erblickte sie die Reisende. Sie saß in einer Nische auf einer Bank und sah zu ihr auf.

Beim Gang die zweite Treppe hinunter in den gefliesten Saal war ihr deutlich der Zynismus bewusst, der unter ihrem treuen Gedenken Fiyeros gärte, ihr Überbiss war ihr bewusst, ihre verflossene Schönheit, ihr Übergewicht, die Lächerlichkeit ihres Status als Herrscherin über nichts anderes als nervende Kinder und schnippische jüngere Schwestern, die dünne Fassade der Autorität, die kaum ihre Angst vor der Gegenwart, der Zukunft und sogar der Vergangenheit verbarg.

»Herzlich willkommen«, brachte sie heraus.

»Du bist Sarima«, sagte die Frau, das spitze Kinn im Aufstehen beinahe bedrohlich vorgeschoben.

»Wer sonst?«, erwiderte sie und war froh, dass sie den Halsreif umhatte. Er kam ihr auf einmal vor wie ein Schild, der ihr Herz davor beschützte, von diesem Kinn durchbohrt zu werden. »Sei gegrüßt, meine Freundin. Ja, ich bin Sarima, die Herrin von Kiamo Ko. Woher kommst du, und wie heißt du?«

»Ich komme von der Rückseite des Windes«, sagte die Frau, »und ich führe meinen Namen schon so lange nicht mehr, dass ich ihn deinetwegen nicht wieder hervorholen möchte.«

»Nun, du bist jedenfalls hier willkommen«, sagte Sarima so selbstverständlich, wie sie konnte. »Aber wenn wir deinen Namen nicht kennen, werden wir dich Tante nennen müssen. Darf ich dich zum Essen einladen? Es wird in Bälde aufgetragen.«

»Ich esse nichts, solange wir nicht geredet haben«, sagte die Besucherin. »Nicht eine Nacht werde ich in einem ungeklärten Verhältnis unter deinem Dach verbringen, lieber würde ich auf dem Grund eines Sees liegen. Sarima, ich weiß, wer du bist. Ich habe mit deinem Mann studiert. Ich weiß schon seit vielen Jahren von dir.«

»Aber natürlich!« Sarima begriff. Die alten, sorgsam gehüteten Erinnerungen an das Leben ihres Mannes kamen nach oben. »Natürlich hat Fiyero von dir erzählt – und von deiner Schwester, Nessie, nicht wahr? *Nessarose*. Und von der bezaubernden Glinda, in die er, glaube ich, ein bisschen verliebt war, und von den beiden übermütigen Jungen, die wohl etwas verkehrt herum waren, und von Avaric und dem

330

nüchternen Boq. Wie habe ich es bedauert, dass diese glückliche Zeit in seinem Leben mir immer verschlossen geblieben ist, dass ich nie daran Anteil hatte – und jetzt kommst du mich besuchen! Ich wäre auch gern für ein oder zwei Semester nach Shiz gekommen, aber ich hatte nicht genug Grips, fürchte ich, und meine Eltern nicht genug Geld. Ich hätte eigentlich gleich darauf kommen müssen, wer du bist – bei deiner Hautfarbe, meine ich, die gibt es doch nur einmal, nicht wahr? Oder bin ich jetzt zu provinziell?«

»Nein, sie ist einzig auf ihre Art«, sagte die Besucherin. »Aber bevor wir weiter höflichen Unsinn miteinander wechseln, muss ich dir etwas sagen, Sarima. Ich glaube, ich bin schuld an Fiyeros Tod –«

»Damit bist du nicht die Einzige«, unterbrach Sarima sie. »Das ist hier bei uns eine nationale Freizeitbeschäftigung, sich am Tod eines Fürsten die Schuld zu geben. Eine Gelegenheit zu öffentlicher Trauer und Sühne, die die Leute, glaube ich insgeheim, auch ein klein wenig genießen.«

Die Besucherin krümmte die Finger, als wollte sie in Sarimas geschlossenem Weltbild eine Lücke für sich aufreißen. »Ich kann dir erzählen, wieso. Ich will dir erzählen –«

»Nur wenn ich es hören will, das ist mein Privileg. Dies ist mein Haus, und ich entscheide, was ich mir anhören möchte.«

»Du musst mich anhören, damit mir verziehen werden kann«, sagte die Frau und wand dabei die Schultern hierhin und dorthin, als wäre sie ein Lasttier und litte unter einem unsichtbaren Joch.

Sarima ließ sich in ihrem eigenen Haus nicht gern überrumpeln. Es hatte Weile, diese plötzlichen neuen Perspektiven zu überdenken. Wenn ihr danach war. Und nicht eher. Sie sagte sich, dass *sie* hier die Herrin war. Und damit konnte sie es sich leisten, großzügig zu sein.

»Wenn ich mich recht entsinne«, auf einmal überschlugen sich die Erinnerungen in ihr, »dann bist du diejenige – Elphaba, genau, Fiyero hat natürlich von dir gesprochen –, die Frau, die nicht an die Existenz der Seele glaubte. Das ist mir im Gedächtnis geblieben, also was gäbe es zu verzeihen, meine Gute? Ich weiß, du bist müde von der Reise –

jeder ist müde, wenn er hier ankommt –, und du brauchst ein ordentliches warmes Essen und ein paar Nächte Schlaf, und irgendwann nächste Woche plaudern wir miteinander, einverstanden?«

Sarima hakte sich bei Elphaba ein. »Aber ich werde deinen Namen vor den anderen geheimhalten, wenn du möchtest«, sagte sie. Sie schritt mit Elphaba durch die hohe verzogene Eichentür in den Speisesaal und rief: »Heute Abend haben wir die Tante zu Gast.« Hungrig, neugierig und ungeduldig standen die Schwestern neben ihren Stühlen. Vier hatte die Kelle in der Terrine und rührte um, Sechs hatte sich in ein aggressives Braunrot geworfen, Zwei und Drei, die Zwillinge, blickten fromm auf ihre Gebetskarten, Fünf rauchte und blies Ringe über die Platte mit augenlosen gelben Fischen, die sie aus dem unterirdischen Teich geholt hatten. »Schwestern, freut euch, eine alte Freundin von Fiyero ist gekommen, um unser Leben mit schönen Erinnerungen zu bereichern. Seid ihr so herzlich gut, wie ihr mir gut seid.« Das war vielleicht eine unglückliche Wortwahl, denn die Schwestern empfanden alle Groll und Verachtung für Sarima. *Warum* hatte sie einen Mann geheiratet, der so jung gestorben war und sie nicht nur zu Ehelosigkeit, sondern auch zu Liebesentzug verurteilt hatte?

Während des ganzen Essens sprach Elphaba weder, noch schaute sie von ihrem Teller auf. Immerhin aß sie ihren Fisch auf und Käse und Obst dazu. Sarima schloss aus ihren Essgewohnheiten, dass sie unter einem Schweigegebot bei Mahlzeiten gelebt hatte, und war nicht überrascht, als sie später von dem Nonnenkloster erfuhr.

Sie tranken ein Glas kostbaren Sherry im Musikzimmer, und Sechs unterhielt sie mit einem zittrigen Nocturne. Die Besucherin sah elend aus, was die Schwestern erfreute. Sarima seufzte. Das Einzige, was sich über die Frau konstatieren ließ, war: Sie war *älter* als Sarima. Vielleicht würde Elphaba ja für die kurze Zeit ihres Aufenthalts aus ihrer Gedrücktheit herauskommen und sich anhören mögen, wie beschwerlich und anstrengend Sarimas Leben war. Es wäre nett, einmal mit jemandem zu plaudern, der nicht zur Familie gehörte.

## 2

Eine Woche verging, ehe Sarima zu Drei sagte: »Richte bitte der Tante aus, dass ich sie morgen gern zum zweiten Frühstück im Solar sehen würde.« Sarima fand, dass Elphaba inzwischen genug Zeit gehabt hatte, um sich wieder zu fangen. Die leidende grüne Frau machte den Eindruck, unter einem Zeitlupenbann zu stehen. Mit eckigen Bewegungen stakste sie über den Hof oder stampfte zu den Mahlzeiten herein, als wollte sie mit den Fersen Löcher in den Boden treten. Ihre Ellbogen waren immer angewinkelt, und ihre Hände schlossen und öffneten sich krampfhaft.

Sarima fühlte sich stärker als je zuvor, was nicht viel zu besagen hatte. Es tat ihr gut, eine ungefähr Gleichaltrige um sich zu haben, auch wenn diese noch so verkorkst war. Die Schwestern missbilligten Sarimas Herzlichkeit, doch die höheren Gebirgspässe waren bereits für den Winter geschlossen, und man konnte eine Fremde nicht einfach in die tückischen Täler hinunterjagen. Die Schwestern berieten sich in ihrem Salon, während sie zu den Lurlinalien scheußliche graue Topflappen für die nichtswürdigen Armen strickten. Sie ist krank, sagten sie, sie ist träge, unkultiviert (noch mehr als sie selbst, war der unausgesprochene und ungemein befriedigende Hintergedanke), sie ist verdammt. Und ist dieser Fettkloß von einem Jungen ihr Sohn oder ein kindlicher Sklave, oder ist er einer ihrer Helfergeister? Hinter Sarimas Rücken nannten sie die in der Schusterwerkstatt wohnende Tante eine Hexe, eingedenk der alten Sagen von Kumbricia, die sich in den Kallen abscheulicher – und hartnäckiger – hielten als anderswo in Oz.

Manek, Sarimas mittleres Kind, war der Neugierigste von allen. Als die Jungen eines Morgens alle auf den Zinnen standen und hinunterpissten (ein Spiel, an dem die arme Nor Desinteresse heucheln musste), sagte er: »Was wäre, wenn wir die Tante anpinkeln würden? Würde sie schreien?«

»Sie würde dich in eine Kröte verwandeln«, sagte Liir.

»Nein, ich meine, würde es ihr wehtun? Sie tut so, als könnte sie ums Verrecken kein Wasser vertragen. Trinkt sie überhaupt welches? Oder macht ihr das innen Schmerzen?«

Liir, ein nicht sonderlich aufmerksames Kind, sagte: »Ich glaube, sie trinkt keines. Manchmal wäscht sie Sachen, aber sie benutzt dafür Stöcke und Bürsten. Es wäre besser, wir pinkeln sie nicht an.«

»Und was macht sie mit den ganzen Bienen und dem Affen? Sind die magisch?«

»Klar«, sagte Liir.

»Und wie magisch?«

»Weiß ich nicht.« Sie traten von der schwindelerregenden Tiefe zurück, und Nor kam angelaufen. »Ich habe einen magischen Strohhalm«, rief sie und hielt eine braune Borste in die Höhe. »Vom Besen der Hexe.«

»Ist der Besen magisch?«, fragte Manek Liir.

»Ja. Der fegt den Boden echt schnell.«

»Kann er sprechen? Ist er verzaubert? Was sagt er so?«

Das Interesse der anderen wuchs, und durch ihre Neugier blühte Liir auf und errötete. »Das darf ich nicht sagen. Es ist ein Geheimnis.«

»Ist es auch dann noch ein Geheimnis, wenn wir dich von der Mauer schubsen?«

Liir überlegte. »Was soll das heißen?«

»Sag's uns, oder wir machen's.«

»Ihr dürft mich nicht von der Mauer schubsen, ihr Lümmel.«

»Wenn der Besen magisch ist, wird er geflogen kommen und dich retten. Außerdem bist du so dick, dass du wahrscheinlich wieder hochhüpfst.«

Irji und Nor mussten unwillkürlich darüber lachen. Die Vorstellung war sehr lustig.

»Wir wollen bloß wissen, was für Geheimnisse der Besen dir verrät«, sagte Manek mit breitem Grinsen. »Los, sag's uns! Oder wir schubsen dich runter.«

»Das ist nicht nett, er ist doch unser Spielkamerad«, sagte Nor. »Kommt, wir fangen in der Speisekammer ein paar Mäuse und spielen mit denen.«

»Gleich. Erst schubsen wir Liir von der Mauer.«

»Nein«, rief Nor und fing an zu weinen. »Ihr Jungen seid so gemein. Bist du sicher, dass der Besen magisch ist, Liir?«

Aber Liir wollte nichts mehr sagen.

Manek warf einen Stein hinunter, und es schien sehr lange zu dauern, bis man ihn aufschlagen hörte.

Liir hatte in wenigen Momenten schwarze Schatten unter den Augen bekommen. Er hielt die Hände an die Hosennaht wie ein Vaterlandsverräter vor einem Kriegsgericht. »Die Hexe wird so böse sein, dass sie euch hassen wird«, sagte Liir.

»Das glaube ich nicht«, sagte Manek und trat einen Schritt vor. »Es wird ihr egal sein. Sie mag den Affen lieber als dich. Sie wird gar nicht merken, dass du tot bist.«

Liir schnappte nach Luft. Obwohl er gerade erst gepinkelt hatte, wurde seine ausgebeulte Hose vorne dunkel und feucht. »Schau, Irji«, sagte Manek, und sein älterer Bruder schaute. »Er ist gar nicht besonders lebenstüchtig, nicht wahr? Es wäre kein großer Verlust. Los, Liir, spuck's aus! Was hat der verdammte Besen dir gesagt?«

Liirs Brustkorb arbeitete wie ein Blasebalg. Er flüsterte: »Der Besen hat mir gesagt, dass ... dass ... ihr alle sterben werdet!«

»Ach, mehr nicht?«, sagte Manek. »Das ist nichts Neues. Jeder muss sterben. Das wussten wir schon.«

»Wirklich?«, sagte Liir, der das nicht gewusst hatte.

»Kommt mit!«, sagte Irji. »Los, kommt! Wir fangen in der Speisekammer Mäuse, und dann schneiden wir ihnen den Schwanz ab und stechen ihnen mit Nors magischem Strohhalm die Augen aus.«

»Nein!«, rief Nor, aber da hatte Irji ihr schon den Strohhalm entrissen. Gelenkig wie Marionetten sprangen er und Manek an der Brustwehr entlang und die Treppe hinunter. Mit einem großen bekümmerten Seufzer fasste sich Liir und strich seine Hose zurecht, dann folgte er ihnen wie ein Zwerg, der zur Zwangsarbeit in den Smaragdminen verurteilt ist. Nor blieb zurück, die Arme trotzig verschränkt, und ihr Kinn zuckte vor Erbitterung. Dann spuckte sie über die Mauer und fühlte sich besser und jagte hinter den Jungen her.

Am späten Vormittag brachte Sechs die Besucherin in den Solar. Mit einem Feixen hinter dem Rücken der Tante stellte sie einen Teller mit grässlichen kleinen Keksen, hart wie Stein, auf einen Tisch, den ein verblichener und braun gewordener Teppich bedeckte. Sarima, die ihre täglichen rituellen Waschungen so weit absolviert hatte, wie sie konnte, war bereit.

»Du bist jetzt eine Woche hier und wirst wahrscheinlich noch länger bleiben«, sagte Sarima und ließ Sechs Gallwurzelkaffee einschenken, bevor sie gehen durfte. »Der Weg nach Norden ist mittlerweile verschneit, und zwischen hier und der Ebene gibt es keine sichere Zuflucht. Der Winter ist hart in den Bergen, und auch wenn wir mit unseren Vorräten und unserer eigenen Gesellschaft auskommen, ist uns jede Veränderung lieb. Milch? Ich weiß nicht so recht, wie deine Pläne aussehen. Für die Zeit nach deinem Besuch bei uns, meine ich.«

»Es gibt Gerüchte von Höhlen hier in den Kallen«, sagte Elphaba, wobei sie fast mehr mit sich selbst als mit Sarima sprach. »Ich habe einige Jahre im Kloster der heiligen Glinda in der Schiefersenke gelebt, unweit der Smaragdstadt. Würdenträger kamen gelegentlich zu Besuch, und obwohl zu vielen Zeiten ein Schweigegelübde galt, redete man dennoch über das, was man so hörte. Klosterzellen. Ich hatte mir gedacht, wenn ich hier fertig bin, könnte ich mich in eine Höhle zurückziehen und … und …«

»Und einen Hausstand gründen«, ergänzte Sarima, als ob das so gang und gäbe wäre wie Heiraten und Kinderkriegen. »Manche tun das, ich weiß. Am Westhang des Flaschenhalses – das ist ein Gipfel hier in der Nähe – lebt ein alter Einsiedler. Es heißt, er lebt schon seit Jahren dort und ist auf einen primitiveren Stand der Natur zurückgefallen. Seiner Natur, meine ich.«

»Ein Leben ohne Worte«, sagte Elphaba, schaute in ihren Kaffee und trank nichts davon.

»Es heißt, dass dieser Einsiedler die Hygiene völlig verlernt hat«, sagte Sarima, »und wenn ich mir überlege, wie die Jungen riechen, wenn sie sich zwei Wochen lang nicht gewaschen haben, dann kommt mir das wie eine Schutzvorkehrung der Natur gegen Raubtiere vor.«

»Ich hatte eigentlich nicht vor, länger hierzubleiben«, sagte Elphaba, wobei sie den Kopf weit herumdrehte wie ein Papagei und Sarima merkwürdig anschaute. Vorsicht, dachte Sarima skeptisch, obwohl sie diese Frau gar nicht so unsympathisch fand: Vorsicht, sie ist dabei, die Richtung des Gesprächs zu bestimmen. Das geht nicht. Doch die Besucherin fuhr fort: »Ich hatte gedacht, ich würde eine oder zwei Nächte bleiben, vielleicht drei, und mir dann vor Wintereinbruch einen Unterschlupf suchen. Leider hatte ich dabei den falschen Kalender im Kopf, denn ich ging bei meiner Planung davon aus, wie und wann der Winter nach Shiz und in die Smaragdstadt kommt. Aber ihr seid hier sechs Wochen früher dran.«

»Früher im Herbst und leider auch später im Frühling«, sagte Sarima. Sie nahm die Füße vom Betkissen und stellte sie zum Zeichen der Ernsthaftigkeit fest auf den Boden. »Und jetzt, meine neue Freundin, gibt es ein paar Dinge, die ich dir sagen muss.«

»Ich habe dir auch etwas zu sagen«, warf Elphaba dazwischen, doch diesmal ließ Sarima sich nicht beirren.

»Du wirst mich für eine ungehobelte Person halten, und du hast natürlich recht. Gewiss, als ich im zarten Kindesalter zur Braut bestimmt wurde, wurde auch eine gute Gouvernante aus Gillikin angestellt, die mir und meinen Schwestern beibringen sollte, wie man Verben und Pronomen und Salatgabeln benutzt. Und neuerdings habe ich sogar Lesen gelernt. Aber was ich an Bildung und guten Manieren habe, stammt größtenteils von Fiyero, der mich freundlicherweise manches lehrte, als er von der Akademie zurückkehrte. Natürlich mache ich auch Patzer. Es ist durchaus berechtigt, wenn du mich hinter meinem Rücken auslachst.«

»Das ist nicht meine Art«, bemerkte Elphaba.

»Wie dem auch sei. Dennoch habe ich meine eigene Meinung, und auch ohne studiert zu haben, nehme ich Dinge wahr. Obwohl ich ein behütetes Leben führe, mit sieben Jahren verheiratet wurde, wie du vielleicht weißt, und hinter schützenden Burgmauern aufgewachsen bin, vertraue ich auf mein Gespür und lasse mich nicht davon abbringen. Nein, lass mich fortfahren«, sagte sie, als Elphaba sie unterbrechen wollte. »Wir haben viel Zeit, und die Sonne ist nett hier oben, nicht wahr? Das ist mein kleines Refugium.

Ich habe den Eindruck, dass du hierhergekommen bist, um, irgendeine traurige Angelegenheit loszuwerden. Das merkt man dir an. Schau nicht so betroffen, meine Gute, wenn es etwas gibt, was ich Menschen anmerke, dann eine Last, die sie tragen. Vergiss nicht, dass ich mir jahraus jahrein von meinen lieben Schwestern anhören darf, auf wie vielerlei Arten sie mich hassen und warum.« Sie lächelte, amüsiert von ihrem eigenen Humor. »Du willst deine Last abschütteln, sie mir vor die Füße oder auf die Schultern werfen. Du willst vielleicht ein wenig weinen, dich verabschieden und gehen. Und wenn du hier fortgegangen bist, wirst du geradewegs die Welt verlassen.«

»Das werde ich nicht tun«, sagte Elphaba.

»Das wirst du, auch wenn du es noch nicht weißt. Du wirst nichts mehr haben, was dich an die Welt bindet. Aber ich kenne meine Grenzen, und ich weiß, weshalb du hier bist. Du hast es mir gesagt. Unten im Saal, da hast du mir gesagt, dass du dich für Fiyeros Tod verantwortlich fühlst –«

»Ich –«

»*Nein*. Nein. Dies ist meine Burg. Ich bin zwar in Wahrheit nur die Fürstinwitwe von Kleinkleckersdorf, doch ich habe das Recht, mir etwas anzuhören und mir etwas nicht anzuhören. Unbekümmert darum, ob es einer Besucherin danach vielleicht besser geht.«

»Ich –«

»Nein.«

»Aber ich will dich nicht belasten, Sarima, ich will dich mit der Wahrheit entlasten. Du bist, wenn ich das sagen darf, kräftiger als ich, weniger gedrückt. Vergebung erleichtert den Spender ebenso wie den Empfänger.«

»Ich will die Bemerkung überhört haben, dass ich kräftiger bin«, sagte Sarima. »Dennoch habe ich das Recht, mich frei zu entscheiden. Und ich denke, du willst mich verletzen. Du willst mich verletzen, und du weißt es nicht einmal. Du willst mich für irgendetwas bestrafen. Vielleicht dafür, dass ich Fiyero keine gute Frau war. Du willst mich verletzen, und du redest dir ein, es wäre eigentlich eine heilsame Kur.«

»Weißt du wenigstens, wie er gestorben ist?«, fragte Elphaba.

»Ich weiß, dass er eines gewaltsamen Todes gestorben ist. Ich weiß, dass die Leiche niemals gefunden wurde. Ich weiß, dass es in einem kleinen Liebesnest geschah.« Einen Moment lang verlor Sarima ihre Festigkeit. »Ich will gar nicht so genau wissen, wer es war, aber nach allem, was ich von diesem üblen Caspar von Paltos gehört habe, habe ich den Eind–«

»Caspar von Paltos!«

»Ich habe *nein* gesagt. Kein Wort mehr! So, jetzt habe ich dir ein Angebot zu machen, Tante, und du kannst es annehmen oder nicht. Du und der Junge, ihr könnt in den Südostturm ziehen, wenn ihr mögt. Es gibt dort große runde Räume mit hohen Decken und gutem Licht, und ihr seid aus der zugigen Schusterwerkstatt heraus und habt es wärmer. Ihr habt eure eigene Treppe in den Hauptsaal und stört die Mädels beim Kommen und Gehen nicht, und sie stören euch nicht. Ihr könnt nicht den ganzen Winter in dieser Werkstatt bleiben. Der Junge sieht schon seit einiger Zeit blass und verschnupft aus, vermutlich weil er ständig friert. Ihr könnt dort unter der Bedingung einziehen, dass du meine unumstößliche Entscheidung in dieser Angelegenheit akzeptierst. Ich habe nicht vor, mit dir über meinen Mann oder die Umstände seines Todes zu sprechen.«

Elphaba sah entsetzt und niedergeschlagen aus. »Mir bleibt keine andere Wahl«, sagte sie, »wenigstens fürs Erste. Aber ich warne dich, ich habe vor, so innige Freundschaft mit dir zu schließen, dass du deine Meinung änderst. Und ich glaube wirklich, dass du bestimmte Dinge hören musst, dass du sie besprechen musst, genau wie ich. Ich kann nicht eher in die Wildnis aufbrechen, als bis ich dein festes Versprechen habe –«

»Genug!«, sagte Sarima. »Hol dir den Wächter aus dem Pförtnerhaus und lass dir von ihm dein Gepäck in den Turm bringen. Komm, ich zeige ihn dir. Du hast ja deinen Kaffee gar nicht angerührt.« Sie stand auf. Einen peinlichen Moment lang flimmerte genauso deutlich Respekt und Misstrauen im Raum wie der Staub in den Sonnenstrahlen. »Komm«, sagte Sarima, sanfter diesmal. »Wenigstens warm sollst du es haben. Das immerhin soll man von uns Landpomeranzen hier in Kiamo Ko sagen können.«

## 3

In Elphabas Augen war es ein Hexenzimmer, und sie genoss es in vollen Zügen. Wie alle guten Hexenzimmer in Kindermärchen hatte es im Großen und Ganzen die krummen Wände eines Turms. Es gab ein einziges breites Fenster, und da es nach Osten ging, der windabgewandten Seite, konnte man es gelegentlich öffnen, ohne dass alles ins verschneite Tal hinaus wehte. Dahinter ragten die Großen Kallen wie eine Reihe von Wachposten auf – schwarzviolett, wenn die Wintersonne über ihnen aufging, zu blauweißen Wänden ausblutend, wenn die Sonne hoch darüber hinwegzog, und gegen Abend schließlich golden und rötlich. Manchmal polterten Eis- und Gerölllawinen zu Tal.

Die Faust des Winters packte das Haus. Elphaba lernte bald, dass sie lieber auf ihrem Zimmer blieb, sofern sie nicht sicher war, dass anderswo ein wärmeres Feuer brannte. Und außer an Sarima war ihr an der menschlichen Gesellschaft, die das Haus bot, nichts gelegen. Sarima wohnte im Westflügel mit den Kindern: den Jungen Irji und Manek und dem Mädchen Nor. Sarimas fünf Schwestern wohnten im Ostflügel; sie wurden mit den Zahlen Zwei bis Sechs gerufen, und falls sie jemals andere Namen gehabt hatten, waren diese in Vergessenheit geraten. Zum Ausgleich für das Heiratsverbot, dem sie unterlagen, beanspruchten die Schwestern die besten Räume im Haus, allerdings hatte Sarima den Solar. Wo Liir zum Schlafen unterkroch, wusste Elphaba nicht, doch er erschien jeden Morgen, um die Lumpen unter der Krähenstange zu wechseln. Er brachte ihr auch Kakao.

Die Lurlinalien rückten näher, und alter Zierat wurde hervorgekramt, von dem das Gold fast völlig abgeblättert war. Die Kinder verbrachten einen ganzen Tag damit, Nippes und Spielzeug an die Türbögen zu binden, so dass die Erwachsenen sich den Kopf daran stießen und fluchten. Manek und Irji nahmen sich eine Säge und verließen ohne Erlaubnis die Burg, um sich ein paar Fichten- und Stechpalmenzweige zu holen. Nor blieb zu Hause und malte Szenen glücklichen Burglebens auf Blätter, die sie und Liir im Zimmer der Tante Hexe gefunden hatten. Liir meinte, er könne nicht zeichnen, und trollte sich, vielleicht um Manek und Irji nicht in die Quere zu kommen. Stille legte sich über das Haus, bis aus der Küche ein lautes Geschepper von Kupferpfannen ertönte. Nor lief hin, um nachzuschauen, und auch Liir kam aus irgendeinem verborgenen Winkel hervor.

Es war Plapperaff. Der Affe hatte einen Anfall, und alle Schwestern, die gerade Lebkuchen backten, bewarfen ihn mit Teigbatzen, um ihn von dem Rad mit Küchengeräten über dem Arbeitstisch zu scheuchen, wo er einen Heidenlärm veranstaltete.

»Wie ist er hier reingekommen?«, fragte Nor.

»Schaff ihn raus, Liir! Ruf ihn!«, sagte Zwei, doch auf Liir hörte Plapperaff so wenig wie auf die Schwestern. Der Affe schwang sich auf den Schrank und von dort zum Trockenobst, wo er einen großen Behälter mit den kostbaren Rosinenvorräten aufriss und sie sich ins Maul stopfte. »Holt die Leiter aus dem Saal, ihr zwei!«, sagte Sechs, doch als sie damit ankamen, hockte Plapperaff wieder auf dem Rad und drehte es mit viel Getöse im Kreis wie ein Karussell auf dem Jahrmarkt.

Vier gab einen Klacks pürierte Melone in eine Schale. Fünf und Drei zogen ihre Schürzen aus und machten sich bereit, ihn zu überrumpeln, wenn er herabkam. Plapperaff war noch dabei, das Obsthäufchen zu beäugen, als die Tür an die Wand knallte und Elphaba hereingestampft kam. »Bei diesem Radau versteht man ja sein eigenes Wort nicht mehr!«, rief sie, da bot sich ihr das Bild des mit einem Mal lammfrommen Plapperaff und der Schwestern, die gerade ansetzten, ihn mit ihren bemehlten Schürzen zu fangen. »Was zum Teufel ist hier los?«

»Du musst nicht gleich losbrüllen«, murrte Zwei leise, doch die beiden anderen ließen ihre Schürzen sinken.

»Und was soll das? Was wird hier eigentlich gespielt? Ihr seht alle aus wie Mordefroh, wenn er im Blutrausch ist. Ihr seid ganz weiß vor Zorn auf dieses arme Ding!«

»Das ist kein Zorn, das ist Mehl«, sagte Fünf, und alle mussten kichern.

»Ihr elenden Wilden!«, sagte Elphaba. »Plapperaff, komm her, komm hierher! Sofort! Ihr Weiber habt es wirklich verdient, unverheiratet zu bleiben, da setzt ihr wenigstens keine widerlichen wilden Kinder in die Welt. Dass mir ja keine von euch diesen Affen anrührt, habt ihr mich verstanden? Und wie ist er überhaupt aus meinem Zimmer gekommen? Ich war bei eurer Schwester im Solar.«

»O weh«, sagte Nor, die sich plötzlich erinnerte. »O weh, Tante, entschuldige. Wir waren das.«

»Ihr?« Sie drehte sich um und blickte Nor an, als sähe sie sie zum ersten Mal, was Nor gar nicht gefiel. Sie wich an die Tür des Kartoffelkellers zurück. »Was habt ihr in meinem Zimmer zu suchen?«, herrschte Elphaba sie an.

»Bloß Papier«, sagte Nor kläglich, und in einem verzweifelten Rettungsversuch setzte sie hinzu: »Ich habe Bilder für alle gemalt. Willst du sie mal sehen? Komm mit!«

Mit Plapperaff auf dem Arm folgte Elphaba den Kindern in den zugigen Saal, wo der Wind unter der Haustür hindurchblies und die Blätter gegen die Steinwände wehte. Die Schwestern kamen in sicherem Abstand hinterdrein.

Elphabas Stimme wurde eisig. »Das ist mein Papier«, sagte sie. »Ich habe dir nicht erlaubt, es zu nehmen. Sieh her, hintendrauf stehen Wörter. Weißt du, was Wörter sind?«

»Na klar weiß ich das, denkst du, ich bin dumm?«, erwiderte Nor kess.

»Du lässt gefälligst meine Papiere in Ruhe!«, sagte Elphaba. Dann sausten sie und Plapperaff die Treppe hinauf, und die Tür zum Turm knallte hinter ihnen zu.

»Wer will Lebkuchen ausrollen helfen?«, fragte Zwei, die froh war, dass es nicht richtig gekracht hatte. »Und dieser Saal sieht sehr nett aus, ihr Knirpse. Ich bin sicher, Prinella und Lurlina werden heute Nacht beeindruckt sein.« Die Kinder gingen mit in die Küche zurück und machten Lebkuchenmenschen, Lebkuchenkrähen, Lebkuchenaffen und Lebkuchenhunde, aber Lebkuchenbienen gingen nicht, die waren zu klein. Als Irji und Manek hereinkamen und verschneite Zweige auf den Schieferboden schmissen, halfen auch sie beim Backen mit, aber sie machten unanständige Figuren, die sie den beiden kleineren Kindern nicht zeigten, und sie naschten in einem fort den rohen Teig und lachten hysterisch darüber, was allen anderen auf die Nerven ging.

Als die Kinder am Morgen aufwachten, liefen sie nach unten und sahen nach, ob Lurlina und Prinella dagewesen waren. Jawohl, da stand ein brauner Weidenkorb mit einem grüngoldenen Band daran (den Korb und das Band kannten Sarimas Kinder schon seit Jahren), und darin lagen drei kleine bunte Schachteln mit je einer Orange, einer Puppe, einem Beutelchen Murmeln und einer Lebkuchenmaus.

»Wo ist meine?«, fragte Liir.

»Ich sehe keine mit deinem Namen drauf«, sagte Irji. »Guck: *Irji. Manek. Nor.* Wahrscheinlich hat Prinella sie in euerm alten Haus für dich abgegeben. Wo hast du früher gewohnt?«

»Ich weiß nicht«, sagte Liir und fing an zu weinen.

»Hier, du kannst den Schwanz von meiner Maus haben, *nur* den Schwanz«, sagte Nor freundlich. »Aber erst musst du sagen: Darf ich bitte den Schwanz von deiner Maus haben?«

»Darf ich bitte den Schwanz von deiner Maus haben?«, sagte Liir, obwohl die Worte kaum zu verstehen waren.

»Und ich verspreche, dir zu gehorchen.«

Liir murmelte es nach. Schließlich war der Handel getätigt. Aus Scham erwähnte Liir das Versäumnis nicht. Sarima und die Schwestern merkten es gar nicht.

Elphaba ließ sich den ganzen Tag nicht blicken, doch sie ließ ausrichten, dass die Lurlinalien sie immer krank machten und sie ein paar Tage allein sein wolle. Sie wünsche, weder mit Essen, Besuch noch irgendwelchem Lärm gestört zu werden.

Und während Sarima sich in ihre kleine Kapelle begab, um an diesem Tag ihres Mannes zu gedenken, sangen die Schwestern und die Kinder, so laut sie konnten, Festtagslieder.

## 4

Einige Wochen später, als die Kinder sich gerade eine Schneeballschlacht lieferten und Sarima in der Küche eine Art Heilgrog kochte, verließ Elphaba schließlich ihr Zimmer, schlich die Treppe hinunter und klopfte bei den Schwestern an die Tür.

Sie taten es ungern, doch sie fühlten sich gezwungen, die Besucherin willkommen zu heißen. Das Silbertablett mit Flaschen voll hochprozentiger Getränke, die kostbaren Kristallwaren, auf Eselsrücken aus dem fernen Dixxi-Haus in Gillikin importiert, die schönsten und rotleuchtendsten einheimischen Teppiche auf dem Fußboden, der Luxus zweier gegenüberliegender Kamine, beide mit einem munter brennenden Feuer – die Szene wäre wohl etwas dezenter gewesen, wenn Elphaba sich vorher angekündigt hätte. Jetzt konnte Vier nur noch den Lederband, aus dem sie gerade vorgelesen hatte, unter den Sofapolstern verstecken, die pikante Geschichte einer armen jungen Frau, die sich vor schönen Freiern kaum zu retten weiß. Es war einst ein Geschenk von Fiyero gewesen, das beste Geschenk, das er den Schwestern je gemacht hatte – und das einzige.

»Möchtest du etwas Zitronengerstenwasser?«, fragte Sechs, zum Dienerinnendasein verurteilt bis zum Tag ihres Todes, sofern es der glückliche Zufall nicht wollte, dass alle anderen vor ihr starben.

»Ja, gut«, sagte Elphaba.

»Nimm doch Platz – hier bitte, den Platz wirst du sehr gemütlich finden.«

Elphaba sah nicht so aus, als wollte sie es gemütlich haben, aber sie setzte sich trotzdem, so steif und beklommen sie sich in dieser plüschigen Polsterhöhle auch fühlte.

Sie nahm den kleinstmöglichen Schluck ihres Getränks, als befürchtete sie, mit Nieswurz vergiftet zu werden.

»Ich muss mich wohl dafür entschuldigen, dass ich wegen Plapperaff neulich ausfällig geworden bin«, sagte sie. »Ich weiß, dass ich hier in Kiamo Ko nur zu Gast bin. Ich bin einfach an die Decke gegangen.«

»Das kann man wohl sagen«, fing Fünf an, doch die anderen unterbrachen sie. »Ach, denk dir nichts dabei, wir haben alle solche Tage, ja, uns passiert das gewöhnlich an ein und demselben Tag, und das schon seit Jahren ...«

»Es ist sehr anstrengend«, sagte Elphaba mit einiger Mühe. »Ich habe jahrelang ein Schweigegelübde gehalten, und ich habe nicht immer das richtige Gefühl dafür, wie ... laut man werden darf. Außerdem ist das hier für mich in gewisser Weise eine fremde Kultur.«

»Wir Arjikis sind von jeher stolz darauf gewesen, dass wir uns mit allen anderen Ozianern verständigen können«, sagte Zwei, »mit dem abgerissenen Vagabunden der Schrähen im Süden ebenso wie mit der Elite der Smaragdstadt im Osten.« Nicht dass sie je aus dem Winkus herausgekommen wären.

»Ein Häppchen vielleicht?«, sagte Drei und bot eine Dose mit Marzipanfrüchten an.

»Nein«, sagte Elphaba. »Aber ich wüsste gern, was ihr mir über den Kummer eurer Schwester erzählen könnt.«

Sie stockten, zwischen Verlockung und Argwohn hin- und hergerissen.

»Ich genieße die Gespräche mit ihr im Solar«, fuhr Elphaba fort, »aber immer wenn die Rede auf ihren verstorbenen Mann kommt – den ich persönlich kannte, wie ihr vielleicht wisst –, weigert sie sich, das Thema weiterzuverfolgen.«

»Ach ja, war das traurig«, sagte Zwei.

»Eine Tragödie«, sagte Drei.

»Für sie«, sagte Vier.

»Für *uns*«, sagte Fünf.

»Tante, nimm doch einen Schuss Orangenlikör in deine Zitronengerste«, sagte Sechs. »Er kommt von den sonnigen Hängen der Kleinen Kallen und ist ein ziemlicher Luxus.«

»Na gut, ein Tröpfchen.« Doch Elphaba trank nicht davon. Sie stützte die Ellbogen auf die Knie, beugte sich vor und sagte: »Bitte erzählt mir, wie sie von Fiyeros Tod erfahren hat.«

Schweigen trat ein. Die Schwestern vermieden es, sich Blicke zuzuwerfen, und zupften eifrig die Falten ihrer Röcke zurecht. Nach einer Weile ergriff Zwei das Wort: »So ein trauriger Tag. Die Erinnerung daran tut heute noch weh.«

Die anderen wechselten ihre Sitzhaltung und wandten sich ihr etwas zu. Elphaba blinzelte zweimal und sah wie eine von ihren Krähen aus.

Zwei erzählte die Geschichte ohne Sentimentalität oder Dramatik. Einer von Fiyeros Geschäftspartnern, ein arjikischer Händler, war zur Zeit der ersten Frühlingsschmelze auf einem Bergschnark über den Gebirgspass gekommen. Er habe, sagte er, Sarima eine traurige Nachricht zu überbringen, und ihre Schwestern sollten mit zugegen sein, um ihr in der Stunde der Not beizustehen. Er erzählte, dass er an den Lurlinalien in seinem Club die anonyme Mitteilung erhalten hatte, Fiyero sei ermordet worden. Angegeben war eine Adresse in einem verrufenen Viertel, das nicht einmal eine Wohngegend war. Der Stammesgenosse hatte ein paar Schläger angeheuert und die Tür des Lagerhauses aufgebrochen. Im obersten Stock war eine konspirative Wohnung, in der offensichtlich eine Gewalttat geschehen war, denn es gab Spuren eines Kampfes und viel Blut überall, stellenweise so dick, dass es noch klebte. Die Leiche war weggeschafft worden und wurde niemals gefunden.

Elphaba reagierte auf diese Schilderung nur mit einem grimmigen Nicken.

»Ein ganzes Jahr lang«, fuhr Zwei fort, »weigerte sich unsere liebe untröstliche Sarima zu glauben, dass er wirklich tot war. Es hätte uns nicht überrascht, wenn eine Lösegeldforderung eingetroffen wäre. Aber als die nächsten Lurlinalien kamen und wir immer noch nichts gehört hatten, mussten wir uns in das Unvermeidliche schicken. Außerdem war dem Stamm die gemeinschaftliche Interimsführung nicht länger zuzumuten; ein einzelner Anführer wurde gefordert und gefunden, und er macht seine Sache gut. Wenn Irji volljährig wird, kann er seinen erblichen Führungsanspruch anmelden, falls er den Mut dazu hat – im Moment ist er alles andere als mutig. Manek käme weitaus eher in Frage, aber er ist nur der Zweitgeborene.«

»Und was glaubt Sarima, was passiert ist?«, fragte Elphaba. »Und ihr?«

Jetzt, wo der schlimmste Teil der Geschichte erzählt war, mochten sich auch die anderen Schwestern zu Wort melden. Es kam heraus, dass Sarima einige Jahre lang Fiyero verdächtigt hatte, eine Affäre mit einer Kommilitonin namens Glinda gehabt zu haben, einem sagenhaft schönen gillikinesischen Mädchen.

»Sagenhaft schön?«, fragte Elphaba nach.

»Er erzählte uns allen, wie bezaubernd sie sei, wie taktvoll, wie viel Anmut und Glanz –«

»Ist es glaubhaft, dass er dermaßen von einer Frau geschwärmt hätte, mit der er ein ehebrecherisches Verhältnis hatte?«

»Männer«, sagte Zwei, »sind, wie wir alle wissen, sowohl grausam als auch verschlagen. Gäbe es eine bessere List, als inbrünstig und häufig zu bekennen, dass er sie bewunderte? Sarima hatte überhaupt keinen Anlass, ihm Heimtücke und Betrug vorzuwerfen. Er hörte nie auf, sie mit Aufmerksamkeiten zu bedenken –«

»In seiner kalten, unfreundlichen, verschlossenen, galligen Art«, warf Drei ein.

»Nicht gerade so, wie man es in Romanen liest«, sagte Vier.

»Wenn man Romane lesen würde«, sagte Fünf.

»Was wir nicht tun«, sagte Sechs und schloss die Lippen über einer Marzipanbirne.

»Demnach glaubt Sarima, ihr Mann hätte ein Verhältnis gehabt mit dieser … dieser …«

»Dieser Traumfrau«, sagte Zwei. »Du musst sie doch gekannt haben. Warst du nicht auch in Shiz?«

»Ich kannte sie flüchtig«, gab Elphaba widerwillig zu. Es fiel ihr schwer, im Sturm der vielen Stimmen die Ruhe zu bewahren. »Ich habe sie seit Jahren nicht mehr gesehen.«

»Für Sarima ist klar, was vorgefallen ist«, sagte Zwei. »Glinda war – und ist wahrscheinlich immer noch – mit einem reichen älteren Adeligen namens Caspar von Paltos verheiratet. Er muss Verdacht geschöpft haben, ließ sie beschatten und fand so heraus, was gespielt wurde. Dann hetzte er dem Kerl – ich meine, dem armen Fiyero – ein paar gedungene Mörder auf den Hals. Klingt das nicht plausibel?«

»Vollkommen«, sagte Elphaba zögernd. »Aber gibt es Beweise?«

»Nicht den geringsten«, erwiderte Vier. »Wenn es welche gäbe, hätte die Familienehre die Blutrache an diesem Paltos verlangt. Aber der dürfte sich weiterhin bester Gesundheit erfreuen. Nein, es ist nur eine Annahme, aber Sarima glaubt daran.«

»Klammert sich daran«, sagte Sechs.

»Warum auch nicht?«, sagte Fünf.

»Es ist ihr gutes Recht«, sagte Drei.

»Alles ist ihr gutes Recht«, fügte Zwei kummervoll hinzu. »Außerdem, denk doch mal nach! Wenn dein Mann ermordet worden wäre, würdest du das nicht leichter ertragen, wenn du glauben könntest, er hätte es verdient, und sei es nur ein klein wenig?«

»Nein«, sagte Elphaba, »würde ich nicht.«

»Wir auch nicht«, räumte Zwei ein, »aber wir glauben, dass *sie* das glaubt.«

»Soso.« Elphaba betrachtete das Teppichmuster, die blutroten Rauten, die zackigen Ränder, die Tiere und Akanthusblätter und Rosenmedaillons. »Und was glaubt ihr?«

»Es ist unwahrscheinlich, dass wir in der Sache alle einer Meinung sind«, sagte Zwei, was sie jedoch nicht von weiteren Spekulationen abhielt. »Die Vermutung liegt nahe, dass Fiyero in der Smaragdstadt ohne unser Wissen in irgendwelche politischen Verwicklungen geriet.«

»Ein Aufenthalt, der sich von einem Monat zu vieren ausdehnte«, sagte Vier.

»Hatte er politische … Sympathien?«, fragte Elphaba.

»Er war der Fürst der Arjikis«, gab Fünf zu bedenken. »Es gab Verbindungen, Verantwortungen, Treuepflichten, von denen wir keine Ahnung hatten. Es war seine Pflicht, Ansichten zu Dingen zu haben, von denen wir nichts zu wissen brauchten.«

»Hat er mit dem Zauberer sympathisiert?«, fragte Elphaba direkt.

»Willst du damit andeuten, er wäre an einer von diesen Kampagnen beteiligt gewesen? Erst gegen die Quadlinger, dann gegen die Tiere?«, sagte Drei. »Du guckst überrascht, dass wir etwas davon wissen. Meinst du, wir leben hier derart hinter dem Mond?«

»Wir leben allerdings hinter dem Mond«, sagte Zwei. »Aber wir machen die Ohren auf, wenn wir können. Wir bewirten gern Reisende, die hier Station machen. Wir wissen, dass das Leben draußen im Land schlimm sein kann.«

»Der Zauberer ist ein Despot«, sagte Vier.

»Unsere heimische Burg schützt uns«, fiel Fünf ihr ins Wort. »Ein gewisser Abstand von alledem ist von Vorteil. So bleibt unsere moralische Reinheit unbefleckt.«

Alle setzten gleichzeitig ein künstliches Lächeln auf.

»Aber glaubt ihr, dass Fiyero eine Meinung über den Zauberer hatte?«, bohrte Elphaba hartnäckig nach.

»Er hat seine Meinungen immer für sich behalten.« Zwei winkte ab. »Bei der lieben Lurlina, Tante, er war ein Fürst und ein Mann! Und wir waren bloß seine jüngeren, von ihm abhängigen Schwägerinnen! Meinst du, er hätte sich uns anvertraut? Er hätte ein hochrangiger Verbündeter des Zauberers sein können, ohne dass wir das mitgekriegt hätten. Verbindungen zum Palast wird er auf jeden Fall gepflegt haben, er war schließlich ein Fürst. Wenn auch nur von unserem kleinen Stamm. Was er mit diesen Verbindungen anfing – woher sollen wir das wissen? Aber wir glauben allerdings nicht, dass er das Opfer eines gehörnten Ehemanns wurde. Vielleicht sind wir naiv, aber das glauben wir nicht. Wir vermuten, dass er irgendwie in das Kreuzfeuer eines Richtungsstreits geriet. Oder er wurde von der einen oder anderen extremistischen Gruppe bei einer verräterischen Tat ertappt. Er war ein gutaussehender Mann.« Zwei seufzte. »Keine von uns hat das je geleugnet. Aber er war hart und unzugänglich, und wir bezweifeln, dass er locker genug wurde, um sich eine Affäre zu gestatten.« Mit einer minimalen Haltungsänderung – einem Baucheinziehen und Schulternstraffen – verriet Zwei die Grundlage für diese Aussage: Wie konnte er den Reizen dieser Glinda erlegen sein, wenn er imstande gewesen war, seinen eigenen Schwägerinnen zu widerstehen?

»Aber«, fragte Elphaba kleinlaut, »meint ihr wirklich, dass er für irgendjemanden spioniert hat?«

»Warum ist seine Leiche nie gefunden worden?«, fragte Zwei zurück. »Wenn er aus Eifersucht ermordet wurde, hätte die Leiche nicht beseitigt werden müssen. Vielleicht war er noch gar nicht tot. Vielleicht wurde er fortgeschafft und irgendwo gefoltert. Nein, nach unserer begrenzten Erfahrung sieht es eher nach einem politischen Treuebruch aus als nach einem ehelichen.«

»Ich –«, setzte Elphaba an.

»Du bist ja ganz blass. Sechs, einen Krug Wasser.«

»Nein«, sagte Elphaba. »Es ist bloß … Man hätte damals doch nie gedacht … ich jedenfalls … Soll ich euch das Wenige erzählen, was ich darüber weiß? Und vielleicht könnt ihr es an Sarima weitergeben.« Sie stand auf und begann, auf und ab zu gehen. »Ich sah Fiyero –«

Doch da setzte im unwahrscheinlichsten Moment die Familiensolidarität ein. »Liebe Tante«, sagte Zwei in verantwortungsbewusstem Ton, »wir haben die Anweisung von unserer Schwester, ja nicht zuzulassen, dass du dich mit Erzählungen über Fiyero und die traurigen Umstände seines Todes belastest.« Zwei musste sich sichtlich zwingen, das über die Lippen zu bringen, so groß war die Neugier zu hören, was Elphaba zu sagen hatte. Das Fleisch der Geschichte brachte die Mägen zum Knurren. Doch die Schicklichkeit siegte – oder die

Furcht vor Sarimas Zorn, der ihnen blühte, falls sie es herausfand. »Nein«, bekräftigte Zwei, »nein, wir müssen uns leider jedes Interesse versagen. Wir dürfen dir nicht zuhören, und wir werden Sarima nichts ausrichten.«

Schließlich musste Elphaba sich geschlagen geben. »Ein andermal«, sagte sie, als sie ging, »wenn ihr so weit seid, wenn sie so weit ist. Es ist so wichtig, versteht ihr? So viel Leid könnte ihr abgenommen werden ... und könnte sie ihrerseits abnehmen ...«

»Auf Wiedersehen«, sagten sie und machten die Tür hinter ihr zu. Im Schein der beiden brennenden Kaminfeuer bezogen sie wieder ihre Plätze – würdevoll, und verbittert, weil sie ihrer älteren Schwester gehorchen mussten. Der Teufel sollte sie holen.

# 5

Eis verkrustete die Dächer, verschob die Ziegel und tropfte schmutzig schmelzend in die Privatgemächer, das Musikzimmer, die Türme. Elphaba ging dazu über, ihren Hut auch im Haus zu tragen, damit sie nicht zufällig einen Eiszapfen auf den Schädel bekam. Die Krähen waren ganz schimmelig um den Schnabel und hatten Algen zwischen den Klauen. Die Schwestern lasen ihren einen Roman fertig, seufzten wie aus einem Munde – wenn man doch leben dürfte! – und fingen wieder von vorne an, wie sie es schon seit acht Jahren machten. Im heftigen Aufwind vom Tal schien der Schnee häufig zu steigen statt zu fallen. Die Kinder waren begeistert.

Eines düsteren Nachmittags hüllte sich Sarima in wollene rote Gewänder und streifte aus Langeweile durch muffige, unbewohnte Räume. Sie kam an einen Treppenschacht, der sich nach oben zu verengte – vielleicht klebte er ja an dem Giebel, den man von außen nicht sah, Sarima hatte keine räumliche Vorstellungskraft. Sie stieg die Treppe hinauf. Oben sah sie durch ein rohes Holzgitter eine Gestalt in dem trüben Licht sitzen. Sarima hüstelte, um sie nicht zu erschrecken.

Weit vorgebeugt hing Elphaba über einem dicken Folianten, der auf einer Werkbank lag. Überrascht, wenn auch nicht sehr, drehte sie sich um und sagte: »Wir hatten dieselbe Eingebung, wie eigentümlich.«

»Du hast Bücher gefunden, die ich völlig vergessen hatte«, sagte Sarima. Sie konnte mittlerweile zwar lesen, aber nicht gut, und Bücher gaben ihr immer Minderwertigkeitsgefühle. »Ich kann dir nicht einmal sagen, wovon sie handeln. So viele Wörter, man kann sich kaum vorstellen, dass die Welt einer solch eingehenden Betrachtung wert ist.«

»Hier drüben ist ein uralter Atlas«, sagte Elphaba, »und Urkunden von Nutzungsverträgen zwischen verschiedenen arjikischen Familien – ich wette, es gibt Stammesführer, die sich darüber sehr freuen würden. Sofern sie nicht veraltet sind. Einige Schriften, die Fiyero in Shiz hatte, als er Biowissenschaft studierte, erkenne ich wieder.«

»Und dieser große Wälzer? Purpurne Seiten und silberne Tinte – wie prachtvoll!«

»Den habe ich in diesem Schrank auf dem Boden gefunden. Es scheint ein Grimorium zu sein.« Elphaba fuhr mit der Hand über eine vor Feuchtigkeit leicht gewellte Seite. Ihre Hand auf dem Pergament gab einen schönen Kontrast.

»Was ist das, außer prachtvoll?«

»Wenn ich es recht verstehe«, antwortete Elphaba, »so etwas wie eine Enzyklopädie der Magie. Ein Buch über Zauberei und die Geisterwelt und über Sichtbares und Unsichtbares und Vergangenes und Zukünftiges. Ich kann nur hier und da eine Zeile entziffern. Sieh nur, wie der Text beim Hinschauen zerfährt.« Sie deutete auf einen handgeschriebenen Absatz. Sarima sah genau hin. Obwohl es mit ihrer Lesekunst nicht weit her war, staunte sie mit offenem Mund. Die Buchstaben bewegten und verschoben sich auf der Seite, als wären sie plötzlich lebendig geworden. Die Seite schien sich vor ihren Augen für einen anderen Sinn zu entscheiden. Die Buchstaben zogen sich zu einem großen schwarzen Knäuel zusammen. Elphaba blätterte um. »Hier, dieser Abschnitt ist ein Bestiarium.« Auf der Vorder- und Hinteransicht eines Wesens, das offenbar einen Engel darstellte, waren feingezeichnete Figuren in Blutrot und Gold zu sehen, dazu Bemerkungen in Schönschrift über die aerodynamischen Aspekte der Vergeistigung. Die Flügel gingen auf und nieder, und der Engel lächelte mit einer gewissen provokanten Heiligkeit. »Und da steht ein Rezept auf der Seite: ›Von weißfleischigen Äpfeln, mit schwarzer Haut umhüllet: Davon der Magen mit tödlicher Gier sich füllet.‹«

»Jetzt erinnere ich mich an dieses Buch«, sagte Sarima. »Ja, ich weiß wieder, wie es hergekommen ist – ich habe es selbst hierhingestellt. Das hatte ich ganz vergessen. Ach ja, Bücher sind schnell aus den Augen und aus dem Sinn.«

Unter der glatten, unbewegten Stirn schoss Elphaba einen pfeilgeraden Blick auf sie ab. »Erzähle mir davon, Sarima. Bitte.«

Die Fürstinwitwe von Kiamo Ko war nervös. Sie trat an ein kleines Fenster und versuchte es zu öffnen, doch die Eiskruste war zu dick. Also ließ sie sich auf eine Packkiste plumpsen und erzählte Elphaba die Geschichte. Sie konnte sich nicht mehr genau erinnern, wann sie sich zugetragen hatte, auf jeden Fall vor langer Zeit, als alle noch jung und schlank gewesen waren. Der herzallerliebste Fiyero war noch am Leben, aber mit dem Stamm irgendwo im Grasland unterwegs. Wegen Kopfschmerzen war sie ganz allein in der Burg geblieben. Die Glocke an der Zugbrücke ertönte, und sie ging nachsehen, wer es war.

»Madame Akaber«, sagte Elphaba. »Irgendeine kumbrische Hexe.«

»Nein, keine Hexe. Es war ein älterer Mann in einem Mantel, der die Hand einer Näherin dringend nötig gehabt hätte. Er sagte, er sei ein Zauberer, aber vielleicht war er auch bloß verrückt. Er bat darum, etwas zu essen zu bekommen und baden zu dürfen, was ihm gewährt wurde, und daraufhin sagte er, er wolle es mir mit diesem Buch entgelten. Ich erklärte ihm, ich hätte einen Burghaushalt zu führen und keine Zeit für müßigen Zeitvertreib wie Lesen und so weiter. Er meinte, das mache nichts.«

Sarima zog ihre Gewänder fester um sich und verwischte dabei den kalten Staub auf einem Stapel von Kodizes. »Er erzählte mir eine phantastische Geschichte und überredete mich, dieses Ding anzunehmen. Er sagte, es sei eine Schatzgrube des Wissens, und es gehöre eigentlich in eine andere Welt, sei aber dort nicht sicher. Deshalb habe er es hierhergebracht, um es zu verstecken und vor Schaden zu bewahren.«

»So ein Blödsinn«, sagte Elphaba. »Wenn es aus einer anderen Welt käme, dürfte ich nichts davon lesen können. Aber ein bisschen kann ich verstehen.«

»Auch wenn es so magisch ist, wie er sagt?« Sarima war skeptisch. »Wie auch immer, ich habe ihm geglaubt. Er sagte, es gebe mehr Verkehr zwischen den Welten, als man für möglich hielte, und unsere Welt habe gewisse Eigenschaften von seiner und seine von unserer, die Folge einer Art Undichte oder Ansteckung vielleicht. Er hatte einen langen, fransigen weißgrauen Bart und eine sehr freundliche und zerstreute Art, und er roch nach Knoblauch und saurer Sahne.«

»Ein unwiderleglicher Beweis für eine anderweltliche Herkunft.«

»Verspotte mich nicht«, sagte Sarima ruhig. »Du hast mich gebeten zu erzählen, und ich tue dir den Gefallen. Er sagte, das Buch sei zu mächtig, um zerstört zu werden, aber zu bedrohlich – für diese andere Welt –, um dort aufbewahrt zu werden. Also habe er eine magische Reise unternommen oder so ähnlich und sei hergekommen.«

»Kiamo Ko hat ihn gerufen, und er konnte der Lockung nicht widerstehen.«

»Er sagte, wir seien hier abgelegen und gut befestigt«, erzählte Sarima weiter, »und dem konnte ich nicht widersprechen. Und was bedeutete mir schon ein Buch mehr! Wir haben es einfach hier oben zu den übrigen gestellt. Ich weiß nicht einmal, ob ich es jemandem gesagt habe. Dann segnete er mich und ging. Er marschierte mit einem Eichdornstock über den Krampfenpass.«

»Willst du wirklich behaupten, du dachtest, der Mann, der dir dieses Buch gab, wäre ein Zauberer?«, fragte Elphaba. »Und dieses Buch käme aus … einer anderen Welt? Glaubst du etwa an andere Welten?«

»Ich muss mich anstrengen, um an diese hier zu glauben«, sagte Sarima, »und doch scheint es sie zu geben, warum also sollte ich meiner Skepsis in Bezug auf andere Welten trauen? Glaubst du nicht daran?«

»Als Kind habe ich es versucht«, sagte Elphaba. »Ich habe mir Mühe gegeben. Die fadenscheinige, hirnlose, verschwommene Vorstellung der strahlenden Heilswelt, des Anderen Landes, ich habe sie einfach nicht übernehmen können. Heute glaube ich, dass es schlicht unser eigenes Leben ist, was uns verborgen bleibt. Das Geheimnis: Wer ist diese Person da im Spiegel?, ist mir erschreckend und unergründlich genug.«

»Na, jedenfalls war er ein sehr netter Zauberer oder Verrückter oder was weiß ich.«

»Vielleicht war er ein treuer Gefolgsmann des Ozma-Regenten«, überlegte Elphaba, »der hier irgendeinen alten lurlinistischen Traktat versteckt hat. Mit der Hoffnung auf eine Restauration der Monarchie, eine Palastrevolution, und auf das Erwachen der entführten und eingeschläferten Ozma Tippetarius zog er gut getarnt los, um dieses Dokument irgendwo zu verbergen, weit entfernt und doch wieder auffindbar.«

»Du steckst voller Verschwörungstheorien«, sagte Sarima. »Das ist mir schon an dir aufgefallen. Es war ein älterer Herr, ziemlich alt. Und er sprach mit einem Akzent. Er war bestimmt ein wandernder Magier aus einem fernen Land. Und hat er nicht recht gehabt? Das Ding liegt hier schon – wie lange? – zehn Jahre und mehr vergessen herum.«

»Darf ich es mitnehmen und anschauen?«

»Von mir aus. Er hat nichts davon gesagt, dass man es nicht lesen dürfte«, sagte Sarima. »Zu dem Zeitpunkt konnte ich vielleicht noch gar nicht lesen – ich weiß es nicht mehr. Aber sieh dir nur diesen schönen Engel an! Und du glaubst wirklich nicht an das Andere Land? An ein Leben nach dem Tod?«

»Das hat uns gerade noch gefehlt.« Elphaba schnaubte, während sie sich den Wälzer unter den Arm klemmte. »Dass nach diesem Jammertal alles noch mal von vorne anfängt.«

# 6

Eines Morgens, nachdem Sechs wieder einmal vergeblich versucht hatte, den Kindern so etwas wie einen Unterricht zu geben, schlug Irji vor, im Haus Verstecken zu spielen. Sie zogen Strohhalme, und da Nor den kürzesten zog, musste sie sich die Augen zuhalten und zählen. Als es ihr zu langweilig wurde, rief sie laut: »Einhundert!« und fing an zu suchen.

Als Ersten schlug sie Liir ab. Obwohl er sonst gern stundenlang allein irgendwohin verschwand, war er ungeschickt im Verstecken, wenn es von ihm verlangt war. Gemeinsam gingen sie auf die Suche nach den älteren Jungen und fanden Irji in Sarimas Solar, hinter das Samttuch geduckt, das vom Sitz eines ausgestopften Greifen zu Boden hing.

Aber Manek, der Geschickteste im Verstecken, war nirgends zu finden. Nicht in der Küche, nicht im Musikzimmer, nicht in den Türmen. Als ihnen gar nichts mehr einfallen wollte, trauten sich die Kinder sogar, in den moderigen Keller zu gehen.

»Von hier führen Tunnel bis zur Hölle«, sagte Irji.

»Wo? Warum?«, fragte Nor, und Liir wiederholte es wie ein Echo.

»Sie sind geheim. Ich weiß nicht, wo sie sind. Aber alle sagen, es gibt sie. Fragt Sechs. Ich glaube deshalb, weil das früher mal eine Wasserwerkszentrale war – wirklich! Die Hölle ist so heiß, dass sie dort Wasser brauchen, und da haben die Teufel einen Tunnel hierher gegraben.«

Nor sagte: »Schau, Liir, da ist der Fischbrunnen!«

In der Mitte eines Gewölbekellers, an dessen steinernen Wänden sich die Feuchtigkeit in dicken Tropfen niederschlug, befand sich ein niedriger Brunnen mit einem hölzernen Deckel. Eine einfache Vorrichtung mit einer Kette und einem Stein diente dazu, den Deckel zur Seite zu schieben. Es war kinderleicht, den Brunnen abzudecken.

»Von dort unten«, sagte Irji, »holen wir die Fische, die wir essen. Niemand weiß, ob da unten ein richtiger See ist oder ob es bodenlos ist oder ob man auf dem Weg direkt zur Hölle kommt.« Er schwenkte das Binsenlicht, und tief unten warf ein schwarzer Wasserkreis ein tanzendes Spiegelbild des kühlen weißen Lichts zurück.

»Sechs sagt, da drin gibt's einen goldenen Karpfen«, sagte Nor. »Sie hat ihn einmal gesehen. Ein Riesenvieh. Sie dachte, es wäre ein schwimmender Kupferkessel, und dann hat er sich gedreht und zu ihr hochgeschaut.«

»Vielleicht war es ja ein Kupferkessel«, sagte Liir.

»Kessel haben keine Augen«, widersprach Nor.

»Jedenfalls ist Manek nicht hier«, stellte Irji fest. »Oder?« Er rief: »Hallo, Manek!«, und das Echo dröhnte und verhallte in der feuchten Dunkelheit.

»Vielleicht ist Manek durch einen von diesen Tunneln zur Hölle gefahren«, sagte Liir.

Irji schwenkte den Deckel auf den Fischbrunnen zurück. »Du bist, Nor. Ich habe keine Lust, hier unten weiterzusuchen.«

Sie jagten sich gegenseitig Angst ein und rasten wie wild die Treppe hinauf. Vier schrie sie an, weil sie so einen Lärm machten.

Nor fand Manek schließlich auf der Treppe vor der Tür der Tante. »Pst!«, machte er, als sie näherkamen, aber Nor tippte ihn trotzdem an und sagte: »Du bist aus.«

»Pssst!«, wiederholte er energischer.

Abwechselnd schauten sie durch den Spalt in der verwitterten Holztür.

Die Tante hatte den Finger in einem Buch, und sie murmelte etwas vor sich hin, sprach es mal so und mal so aus. Neben ihr auf der Kommode hockte still und gehorsam ein sichtlich beklommener Plapperaff.

»Was macht sie?«, fragte Nor.

»Sie versucht, ihm Sprechen beizubringen«, antwortete Manek.

»Lass mich mal schauen«, sagte Liir.

»Sag ›ich weiß‹!«, forderte die Tante ihn freundlich auf. »Sag ›ich weiß‹! ›Ich weiß‹! ›Ich weiß!‹«

Plapperaff zog das Maul schief, als dächte er darüber nach.

»Es gibt keinen Unterschied«, sagte die Tante zu sich selbst, vielleicht auch zu Plapperaff. »Die Fasern sind gleich, die Stränge sind

357

gleich, der Stein erinnert sich, das Wasser hat ein Gedächtnis, die Luft hat eine Vergangenheit, für die sie zur Rechenschaft gezogen werden kann, die Flamme erneuert sich wie ein Phönix. Aus was besteht ein Tier sonst als aus Stein und Wasser und Feuer und Äther? Erinnere dich, wie man spricht, Plapperaff! Du bist ein Tier, aber die TIERE sind deine nächsten Verwandten, verdammt noch mal! Sag ›ich weiß‹!«

Plapperaff klaubte sich eine Laus von der Brust und verzehrte sie.

»Ich weiß‹!«, beschwor ihn die Tante. »Du kannst es, ich weiß es. ›Ich weiß‹!«

»Schweiß«, sagte Plapperaff, oder etwas in der Art.

Irji schob Manek beiseite, und die drängelnden Kinder stießen beinahe die Tür auf, weil jeder die Tante lachen, tanzen und singen sehen wollte. Sie nahm Plapperaff auf den Arm, drückte ihn und rief: »Du weißt, ja, du weißt es, Plapperaff! Du kannst es! Sag ›ich weiß‹!«

»Schweiß, Schweiß, Schweiß«, sagte Plapperaff ohne erkennbaren Stolz auf seine Leistung. »Geschmeiß.«

Beim Klang der neuen Stimme wachte Mordefroh aus seinem Mittagsschläfchen auf.

»›Ich weiß‹«, sagte die Tante.

»Schmeiß«, machte Plapperaff geduldig. »Ischbeiß. Speis. Speisspeisspeis. Beschmeiß beweis bescheiß. Verschleiß leis Geleis.«

»Ich weiß‹«, sagte die Tante. »O Plapperaff, wir schaffen doch noch eine Verbindung zu Doktor Dillamonds Arbeit von damals! Es gibt einen allgemeingültigen Bauplan für uns alle, wir müssen nur tief genug dringen, um ihn zu erkennen! Es ist nicht alles vergeblich! ›Ich weiß‹, mein Freund, ›ich weiß‹!«

»Scheiß«, sagte Plapperaff.

Die Kinder konnten sich vor Lachen nicht mehr halten. Sie polterten die Treppe hinunter, stürmten in das Jungenzimmer und prusteten in die Bettdecken.

Sie sagten Sarima und den Schwestern kein Wort davon, was sie gesehen hatten. Sie befürchteten, der Tante könnte sonst Einhalt geboten werden, und alle wünschten sich, dass Plapperaff gut genug sprechen lernte, um mit ihnen spielen zu können.

Eines windstillen Tages, als alle das Gefühl hatten, dass sie dringend einmal ins Freie mussten, wenn sie nicht vor Langeweile vergehen wollten, kam Sarima auf den Gedanken, sie könnten auf einem nahen Teich Schlittschuhlaufen gehen. Die Schwestern waren einverstanden, und sie gruben die vor sich hin rostenden Schlittschuhe aus, die Fiyero ihnen einmal aus der Smaragdstadt mitgebracht hatte. Die Schwestern machten Karamellbonbons und füllten Flaschen mit Kakao und schmückten sie sogar mit grüngoldenen Bändern, als wollten sie ein zweites Mal die Lurlinalien feiern. Sarima warf sich in ein braunes Samtgewand mit Pelzkragen, die Kinder zogen ein zweites Paar Hosen und Jacken über, und selbst Elphaba kam mit, bekleidet mit einem dicken tiefroten Brokatmantel, schweren arjikischen Ziegenfellstiefeln und Fäustlingen, den Besen unter den Arm geklemmt. Plapperaff schleppte einen Korb mit Dörraprikosen. In praktische Männermäntel verpackt bildeten die Schwestern die Nachhut.

Die Dorfbewohner hatten die Mitte des Teichs vom Schnee freigefegt. Es war eine ballsaalgroße silberne Spiegelfläche, verziert mit tausend schwungvollen Arabesken und rings mit Schneehaufen gesichert, damit Schlittschuhläufer, die vergessen hatten, wie man bremst oder wendet, weich fielen. Im grellen Sonnenschein stachen die Berge rasiermesserscharf gegen das Blau ab. Große Schmuckreiher und Eisgreife kreisten in den Lüften. Die Eisbahn war bereits bevölkert von kreischenden Kleinen und torkelnden Halbwüchsigen (die jede Gelegenheit nutzten, um aufeinanderzupurzeln und sich in zweideutigen Positionen genüsslich zu verknäueln). Ihre Eltern drehten in gemächlicherem Tempo stetige Runden am Rand. Alle verstummten, als die Bewohner von Kiamo Ko sich nahten, aber da Kinder nun einmal Kinder waren, hielt die Stille nicht lange an.

Sarima wagte sich auf das Eis, umgeben vom Haufen ihrer unter-gehakten Schwestern. Wegen ihrer Fülligkeit befürchtete sie zu stür-zen, zumal sie keine kräftigen Fesseln hatte. Doch nach einer Weile wusste sie wieder, wie es ging – erst dieser Fuß, dann jener, lange, langsame Bewegungen –, und das schwierige Nacheinander war voll-bracht. Elphaba sah aus wie eine ihrer Krähen: ausge-stellte Knie und Ellbogen, flatternde Mantelschöße, um Gleichgewicht fuchtelnde Hände.

Nachdem die Erwachsenen genug Aufregung gehabt hat-ten (obwohl die Kinder erst noch am Aufwärmen waren), ließen sich Sarima, die Schwestern und Elphaba auf Bärenfelle fallen, die das Dorf indessen für sie ausgebreitet hatte.

»Im Sommer«, erzählte Sarima, »machen wir ein großes Feuer und schlachten ein paar Schweine, bevor die Männer in die Ebene hinun-tersteigen und die Jungen mit den Schafen und Ziegen in die höheren Lagen ziehen. Alle kommen auf ein Stück Fleisch und ein paar Hum-pen Bier in die Burg. Und wenn ein Berglöwe oder ein besonders ge-fährlicher Bär auftaucht, dürfen sie natürlich hinter die schützenden Mauern kommen, bis die Bestie erlegt ist oder sich trollt.« Sie verzog das Gesicht zu einem huldvollen Lächeln, den Blick auf die Dörfler gerichtet, doch diese ignorierten die Herrschaft inzwischen wieder. »Liebe Tante, du warst ein köstlicher Anblick, wie du eben in diesem Mantel und deinen Besen schwingend dahingesaust bist.«

»Liir sagt, es ist ein magischer Besen«, rief Nor, die angelaufen kam, um ihrer Mutter eine Handvoll körniger Schneeflocken ins Gesicht zu werfen. Elphaba wandte hastig den Kopf ab und zog den Kragen hoch, um nichts von der Schneewolke abzubekommen. Nor ließ ein schadenfrohes melodisches Lachen hören und flitzte davon.

»Erzähl uns doch, wie es kommt, dass dein Besen magisch ist«, sagte Sarima.

»Ich habe nie behauptet, er wäre magisch. Ich habe ihn von einer alten Nonne, die Mutter Schackel hieß. Sie nahm mich unter ihre Fittiche, wenn sie einigermaßen auf dem Posten war, und …, wies mir den Weg, muss ich wohl sagen.«

»Wies dir den Weg«, sagte Sarima.

»Die alte Nonne sagte, der Besen sei das Zeichen meiner Bestimmung«, erzählte Elphaba. »Wahrscheinlich meinte sie damit, dass meine Bestimmung die Hausarbeit ist. Nicht die Magie.«

»Da bist du nicht die Einzige.« Sarima gähnte.

»Ich bin mir nie darüber klargeworden, ob Mutter Schackel komplett wahnsinnig oder eine weise, prophetische Alte war«, fuhr Elphaba fort, doch die anderen hörten schon nicht mehr hin, und sie verstummte.

Nach einer Weile kam Nor wieder an und warf sich ihrer Mutter in den Schoß. »Erzähl mir eine Geschichte, Mama«, sagte sie. »Die Jungen sind gemein.«

»Jungen sind lästige Geschöpfe«, pflichtete ihre Mutter bei. »Manchmal. Soll ich dir erzählen, wie du auf die Welt gekommen bist?«

»Nein, nicht das.« Nor gähnte. »Eine richtige Geschichte. Erzähl mir noch mal das Märchen von der Hexe und den Fuchskindern.«

Sarima wollte nicht, denn sie wusste wohl, dass die Kinder die Tante für eine Hexe hielten. Aber Nor blieb stur, und schließlich gab Sarima nach und erzählte das Märchen. Elphaba lauschte. Ihr Vater hatte ihr Moralvorschriften beigebracht und Vorträge über Verantwortung gehalten, Ämmchen hatte getratscht, Nessarose hatte gequengelt. Aber niemand hatte ihr Geschichten erzählt, als sie klein gewesen war. Sie rutschte ein Stückchen vor, damit sie über das Lärmen ringsum etwas verstehen konnte.

Sarima betete das Märchen ohne große innere Beteiligung herunter, aber dennoch versetzte der Schluss Elphaba einen Stich. »Und dort musste die böse alte Hexe lange, lange bleiben.«

»Ist sie je wieder rausgekommen?« Nors Augen glänzten vor Freude, als sie ihren Spruch aufsagte.

»*Bis jetzt nicht*«, antwortete Sarima, beugte sich vor und tat so, als wollte sie Nor in den Hals beißen. Nor quiekte und entwand sich und lief zu den Jungen zurück.

»Ich finde es übel, selbst wenn es nur ein Märchen ist, das Böse in irgendeinem Jenseits fortleben zu lassen«, sagte Elphaba. »Alles Jenseitsgerede dient nur dazu, die Leute zu täuschen und einzulullen. Es ist eine Schande, wie sowohl die Unionisten als auch die Heiden uns mit der Hölle einschüchtern und mit dem nebulösen Anderen Land ködern wollen.«

»Hör auf«, sagte Sarima. »Auch deshalb, weil Fiyero dort auf mich wartet. Und das weißt du genau.«

Elphaba blieb der Mund offen stehen. Immer wenn sie am wenigsten damit rechnete, kam Sarima mit einem Überraschungsangriff. »Im *Jenseits?*«, sagte sie.

»Ach, du bist einfach gegen alles«, sagte Sarima. »Mir tut die Gemeinde im Jenseits jetzt schon leid, die dich einmal aufnehmen soll. Was für ein saurer Apfel!«

# 7

»Sie ist verrückt«, erklärte Manek fachmännisch. »Jeder weiß, dass man einem Tier nicht Sprechen beibringen kann.«

Sie waren dabei, vom Heuboden der Scheune zu springen, so dass in dem gesprenkelten Licht Heu- und Schneeschwaden aufstoben.

»So? Und was macht sie dann mit Plapperaff?«, fragte Irji. »Wenn du dir da so sicher bist?«

»Sie bringt ihm bei, Sachen nachzusprechen, wie ein Papagei«, sagte Manek.

»Ich glaube, sie ist magisch«, sagte Nor.

»Du, du glaubst doch, dass alles magisch ist«, sagte Manek. »Dumme Trine.«

»Ist es auch.« Mit einem Sprung setzte Nor sich von den Jungen ab und unterstrich damit, was sie von deren Skepsis hielt.

»Glaubst du auch, dass sie magisch ist?«, fragte Manek Liir. »Du kennst sie besser als wir. Sie ist deine Mutter.«

»Sie ist meine Tante, oder?«, sagte Liir.

»Sie ist unsere Tante, sie ist deine Mutter.«

»Jetzt weiß ich's«, sagte Irji. Er tat so, als fesselte ihn das Thema, um nicht noch einmal springen zu müssen. »Liir ist Plapperaffs Bruder. Liir ist genauso, wie Plapperaff war, ehe er Reden lernte. Du bist ein Affe, Liir.«

»Ich bin kein Affe«, sagte Liir. »Und ich bin nicht verzaubert.«

»Gehen wir doch Plapperaff fragen«, schlug Manek vor. »Ist heute nicht der Tag, wo die Tante bei Mama zum Kaffee ist? Schauen wir mal, ob Plapperaff genug Wörter gelernt hat, um ein paar Fragen zu beantworten.«

Sie rannten die steinerne Wendeltreppe zum Zimmer der Tante Hexe hinauf.

Sie war in der Tat nicht da. Plapperaff knabberte an ein paar Nussschalen, Mordefroh döste am Feuer und knurrte im Schlaf, und die Bienen summten ihr ewiges Lied. Die Kinder mochten Bienen nicht besonders, und Mordefroh war auch nicht ihr bester Freund. Selbst Liir hatte das Interesse an dem Hund verloren, nachdem er Kinder zum Spielen gefunden hatte. Aber Plapperaff mochten sie alle. »Du Süßer, du! Oh, mein kleiner Liebling!«, sagte Nor. »Hier, du kleiner Racker, komm zu Tante Nor!« Der Affe guckte skeptisch, doch dann hoppelte er auf Knöcheln und Füßen durchs Zimmer und sprang in ihre Arme. Er inspizierte ihre Ohren nach Leckereien, lugte über ihre Schultern nach den Jungen.

»Komm, erzähl, Plapperäffchen, kann die Tante Hexe wirklich zaubern?«, sagte Nor. »Erzähl uns alles über die Tante Hexe.«

»Heg se, heg se«, sagte Plapperaff und spielte dabei mit den Fingern. »Hätt se Hickse, Hexe?« Es klang wie eine Frage, zumal er dabei die Stirn in Falten legte.

»Bist du verhext?«, fragte Manek.

»Frägst Text, v'rhext«, antwortete Plapperaff. »V'rreckst!«

»Welchen Text fragen? Ist es gefährlich?«, hakte Irji nach, der zwar der Älteste war, aber genauso gebannt wie die anderen. »Können wir dich so wieder zum Menschen machen?«

»Männchen manschen«, sagte Plapperaff. »Manche Maschen. Mädchen matschen.«

»Igitt!«, sagte Nor, die sich angesprochen fühlte. Sie streichelte ihn. »Sag uns lieber, was wir tun sollen. Und ob uns dabei Gefahr droht.«

»Droht Tod«, sagte Plapperaff.

»Toll«, sagte Irji. »Das heißt, wir können dich nicht zurückverwandeln?«

»Er brabbelt nur dummes Zeug«, sagte Elphaba, die plötzlich in der Tür stand. »Sieh mal an, ich habe unangemeldeten Besuch.«

»Oh, hallo, Tante«, sagten sie. Sie wussten, dass sie nicht dort sein durften. »Er spricht ein bisschen mit uns. Er ist verzaubert.«

»Meistens wiederholt er bloß, was man ihm vorsagt.« Elphaba trat auf sie zu. »Lasst ihn in Ruhe! Ihr habt hier nichts zu suchen.«

Sie sagten: »Entschuldigung« und gingen. Unten im Jungenzimmer warfen sie sich auf die Matratze und brüllten, bis ihnen die Tränen kamen. Sie hätten nicht sagen können, was so komisch war. Vielleicht waren sie einfach froh, dass sie ohne Strafe aus dem Zimmer der Hexe entkommen waren, obwohl sie gegen ein Verbot verstoßen hatten. Die Kinder entschieden, dass sie keine Angst mehr vor der Tante Hexe hatten.

## 8

Sie waren es leid, nicht aus dem Haus zu kommen, aber schließlich regnete es draußen, statt zu schneien. Sie spielten viel Verstecken und warteten darauf, dass der Regen abzog, damit sie hinauskonnten.

Eines Morgens war Nor wieder mit Suchen dran. Sie entdeckte Manek jetzt leicht, weil Liir sich immer in seiner Nähe versteckte und ihn so verriet. Manek riss der Geduldsfaden. »Ständig werde ich geschnappt, weil du dich so dämlich anstellst«, murrte er vor sich hin. »Kannst du dich nicht mal verstecken, wo sie dich nicht erwischen.«

Liir hatte nicht richtig zugehört. »Ich kann mich nicht bei den Fischen verstecken«, sagte er.

»O doch, dass kannst du!« Manek war sofort Feuer und Flamme.

Als die nächste Runde begann, ging Manek mit Liir die Keller-treppe hinunter. Der Keller war noch feuchter als sonst, weil das Grundwasser durch die Bodenritzen drang. Als sie den Deckel vom Fischbrunnen abnahmen, sahen sie, dass der Wasserpegel gestiegen war. Aber bis unten waren es immer noch vier, fünf Meter.

»Das kommt gut hin«, sagte Manek. »Schau, wenn wir das Seil über diesen Haken führen, wackelt der Eimer kaum, und du kannst einstei-gen. Wenn ich dann die Kurbel löse, wird der Eimer langsam am Brunnenrand nach unten sinken. Ich halte ihn an, bevor er das Wasser erreicht, keine Bange. Dann mache ich den Deckel wieder drauf, und Nor wird sich dumm und dämlich suchen. Die findet dich nie.«

Liir spähte in den nassen Schacht. »Und wenn da Spinnen sind?«

»Spinnen mögen kein Wasser«, erklärte Manek entschieden. »Mach dir wegen Spinnen keine Gedanken.«

»Warum machst du es nicht?«

»Du bist nicht stark genug, um mich abzulassen, deshalb«, sagte Manek geduldig.

»Versteck dich nicht so weit weg«, sagte Liir. »Lass mich nicht zu weit ab. Mach den Deckel nicht ganz zu. Ich mag es nicht, wenn es dunkel ist.«

»Du hast immer was zu maulen«, sagte Manek, während er ihm einsteigen half. »Deshalb mögen wir dich nicht, verstehst du?«

»Alle sind gemein zu mir«, sagte Liir.

»Hock dich jetzt hin. Halt dich mit beiden Händen an den Seilen fest. Wenn der Eimer an der Wand scheuert, stoß dich einfach ab. Ich lasse ihn langsam runter.«

»Wo versteckst du dich?«, fragte Liir. »Hier unten gibt es sonst kein Versteck.«

»Ich verstecke mich unter der Treppe. Da im Dunkeln findet sie mich nie. Nor kann Spinnen nicht ausstehen.«

»Du hast gesagt, es gäbe hier keine Spinnen!«

»Sie glaubt, es gäbe welche«, sagte Manek. »Eins, zwei, drei. Das war wirklich eine gute Idee, Liir. Du bist so tapfer.« Er ächzte vor An-strengung. Liir war in dem Eimer schwerer, als er gedacht hatte, und das Seil spulte sich zu rasch ab. Es verklemmte sich zwischen Winde und Halterung, und der Eimer stockte und krachte mit einem dumpf hallenden Schlag gegen die Wand.

»Das war *zu schnell*«, tönte Liirs Stimme gespenstisch von unten herauf.

»Ach, sei keine Memme«, sagte Manek. »Und jetzt still, ich tu den Deckel ein Stück weit wieder drauf, damit sie keinen Verdacht schöpft. Mach ja keinen Mucks!«

»Ich glaube, hier unten sind Fische.«

»Natürlich, es ist ein Fischbrunnen.«

»Ich bin furchtbar nahe am Wasser dran. Springen die?«

»Na klar springen die, und sie haben scharfe Zähne, du Schisser, und auf dicke kleinen Jungen haben sie es besonders abgesehen«, sagte Manek. »*Natürlich springen sie nicht.* Würde ich dich etwa in so eine Gefahr bringen, wenn sie springen würden? Du traust mir echt überhaupt nicht, stimmt's?« Er seufzte, als wäre er maßlos enttäuscht, und als der Deckel doch ganz zuglitt und nicht nur ein Stück weit, registrierte er nüchtern, dass Liir zu beleidigt war, um zu maulen.

Manek versteckte sich ein Weilchen unter der Treppe. Als Nor nicht auftauchte, beschloss er, dass hinter dem Altarbehang in der alten Kapelle ein noch besseres Versteck wäre. »Bin gleich wieder da, Liir«, zischte er, doch da Liir keine Antwort gab, wollte er wohl, vermutete Manek, weiter den Gekränkten spielen.

Sarima hatte sich ausnahmsweise einmal in die Küche verirrt und versuchte sich an einem Eintopf von schlaffem Gemüse aus dem Vorratskeller. Die Schwestern veranstalteten im Musikzimmer darüber eine private Tanzmatinee. »Hört sich an wie eine Herde Elefanten«, sagte Sarima, als die Tante auf der Suche nach einem Happen zu essen hereinkam.

»Ich hatte nicht erwartet, dich hier anzutreffen«, sagte Elphaba. »Ich muss mich nämlich über deine Kinder beschweren.«

»Die lieben kleinen Wüstlinge, was jetzt wieder?«, sagte Sarima, während sie rührte. »Haben sie dir Spinnen ins Bett getan?«

»Spinnen würden mich nicht stören. Die könnten die Krähen fressen. Nein, Sarima, die Kinder wühlen in meinen Sachen herum, sie quälen Plapperaff unbarmherzig, und sie hören nicht, wenn ich mit ihnen rede. Kannst du nicht etwas unternehmen?«

»Was soll ich schon unternehmen?«, sagte Sarima. »Hier, probier mal diese Steckrüben. Sind die noch gut?«

»Nicht mal Mordefroh würde die anrühren«, befand Elphaba. »Bleib lieber bei den Mohrrüben. Ich finde, deine Kinder sind ungezogen, Sarima. Sollten sie nicht auf die Schule geschickt werden?«

»O ja, in einem besseren Leben gewiss, aber wie soll das hier gehen?«, entgegnete ihre Mutter seelenruhig. »Ich habe dir ja gesagt, dass sie wandelnde Zielscheiben für Stammesgenossen mit Herrscherambitionen sind. Es ist schon riskant genug, sie im Sommer an den Hängen um Kiamo Ko herumlaufen zu lassen. Ich muss immer damit rechnen, dass jemand sie mit durchgeschnittenen Kehlen findet und mir zur Beerdigung heimbringt. Das ist der Preis der Witwenschaft, Tante. Wir müssen uns durchschlagen, so gut wir können.«

»Ich war ein braves Kind«, sagte Elphaba mit Nachdruck. »Ich habe mich um meine kleine Schwester gekümmert, die von Geburt an schwer behindert war. Ich habe meinem Vater gehorcht – und meiner Mutter, bis sie starb. Ich bin als Missionarskind herumgezogen und habe Zeugnis für den Namenlosen Gott abgelegt, obwohl ich im Grunde nicht an ihn glaubte. Ich war gehorsam, und ich glaube nicht, dass es mir geschadet hat.«

»Was hat dir dann geschadet?«, fragte Sarima schlagfertig.

»Du willst nicht hören«, sagte Elphaba, »da kann ich mir alles weitere Reden sparen. Aber warum auch immer, deine Kinder sind ungezogen. Ich halte nichts von deiner laxen Erziehung.«

»Ach, im Herzen sind alle Kinder gut.« Sarima schabte eifrig die Mohrrüben. »Sie sind so unschuldig und fröhlich. Es heitert mich auf, wenn ich sie spielend durchs Haus tollen sehe. Nur zu schnell werden diese schönen Tage vorbei sein, liebe Tante, und dann werden wir uns nach der Zeit zurücksehnen, als das Haus noch widerhallte von kindlichem Gelächter.«

»Teuflischem Gelächter.«

»Kinder sind von Natur aus gut«, erklärte Sarima entschieden und mit wachsender Begeisterung für das Thema. »Du hast doch sicher von der kleinen Ozma gehört, die vor vielen Jahren vom Zauberer verschleppt wurde, nicht wahr? Es heißt, dass sie irgendwo in einer Höhle eingefroren ist, vielleicht sogar in den Kallen, wer weiß. Dort lebt sie in kindlicher Unschuld fort, weil der Zauberer nicht den Mut hat, sie umzubringen. Eines Tages wird sie zurückkehren und über Oz herrschen, und sie wird die beste und weiseste Herrscherin sein, die wir je hatten, weil sie die Weisheit der Jugend besitzt.«

»Ich habe noch nie an kindliche Retter der Welt geglaubt«, sagte Elphaba. »Meiner Meinung nach sind die Kinder diejenigen, die gerettet werden müssen.«

»Du ärgerst dich einfach, weil die Kinder so lebendig sind.«

»Deine Kinder sind böse kleine Teufel«, sagte Elphaba hocherregt.

»Meine Kinder sind nicht böse, und weder meine Schwestern noch ich waren böse Kinder.«

»Deine Kinder sind nicht brav«, sagte Elphaba.

»Und wie beurteilst du dann Liir, was das betrifft?«

»Ach, Liir«, sagte Elphaba, schnitt eine Grimasse und machte mit Mund und Händen *pfff.* Sarima wollte gerade nachbohren – die Sache interessierte sie schon seit langem –, als Drei in die Küche gestürzt kam.

»Die Pässe unter uns müssen früher als sonst wieder frei sein«, sagte sie, »denn wir haben eine Karawane gesichtet, die sich von Norden über den Krampfenpass kämpft. Sie wird morgen hier sein.«

»Na, großartig«, sagte Sarima, »und die Burg ein einziger Saustall. Immer dasselbe! Warum lernen wir nie daraus? Rasch, ruf die Kinder zusammen, dann machen wir uns daran, alles herzurichten. Man weiß nie, Tante, ob nicht jemand Besonderes kommt. Man muss vorbereitet sein.«

Manek, Nor und Irji kamen von ihrem Spiel angelaufen. Drei erzählte ihnen die Neuigkeit, und sie mussten sofort auf den höchsten Turm flitzen, um im nachlassenden Regen mit eigenen Augen zu sehen, was zu sehen war, und mit Schürzen und Taschentüchern zu winken. Ja, es war eine Karawane. Fünf oder sechs Schnarken und ein kleiner Wagen pflügten sich durch Schnee und Schlamm, überquerten mühsam die Furt eines Baches, hielten an, um ein gebrochenes Rad zu reparieren, hielten an, um die Schnarken zu füttern. Es war eine tolle Abwechslung, und während sie bei Tisch ihren Eintopf löffelten, schwadronierten die Kinder unentwegt darüber, was für überraschende Gäste die Karawane wohl bringen mochte. »Sie haben nie aufgehört zu hoffen, dass ihr Vater eines Tages heimkehrt«, flüsterte Sarima Elphaba zu. »Diese Aufregung kommt von der Hoffnung, auch wenn ihnen das gar nicht bewusst ist.«

»Wo ist Liir?«, fragte Vier. »Er versäumt einen köstlichen Eintopf, wenn er nicht rechtzeitig erscheint. Falls er hinterher angequengelt kommt, kriegt er keinen mehr. Kinder, wo ist Liir?«

»Vorhin hat er noch mit uns gespielt. Vielleicht ist er eingeschlafen«, sagte Irji.

»Kommt, wir machen ein großes Feuer und senden den Reisenden zur Begrüßung ein Rauchzeichen«, rief Manek und sprang vom Tisch auf.

9

Zur Mittagszeit des nächsten Tages nahmen die Schnarken und der Wagen den letzten, schwierigen Anstieg zur Burg mit ihrem Jaspis- und Eichentor in Angriff. Die Dörfler kamen aus ihren Hütten und stemmten sich mit aller Kraft hinter den Wagen, damit er durch die tiefen Schlamm- und Eisfurchen kam und schließlich über die heruntergelassene Zugbrücke rumpelte. Elphaba, deren Neugier genauso geweckt war wie die aller anderen, stand mit der Fürstinwitwe der Arjikis und ihren Schwestern auf der Mauer über dem klobigen Eingangstor. Die Kinder warteten unten im gepflasterten Hof, alle außer Liir.

Der Anführer, ein grauhaariger junger Mann, deutete eine Verbeugung vor Sarima an. Die Schnarken entleerten sich mit geräuschvollem

Pladdern auf dem Kopfsteinpflaster – sehr zum Vergnügen der Kinder, die vorher noch nie Schnarkenfladen gesehen hatten. Dann trat der Anführer an den Wagen, öffnete die Tür und stieg hinein. Sie hörten, wie er die Stimme erhob, als redete er mit jemand Schwerhörigem.

Sie warteten. Der Himmel war strahlend blau, beinahe frühlingshaft, und die Eiszapfen hingen als gefährliche Dolche an den Traufen und schmolzen vor sich hin. Die Schwestern zogen alle den Bauch ein und verwünschten das über den Hunger verzehrte Stück Lebkuchen, die gesüßte Sahne im Kaffee, und gelobten Besserung. Bitte, liebe Lurlina, mach, dass es ein *Mann* ist!

Der Karawanenführer kam wieder heraus und bot jemandem hilfreich die Hand. Aus dem Wagen stieg eine alte, steifknochige Gestalt in tristem dunklen Rock und einer – selbst für provinzielle Maßstäbe – grauenhaft altmodischen Haube.

Elphaba jedoch beugte sich vor, Kinn und Nase spitzer denn je, und schnüffelte wie ein Hund. Die Besucherin drehte sich um, und die Sonne schien ihr ins Gesicht.

»Das gibt's nicht«, hauchte Elphaba. »Es ist meine alte Amme!« Und eilends verließ sie die Mauer, um die alte Frau in die Arme zu schließen.

»Eine menschliche Regung, wer hätte das gedacht?«, sagte Vier naserümpfend. »Das hätte ich ihr niemals zugetraut.« Denn die Tante schluchzte beinahe vor Glück.

Der Karawanenführer wollte nicht zum Essen bleiben, aber Ämmchen mit ihren Koffern und Truhen hatte offensichtlich nicht vor, weiterzufahren. Sie bezog ein kleines Zimmer direkt unter dem von Elphaba und brauchte nach Art alter Leute endlos lange für ihre Toilette. Als sie sich endlich für gesellschaftsfähig hielt, wurde das Essen serviert. Ein angegangen schmeckendes altes Huhn, mehr Sehnen als Fleisch, lag in einer dünnen Pfeffersoße auf einer der guten Platten. Die Kinder waren festtäglich gekleidet und durften dieses eine Mal im Saal mitessen. Ämmchen kam an Elphabas Arm und ließ sich zu ihrer Rechten nieder. Weil dieser Besuch der Tante galt, hatten die

Schwestern ihren Serviettenring freundlicherweise an das untere Ende der Tafel gelegt, gegenüber von Sarima, obwohl es Brauch war, diesen Platz zu Ehren des armen toten Fiyero freizulassen. Das war ein großer Fehler, und sie erkannten es beinahe augenblicklich, denn Elphaba gab diesen Ehrenplatz fürderhin nicht mehr auf. Aber erst einmal überboten sich alle mit warmem Lächeln und herzlicher Gastlichkeit. Das einzige kleine Ärgernis (abgesehen davon, dass Ämmchen nicht als junger Fürstensohn auf Brautschau gelten konnte) war, dass Liir weiterhin sein bockiges Versteckspiel trieb. Die Kinder wussten nicht, wo er sich aufhielt.

Ämmchen war eine müde, versponnene alte Frau, die Haut so rissig wie ausgedörrte Seife, die Haare dünn und gelblich weiß, die Adern an den Händen vorstehend wie die Schnüre um einen arjikischen Ziegenkäse. Mit japsender Stimme und vielen Pausen zum Atemholen und Überlegen berichtete sie, sie habe in der Smaragdstadt über jemanden namens Krapp erfahren, dass ihre einstige Schutzbefohlene Elphaba im Kloster der heiligen Glinda vor den Toren der Stadt einen gewissen Timmel in seinen letzten Tagen gepflegt hatte. Seit langen Jahren hatte niemand aus der Familie mehr etwas von Elphaba gehört, und irgendwann hatte Ämmchen beschlossen, sich auf die Suche nach ihr zu machen. Die Nonnen wollten zuerst nichts preisgeben, aber Ämmchen war hartnäckig geblieben, und dann hatte sie gewartet, bis eine Karawane zum Aufbruch rüstete. Die Nonnen hatten ihr von Elphabas Anliegen in Kiamo Ko erzählt, und Ämmchen hatte für das Frühjahr einen Wagenplatz gebucht. Und jetzt war sie hier.

»Und was ist in der Welt so los?«, erkundigte sich Zwei neugierig vor allen anderen.

»Was soll da los sein?«, sagte Ämmchen.

»Politik, Wissenschaft, Mode, Kunst, die neuesten Entwicklungen!«, sagte Zwei.

»Nun ja, unser großmächtiger Zauberer hat sich selbst zum Kaiser gekrönt«, sagte Ämmchen. »Wusstet ihr das nicht?«

Woher sollten sie? »Wer hat ihn dazu ermächtigt?«, fragte Fünf missbilligend. »Und außerdem: Kaiser *wovon?*«

»Es gibt niemand Höheren, der ihn dazu ermächtigen könnte, war seine Begründung«, antwortete Ämmchen gelassen. »Wer könnte dem widersprechen? Wenn jemand Titel verleiht, dann er. Er hat sich einfach einen weiteren an die eigene Brust geheftet. Aber wovon er Kaiser ist, kann ich nicht sagen. Einige Leute flüstern etwas von expansionistischen Bestrebungen. Aber wohin er expandieren könnte? – keine Ahnung, wirklich nicht. In die Wüste? In die Nachbarländer, nach Quox oder Ix oder Fliaan?«

»Oder will er vielleicht Gebiete, die ihm bis jetzt nur lose unterstehen, mit härterer Hand regieren?«, fragte Elphaba. »Den Winkus zum Beispiel?« Ein Schmerz durchzuckte sie wie von einer alten Wunde tief in der Brust.

»Niemand ist besonders glücklich darüber«, sagte Ämmchen. »Es finden Zwangsaushebungen statt, und die Sturmtruppe wird bald stärker sein als die Königliche Armee. Man weiß nicht, ob es einen internen Machtkampf geben könnte, und der Zauberer rüstet sich gegen einen möglichen Putschversuch. Wie sollen wir in solchen Dingen Partei ergreifen? Alte Frauen, die wir sind?« Mit einem Lächeln in die Runde bezog sie alle ein. Die Schwestern und Sarima erwiderten den Blick so jugendlich funkelnd wie möglich.

## 10

Der nächste Tag brach praktisch gar nicht an, sondern verhängte sich mit Regen und einer düsteren Wolkendecke.

Während sie im Salon darauf warteten, dass Ämmchen sich zeigte und ihrer Unterhaltungspflicht nachkam, besprachen die Schwestern und Sarima untereinander, was sie Neues über die bei ihnen gastierende Tante erfahren hatten. »Elphaba«, sinnierte Zwei. »Eigentlich ein ganz hübscher Name. Woher kommt er?«

»Ich weiß es«, sagte Fünf, die früher einmal eine religiöse Phase durchlaufen hatte, als ihr klarwurde, dass die Heiratsaussichten schwanden. »Ich hatte einmal einen Heiligenkalender. St. Aelphaba vom Wasserfall – sie war eine munchkinsche Mystikerin vor sechs- oder siebenhundert Jahren. Kennt ihr die Geschichte nicht? Sie wollte nur beten, doch sie war von einer solchen Schönheit, dass die Männer nicht aufhörten, ihr Anträge zu machen.«

Sie seufzten alle.

»Um ihr frommes Leben führen zu können, ging sie mit ihren heiligen Schriften und einer einzigen Traube Weinbeeren in die Wildnis. Wilde Tiere bedrohten sie, und wilde Männer stellten ihr nach, und sie war in arger Bedrängnis. Da kam sie an einen großen Wasserfall, der eine Steilwand hinunterrauschte. ›Das ist meine Höhle‹, sagte sie, legte alle Kleider ab und schritt geradewegs durch die niederdonnernde Wasserwand. Dahinter befand sich eine vom Wasser ausgewaschene Höhle. Dort setzte sie sich hin, und in dem spärlich durchdringenden Licht las sie ihr heiliges Buch und sann über geistliche Dinge nach. Hin und wieder aß sie eine Weinbeere. Als sie die Beeren schließlich aufgegessen hatte, kam sie wieder aus der Höhle hervor. Jahrhunderte waren vergangen. Am Ufer des Flusses war ein Dorf entstanden, und sogar ein Mühlwehr war in der Nähe. Die Leute wichen entsetzt vor ihr zurück, denn als Kinder hatten sie alle in der Höhle hinter dem Wasserfall gespielt, Verliebte hatten sich dort zum Stelldichein getroffen, Morde und Missetaten waren dort verübt worden, Schätze waren dort vergraben worden, und nie hatte irgendjemand St. Aelphaba in ihrer nackten Schönheit erblickt. Aber die Heilige musste nur den Mund aufmachen und sie in der alten Sprache anreden, und schon wussten alle, dass sie es sein musste, und sie bauten ihr zu Ehren eine Kapelle. Sie segnete die Kinder und die Alten, sie nahm den mitten im Leben Stehenden die Beichte ab, und sie heilte Kranke und speiste Hungernde, und dann verschwand sie mit einer neuen Weintraube wieder hinter dem Wasserfall. Die war diesmal noch größer. Und seitdem hat niemand sie je wieder zu Gesicht bekommen.«

»Es kann also doch sein, dass jemand verschwindet und nicht tot ist«, sagte Sarima und sah ein wenig verträumt zum Fenster hinaus in den Regen.

»Wenn man eine Heilige ist«, betonte Zwei.

»Wenn man dran glauben will«, sagte Elphaba, die gegen Ende der Geschichte in den Salon getreten war. »Die wiederaufgetauchte St. Aelphaba könnte genauso gut ein leichtlebiges Mädchen aus der Stadt gewesen sein, die den leichtgläubigen Bauern einmal einen ordentlichen Streich spielen wollte.«

»Wenn du nur jede Hoffnung zunichte machen kannst mit deiner ewigen Zweifelsucht«, sagte Sarima und winkte ab. »Wirklich, Tante, du machst mich manchmal völlig fertig.«

»Ich fände es schön, dich Elphaba zu nennen«, sagte Sechs, »weil es so eine schöne Geschichte ist. Und es ist nett, deinen richtigen Namen von Ämmchens Lippen zu hören.«

»Untersteh dich!«, sagte Elphaba. »Wenn Ämmchen nicht anders kann, sei's drum, sie ist alt und kann sich nicht mehr umstellen. Aber ihr nicht.«

Sechs schob die Lippen vor, als wollte sie widersprechen, doch da erscholl von unten lautes Schrittegetrappel, und Nor und Irji platzten ins Zimmer.

»Wir haben Liir gefunden!«, riefen sie. »Kommt mit, wir glauben, er ist tot! Er ist in den Fischbrunnen gefallen.«

Sie eilten alle die Treppe hinunter in den Keller. Gefunden hatte ihn Plapperaff. Der Schneeaffe hatte die Nase gerümpft, als er mit den Jungen am Fischbrunnen vorbeigekommen war, und er hatte gekeckert und gewinselt und an dem schweren Deckel gezerrt. Nor und Irji waren auf die Idee gekommen, ihn im Eimer hinunterzulassen, aber als sie den Deckel zur Seite schoben, hatte der fahle Lichtschein auf bleichem menschlichen Fleisch ihnen einen furchtbaren Schreck eingejagt.

Manek kam angerannt, als er die Ausrufe seiner Mutter und der anderen am Brunnen hörte. Sie zogen Liir nach oben. Durch das andauernde Tauwetter und den vielen Regen war das Wasser gestiegen. Liir war aufgedunsen wie eine Wasserleiche. »Ach, da hat er also gesteckt«, sagte Manek mit einer merkwürdigen Stimme. »Stimmt, er hat mal gesagt, dass er in den Fischbrunnen hinunter wollte.«

»Geht weg, Kinder, ihr solltet das nicht sehen. Geht nach oben!«, sagte Sarima streng. »Auf jetzt, gehorcht! Weg mit euch!« Sie wussten nicht, womit sie es zu tun hatten, und sie trauten sich nicht, allzu genau hinzuschauen.

»Ich kann's gar nicht fassen, das ist so schrecklich«, sagte Manek aufgeregt, und Elphaba warf ihm einen scharfen, hasserfüllten Blick zu.

»Gehorch deiner Mutter!«, fuhr sie ihn an, und Manek schnitt eine Grimasse, doch dann stapften er und Irji und Nor die Treppe hinauf und scharten sich oben um die offene Tür, um zu lauschen und zu lugen.

»Wer kennt sich mit Heilkunst aus? Du, Tante, nicht wahr?«, sagte Sarima. »Rasch jetzt, es ist vielleicht noch nicht zu spät. Du kennst dich doch damit aus, es stimmt doch, du hast Biowissenschaft studiert! Was ist zu tun?«

»Irji, geh Ämmchen holen, sag ihr, wir haben einen Notfall!«, schrie Elphaba. »Wir tragen ihn in die Küche hinauf. Vorsichtig! Nein, Sarima, ich weiß nicht genug.«

»Wende doch deine Zaubersprüche an, deine Magie!«, rief Fünf.

»Hol ihn ins Leben zurück!«, beschwor Sechs sie, und Drei fügte hinzu: »Du kannst es! Du darfst dich jetzt nicht mehr zieren und heimlichtun!«

»Ich kann es eben nicht«, sagte Elphaba, »ich kann's nicht! Ich habe kein Talent für die Zauberei! Nie gehabt! Das war nur eine fixe Idee von Madame Akaber, gegen die ich mich immer gewehrt habe!« Die sechs Schwestern sahen sie befremdet an.

Irji geleitete Ämmchen in die Küche, Nor brachte den Besen, Manek brachte das Grimorium, und die Schwestern und Sarima schleppten Liirs triefenden und aufgedunsenen Körper und legten ihn auf den Küchentisch. »So, wen haben wir denn da?«, murmelte Ämmchen, ging aber sofort daran, Beine und Arme auf und ab zu bewegen, und wies Sarima an, auf den Unterleib zu drücken.

Elphaba blätterte hektisch im Grimorium. Sie verzog das Gesicht, schlug sich mit den Fäusten an den Kopf und jammerte: »Aber ich habe keinerlei eigene Erfahrung mit einer Seele! Wie soll ich seine finden, wenn ich nicht weiß, wie eine aussieht?«

»Er ist noch dicker als sonst«, bemerkte Irji.

»Wenn man ihm mit einem Strohhalm vom magischen Besen die Augen aussticht, kommt seine Seele wieder«, sagte Manek.

»Ich frage mich, warum er in den Fischbrunnen gestiegen ist«, sagte Nor. »*Ich* würde das nie tun.«

»Heilige Lurlina, erbarme dich unser!«, sagte Sarima weinend, und die Schwestern begannen, das Totenamt zu murmeln und dem Namenlosen Gott das entflohene Leben anzubefehlen.

»Das Ämmchen kann nicht alles alleine machen«, schimpfte Ämmchen. »Elphaba, hilf doch mal mit! Du bist genau wie deine Mutter in einer Krise! Leg deinen Mund auf seinen und blase ihm Luft in die Lungen! Los!«

Elphaba wischte Liirs teigiges Gesicht mit dem Ärmel ab. Stellen, die sie eindrückte, blieben so. Sie zog eine Grimasse und hätte sich fast erbrochen, dann spuckte sie in einen Eimer, presste ihren Mund auf den des Jungen und blies ihren eigenen säuerlichen Atem in dessen säuerlich riechende Luftröhre. Ihre Finger verkrallten sich an den Tischkanten wie in Ekstase. Plapperaff atmete mit ihr aus, Luftstoß um Luftstoß.

»Er riecht nach Fisch«, wisperte Nor.

»Wenn man so aussieht, wenn man ertrinkt, dann verbrenne ich lieber«, meinte Irji.

»Ich sterbe gar nicht«, sagte Manek, »und niemand kann mich dazu zwingen.«

Plötzlich begann Liir zu würgen. Zuerst hielten sie es für eine unwillkürliche Reaktion, Luft von Elphaba, die sich irgendwo gesammelt hatte und jetzt wieder ausgestoßen wurde. Dann kam ein kleiner Strom gelblichen Schnodders. Liirs Lider flatterten, und seine Hand zuckte unwillkürlich.

»O lieber Himmel«, raunte Sarima. »Ein Wunder! Danke, Lurlina! Gesegnet sollst du sein!«

»Wir sind noch nicht über den Berg«, sagte Ämmchen. »Er kann immer noch an Unterkühlung sterben. Rasch jetzt, herunter mit seinen Sachen!«

Den Kindern bot sich das unwürdige Schauspiel erwachsener Frauen, die dem dummen Liir Hemd und Hose vom Leib zerrten. Sie rieben ihn von oben bis unten mit Schmalz ein. Das löste in den Kindern Kicheranfälle aus, und Irji hatte zum ersten Mal im Leben ein ganz merkwürdiges Gefühl in der Hose. Dann wickelten sie Liir in eine Wolldecke ein, die sofort völlig besudelt war, und machten Anstalten, ihn ins Bett zu stecken.

»Wo schläft er?«, fragte Sarima.

Alle sahen sich an. Die Schwestern sahen Elphaba an, und Elphaba sah die Kinder an.

»Och, manchmal bei uns im Zimmer auf dem Boden, manchmal bei Nor«, sagte Manek.

»Er will immer bei mir im Bett schlafen, aber ich stoße ihn raus«, sagte Nor. »Er ist zu dick, da wäre kein Platz mehr für mich und meine Puppen.«

»Er hat nicht einmal ein Bett?« Sarima musterte Elphaba kalt.

»Was fragst du mich? Das ist dein Haus«, erwiderte diese.

Da regte sich Liir und sagte: »Die Fische haben mit mir geredet. Ich habe mit den Fischen geredet. Der Goldfisch hat mit mir geredet. Er hat gesagt, er –«

»Still, mein Kleiner!«, sagte Ämmchen. »Dafür ist ein andermal Zeit.« Sie musterte die Frauen und Kinder in der Küche finster. »Es sollte eigentlich nicht die Sache des Ämmchens sein, ein ordentliches Bett für ihn zu finden, aber wenn er sonst keins bekommt, nehme ich ihn mit auf mein Zimmer und schlafe selbst auf dem Boden!«

»Auf keinen Fall! Was für ein Gedanke!«, wehrte Sarima ab und lief voraus.

»Barbaren, allesamt!«, schimpfte Ämmchen.

Was ihr niemand in Kiamo Ko jemals verzieh.


Sarima stellte die Tante für das, was Liir widerfahren war, streng zur Rede. Elphaba versuchte sich damit zu entschuldigen, dass sie nichts getan hatte, dass es nicht ihre Schuld war. »Es war irgendein Jungenstreich, ein Spiel, eine Mutprobe«, sagte sie. Als sie sich gegenseitig genug Beschuldigungen an den Kopf geworfen hatten, fingen sie an, über die Unterschiede zwischen Jungen und Mädchen zu reden.

Sarima erzählte der Tante, was sie vom Initiationsritus der Jungen wusste. »Sie werden irgendwo draußen im Grasland ausgesetzt, nur mit einem Lendenschurz und einem Musikinstrument. Sie sollen Geister und Tiere aus der Nacht herbeirufen, sich mit ihnen bereden, von ihnen lernen, sie beschwichtigen, wenn sie beschwichtigt werden müssen, sie bekämpfen, wenn sie bekämpft werden müssen. Wer in einer solchen Nacht stirbt, besitzt eindeutig nicht die Einsicht zu entscheiden, ob sein Gegenüber bekämpft oder beschwichtigt werden muss. Es ist daher richtig, dass er jung stirbt und dem Stamm mit seiner Unfähigkeit nicht zur Last fällt.«

»Was erzählen die Jungen von den Geistern, die ihnen nahen?«, fragte die Tante.

»Jungen erzählen im Allgemeinen sehr wenig, zumal über die Geisterwelt«, antwortete Sarima. »Trotzdem schnappt man natürlich dies und das auf. Und ich glaube, einige der Geister sind sehr hartnäckig, sehr zermürbend, sehr stur. Im gängigen Verständnis sollte es Konflikt, Feindschaft, Kampf geben, aber ich frage mich, ob ein Junge, der mit Geistern in Berührung kommt, nicht eher einen ordentlichen Schuss kalten Zorn bräuchte.«

»Kalten Zorn?«

»O ja. Kennst du die Unterscheidung nicht? Bei uns erzählen die Mütter ihren Kindern immer, dass es zweierlei Zorn gibt: heißen und kalten. Jungen und Mädchen kennen beide, aber wenn sie älter werden, teilt sich der Zorn nach den Geschlechtern auf. Jungen brauchen heißen Zorn, um zu überleben. Sie brauchen den Drang, zu kämpfen, den Trieb, das Messer ins Fleisch zu stoßen, die Kraft und das jähe Feuer der Wut. Das ist etwas, was die Jagd verlangt, die Verteidigung, der Stolz. Vielleicht auch der Sex.«

»Ja, ich weiß«, sagte Elphaba und erinnerte sich.

Sarima errötete und blickte unglücklich, fuhr aber fort: »Und Mädchen brauchen kalten Zorn. Sie brauchen das kalte Gären, den dauernden Groll, die Unversöhnlichkeit, die Kompromisslosigkeit. Wenn sie etwas sagen, müssen sie wissen, dass sie niemals davon abgehen werden, unter keinen Umständen. Das ist der Ausgleich für einen beschränkteren Handlungsspielraum im Leben. Wenn du dich mit einem Mann anlegst, bedeutet das Kampf, und entweder du gewinnst, oder du regelst es gütlich, oder du liegst tot am Boden. Wenn du dich mit einer Frau anlegst, verändert sich die Welt unwiderruflich, denn kalter Zorn verlangt unausgesetzte Wachsamkeit in allem, was kränken und beleidigen könnte.« Ihr Blick durchbohrte Elphaba mit unausgesprochenen Beschuldigungen in Bezug auf Fiyero, auf Liir.

Elphaba dachte darüber nach. Sie dachte darüber nach, was heißer und was kalter Zorn sein mochte und ob er geschlechtsspezifisch war und welchen sie empfand, falls überhaupt einen. Sie dachte über ihre jung verstorbene Mutter nach und über ihren Vater mit seinen Obsessionen. Sie dachte über den Zorn nach, den Doktor Dillamond gehabt hatte – einen Zorn, der ihn zum Studieren und Forschen getrieben hatte. Sie dachte über den Zorn nach, den Madame Akaber kaum verhehlen konnte, als sie versucht hatte, die Studentinnen zum geheimen Dienst für die Regierung zu verlocken.

Sie dachte am nächsten Morgen darüber nach, als sie dasaß und zusah, wie die langsam erstarkende Sonne auf die dick verschneiten Dachschrägen unter ihr einbrannte. Sie beobachtete, wie die Sonne einen Eiszapfen verflüssigte. Warm und Kalt zusammen formten einen Eiszapfen. Warm und Kalt zusammen formten einen Zorn, einen Zorn, der bestens zur Waffe gegen die alten Dinge taugte, die noch bekämpft werden mussten.

Es war natürlich nicht zu beweisen, doch in gewisser Weise hatte sie sich stets zum heißen Zorn ebenso fähig gefühlt wie ein Mann. Aber um Erfolg zu haben, musste man über beide Arten verfügen …

Liir überlebte, Manek nicht. Der Eiszapfen, auf den Elphaba ihren Blick gerichtet hatte, während sie über die Waffen nachdachte, die man zum Kampf gegen eine solche Missetat brauchte – er löste sich wie ein Speer von der Traufe, zischte nach unten und erwischte ihn am Kopf, als er gerade hinausging, um sich eine neue Möglichkeit zu überlegen, wie er Liir quälen konnte.

# Aufruhr

## 1

»Sie nennen dich hier eine Hexe, wusstest du das?«, sagte Ämmchen. »Warum um Himmels willen tun sie das?«

»Aus Albernheit und Dummheit«, antwortete Elphaba. »Als ich hier ankam, war mir mein Name fremd geworden nach den Jahren im Kloster, wo ich Schwester Aelphaba gerufen wurde. *Elphaba* klang wie ein Name von jemand aus grauer Vorzeit. Ich bat sie, mich Tante zu nennen, auch wenn ich mich nie wie eine Tante gefühlt habe. Woher auch? Ich hatte keine Tanten oder Onkel.«

»Hmmm«, sagte Ämmchen. »Ich glaube nicht, dass du als Hexe viel hermachst. Deine Mutter, Lurlina hab sie selig, wäre schockiert. Dein Vater auch.«

Sie gingen im Apfelgarten spazieren. Ein Blütenmeer würzte die Luft mit seinem Duft. Die Bienen der Hexe waren ausgeschwärmt und summten durch die Gegend. Mordefroh saß schwanzwedelnd im Schatten von Maneks Grabstein nahe der Burgmauer. Die Krähen flogen am Himmel um die Wette und vertrieben alle anderen Vögel außer den Adlern. Irji und Nor und auf Ämmchens Drängen auch Liir waren in die Schulklasse des Dorfes aufgenommen worden. In Kiamo Ko herrschte bis zum Mittag selige Stille.

Ämmchen war siebenundachtzig. Sie ging am Stock. Sie hatte ihre kleinen Verschönerungsbemühungen nicht aufgegeben, doch mittlerweile trugen sie weniger zu ihrer Würde als zu ihrer Verunstaltung bei. Ihr Puder war zu dick aufgetragen, ihr Lippenstift verrutscht und verschmiert, und das feine Spitzentuch war gegen den Aufwind aus dem Tal nutzlos. Ämmchen ihrerseits fand, dass Elphaba schlecht aussah, so als würde sie innerlich verschimmeln. Blass. Irgendwie verwahrlost. Elphaba pflegte offenbar ihre schönen Haare in keiner Weise, sondern versteckte sie hochgeknotet unter diesem lächerlichen Hut. Und das schwarze Kleid musste dringend gewaschen und ausgelüftet werden.

Sie blieben an einer windschiefen Mauer stehen und lehnten sich dagegen. Die Schwestern pflückten ein paar Felder weiter Blumen, und Sarima leistete ihnen Gesellschaft. In ihrem schwarzen Trauerkleid ähnelte sie einem großen düsteren Luftballon, der sich losgerissen hatte und dicht über dem Boden dahintrieb. Es war gut, sie wieder lachen zu hören, wenn auch falsch. Licht hatte diese eigenartige heilende Wirkung auf jedermann, selbst auf Elphaba.

Ämmchen hatte Elphaba von ihrer Familie berichtet. Eminenz Thropp war endlich gestorben. Da Elphaba verschwunden war und für tot gehalten wurde, war die Eminenzwürde an Nessarose gefallen. Jetzt herrschte also die jüngere Schwester in Kolkengrund und gab dogmatische Erklärungen über Glauben und Schuld ab. Frex, dessen Laufbahn als Geistlicher sich dem Ende zuneigte, war bei ihr. Je mehr der missionarische Eifer nachließ, umso ausgeglichener wurde er innerlich. Krott? Der kam und ging. Den Gerüchten nach betätigte er sich als Agitator für die Abspaltung Munchkinlands von Oz. Nach Ämmchens parteiischer Meinung war er zu einem schmucken Burschen herangewachsen: kräftige Gliedmaßen, helle Haut, offene Art, kühner Mut. Er war jetzt Anfang zwanzig.

»Und was hält Nessarose von einer Abspaltung?«, hatte Elphaba gefragt. »Ihre Ansicht dazu ist wichtig, wenn sie jetzt die Eminenz Thropp ist.«

Ämmchen berichtete, dass Nessarose viel klüger geworden war, als irgendjemand erwartet hatte. Sie ließ sich nicht in die Karten gucken und tat vage Äußerungen über die revolutionäre Sache, die je nach der Zuhörerschaft so oder so aufgefasst werden konnten. Ämmchen vermutete, dass Nessarose ihre eigene restriktive Auslegung des Unionismus gesetzlich festschreiben und eine Art Theokratie errichten wollte. »Selbst dein frommer Vater Frex weiß nicht, ob das gut oder schlecht wäre, und schweigt sich über das Thema aus. Mit Politik hat er nichts im Sinn, er bevorzugt die mystischen Sphären.« Nessaroses Pläne, erläuterte Ämmchen, fanden unter den Einheimischen sogar eine gewisse Unterstützung. Doch da sie sich mit ihren Bemerkungen im Zaum hielt, konnten die Streitkräfte des Zauberers, die in der Gegend stationiert waren, keinen Vorwand für eine Verhaftung finden. »Darauf versteht sie sich blendend«, erklärte Ämmchen. »Shiz war eine gute Schule für sie. Sie steht jetzt auf ihren eigenen Beinen.«

Bei dem Wort ›Shiz‹ war Elphaba ein Schauder über den Rücken gelaufen. Wirkte der Bann, mit dem Madame Akaber sie vor vielen Jahren im Grattler-Kolleg belegt hatte, bei Nessarose heute noch? War sie in Wirklichkeit eine Marionette, eine Adeptin des Zauberers oder von Madame Akaber? Wusste sie, *warum* sie so handelte, wie sie handelte? Andererseits, war Elphaba selbst nicht nur eine Figur im Spiel einer höheren bösen Macht?

Die Erinnerung an die Vorschläge, die Madame Akaber für ihre, Nessaroses und Glindas Zukunft gemacht hatte, war Elphaba nach Liirs Rettung im Winter schlagartig wiedergekehrt. Als man ihn schließlich danach befragen konnte, wie er in den Fischbrunnen gekommen war, wusste er nur zu sagen: »Der Fisch hat mit mir geredet. Er hat gesagt, ich soll runterkommen.« Elphaba wusste im Herzen, dass Manek, der scheußliche böse Manek, den Jungen den ganzen Winter über unbarmherzig und unverhohlen gepeinigt hatte. Es machte ihr nichts aus, dass Manek tot war, selbst wenn er Fiyeros Sohn gewesen war. Jeder Peiniger hatte einen speerspitzen Eiszapfen verdient. Aber an Liirs nächsten Worten hatte sie zu schlucken gehabt. Er sagte: »Der Fisch hat mir erzählt, dass er magisch ist. Er hat gesagt, dass Fiyero mein Vater war und dass Irji, Manek und Nor meine Geschwister sind.«

»Goldfische reden nicht, Herzchen«, hatte Sarima gesagt. »Das bildest du dir ein. Du warst zu lange dort unten, und das Wasser hat dein Gehirn aufgeweicht.«

Elphaba hatte sich auf einmal zu Liir hingezogen gefühlt – ein unbekannter, schmerzlicher Zwang. Wer war dieser Junge in ihrem

Leben? Gut, sie wusste mehr oder weniger, woher er kam, aber wer er *war* ... Zum ersten Mal im Leben schien das von Bedeutung zu sein. Sie hatte ihm behutsam die Hand auf die Schulter gelegt. Er hatte sie abgeschüttelt; er war solche Gesten nicht gewohnt. Und sie hatte sich abgewiesen gefühlt.

»Willst du mal meine zahme Maus sehen, Liir?«, hatte Nor gefragt, die den Jungen während seiner Genesung freundlich behandelt hatte. Es war Liir immer lieber, mit Altersgenossen zusammen zu sein, als sich von Erwachsenen befragen zu lassen, und es war unmöglich gewesen, weitere Auskünfte über sein Martyrium aus ihm herauszuholen. Er wirkte nicht sehr verändert, abgesehen davon, dass er seit Maneks Tod mit größerer Freiheit durch Kiamo Ko flitzte.

Und Sarima hatte Elphaba angeschaut, und Elphaba hatte gedacht, die Stunde ihrer Befreiung sei endlich gekommen. »Wie absurd! Der Junge hat Wahnvorstellungen«, hatte Sarima schließlich gesagt. »Die Vorstellung, Fiyero könnte sein Vater sein! Fiyero hatte nicht ein Gramm Fett am Leib, und nun schau dir den Jungen an.«

Nach den Bedingungen, an die sie sich als Gast zu halten hatte, konnte Elphaba nicht in Sarima dringen, ihre Meinung zu ändern, aber sie hatte ihre Gastgeberin angestarrt und gehofft, diese würde endlich die Tatsachen anerkennen. Doch davon keine Rede. »Und wer sollte die Mutter sein?«, hatte Sarima kopfschüttelnd bemerkt. »Es ist vollkommen abwegig.«

Zum ersten Mal hatte Elphaba gewünscht, Liirs Haut hätte wenigstens einen Anflug von Grün.

Sarima war davongeeilt, um in ihrer Kapelle zu weinen – um ihren Mann, um ihren zweiten Sohn.

Und die Bedingungen von Elphabas Gefangenschaft – als Verräterin wider Willen, als verbannte Nonne, als glücklose Mutter, als gescheiterte Rebellin, als getarnte Hexe – waren unverändert geblieben.

Aber dass ein GOLDFISCH oder KARPFEN im Fischbrunnen Liir solche Sachen gesagt hatte – war das irgendwie vorstellbar? Oder besaß Madame Akaber die Fähigkeit, die Gestalt zu verändern, in kalter

Dunkelheit zu leben, sich einzuschleichen und Elphaba unbemerkt zu beobachten? Liir hatte alles andere als eine lebhafte Phantasie, er hätte sich das nicht allein ausdenken können. Oder?

Wie oft sie auch zu jeder Tages- und Nachtzeit im Fischbrunnen nachschauen ging, der alte Karpfen – oder KARPFEN – ließ sich niemals blicken.

»Freut mich zu hören, dass Nessarose auf eigenen Beinen steht«, sagte Elphaba schließlich, als sie im Apfelgarten wieder aus ihren Grübeleien auftauchte.

»Ich habe das wörtlich gemeint«, sagte Ämmchen, die gerade ein Bonbon lutschte, undeutlich. »Sie muss nicht mehr gestützt werden. Weder im übertragenen noch im wörtlichen Sinne. Sie ist wahrhaftig selbständig geworden.«

»Ohne Arme? Das glaube ich nicht«, sagte Elphaba.

»Das kannst du ruhig glauben. Erinnerst du dich noch an die Schuhe, die Frex damals für sie verziert hat?«

Natürlich erinnerte sich Elphaba daran. Die wunderschönen Schuhe! Das Zeichen der innigen Liebe ihres Vaters zu seiner zweiten Tochter, seines Wunsches, ihre Schönheit hervorzuheben und von ihrer Missbildung abzulenken.

»Und an Glinda von Arduenna wirst du dich auch noch erinnern, nicht wahr? Verheiratet mit dem Herrn von Paltos und ein bisschen abgetakelt, meiner bescheidenen Meinung nach. Sie ist vor zwei Jahren einmal in Kolkengrund gewesen. Sie und Nessarose haben tüchtig gefeiert und der gemeinsamen Zeit im Kolleg gedacht. Und dabei hat sie diese Schuhe irgendeiner Zauberprozedur unterzogen. Frag mich nicht, was für einer, Magie war noch nie meine Sache. Mit den Schuhen konnte Nessarose auf einmal ohne Unterstützung sitzen, stehen und gehen. Man sieht sie gar nicht mehr ohne. Sie behauptet, sie würden ihr auch moralische Festigkeit verleihen, aber davon hat sie ohnehin schon viel mehr, als sie braucht. Du würdest dich wundern, wie abergläubisch die Munchkins inzwischen geworden sind.« Ämmchen seufzte. »Nur wegen dieser Geschichte konnte ich es mir erlauben, auf die Suche nach dir zu gehen. Die magischen

Schuhe machen mich überflüssig. Ich bin nun völlig ohne irgendeine Aufgabe.«

»Du bist zu alt, um zu arbeiten. Du solltest gemütlich in der Sonne sitzen«, sagte Elphaba. »Du kannst hier bleiben, solange du magst.«

»Du redest, als ob das dein Haus wäre«, sagte Ämmchen. »Als ob du das Recht hättest, solche Einladungen auszusprechen.«

»Bis ich eines Tages gehen darf, solange ist das mein Haus«, sagte Elphaba. »Das ist nun mal so.«

Ämmchen schirmte die Augen vor der Sonne ab und blickte auf die Berge, die im Mittagslicht wie blank poliertes Horn aussahen. »Eine komische Vorstellung, dass du eine Art Hexe sein sollst und dass deine Schwester die Landesheilige spielt. Wer hätte das damals gedacht in den Schmuddeljahren in der Quadlinger Wildnis? Ich glaube ja nicht, dass du eine Hexe bist, da kannst du sagen, was du willst. Aber eine Sache wüsste ich gern. Ist Liir dein Sohn?«

Elphaba erschauerte, obwohl ihr Herz, tief unter der schützenden Kälteschicht, von heißer Energie überflutet wurde. »Das ist eine Frage, die ich nicht beantworten kann«, sagte sie bekümmert.

»Du musst keine Geheimnisse vor mir haben, wirklich nicht. Vergiss nicht, ich war schon die Wärterin deiner Mutter, und eine freizügigere, sinnlichere Frau als sie hast du noch nicht gesehen. Sie fühlte sich nicht an Konventionen gebunden, in der Jugend nicht und in der Ehe genauso wenig.«

»Ich glaube nicht, dass ich darüber Näheres erfahren möchte«, sagte Elphaba.

»Dann lass uns von Liir sprechen. Was zum Donnerwetter soll das heißen, dass du so eine schlichte Frage nicht beantworten kannst? Entweder du hast ihn empfangen und geboren oder nicht. Meines Wissens gibt es auf dieser Welt keine andere Möglichkeit.«

»Ich meine damit Folgendes«, erwiderte Elphaba, »und mehr werde ich zu dem Thema nicht sagen: Als ich ins Kloster ging und der guten Mutter Schackel unterstellt wurde, war ich nicht in der Verfassung zu merken, was mit mir geschah, und ich verbrachte ungefähr ein Jahr in einem todesähnlichen Schlaf. Es könnte durchaus sein, dass ich schwanger war und ein Kind zur Welt brachte. Ich habe noch einmal ein ganzes Jahr gebraucht, um zu genesen. Als ich dann Pflichten zugewiesen bekam, habe ich mit den Kranken und Sterbenden gearbeitet, auch mit ausgesetzten Kindern. Ich hatte mit Liir nicht mehr zu tun als mit mehreren Dutzend anderen Gören. Als ich das Kloster verließ und hierherkam, war die Bedingung, dass ich Liir mitnehme. Ich habe das nicht hinterfragt – man hinterfragt die Anweisungen der Klosteroberen nicht. Ich habe gegenüber dem Jungen keine mütterlichen Empfindungen« – sie schluckte: stimmte das überhaupt noch? –, »und ich habe nicht das Gefühl, je die Erfahrung einer Geburt gemacht zu haben. Im Grunde glaube ich nicht, dass ich dazu fähig bin, aber ich gebe gern zu, dass das schlicht Ignoranz und Blindheit meinerseits sein kann. Doch das ist alles, was sich darüber sagen lässt. Ich werde kein Wort mehr darüber verlieren, und du auch nicht.«

»Fühlst du die Pflicht, dich ihm gegenüber mütterlich zu verhalten, trotz seiner ungeklärten Herkunft?«

»Die Pflichten, die ich fühle, erlege ich mir selbst auf, andere gibt es nicht.«

»Du bist zu bissig, diese Situation macht dich unglücklich. Aber wenn du denkst, dass ich hergekommen bin, um auch noch die nächste Generation von Thropps großzuziehen, dann hast du dich geirrt. Das Ämmchen ist jetzt alt und schwach und lässt sich nicht mehr einspannen.«

Doch Elphaba entging nicht, dass Ämmchen in den folgenden Wochen anfing, sich liebevoller um Liir zu kümmern als um Nor und Irji. Es beschämte sie, denn sie sah auch, wie gern sich Liir Ämmchens Fürsorge gefallen ließ.

Während Ämmchen von Krotts Draufgängertum erzählte – so animiert, dass man das heftige Schlagen ihres alten Herzens förmlich zu sehen meinte –, kam sie auch auf die Untaten des Zauberers zu sprechen. Elphaba ärgerte sich, denn sie hatte gehofft, das Interesse an solchen bösen Machenschaften verloren zu haben.

Ämmchen schwadronierte unverdrossen über ein neues Jugendlager, das der Zauberer organisiert hatte, euphemistisch »Des Kaisers Garten« genannt. Alle Munchkinkinder von vier bis zehn mussten im Sommer dort einen Monat zubringen. Die Kinder mussten Geheimhaltung geloben – für sie bestimmt ein tolles Spiel. Ämmchen erzählte eine weitschweifige Geschichte, eher für zahnlose Alte in einer Kaminecke geeignet als für eine Runde verkniffener, männerloser Arjikifrauen, darüber, wie Krott sich einmal als Kartoffellieferant verkleidet hatte. Und auf die Art zum Tor hineinkam. Oho, was für viele vergnügliche Abenteuer so ein Schwerenöter erlebte! Die bildschöne Tochter des Lagerleiters, Krotts erfinderische Ausflüchte, seine Liebschaften, seine aufregenden Fluchten! Um ein Haar bei seinen Techtelmechteln entdeckt – von *Kindern!* Was für ein Spaß! Trotz ihres wichtigen Getues war und blieb Ämmchen im Herzen eine geschwätzige alte Bäuerin. Elphaba dachte: Sie begreift gar nicht, dass sie von Indoktrination, Verrat, militärischer Zwangsausbildung von Kindern redet. Mit ihrem neuentwickelten Sinn für Liirs bescheidene Präsenz am Rand ihres Lebens fand Elphaba diese Geschichten von manipulierten Kindern grässlich und abstoßend.

Sie nahm sich das Grimorium vor und schlug den wuchtigen Buchdeckel auf – Leder mit goldenen Schließen und mit Blattsilber gepunzt – und durchstöberte den Wälzer nach einem Aufschluss darüber, was Menschen bewegt, nach solcher Herrschaft und Macht zu dürsten. War das einfach die innere Verworfenheit, das Tier im Menschen?

Sie suchte nach einem Mittel zum Sturz eines Regimes. Sie fand viele Weisen, Einfluss zu nehmen und Schaden anzurichten, aber wenig Strategisches.

Im Grimorium stand, wie man die Ränder von Pokalen vergiftete, Treppenstufen zum Aufwölben brachte, den Schoßhund eines Monarchen aufhetzte, den eigenen Herrn totzubeißen. Es wurde beschrieben, wie man nachts durch eine günstige Körperöffnung eine teuflische Erfindung einführte, nämlich einen klavierdrahtähnlichen Faden, halb Bandwurm und halb brennende Zündschnur, der einen ausgesucht qualvollen Tod bereitete. Dies alles waren in Elphabas Augen nur Jahrmarktskunststücke. Interessanter erschien ihr eine kleine Zeichnung, die sie neben einem Abschnitt mit der Überschrift »Verkörperungen des Bösen« erblickte. Die kunstvolle Zeichnung – aus einer anderen Welt, wenn man der einfältigen Sarima glauben wollte – stellte eine breitköpfige Dämonin dar. In einer winkligen, verästelten Schrift mit eleganten Serifen standen um den Rand der Abbildung herum die Worte: FAUCHENDE SCHAKEL. Elphaba sah noch einmal hin. Es war ein Mischwesen aus Frau und Graslandschakal, das Maul aufgerissen, die handartige Vorderpfote erhoben, um ein Spinnennetz zu zerreißen. Und die Kreatur erinnerte sie an die alte Mutter Schackel aus dem Nonnenkloster.

Verschwörungstheorien, hatte Sarima gesagt, schienen bei ihr eine Manie zu sein. Sie blätterte weiter.

Im ganzen Grimorium nichts darüber, wie man einen Tyrannen stürzte – nichts Brauchbares. Heerscharen heiliger Engel hatten ihr nichts mitzuteilen. Keine Erklärung, warum Männer und Frauen so schrecklich werden konnten. Oder so wunderbar – falls das heute noch vorkam.

## 2

Wenn sie ehrlich waren, empfanden alle Angehörigen Maneks Tod als eine furchtbare Katastrophe. Unausgesprochen bestand der Eindruck, dass Liir in gewisser Weise auf Maneks Kosten gerettet worden war. Die Schwestern hatten einen kaum zu überbietenden Verlust erlitten: Ihrem Leben war der *erwachsene* Manek genommen worden. Die ganzen Jahre über hatten sie ihr trauriges Los nur deswegen tragen können, weil Manek eines Tages ein Mann wie Fiyero sein würde, mindestens wie Fiyero. Rückblickend erkannten sie, wie sehr sie darauf gehofft hatten, dass der gesunkene Stern von Kiamo Ko unter Manek wieder aufsteigen würde.

Der saft- und kraftlose Irji hatte nicht mehr Sendungsbewusstsein als ein Präriehund. Und Nor war ein Mädchen und noch flatterhafter und verträumter als die meisten. So kam es, dass sich Sarima, trotz aller demonstrativen Bejahung des Lebens (seiner Freuden, seiner Leiden, seiner Mysterien, wie sie gern näher erläuterte), immer mehr zurückzog. Nahen Umgang hatte sie mit ihren Schwestern schon vorher nicht gepflegt, jetzt aber begann sie, auch ihre Mahlzeiten allein im Solar einzunehmen.

Irji und Nor, die sich gelegentlich gegen Maneks willensstarke Gemeinheit zusammengeschlossen hatten, fühlten sich jetzt weniger eng verbunden. Irji fing an, in der alten unionistischen Kapelle herumzugeistern und sich in der Lektüre stockfleckiger Gesangbücher und Breviere zu üben. Nor mochte die Kapelle nicht. Sie glaubte, dass Maneks Geist darin umging, weil sie ihn dort im aufgeschlagenen Leichentuch zum letzten Mal gesehen hatte, und so versuchte sie lieber, sich bei der Tante Hexe einzuschmeicheln, doch ohne Erfolg. »Du willst bloß mit Plapperaff Schabernack treiben«, fuhr die Hexe sie an, »und ich habe zu tun. Geh jemand anderen belästigen!« Sie tat so, als wollte sie Nor treten, und wimmernd und kreischend, als ob sie getroffen worden wäre, suchte diese schleunigst das Weite.

Jetzt, wo es Sommer wurde, gewöhnte Nor sich an, Streifzüge zu machen – ein Stück weit in das vom Fluss durchschnittene tiefe Tal hinunter und zur anderen Seite wieder hinauf, wo die Schafe das beste Gras des Jahres knabberten. In den Jahren davor war sie entweder mit ihren Brüdern losgezogen, oder es war ihr verboten worden, allein herumzuklettern. In diesem Jahr dachte niemand daran, es ihr zu verbieten. Ein Verbot hätte ihr nichts ausgemacht, nicht einmal Schläge hätten ihr etwas ausgemacht. Sie war einsam.

Eines Tages stieg sie besonders weit ins Tal hinunter und weidete sich an der Kraft und Ausdauer ihrer strammen Beine. Sie war erst zehn, aber körperlich gut in Form. Sie hatte sich ihren grünen Rock in den Gürtel gesteckt, und weil die Sonne hoch stand und brannte, hatte sie ihre Bluse ausgezogen und sich wie ein Stirnband um den Kopf geschlungen. Auf ihrer Brust war noch kaum eine Rundung zu bemerken, und sie war sich sicher, dass sie einen Hirten schon Meilen im Voraus sehen würde.

Warum bin ich von allen Orten in Oz ausgerechnet hier gelandet?, wagte sie sich ins Neuland der Reflexion vor. Ein einsames Mädchen auf einem Berg, ringsum nichts als Wind und Schafe und Gras wie ein smaragdgrüner Flächenbrand, grüngolden wie Lurlinalienschmuck, seidig im Aufwind, rauh im Abwind. Nur ich und die Sonne und der Wind. Und dieser Trupp Soldaten, der da hinter dem Felsen hervorkommt.

Sie ließ sich rückwärts ins Gras sinken, zog sich die Bluse an und stemmte sich vorsichtig wieder hoch auf die Ellbogen.

Solche Soldaten hatte sie noch nie gesehen. Es waren keine Arjikimänner mit ihren Luren und Helmen, ihren Lanzen und Schilden. Dies hier waren Männer in braunen Uniformen und Mützen, mit Musketen oder etwas Ähnlichem über den Schultern. Sie trugen ziemlich hohe und zum Bergwandern ungeeignete Stiefel, und als einer von ihnen stehenblieb, um nach einem Nagel oder Stein im Stiefel zu fühlen, verschwand sein Arm darin bis zum Ellbogen.

Auf der Vorderseite ihrer Uniform verlief senkrecht ein grüner Streifen und ein zweiter waagerecht, und ein unbekanntes Erwartungsgefühl ließ Nor frösteln. Gleichzeitig wollte sie gern gesehen werden. Was hätte Manek getan?, fragte sie sich. Irji würde weglaufen, Liir würde glotzen und bibbern, aber Manek? Manek wäre schnurstracks auf sie zugegangen und hätte herausgefunden, was sie wollten.

Genau das würde sie auch tun. Sie vergewisserte sich noch einmal, dass ihre Knöpfe alle zu waren, dann schritt sie den Hang hinab auf sie zu. Als schließlich alle ihr Kommen bemerkt und der barfüßige Mann seinen Stiefel wieder angezogen hatte, kamen ihr Zweifel an der Klugheit ihres Vorgehens. Doch jetzt war es zu spät, um noch wegzulaufen.

»Heil euch!«, sagte sie förmlich in der Sprache des Ostens, nicht in ihrer heimischen arjikischen Mundart. »Heil euch und halt! Ich bin die Fürstentochter der Arjikis, und das ist *mein* Tal, durch das ihr da mit euern großen schwarzen Stiefeln marschiert.«

Es war Mittag, als sie den Trupp in die Feste Kiamo Ko führte. Die Schwestern waren auf der Waschwiese und schlugen persönlich die

Teppiche, weil sie den Waschweibern aus dem Dorf nicht zutrauten, pfleglich genug damit umzugehen. Das Trappeln von Stiefeln auf Pflastersteinen sorgte dafür, dass die Schwestern hurtig durch einen Torbogen angelaufen kamen, ganz rot und staubig, die Haare mit Baumwolltüchern umwickelt. Elphaba, die es ebenfalls hörte, stieß das Fenster auf und machte große Augen. »Keinen Schritt weiter, bis ich herunterkomme«, rief sie, »oder ich verwandele euch alle in Kaninchen! Nor, komm weg von ihnen! Ihr alle, bleibt weg!«

»Ich werde die Fürstinwitwe holen«, verkündete Zwei, »wenn es den Herren recht ist.«

Doch als Sarima schließlich eintraf, noch ganz schläfrig von ihrem Nickerchen, war Elphaba schon da, den Besen über der Schulter, die Augenbrauen bis zur Haarlinie hochgezogen. »Ihr seid hier nicht erwünscht«, sagte Elphaba und sah dabei in ihrem Nonnenrock mehr wie eine Hexe aus als je zuvor, »also richtet euch gefälligst danach! Wer ist euer Anführer? Sie?«

»Wenn's recht ist, gnädige Frau«, meldete sich ein fescher Gillikinese um die dreißig. »Ich bin der Kommandeur – Kirschstein ist mein Name –, und ich habe Befehl vom Kaiser, ein Haus zu beschlagnahmen, das groß genug für unseren Trupp ist, solange wir uns in diesem Bezirk der Kallen aufhalten. Wir sollen die Pässe ins Tausendjährige Grasland vermessen.« Er zog ein schweißfleckiges Dokument aus seinem Hemd.

»Ich habe sie gefunden, Tante Hexe«, sagte Nor stolz.

»Geh weg! Geh ins Haus!«, befahl Elphaba dem Mädchen. »Ihr Männer seid hier nicht willkommen, und das Mädchen hat nicht das Recht, euch einzuladen. Macht kehrt und marschiert sofort wieder über die Zugbrücke nach draußen!« Nor machte ein langes Gesicht.

»Das ist keine Bitte, das ist ein Befehl«, sagte Kommandeur Kirschstein in entschuldigendem Ton.

»Das ist keine Empfehlung, das ist eine Warnung«, sagte Elphaba. »Verschwindet, oder ihr tragt die Konsequenzen!«

Sarima, umringt von ihren aufgeregt tuschelnden Schwestern, sah sich langsam gezwungen, einzuschreiten. »Liebe Tante«, sagte sie,

»du vergisst das Gastfreundschaftsgebot der Berge, dasselbe Gebot, nach dem du hier aufgenommen wurdest und nach dir deine alte Kinderfrau. Bei uns werden Besucher nicht abgewiesen. Bitte, meine Herren, verzeihen Sie unserer leicht erregbaren Freundin. Und uns ebenso. Wir haben schon eine ganze Weile keine Soldaten in Uniform mehr gesehen.«

Die Schwestern machten den Männern schöne Augen, so gut es unter den Umständen möglich war.

»Das lasse ich nicht zu, Sarima«, erklärte Elphaba. »Du kennst die Welt nicht, du weißt nicht, wer diese Männer sind oder was sie tun werden. Ich lasse es nicht zu, verstehst du?«

»Es ist die Lebhaftigkeit, die Bestimmtheit des Auftretens, was das Zusammensein mit ihr zu einem solchen Vergnügen macht«, sagte Sarima ein wenig gehässig – im Allgemeinen genoss sie Elphabas Gesellschaft durchaus. Aber sie mochte es nicht, wenn jemand sich ihre Vorrangstellung anmaßte. »Hier entlang, meine Herren. Ich zeige Ihnen, wo Sie sich waschen können.«

Irji wusste nicht so recht, was er von bewaffneten Männern halten sollte, und kam ihnen nicht zu nahe. Ob er befürchtete, eingezogen zu werden oder für sie zu schwärmen, konnte er selbst nicht sagen. Er nahm sein Bettzeug mit in die Kapelle und schlief dort, jetzt wo es warm genug war. Ämmchen war der Ansicht, dass er wunderlich wurde. »Glaub mir, nachdem ich mich so lange um den frommen Mann deiner guten Mutter und danach um deine Schwester kümmern durfte, erkenne ich einen religiösen Fanatiker auf den ersten Blick«, sagte sie zu Elphaba. »Der Junge sollte sich von diesen Männern ein wenig Männlichkeit abgucken, einerlei, was sie sonst im Schilde führen.«

Liir dagegen war im siebten Himmel. Er folgte Kommandeur Kirschstein überallhin, solange er nicht fortgeschickt wurde, und in seiner unverhohlenen maßlosen Anhimmelei holte er den Männern Wasser und putzte ihnen die Stiefel. Um die Täler zu erkunden, die Furten des Flusses zu kartieren und günstige Stellen für Signalfeuer zu bestimmen, mussten sie viel umherstreifen, und das verschaffte Liir mehr Bewegung und frische Luft, als er je zuvor gehabt hatte. Seine Wirbelsäule, die langsam krumm wie eine Gebirgsharfe zu werden drohte, schien sich zu strecken. Die Soldaten beachteten ihn nicht weiter, aber sie waren nicht ausgesprochen unfreundlich, und Liir fasste das als Billigung und Sympathie auf.

Die Schwestern kamen langsam wieder zur Besinnung, als sie sich vor Augen führten, was für eine Sorte Mann zum Militär ging. Doch es fiel ihnen nicht leicht.

Einzig Sarima nahm die Störung ihrer Alltagsroutine gelassen hin. Sie sprach bei Dorfbewohnern vor, die ihr einen Gefallen schuldig waren, und bat um Unterstützung bei der Verköstigung der vielen Soldaten, und in einer Mischung aus Widerwillen und Furcht rückten ihre Nachbarn Milch, Eier, Käse und Gemüse heraus. Fast jeden Abend gab es Stracht oder Garmutt aus dem Fischbrunnen. Hinzu kam natürlich das Wild, in dessen Jagd sich die Männer als außerordentlich geschickt erwiesen, vor allem Vögel wie Wachteln, Bergphönixe und Rochjunge. Ämmchen vermutete, dass der Erkundungstrupp Sarima half, ihren Schmerz zu überwinden, denn immerhin kehrte sie an den gemeinsamen Essenstisch zurück.

Elphaba jedoch war wütend auf alle. Sie und der Kommandeur stritten jeden Tag. Sie verbot ihm, Liir mitzuschleifen – und Liir, mitzugehen –, doch die Wirkung war gleich null. Ihre erste wahre mütterliche Empfindung war das Gefühl vollkommener Ohnmacht. Sie konnte nicht verstehen, wie die Menschheit jemals über die erste Generation hinausgekommen war. Am liebsten hätte sie Liir erwürgt, um ihn vor verführerischen Vaterfiguren zu bewahren.

Je verbissener Elphaba versuchte, aus Kommandeur Kirschstein mehr über seinen Auftrag herauszuholen, umso eisiger und glatter wurde dieser mit jeder ausweichenden Artigkeit. Wenn sie sich auf etwas nicht verstand, dann auf höfliche Umgangsformen, und dieser Soldat war ein Meister darin. Sie kam sich vor wie seinerzeit unter den höheren Töchtern im Grattler-Kolleg. »Beachte diese Soldaten gar nicht, irgendwann gehen sie von selbst«, sagte Ämmchen, die in einem Alter war, wo alles entweder die endgültig letzte Krise oder nicht weiter von Belang war.

»Sarima sagt, dass sie bis jetzt ganz selten Streitkräfte des Zauberers gesehen hat. Für die Bauern und Kaufleute im nördlichen und östlichen Oz war der Winkus immer ein ödes, unwirtliches, uninteressantes Land. Seit Jahrzehnten, was sage ich, Jahrhunderten leben die Stämme hier unbehelligt, und es taucht höchstens einmal ein Kartograph auf, der rasch wieder abzieht. Meinst du nicht, dass die Sache auf einen Feldzug in dieser Gegend hindeutet? Worauf sonst?«

»Sieh dir nur an, wie lange diese jungen Männer gebraucht haben, um sich von ihrem Überlandtreck zu erholen«, sagte Ämmchen. »Sie wollen bestimmt nichts anderes als die Landschaft erkunden, wie sie gesagt haben. Sie werden sich ihre Informationen besorgen und dann wieder gehen. Außerdem bekomme ich ständig zu hören, dass die ganze elende Gegend hier zwei Drittel des Jahres über eine Schnee- oder Schlammwüste ist. Du bist eine Schwarzseherin, das warst du schon immer. Wie du damals die Quadlinger festhalten wolltest, unter denen wir Bekehrungsarbeit geleistet haben, als ob sie deine persönlichen Puppen wären. Wie du keine Ruhe gegeben hast, als sie umgesiedelt wurden oder was weiß ich. Das hat deiner Mutter endlos Kummer bereitet, glaube mir.«

»Es ist bewiesen, dass die Quadlinger ausgerottet wurden, und *wir waren Zeugen*«, sagte Elphaba nachdrücklich. »Du auch, Ämmchen.«

»Ich kümmere mich um meine Kleinen, ich kann mich nicht um die ganze Welt kümmern«, entgegnete Ämmchen. Sie leerte eine Tasse Tee und kraulte Mordefroh an der Nase. »Ich kümmere mich um Liir. Das ist mehr, als man von dir behaupten kann.«

Es war Elphaba den Aufwand nicht wert, das alte Muttchen zusammenzustauchen. Sie blätterte abermals das Grimorium durch, um irgendeinen kleinen Bindezauber zu finden, mit dem sie den Männern die Burgtore verschließen konnte. Sie wünschte, sie hätte wenigstens an Frau Gräulings Magiekurs an der Akademie teilgenommen.

»Natürlich hat sich deine Mutter Sorgen um dich gemacht, immerzu«, fuhr Ämmchen fort.

»Du warst so ein merkwürdiges kleines Ding. Was die arme Frau alles durchmachen musste! Du erinnerst mich jetzt an sie, nur dass du starrköpfiger bist, als sie je war. Sie konnte so richtig locker sein. Weißt du, es hat sie völlig aus der Fassung gebracht, dass du ein Mädchen warst, weil sie so überzeugt war, einen Jungen zu bekommen. Sie hat mich in die Smaragdstadt geschickt, eine Arznei finden, die sicherstellen sollte ...«

Ganz verwirrt hielt Ämmchen inne. »Oder sollte die Arznei verhindern, dass ihr nächstes Kind auch wieder grün zur Welt kam?«

»Warum wollte sie, dass ich ein Junge werde?«, fragte Elphaba.

»Ich hätte ihr ja gern den Gefallen getan, wenn ich in der Angelegenheit etwas zu sagen gehabt hätte. Ich fand es immer furchtbar bedrückend, dass sie gleich als Allererstes enttäuscht hatte. Vom Aussehen gar nicht zu reden.«

»Du darfst nicht schlecht von ihr denken«, sagte Ämmchen. Sie schlüpfte aus den Schuhen und rieb sich mit ihrem Stock die Hacken. »Melena hasste ihr Leben in Kolkengrund, musst du wissen. Deshalb legte sie es darauf an, sich in Frex zu verlieben und sich mit ihm davonzumachen. Eminenz Thropp, ihr Großvater, hatte keinen Zweifel daran gelassen, dass sie den Titel erben würde. Der Titel eines Herrschers von Munchkinland wird in der weiblichen Linie vererbt, es sei denn, es gibt keine Töchter. Der Familiensitz samt allen damit einhergehenden Verantwortungen sollte nach ihm an Frau Partra fallen, dann an Melena und dann an die erste Tochter, die Melena hatte. Sie hoffte immer, nur Söhne zu bekommen, weil sie ihrer Tochter diesen Ort ersparen wollte.«

»Sie hat immer so liebevoll davon gesprochen«, sagte Elphaba verwundert.

»Ach, alles ist großartig, sobald es weit weg ist. Aber als junger Mensch mit diesem ganzen Reichtum und Verantwortungsdruck aufzuwachsen – das fand sie schrecklich. Sie rebellierte, indem sie von früh an mit jedem Mann schlief, der ihr über den Weg lief, und sie brannte praktisch mit Frex durch, weil der ihr erster Freier war, der sie um ihrer selbst willen liebte und nicht wegen ihrer Stellung und ihres Erbes. Sie glaubte, eine Tochter von ihr würde genauso darunter leiden, und deshalb wollte sie Söhne haben.«

»Aber das ist doch widersinnig. Wenn sie Söhne gehabt hätte und keine Töchter, hätte ihr ältester Sohn das Erbe angetreten. Wenn ich ein schwesterloser Junge gewesen wäre, wäre ich in derselben Schwierigkeit gewesen.«

»Nicht unbedingt«, sagte Ämmchen. »Deine Mutter hatte eine ältere Schwester, die mit einem chronischen Nervenleiden geboren wurde, vielleicht auch mit einem kleinen Dachschaden. Sie wurde irgendwo außerhalb untergebracht. Aber sie war durchaus fortpflanzungsfähig und hätte genauso gut eine Tochter zur Welt bringen können. Wenn sie als Erste eine Tochter bekommen hätte, hätte die den Eminenztitel geerbt und den Landbesitz und das Vermögen mit.«

»Ich habe also eine verrückte Tante«, sagte die Hexe. »Vielleicht ist der Wahnsinn in unserer Familie ja erblich. Wo ist sie jetzt?«

»Sie starb an der Grippe, als du noch klein warst, und hat keine Nachkommen hinterlassen. Damit waren Melenas Hoffnungen zunichte. Aber vorher, in der Zeit des jugendlichen Übermuts und der vorschnellen Trotzreaktionen, waren das ihre Überlegungen.«

Elphaba hatte wenige Erinnerungen an ihre Mutter, und die waren warm, manchmal auch schmerzlich brennend. »Und was hat es mit diesem Mittel auf sich, das sie genommen hat, damit Nessarose nicht auch grün wird?«

»Ich habe ihr bei einer Zigeunerin in der Smaragdstadt Tabletten besorgt«, antwortete Ämmchen. »Ich habe dem scheußlichen Weibsstück erklärt, was geschehen war, also dass du bei der Geburt diese unvorteilhafte Farbe hattest, und dann diese *Zähne* – Lurlina sei Dank, dass die zweiten menschlicher waren! Daraufhin murmelte die Zigeunerin irgendeine alberne Prophezeiung von zwei Schwestern, die in der Geschichte von Oz eine ausschlaggebende Rolle spielen würden. Sie gab mir starke Tabletten mit. Ich habe mich immer gefragt, ob diese Tabletten die Ursache von Nessaroses Behinderung waren. Ich würde jedenfalls kein Zigeunermittel mehr anrühren, das kannst du mir glauben. Nicht nach dem, was wir mittlerweile wissen.« Ein Lächeln gab zu verstehen, dass sie sich ein etwaiges schuldhaftes Handeln in dieser Angelegenheit längst verziehen hatte.

»Nessaroses Behinderung«, sinnierte Elphaba. »Unsere Mutter nimmt eine Zigeunermedizin, und ihre zweite Tochter kommt ohne Arme zur Welt. Die eine grüne, die andere armlos. Mama hatte mit Mädchen nicht viel Glück.«

»Krott dagegen ist eine Wohltat für meine alten Augen«, sagte Ämmchen. »Und wer kann schon behaupten, dass es nur die Schuld deiner Mutter war? Da war einmal die Unsicherheit, wer wirklich Nessaroses Vater war, und dann die Pillen von dieser alten Schackel, nicht zu vergessen die Niedergeschlagenheit deines Vaters –«

»Schackel? Was soll das heißen?«, fragte Elphaba erschrocken. »Und wer zum Teufel ist Nessaroses Vater, wenn nicht Papa?«

»Schenk mir noch eine Tasse Tee ein, dann erzähle ich dir alles. Du bist mittlerweile alt genug, und Melena ist schon lange tot.« Sie verlor sich in einer Geschichte über den Quadlinger Glasbläser namens Schildkrötenherz und über Melenas Ungewissheit, ob Nessarose sein Kind war oder das von Frex, und über den Besuch bei der alten Schackel, von dem sie nichts mehr in Erinnerung hatte als den Namen, die Pillen und die Prophezeiung, im Alter wurde das Gedächtnis einfach schwach, da konnte Elphaba noch so sehr bohren. Von den Depressionen, die Melena nach Elphabas Geburt gehabt hatte, sagte sie kein Wort. Wozu auch?

Ungeduldig und gereizt hörte Elphaba sich das alles an. Einerseits wollte sie es vom Tisch fegen: Die Vergangenheit war bedeutungslos! Andererseits verschoben sich dadurch einige Dinge. Und diese Schackel! War der Name nur Zufall? Sie war versucht, Ämmchen das Bild im Grimorium von der »fauchenden Schakel« zu zeigen, doch sie ließ es. Warum die alte Frau beunruhigen oder ihr Angst einjagen?

So schenkten sich die beiden Frauen gegenseitig Tee ein statt reinen Wein und enthielten sich schmerzlicher Bemerkungen über die Vergangenheit. Doch Elphaba fing an, sich Sorgen um Nessarose zu machen. Vielleicht wollte Nessie den Eminenzrang gar nicht haben und fühlte sich zu Hause genauso eingesperrt wie ihre ältere Schwester hier in der Fremde. Vielleicht war Elphaba ihr das Angebot der Freiheit schuldig. Aber wie viel konnte man anderen Menschen schuldig sein? Nahm die Schuld nie ein Ende?

## 3

Nor war ganz aus dem Häuschen. In kurzer Zeit hatte sich ihr Leben vollkommen verändert. Die Welt war magischer als je zuvor, doch diese Welt schien jetzt in ihr zu sein, nicht außen. Ihr Körper brannte darauf, zu entflammen, zu erblühen, und niemand schien es zu beachten oder auch nur zu merken.

Liir war zum Wasserburschen für den Expeditionstrupp geworden. Irji verbrachte seine Zeit damit, lange Andachtshymnen an Lurlina zu erfinden. In ihrer Meinung über die bei ihnen einquartierten Männer hin- und hergerissen, verschlossen sich die Schwestern in ihren Gemächern und waren doch jederzeit sprungbereit, falls sich etwas änderte. Wobei der Brauch verlangte, dass sich gar nichts ändern *konnte,* solange Sarima nicht wieder heiratete; erst dann durften auch sie Anstrengungen in dieser Richtung unternehmen. Ihr heimliches Fädenziehen mit dem Ziel, Kommandeur Kirschstein und Sarima zu verkuppeln, blieb erfolglos. Sie verdoppelten ihre Bemühungen. Drei bat sogar die Tante Hexe um einen Liebestrank aus diesem Zauberbuch. »Ha«, sagte Elphaba, »so weit kommt's noch«, und damit war die Sache erledigt.

Ihrer Spielgefährten beraubt, fing Nor an, sich in der Nähe der Soldatenquartiere herumzutreiben, und sie versuchte, bei Arbeiten auszuhelfen, die Liir nicht angetragen wurden und vor denen die Männer sich gerne drückten. Sie hängte ihre Mäntel in die Sonne. Sie putzte ihre Knöpfe blank. Sie brachte ihnen Blumen aus den Bergen. Sie richtete hin und wieder eine Schale mit Obst und Käse her, was ihnen zu gefallen schien, besonders wenn sie die Schale persönlich servierte. Ein junger, dunkler Soldat mit schütteren Haaren und einem gewinnenden Lächeln mochte es gern, wenn sie ihm die Orangenstücke direkt in den Mund warf, und zum neidvollen Vergnügen der anderen lutschte er ihr den Saft von den Fingern. »Setz dich auf meinen Schoß«, sagte er, »und dann füttere ich dich.« Er hielt ihr eine Erdbeere hin, doch sie wollte sich nicht auf seinen Schoß setzen. Nein zu sagen, machte ihr Spaß.

Eines Tages beschloss sie, die Soldaten mit einem Großputz zu überraschen. Sie waren am Morgen losgezogen, um die Weinberge an den unteren Hängen aufzunehmen, und wurden erst gegen Abend zurückerwartet. Nor bewaffnete sich mit Lappen und Eimern, und da die Tante Hexe mit Ämmchen in ein Gespräch vertieft war, in dem es anscheinend um Sarima ging, stibitzte Nor den Hexenbesen, weil er dickere Borsten und einen längeren Stiel hatte, und eilte davon.

Da sie nicht gut lesen konnte, ignorierte sie die Briefe und Landkarten, die aus den achtlos über die Stuhllehnen gehängten Ledertaschen quollen. Sie wischte die Truhen ab und fegte, wobei sie viel Staub aufwirbelte und ihr warm wurde.

Sie zog ihre Bluse aus und hängte sich eines der groben Männercapes über die sonnengebräunten Schultern. Es ging so ein berauschender Geruch nach Mann davon aus, selbst nach dem Lüften, dass sie fast in Ohnmacht fiel. Sie legte sich auf ein Feldbett, das Cape leicht zur Seite geschoben, und stellte sich vor, dass sie einschlief und die Männer zurückkehrten und den schönen flachen Streifen zwischen ihren seit kurzem sprießenden Brüsten sahen. Sie überlegte, ob sie sich schlafend stellen sollte. Doch sie wusste, dass sie das nicht tun würde. Unzufrieden mit den Möglichkeiten setzte sie sich auf und streckte die Hand nach dem nächstbesten Ding aus – es war zufällig der Besen –, um an irgendetwas ihren Ärger auszulassen.

Der Besen stand außer Reichweite, machte jedoch einen kleinen Ruck auf sie zu. Er glitt von selbst über den Boden. Sie sah es. Der Besen war magisch.

Sie berührte ihn ängstlich, als ahnte sie in ihm einen eigenen Willen. Er fühlte sich nicht anders an als ein gewöhnlicher Besen. Er bewegte sich lediglich, wie geführt von der Hand eines unsichtbaren Geistes. »Von welchem Baum wurdest du geschnitten, auf welchem Feld gemäht?«, fragte sie ihn beinahe zärtlich, doch sie erwartete keine Antwort und erhielt auch keine. Der Besen zitterte und erhob sich wie wartend ein Stückchen über den Boden.

An dem Cape war eine Kapuze, und die zog sie sich über den Kopf. Dann hob sie ihren Sommerrock hoch und schwang ein Bein über den Besen, um auf ihm zu reiten wie auf einem Steckenpferd.

Das Ding ging vorsichtig gerade so weit in die Höhe, dass sie mit den am Boden schleifenden Zehen das Gleichgewicht halten und Korrekturen vornehmen konnte – der Schwerpunkt war hoch und die Sitzfläche sehr schmal. Das Stielende stieg höher, und sie rutschte nach hinten, bis sie hart am Strohkopf saß, als ob der eine Art Sattel wäre. Sie hielt sich krampfhaft fest; ihre Beine, vor allem die Oberschenkel, fühlten sich an, als ob sie anschwellen würden, um den Stiel besser einklemmen zu können. Das große Fenster am Ende des Raums stand offen, damit Licht und Luft hereinkam, und der Besen strich über den Fußboden darauf zu.

Dann stieg der Besen ein Stück und trug sie zum Fenster hinaus. Nor kam der Magen ein wenig hoch, und sie schlug mit den Fersen gegen die Borsten. Zum Glück war sie nicht auf den Burghof hinausgeflogen, wo man sie höchstwahrscheinlich gesehen hätte, sondern auf der anderen Seite, wo das Gelände nicht ganz so schnell und tief abstürzte. Erschrocken und begeistert über das Abenteuer wimmerte Nor leise. Das Cape wehte auf und entblößte ihre Brust, und sie wusste nicht, wie sie je darauf gekommen war, dass sie ohne Bluse gesehen werden wollte. »Oh, oh«, rief sie, doch ob zum Besen oder zu einem Schutzgeist, wusste sie nicht. Sie schlotterte vor Kälte und Schreck, und der Besen stieg und stieg, bis er auf einer Höhe mit dem obersten Fenster des Hauses war, das sich im Turm der Hexe befand.

Die Hexe und ihre alte Kinderfrau sahen sie mit offenem Mund an, und ihre Teetassen stockten auf halbem Weg zum Mund.

»Du kommst sofort herunter!«, befahl die Hexe. Nor wusste nicht, ob sie gemeint war oder der Besen. Sie hatte keine Zügel, an denen sie ziehen, keine Zauberworte, die sie sprechen konnte. Der Besen jedoch fühlte sich anscheinend zur Ordnung gerufen, denn er machte kehrt, sank und landete etwas unsanft auf dem Fußboden des Soldatenquartiers. Weinend und zitternd ließ Nor ihn liegen und zog sich wieder anständig an. Sie traute sich kaum, den Besen noch einmal anzufassen, doch als sie ihn dann doch aufhob, war das Leben daraus gewichen, und in Erwartung eines tüchtigen Anpfiffs brachte sie ihn in das Zimmer der Hexe.

»Was hast du mit meinem Besen getrieben?«, fuhr diese sie an.

»Ich habe das Zimmer der Soldaten saubergemacht«, stieß Nor hervor. »Es ist so ein Durcheinander, überall fliegen die Papiere herum, die Anziehsachen, die Landkarten ...«

»Lass ja die Finger von meinen Sachen, hörst du?«, sagte die Hexe. »Was für Papiere?«

»Pläne, Karten, Briefe, ich weiß nicht«, antwortete Nor und fasste langsam wieder Mut. »Geh doch selber schauen! Ich habe nicht darauf geachtet.«

Die Hexe nahm den Besen, und einen Moment lang schien sie Nor damit schlagen zu wollen. »Sei nicht dumm, Nor. Halte dich von diesen Männern fern!«, sagte sie kalt. »Halte dich von ihnen fern!« Sie hob den Besen wie einen Knüppel. »Sie tun dir nur weh und spucken dich an. Halte dich von ihnen fern, sage ich dir! Und halte dich fern von mir!«

Elphaba erinnerte sich, dass Mutter Schackel ihr den Besen gegeben hatte. Die junge Frau hatte die alte Nonne als verkrüppelt, senil und lästig empfunden, jetzt aber blickte sie zurück und fragte sich, ob sie sich getäuscht hatte. Hatte Mutter Schackel mit einem Rest von kumbrischem Instinkt den Besen verhext? Oder besaß Nor eine erst jetzt in ihr zum Vorschein kommende Kraft, mit der sie den eigentlich leblosen Besen erweckt hatte? Nor glaubte anscheinend felsenfest an Magie. Vielleicht wartete der Besen darauf, dass man an ihn glaubte. Ob er mit Elphaba auch fliegen würde?

Eines Nachts, als alle anderen schon im Bett lagen, ging Elphaba mit dem Besen auf den Hof hinaus. Sie kam sich ein wenig albern vor, als sie sich auf den Stiel hockte. »Na komm, flieg schon, du doofes Ding!«, murmelte sie. Der Besen ruckelte dermaßen bockig hin und her, dass er ihre Schenkelinnenseiten aufscheuerte. »Ich bin kein Schulmädchen, hör auf mit dem Quatsch!«, rief Elphaba. Der Besen stieg einen halben Meter und schüttelte sie dann ab, so dass sie aufs Hinterteil plumpste.

»Ich zünde dich an, und das war's dann mit dir«, sagte Elphaba. »Ich bin zu alt, um mich so behandeln zu lassen.«

Es dauerte fünf oder sechs Nächte, bevor sie bei ihren Flugübungen zwei Meter über den Boden kam. In der Zauberei war sie eine Versagerin gewesen. Sollte sie in allem eine Versagerin sein? Doch schließlich machte es ihr sogar Spaß, die Schleiereulen und Fledermäuse herumzuscheuchen.

Als sie selbstbewusster geworden war, schlingerte sie ins Tal hinunter zu den Überresten des Staudamms, den der Ozma-Regent einst begonnen hatte. Sie machte eine Rast und hoffte, dass sie nicht zu Fuß heimkehren musste. Die Sorge war unbegründet. Der Besen gehorchte ihr zwar nur widerstrebend, doch sie konnte ihm immer mit Feuer drohen.

Sie fühlte sich wie ein nächtlicher Engel.

Im Hochsommer kam ein arjikischer Händler mit Töpfen und Löffeln und Nähgarn, und er hatte ein paar Briefe dabei, die an einer Station weiter im Norden abgegeben worden waren, darunter auch einen von Frex. Anscheinend hatte Ämmchen ihm von ihrer Absicht erzählt, Elphaba aufzuspüren, und er hatte an das Kloster geschrieben, und dieses wiederum hatte den Brief nach Kiamo Ko im Winkus weitergeleitet. Frex schrieb, dass Nessarose eine Revolte inszeniert und dass sich Munchkinland – jedenfalls zum größten Teil – von Oz abgespalten und zu einem unabhängigen Staat erklärt hatte.

Als die amtierende Eminenz Thropp war Nessarose das Staatsoberhaupt geworden. Frex hielt das für Elphabas Geburtsrecht und meinte, sie solle nach Kolkengrund kommen und dieses von ihrer Schwester einfordern. »Möglicherweise ist sie für die Aufgabe nicht die Richtige«, schrieb er zweifelnd, was Elphaba erstaunte. War Nessarose nicht die seelenverwandte fromme Tochter, die Elphaba nie hatte sein können?

Elphaba hatte keinerlei Ambitionen und dachte gar nicht daran, den Titel von Nessarose einzufordern. Doch jetzt, wo der Besen offenbar imstande war, sie weite Strecken zu befördern, überlegte sie, ob sie nicht bei Nacht nach Kolkengrund fliegen und ein paar Tage lang Papa, Nessie und Krott besuchen sollte. Es war zwölf Jahre her, dass sie ihre Schwester in Shiz alleingelassen hatte, betrunken und tief betroffen von Muhme Schnapps Tod.

Ein vom eisernen Griff des Zauberers befreites Munchkinland! – das allein wäre schon die Reise wert gewesen. Elphaba musste selbst ein bisschen über sich grinsen, als sie die alte Verachtung für den Zauberer wieder aufflammen fühlte. Vielleicht war es ja das, was man unter Heilung verstand.

Um sicher zu sein, durchkämmte Elphaba eines Tages das leere Quartier der Soldaten. Sie durchwühlte ihre Papiere. In allen Dokumenten ging es um Fragen der Kartierung und der geologischen Vermessung. Um sonst nichts. Es schien keinen heimlichen Plan zu geben, der die Arjikis oder die anderen Stämme des Winkus bedrohte.

Je früher sie sich aufmachte, umso eher war sie wieder da. Und es war besser, wenn niemand etwas davon wusste. Also erzählte sie allen, sie wolle einige Tage lang im Turm in Klausur gehen und in der Zeit weder Essen noch Besuch haben. Als es Mitternacht schlug, brach sie nach Kolkengrund auf, wo jetzt ihre mächtige Schwester regierte.


## 4


Sie schlief am Tage im Schatten von Feldschuppen, unter überhängenden Traufen, im Windschutz von Schornsteinen. Sie flog nachts. In der Dunkelheit erstreckte sich das Land Oz unter ihr – die Flughöhe betrug nach ihrer Schätzung ungefähr fünfundzwanzig Meter –, und die fließenden Veränderungen der Landschaft hatten etwas von einer Theaterkulisse auf Rädern. Das schwerste Stück war die Überquerung der Großen Kallen. Sobald sie jedoch die Berge hinter sich hatte, lief das Land in die fruchtbare Schwemmlandebene des Gillikinflusses aus.

Sie folgte dem Verlauf des Flusses mit seinen Handelsschiffen und Inseln, bis dieser schließlich in den Rastensee mündete, das größte Gewässer von Oz. Sie hielt sich am Südufer und flog über die öligseidigen schwarzen Wellen hinweg, die unermüdlich in die Schilf- und Sumpfgebiete schwappten. Sie hatte Mühe, die Mündung des Munchkinflusses zu entdecken, der sich von Osten in den Rastensee ergoss, doch danach war es leicht, die Gelbe Ziegelstraße ausfindig zu machen. Das Ackerland wurde jetzt immer fruchtbarer. Die Folgen der Dürre, die in ihrer Kindheit so furchtbar gewütet hatte, waren überwunden, und Milchbauernhöfe und kleine Dörfer, bunt und fröhlich wie aus einem Baukasten, lagen blühend inmitten der faltigen Felderlandschaft mit ihrem milden Klima.

Je weiter sie jedoch nach Osten kam, umso häufiger war die Straße aufgerissen. Stemmeisen hatten Ziegelsteine herausgebrochen, Bäume waren gefällt und Buschwerkwälle errichtet worden. Es sah aus, als ob einige der kleineren Brücken gesprengt worden wären. Eine Schutzmaßnahme gegen Vergeltungsschläge durch die Armee des Zauberers?

Schließlich landete Elphaba in dem Städtchen Kolkengrund und schlief unter einem grünen Lorbeerbaum. Als sie aufwachte, fragte sie einen Kaufmann nach dem Herrenhaus, und während er ihr den Weg beschrieb, zitterte er, als wäre sie eine Dämonin. Grüne Haut ist den Munchkins also immer noch unheimlich, bemerkte sie bei sich, und ging das letzte Stück zu Fuß. Kurz nach dem Frühstück traf sie vor dem Tor von Kolkengrund ein.

Ihre Mutter hatte seinerzeit in Quadlingen, wo sie alle in wasserdichten Stiefeln durch die knöchelhohe Brühe gewatet waren, wehmütig und zornig von Kolkengrund gesprochen. Die Jahre in der schicken historischen Kulisse von Shiz und dem Prunk der Smaragdstadt hätten Elphaba auf ein imposantes Anwesen vorbereiten sollen. Doch sie staunte, ja erschrak regelrecht vor der Pracht von Kolkengrund.

Das Tor war vergoldet, vom Vorhof war jedes Fitzelchen Gras und Dung weggefegt, und Terrakottatöpfe mit Formbäumchen, zu Heiligenfiguren beschnitten, zierten in einer Reihe den Balkon über der wuchtigen Eingangstür. Amtspersonen mit Bändern, die vermutlich Rang und Würde im neuen Freistaat Munchkinland anzeigten, standen in kleinen Gruppen auf einer Seite. Die Kaffeetassen in ihren Händen deuteten darauf hin, dass die Würdenträger gerade eine frühmorgendliche Staatsratsitzung hinter sich gebracht hatten. Mit Schwertern bewaffnete Wachposten hinter dem Tor traten schneidig vor und versperrten ihr den Weg. Dass sie protestierte, schien sie natürlich sofort als gefährliche Verrückte zu entlarven, und die Männer machten gerade Anstalten, sie zu entfernen, als jemand um die Ecke eines Anbaus bog und ihnen Einhalt gebot.

»Fabala!«, sagte er.

»Ja, Papa, hier bin ich«, antwortete sie wie ein wohlerzogenes Kind. Sie drehte sich um. Die Würdenträger, die ihre Gespräche unterbrochen hatten, nahmen diese wieder auf, wohl weil sie erkannten, dass es unhöflich wäre, dieses Wiedersehen zu belauschen. Die Wächter gaben den Weg frei, als Frex sich näherte. Seine Haare waren lang und dünn und wurden wie eh und je von einer ledernen Klammer zusammengehalten. Sein Bart war sahnefarben und reichte ihm bis zur Taille.

»Dies ist die Schwester der Eminenz des Ostens«, sagte Frex mit Blick auf Elphaba, »und meine älteste Tochter. Lasst sie passieren, gute Männer, jetzt und jederzeit.« Er nahm ihre Hand und drehte ein wenig den Kopf wie ein Vogel, um sie mit dem einen guten Auge anzuschauen. Das andere Auge, erkannte sie, war erblindet.

»Komm, wir wollen unser Wiedersehen unter uns feiern, nicht hier in der Öffentlichkeit«, sagte Frex. »Wirklich, Fabala, du bist in diesen langen Jahren das Abbild deiner Mutter geworden!« Sie gingen durch eine Seitentür ins Haus und in einen kleinen Salon mit safrangelben Seidenbezügen und pflaumenblauen Samtkissen. Die Tür schloss sich hinter ihnen. Frex ließ sich bedächtig auf dem Sofa nieder und klopfte neben sich auf das Polster. Zögernd setzte sie sich, verunsichert darüber, wie viel sie für ihn empfand. Sie fühlte sich so hilflos.

»Ich wusste, du kommst, wenn ich dir schreibe«, sagte er. »Fabala, ich habe es immer gewusst.«

Er nahm sie steif in die Arme. Als er sich ausgeweint hatte, fragte er sie, wo sie gewesen war und was sie gemacht hatte und warum sie nie nach Hause gekommen war.

»Ich war mir nicht sicher, ob es für mich ein Zuhause gibt«, erwiderte sie und spürte, dass es die Wahrheit war. »Wenn du eine Stadt bekehrt hattest, Papa, bist du weitergezogen zu neuen Taten. Dein Zuhause war das Weideland der Seele; meines nicht. Außerdem hatte ich meine eigene Arbeit zu tun.« Sie stockte und fügte dann leise hinzu: »Das dachte ich jedenfalls.«

Sie erwähnte, dass sie sich jahrelang in der Smaragdstadt aufgehalten hatte, sagte aber nicht, warum.

»Und hat Ämmchen recht gehabt? Warst du eine Nonne? Ich habe dich nicht zu solcher Unterordnung erzogen«, sagte er. »Es erstaunt mich. Dieser Anpassungs- und Gehorsamsdruck –«

»Ich war so viel und so wenig eine Nonne, wie ich eine Unionistin war«, wies sie ihn zurecht, »aber ich habe bei den Nonnen gelebt. Sie haben gute Werke getan, einerlei, ob ihre Anschauungen nun verblendet oder erleuchtet waren. Es war eine Zeit der Erholung von einem schweren Schlag. Und voriges Jahr bin ich dann in den Winkus gezogen und habe mich dort häuslich niedergelassen, auch wenn ich nicht sagen kann, für wie lange.«

»Bist du verheiratet?«, fragte er.

»Ich bin eine Hexe«, antwortete sie. Er zuckte zurück und musterte sie mit seinem gesunden Auge, um zu sehen, ob sie das scherzhaft gemeint hatte.

»Erzähl mir von Nessie, bevor ich sie sehe, und von Krott«, sagte sie. »Dein Brief klang so, als meintest du, sie bräuchte Hilfe. Ich werde tun, was ich kann, in der kurzen Zeit, die ich hier sein werde.«

Er schilderte ihr die Erhebung ihrer Schwester zur Eminenz

und die Abspaltung im späten Frühling. »Ja, ja, davon habe ich gehört, aber ich kenne die Gründe nicht«, sagte sie ungeduldig, und er erzählte ihr von der Verbrennung eines Gutshofs, auf dem sich die Opposition regelmäßig getroffen hatte, und von der Vergewaltigung zweier Munchkinmädchen nach einem Tanzvergnügen in der Kaserne bei Drachenschrank, wo die Armee des Zauberers stationiert war. Er erwähnte das Massaker in Hinterapfelreute und den Abgabendruck auf die Bauern. »Der letzte Funke«, sagte er, »jedenfalls in Nessies Augen, war die brutale Plünderung einfacher ländlicher Andachtshäuser durch die Soldaten des Zauberers.«

»Komisch«, meinte Elphaba. »Ist der Umkleideraum einer Kohlengrube nicht genauso heilig und zum Beten geeignet wie ein Andachtshaus? Der offiziellen Lehre zufolge?«

»Ach, die offizielle Lehre«, sagte Frex und zuckte die Achseln. Solche Feinheiten interessierten ihn nicht mehr. »Nessie kochte vor Zorn und ließ das auch deutlich merken, und im Nu war der Funke geschlagen und der Zunder brannte. Eine knappe Woche, nachdem sie dem Kaiserlichen Zauberer höchstselbst einen wütenden Brief geschrieben hatte – ein gefährlicher und aufrührerischer Akt –, griff das revolutionäre Fieber auf alle über. Es geschah hier mitten auf dem Vorplatz von Kolkengrund. Es war phantastisch, und es ist kaum zu glauben, dass Nessie nicht des Hochverrats angeklagt wurde. Sie hielt eine Rede vor den führenden Männern der Landgemeinden nah und fern; über ihre religiösen Ziele schwieg sie – vernünftigerweise, glaube ich. Ihr Aufruf, sie zu unterstützen, fand einen mächtigen Widerhall. Die Abspaltung wurde einstimmig beschlossen.«

Wie er auf seine alten Tage pragmatisch geworden ist, dachte Elphaba leicht verwundert.

»Wie bist du übrigens durch die Grenzkontrollen geschlüpft?«, fragte er. »Jetzt, wo sich die Lage zuspitzt.«

»Ich bin einfach darüber hinweggeflogen, ein kleiner schwarzer Vogel in der Nacht.« Sie lächelte ihn an und berührte seine Hand. Sie war rosa glänzend und fleckig wie ein kochender Seehummer. »Aber ich weiß noch nicht, warum du mich gerufen hast, Papa. Was erwartest du von mir?«

»Ich dachte, du könntest deiner Schwester in ihrem Amt beistehen«, sagte er mit der naiven Hoffnung eines Mannes, dessen Familienverband schon zu lange nicht mehr existiert. »Ich kenne dich, Fabala. Ich bezweifle, dass du dich über die Jahre sehr verändert hast. Ich kenne deine Klugheit und deine Entschlossenheit. Ich weiß, dass Nessie fast nur auf ihre inneren Stimmen hört, und sie könnte straucheln und alles wieder zunichte machen, an dem sie zur Zeit als zentrale Figur des Widerstands mitwirkt. Wenn es dazu kommt, wird es übel für sie ausgehen.«

Ich soll also das Prügelmädchen sein, dachte Elphaba, die erste Verteidigungslinie. Ihre Freude verging.

»Und auch für die anderen wird es übel ausgehen, die eifrigen Unterstützer.« Frex machte eine Handbewegung, die ganz Munchkinland einzuschließen schien. Sein Lächeln war künstlich, dachte sie kühl, sein Gesicht schlaff und er war in sich zusammengesunken. »Seit über einer Generation kennen diese Bauern nichts anderes als die gemäßigte Diktatur dieses miesen glorreichen Zauberers – siehst du, selbst ich vergesse, dass wir jetzt einen Freistaat Munchkinland haben. Sie unterschätzen das Ausmaß der Vergeltung, die unweigerlich kommen wird. Wobei Krott aus verlässlichen Quellen erfahren hat, dass die Getreidevorräte in der Smaragdstadt riesig sind und sie uns von daher noch eine Zeitlang machen lassen können. Abgesehen davon, dass einige Divisionen über die Grenze gejagt und einige betrunkene Randalierer verhaftet wurden, ist das bis jetzt eine höchste zahme Befreiung gewesen. Wir lassen uns weismachen, wir wären sicher. Auch Nessie, glaube ich, lässt sich das weismachen. Ich fand schon immer, dass du einen klareren Kopf hast als sie. Du kannst ihr helfen.«

»Das habe ich immer getan, Papa«, sagte sie. »In der Kindheit und an der Akademie. Ich dachte, sie kann jetzt auf eigenen Beinen stehen.«

»Du hast von den schönen Schuhen gehört«, sagte er. »Ich habe sie einer alten Hausiererin abgekauft und dann eigenhändig für Nessa mit Glas und Metall verziert, wie ich es seinerzeit von Schildkrötenherz gelernt habe. Ich wollte ihr damit ein Gefühl von Schönheit geben, aber ich dachte nicht, dass jemand anders sie verzaubern würde. Was mir durchaus nicht leid tut. Aber Nessa meint jetzt, sie bräuchte niemanden mehr, der ihr stehen oder regieren hilft. Sie hört weniger auf andere als je zuvor. In gewisser Weise sind diese Schuhe gefährlich geworden, finde ich.«

»Ich wünschte, du hättest sie für mich gemacht, Papa«, sagte sie leise.

»Du hast sie nicht gebraucht. Du hattest deine Stimme, deine Energie, ja deine Grausamkeit als Rüstung.«

»Meine Grausamkeit!« Sie fuhr zurück.

»Du warst ein kleiner Teufel«, sagte Frex. »Aber was soll's, das wächst sich aus mit der Zeit. Du warst schrecklich, als du anfangs mit anderen Kindern zusammen warst. Du bist erst ruhiger geworden, als wir umherzuziehen begannen und du das kleine Schwesterchen halten durftest. Nessarose hat dich gezähmt, weißt du das? Schon als ganz kleines Kind hat sie deine Wildheit mit ihrer offensichtlichen Bedürftigkeit gezügelt. Du wirst dich daran nicht mehr erinnern, vermute ich.«

Elphaba konnte sich nicht erinnern, sie konnte über das alles nicht nachdenken. Selbst die Vorstellung, grausam gewesen zu sein, bekam sie nicht zu fassen. Stattdessen versuchte sie, Zuneigung für ihren Vater zu empfinden, auch wenn sie es leid war, schon wieder die zweite Rolle spielen zu sollen, die Dienerin der lieben armen Nessarose. Sie zwang sich, an die Sorge ihres Vaters für die Bürger von Munchkinland zu denken. Einmal Seelsorger, immer Seelsorger. Obwohl sie seine theologischen Ansichten ablehnte, bewunderte sie ihn für seine Menschlichkeit.

»Du musst mir eines Tages mehr über Schildkrötenherz erzählen«, sagte sie in möglichst ungezwungenem Ton, »aber jetzt sollte ich wohl meine Schwester begrüßen. Und ich werde über deine Worte nachdenken, Papa. Ich kann mir nicht vorstellen, mit dir und Nessarose ein Führungstrio zu bilden – oder ein Quartett, falls Krott auch mitmachen sollte. Aber ich warte noch eine Weile mit meinem endgültigen Urteil. Ach, und Krott, Papa, wie geht's dem?«

»Er ist hinter den feindlichen Linien, heißt es«, antwortete Frex, während sie sich zum Gehen erhob. »Er ist ein Draufgänger und wird zu den ersten Opfern gehören, wenn es erst einmal richtig losgeht. Er ist dir in mancher Beziehung ähnlich.«

»Ist er grün geworden?«, fragte sie spöttisch.

»Er klebt fest wie ein Sündenfleck an seinen Zielen«, erwiderte er.

Nessarose hatte sich in die oberen Gemächern zu ihrer Morgenandacht zurückgezogen. Frex verschaffte Elphaba die Genehmigung, Haus und Grund ungehindert zu durchstreifen. Schließlich wäre unter anderen Umständen sie die Eminenz Thropp geworden (oder konnte sie sogar noch werden), die Eminenz des Ostens, das Oberhaupt des Freistaats Munchkinland. Frex beobachtete seine grüne Tochter dabei, wie sie durch die marmornen Gänge schlenderte, den Besen in der Hand wie eine Putzfrau, wie sie die Goldverzierungen anschaute, den Damast, die frischen Blumen, die livrierten Diener, die Porträts. Wie immer spürte er tief in der Brust einen stechenden Schmerz, wenn er daran dachte, was er in ihrer Erziehung alles falsch gemacht hatte. Aber er war froh, dass sie endlich da war.

Elphaba gelangte in die Familienkapelle am Ende eines Saals mit blank poliertem Mahagoniboden. Sie war barock, nicht antik, und wurde gerade renoviert. Nessarose musste angeordnet haben, die Fresken zu übertünchen; vielleicht lenkten die üppigen Darstellungen die Menschen von der vorgeschriebenen Andacht ab. Elphaba setzte sich auf eine Seitenbank, zwischen Eimer mit Kalkfarbe, Pinsel und Leitern. Sie gab sich nicht den Anschein zu beten, doch ihr war dabei sehr unwohl zumute. Um sich zu konzentrieren, richtete sie den Blick auf eine große Fläche, auf der noch Bilder prangten. Dargestellt waren mehrere rundliche Engel, die mittels großer Flügel in der Luft schwebten. Der Schnitt ihrer Gewänder, erkannte Elphaba, war den regelwidrigen Körperformen angepasst. Es handelte sich um recht stattliche

Damen, und doch verrieten die Flügel keinerlei Anstrengung. Der Künstler hatte die für das Gewicht der Damen optimale Flügellänge und -breite berechnet. Das Verhältnis zwischen Flügel- und Armlänge schien ungefähr drei zu eins zu sein. Wenn man mit Flügeln ins Andere Land entschweben konnte, warum dann nicht auch auf einem Besen?, fragte sie sich.

Ich sollte mich an meine Lektionen von damals aus der Biowissenschaft erinnern, dachte sie. Die ganzen einengenden Grenzen der Erkenntnis, die Doktor Dillamond im Begriff war, zu überschreiten. Einiges hatte ich fast verstanden. Ich könnte Plapperaff Flügel annähen. Er könnte mit mir fliegen. Das wäre ein Spaß!

Sie stand auf und begab sich zu ihrer Schwester.

Nessarose war weniger erstaunt, Elphaba zu sehen, als diese vermutet hätte. Vielleicht lag das daran, überlegte Elphaba, dass Nessa mittlerweile gewohnt war, im Mittelpunkt der Aufmerksamkeit zu stehen. Andererseits hatte sie schon immer im Mittelpunkt der Aufmerksamkeit gestanden. »Liebste Elphie«, sagte sie und sah von zwei Exemplaren desselben Buches auf, die ein Diener ihr nebeneinander hingelegt hatte, damit sie vier Seiten am Stück lesen konnte, ohne jemanden zum Umblättern rufen zu müssen. »Umarme mich und gib mir einen Kuss.«

»Aber natürlich.« Elphaba tat ihr den Gefallen. »Wie geht es dir, Nessie? Du siehst gut aus.«

Nessarose stand auf, die schönen Schuhe an den Füßen, und strahlte sie an. »Die Gnade des Namenlosen Gottes gibt mir Kraft, wie immer«, sagte sie.

Aber Elphaba ließ sich nicht provozieren. »Du bist auf deinen eigenen Beinen weit gekommen, in jeder Hinsicht«, erwiderte sie. »Die Geschichte hat dir eine Rolle angetragen, und du hast Ja gesagt. Ich bin stolz auf dich.«

»Du musst nicht stolz sein«, sagte Nessarose. »Aber trotzdem vielen Dank. Ich dachte mir schon, dass du kommen würdest. Hat Vater dich hergeschleift, damit du dich um mich kümmerst?«

»Niemand hat mich hergeschleift, aber Papa hat mir geschrieben, das stimmt.«

»Nach all den Jahren der Isolation bringen die politischen Unruhen dich endlich zurück. Wo bist du gewesen?«

»Hier und da.«

»Wir dachten, du wärst tot«, sagte Nessarose. »Wärst du so gut, mir das Tuch um die Schultern zu legen und es mit einer Nadel festzustecken? Dann muss ich keine Zofe rufen. Ich meine damals in dieser furchtbaren Zeit, als du mich in Shiz alleingelassen hast. Wenn ich daran denke, bin ich dir deswegen heute noch böse.« Sie machte einen reizenden Schmollmund. Elphaba war froh, dass sie sich wenigstens einen Rest von Humor bewahrt hatte.

»Wir waren alle noch jung, und vielleicht war es falsch«, sagte sie. »Immerhin habe ich dir keinen bleibenden Schaden zugefügt. Jedenfalls soweit ich sehen kann.«

»Ich musste mich weitere zwei Jahre lang gegen Madame Akaber behaupten. In der ersten Zeit hat mir Glinda geholfen, doch nach dem Examen ist sie abgegangen. Ämmchen war meine Rettung, aber sie war ja damals schon alt. Sie ist zu dir gezogen, nicht wahr? Ja, in der Situation habe ich mich schrecklich allein gefühlt. Nur mein Glaube hat mich das bestehen lassen.«

»Tja, dazu taugt der Glaube«, meinte Elphaba, »sofern man einen hat.«

»Du klingst, als würdest du immer noch im Schatten des Zweifels leben.«

»Ich glaube, wir haben wichtigere Dinge zu besprechen als meinen Seelen- oder Nichtseelenzustand. Du hast hier eigenhändig eine Revolution inszeniert – entschuldige, das war nicht ironisch gemeint –, und du hast dich an die Spitze gestellt. Herzlichen Glückwunsch.«

»Ach, das lästige Treiben der äußeren Welt, ja, ja«, sagte Nessarose. »Wir wär's, wenn wir einen Spaziergang machen? Es ist so schön draußen im Garten. Ein bisschen frische Luft wird dir gut tun, du siehst ganz grün um die Nase aus –«

»Gut, geschieht mir recht.«

»– und die diplomatischen Sachen haben Weile. Ich habe demnächst eine Sitzung, aber für einen Spaziergang ist noch Zeit. Du solltest den Ort hier kennenlernen. Ich führe dich ein wenig herum.«

## 5

Elphaba konnte Nessaroses Aufmerksamkeit nur kurz zwischendurch bekommen. So abschätzig sich Nessarose über ihre Führungsaufgaben äußerte, so ernst nahm sie doch ihre Termine, und sie bereitete sich stundenlang auf die Sitzungen vor.

Zudem tauschten sie sich anfangs nur über Belanglosigkeiten aus, Familienerinnerungen, die Studentenzeit. Elphaba brannte darauf, zur Sache zu kommen. Aber Nessarose ließ sich nicht hetzen. Manchmal durfte Elphaba bei ihren Sprechstunden für die Bürger dabeisein, doch was sie da sah und hörte, gefiel ihr ganz und gar nicht.

Eines Nachmittags sprach eine alte Frau aus einem Dorf im Kornkammergut vor. Sie verneigte sich auf eine unangenehm unterwürfige Art, und Nessarose nahm die Huldigung mit strahlender Herrlichkeit entgegen. Die Frau beklagte sich darüber, dass ihre Magd sich in einen Holzfäller verliebt hatte und nun den Dienst bei ihr quittieren wollte, um zu heiraten. Aber die drei Söhne der alten Frau waren zur neuen Bürgerwehr eingezogen worden, und daher war die Magd ihre einzige Hilfe bei der Ernte. Wenn sie mit dem Holzfäller davonging, würde die Ernte verderben, und sie wäre ruiniert. »Und alles bloß wegen der Freiheit«, schloss sie bitter.

»Und was soll ich nun in der Angelegenheit unternehmen?«, fragte die Eminenz des Ostens.

»Ich kann Ihnen zwei Schafe und eine Kuh geben«, sagte die Frau.

»Vieh habe ich selber –«, begann Nessarose, doch Elphaba unterbrach sie. »Haben Sie Schafe gesagt? Eine Kuh? Sie meinen Tiere?«

»Tiere aus meinem eigenen Besitz«, erwiderte die Frau stolz.

»Wie kommt es, dass Sie Tiere besitzen?«, ereiferte sich Elphaba. »Sind Tiere in Munchkinland inzwischen Privatbesitz?«

»Elphie, bitte!«, sagte Nessarose leise.

»Was kostet es, sie zu befreien?«, fragte Elphaba aufgebracht.

»Wie ich schon sagte: Unternehmen Sie was gegen diesen Holzfäller.«

»Und woran hatten Sie gedacht?«, unterbrach Nessarose, der es missfiel, dass ihre Schwester ihr die Rolle der Richterin streitig machte.

»Ich hab hier seine Axt mitgebracht. Ich dachte, Sie könnten sie vielleicht verhexen, dass sie ihn tothackt.«

»Pfui!«, rief Elphaba, aber Nessarose sagte: »Na, das wäre nicht sehr nett.«

»Nicht sehr *nett?*« Elphaba war außer sich. »Das wäre allerdings nicht sehr nett, Nessie.«

»Sie sind hier für Recht und Ordnung zuständig«, sagte die alte Frau hartnäckig. »Was schlagen Sie vor?«

»Ich könnte die Axt so verhexen, dass sie abrutscht«, sinnierte Nessarose, »und ihm vielleicht den Arm abhackt. Ich weiß aus Erfahrung, dass ein Mensch ohne Arme für das andere Geschlecht nicht so begehrenswert ist wie einer mit.«

»Einverstanden«, sagte die Frau. »Aber wenn es nicht hinhaut, komme ich wieder und Sie lassen sich was anderes einfallen, zum selben Preis. Zwei Schafe und eine Kuh, das ist hierzulande kein Pappenstiel.«

»Nessarose, du bist keine Hexe, nein, das glaube ich nicht«, sagte Elphaba. »Du hast nichts mit Zauberei zu schaffen, *du* doch nicht!«

»Die Gerechte wirkt Wunder zu Ehren des Namenlosen Gottes«, sagte Nessarose ruhig. »Geben Sie mir die Axt, falls Sie sie dabeihaben.«

Die Alte holte unter ihrem Umhang eine Holzfälleraxt hervor, und Nessarose beugte sich zu ihr nieder. Es war ein seltsamer, ja erschreckender Anblick, wie der schmale armlose Körper sich ohne fremde Hilfe weit vorbeugte und dann, als der Zauber gesprochen war, wieder aufrichtete. Toll, diese Schuhe, dachte Elphaba bitter. Glinda kann wirklich zaubern, auch wenn man ihr das gar nicht zutraut, oder vielleicht kommt der Zauber auch von der Liebe unseres Vaters zu seiner Nessie. Oder von beidem zusammen. Und wenn Nessarose dieses alte Ekel nicht hinters Licht führt, dann ist auch sie eine Zauberin geworden, einerlei, wie sie sich nennt.

»Du bist wirklich eine Hexe«, entfuhr es Elphaba. Vielleicht war das ein Fehler, denn die Alte war gerade dabei, sich bei Nessarose für ihre Bemühungen zu bedanken. »Ich bringe die TIERE hinten zum Stall«, sagte sie. »Ich habe sie in der Stadt angebunden.«

»TIERE! Angebunden!«, rief Elphaba wutschnaubend aus.

»Danke schön, Damsell Eminenz«, sagte die alte Frau. »Eminenz des Ostens – oder sollte ich lieber Hexe des Ostens sagen?« Sie grinste breit, zufrieden über ihren Erfolg, und trug beim Hinausgehen die verzauberte Axt nach Art eines forschen jungen Holzfällers über der Schulter.


Da Nessarose beschäftigt war, trieb Elphaba sich bei den Wirtschaftsgebäuden herum, bis sie einen Knecht fand, der ihr zeigen konnte, wo die zwei SCHAFE und die KUH hingekommen waren. Sie standen in einem Pferch mit sauberem Stroh und kauten andächtig vor sich hin, den Blick in verschiedene Ecken gerichtet.

»Sie sind die neuen TIERE, die diese bösartige Alte angeschleppt hat, nicht wahr?«, sagte Elphaba. Die KUH blickte sich um, als wäre sie es nicht gewohnt, angesprochen zu werden. Die SCHAFE taten so, als hätten sie nicht verstanden.

»Und?«, machte die KUH.

»Ich wohne zur Zeit im Winkus«, sagte Elphaba. »Dort gibt es kaum TIERE. Früher war ich in der Bewegung für die Rechte der TIERE, aber ich weiß nicht, wie es derzeit um die Situation der TIERE in Munchkinland bestellt ist. Können Sie mir etwas sagen?«

»Kümmern Sie sich um Ihren eigenen Dreck, das kann ich Ihnen sagen«, antwortete die KUH.

»Und die SCHAFE?«

»Diese SCHAFE hier können Ihnen gar nichts sagen. Sie sind verstummt.«

»Sind sie ... Schafe geworden? Kommt das vor?«

»Menschen werfen sich vor, Schafsköpfe oder dumme Kühe zu sein«, sagte die KUH, »und meinen es doch nicht wörtlich. SCHAFE werden keine Schafe, sie werden stumme SCHAFE. Man muss übrigens nicht über ihre Köpfe hinweg reden, als ob sie nicht zuhören würden.«

»Selbstverständlich. Entschuldigung«, sagte sie zu den SCHAFEN, von denen eines finster die Stirn runzelte. An die KUH gewandt fügte sie hinzu: »Ich würde Sie lieber mit Namen ansprechen.«

»Ich führe meinen Namen schon länger nicht mehr in der Öffentlichkeit«, entgegnete die KUH. »Es hat mir keine persönlichen Rechte gebracht, einen persönlichen Namen zu haben. Ich hebe ihn mir für den Privatgebrauch auf.«

»Das verstehe ich«, sagte Elphaba. »Mir geht es genauso. Ich bin nur noch die Hexe.«

»Ihre Eminenz persönlich?« Die Kuh ließ etwas Speichel fallen. »Welche Ehre. Ich wusste nicht, dass Sie sich selbst als Hexe bezeichnen, ich dachte, das wäre nur ein gehässiger Schimpfname. Die Hexe des Ostens.«

»Nein, nein, ich bin ihre Schwester. Die Hexe des Westens, wenn Sie so wollen.« Sie verzog das Gesicht. »Ich wusste gar nicht, dass sie so unbeliebt ist.«

Die KUH hatte sich verplappert. »Ich wollte mich wirklich nicht abfällig über Ihre Familie äußern«, sagte sie. »Ich sollte lieber den Mund halten und ihn zum Wiederkäuen benutzen. Aber ich kann es einfach immer noch nicht fassen, dass man mich für einen Hexenzauber eingetauscht hat. Dieser Holzfäller ist kein unrechter Kerl – oh, ich habe Ohren, auch wenn sie das immer wieder vergessen –, und der Gedanke, dass ein warmherziger Einfaltspinsel wie Nils Hacker durch einen Hexenzauber zu Schaden kommt und ich ein Teil des Kuhhandels bin ... Ich wüsste nicht, wie man im Leben noch tiefer sinken kann.«

»Ich bin hier, um euch zu befreien«, sagte Elphaba.

»Auf wessen Anordnung?« Die Kuh schnaubte argwöhnisch.

»Wie gesagt, ich bin die Schwester der Eminenz Thropp, der Eminenz des Ostens.« Sie verbesserte sich: »Der Hexe des Ostens. Ich habe das Recht dazu.«

»Und wohin sollen wir gehen, wenn wir frei sind? Was sollen wir machen?«, fragte die Kuh. »Wir kommen vielleicht bis Unterpuddelsdorf, bevor sie uns wieder anleinen. Unter dem Zauberer mit Sklavenarbeit traktiert, unter der Eminenz Thropp mit Moralpredigten. Wir können machen, was wir wollen, unter diesen ekligen kleinen Munchkinmenschen fallen wir immer auf.«

»Sie sind ziemlich verbittert«, sagte Elphaba.

»Nicht ohne Grund«, kam die Entgegnung. »Werteste, mein Euter ist ganz wund von dem ständigen Reißen. Morgens und abends werde ich gemolken. Ich will gar nicht erst davon reden, wie es ist, bestiegen zu werden von einem – ach, was soll's. Aber das Schlimmste ist, dass meine Kinder mit Milch gemästet und dann für Kalbfleisch geschlachtet wurden. Ich konnte es vom Schlachthof her hören, sie haben sich nicht mal die Mühe gemacht, mich außer Hörweite zu bringen!« Bei diesen Worten drehte sie den Kopf zur Wand, und die Schafe kamen angetrottet und schmiegten sich links und rechts wie zwei lebende warme Stützen an ihre Flanken und ihren Bauch.

Elphaba sagte: »Es tut mir so leid. Ich schäme mich maßlos. Wissen Sie, vor Jahren in Shiz habe ich mit Doktor Dillamond zusammengearbeitet – haben Sie von ihm gehört? Ich bin zum Zauberer persönlich gegangen, um gegen das Unrecht zu protestieren –«

»Ach, der Zauberer kümmert sich nicht um unsereinen«, sagte die Kuh, als sie sich wieder gefasst hatte. »Ich habe keine Lust mehr zu reden. Alle sind auf deiner Seite, bis sie etwas von dir wollen. Die Eminenz Nessarose hat uns wahrscheinlich eingetauscht, weil sie uns für irgendeinen religiösen Umzug gebrauchen kann, wo meine seidigen Flanken mit Girlanden geschmückt werden oder so etwas. Und wir wissen alle, was dann geschieht.«

»Nein, da liegen Sie sicherlich falsch«, sagte die Hexe. »Da muss ich Ihnen widersprechen. Nessarose ist eine strenge Unionistin. Im Unionismus gibt es keine ... Schlachtopfer ...«

»Die Zeiten ändern sich«, sagte die KUH. »Und sie muss ein Volk von ungebildeten, reizbaren Untertanen bei der Stange halten. Womit, bitte sehr, ginge das besser als mit einem rituellen Schachtfest?«

»Aber wie um alles in der Welt konnte es dazu kommen?«, sagte die Hexe. »Wenn Sie sich nicht doch irren. Dies hier ist Bauernland. Ihr müsstet hier eigentlich einen guten Stand haben.«

»Eingesperrte TIERE haben viel Zeit, sich Theorien auszudenken«, sagte die KUH. »Meines Wissens haben etliche unserer klugen Köpfe eine Verbindung zwischen dem Aufkommen des Tiktakismus und dem Rückgang der traditionellen TIERISCHEN Arbeit gezogen. Wir waren keine Lasttiere, aber wir waren gute, verlässliche Kräfte. Wenn man uns aus der Arbeiterschaft ausmustern würde, wäre es nur eine Frage der Zeit, bis man uns auch aus der Gesellschaft ausmustern würde. So jedenfalls eine der Theorien. Mein eigenes Gefühl allerdings sagt mir, dass im Land etwas wirklich Böses im Schwange ist. Der Zauberer geht als Vorbild voran, und die Gesellschaft trottet hinterdrein wie eine Herde Schafe. Entschuldigt die Bemerkung«, sagte sie und nickte ihren Gefährten im Pferch zu. »Das war keine Absicht.«

Elphaba machte das Gatter auf. »Kommt, ihr seid frei!«, sagte sie. »Was ihr daraus macht, ist eure Sache. Wenn ihr nicht wollt, müsst ihr selber die Folgen tragen.«

»Wenn wir hinausgehen, müssen wir auch die Folgen tragen. Meinen Sie etwa, eine Hexe, die eine Axt verzaubert, damit ein Mensch verstümmelt wird, hätte Bedenken, wenn es um zwei SCHAFE und eine lästige alte KUH geht?«

»Aber dies ist vielleicht eure einzige Chance!«, rief Elphaba.

Die KUH kam heraus, und die beiden SCHAFE folgten. »Wir kommen wieder«, sagte sie. »Das hier ist eine Lehre für Sie, nicht für uns. Denken Sie an meine Worte: Ehe das Jahr vorbei ist, wird mein Schwanzstück auf euren feinsten und teuersten Porzellantellern serviert werden.« Sie nickte. »Ich hoffe, ihr erstickt daran!«, muhte sie abschließend und trottete davon, mit dem Schwanz die Fliegen wegwedelnd.

# 6

»Eine Botschafterin aus dem Glikkus, Elphie«, sagte Nessarose, als Elphaba sie zu sehen verlangte. »Wirklich, ich kann sie nicht hinhalten. Sie ist gekommen, um über einen gegenseitigen Beistandspakt zu sprechen für den Fall, dass der Glikkus sich als nächstes abspaltet. Sie glaubt, dass Agenten ihre Familie bespitzeln, und sie muss heute Abend noch die Rückreise antreten. Aber wir essen zusammen zu Abend, ja, wie in alten Zeiten? Du, ich und meine Serviererin.«

Elphaba blieb nichts anderes übrig, als einen weiteren Nachmittag zu vertrödeln. Sie besuchte Frex und überredete ihn zu einem Spaziergang über die Zierteiche und die makellosen Rasenflächen hinaus, wo der Wald bis an den hinteren Rand von Kolkengrund heranreichte. Er ging so steif, so langsam, dass es für sie eine Qual war, da sie normalerweise zügig ausschritt. Doch sie hielt sich im Zaum.

»Wie findest du deine Schwester?«, fragte er sie. »Nach all den Jahren. Sehr verändert?«

»Sie war auf ihre Art schon immer selbstbewusst«, antwortete Elphaba zurückhaltend.

»Das habe ich nie gefunden und finde ich auch jetzt nicht«, sagte Frex. »Aber ich glaube, sie hat das gut vorgetäuscht, und jetzt ist es noch besser geworden.«

»Warum hast du mich eigentlich gebeten herzukommen, Papa? Ich habe nicht viel Zeit, weißt du. Du musst offen sprechen.«

»Du wärst eine fähigere Eminenz als Nessie«, sagte er. »Außerdem ist es dein Geburtsrecht. Ja, ich weiß, dass die Erbfolgeregeln deiner Mutter gleichgültig waren. Ich bin schlicht der Meinung, dass das Volk von Munchkinland mit dir an der Spitze besser fahren würde. Nessa ist … zu fromm, falls das überhaupt sein kann. Jedenfalls zu fromm, um eine zentrale Figur im öffentlichen Leben zu sein.«

»Dies ist vielleicht der einzige Punkt, in dem ich nach meiner Mutter komme«, sagte Elphaba, »aber ein ererbter Rang interessiert mich nicht, und es bedeutet mir überhaupt nichts, dass ich die rechtmäßige Eminenz wäre. Ich habe meiner Stellung in der Familie schon lange abgeschworen. Nessarose hat das Recht, das gleiche zu tun, und dann kann Krott einspringen, wenn man ihn findet. Oder noch besser, der dumme Brauch wird ganz abgeschafft und die Munchkins können sich selbst zu Tode regieren.«

»Ein Staatsoberhaupt kann genauso ein Sündenbock sein wie der geringste Tagelöhner«, sagte Frex. »Aber ich rede von Führungsqualitäten, nicht von Rang und Ehren. Ich rede von den Zeiten, in denen wir leben, und der Arbeit, die getan werden muss. Fabala, du warst von jeher das tüchtigste der Kinder. Krott ist ein draufgängerischer Wichtigtuer, der zur Zeit den Geheimagenten spielt, und Nessie ist ein versehrtes kleines Mädchen –«

»Oh, bitte!«, sagte sie genervt. »Kann das nicht langsam einmal vorbei sein?«

»Für sie ist es nicht vorbei.« Er war beleidigt. »Liegt sie etwa in den Armen eines Geliebten? Bringt sie eigene Kinder zur Welt, führt sie ein erfülltes Leben? Sie versteckt sich hinter ihrer Frömmigkeit, wie sich ein Terrorist hinter seinen Idealen versteckt –« Er sah, wie sie schmerzlich das Gesicht verzog, und verstummte.

»Ich habe Terroristen gekannt, die lieben konnten«, sagte sie kühl, »und ich habe gute Nonnen gekannt, unverheiratet und kinderlos, die für notleidende Menschen wohltätige Arbeit leisteten.«

»Hast du je erlebt, dass Nessa eine intensive Erwachsenenbeziehung mit jemand anderem als dem Namenlosen Gott hatte?«

»Das musst ausgerechnet du sagen«, versetzte sie. »Du hattest zwar Frau und Kinder, aber auf deiner Prioritätenliste kamen sie nach zu bekehrenden Quadlingern.«

»Ich habe getan, was getan werden musste«, sagte er streng. »Ich lasse mich nicht von meiner Tochter belehren.«

»Und ich lasse mich nicht von dir über meine immerwährenden Verpflichtungen gegen Nessie belehren. Ich habe ihr meine Kindheit gegeben, ich habe sie in Shiz eingeführt. Sie hat ihr Leben so, wie es ihr gefällt, und sie hat auch jetzt noch die freie Wahl und einen freien Willen. Das gleiche gilt für ihre Untertanen, die sie absetzen und ihr den Kopf abschlagen können, wenn ihre Gebete ihnen zu lästig werden.«

»Sie ist eine ziemlich machtbesessene Frau«, sagte Frex bekümmert. Elphaba blickte ihn von der Seite an, und zum ersten Mal sah sie, wie kraftlos er war, ein alter Mann von der Art, wie Irji, wenn er lange genug lebte, einer werden würde. Einer, der immer am Rand des Geschehens herummurkste, der reagierte, statt zu agieren, der um die Vergangenheit trauerte und für die Zukunft betete, statt in der Gegenwart etwas zu bewegen.

»Wie ist sie so machtbesessen geworden?«, fragte sie, um Freundlichkeit bemüht. »Sie hat doch zwei rechtschaffene Eltern gehabt.«

Er gab keine Antwort.

Sie gingen weiter und verließen den Wald auf einem Weg, der an einem Getreidefeld entlangführte. Zwei Landarbeiter waren dabei, einen Zaun zu reparieren und eine Vogelscheuche aufzustellen. »'n Tag, Bruder Frexspar«, sagten sie und zogen die Mützen. Die grüne Frau sahen sie ein wenig misstrauisch an. Als sie außer Hörweite waren, sagte Elphaba: »Sie hatten so etwas wie einen Talisman an ihren Jacken, hast du gesehen? Es sah aus wie eine kleine Strohpuppe.«

»Ach ja, der Strohmann.« Er seufzte. »Noch so ein heidnischer Brauch, der fast verschwunden war und dann während der Großen Dürre wieder aus der Versenkung geholt wurde. Ungebildete Feldarbeiter tragen einen Strohmann als Abwehrzauber gegen schädliche Einflüsse aller Art: Dürre, Krähen, Insekten, Fäule. Früher war eine Tradition von Menschenopfern damit verbunden.« Er blieb stehen, um zu verschnaufen und sich den Schweiß aus dem Gesicht zu wischen. »Der Quadlinger Schildkrötenherz, der Freund unserer Familie, wurde hier in Kolkengrund ermordet, genau am Tag von Nessaroses Geburt. Ein fahrender Zwerg zog in dem Jahr mit einer großen tiktakischen Jahrmarktsuhr durchs Land und bot den Leuten ein Ventil für ihre abscheulichsten Neigungen. Sie griffen sich Schildkrötenherz, kaum dass wir hier eingetroffen waren. Ich habe mir nie verziehen, dass ich nicht merkte, was sie im Schilde führten – aber deine Mutter lag in den Wehen, und wir wurden aus der Stadt vertrieben. Den ganzen Weg über konnte ich keinen richtig klaren Gedanken fassen.«

Elphaba hatte die Geschichte schon einmal gehört. »Du hast ihn geliebt«, sagte sie, um es ihm leichter zu machen.

»Das haben wir beide, wir haben ihn geteilt«, sagte Frex, »deine Mutter und ich. Seitdem ist ein Leben vergangen, und ich weiß nicht mehr, warum; vermutlich habe ich es damals auch nicht gewusst. Ich habe seit dem Tod deiner Mutter niemand anderes mehr geliebt, außer meine Kinder natürlich.«

»Was für eine brutale Geschichte von Opfern«, sagte sie. »Ich habe gerade mit einer Kuh geredet, die damit rechnet, als Schlachtopfer zu sterben. Kann das sein?«

»Je zivilisierter wir werden, desto abscheulicher unsere Vergnügungen«, erwiderte Frex.

»Und das wird sich niemals ändern, oder? Mir fällt dabei die Herkunft des Wortes ›Oz‹ ein, jedenfalls was unsere Rektorin Madame Akaber in einem Vortrag darüber behauptet hat. Ihren Angaben nach führen Sprachwissenschaftler den Namen auf die gillikinesische Stammform *oos* zurück, zu deren Bedeutungsfeld ›Wachstum, Entwicklung, Kraft, Zeugung‹ gehören. Je älter ich werde, umso mehr leuchtet mir diese Herleitung ein.«

»Der Dichter der *Ozias* nennt es ›Land der grünen Fülle, reich belaubtes Land‹.«

»Dichter verherrlichen die Macht genauso wie andere bezahlte Skribenten.«

»Manchmal würde ich alles dafür geben, hier wegzukommen, aber ich schrecke vor der Reise durch die mörderische Wüste zurück.«

»Das ist bloß ein Ammenmärchen«, sagte Elphaba. »Papa, du hast mir beigebracht, dass die Wüste nicht mörderischer ist als diese Felder hier. Das erinnert mich an eine andere Theorie, nämlich dass ›Oz‹ mit dem Wort ›Oase‹ verwandt ist. So kam den nomadischen Völkerschaften des Nordens in unvordenklichen Zeiten, als Oz entdeckt und besiedelt wurde, die Landschaft von Gillikin vor. Und weißt du was, Papa, so weit musst du gar nicht reisen. Der Winkus ist praktisch ein anderes Land. Magst du nicht mitkommen, wenn ich dorthin zurückkehre?«

»Das würde ich gern«, sagte er. »Aber Nessarose im Stich lassen? Das kann ich nicht. Niemals.«

»Selbst wenn sie Schildkrötenherzens Tochter ist und nicht deine?« Sie wollte ihn verletzen, weil sie selbst verletzt war.

»Dann erst recht nicht«, antwortete er.

Da begriff Elphaba, dass die Ungewissheit, ob Nessarose von ihm oder von Schildkrötenherz gezeugt worden war, in Frex unterschwellig die Vorstellung genährt hatte, sie sei ihrer beider Tochter. Nessarose war der Beweis der kurzen Einung von ihnen beiden – und natürlich von Melena. Es spielte keine Rolle, wie versehrt Nessarose war, Elphaba würde niemals an sie heranreichen. Sie würde ihm immer mehr bedeuten.


Elphaba suchte Nessarose in ihrem Schlafgemach auf. Eine Dienerin servierte eine Suppe aus Rindsinnereien. Obwohl sie normalerweise nicht heikel im Essen war, brachte Elphaba sie nicht herunter. Die Dienerin schob Nessarose geschickt kleine Löffel voll in den Mund.

»Ich will nicht um den heißen Brei herumreden«, sagte Nessarose. »Ich hätte dich gern als Kampfgenossin, die den Kreis meiner Berater leitet und in meiner Abwesenheit, wenn ich auf Reisen bin, die Geschäfte führt.«

»Nach dem, was ich bisher gesehen habe, liegt mir nichts an Munchkinland«, entgegnete Elphaba. »Die Leute sind grausam und leicht zu beeinflussen, der Prunk hier ist bedrückend, und ich glaube, dass du auf einem Pulverfass sitzt.«

»Umso mehr solltest du hierbleiben und mir helfen«, sagte Nessarose. »Sind wir nicht zu einem Leben im Dienst an der guten Sache erzogen worden?«

»Deine Schuhe haben dich stark gemacht«, sagte Elphaba. »Ich hätte nicht gedacht, dass Schuhe so etwas können. Ich glaube nicht, dass du mich brauchst. Aber verliere diese Schuhe nicht.« Deine Schuhe, dachte sie dabei, verleihen dir eine unnatürliche Balance. Du siehst aus wie eine aufrecht stehende Schlange.

»Du wirst dich doch von damals noch an sie erinnern?«

»Gewiss, aber wie ich höre, hat Glinda ihnen mit einem Zauber eine besondere Kraft verliehen.«

»Ach, diese Glinda!« Nessarose schluckte und lächelte. »Du kannst die Schuhe haben, liebe Schwester – aber nur über meine Leiche. Ich ändere mein Testament und hinterlasse sie dir, auch wenn ich mir nicht recht vorstellen kann, was du dann davon hast. Mir sind ihretwegen keine Arme gewachsen. Verzauberte Schuhe werden deine Hautfarbe nicht ändern – aber vielleicht werden sie dich ja dermaßen verführerisch machen, dass die Hautfarbe keine Rolle mehr spielt.«

»Ich bin schon zu alt, um noch so verführerisch zu sein.«

»Ach was, du bist doch in der Blüte der Jahre, und ich auch«, sagte Nessarose und lachte. »Gib zu, dass du in einem winkischen Zelt oder Blockhaus, oder was sie dort sonst für Behausungen haben, einen leidenschaftlichen Liebhaber hast. Stimmt's?«

»Mir geht eine Frage durch den Kopf, seit ich neulich gesehen habe, wie du diesen Zauber gewirkt hast«, sagte Elphaba. »Den mit der Axt.«

»Ach, richtig. Das war doch nichts Besonderes.«

»Erinnerst du dich vielleicht noch daran, wie Madame Akaber uns damals in Shiz mit einem Bann belegt hat? Und wie wir danach nicht miteinander darüber reden konnten?«

»Sprich weiter. Es kommt mir irgendwie bekannt vor. Sie war schrecklich, eine Tyrannin durch und durch.«

»Sie sagte, sie hätte uns – mich, dich und Glinda – zu Adeptinnen auserkoren. Zu Agentinnen irgendeiner höheren Instanz. Zu Zauberinnen und geheimen Komplizinnen, von wem auch immer.

Sie versprach uns einen hohen Rang und großen Einfluss. Sie pflanzte uns den Gedanken ein, wir könnten das niemals miteinander besprechen.«

»Ja, genau, ich erinnere mich. Was war sie doch für eine Hexe!«

»Und meinst du, dass etwas Wahres dran ist? Meinst du, sie hatte die Kraft, uns zum Schweigen zu zwingen? Mächtige Zauberinnen aus uns zu machen?«

»Sie hatte die Kraft, uns vor Angst fast verrückt zu machen, aber wir waren auch noch sehr jung.«

»Ich hatte damals das Gefühl, dass sie mit dem Zauberer unter einer Decke steckte und dass sie ihren Tiktak – Grommetik, gerade fällt mir der Name wieder ein, ein merkwürdiges Ding, das Gedächtnis –, dass sie ihren Tiktak beauftragt hatte, Doktor Dillamond zu ermorden.«

»Du hast hinter jeder Ecke Schurken mit Messern lauern sehen, schon immer«, sagte Nessarose. »Ich glaube nicht, dass Madame Akaber über wirkliche Macht verfügte. Sie war gut im Manipulieren, aber ihre Macht war sehr begrenzt, und in unserer Naivität sahen wir eine Verbrecherin in ihr. Dabei war sie lediglich eingebildet und aufgeblasen.«

»Das frage ich mich. Ich habe hinterher versucht, etwas darüber zu sagen. Sind wir nicht alle ohnmächtig geworden?«

»Wir waren einfältig und furchtbar leicht zu beeinflussen, Elphie.«

»Und Glinda hat reich geheiratet, genau wie Madame Akaber es vorhergesagt hatte. Ist ihr Mann noch am Leben?«

»Wenn man es so nennen kann, ja. Und Glinda ist eine Zauberin, daran besteht überhaupt kein Zweifel. Aber Madame Akaber hat lediglich Zukunftsprognosen abgegeben. Sie hat unsere Talente gesehen, wie man es von einer Pädagogin erwarten kann, und hat uns geraten, wie wir sie nutzbringend anwenden. Was ist daran so verwunderlich?«

»Sie wollte uns verlocken, insgeheim in den Dienst eines unbekannten Meisters zu treten. Das denke ich mir nicht bloß aus, Nessie.«

»Sie hat offensichtlich gewusst, wie sie *dich* beeinflusst, indem sie an deinen Verschwörungswahn appelliert. Ich kann mich an solche absurden Verlockungen nicht erinnern.«

Elphaba verstummte. Vielleicht hatte Nessie ja recht. Und doch saßen sie sich jetzt, ein Dutzend Jahre später, gewissermaßen als zwei Hexen gegenüber. Und Glinda war eine Zauberin für das Allgemeinwohl geworden. Am liebsten wäre Elphaba auf der Stelle nach Kiamo Ko zurückgekehrt und hätte das Grimorium verbrannt und den Besen gleich mit.

»Sie hat Glinda immer an einen Karpfen erinnert«, sagte Nessarose. »Kannst du dich wirklich vor einem Fisch fürchten, nach all den Jahren?«

»Ich habe einmal in einem Buch ein Bild von einem Seeungeheuer gesehen – oder einem Meeresungeheuer, falls man an Meere glaubt«, sagte Elphaba. »Ich bin mir nicht sicher, ob es wirklich solche Ungeheuer gibt, aber ich bleibe darüber lieber im Zweifel, als mich durch eigene Erfahrung von ihrer Existenz überzeugen zu lassen.«

»So etwas hast du auch einmal über den Namenlosen Gott gesagt«, bemerkte Nessarose leise.

»Fang nicht wieder damit an!«

»Ein so hohes Gut wie eine Seele darf man nicht ignorieren, Elphie.«

»Wie gut, dass ich keine habe, dann muss es keinen Streit darum geben.«

»Du hast eine Seele. Jeder hat eine.«

»Wie steht es dann mit der Kuh, die du gestern bekommen hast, und den Schafen?«

»Ich spreche nicht von niederen Lebensformen.«

»Solche Reden kränken mich, Nessie. Ich habe diese Tiere befreit, dass du's weißt.«

Nessarose zuckte die Achseln. »Du hast gewisse Rechte in Kolkengrund. Ich werde nicht umherlaufen und deine kleinen Befreiungsaktionen verbieten.«

»Sie haben schreckliche Dinge darüber erzählt, wie Tiere hier behandelt werden. Ich dachte, das wäre nur in der Smaragdstadt und in

Gillikin so. Ich hatte geglaubt, im ländlichen Munchkinland wären die Leute vernünftiger.«

»Weißt du«, sagte Nessarose, wobei sie der Dienerin ein Zeichen gab, ihr den Mund mit der Serviette abzuwischen, »bei einer Gebetsversammlung habe ich einmal einen Soldaten kennengelernt. Er hatte in einem Feldzug gegen aufbegehrende Quadlinger einen Arm verloren. Er sagte, dass er jeden Morgen den Stumpf schlug, der ihm von seinem Arm geblieben war. Das Blut kam in Bewegung, – nach einer Weile stellte sich ein Kribbeln ein, und er spürte eine Art Phantomarm. Das dauerte eine Weile, aber was er dabei nach und nach entwickelte, war das *Gefühl*, das er von früher kannte. Es ging erst nur zum Ellbogen, und schließlich dehnte sich seine Erinnerung, die körperliche Erinnerung an den Arm im dreidimensionalen Raum, bis zu den Fingern aus. Sobald er gefühlsmäßig über seinen Phantomarm verfügte, war er in der Lage, als Krüppel zu bestehen. Auch sein Gleichgewichtssinn verbesserte sich.«

Elphaba sah ihre Schwester an und wartete auf den Schlag.

»Ich habe es eine Zeitlang versucht. Monatelang. Ich ließ mir von Ämmchen meine Stummelchen massieren. Sie gab sich die größte Mühe, und schließlich entstand in mir eine ganze vage Ahnung davon, wie es wäre, Arme zu haben. Diese Ahnung ging nie sehr weit, das kam erst, als Glinda sich diese Schuhe vornahm. Wenn ich sie jetzt eine Stunde lang an den Füßen habe – ich weiß nicht warum, vielleicht weil sie zu eng sind und mein Kreislauf rebelliert –, habe ich Phantomarme. Zum ersten Mal im Leben. Nur die Finger kann ich nicht richtig fühlen.«

»Phantomarme«, sagte Elphaba. »Das freut mich für dich.«

»Weißt du, wenn du dich in ähnlicher Weise schlagen würdest, innerlich, meine ich«, fuhr Nessarose fort, »dann könntest du eventuell eine Phantomseele bekommen oder etwas, das sich so anfühlt. Eine Seele ist eine gute innere Richtschnur. Unter Umständen würdest du sogar erkennen, dass sie gar kein Phantom ist, sondern echt.«

»Das reicht, Nessie«, sagte Elphaba. »Ich habe kein Interesse, mit dir über meine Gewissensnöte zu sprechen.«

»Warum bleibst du nicht hier, arbeitest bei mir mit und wir lassen dich taufen?«, sagte Nessarose herzlich.

»Wasser bereitet mir schreckliche Schmerzen, das weißt du genau, und ich will nicht mehr darüber reden. Ich kann keinem Namenlosen Irgendwas Gefolgschaft geloben. Das ist Scharlatanerie.«

»Du verurteilst dich selbst zu einem traurigen Leben«, sagte Nessarose.

»Damit bin ich längst vertraut, es wird mich also wenigstens nicht überrumpeln.« Elphaba warf ihre Serviette hin. »Ich kann hier nicht bleiben, Nessie. Ich kann dir nicht helfen. Im Winkus warten eigene Verpflichtungen auf mich, nach denen du dich nicht einmal erkundigt hast. Oh, natürlich, ich weiß, es hat eine Revolution stattgefunden, und du bist die neue Ministerpräsidentin oder so ähnlich, da hast du sicher das Recht, mit dir selbst beschäftigt zu sein. Also lade dir das Gewicht der Verantwortung auf oder wirf es ab, aber sorge dafür, dass es in jedem Fall deine freie Entscheidung ist und kein Ausrutscher der Geschichte, kein versehentliches Märtyrertum. Ich mache mir Sorgen um dich, aber ich kann nicht hierbleiben und dein Mädchen für alles werden.«

»Ich war einfach plump und undiplomatisch. Du kannst nicht erwarten, dass ich mich nach so kurzer Zeit schon wieder schwesterlich verhalten kann –«

»Du hattest die ganzen Jahre über Krott zum Üben«, sagte Elphaba streng und stand auf.

»Und jetzt willst du einfach so fortgehen?« Auch Nessarose erhob sich in ihrer seltsam schlangenhaften Art. »Nach zwölf Jahren Trennung sind wir drei, vier Tage lang wieder zusammen, und das war's dann?«

»Halte dich tapfer«, sagte Elphaba und küsste ihre Schwester auf beide Wangen. »Ich weiß, du wirst eine gute Eminenz sein, solange du das willst.«

»Ich werde für deine Seele beten«, versprach Nessarose.

»Ich werde auf deine Schuhe warten«, antwortete Elphaba.

Beim Hinausgehen überlegte Elphaba, ob sie ihrem Vater Lebewohl sagen sollte, und entschied sich dann dagegen. Sie hatte ihm alles gesagt, wozu sie sich durchringen konnte. Die beiden hatten sie auf typisch familiäre Art mit liebevoller Grausamkeit unter Druck gesetzt, und sie war restlos bedient.

# 7

Auf der Nordroute über die Madeleines, die sie einschlug, kam sie über den Kluchtsee. Sie beschloss, auf halber Strecke dort zu rasten, und stellte dabei mit Interesse fest, dass sie sich tatsächlich freute, zurückzukehren. Sie ging am Ufer des Sees entlang und hielt nach dem Haus Kiefernlust Ausschau, doch sie konnte es unter den vielen Ferienvillen nicht herausfinden, die seit jenem Besuch damals in ihrer Jugend aus dem Boden geschossen waren.

Aber was sie wahrnahm, war nicht die sichtbare Landschaft. Es war die Welt als solche. Was war es, was die Welt im Innersten zusammenhielt? Wie konnte Nessarose an den Namenlosen Gott glauben? Hinter jedem Aspekt der Welt kam ein anderer zum Vorschein. War es nicht das, womit sich Doktor Dillamond beschäftigt hatte? Er hatte sich eine andere wahre Grundlage der Welt vorgestellt, zu erhärten durch Beweise und Experimente, er hatte entdeckt, wie man zu ihr durchdrang. Aber sie war keine Visionärin. Elphaba konnte nicht unter die blauweiß marmorierte Spiegelfläche des Sees blicken, hinter die moirierte Seide des Himmels.

Verschlossen blieb ihr der Rohstoff des Lebens: die Muskulatur der Engelsflügel, die Kapillarvorgänge bei der Einstellung eines scharfen Blicks. Verschlossen blieben ihr die sentimentalen Qualitäten des Empyreums: das Gute, falls denn der Namenlose Gott gut war. Verschlossen blieb ihr auch das Böse.

Wer war letztlich wem untertan? Ließ sich das jemals erkennen? Jede Kraft wirkte in Eintracht und Zwietracht, etwa wenn Kälte und Sonnenschein gemeinsam einen tödlichen Eisspeer schufen ... War der Zauberer ein Scharlatan, ein Betrüger, ein Despot mit rein menschlichen Fähigkeiten und Unfähigkeiten? Kontrollierte er die Adeptinnen – Nessarose und Glinda und eine unbekannte Dritte, denn Elphaba konnte es gewiss nicht sein –, oder wurde ihm das nur von Madame Akaber eingeredet, um sein geltungssüchtiges Ich zu befriedigen, seine Gier nach Macht, sei sie nun scheinbar oder real?

Und Madame Akaber? Und Schackel? Gab es eine Verbindung? Waren sie ein und dieselbe Person, waren sie grausame Gottheiten, Avatare einer Macht der Finsternis, waren sie lediglich Teilaspekte, vom bösen Gesamtkörper der kumbrischen Hexe genommen? Oder waren sie – einzeln oder gemeinsam – die alte Kumbricia persönlich oder das, was von ihr aus dem heroischen Zeitalter der Mythologie in diesen konfusen und dürftigen modernen Zeiten übriggeblieben war? Waren sie es, die den Zauberer beherrschten, ihn tanzen ließen wie eine Marionette?

Wer ist wem untertan?

Und während du auf die Antwort wartest, fällt der von den gegensätzlichen Kräften gebildete tödliche Eiszapfen herab und treibt seine kalte Spitze in dein verletzliches Fleisch.

Sie verließ die kiefernbestandenen Ufer des Kluchtsees in einem Zustand großer Verwirrung und Aufgewühltheit. Da sie sich nicht zutraute, Fragen der politischen oder theologischen Rangordnung zu entscheiden, würde ihr keine andere Wahl bleiben, als die alten Aufzeichnungen auszugraben, die sie sich am Tag nach Doktor Dillamonds Ermordung aus seinem Studierzimmer geholt hatte. Sie musste etwas Konkretes in der Hand haben. Ein Vergrößerungsglas, ein Skalpell, eine sterile Sonde. Vielleicht war sie inzwischen alt genug zu verstehen, worauf er aus gewesen war. Er war ein unionistischer Essentialist gewesen; sie war eine dilettantische Atheistin. Und doch konnte sie von seiner Arbeit profitieren, auch nach dieser langen Zeit.

Bis zu den unteren Hängen der Großen Kallen war der Wind auf ihrer Seite. Danach hatte sie größere Mühe, sowohl den Weg zu finden als auch auf dem Besen sitzenzubleiben. Einige Male musste sie absteigen und zu Fuß gehen. Zum Glück war es nicht sehr kalt, und sie stieß in den geschützten Tälern auf kleine Nomadengruppen, die ihr die Richtung wiesen. Trotzdem dauerte die Rückreise lange, selbst mit dem Besen.

Am späten Nachmittag, als die Sonne im Vergleich zum Winter noch hoch stand und heiß brannte, quälte sie sich die letzten Hänge hinauf. Über ihr zeichneten sich die schlanken dunklen Konturen von Kiamo Ko ab. Sie kam sich vor wie ein Kind, das zum Zylinder eines sehr großen Mannes aufschaut. Um jedes Aufsehen zu vermeiden, machte sie einen Bogen um das Dorf. Ohne den Besen wäre das so gut wie unmöglich gewesen, doch selbst der Besen schien die Anstrengung zu spüren. Sie landete im Obstgarten und begab sich zur Hintertür, die offen stand, was bedeutete, dass die Schwestern irgendwo Blumen pflückten oder ähnlichen Unfug trieben.

Im Haus war es still. Sie nahm sich einen schon braun werdenden Apfel vom Büfett und stapfte die Treppe ihres Turms hinauf, ohne jemandem zu begegnen. Als sie an Ämmchens Zimmer vorbeikam, rüttelte sie am Türknauf und rief: »Ämmchen?«

»Oh!«, ertönte ein schwacher Schrei. »Hast du mich erschreckt!«

»Darf ich reinkommen?«

»Moment.« Den Geräuschen nach wurden Möbel von der Tür weggerückt. »Eine schöne Geschichte, das kann ich dir sagen! Die feine Elphaba verschwindet einfach, während wir hier in unseren Betten ermordet werden oder so gut wie.«

»Was redest du da? Lass mich rein!«

»Und ohne ein Wort zu sagen. Wir waren ganz außer uns vor Sorge ...« Das letzte Möbelstück scharrte über den Boden, und Ämmchen riss die Tür auf. »Du grässliche, undankbare Person!« Sie ließ sich schwer in Elphabas Arme fallen und brach in Tränen aus.

»Bitte, ich habe genug Dramatik für den Rest meines Lebens gehabt«, sagte Elphaba. »Worüber beschwerst du dich?«

Es dauerte eine Weile, bis Ämmchen sich beruhigt hatte. Sie durchwühlte ihre Tasche nach Riechsalz und zog dabei so viele Fläschchen und andere Behältnisse heraus, dass sie ihre eigene Apotheke hätte aufmachen können: blaue Phiolen, Tablettenkästchen, Schlangenhautbeutel mit Pulvern und Pillen sowie eine schöne grüne Glasflasche, auf der ein altes zerrissenes Etikett mit der Aufschrift WUNDERELI- klebte.

Sie verabreichte sich ein Beruhigungsmittel, und als sie wieder bei Atem war, sagte sie: »Also, meine Liebe, ich nehme an, du hast gesehen, dass alle weg sind, oder?«

Elphaba runzelte verwirrt die Stirn. Eine jähe Furcht stieg in ihr auf.

Ämmchen holte tief Atem. »Sei jetzt nicht böse auf das Ämmchen. Das Ämmchen kann nichts dafür. Diese Soldaten beschlossen plötzlich, ihr Einsatz sei beendet. Ich weiß nicht, wieso, vielleicht hatte Nor ihnen erzählt, dass du fort warst. Jedenfalls erzählte sie es uns: Sie hatte heimlich nach deinem Besen gesucht, und sie sagte, du seist nicht da. Es kann also sein, dass sie es ihnen gegenüber erwähnte. Du weißt ja, wie nett sie zu ihr waren, wie sie sie vergötterten. Die Soldaten kamen an die Tür und erklärten, sie müssten die ganze Familie, Sarima und ihre Schwestern samt Nor und Irji, zu ihrem Stützpunkt bringen, irgendwo weit weg. Mich bräuchten sie nicht, meinten sie, was ich sehr beleidigend fand.

Sarima wollte den Grund wissen, und dieser nette Kommandeur Kirschstein sagte, es sei zu ihrem eigenen Schutz. Für den Fall, dass ein Kampfbataillon durchkommt, sagte er, dürften sich auf keinen Fall noch irgendwelche Mitglieder des Herrscherhauses hier aufhalten, oder es könnte Blut fließen.«

»Ein Bataillon? Wann?« Elphaba schlug mit der flachen Hand auf das Fensterbrett.

»Das will ich dir ja gerade erzählen. In allernächster Zeit, sagte er; dies seien notwendige Sicherheitsmaßnahmen. Die Soldaten machten Druck. Sie trieben die Bauern aus dem Dorf – ich glaube, es gab keine Toten, alles wirkte recht human bis auf die Ketten –, und ich wurde als Einzige zurückgelassen: Ich wäre zu alt, zu Fuß den Berg hinunterzugehen, und außerdem kein Familienmitglied. Liir ließen sie ebenfalls da, denn er stellte keine Bedrohung dar, und ich glaube, sie hatten ihn irgendwie ins Herz geschlossen. Aber ein paar Tage später verschwand auch er. Ich bin sicher, dass er sie furchtbar vermisst hat, und da muss er ihnen zu ihrem Stützpunkt gefolgt sein.«

»Und niemand hat protestiert?«, kreischte Elphaba.

»Schrei mich nicht an! Natürlich haben sie protestiert. Na ja, Sarima ist einfach ohnmächtig zusammengeklappt, und Irji und Nor haben sich um sie gekümmert. Aber die Schwestern, diese elenden Süßholzrasplerinnen, verbarrikadierten sich im Speisesaal und steckten den Kapellenflügel in Brand, um auf ihre Notlage aufmerksam zu machen, und Drei knallte dem Kommandeur Kirschstein einen Schleifstein auf die Hand und brach ihm sämtliche Knochen im Handgelenk, möchte ich wetten. Fünf und Sechs läuteten die Glocke, aber die Hirten sind zu weit weg, und es geschah alles zu plötzlich. Zwei schrieb Hilferufe und band sie deinen Krähen an die Füße, doch die wollten sich nicht befreien lassen und ließen sich gleich wieder auf dem Fensterbrett nieder, die nutzlosen Viecher. Vier kam auf die tolle Idee, Öl zu sieden, aber sie bekamen die Flamme nicht stark genug. Oh, ein oder zwei Tage lang ging es hier hoch her, aber natürlich blieben die Soldaten Sieger. Männer bleiben immer Sieger.«

Ämmchen hatte sich in Rage geredet. »Und wir dachten alle, sie hätten dich schon vorher aus dem Weg geschafft«, fuhr sie fort. »Du warst die Einzige hier, die etwas ausrichten konnte, das wusste jeder. Alle halten dich für eine Hexe. Die Leute aus dem Dorf sagten mir, falls du doch wieder auftauchst, solltest du nach Rotmühlen unterhalb des Staudamms kommen, das würdest du kennen. Sie glauben anscheinend, du könntest ihre königliche Familie retten, oder was davon übrig ist. Ich habe ihnen klargemacht, dass das eine eitle Hoffnung ist, dass dir daran nichts liegt, aber ich habe versprochen, es dir auszurichten.«

Elphaba ging mit großen Schritten auf und ab. Sie befreite ihre Haare aus dem gewohnten Knoten und schüttelte sie aus, als wollte sie das, was sie da gehört hatte, gleich wieder loswerden. »Und Plapperaff?«, fragte sie schließlich.

»Versteckt sich bestimmt im Musikzimmer hinterm Klavier.«

»Eine schöne Bescherung!«

Sie ging herum, sie setzte sich hin, sie strich sich übers Kinn, sie trat gegen Ämmchens Nachttopf, dass er zerbrach. »Was bleibt mir?«, murmelte sie. »Der Besen. Die Bienen. Der Affe. Mordefroh – haben sie Mordefroh was getan? Also Mordefroh. Die Krähen. Ämmchen. Die Dorfbewohner, soweit sie entkommen sind. Das fragwürdige Grimorium. Das ist nicht viel.«

»Nein, ist es nicht«, bestätigte Ämmchen mit einem Seufzer. »Nichts als Unheil.«

»Wir können sie befreien«, erklärte Elphaba. »Und das werden wir auch.«

»Das Ämmchen ist dabei, auch wenn ich diese Schwestern ehrlich gesagt nie besonders gemocht habe.«

Elphaba ballte die Fäuste und musste sich beherrschen, um sich nicht selbst zu schlagen. »Und Liir ist auch weg«, sagte sie. »Ich bin hergekommen, um Sarima um Verzeihung zu bitten, und stattdessen habe ich Liir verloren.«

Kiamo Ko war totenstill bis auf das schwere Schnaufen des alten Ämmchens, die in ihrem Schaukelstuhl schlief. Mordefroh war glücklich, seine Herrin wiederzusehen, und schlug mit dem Schwanz auf den Boden. Der Himmel draußen vor den Fenstern war weit und bot keine Hoffnung. Elphaba war ebenfalls müde, doch sie konnte nicht schlafen. Immer wieder meinte sie zu hören, wie das Wasser an die Wände des Fischbrunnens klatschte, als ob der sagenhafte unterirdische See ansteigen und sie alle ertränken wollte.

# V

# DER MORD UND SEINE FOLGEN

# 1

Hinterher wurde viel darüber diskutiert, was es wohl gewesen sein konnte. Das Getöse war scheinbar aus allen Himmelsrichtungen gleichzeitig gekommen.

Journalisten, mit Thesaurus und apokalyptischen Schriften bewaffnet, machten Worte darum und bekamen es doch nicht zu fassen. »Eine strudelige Verdichtung gestörter und instrumentalisierter Luft« … »Ein Vulkan des Unsichtbaren, finsterer Absicht entsprungen« …

Die Freudisten mit tiktakistischen Neigungen hörten darin Unmengen von Uhrwerken, deren Federn mit entsetzlicher Geschwindigkeit abliefen. Für sie war es eine Entfesselung verheerender mechanischer Kräfte gewesen.

Den Essentialisten schien es, als ob die Welt urplötzlich vor lauter Leben geborsten wäre, vor Zellen, die sich zu Milliarden teilten, Molekülen, die zu nichts zerfielen, Atomen, die in ihren Hüllen rüttelten und rumorten.

Die Abergläubischen sahen darin den Zusammenbruch der Zeit. Alle Übel der Welt waren in einem gewaltigen Muskel zusammengeflossen, der mit aller Kraft versucht hatte, einen endgültigen Vernichtungsschlag zu führen.

Für die religiösen Traditionalisten war es ein Angriff rächender Engelsheere gewesen, die zuletzt den schrecklichen Namen des Namenlosen Gottes erschallen ließen und jede Hoffnung auf Barmherzigkeit zunichte machten.

Einige wenige behaupteten, es seien Geschwader fliegender Drachen gewesen, die zur Attacke abgerichtet worden waren und jetzt mit dem Schlag ihrer dreifachen Schwingen den Himmel aus seiner Verankerung reißen wollten.

Angesichts der Zerstörung, die dabei entstanden war, hatte niemand die Hybris oder den Mut (oder die Vorerfahrung), um das furchtbare Ereignis als das zu bezeichnen, was es war: ein zu einem wirbelnden Zopf verdrehter Wind.

Kurzum: ein Tornado.

Viele Munchkins kamen ums Leben, etliche Quadratmeilen seit Jahrhunderten bewirtschafteten Ackerlandes wurden verwüstet. Am Rand der östlichen Wüste verschwanden mehrere Dörfer spurlos unter den aufgewirbelten Sandmassen, und es gab keine Überlebenden, die vom qualvollen Tod der Bewohner hätten Kunde geben können. Mit entsetzlicher Gewalt brach die Windhose dreißig Meilen nördlich von Hintersteinfurt in Oz ein, wobei sie knapp an Kolkengrund vorbeistrich und kein einziges Rosenblatt abriss. Auf seinem Zug durch das Kornkammergut vernichtete der Tornado die wirtschaftliche Grundlage des abtrünnigen Landes und flaute wie mit Absicht am östlichen Ende der weitgehend unbefahrbaren Gelben Ziegelstraße ab, und zwar genau an der Stelle in dem Dorf Mittelmunch, wo Nessarose gerade vor der Kirche Preise für die rege Beteiligung am Religionsunterricht verlieh. Der Sturm ließ ein Haus auf sie fallen.

Alle Kinder überlebten und beteten bei der Trauerfeier für Nessaroses Seele. Die Beteiligung war reger denn je.

Natürlich wurden viele Witze über das Unglück gemacht. »Dem Schicksal entgeht keiner«, sagten einige. »Dieses Haus ist über ihr Haupt gekommen.« – »Diese Nessarose war so ein Fels des Glaubens, dass man ein Haus darauf bauen konnte.« – »Wenn die Prophetin nicht zum Haus geht, muss das Haus zur Prophetin kommen.« – »Was ist der Unterschied zwischen einer Sternschnuppe und einem herabfallenden Haus?« »Es gibt keinen: Beide erfüllen Wünsche.« – »Was ist groß, dick, bringt die Erde zum Wackeln und lässt dich vergehen, wenn es dich trifft?« »Keine Ahnung, aber könntest du uns miteinander bekannt machen?«

Einen solchen Wirbelsturm hatte Oz nie zuvor erlebt. Von verschiedenen terroristischen Gruppen kamen Bekennerschreiben, vor allem als sich die Nachricht verbreitete, dass die Böse Hexe des Ostens – oder die Eminenz Thropp, je nach der politischen Einstellung – dabei draufgegangen war. Es wurde anfangs kaum zur Kenntnis genommen, dass in dem Haus jemand war.

Der Fall eines Hauses von unbekannter Bauart, das beinahe unversehrt auf der für anreisende Würdenträger errichteten Bühne gelandet war, strapazierte die Gutgläubigkeit schon genug. Dass Lebewesen einen solchen Sturz überstanden hatten, war entweder schlicht nicht zu glauben oder ein klarer Beweis für das Wirken des Namenlosen Gottes. Wie vorherzusehen war, gab es ein paar Blinde, die plötzlich ausriefen: »Ich kann sehen!«, ein lahmes SCHWEIN, das aufstand und einen Freudentanz aufführte, nur um sofort abgeführt zu werden, und derlei Vorkommnisse. Das ausländische Mädchen – es gab seinen Namen mit Dorothy an – wurde aufgrund seines Überlebens zur Heiligen erhoben. Nur der Hund war ein wenig lästig.

## 2

Als die Nachricht von Nessaroses frühem Tod per Brieftaube in Kiamo Ko eintraf, war die Hexe gerade darin vertieft, die Flügel eines männlichen Weißschopfrochs an die Rückenmuskeln eines ihrer jungen Schneeaffen zu nähen. Nach Jahren schrecklicher Fehlschläge, in denen der Tod die einzige Gnade war, die man dem leidenden Versuchsobjekt noch erweisen konnte, hatte sie es endlich geschafft. Fiyeros alte biowissenschaftliche Lehrbücher, einst für Doktor Nikidiks Kurs benötigt, hatten einige Hinweise gegeben. Auch das Grimorium hatte geholfen, als sie es schließlich halbwegs verstand: Sie hatte darin Zaubersprüche entdeckt, mit denen sie die Längsnerven von Kletter- auf Flugbewegungen umstellen konnte. Und als das einmal geschafft war, schienen die geflügelten Affen mit ihrem Los durchaus zufrieden zu sein. Bis jetzt hatte zwar noch keine Äffin aus ihrer Horde ein geflügeltes Junges zur Welt gebracht, aber sie machte sich weiterhin Hoffnungen.

Auf jeden Fall lag ihnen das Fliegen mehr als das Sprechen. Plapperaff, jetzt der Patriarch in der Burgmenagerie, war bei zweifelhaften Lautgebilden stehengeblieben und schien nach wie vor keine rechte Vorstellung davon zu haben, was er sagte.

Tatsächlich war es Plapperaff, der den Brief der Taube in Elphabas Operationssaal brachte. Die Hexe ließ ihn das Skalpell halten, während sie den Zettel auseinanderfaltete. Krotts kurzer Brief berichtete von dem Tornado und teilte ihr den Termin der Trauerfeier mit, der so gelegt war, dass sie die Gelegenheit zur Teilnahme hatte.

Sie legte den Brief weg, und während sie sich wieder an die Arbeit machte, verdrängte sie alle Trauer und Reue. Es war ein heikles Geschäft, das Flügelannähen, und das Betäubungsmittel, das sie diesem Affen gegeben hatte, würde nicht den ganzen Vormittag wirken.

»Plapperaff, es wird Zeit, dass du Ämmchen die Treppe hinunterhilfst, und schaff mir Liir herbei, wenn du kannst, und sage ihm, dass ich beim Essen mit ihm reden muss«, sagte sie mit zusammengebissenen Zähnen, wobei sie wieder einen Blick auf ihre Schaubilder warf, um sicher zu sein, dass sie die Muskelschichten in der richtigen Ordnung von hinten nach vorne hatte.


Inzwischen war es eine Leistung, wenn Ämmchen es einmal am Tag in den Speisesaal schaffte. »Das ist jetzt meine Arbeit, das und Schlafen, und beides macht das Ämmchen sehr gut«, verkündete sie jedes Mal, wenn sie zu Mittag auftauchte, hungrig von ihrer strapaziösen Treppenbezwingung. Liir deckte Käse und Brot und gelegentlich etwas kalten Braten, und die drei schnitten und kauten einsilbig vor sich hin, bevor sie wieder zu ihren nachmittäglichen Beschäftigungen auseinandergingen.

Liir war vierzehn und wollte die Hexe unbedingt nach Kolkengrund begleiten. »Ich bin noch nie irgendwo anders gewesen, außer damals mit den Soldaten«, beklagte er sich. »Immer verbietest du mir alles.«

»Jemand muss hierbleiben und sich um Ämmchen kümmern«, sagte die Hexe. »Darüber müssen wir überhaupt nicht streiten.«

»Plapperaff kann das machen.«

»Kann er nicht. Er wird langsam vergesslich, und wenn er und Ämmchen unter sich sind, bringen sie es fertig, die ganze Burg abzufackeln. Nein, kein Wort mehr darüber, Liir, du kommst nicht mit! Außerdem werde ich wohl auf meinem Besen fliegen müssen, um rechtzeitig da zu sein.«

»Nie darf ich irgendwas machen.«

»Du darfst abwaschen.«

»Du weißt genau, was ich meine.«

»Worüber streitet ihr beiden schon wieder?«, fragte Ämmchen laut.

»Nichts«, antwortete die Hexe.

»Wie bitte?«

»*Nichts!*«

»Willst du es ihr etwa nicht sagen?«, entrüstete sich Liir. »Sie hat Nessarose mit großgezogen, oder?«

»Sie ist zu alt, sie muss das nicht erfahren. Sie ist fünfundneunzig, sie regt sich nur unnötig auf.«

»Ämmchen«, sagte Liir. »Nessie ist tot.«

»Still, du Nichtsnutz, oder du bekommst eine Tracht Prügel!«

»Was ist mit Nessie?«, krächzte Ämmchen und sah die beiden mit wässrigen Augen an.

»Tut tat tot«, schnatterte Plapperaff.

»Sie tut was?«

»Nessie ist TOT!«, sagte Liir.

Ämmchen fing an zu weinen, bevor sie die Bestätigung darauf bekommen hatte. »Stimmt das, Elphie? Ist deine Schwester wirklich tot?«

»Liir, wir sprechen uns noch«, sagte die Hexe. »Ja, Ämmchen, ich kann dich nicht anlügen. Es gab einen Sturm, und ein Haus brach zusammen. Sie ist sehr friedlich gestorben, heißt es.«

»Sie ist geradewegs in Lurlinas Schoß gekommen«, sagte Ämmchen schluchzend. »Lurlinas goldener Wagen hat sie heimgeholt.« Seltsamerweise tätschelte sie das Stück Käse auf ihrem Teller. Dann bestrich sie sich die Serviette mit Butter und biss hinein. »Wann fahren wir zur Beerdigung?«

»Du bist zu alt für die Reise, liebes Ämmchen. Ich breche in ein paar Tagen auf. Liir wird hierbleiben und sich um dich kümmern.«

»Werde ich nicht«, sagte Liir.

»Er ist ein braver Junge«, sagte Ämmchen, »aber nicht so brav wie Nessarose. Ach, was für ein Unglückstag! Liir, ich nehme den Tee in meinem Zimmer, ich kann nicht hier sitzen und mit euch reden, als ob nichts geschehen wäre.« Sie erhob sich schwerfällig, auf Plapperaffs Kopf gestützt. (Der Affe diente ihr hingebungsvoll.) »Schätzchen«, sagte sie zu der Hexe, »ich glaube nicht, dass der Junge alt genug ist, um mich zu versorgen. Und was ist, wenn die Burg wieder angegriffen wird? Denk dran, was passiert ist, als du letztes Mal weg warst.« Sie setzte eine anklagende Miene auf.

»Ämmchen, die arjikische Miliz bewacht diesen Ort Tag und Nacht. Die Soldaten des Zauberers sind unten im Tal in Rotmühlen gut untergebracht. Nach dem, was sie hier getan haben, denken sie gar nicht daran, diese sichere Stellung zu verlassen und hier in den Bergen Verluste zu riskieren. Ihre Operation damals, das war ihr Auftrag, das war das Ziel ihres Einsatzes. Jetzt sind sie nur noch Wachhunde. Sie halten den Vorposten, um Anzeichen einer Invasion oder Unruhen unter den Gebirgsstämmen zu melden. Das weißt du genau. Du hast nichts zu befürchten.«

»Ich bin zu alt, um in Ketten verschleppt zu werden wie die arme Sarima und ihre Familie«, sagte Ämmchen. »Und wie könntest du mich retten, wo du sie doch auch nicht befreien konntest?«

»Daran arbeite ich noch«, sagte die Hexe in Ämmchens linkes Ohr.

»Sieben Jahre. Du bist sehr hartnäckig. Meiner Meinung nach liegen sie schon lange unter der Erde. Liir, du kannst Lurlina danken, dass du nicht auch dabei bist.«

»Ich habe versucht, sie zu retten«, sagte Liir trotzig. Er hatte das Ereignis in seinem Kopf verändert und sich eine Heldenrolle angedichtet. Nicht die Sehnsucht nach Gemeinschaft mit den Soldaten hatte ihn bewegt wegzugehen, sagte er sich, nein, es war ein tollkühner Versuch gewesen, die Familie zu retten! In Wirklichkeit hatte Kommandeur Kirschstein aus Menschenfreundlichkeit Liir fesseln und in einen Sack stecken und in einer Scheune liegen lassen, damit er ihn nicht mit den anderen zusammen einsperren musste. Der Kommandeur hatte nicht geahnt, dass Liir Fiyeros unehelicher Sohn war.

»Ja, ja, braver Junge.« Ämmchen vergaß die traurige Neuigkeit und kam in Gedanken auf die Tragödie zurück, die sie selbst unmittelbar erlebt hatte. »Natürlich habe ich getan, was ich konnte, aber das Ämmchen war damals schon eine alte Frau. Elphie, glaubst du, dass sie tot sind?«

»Ich habe nichts herausfinden können«, sagte die Hexe zum wiederholten Mal.

»Ob sie in die Smaragdstadt gebracht oder ob sie ermordet wurden, kann ich nicht sagen. Das weißt du, Ämmchen. Ich habe Leute bestochen. Ich habe herumspioniert. Ich habe Agenten auf jede denkbare Spur angesetzt. Ich habe die Fürstin Nastoya von den Schrähen brieflich um Rat gebeten. Ich bin ein ganzes Jahr lang sämtlichen wertlosen Hinweisen nachgegangen. Das *weißt* du. Quäle mich nicht, indem du mir immer wieder mein Versagen vorhältst.«

»Bestimmt war ich es, die versagt hat«, sagte Ämmchen versöhnlich. Alle wussten, dass sie das keine Sekunde glaubte. »Ich hätte jünger und energischer sein müssen. Da hätte ich diesem Kommandeur Kirschstein vielleicht die Meinung gegeigt! Und jetzt ist Sarima ein für allemal dahin und ihre Schwestern auch. Ich glaube wirklich, dass es nicht deine Schuld ist«, heuchelte sie und sah die Hexe finster an. »Du musstest wohin, und da bist du gegangen. Wer kann dir das verübeln?«

Doch das Bild von Sarima in Ketten, von Sarima als verwesender Leiche, die nun Elphaba niemals die Mitschuld an Fiyeros Tod vergeben konnte, es schmerzte sie wie Wasser. »Hör auf, du alter Quäl geist!«, sagte die Hexe. »Müssen meine eigenen Leute mich derart geißeln? Geh deinen Tee trinken, du Ungeheuer!«

Endlich setzte die Hexe sich hin und dachte an Nessarose und an die Zukunft. Sie hatte versucht, sich aus der Welt der Politik herauszuhalten, aber sie wusste, dass ein Führungswechsel in Munchkinland einen Umschwung zur Folge haben konnte – was vielleicht gar nicht so schlecht war. Schuldbewusst merkte sie, dass der Tod ihrer Schwester ihr eine gewisse Erleichterung verschaffte.

Sie machte eine Liste der Dinge, die sie zur Trauerfeier mitnehmen wollte. An erster Stelle stand eine Seite des Grimoriums. Sie brütete in ihrem Zimmer über dem alten, moderig riechenden Folianten und riss schließlich eine besonders kryptische Seite heraus. Nach wie vor veränderte sich die Schrift, wenn sie darauf schaute, und ordnete sich vor ihren Augen um, als würde sie von einem Ameisenvolk gebildet. Bei jeder Betrachtung des Buches konnte es passieren, dass eine Seite, die am Tag davor nur ein unleserliches Gekrakel gewesen war, plötzlich Sinn ergab oder dass sich der Sinn einer Seite verflüchtigte. Sie wollte ihren Vater fragen, denn mit seiner frommen Unbeirrbarkeit würde der die Wahrheit besser erkennen.

# 3

Schwarze Girlanden und purpurne Fahnen zierten Kolkengrund. Als die Hexe eintraf, wurde sie von einem unfreundlichen Ein-Mann-Empfangskomitee begrüßt, einem bärtigen Munchkin namens Nipp, der Portier, Hausmeister und kommissarischer Ministerpräsident in einer Person zu sein schien. »Ihre Abstammung gewährt Ihnen in Munchkinland von nun an keine besonderen Privilegien mehr«, bekam sie eröffnet. »Mit dem Tod von Nessarose ist der Ehrentitel Eminenz endlich abgeschafft worden.« Der Hexe war das egal, aber sie dachte nicht daran, eine solche einseitige Erklärung kommentarlos hinzunehmen. »Er ist dann abgeschafft, wenn ich zustimme, dass er abgeschafft wird«, entgegnete sie. Nicht dass der Titel in den letzten Jahren viel gebraucht worden wäre: Nach den weitschweifigen Briefen zu schließen, die hin und wieder von Frex gekommen waren, hatte Nessarose begonnen, den Schimpfnamen »Böse Hexe des Ostens« zu akzeptieren, und ihn als eine öffentliche Strafe betrachtet, wie sie einer Person von solch hohem sittlichen Rang angemessen war. Gelegentlich hatte sie sich sogar selbst so bezeichnet.

Nipp brachte sie zu ihrem Zimmer. »Ich brauche nicht viel«, sagte die Böse Hexe des Westens (wie sie sich zur Unterscheidung nennen ließ, wenigstens von diesen munchkinschen Emporkömmlingen). »Ein Bett für wenige Tage, und ich würde gern meinen Vater sehen und der Trauerfeier beiwohnen. Ich werde mir ein paar Sachen nehmen und bald wieder weg sein. Wissen Sie übrigens, ob mein Bruder Krott hier sein wird?«

»Krott ist mal wieder verschwunden«, sagte Nipp. »Er lässt Sie grüßen. Er führt im Glikkus irgendeine Aktion durch, die nicht warten konnte. Einige von uns sind der Meinung, dass er aus Sorge über den Regierungswechsel nach dem Tod der Tyrannin das Weite gesucht hat. Was vielleicht gar nicht verkehrt ist«, fügte er kalt hinzu. »Brauchen Sie frische Handtücher?«

»Schon gut, ich benutze keine«, antwortete die Hexe. »Sie können jetzt gehen.« Sie war sehr müde und traurig.

Mit dreiundsechzig war Frex noch kahler und sein Bart noch weißer geworden. Seine Schultern fielen vor, als wollten sie sich treffen, sein Kopf versank förmlich in der Mulde, die der Verfall des Rückgrats und vor allem der Halswirbelsäule entstehen ließ. Er saß unter einer Decke auf der Veranda. »Wer ist da?«, fragte er, als die Hexe eintrat und sich neben ihn setzte. Sie begriff, dass sein Augenlicht so gut wie erloschen war.

»Deine andere Tochter, Papa«, sagte sie, »die eine, die du noch hast.«

»Fabala«, sagte er, »was soll ich ohne meine kleine Nessarose anfangen? Wie soll ich ohne sie leben?«

Sie hielt seine Hand, bis er einschlief, und wischte ihm die Tränen ab, obwohl sie ihre Haut verbrannten.

Die befreiten Munchkins zerstörten das Haus. Die Hexe hatte an eitlem Tand keinen Bedarf, aber sie fand es schändlich und kurzsichtig, ein Anwesen auf die Art zu verwüsten. Einerlei, welche Regierungsform sie sich geben mochten, sahen sie nicht, dass Kolkengrund ihr Parlamentsgebäude sein konnte?

Sie verbrachte viel Zeit mit ihrem Vater, doch sie sprachen kaum miteinander. Eines Morgens, als er wacher und kräftiger war als sonst, fragte er sie, ob sie wirklich eine Hexe war.

»Ach, was ist das schon, eine Hexe? Seit wann gibt irgendjemand in unserer Familie etwas auf Worte und Namen?«, erwiderte sie. »Vater, tust du mir den Gefallen, einmal etwas anzuschauen? Und mir zu sagen, was du siehst?« Aus einer Innentasche zog sie die Seite aus dem Grimorium und faltete sie auf seinem Schoß auseinander wie eine Serviette. Er strich mit der Hand darüber, als könnte er mit den Fingerspitzen den Sinn erkennen, und hielt sie sich dann vor die spähend zusammengekniffenen Augen.

»Was siehst du?«, fragte sie. »Kannst du mir sagen, was es mit dieser Schrift auf sich hat? Wirkt sie zum Guten oder zum Bösen?«

»Die Zeichen sind deutlich und groß genug. Ich müsste sie eigentlich entziffern können.« Er drehte das Blatt auf den Kopf. »Trotzdem, kleine Fabala, kann ich diese Schrift nicht lesen. Es ist ein fremdes Alphabet. Kannst du sie lesen?«

»Manchmal kommt es mir so vor, doch das vergeht wieder«, sagte die Hexe. »Ich weiß nicht, ob es an meinen Augen liegt oder ob die Schrift so vertrackt ist.«

»Du hattest immer gute Augen«, sagte ihr Vater. »Schon als ganz kleines Kind hast du Dinge gesehen, die niemand sonst sehen konnte.«

»So?«, sagte sie. »Ich weiß nicht, was du damit meinst.«

»Du hattest eine Glasplatte, die der gute Schildkrötenherz für dich gemacht hatte, und da hast du immer hineingeschaut, als ob du andere Welten, andere Zeiten sehen könntest.«

»Wahrscheinlich habe ich mich selbst angeschaut.«

Doch beide wussten, dass das nicht stimmte, und gegen seine Gewohnheit sprach Frex das aus. »Du hast dich nicht selbst angeschaut«, sagte er, »das war dir zuwider. Du hast deine Haut gehasst, deine scharfen Züge, deine stechenden Augen.«

»Wo hatte ich diesen Hass her?«, fragte sie.

»Du bist damit geboren worden«, antwortete er. »Es war ein Fluch. Du bist als Fluch meines Lebens geboren worden.« Er fuhr ihr zärtlich über die Hand, als hätte dies nicht viel zu besagen. »Als du deine grässlichen Säuglingszähne verloren hattest und deine zweiten normal waren, fiel von uns allen ein wenig Druck ab. Aber in den ersten Jahren, bis zu Nessaroses Geburt, warst du eine kleine Bestie. Erst als uns Nessarose geschenkt wurde, die noch härter vom Schicksal geschlagen war als du, hast du begonnen, dich wie ein normales Kind aufzuführen.«

»Warum war ich dazu verflucht, anders zu sein?«, fragte sie. »Du bist ein frommer Mann, du musst das wissen.«

»Du bist meine Schuld«, sagte er. Trotz dieses Eingeständnisses brachte er es irgendwie fertig, ihr und nicht sich die Schuld zuzuschieben, doch wie er das machte, erkannte sie immer noch nicht. »Für alles, worin ich versagt habe, solltest du mich quälen. Aber mach dir darüber keine Gedanken mehr«, fügte er hinzu, »das ist alles lange vorbei.«

»Und Nessarose?«, fragte sie. »Was sagt die Waage der Schande und Schuld über sie?«

»Sie ist die Frucht der lockeren Sitten deiner Mutter«, entgegnete er nüchtern.

»Und deshalb konntest du sie so sehr lieben«, sagte die Hexe. »Weil ihre Verunstaltung nicht deine Schuld war.«

»Reg dich nicht so auf«, sagte Frex. »Immer regst du dich auf. Sie ist tot, was spielt es jetzt noch für eine Rolle?«

»Mein Leben geht weiter.«

»Aber meines geht zu Ende«, entgegnete er kummervoll. Da legte sie ihm die Hände wieder in den Schoß, küsste ihn, faltete die Seite aus dem Grimorium zusammen und steckte sie ein. Als sie sich umdrehte, sah sie jemanden über den Rasen kommen. Erst dachte sie, es wäre jemand mit Tee (ein gewisses Maß an Bedienung wurde Frex wegen seines Alters und seiner Milde und wohl auch wegen seines Amtes noch zugestanden), doch als sie sah, wer es war, legte sie sich die Hand auf die Brust ihres groben schwarzen Kleides. Ihr Herz klopfte wie wild.

»Glinda von Arduenna«, sagte sie.

»Oh, du bist gekommen, ich wusste es!«, rief Glinda aus. »Elphaba, die letzte rechtmäßige Eminenz Thropp, einerlei, was die Leute sagen!«

Glinda näherte sich langsam, sei es aus Würde oder aus Schüchternheit oder weil ihr groteskes Kleid so viel wog, dass sie kaum noch die Puste hatte, sich darin zu bewegen. Sie sieht aus wie ein großer Glindabeerenstrauch, dachte die Hexe. Unter diesem Rock muss eine Turnüre von der Größe der Kuppel des Florixdoms sein. Ziermünzen und Falbeln waren darauf und anscheinend so etwas wie eine trapuntogestickte Geschichte von Oz in sechs oder sieben eiförmigen Feldern rings am Saum herum. Doch ihr Gesicht: Unter der Puderschicht und den Falten um Lider und Lippen erkannte die Hexe die junge Studentin aus dem Perther Bergland wieder.

»Du hast dich überhaupt nicht verändert«, sagte Glinda. »Ist das dein Vater?«

Die Hexe nickte, legte aber den Finger auf die Lippen; Frex war eingeschlafen. »Komm, wir gehen im Park spazieren, bevor sie die Rosen ausreißen in ihrem Wahn, sie könnten damit die Ungerechtigkeit ausmerzen.« Die Hexe nahm Glindas Arm. »Glinda, du siehst grauenhaft aus in diesem Aufzug. Ich dachte, du hättest mittlerweile Vernunft angenommen.«

»Wenn man unters Volk geht«, entgegnete Glinda, »muss man den Leuten was bieten. Ich finde es gar nicht so schlecht. Oder sind die Glocken an den Schultern ein bisschen übertrieben?«

»Maßlos«, bestätigte die Hexe. »Wo ist die Schere? Das Ding ist eine Katastrophe.«

Sie lachten. »Ach Gott, was haben sie mit diesem prächtigen alten Anwesen gemacht?«, sagte Glinda. »Sieh nur, auf diesen Postamenten sollten eigentlich antike Urnen stehen, und das ganze herrliche Belvedere ist mit revolutionären Parolen beschmiert. Ich hoffe, du unternimmst etwas dagegen, Elphie. Es gibt außerhalb der Hauptstadt kein zweites Belvedere wie dieses.«

»Ich habe mir nie so viel aus Bauten gemacht wie du, Glinda«, sagte die Hexe. »Ich lese einfach die Parolen: DU WIRST NIE WIE-DER AUF UNS RUMTRAMPELN! Warum sollten die Leute das nicht auf ihr Belvedere pinseln? Wenn sie wirklich auf ihnen rumge-trampelt ist.«

»Tyrannen kommen und gehen, Belvederes sind für die Ewigkeit«, sagte Glinda. »Ich kann dir erstklassige Restauratoren empfehlen, falls du deine Meinung änderst.«

»Wie ich höre, warst du eine der Ersten am Ort des Geschehens«, sagte die Hexe, »als Nessarose starb. Wie kam das?«

»Ach, weißt du, mein guter Caspar – mein Gatte – hat in Schwei-nefleisch-Anlagen investiert, und Munchkinland versucht, sich wirt-schaftlich zu diversifizieren, um nicht von der Gnade der gillikinesi-schen Banken und der Getreidebörse in der Smaragdstadt abhängig zu sein. Man weiß nie, was für ein Verhältnis sich zwischen Munch-kinland und dem übrigen Oz entwickelt, und am besten, man ist ge-rüstet. Jedenfalls, wo Caspar Geschäfte macht, tue ich Gutes. Unsere Partnerschaft wurde im Himmel geschlossen. Wusstest du, dass ich mehr Geld habe, als ich verschenken kann?« Sie kicherte und drückte die Hexe am Arm. »Ich hätte nie gedacht, dass es so eine Nachfrage nach mildtätigen Werken gibt.«

»Du warst also hier in Munchkinland –«

»Ja, ich hatte ein Waisenhaus am Ufer des Moossees besucht, und zum Spaß bin ich dann in den Wildpark gegangen – sie haben jetzt auch Drachen dort, und ich hatte noch nie einen Drachen gesehen –, und daher war ich nur zehn, zwölf Meilen entfernt, als der Sturm zu-schlug. Selbst dort wehte ein schrecklicher Wind; ich weiß nicht, wie sie da in Mittelmunch eine Feier abhalten konnten. Am Moossee wa-ren große Teile des Parks für Besucher geschlossen, weil man befürch-tete, dass Bäume umstürzen und TIERE ausbrechen –«

»Ach, sie nennen es einen Wildpark und halten TIERE?«, fragte die Hexe.

»Du musst ihn dir ansehen, Elphie, er ist wunderbar. Ja, wie gesagt, das Haus kam aus heiterem Himmel – und das muss man wohl wörtlich verstehen, denn wenn ein großes Unwetter im Anzug gewesen wäre, hätten sie bestimmt das Fest abgesagt und sich in Sicherheit gebracht. Jedenfalls ist das Nachrichtenwesen in Teilen von Munchkinland jetzt sehr hochentwickelt. Nessarose unterhielt selbst ein System von Leuchtfeuern und Tiktaksignalen, um nicht von Überfällen des Zauberers und westlicher Stämme überrumpelt zu werden. Es dauerte daher nur Minuten, bis die Meldung in alle Richtungen gesendet wurde. Ich organisierte mir sofort einen Phönix und ließ mich von ihm nach Mittelmunch bringen, und als ich eintraf, hatten die meisten Ortsansässigen noch nicht einmal richtig begriffen, was ihnen widerfahren war.«

»Erzähl«, sagte die Hexe.

»Es wird dich freuen zu hören, dass kein Blut floss. Ich würde vermuten, dass sie schwere innere Verletzungen hatte, aber es gab nirgends Blut. Natürlich dachten Nessaroses letzte paar treue Anhänger, dies bedeute, dass ihre Seele unversehrt erhoben worden war und dass sie wenig gelitten hatte. Ich glaube auch nicht, dass sie gelitten hat – kaum anzunehmen, wenn man ein solches Trumm auf die Rübe bekommt. Ihre eher unzufriedenen Untertanen, die bei weitem in der Mehrzahl waren, fanden es sehr nett von Lurlina, sie auf diese kuriose Weise von Nessaroses fundamentalistischer Zwangsherrschaft zu befreien. Es ging hoch her, als ich ankam, und das seltsame Mädchen und der Hund, die sich anscheinend in dem Haus befunden hatten, wurden lautstark gefeiert.«

»Ach, wer ist das?«, fragte die Hexe, die davon noch nichts gehört hatte.

»Du weißt doch, was für unterwürfige Katzbuckler die Munchkins sind, auch wenn sie noch so demokratisch tun. Ich war kaum angekommen, da unterwarfen sie sich mir schon und riefen mich als Hexe aus. Ich versuchte, das richtigzustellen, weil ›Zauberin‹ es wirklich viel besser trifft, aber was soll's. Es war zweifellos meine Aufmachung, die Eindruck auf sie machte. Ich trug an dem Tag ein lachsrotes Kleid, es stand mir wirklich gut.«

»Erzähl weiter«, sagte die Hexe, die sich noch nie gern über Kleider unterhalten hatte.

»Also, das Mädchen stellte sich als Dorothy aus Kansas vor. Ich kenne das Land nicht. Sie wirkte genauso verwundert über das, was vorgefallen war, wie alle anderen, und sie hatte eine lästige kleine Töle, die ihr kläffend um die Fersen sprang. Tata oder Toto oder so ähnlich. Toto. Sie stand richtig unter Schock, diese Dorothy, das kann ich dir sagen. Ein ziemlich hausbackenes kleines Ding ohne jeden Schick, aber ich nehme an, der kommt bei manchen später im Leben als bei anderen.« Sie warf der Hexe einen Seitenblick zu. »*Viel* später in manchen Fällen.« Worüber beide kichern mussten.

»Dorothy wollte versuchen, irgendwie wieder nach Hause zu kommen, doch da sie sich nicht erinnern konnte, in der Schule je etwas über Oz gehört zu haben, und ich meinerseits kein Land namens Kansas kannte, beschlossen wir, dass sie woanders um Hilfe bitten sollte. Die wankelmütigen Munchkins waren drauf und dran, sie zu Nessies Nachfolgerin zu ernennen, was Nipp und die ganzen Minister in Kolkengrund geärgert hätte, da sie für den Fall von Nessaroses Ableben schon seit langem in den Startlöchern standen. Außerdem könnten noch ganz andere Entwicklungen im Schwange sein. Und dabei hätte Dorothy stören können.«

»Irgendwie wundert es mich nicht, dass du die politischen Entwicklungen verfolgst«, sagte die Hexe und klang dabei eher zufrieden. »Ich wusste schon immer, dass du irgendwo mitmischst, Glinda.«

»Wie dem auch sei, ich fand es besser, Dorothy aus Munchkinland wegzuschaffen, ehe ein Bürgerkrieg die Zustände im Land noch verschlimmert. Es gibt Fraktionen, nicht wahr, die für die Wiedereingliederung von Munchkinland in Oz sind. Es könnte sehr unangenehm für die Kleine werden, wenn sie in das Kreuzfeuer gegensätzlicher Interessen geriete.«

»Dann ist sie also nicht mehr hier?«, sagte die Hexe. »Ich hatte gehofft, sie kennenzulernen.«

»Dorothy? Du machst ihr doch hoffentlich keinen Vorwurf, oder? Sie ist noch ein Kind. Für Munchkinverhältnisse natürlich groß, aber trotzdem ein unreifes kleines Ding. Sie kann nichts dafür, Elphie. Am Funkeln in deinen Augen sehe ich, dass du schon wieder deine paranoiden Anwandlungen bekommst. Sie hat das Haus nicht *gelenkt,* sie war darin eingesperrt. Das ist ein Kampf, den du dir getrost schenken kannst.«

Die Hexe seufzte. »Vielleicht hast du recht. Weißt du, seit einiger Zeit habe ich morgens immer steife Muskeln. Manchmal denke ich, dass Rache genauso ein chronisches Leiden ist. Eine innere Versteifung. Ich hoffe weiterhin, dass der Zauberer zu meinen Lebzeiten gestürzt wird, und dieses Ziel scheint sich mit einem glücklichen Leben nicht zu vertragen. Aber ich kann schwerlich den Tod einer Schwester rächen wollen, mit der ich mich nicht sonderlich gut verstanden habe.«

»Vor allem wenn der Tod ein Unfall war«, ergänzte Glinda.

»Glinda«, sagte die Hexe, »du wirst dich an Fiyero erinnern, und bestimmt hast du auch von seinem Tod gehört. Vor fünfzehn Jahren.«

»Gewiss. Was ich gehört habe, ist, dass er unter mysteriösen Umständen starb.«

»Ich kannte seine Frau und seine Schwägerinnen. Jemand hat mir gegenüber einmal angedeutet, dass er in der Smaragdstadt mit dir eine Affäre hatte.«

Glinda wurde gelblich rot. »Elphaba«, sagte sie, »ich habe Fiyero gern gemocht, und er war ein feiner Kerl und ein guter Stammesführer. Aber abgesehen von allem anderen wirst du dich daran erinnern, dass er dunkelhäutig war. Selbst wenn ich Techtelmechtel pflegen würde – eine Schwäche, von der meines Erachtens selten jemand etwas hat –, kann ich es wieder nur deinem krankhaften Argwohn zuschreiben, dass du mich und Fiyero in Verdacht hast! Was für ein Gedanke!«

Und das war, wie die Hexe mit sinkendem Mut erkannte, die reine Wahrheit: Glinda hatte mit den Jahren ihre alte hässliche Blasiertheit wieder angenommen.

Glinda ihrerseits kam gar nicht auf den Gedanken, Elphaba hätte Fiyeros Geliebte sein können. Sie war zu hektisch, um genauer hinzuhören. Tatsächlich beunruhigte die Hexe sie ein wenig. Es war nicht nur die Aufregung, sie nach so langer Zeit wiederzusehen, sondern auch Elphabas eigentümliches Charisma, das Glinda immer in den Schatten gestellt hatte. Außerdem war da diese unerklärliche Spannung, die sie einschüchterte und sie veranlasste, überhastet und mit einer falschen hohen Stimme zu sprechen wie ein kleines Mädchen. Wie rasch man doch in die schreckliche Unsicherheit der Jugend zurückfallen konnte!

Denn wenn sie ausnahmsweise einmal an ihre Jugend zurückzudenken beschloss, konnte sie kaum ein Fitzelchen Erinnerung an das verwegene Treffen mit dem Zauberer seinerzeit ausgraben. Viel deutlicher war ihr im Gedächtnis geblieben, wie sie und Elphie auf dem Weg in die Smaragdstadt zusammen in einem Bett geschlafen hatten. Wie tapfer sie sich da gefühlt hatte und auch wie verletzlich.

Beklommen gingen sie ein Stück nebeneinander her.

»Vielleicht wird ja jetzt alles besser«, sagte die Hexe nach einer Weile. »Sicher, in Munchkinland wird es eine Zeitlang drunter und drüber gehen. Tyrannei ist schrecklich, aber es herrscht wenigstens Ordnung. Die Anarchie, die auf den Sturz eines Tyrannen folgt, kann blutiger sein als die Zeit davor. Dennoch kann sich alles zum Guten wenden. Vater hat immer gesagt, wenn man die Munchkins sich selbst überlässt, beweisen sie reichlich gesunden Menschenverstand. Und Nessie war im Grunde genommen eine Ausländerin. Sie wuchs in Quadlingen auf, und es könnte durchaus sein, dass sie selbst halb Quadlingerin war. Sie war für dieses Land eine Fremdherrscherin, trotz ihres ererbten Titels. Jetzt, wo sie fort ist, finden die Munchkins vielleicht wieder zu sich selbst zurück.«

»Friede ihrer Seele«, sagte Glinda. »Oder glaubst du immer noch nicht an eine Seele?«

»Über die Seelen von anderen gebe ich keinen Kommentar ab«, sagte die Hexe.

Sie gingen weiter. Hier und da sah die Hexe wieder die totemartigen Strohmänner, die die Leute sich an die Jacken gesteckt oder wie Standbilder an Feldecken aufgestellt hatten. »Ich finde sie ein wenig unheimlich«, sagte sie zu Glinda. »Übrigens wollte ich dich noch etwas fragen – dasselbe habe ich auch einmal Nessa gefragt. Kannst du dich noch erinnern, wie Madame Akaber uns in ihr Zimmer bestellte und vorschlug, wir drei sollten Adeptinnen werden, die drei Oberhexen von Oz? So etwas wie geheime Landespriesterinnen, die hinter den Kulissen das politische Geschehen gestalten und so für Stabilität oder Instabilität sorgen, je nach den Erfordernissen einer ungenannt bleibenden höheren Instanz?«

»Ach, diese Farce, dieses Melodrama, wie hätte ich das vergessen sollen?«, sagte Glinda.

»Ich frage mich, ob wir damals mit einem Bann belegt wurden. Weißt du noch, sie sagte, wir könnten nicht darüber reden, und es sah so aus, als könnten wir das wirklich nicht.«

»Wir reden gerade darüber, das heißt, falls an der Sache je etwas dran war, was ich bezweifle, dann ist die Wirkung inzwischen mit Sicherheit abgeklungen.«

»Aber sieh dir an, was mit uns passiert ist. Nessarose war die Böse Hexe des Ostens – du weißt, dass sie so genannt wurde, also tu nicht so entsetzt. Meine Hochburg ist im Westen, wo sich die Arjikis um mich scharen, nachdem ihr Herrscherhaus praktisch nicht mehr existiert, und du sitzt hoch und trocken im Norden mit deinen dicken Bankkonten und deinen legendären Zauberkräften.«

»Von wegen legendär. Ich sorge nur dafür, dass ich in den richtigen Kreisen bewundert werde«, sagte Glinda. »Übrigens ist mein Gedächtnis mindestens so gut wie deines. Und was Madame Akaber vorschlug, war zwar, dass ich die Adeptin von Gillikin werde, aber du solltest die Adeptin von Munchkinland und Nessa die Adeptin von Quadlingen werden. Der Winkus war ihr gar nicht der Rede wert. Wenn sie die Zukunft voraussehen konnte, hat sie falsch gesehen. In deinem und Nessas Fall hat sie sich geirrt.«

»Vergiss die Details«, sagte die Hexe unwirsch. »Was ich sagen will: Kann es sein, dass wir unser gesamtes Erwachsenenleben lang unter einem Bann gestanden haben und stehen? Wie hätten wir merken sollen, ob wir bloß Figuren in einem finsteren Spiel sind? Ich weiß, ich weiß, ich sehe dir an, was du denkst: *Elphie wittert mal wieder eine Ver-schwörung.* Aber du warst mit dabei. Du hast gehört, was ich gehört habe. Woher willst du wissen, ob die Fäden deines Lebens nicht auf irgendeine dunkelmagische Weise gezogen werden?«

»Na ja, ich bete viel«, sagte Glinda. »Nicht furchtbar inbrünstig, zugegeben, aber ich gebe mir Mühe. Ich glaube, der Namenlose Gott würde sich meiner erbarmen und mich erlösen, falls ich zufällig unter einen solchen Bann geraten sein sollte. Meinst du nicht auch? Oder bist du immer noch strikt atheistisch?«

»Ich habe mich immer wie eine Spielfigur gefühlt«, sagte die Hexe. »Meine Hautfarbe ist ein Fluch, meine missionseifrigen Eltern haben einen harten und sturen Menschen aus mir gemacht, meine Studen-tenzeit hat mich gegen Verbrechen an Tieren mobilisiert, mein Lie-besleben hat mit dem Tod meines Geliebten ein Ende genommen, und falls es für mich so etwas wie eine Berufung zu etwas gibt, habe ich sie noch nicht gefunden, höchstens zu der Tierliebe, wenn man es so nennen kann.«

»Ich bin keine Spielfigur«, erklärte Glinda. »Ich übernehme selbst die Verantwortung für die Dummheiten, die ich begehe. Das ganze Leben steht wie unter einem Bann. Das weißt du auch. Aber eine ge-wisse Wahl hat man.«

»Da bin ich mir nicht so sicher«, sagte die Hexe.

Sie kamen an einigen Statuen vorbei, deren Granitsockel mit Gra-fitti verkleckst waren. DER SCHUH DRÜCKT NICHT MEHR! »Ts«, machte Glinda. Sie überlegte. »Tierliebe?«

Sie überquerten eine kleine Brücke. Blaukehlchen zwitscherten über ihnen wie zur Unterhaltung.

»Ich habe die kleine Dorothy in die Smaragdstadt geschickt«, sagte Glinda. »Ich habe ihr gesagt, ich hätte den Zauberer noch nie ge-sehen – ja, ich musste lügen, schau mich nicht so an. Wenn ich ihr die Wahrheit über ihn erzählt hätte, wäre sie nie gegangen. Ich habe ihr geraten, dass sie ihn bittet, sie nach Hause zu schicken. Mit seinen Aufklärungsspionen in ganz Oz und bestimmt auch anderswo muss er Kansas kennen, keine Frage. Wer, wenn nicht er?«

»Wie grausam von dir«, bemerkte die Hexe.

»Sie ist so ein harmloses Kind, man sollte sie nicht ernst nehmen«, sagte Glinda leichthin. »Wenn die Munchkins sich um sie scharen würden, könnte die Wiedervereinigung mehr Blut kosten, als wir uns wünschen.«

»Du hoffst auf die Wiedervereinigung?«, schnaubte die Hexe entrüstet. »Du unterstützt sie?«

»Außerdem«, fuhr Glinda unbeirrt fort, »habe ich ihr aus einem Mutterinstinkt heraus, der irgendwo in diesem wohlverpackten Busen sitzt, gewissermaßen zum Schutz Nessas Schuhe mitgegeben.«

»Du hast *was?*« Die Hexe fuhr herum und starrte Glinda an. Einen Moment lang war sie sprachlos vor Zorn, aber nur einen Moment. »Es reicht nicht, dass sie mit ihrem elenden Haus vom Himmel gestürzt kommt und meine Schwester zermalmt, sie bekommt auch noch ihre Schuhe? Du hattest kein Recht, diese Schuhe zu verschenken! Mein Vater hat sie für seine Tochter gemacht. Und hinzu kommt, dass Nessa sie mir nach ihrem Tod versprochen hatte.«

»Ach ja?«, sagte Glinda mit gespielter Ruhe und musterte die Hexe von Kopf bis Fuß. »Sie wären in der Tat die perfekte Ergänzung zu deiner hochmodischen Aufmachung. Stell dich nicht so an, Elphie, seit wann machst du dir ausgerechnet etwas aus Schuhen? Sieh dir nur diese plumpen Stiefel an, die du trägst!«

»Ob ich sie tragen will oder nicht, geht dich nichts an. Du kannst nicht einfach ungefragt fremdes Eigentum weggeben. Papa hat diese Schuhe auf eine Art verziert, die er von Schildkrötenherz gelernt hat. Du hast deinen Zauberstab in Sachen reingesteckt, wo er nichts zu suchen hatte!«

»Darf ich dich daran erinnern«, sagte Glinda, »dass diese Schuhe zerfallen wären, wenn ich sie nicht hätte neu besohlen lassen, und außerdem habe ich sie mit einem besonderen Bindezauber verschnürt. Weder dein Vater noch du haben das für sie getan. Elphie, ich habe ihr beigestanden, als du sie in Shiz im Stich gelassen hast. Wie du auch mich im Stich gelassen hast. Ja, das hast du, streite es nur nicht ab, und hör auf, mich mit diesen blitzenden Blicken zu durchbohren, das zieht bei mir nicht. Ich bin ihre Ersatzschwester geworden. Und als alte Freundin habe ich ihr durch diese Schuhe die Kraft verliehen, ohne fremde Hilfe zu stehen. Wenn ich einen Fehler gemacht habe, tut es mir leid, Elphie, aber ich bin trotzdem der Meinung, dass mein Recht auf sie größer ist als deines.«

»Wie dem auch sei, ich will sie wiederhaben«, sagte die Hexe.

»Ach, lass gut sein, es sind doch bloß Schuhe«, sagte Glinda. »Du tust so, als wären es heilige Reliquien. Es sind Schuhe und modisch ein bisschen veraltet, um die Wahrheit zu sagen. Lass sie dem Mädchen. Sie hat ja sonst nichts.«

»Hier, sieh, wie die Leute darüber denken.« Die Hexe deutete auf eine Stallwand, auf der in dicken roten Buchstaben geschrieben stand: JETZT TRAMPELN WIR AUF *DIR* HERUM, ALTE HEXE!

»Hör auf, bitte!«, sagte Glinda. »Ich bekomme Kopfschmerzen davon.«

»Wo ist sie?«, fragte die Hexe. »Wenn du die Schuhe nicht wiederbeschaffst, hole ich sie mir selber.«

»Wenn ich gewusst hätte, dass du sie haben willst«, bemühte sich Glinda, die Wogen zu glätten, »hätte ich sie für dich aufgehoben. Aber du musst einsehen, Elphie, dass diese Schuhe hier nicht bleiben konnten. Die tumben heidnischen Munchkins – Lurlinisten allesamt, sobald man an der Oberfläche kratzt –, sie hatten zu große Hoffnungen auf diese dämlichen Schuhe gesetzt. Ein magisches Schwert könnte ich ja noch verstehen, aber *Schuhe?* Ich bitte dich. Ich musste sie aus Munchkinland wegschaffen.«

»Du bist mit dem Zauberer im Bunde und arbeitest darauf hin, Munchkinland übernahmereif zu machen«, sagte die Hexe. »Es geht dir überhaupt nicht um Wohltätigkeit, Glinda. Mach dir wenigstens selbst nichts vor. Oder stehst du nach all dieser Zeit doch noch unter dem alten Bann von Madame Akaber?«

»Ich lasse mich nicht von dir beleidigen«, sagte Glinda. »Das Mädchen ist fort, sie ist jetzt seit einer Woche unterwegs, Richtung Westen. Ich sage dir, sie ist nur ein ängstliches Kind und führt nichts Böses im Schilde. Sie wäre sehr bekümmert, wenn sie wüsste, dass sie etwas hat, was du haben willst. In diesen Schuhen liegt keine Kraft für dich, Elphie.«

Die Hexe erwiderte: »Glinda, wenn diese Schuhe in die Hände des Zauberers fallen, wird er sie irgendwie dazu benutzen, sich Munchkinland wieder einzuverleiben. Sie haben mittlerweile für die Munchkins eine zu große Bedeutung. Der Zauberer darf diese Schuhe nicht bekommen!«

Glinda legte der Hexe sacht die Hand auf den Ellbogen. »Sie werden nicht bewirken, dass dein Vater dich mehr liebt«, sagte sie.

Die Hexe zog ihr den Arm weg. Sie blickten sich zornig an. Sie hatten zusammen zu viel erlebt, um sich über ein Paar Schuhe zu entzweien, und doch standen die Schuhe jetzt zwischen ihnen als groteskes Wahrzeichen ihrer Unterschiede. Keine konnte einen Schritt zurück oder auf die andere zu tun. Es war absurd. Sie waren wie gelähmt, und irgendjemand hätte den Bann brechen müssen. Aber alles, was die Hexe herausbrachte, war: »Ich will diese *Schuhe* haben!«

# 4

Bei der Trauerfeier saßen Glinda und ihr Mann auf der für Würdenträger und Botschafter reservierten Empore. Der Zauberer hatte einen Stellvertreter geschickt, gekleidet in eine prächtige rote Uniform, die von dem smaragdgrünen Kreuz auf der Brust geviertelt wurde, und von einer Schar wachsamer Leibwächter umgeben. Die Hexe saß unten und bekam Glinda nicht zu Gesicht. Frex weinte, bis er einen Asthmaanfall bekam, und die Hexe half ihm zu einer Seitentür hinaus, wo er wieder zu Atem kommen konnte.

Nach der Feier trat der Emissär des Zauberers an die Hexe heran und sagte: »Sie werden zu einer Audienz beim Zauberer gebeten. Er ist eigens unter diplomatischer Immunität auf einem Phönix angereist, um der Familie sein Beileid auszusprechen. Halten Sie sich bereit, sich heute Abend in Kolkengrund bei ihm einzufinden.«

»Er kann nicht hierherkommen!«, stieß die Hexe hervor. »Das wagt er nicht!«

»Die derzeitigen Entscheidungsträger sehen das anders«, sagte der Emissär. »Wie dem auch sei, er kommt inkognito und nur zu dem Zweck, mit Ihnen und Ihrer Familie zu sprechen.«

»Mein Vater ist gesundheitlich nicht in der Verfassung, den Zauberer zu empfangen«, sagte die Hexe. »Ich werde es nicht zulassen.«

»Dann wird er mit Ihnen zusammentreffen«, sagte der Emissär. »Er besteht darauf. Es gibt Fragen diplomatischer Natur, die er Ihnen stellen möchte. Aber Sie dürfen niemandem von diesem Besuch erzählen, sonst könnte das sehr unangenehme Folgen für Ihren Vater und Ihren Bruder haben. Und für Sie«, fügte er hinzu, als ob sich das nicht von selbst verstünde.

Sie überlegte, wie sie diese Zwangsaudienz für ihre eigenen Zwecke nutzen konnte. Sie dachte an Sarima, Frex' Sicherheit, Fiyeros Schicksal. »Ich bin einverstanden«, erklärte sie schließlich. »Ich werde kommen.« Und einen Moment lang war sie doch froh, dass Nessaroses verzauberte Schuhe nicht mehr da waren.


Als die Abendglocken läuteten, wurde die Hexe von einer Munchkinzofe aus dem Zimmer gebeten. »Sie werden sich einer Durchsuchung unterziehen müssen«, sagte der Emissär des Zauberers, der sie im Vorzimmer empfing. »So will es das Protokoll.«

Sie kochte vor Wut, während sie von den Wächtern einer Leibesvisitation unterzogen wurde. »Was ist das?«, fragte einer, als er in ihrer Tasche die Seite aus dem Grimorium fand.

»Ach, das«, sagte sie und überlegte schnell. »Das wird Seine Hoheit sehen wollen.«

»Sie dürfen nichts mit hineinnehmen«, wurde ihr erklärt, und die Seite wurde ihr abgenommen.

»Bei meinem Stammbaum, ich kann das Eminenzamt sofort wieder einführen und euern Anführer festnehmen lassen«, rief sie. »Ich lasse mir doch von euch nicht vorschreiben, was ich in diesem Haus tun kann und was nicht.«

Sie achteten nicht auf ihre Worte und geleiteten sie in einen Raum, der außer zwei Polstersesseln auf einem Blumenteppich leer war. Die Zugluft blies den Staub an den Fußleisten entlang.

»Seine Hoheit, der Kaiserliche Zauberer von Oz«, sagte ein Diener und zog sich zurück. Eine Minute lang war die Hexe allein im Raum. Dann trat der Zauberer ein.

Er kam ohne Verkleidung, ein unscheinbarer älterer Mann mit Stehkragenhemd und Mantel und einer Taschenuhr in der Weste. Sein Gesicht war rosig und fleckig, und über den Ohren standen Haarbüschel ab. Er wischte sich mit einem Taschentuch die Stirn und setzte sich, wobei er der Hexe ein Zeichen gab, sich ebenfalls zu setzen. Sie blieb stehen.

»Guten Tag«, sagte er.

»Was wollen Sie von mir?«, versetzte sie.

»Zwei Sachen«, sagte er. »Zum einen bin ich gekommen, um Ihnen etwas zu sagen, und zum anderen werden Sie mir etwas zur Kenntnis zu bringen haben.«

»Sprechen Sie«, sagte die Hexe. »Ich habe Ihnen nichts zu sagen.«

»Es hat keinen Sinn, um den heißen Brei herumzureden. Ich möchte wissen, was für Absichten Sie hinsichtlich Ihrer Stellung als letzte Eminenz haben.«

»Wenn ich irgendwelche Absichten hätte, ginge Sie das nichts an.«

»Leider geht es mich doch etwas an, denn die Wiedervereinigung ist im Gange«, sagte der Zauberer, »und zwar just in diesem Augenblick. Wie ich höre, hat Frau Glinda in ihrer wohlmeinenden Naivität sowohl das unglückliche Mädchen als auch die magischen Schuhe aus dem Land geschafft, was die Annexion zum Glück erleichtern dürfte. Ich hätte diese Schuhe gern in meinem Besitz, um zu verhindern, dass Sie auf dumme Gedanken kommen. Deshalb muss ich Ihre Absichten in dieser Sache erfahren, nicht wahr? Wenn ich recht verstehe, haben Sie mit der religiösen Tyrannei Ihrer Schwester nicht sonderlich sympathisiert, aber ich hoffe, Sie haben nicht vor, ihre Nachfolge anzutreten. Wenn doch, müssten wir eine kleine Abmachung treffen – was mit Ihrer Schwester niemals möglich war.«

»Mich hält hier wenig«, sagte die Hexe, »und ich bin nicht geeignet, irgendjemanden zu regieren, nicht einmal mich selbst, wie es scheint.«

»Außerdem ist da noch die Sache mit den militärischen Einheiten in ... wie hieß das Städtchen am Fuß von Kiamo Ko noch mal? Rotmühlen?«

»Also deshalb sind sie die ganzen Jahre über dort gewesen«, sagte die Hexe.

»Um Sie in Schach zu halten.«

»Ihnen zum Trotz sollte ich Anspruch auf den Eminenztitel erheben. Aber an diesem törichten Volk liegt mir wenig. Was die Munchkins jetzt tun, interessiert mich nicht mehr. Solange Sie meinem Vater nichts tun. Wenn das alles wäre ...«

»Da ist noch die andere Sache«, sagte er. Er wurde ein wenig lockerer. »Sie haben eine Buchseite mitgebracht. Woher haben Sie die?«

»Sie gehört mir, und Ihre Leute haben nicht das Recht, sie mir wegzunehmen.«

»Ich wüsste gern, wo Sie sie herhaben und wo ich den Rest finden kann.«

»Was geben Sie mir, wenn ich es Ihnen sage?«

»Was können Sie von mir wollen?«

Genau deshalb war sie bereit gewesen, sich mit ihm zu treffen. Sie holte tief Luft und sagte: »Ich möchte wissen, ob Sarima, die Fürstinwitwe der Arjikis, noch am Leben ist. Und wo ich sie finden kann, und wie sich ihre Freilassung bewerkstelligen lässt.«

Der Zauberer lächelte. »Wie doch eins zum andern kommt. Ist es nicht witzig, dass ich Ihr Interesse geahnt habe?« Er winkte. Unsichtbare Diener vor der offenen Tür schoben einen Zwerg in weißer Hose und weißer Jacke herein.

Nein, es war kein Zwerg, erkannte sie, es war eine zusammengekrümmte junge Frau. In den Jackenkragen eingenähte Ketten liefen durch ihre Kleidung zu den Fußgelenken und zwangen sie in die gebückte Haltung; die Ketten waren weniger als einen Meter lang. Die Hexe musste genau hinschauen, um zu erkennen, dass es tatsächlich

Nor war. Sie musste mittlerweile sechzehn oder siebzehn sein. Im selben Alter, in dem Elphaba in Shiz auf das Grattler-Kolleg gekommen war.

»Nor«, sagte die Hexe. »Nor, bist du das?«

Nors Knie waren schmutzig, und ihre Finger waren um die Kettenglieder gekrallt. Ihre Haare waren kurz, und unter den ungleich geschorenen Strähnen sah man Striemen. Sie warf den Kopf hin und her, als ob sie Musik hörte, aber sie richtete den Blick nicht auf Elphaba.

»Nor, ich bin's, die Tante Hexe. Ich bin endlich gekommen, um dich zu befreien.«

Doch der Zauberer gab den Dienern vor der Tür ein Zeichen, Nor wieder abzuführen. »Ich fürchte, das ist nicht möglich«, sagte er. »Sie ist mein Schutz vor Angriffen von Ihrer Seite, verstehen Sie?«

»Und die anderen?«, fragte die Hexe. »Ich muss es wissen.«

»Es gibt keine Unterlagen darüber«, antwortete der Zauberer, »aber meines Wissens sind Sarima und ihre Schwestern alle tot.«

Die Hexe rang nach Atem. Die letzte Hoffnung auf Vergebung dahin! Doch der Zauberer sprach weiter. »Vielleicht gelüstete es einen Untergebenen, der keinerlei Handlungsbefugnis hatte, nach einem Blutbad. Es ist schwer, in den Streitkräften zuverlässige Helfer zu finden.«

»Irji?«, fragte die Hexe, die Ellbogen umklammernd.

»*Der* musste nun wirklich sterben«, sagte der Zauberer bedauernd. »Er war der nächste Anwärter auf den Fürstentitel, nicht wahr?«

»Sagen Sie mir, dass er nicht qualvoll starb!«, flehte die Hexe. »Oh, bitte, sagen Sie es!«

»Das Paraffinhalsband.« Der Zauberer wiegte den Kopf. »Es war eine öffentliche Hinrichtung. Es musste ein Exempel statuiert werden. So, wider bessere Einsicht habe ich Ihnen gesagt, was Sie wissen wollten. Jetzt sind aber Sie an der Reihe. Wo finde ich das Buch, aus dem diese Seite stammt?« Er holte das Blatt aus seiner Tasche und strich es auf dem Schoß glatt. Seine Hände zitterten. Er betrachtete die Seite. »Ein Zauberspruch zur Lenkung von Drachen«, sagte er verwundert.

»Ist es das tatsächlich?« Sie staunte. »Ich war mir nicht sicher.«

»Natürlich nicht. Sie müssen eine große Mühe damit gehabt haben«, sagte er. »Es kommt nämlich nicht aus dieser Welt. Es kommt aus meiner Welt.«

Er war verrückt, von anderen Welten besessen. Wie ihr Vater.

»Das ist nicht wahr«, behauptete die Hexe und hoffte, es stimmte.

»Was liegt mir an der Wahrheit«, sagte er. »Aber zufälligerweise ist es wirklich wahr.«

»Warum wollen Sie das Buch haben?« Die Hexe wollte Zeit gewinnen, um herauszufinden, wie sie um Nors Leben feilschen konnte. »Nicht einmal ich weiß, was es ist. Ich bin mir sicher, Sie auch nicht.«

»Ich weiß es«, widersprach er. »Es ist ein uraltes Werk über Magie, geschrieben in einer Welt fern von dieser hier. Lange herrschte die Meinung, es sei nur eine Legende, oder es sei in den Raubzügen der Invasoren aus dem Norden zerstört worden. Ein Zauberer, der größer war als ich, wollte es in Sicherheit bringen und ließ es aus unserer Welt verschwinden. Aus diesem Grund bin ich überhaupt nur nach Oz gekommen.« Er redete jetzt mehr mit sich selbst, wie alte Männer es häufig tun. »Madame Blavatsky machte es in einer Kristallkugel ausfindig, und vor vierzig Jahren brachte ich die Opfer und traf die ... Vorkehrungen, die nötig waren, um hierher zu reisen. Ich war ein junger Mann, der trotz seines Elans im Leben gescheitert war. Ich hatte nicht die Absicht, hier ein Land zu regieren, ich wollte nur dieses Buch finden, es in seine Herkunftswelt zurückbringen und dort seine Geheimnisse erforschen.«

»Was für Opfer?«, fragte sie. »Sie schrecken hier vor Mord nicht zurück.«

»*Mord* ist ein Wort aus der Mottenkiste der Frömmler, eine griffige Formel, mit der sie jede mutige Tat verurteilen, die ihren Horizont übersteigt. Was ich getan habe, was ich tue, kann nicht Mord genannt werden. Denn da ich aus einer anderen Welt komme, kann man von mir nicht verlangen, dass ich mich an die albernen Konventionen einer naiven Zivilisation gebunden fühle. Ich stehe über diesem brav aufgesagten Kinderkram von Gut und Böse.« Kein Feuer brannte bei diesen Worten in seinen kalt und unbeteiligt blickenden blauen Augen.

»Wenn ich Ihnen das Grimorium gebe, werden Sie dann fortgehen?« Sie schöpfte Hoffnung. »Werden Sie mir Nor geben und sich mit Ihrem Teufelswerk verziehen und uns endlich in Frieden lassen?«

»Ich bin mittlerweile zu alt für eine solche Reise«, sagte er. »Und warum sollte ich aufgeben, wofür ich die ganzen Jahre gearbeitet habe?«

»Weil ich Sie mit diesem Buch vernichten werde, wenn Sie es nicht tun«, sagte sie.

»Sie können es nicht lesen. Als Bewohnerin von Oz sind Sie dazu gar nicht in der Lage.«

»Ich kann mehr lesen, als Ihnen lieb ist, auch wenn ich nicht alles verstehe. Ich habe Seiten gesehen, wo es um die Entfesselung verborgener Energien der Materie geht. Ich habe Seiten darüber gesehen, wie man in den geregelten Gang der Zeit eingreift. Ich habe Darlegungen über abgrundtief schreckliche Waffen gesehen, darüber, wie man Wasser vergiftet und wie man eine unterwürfige Bevölkerung züchtet. Es gibt Abbildungen von Folterwerkzeugen. Und obwohl mir Bilder und Text noch nebulös erscheinen, kann ich weiter lernen. Ich bin nicht zu alt.«

»Dies sind Gedanken, die für unsere Zeit von großem Interesse sind«, sagte er, wobei er überrascht wirkte, dass sie doch so viel erkannt hatte.

»Für mich nicht«, versetzte sie. »Sie haben schon genug angerichtet. Wenn ich es Ihnen gebe, werden Sie mir dann Nor ausliefern?«

»Sie sollten meinem Versprechen nicht trauen.« Er seufzte. »Wirklich, mein Kind.« Doch er starrte weiter die Seite auf seinem Schoß an. »Man könnte lernen, wie man einen Drachen den eigenen Zielen dienstbar macht«, sinnierte er vor sich hin und wendete das Blatt, um die Rückseite zu lesen.

»Bitte«, sagte sie. »Ich bitte Sie inständig. Es ist nicht rechtens, dass Sie hier sind. Einmal vorausgesetzt, Sie könnten doch manchmal die Wahrheit sagen: Gehen Sie in diese andere Welt zurück, irgendwohin, nur treten Sie ab! Lassen Sie uns in Ruhe! Nehmen Sie das Buch mit, machen Sie damit, was Sie wollen. Lassen Sie mich im Leben wenigstens dies vollbringen.«

»Als Gegenleistung dafür, dass ich Ihnen von der Mischpoke Ihres geliebten Fiyero erzählt habe, wollten Sie mir verraten, wo das Buch ist«, erinnerte er sie.

»Das werde ich nicht tun«, entgegnete sie. »Ich ziehe mein Angebot zurück. Geben Sie mir Nor, und ich besorge Ihnen das Grimorium. Das Buch ist so gut versteckt, dass Sie es niemals finden werden. Dazu reicht Ihre Kraft nicht aus.« Sie hoffte, dass sie überzeugend klang.

Er stand auf und steckte die Seite ein. »Ich werde Sie nicht hinrichten lassen«, sagte er. »Wenigstens nicht bei dieser Audienz. Ich werde das Buch bekommen, so oder so. Ich lasse mich nicht an ein Versprechen binden, über derlei Dinge bin ich erhaben. Ich werde darüber nachdenken, was Sie gesagt haben. Aber so lange werde ich meine kleine Sklavin behalten. Sie ist mein Schutz gegen Ihren Zorn.«

»Geben Sie mir Nor!«, rief die Hexe. »Jetzt! Handeln Sie wie ein Mann, nicht wie ein Scharlatan! Geben Sie mir Nor, und ich werde Ihnen das Buch zukommen lassen!«

»Das Feilschen überlasse ich anderen«, sagte der Zauberer. Er klang fast ein wenig niedergeschlagen. »Ich feilsche nicht. Aber ich pflege nachzudenken. Ich werde abwarten, wie die Wiedervereinigung mit Munchkinland vonstatten geht, und wenn Sie nicht querschießen, bin ich unter Umständen so gnädig, mir Ihren Vorschlag zu überlegen. Aber feilschen tue ich nicht.«

Die Hexe holte tief Luft. »Wussten Sie, dass wir uns schon einmal begegnet sind?«, sagte sie. »Sie haben mir einmal ein Gespräch im Thronsaal gewährt, als ich noch in Shiz studiert habe.«

»Tatsächlich?«, sagte er. »Oh, natürlich, Sie müssen einer der Lieblinge von Madame Akaber gewesen sein, dieser wunderbaren Gehilfin. Mittlerweile ist sie im Ruhestand, aber was hat sie mir zu ihrer Zeit nicht alles darüber beigebracht, wie man den Willen begeisterter junger Mädchen bricht! Bestimmt haben Sie ihr zu Füßen gelegen, wie alle.«

»Sie wollte mich einmal für die Dienste eines ungenannten Herrn rekrutieren. Waren Sie das?«

»Wer weiß? Wir waren ständig dabei, das eine oder andere Komplott zu schmieden. Mit ihr hat das Spaß gemacht. Sie hätte niemals etwas derart Rohes begangen«, er deutete auf die offene Tür, durch die man immer noch die gebückte und vor sich hin summende Nor sehen konnte, »sie konnte ihre Studentinnen auf sehr viel raffiniertere Weise gefügig machen.« Er machte Anstalten, den Raum zu verlassen, doch an der Tür drehte er sich noch einmal um. »Ja, jetzt erinnere ich mich. Sie war es, die mich vor Ihnen gewarnt hat. Sie erzählte mir, Sie hätten sie verraten, Sie hätten ihr Angebot ausgeschlagen. Sie war es, die mir riet, Sie beobachten zu lassen. Dank ihrer sind wir hinter Ihre kleine Romanze mit dem blau tätowierten Fürsten gekommen.«

»Nein!«

»Wir sind uns also schon einmal begegnet. Das hatte ich vergessen. In welcher Gestalt bin ich damals erschienen?«

Sie musste sich beherrschen, um sich nicht zu übergeben. »Sie waren ein Skelett mit leuchtenden Knochen, das im Gewitter tanzte.«

»Ah ja. Eine gute Nummer, nicht wahr? Waren Sie beeindruckt?«

»Wissen Sie was? Ich finde, Sie sind ein miserabler Zauberer.«

»Und Sie«, erwiderte er beleidigt, »sind nur die Karikatur einer Hexe.«

»Warten Sie!«, rief sie, als er hinausging. »Bitte, warten Sie! Wie werde ich Ihre Antwort erhalten?«

»Ich werde Ihnen einen Boten schicken, bevor das Jahr um ist«, sagte er. Die Tür schlug vor ihrer Nase zu.

Sie fiel auf die Knie, sank mit der Stirn fast auf den Boden. Ihre Fäuste ballten sich unwillkürlich. Sie hatte nicht vor, einem solchen Ungeheuer das Grimorium auszuliefern, niemals. Sie wollte lieber sterben als zulassen, dass es ihm in die Hände fiel. Aber konnte sie ihn mit einer Täuschung dazu bewegen, ihr zuerst Nor auszuliefern?

Ein paar Tage später reiste sie ab, nachdem sie noch dafür gesorgt hatte, dass ihr Vater sein Zimmer in Kolkengrund nicht räumen musste. Er wollte nicht zu ihr in den Winkus kommen, er war für die Reise zu alt. Außerdem nahm er an, dass Krott früher oder später zurückkehren und ihn suchen würde. Der Hexe war klar, dass Frex in seiner Trauer um Nessarose nicht mehr lange leben würde. Sie bemühte sich, ihren Zorn auf ihn zu unterdrücken, als sie von ihm Abschied nahm – zum letzten Mal, vermutete sie.

Als sie über den Vorplatz von Kolkengrund schritt, kreuzten sich noch einmal die Wege von Glinda und ihr. Aber beide Frauen wandten den Blick ab und gingen hastig in ihren verschiedenen Richtungen weiter. Für die Hexe war der Himmel ein riesiger Felsen, der sie zu Boden drückte. Für Glinda war es genauso. Aber Glinda fuhr dann doch herum und rief: »Ach, Elphie!«

Die Hexe drehte sich nicht um. Die beiden sollten sich nie mehr wiedersehen.

## 5

Sie wusste, dass sie sich eine ausgedehnte Verfolgungsjagd auf diese Dorothy zeitlich nicht leisten konnte. Eigentlich hätte Glinda jemanden damit beauftragen sollen, die Schuhe wiederzubeschaffen – mit ihrem Geld und ihren Verbindungen wäre das ein Klacks gewesen –, doch weil damit nicht zu rechnen war, machte die Hexe hier und da auf der Gelben Ziegelstraße Halt. So erkundigte sie sich bei den nachmittäglichen Zechern in einer Wirtschaft, ob sie ein ausländisches Mädchen im blauweiß karierten Kleid mit einem kleinen Hund gesehen hatten. Unter den Gästen entstand eine lebhafte Diskussion darüber, ob die grüne Hexe der Kleinen wohl etwas Böses wollte – offenbar besaß das Mädchen die seltene Fähigkeit, Fremde für sich einzunehmen –, und erst als sie zu dem Schluss gekommen waren, dass nichts Böses zu befürchten war, gaben sie Auskunft. Dorothy war vor ein paar Tagen durchgekommen, und es hieß, sie habe bei jemandem in der Nähe übernachtet, bevor sie ihren Weg fortsetzte. »In dem gepflegten Haus mit dem gelben Kuppeldach«, sagten sie, »und dem hohen Schornstein. Sie können es gar nicht verfehlen.«

Die Hexe verfehlte es in der Tat nicht, und auf einer Bank davor saß zu ihrer Überraschung Boq mit einem kleinen Kind auf dem Knie.

»Du!«, rief er aus. »Ich weiß, warum du hier bist! Milla, schau mal, wer da ist, komm schnell! Es ist Elphaba aus Shiz! Wie sie leibt und lebt!«

Milla kam herbeigeeilt, zwei nackte Kinder an den Schürzenbändern hängend, das Gesicht vom Waschen gerötet. Sie strich sich die widerspenstigen Haare aus den Augen und sagte: »O je, wenn wir das gewusst hätten, hätten wir uns ein wenig feingemacht. Sie muss uns ja auslachen, so bäurisch, wie wir aussehen.«

Milla hatte sich ihre Figur bewahrt, obwohl vier oder fünf Kinder zu sehen waren und es wahrscheinlich noch mehr gab. Boq war in die Breite gegangen, und seine schönen Strubbelhaare waren vorzeitig ergraut, was ihm eine Würde verlieh, die er als Student nicht gehabt hatte.

»Wir haben vom Tod deiner Schwester gehört, Elphie«, sagte er, »und wir haben deinem Vater unser Beileid mitgeteilt. Wir wussten nicht, dass du hier bist. Wir hörten nur, dass du nach Nessies Aufstieg zur Regentin von Munchkinland einmal hier warst, aber wir wussten nicht, wohin du danach zurückgekehrt bist. Schön, dich wiederzusehen.«

Die Bitterkeit, mit der Glindas Verrat sie erfüllt hatte, wurde durch Boqs herzliche und direkte Art gemildert. Sie hatte ihn immer gemocht, seine Leidenschaft wie seine Vernunft. »Du bist wirklich ein Anblick für Götter«, sagte sie.

»Rikla, steh auf und biete unserem Gast den Hocker an!«, sagte Milla zu einem der Kinder. »Und Mirabete, lauf zum Onkel und bitte ihn um Reis, Zwiebeln und Joghurt. Eil dich, damit ich uns zur Feier des Tages etwas kochen kann.«

»Ich kann nicht bleiben, Milla, ich habe es eilig«, sagte die Hexe. »Mirabete, bleib hier! Ich würde liebend gern ein bisschen bleiben und mir von euerm Leben erzählen lassen, aber ich bin hinter diesem fremden Mädchen her, das hier durchgekommen ist, wie ich gehört habe, und ein oder zwei Nächte bei euch verbracht hat.«

Boq steckte die Hände in die Taschen. »Das hat sie, Elphie. Was willst du von ihr?«

»Ich will die Schuhe meiner Schwester haben. Sie gehören mir.«

Boq wirkte so überrascht, wie Glinda gewesen war. »Du hast dir doch früher nie etwas aus feinen Sachen gemacht«, sagte er.

»Tja, vielleicht will ich ja mein verspätetes Debüt in der feinen Gesellschaft der Smaragdstadt geben und mich auf meinem ersten Tanzball präsentieren.« Aber eigentlich wollte sie gar nicht schnippisch zu Boq sein. »Es ist etwas Persönliches, Boq. Ich will die Schuhe haben. Mein Vater hat sie gemacht, und sie gehören jetzt mir. Glinda hat sie diesem Mädchen ohne mein Einverständnis geschenkt. Und wehe Munchkinland, wenn sie dem Zauberer in die Hände fallen. Wie ist sie, diese Dorothy?«

»Wir haben sie vergöttert«, antwortete er. »Schlicht und ungekünstelt wie ein Senfkorn. Sie dürfte eigentlich keine Schwierigkeiten bekommen, obwohl es für ein Kind ein langer Weg von hier in die Smaragdstadt ist. Aber wer sie erlebt, muss ihr einfach helfen, glaube ich. Wir haben zusammengesessen, bis der Mond aufging, und über alles mögliche geredet: ihre Heimat, Oz, womit sie unterwegs zu rechnen hat. Sie ist vorher noch nicht weit herumgekommen.«

»Wie nett«, sagte die Hexe. »Das muss eine ganz neue Erfahrung für sie sein.«

»Planst du einen von deinen Anschlägen gegen sie?«, fragte Milla plötzlich misstrauisch. »Ich muss sagen, Elphie, als du damals nicht mit Glinda aus der Smaragdstadt zurückgekommen bist, meinten alle, du wärst verrückt geworden, eine Attentäterin.«

»Die Leute haben schon immer gern geredet, nicht wahr? Deshalb nenne ich mich heute auch eine Hexe: die Böse Hexe des Westens, um mich mit dem kompletten Titel zu schmücken. Wenn die Leute einen sowieso als Irre abstempeln, warum dann nicht richtig? Das befreit von den Konventionen.«

»Du bist nicht böse«, sagte Boq.

»Woher willst du das wissen? Es ist so lange her«, entgegnete die Hexe, doch sie lächelte ihn an.

Boq erwiderte das Lächeln herzlich. »Glinda hat ihren Flitterkram benutzt, und du hast dein ungewöhnliches Aussehen und deine Herkunft benutzt, aber habt ihr nicht beide genau dasselbe gemacht: eure jeweilige Besonderheit maximal ausgespielt, um zu bekommen, was ihr wolltet? Leute, die sich als böse bezeichnen, sind meistens nicht schlimmer als alle anderen.« Er seufzte. »Leute, die sich als gut bezeichnen, jedenfalls als besser als alle anderen, vor denen muss man auf der Hut sein.«

»Wie Nessarose«, sagte Milla bissig, aber es war leider die Wahrheit, und alle nickten.

Die Hexe setzte sich eines von Boqs Kindern aufs Knie und schäkerte selbstvergessen mit ihm. Sie mochte Kinder nicht lieber als früher, aber der jahrelang Umgang mit Affen hatte ihr einen Einblick in die kindliche Mentalität verschafft, den sie vorher nicht gehabt hatte. Das Kleine quiekte und machte sich vor Vergnügen nass. Die Hexe gab es schleunig zurück, bevor ihr die Nässe durch den Rock drang.

»Von den Schuhen einmal abgesehen«, sagte sie, »meinst du, man sollte so ein Kind ungeschützt geradewegs in den Rachen des Zauberers spazieren lassen? Hat man ihr gesagt, was für ein Ungeheuer er ist?«

Boq blickte unbehaglich. »Weißt du, Elphie, ich spreche nicht gern schlecht vom Zauberer. Ich fürchte, in dieser Gemeinde gibt es zu viele Leute mit langen Ohren, und man weiß nie, wer auf wessen Seite steht. Unter uns gesagt, hoffe ich, dass Nessas Tod letzten Endes zu einer vernünftigen Regierung führen wird, aber wenn wir in zwei Monaten von einer Invasionsarmee überrannt werden, möchte ich nicht, dass gerüchtweise verlautet, ich hätte die Invasoren schlechtgemacht. Außerdem heißt es, dass es zur Wiedervereinigung kommen wird.«

»Sag bloß nicht, dass du darauf hoffst! Nicht du auch noch!«

»Ich hoffe auf gar nichts außer Ruhe und Frieden«, sagte er. »Ich habe schon Mühe genug, diese steinigen Felder zu bewirtschaften.

Deswegen bin ich nach Shiz gegangen, weißt du nicht mehr? Um Landwirtschaft zu studieren. Ich stecke meine ganze Kraft in unser kleines Pachtgut, und wir kommen gerade so über die Runden.«

Doch er blickte stolz bei diesen Worten und Milla auch.

»Und ich vermute, ihr habt ein paar Kühe im Stall stehen«, sagte die Hexe.

»Du bist fies. Natürlich nicht. Meinst du, ich könnte vergessen, wofür wir gekämpft haben, du und Krapp und Timmel und ich? Das war der bewegte Höhepunkt eines ansonsten sehr ruhigen Lebens.«

»Du hättest kein ruhiges Leben führen müssen, Boq.«

»Sei nicht überheblich. Ich habe nicht gesagt, dass es mir leid tut, weder die Erregung des Kampfes für eine gerechte Sache noch der Frieden des Familienlebens auf dem Lande. Haben wir damals irgendetwas Gutes vollbracht?«

»Immerhin haben wir Doktor Dillamond geholfen«, sagte die Hexe. »Er war sonst allein mit seiner Arbeit, nicht wahr? Und mit seinen bahnbrechenden Hypothesen hat er das philosophische Fundament des Widerstands gelegt. Seine Erkenntnisse haben ihn überlebt; sie leben noch heute.« Ihre eigenen Experimente mit den geflügelten Affen erwähnte sie nicht. Ihre praktischen Anwendungen gingen direkt auf Doktor Dillamonds Theorien zurück.

»Wir hatten keine Ahnung, dass wir am Ende eines goldenen Zeitalters lebten.« Boq seufzte. »Wann hast du zum letzten Mal ein Tier in einem akademischen Beruf gesehen?«

»Bring mich bloß nicht darauf«, sagte die Hexe. Sie konnte nicht mehr sitzenbleiben.

»Weißt du noch, du hast damals Dillamonds Unterlagen an dich genommen. Du hast mir nie richtig mitgeteilt, worum es darin ging. Hast du sie irgendwie nutzbar gemacht?«

»Ich habe aus seiner Forschung genug gelernt, um weiterzufragen«, antwortete die Hexe, doch sie kam sich großspurig vor und wollte das Thema beenden. Es machte sie zu traurig, zu verzweifelt. Milla sah das, und mit brüsker Mitmenschlichkeit erklärte sie: »Diese Zeiten sind zum Glück ein für allemal vorbei. Wir waren hoffnungslos idealistisch. Jetzt sind wir im gesetzten Alter, die Generation, die die Kinder hinter sich herschleift und die Eltern auf dem Rücken trägt. Wir haben heute die Verantwortung, und die Persönlichkeiten, denen wir früher Achtung schuldig waren, siechen dahin.«

»Der Zauberer nicht«, sagte die Hexe.

»Madame Akaber schon«, sagte Milla. »Jedenfalls hat Schenschen das in ihrem letzten Brief behauptet.«

»Ach ja?«, sagte die Hexe.

»Das stimmt«, meldete sich Boq zu Wort. »Obwohl Madame Akaber von ihrem Krankenlager aus unseren Kaiserlichen Zauberer weiterhin in Bildungsfragen berät. Es wundert mich, dass Glinda Dorothy nicht nach Shiz zu Madame Akaber geschickt hat, sondern in die Smaragdstadt.«

Die Hexe konnte sich kein rechtes Bild von Dorothy machen, doch einen Moment lang sah sie die verkrümmte Gestalt Nors vor sich. Sie sah eine Horde von gefesselten und unterjochten Mädchen, die Madame Akaber umringten wie seinerzeit die Studentinnen.

»Setz dich wieder hin, du siehst gar nicht gut aus«, sagte Boq. »Du machst eine schwere Zeit durch. Dein Verhältnis zu Nessarose war nicht sehr gut, wenn ich mich recht erinnere.«

Aber die Hexe wollte nicht an ihre Schwester denken. »Ein ziemlich hässlicher Name, Dorothy«, sagte sie. »Findest du nicht?« Sie ließ sich auf den Hocker zurückfallen, und Boq entspannte sich.

»Ich weiß nicht«, sagte er. »Wobei wir uns darüber sogar unterhalten haben. Sie sagte, dass der König in ihrem Heimatland Theodore heißt. Ihre Lehrerin hat ihr erklärt, der Name bedeute ›Geschenk Gottes‹ und sei ein Zeichen seiner Bestimmung zum König oder Präsidenten. Auf ihre Bemerkung hin, *Dorothy* sei gewissermaßen die Umkehrung von *Theodore*, habe die Lehrerin nachgeschlagen und gesagt, *Dorothy* bedeute ›Göttin der Geschenke‹.«

»Na, ich weiß, was sie *mir* schenken kann«, sagte die Hexe. »Meine Schuhe. Willst du damit sagen, du glaubst, sie sei ein Geschenk Gottes oder eine Art Königin oder Göttin? Boq, früher warst du nicht anfällig für solche abergläubischen Vorstellungen.«

»Ich will nichts dergleichen sagen. Ich habe von Wortbedeutungen gesprochen«, entgegnete er gelassen. »Sollen andere, die gebildeter sind als ich, die verborgenen Bedeutungen des Lebens ergründen. Aber ich finde es in der Tat interessant, dass ihr Name dem ihres Königs so ähnlich ist.«

Milla schaltete sich ein. »Ich glaube, dass sie ein wunderbares kleines Mädchen ist, so normal und so unschuldig wie jedes Kind, nicht mehr und nicht weniger. Mirabete, nimm die Pfoten von der Zitronentorte, oder es setzt was! Die kleine Dorothy hat mich daran erinnert, wie Ozma vielleicht einmal war oder vielleicht sogar noch einmal werden wird, falls sie jemals aus dem verzauberten Tiefschlaf erwacht, in dem sie angeblich liegt.«

»Sie hört sich an wie ein kleines Ekel«, sagte die Hexe. »Ozma, Dorothy, immer dieses Gerede über kindliche Erlöser. Das war mir früher schon zuwider.«

»Weißt du was?«, sagte Boq nach kurzem Überlegen. »Da wir gerade von den alten Zeiten sprachen, fällt es mir wieder ein … Erinnerst du dich noch an diese alte Illumination, die ich seinerzeit in der Drei-Königinnen-Bibliothek entdeckte? Die Frauengestalt mit dem Tier auf dem Arm? Es lag etwas wie Zärtlichkeit und Schrecklichkeit in diesem Bild. Und irgendetwas an Dorothy erinnert mich an diese rätselhafte Gestalt. Man könnte sie vielleicht sogar die Namenlose Göttin nennen – oder ist das ein Sakrileg? Dorothy hat diese liebevolle Art gegenüber ihrem Hund, einem ziemlich grässlichen kleinen Biest. Und du glaubst nicht, wie widerwärtig er riecht. Einmal nahm sie den Hund auf den Arm, beugte sich zu ihm herab und machte beruhigende Töne, in genau der gleichen Haltung wie diese mittelalterliche Gestalt. Dorothy ist ein Kind, aber im Verhalten hat sie die Gewichtigkeit einer Erwachsenen und einen Ernst, den man bei jungen Menschen nicht häufig antrifft. Ehrlich gesagt, Elphie, war ich von ihr bezaubert.« Er knackte ein paar Walnüsse und Makaranthen aus dem Osten und verteilte sie. »Ich bin sicher, dir wird es genauso gehen.«

»Wie du sie schilderst, würde ich ihr am liebsten aus dem Weg gehen«, sagte die Hexe. »Wenn ich zur Zeit auf etwas verzichten kann, dann darauf, von jugendfrischer Reinheit bezaubert zu werden. Aber ich will dringend mein Eigentum wiederhaben.«

»Diese Schuhe sind magisch, nicht wahr?«, sagte Milla. »Oder haben sie bloß symbolischen Wert?«

»Woher soll ich das wissen?«, erwiderte die Hexe. »Ich habe sie mein Lebtag nicht angehabt. Aber wenn ich sie bekommen und mit ihnen aus diesem tristen Leben hinausspazieren könnte, würde mir das nicht leid tun.«

»Wie dem auch sei, alle haben immer die Schuhe für Nessas Tyrannei verantwortlich gemacht. Ich finde, Glinda hat recht daran getan, sie aus Munchkinland hinauszuschaffen. Das Kind schmuggelt sie über die Grenze, ohne eine Ahnung davon zu haben.«

»Glinda hat das Mädchen in die Smaragdstadt geschickt«, sagte die Hexe scharf. »Wenn der Zauberer sie in die Hände bekommt, wird ihm das erlauben, in Munchkinland einzumarschieren. Und ihr seid schön dumm, wenn ihr euch neutral verhaltet und euch einredet, es wäre egal, ob er das tut oder nicht.«

»Bleib doch noch ein Weilchen, wenigstens zum Tee«, sagte Milla begütigend. »Schau, Clarinda hat eine frische Kanne gekocht, und wir haben Safransahne. Kannst du dich noch an die Feier mit Safransahne nach Muhme Schnapps Beerdigung erinnern?«

Die Hexe atmete schwer; sie spürte einen Druck auf der Brust. Sie dachte nicht gern an diese turbulenten Zeiten zurück. Glinda hatte genau gewusst, dass Madame Akaber hinter dem Tod von Muhme Schnapp stand, aber als Freifrau Glinda von Paltos gehörte sie jetzt ebenfalls der herrschenden Klasse an. Es war grässlich. Und Dorothy, woher sie auch kommen mochte, war noch ein Kind, und sie benutzten sie dazu, Munchkinland von diesen verdammten magischen Schuhen zu befreien. Oder sie dem Zauberer zuzuspielen. Genau wie Madame Akaber ihre Studentinnen benutzt hatte.

»Ich kann nicht hier herumsitzen und dummes Zeug palavern«, rief sie unvermittelt und warf die Schale mit Nüssen um. »Haben wir damals an der Akademie nicht genug Zeit mit endlosem Gerede vertan?« Sie griff sich Besen und Hut.

Boq blickte bestürzt und wäre beinahe rückwärts von der Bank gefallen. »Elphie, was regst du dich plötzlich so auf –?«

Sie konnte keine Antwort mehr geben. Wie ein kleiner schwarzer Wirbelwind fegte sie auf die Straße hinaus.

Sie eilte zu Fuß die Gelbe Ziegelstraße entlang und merkte kaum, dass dabei ein Plan in ihr Gestalt annahm. Vor lauter angestrengtem Nachdenken vergaß sie eine Weile ganz, dass sie ja ihren Besen hatte, und erst als sie eine Ruhepause einlegte und sich darauf stützte, fiel er ihr wieder ein.

Boq, Glinda, selbst ihr Vater Frex: wie enttäuschend sie ihr auf einmal erschienen. Waren sie alle seit ihrer Jugend von ihren Idealen abgefallen, oder war sie damals zu naiv gewesen, um sie so zu sehen, wie sie wirklich waren? Sie war von den Menschen angewidert und sehnte sich nach Hause. Sie war zu sehr aus dem Lot, um in einem Gasthaus abzusteigen. Es war warm genug, um draußen zu schlafen.

Lange lag sie wach am Rand eines Gerstenfeldes. Der Mond ging riesengroß auf, wie er es manchmal tut, wenn er gerade über den Horizont steigt. Er beschien von hinten eine Stange mit einem Querholz, die dastand, als wartete sie darauf, dass man eine Vogelscheuche daran hängte.

Warum hatte sie sich nicht mit Nessarose verbündet und eine Armee gegen den Zauberer auf die Beine gestellt? Alte Familienzwistigkeiten hatten es verhindert.

Nessarose hatte um Hilfe bei der Regierung von Munchkinland gebeten, und die Hexe hatte ihre Bitte abgeschlagen. Stattdessen hatte sie sich die letzten sieben Jahre in Kiamo Ko verkrochen. Sie hatte die Gelegenheit vertan, sich mit ihrer Schwester zusammenzuschließen.

Alles, was sie im Leben in Angriff genommen hatte, war am Ende gescheitert.

Sie wälzte sich im Mondschein hin und her, bis sie gegen Mitternacht aufstand, gequält von Gedanken an den Tod ihrer Schwester, die wie eine Schmeißfliege zerklatscht worden war – und auf einmal kam der Hexe eine Idee. Dorothy würde zweifellos der Gelben Ziegelstraße in die Smaragdstadt folgen, und eine derart auffällige Erscheinung wie sie konnte auf dieser Strecke überall mühelos ausfindig gemacht werden. Die Hexe nahm sich vor, den Plan auszuführen, den sie schon vor fünfzehn Jahren gehabt hatte. Madame Akaber wartete immer noch darauf, ermordet zu werden.

# 6

Shiz war inzwischen eine Geldfabrik geworden. Die in einem historischen Bezirk angesiedelten Kollegien waren bis auf ein paar neue Schlafsäle und moderne Sporthallen weitgehend unverändert geblieben. Außerhalb des Akademieviertels jedoch war Shiz ein Zentrum der Rüstungsindustrie. Ein riesiges Monument aus Bronze und Marmor, *Der Geist des Imperiums,* dominierte, was vom Eisenbahnplatz übriggeblieben war, und Luft und Licht ringsherum wurden von kolossalen Fabrikgebäuden aufgebraucht, die schmutzige schwarze Rauchsäulen ausspien. Die Blausteinfassaden waren bis zur Unkenntlichkeit verrußt. Die Luft selbst wirkte erhitzt und fiebrig vom ausgestoßenen Atem einer Stadt, die jede Sekunde danach lechzte, ihren Reichtum zu vermehren. Die Bäume waren welk und grau. Und weit und breit war kein einziges TIER zu sehen.

Das Grattler-Kolleg sah paradoxerweise älter und neuer zugleich aus. Die Hexe beschloss, sich nicht mit dem Pförtner aufzuhalten, und flog eigenmächtig über die Mauer in den Küchengarten, wo Boq ihr vor langer Zeit einmal von einem Nebengebäude beinahe in den Schoß gefallen war. Die Wiese hinter dem Obstgarten war verschwunden, und an ihrer Stelle erhob sich ein steinerner Bau, über dessen schimmerndem Poxiteingang die Inschrift CASPAR UND GLINDA VON PALTOS KONSERVATORIUM FÜR MUSIK UND BÜHNENKUNST eingemeißelt war.

Drei Mädchen eilten plappernd durch den Garten, ihre Bücher fest an die Brust gedrückt. Im ersten Moment meinte die Hexe, die Geister von Nessarose, Glinda und sich selbst zu sehen. Vor Schreck musste sie sich auf ihren Besen stützen. Sie hatte vergessen gehabt, wie lange das her war, wie sehr sie gealtert war.

Die drei erschraken, als die Hexe sie ansprach: »Wo kann ich die Rektorin finden?«

Doch eine gewann rasch den jugendlichen Aplomb zurück und wies ihr den Weg. Das Büro der Rektorin war immer noch im Hauptgebäude. »Da finden Sie sie bestimmt«, sagte das Mädchen. »Morgens um die Zeit ist sie immer da und trinkt allein oder mit Spendern Tee.«

Die Kontrolle muss sehr viel laxer gehandhabt werden als früher, wenn keine etwas daran findet, mich im Garten anzutreffen, dachte die Hexe. Umso besser, dann kann ich vielleicht noch unbemerkt entkommen.

Die Rektorin hatte mittlerweile einen Sekretär, einen fülligen älteren Herrn mit einem Spitzbart. »Sie haben keinen Termin?«, erkundigte er sich. »Ich sehe nach, ob sie zu sprechen ist.« Als er zurückkehrte, sagte er: »Die Frau Rektorin wird Sie empfangen. Möchten Sie vielleicht Ihren Besen im Schirmständer abstellen?«

»Sehr freundlich. Nein, danke«, erwiderte die Hexe und ging an ihm vorbei.

Die Rektorin erhob sich aus einem Ledersessel. Es war nicht Madame Akaber, sondern eine kleine rosigweiße Frau mit kupferroten Locken und einem forschen Auftreten. »Wie war noch mal Ihr Name?«, fragte sie höflich. »Sie sind gewiss eine Altgediente, und ich habe meinen Dienst gerade erst angetreten.« Sie lachte über ihre humorige Bemerkung, die Hexe aber nicht. »Ich lerne erst langsam begreifen, dass jeden Monat Dutzende von Ehemaligen vorbeischauen, um die angenehmen Jugenderinnerungen an ihre Zeit hier aufzufrischen. Seien Sie doch so gut und sagen mir, wie Sie heißen, und ich lasse uns ein Kännchen Tee bringen.«

Mit Mühe antwortete die Hexe: »Ich wurde Damsell Elphaba genannt, als ich hier war – wie unglaublich lange das schon zurückliegt. Nein, keinen Tee für mich, ich kann nicht lange bleiben. Man hat mich falsch unterrichtet. Ich wollte eigentlich Madame Akaber sprechen. Wissen Sie, wo ich sie finden kann?«

»Tja, ist das jetzt Glück oder Pech?«, sagte die neue Rektorin. »Bis vor kurzem hat sie immer noch einen Teil des Semesters in der Smaragdstadt verbracht und als Vorsitzende des ›Loyalen Oz‹ Seine Hoheit persönlich in Bildungsfragen beraten. Aber erst neulich ist sie in ihre Ruhestandswohnung im Tatterbau zurückgekehrt – oh, Verzeihung, das ist ein Witz unter den Studentinnen, der mir da herausgerutscht ist. Richtig heißt er Töchterbau, weil er von den großzügigen Töchtern des Grattler-Kollegs finanziert wurde, unseren Ehemaligen. Wissen Sie, ihr Gesundheitszustand hat sich verschlechtert, und – so ungern ich es ausspreche – ich fürchte, dass es mit ihr zu Ende geht.«

»Ich würde furchtbar gern kurz bei ihr reinschauen und hallo sagen«, sagte die Hexe. Schauspielen hatte ihr noch nie gelegen, und nur weil die neue Rektorin noch so jung und unerfahren war, kam sie damit durch. »Ich war eine ihrer Lieblingsstudentinnen, wissen Sie. Sie würde sich bestimmt freuen.«

»Ich rufe Grommetik, damit er Sie hinbringt«, sagte die Rektorin. »Aber Sie sollten zuerst bei der Krankenpflegerin nachfragen, ob Madame Akaber besuchsfähig ist.«

»Lassen Sie Grommetik, ich finde mich selbst zurecht. Ich werde mit der Pflegerin reden und es kurz machen. Und bevor ich gehe, komme ich noch einmal zu Ihnen, und vielleicht kann ich ja einen kleinen Beitrag zum Jahresetat leisten oder eine besondere Kampagne unterstützen, die Sie zur Zeit durchführen.«

Soweit sie sich erinnern konnte, hatte sie noch nie zuvor im Leben gelogen.

Der »Tatterbau« war ein breiter, runder, siloartiger Turm unmittelbar neben der Kirche, in der seinerzeit Doktor Dillamonds ehrend gedacht worden war. Eine Putzfrau, die mit Eimern und Besen vorbeischob, sagte der Hexe, dass Madame Akaber eine Treppe höher wohnte, hinter der Tür mit der Standarte des Zauberers.

Eine Minute später stand die Hexe vor der Standarte. Sie zeigte einen Ballon mit angehängtem Korb, der an seine spektakuläre Ankunft in der Smaragdstadt erinnerte, und darunter zwei gekreuzte Schwerter. Von weitem sah der Ballon wie ein großer Schädel aus, der Korb wie ein aufgerissener Rachen und die gekreuzten Schwerter wie ein abweisendes X. Der Türknauf ließ sich problemlos drehen, und die Hexe betrat die Wohnung.

Die Zimmer standen voll mit Andenken an akademische Erfolge und Zeichen der Wertschätzung seitens diverser smaragdstädtischer Institutionen, darunter auch der kaiserliche Palast. Die Hexe durchschritt eine Art Empfangszimmer, in dem trotz der sommerlichen Wärme ein Feuer brannte, und einen Küchenbereich. Auf einer Seite befand sich eine Toilette, und sie hörte darin jemanden schluchzen und sich die Nase putzen. Die Hexe schob eine Kommode vor die Tür und ging weiter ins Schlafzimmer.

Madame Akaber lag hoch auf Kissen gelagert in einem riesigen Bett, das wie ein Phönix geformt war. Der goldene Hals und Kopf des Vogels bildete das Kopfende, und die Seiten sollten die Flügel darstellen. Am Fußende kamen die ausgestreckten Klauen zusammen. Von den Schwanzfedern hatte sich der Tischler offenbar überfordert gefühlt, denn es gab keine. In seiner merkwürdigen Position sah der Vogel aus, als würde er von einem Flintenschuss rückwärts durch die Luft getrieben oder als läge er auf menschliche Art in den Wehen und versuchte, mit dem großen Fleischkloß niederzukommen, der ihm den Magen beschwerte.

Auf dem Boden stapelten sich Wirtschaftszeitungen, darauf lag eine altmodische Brille. Doch mit dem Lesen war es vorbei.

Wie ein grauer Koloss lag Madame Akaber bewegungslos da, die Hände über dem Bauch gefaltet, die Augen offen und leer. Sie glich immer noch einem großen KARPFEN, nur der Fischgeruch fehlte. Eine Kerze war erst vor so kurzer Zeit im Zimmer angezündet worden, dass der Schwefelgestank des Streichholzes noch in der Luft hing.

Die Hexe packte ihren Besen fester. Von nebenan ertönte ein Hämmern an der Toilettentür. »Hast du gedacht, du könntest dich immer hinter deinen Studentinnen verstecken?«, schrie die Hexe völlig außer sich und hob den Besen. Aber Madame Akaber war eine schlaffe, gleichgültige Leiche.

Die Hexe schlug ihr mit dem flachen Besen seitlich auf den Kopf und ins Gesicht. Es hinterließ keine Spuren. Da suchte sie sich auf dem Kaminsims die Ehrentrophäe mit dem größten Marmorsockel aus und schlug Madame Akaber mit ihm den Schädel ein. Es gab ein Geräusch, als ob Holz gespalten würde.

Sie ließ das Ding in den Armen der Toten liegen. Die Aufschrift konnte von allen gelesen werden, nur nicht von dem geschnitzten Phönix, der den Kopf nicht drehen konnte. IN ANERKENNUNG IHRER VERDIENSTE, lautete sie.


# 7

Die Hexe hatte fünfzehn Jahre gewartet und war dann um fünf Minuten zu spät gekommen. Sie hatte daher gute Lust, umzukehren und Grommetik auseinanderzunehmen. Doch sie widerstand der Versuchung. Ob sie für die Schändung von Madame Akabers Leiche verurteilt und hingerichtet wurde, war der Hexe egal, aber sie wollte nicht gefasst werden, weil sie an einer Maschine Rache nahm.

Sie aß etwas in einem Restaurant und warf einen Blick in die Zeitungen. Dann schlenderte sie durch das Einkaufsviertel. Da sie sich noch nie für solche Dinge interessiert hatte, langweilte sie sich dabei, doch sie wollte hören, wie sich die Leute über Madame Akabers Tod unterhielten. Sie wartete gewissermaßen auf die Kritiken. Und sie hatte den Verdacht, dass sie nie mehr nach Shiz zurückkehren würde und auch nicht in irgendeine andere Stadt. Dies war ihre letzte Gelegenheit, das »Loyale Oz« in Aktion zu sehen.

Als es jedoch langsam Abend wurde, begann sie, unruhig zu werden. Wenn die Sache nun vertuscht wurde und die neue Rektorin die Nachricht von der Gewalttat nicht nach außen dringen ließ, um den Skandal zu vermeiden, den ein Verbrechen an einer, die dem Kaiser so nahegestanden hatte, zweifellos erregen würde? Der Hexe kam die

Befürchtung, die Anerkennung für ihre Tat könnte ihr versagt bleiben. Sie zerbrach sich den Kopf darüber, wem sie die Sache beichten und sich darauf verlassen konnte, dass er oder sie schleunigst damit zur Polizei lief. Wie wäre es mit Krapp oder Schenschen oder Fanny? Oder mit dem Markgraf von Zehnwiesen, dem widerlichen Avaric?

Das Stadthaus des Markgrafen stand im Wildpark am Rande von Shiz. Als sie den Kaiserpark erreichte, wie er jetzt hieß, war es bereits später Nachmittag. Privatvillen standen weit verteilt auf dem Gelände, jede von einer eigenen Wachmannschaft, hohen Mauern mit Glasscherben obendrauf und bissigen Hunden geschützt. Die Hexe konnte mit Hunden umgehen, und hohe Mauern hielten sie nicht auf. Sie flog darüber hinweg auf eine Terrasse, wo eine Dienerin, die gerade ein Bluxblumenbeet goss, vor Schreck davonlief. Die Hexe traf Avaric in seinem Arbeitszimmer an, wo er mit einem großen Federkiel ein paar Dokumente unterzeichnete und honigfarbenen Whisky aus einem Kristallglas trank.

»Ich habe gesagt, ich komme nicht zum Cocktail, du musst das allein machen. Kannst du nicht zuhören?«, begann er, doch dann sah er, wer es war. »Wie sind Sie hier unangemeldet hereingekommen?« Er stutzte. »Ich kenne Sie doch. Nicht wahr?«

»Gewiss kennst du mich, Avaric. Ich bin das grüne Mädchen aus dem Grattler-Kolleg.«

»Aber ja. Wie war noch mal dein Name?«

»Mein Name war Elphaba.«

Er zündete eine Lampe an – es wurde langsam Abend, oder vielleicht bewölkte es sich auch nur –, und sie sahen sich an. »So, dann nimm Platz. Ich nehme an, wenn der Besuch schon ins Arbeitszimmer vorgedrungen ist, hat man nicht mehr das Recht, ihn abzuweisen. Etwas zu trinken?«

»Ein Schlückchen.«

Von allen hatte sich allein er, der schon damals unglaublich gut ausgesehen hatte, noch weiter zu seinem Vorteil verändert. Er trug die vollen, metallisch glänzenden Haare zurückgekämmt, und man sah ihm an, dass er Bewegung wie Muße im Leben hatte, denn seine Figur war athletisch und schlank, seine Haltung aufrecht, seine Farbe gesund. Die vom Schicksal Begünstigten wissen, wie sie sich diese Gunst zunutze machen, dachte sich die Hexe nach dem ersten Schluck.

»Was verschafft mir die Ehre?«, fragte er, während er sich mit einem nachgeschenkten Glas ihr gegenüber setzte. »Oder spielt die ganze Welt heute Reprisen?«

»Was meinst du damit?«

»Ich habe am Mittag einen Spaziergang im Park gemacht«, sagte er, »mit meinen Leibwächtern, wie üblich. Dabei bin ich auf eine Art Jahrmarktsbühne gestoßen, die gerade aufgebaut wurde. Die erste Vorstellung ist morgen, glaube ich, und der Park wird überschwemmt sein von Studenten, Dienstboten und Fabrikarbeitern und von schmierigen, schnatternden Familien aus dem Glikkerviertel. Kinder wuselten herum, die übliche Sorte, die der Lockung der Zirkusatmosphäre nicht widerstehen kann, hauptsächlich Jungen, die bestimmt aus langweiligen Familien und kleinen Provinzstädten weggelaufen sind und sich jetzt dort nützlich zu machen versuchten. Aber das Sagen hatte ein elender Zwerg.«

»Inwiefern elend?«, fragte die Hexe.

»Abscheulich, meine ich damit. Sicher, Zwerge kennt jeder, das ist nichts Besonderes. Aber *diesen* Zwerg hatte ich vor Jahren schon einmal gesehen. Ich erkannte ihn wieder.«

»Na, so was.«

»Ich hätte nicht weiter darüber nachgedacht, aber jetzt tauchst du am Nachmittag aus ungefähr derselben Erinnerung auf. Warst du damals nicht auch dabei? Bist du nicht in jener Nacht mit uns in den Philosophischen Club gegangen? Wir haben uns heillos betrunken, und es gab diese sexualmagische Nummer, und dieser weibische Timmel rastete völlig aus und verlor den Verstand und so ziemlich alles andere auch, als dieser TIGER ... Du warst da, ganz sicher.«

»Nein, war ich nicht.«

»Nicht? Boq war da, der wuschelige kleine Boq, und Fanny und Fiyero, glaube ich, und noch ein paar andere. Erinnerst du dich nicht mehr? Da war eine Alte, die sich Schackel nannte, und der Zwerg, sie ließen uns ein, und sie waren so unglaublich gruselig. Na, egal, es ist bloß, weil –«

»Nicht Schackel«, sagte die Hexe. Das Glas fiel ihr aus der Hand. »Das ist Wahnsinn, meine Ohren hören nicht richtig. Alle haben recht, ich bin paranoid. Nein, Avaric, ich weigere mich zu glauben, du könntest dich nach zwanzig Jahren noch problemlos an einen Namen erinnern.«

»Sie war eine Zigeunerin mit einer Perücke auf dem halbkahlen Schädel und braunen Augen, und der Zwerg und sie waren Kompagnons. Ich weiß nicht, wie er hieß. Warum sollte ich mich nicht daran erinnern?«

»Du hast dich ja nicht mal mehr an *meinen* Namen erinnert.«

»Du hast mir nicht halb so viel Angst eingejagt. Gar keine, um genau zu sein.« Er lachte. »Ich war wahrscheinlich ziemlich gemein zu dir. Ich war damals ein echter Rüpel.«

»Bist du heute noch.«

»Tja, Übung macht den Meister.«

»Ich bin gekommen, um dir zu erzählen, dass ich heute Madame Akaber umgebracht habe«, sagte die Hexe. Stolz schwang in ihrer Stimme; es klang weniger unwahr, wenn sie es laut aussprach. Vielleicht stimmte es ja doch. »Ich habe sie umgebracht. Ich wollte, dass es jemand erfährt, dem die Leute glauben.«

»Und weshalb um alles in der Welt hast du das getan?«

»Ach, weißt du, die Gründe stellen sich jedes Mal anders dar, wenn ich darüber nachdenke.« Sie setzte sich etwas gerader hin. »Weil sie es verdient hat.«

»Ist der Racheengel der Gerechtigkeit jetzt grün?«

»Eine ziemlich gute Tarnung, findest du nicht?« Sie verzogen beide das Gesicht.

»Was diese Madame Akaber betrifft, die du angeblich umgebracht hast. Wusstest du, dass sie damals, nachdem du weggelaufen warst, deine Freunde und Bundesgenossen zu sich bestellte und uns einen kleinen Vortrag hielt?«

»Du warst niemals mein Freund.«

»Ich stand dir zu nahe, um ausgenommen zu werden. Ich kann mich noch genau an die Situation erinnern. Nessarose war völlig niedergeschmettert. Madame Akaber packte deine Zeugnisse aus und las uns die Urteile der verschiedenen Lehrer über deinen Charakter vor. Wir wurden gewarnt vor deinem Eigensinn, deinem Außenseitertum – waren das die Worte? Ich weiß es nicht mehr genau, so denkwürdig waren die Worte nicht, aber man erklärte uns, du könntest versuchen, uns zu so etwas wie einem Studentenaufstand aufzuhetzen. Wir sollten dir auf gar keinen Fall auf den Leim gehen.«

»Und Nessarose war niedergeschmettert, das passt zu ihr«, sagte die Hexe grimmig.

»Glinda auch«, sagte Avaric. »Sie machte wieder eine Veränderung durch, wie schon einmal, nachdem Doktor Dillamond auf sein Vergrößerungsglas gefallen war –«

»Oh, bitte, ist diese abgefeimte alte Lüge immer noch im Umlauf?«

»– na gut, nachdem er *von unbekannten Banditen brutal ermordet wurde*, wenn es dir so besser gefällt. Banditen in der Gestalt von Madame Akaber, sollte ich wahrscheinlich hinzufügen. Also, warum hast du es getan?«

»Madame Akaber hatte die Wahl. Niemand war in einer besseren Position als sie, um dafür zu sorgen, dass ihre Studentinnen eine Bildung bekamen und keine Gehirnwäsche. Durch ihr Anbändeln mit der Smaragdstadt hat sie alle ihre Studentinnen verraten, die in dem Glauben lebten, sie würden eine freiheitliche Erziehung bekommen und selbständig denken lernen. Außerdem war sie ein gemeines Aas und tatsächlich dafür verantwortlich, dass Doktor Dillamond ermordet wurde. Da kannst du sagen, was du willst.«

Die Hexe stutzte, denn sie hörte in ihren Worten über Madame Akaber – dass sie die Wahl gehabt habe – ein spätes Echo dessen, was die ELEFANTEN-Fürstin Nastoya einmal zu ihr gesagt hatte: Niemand bestimmt dein Geschick. Auch wenn es noch so schlimm kommt: Man hat immer eine Wahl.

Avaric redete unterdessen weiter: »Und jetzt hast du sie ermordet. Zweimal Unrecht ergibt nicht Recht, wie wir als Jungen auf dem

Spielplatz riefen, meistens wenn wir auf dem Boden lagen und ein fremdes Knie im Unterleib hatten. Wie wäre es, wenn du zum Essen bleibst? Wir haben Gäste, ziemlich gebildete Leute.«

»Damit du die Polizei rufen kannst? Nein, danke.«

»Ich werde nicht die Polizei rufen. Du und ich, wir stehen über solchem Formalrecht.«

Die Hexe glaubte ihm. »Na schön«, sagte sie. »Wer ist übrigens deine Frau? Hast du Fanny oder Schenschen oder sonst eine geheiratet? Ich habe keine Ahnung.«

»Wen auch immer«, sagte Avaric und schenkte noch einen Fingerbreit Whisky nach. »Ich kann mir unwichtige Dinge nicht merken, konnte ich noch nie.«

Die Speisekammer des Markgrafen war überreich bestückt, sein Koch ein Genie und sein Weinkeller unvergleichlich. Die Gäste ließen sich Schnecken mit Knoblauch schmecken, gebratene Brachhuhnkämme mit Koriander- und Clementinenchutney, und die Hexe gönnte sich ein ordentliches Stück Limonentorte mit Safransahne. Die Kristallkelche waren niemals leer. Die Tischgespräche waren exaltiert und skurril, und als die Markgräfin die Gesellschaft schließlich in den Salon mit seinen bequemen Sesseln bat, schienen sich die Stuckverzierungen an der Decke wie der Zigarettenrauch zu ringeln.

»Du bist ja richtig erglüht«, sagte Avaric. »Du solltest öfter mal was trinken, Elphaba.«

»Ich bin nicht sicher, dass mir der Rotwein bekommt«, erwiderte sie.

»In dem Zustand kann ich dich nicht gehenlassen. Das Mädchen wird dir eines der Eckzimmer herrichten. Es ist wunderschön, und du hast einen Blick bis zur Pagode auf der Insel.«

»Ich mache mir nichts aus Postkartenansichten.«

»Willst du nicht die Morgenzeitungen abwarten, um zu sehen, ob sie die Sache richtig darstellen?«

»Ich kann dich ja bitten, mir eine zu schicken. Nein, ich muss los, ich brauche dringend frische Luft. Avaric – gnädige Frau – meine Herrschaften – der Abend war eine Überraschung und ich vermute mal ein Vergnügen.« Doch sie fühlte bei diesen Worten einen inneren Widerwillen.

»Für manche wohl ein Vergnügen«, sagte die Markgräfin, die von der Unterhaltung nicht angetan gewesen war. »Ich finde es unschicklich, beim Essen die ganze Zeit über das Böse zu sprechen. Das schadet der Verdauung.«

»Ich bitte Sie«, sagte die Hexe. »Sollen wir denn nur in der Jugend den Mut haben, uns ernsten Fragen zu stellen?«

»Also ich bleibe bei meiner Meinung«, sagte Avaric. »Böse ist nicht, wenn man Schlechtes *tut*, sondern wenn man sich hinterher deswegen schlecht *fühlt*. Es gibt für das Verhalten keine absoluten Wertmaßstäbe. Zu allererst kommt –«

»Das institutionelle Beharrungsvermögen«, behauptete die Hexe. »Aber worin besteht eigentlich der große Reiz der absoluten Macht?«

»Deswegen bin ich der Ansicht, dass es lediglich eine psychische Schwäche ist, wie Eitelkeit oder Habgier«, sagte ein Kupfermagnat. »Und wir wissen alle, dass Eitelkeit und Habgier im menschlichen Leben ziemlich erstaunliche Wirkungen haben können, die keineswegs alle verwerflich sind.«

»Es ist die Abwesenheit des Guten, weiter nichts«, meinte seine Geliebte, die Redakteurin beim *Shizer Tageblatt* war. »Von Natur aus ist die Welt ruhig und friedlich und lebensfördernd und -bejahend, und das Böse ist die Abwesenheit der Neigung zum Frieden im materiellen Dasein.«

»Papperlapapp«, sagte Avaric. »Das Böse ist eine frühe oder primitive Stufe der sittlichen Entwicklung. Alle Kinder sind von Natur aus Bösewichte. Die Verbrecher unter uns sind einfach die Menschen, die sich nicht weiterentwickelt haben –«

»Ich denke, es ist etwas positiv Vorhandenes, nicht etwas negativ Abwesendes«, meldete sich ein Künstler zu Wort. »Das Böse ist eine verkörperte Qualität, ein Inkubus oder Sukkubus. Es ist eine Gestalt des Anderen. Wir sind es nicht selbst.«

»Nicht einmal ich?«, fragte die Hexe, die ihre Rolle engagierter spielte, als sie gedacht hätte. »Eine erklärte Mörderin?«

»Ach, nun lassen Sie es mal gut sein«, sagte der Künstler. »Wir stellen uns alle gern im besten Licht dar. Das ist bloß ganz gewöhnliche Eitelkeit.«

»Das Böse ist keine Gestalt, keine Person, es ist eine Eigenschaft wie Schönheit ...«

»Es ist eine Kraft, wie der Wind ...«

»Es ist eine ansteckende Krankheit ...«

»Es ist im Grunde metaphysisch: die Verderblichkeit der Schöpfung –«

»Dann können wir dem Namenlosen Gott die Schuld daran geben.«

»Aber hat der Namenlose Gott das Böse absichtlich erschaffen, oder war es bloß ein Missgriff beim Schöpfungsakt?«

»Es sind keine ätherischen und ewigen Gefilde, in denen das Böse wohnt, sondern irdische. Es ist etwas Physisches, ein Bruch zwischen unserem Körper und unserer Seele. Das Böse ist die reine stumpfsinnige Leiblichkeit, der menschliche Drang, einander Schmerzen zuzufügen, nicht mehr und nicht weniger –«

»Ich mag Schmerzen, jedenfalls wenn ich meine Kalbslederhosen anhabe und die Hände auf den Rücken gefesselt –«

»Nein, ihr liegt alle falsch. Die Religion unserer Kindheit hatte recht, das Böse ist im Prinzip eine moralische Entscheidung: die Entscheidung zum Laster statt zur Tugend. Man kann so tun, als wüsste man nicht Bescheid, man kann es rationalisieren, aber in seinem Gewissen hat jeder einen untrüglichen Richter –«

»Das Böse ist ein Akt, kein Verlangen. Wer wollte noch nie dem Rüpel, der einem am Tisch gegenübersitzt, die Gurgel durchschneiden? Anwesende selbstverständlich ausgenommen. Jeder kennt das Verlangen. Wenn man ihm nachgibt, dieser *Akt* ist dann böse. Das Verlangen ist ganz normal.«

»Nein, nein, das Böse ist die Unterdrückung des Verlangens. Ich unterdrücke mein Verlangen nie.«

»Ich dulde nicht, dass in meinem Salon solche Reden geführt werden«, sagte die Markgräfin, den Tränen nahe. »Sie benehmen sich heute Abend alle, als ob nicht gerade eine alte Frau in ihrem Bett hingemordet worden wäre. Hatte sie nicht auch eine Mutter? Hatte sie nicht auch eine Seele?«

Avaric gähnte. »Du bist so empfindsam und naiv. Wenn es nicht peinlich wirkt, ist es sehr anziehend.«

Die Hexe stand auf, setzte sich rasch wieder hin und stand dann mit Hilfe ihres Besens aufs neue auf.

»Warum haben Sie es getan?«, fragte die Gastgeberin energisch.

Die Hexe zuckte die Achseln. »Zum Spaß? Vielleicht ist das Böse eine Kunstform.« Doch während sie zur Tür torkelte, setzte sie hinzu: »Wisst ihr was, ihr seid allesamt Dummköpfe. Ihr hättet mich anzeigen sollen, statt mich den ganzen Abend zu unterhalten.«

»Du hast uns unterhalten«, sagte Avaric galant. »Dies wird als die Tischgesellschaft des Jahres in die Geschichte eingehen. Selbst wenn du uns den ganzen Abend mit der Ermordung dieser alten Rektorin belogen hast. Ein Vergnügen sondergleichen.« Die Gäste applaudierten ihr artig.

»In Wahrheit«, sagte die Hexe an der Tür, »ist das Böse nichts von alledem, was ihr gesagt habt. Ihr kapriziert euch auf eine Seite – die menschliche Seite, sagen wir mal –, und die ewige Seite bleibt im Schatten. Oder umgekehrt. Es ist wie die alte Rätselfrage: Wie sieht ein Drache im Ei aus? Das kann natürlich niemand beantworten, denn wenn man die Schale zerbricht, um nachzusehen, ist der Drache ja schon nicht mehr im Ei. Das Dilemma, in dem alle Aufklärungsversuche stecken, ist, dass das Böse seinem Wesen nach *geheim* ist.«


# 8

Der Mond stand wieder hoch am Himmel, war aber nicht ganz so rund wie in der Nacht zuvor. Die Hexe traute sich nicht, auf dem Besen zu reiten, und schwankte daher im Zickzack über die Rasenfläche. Sie wollte sich irgendwo abseits der feinen Gesellschaft und ihrer drückenden Atmosphäre schlafen legen.

Sie stieß auf den Jahrmarktsaufbau, von dem Avaric gesprochen hatte. Es war ein altes, frühes Tiktakding, eine hohe transportable Bühne aus Holz mit so vielen und mannigfachen Figürchen daran, dass die Hexe sie in dieser Nacht nicht mehr alle wahrnehmen konnte. Vielleicht gab es ja ein Trittbrett, auf dem sie schlafen konnte, eine ebene Fläche ein kleines Stück über dem feuchten Boden. Sie spähte prüfend und trat näher.

»Wo willst du denn hin?«

Ein Munchkin, nein, ein Zwerg hatte sich vor ihr aufgebaut. Er hielt in der einen Hand einen Knüppel und schlug sich damit leicht in die andere dicke, lederige Pranke.

»Zum Schlafen, wenn's geht«, sagte sie. »Du bist also der Zwerg, und das ist das Ding, von dem Avaric gesprochen hat.«

»Die Uhr des Zeitdrachens. Geöffnet ab morgen Abend und vorher nicht.«

»Morgen Abend bin ich tot und begraben«, sagte sie.

»Nein, bist du nicht«, widersprach er.

»Dann über alle Berge.« Sie betrachtete die Uhr, und plötzlich fiel ihr etwas ein. »Ich wüsste gern, woher du Schackel kennst«, sagte sie.

»Ach, Schackel«, sagte er. »Wer kennt Schackel nicht? Das ist nichts Besonderes.«

»Wurde sie heute umgebracht?«, fragte die Hexe. »Zufälligerweise?«

»Weder zufällig noch sonst wie.«

»Wer bist du?« Nach dem Übermaß des Leids und der Gewalt in letzter Zeit hatte sie auf einmal Angst.

»Der Kleinste und Unbedeutendste«, antwortete er.

»Für wen arbeitest du?«

»Für wen habe ich noch nicht gearbeitet? Der Teufel ist ein sehr großer Engel, aber ein sehr kleiner Mensch. Ich habe in dieser Welt keinen Namen, also kümmere dich gar nicht um mich.«

»Ich bin betrunken und durcheinander«, sagte sie. »Ich kann keine Rätsel mehr lösen. Ich habe heute jemanden umgebracht, und dich kann ich auch umbringen.«

»Du hast sie nicht umgebracht, sie war schon tot«, erwiderte der Zwerg unbeeindruckt. »Und mich kannst du nicht umbringen, denn ich bin nicht sterblich. Aber du mühst dich sehr mit dem Leben ab, und darum will ich dir etwas erzählen. Ich bin der Hüter des Buches, und ich wurde in dieses furchtbare, trostlose Land versetzt, um über die Geschicke des Buches zu wachen und dafür zu sorgen, dass es nicht wieder dorthin gelangt, wo es herkommt. Ich bin nicht gut, ich bin nicht böse, aber ich bin hier eingesperrt und dazu verurteilt, das Buch bis in alle Ewigkeit zu hüten. Es interessiert mich nicht, was mit dir oder sonst jemandem geschieht, aber ich schütze das Buch: Das ist meine Aufgabe.«

»Das Buch?« Sie verstand nicht recht; je mehr sie hörte, umso betrunkener fühlte sie sich.

»Du nennst es das Grimorium. Es hat noch andere Namen – doch egal.«

»Warum nimmst du es dir dann nicht, warum ist es nicht in deinem Besitz?«

»So arbeite ich nicht. Ich bin der Mann im Hintergrund. Ich wirke durch Ereignisse, ich lebe am Spielfeldrand, ich spiele mit Ursachen und Wirkungen, ich beobachte, wie die missgeborenen Geschöpfe dieser Welt dahinleben. Ich greife nur ein, um das Buch zu schützen. Zu einem gewissem Grad kann ich Ereignisse voraussehen, und zu ebendiesem Grad mische ich in den Angelegenheiten von Menschen und Tieren mit.« Er hüpfte herum wie ein kleiner Springteufel. »Mal bin ich hier, mal bin ich dort. Das zweite Gesicht zu haben ist in der Sicherheitsbranche von großem Vorteil.«

»Du arbeitest mit Schackel zusammen.«

»Manchmal verfolgen wir dieselben Ziele und manchmal nicht. Ihre Interessen sind anders als meine.«

»Wer ist sie? Was sind ihre Interessen? Warum treibt ihr euch am Rand meines Lebens herum?«

»In der Welt, aus der ich komme, gibt es Schutzengel«, sagte der Zwerg, »aber soweit ich das sagen kann, ist sie das Gegenteil, und worauf sie es abgesehen hat, bist du.«

»Womit habe ich einen solchen Dämon verdient? Warum quält sie mich? Wer hat sie beauftragt, Einfluss auf mein Leben zu nehmen?«

»Manche Sachen weiß ich, und andere weiß ich nicht«, sagte der Zwerg. »Wem Schackel untersteht, falls überhaupt irgendjemandem oder irgendetwas, entzieht sich meiner Kenntnis und interessiert mich auch nicht. Und warum du? Das musst du selber wissen. Denn du«, der Zwerg sprach in einem munteren, lockeren Ton, »bist weder dies noch das – oder soll ich sagen, du bist dies *und* das? Zu Oz gehörig *und* zur anderen Welt. Dein alter Frex hat sich immer geirrt: Du warst niemals eine Strafe für seine Vergehen. Du bist ein Mischling, du bist eine neue Art, du bist ein Pfropfreis, du bist eine gefährliche Anomalie. Immer hat es dich zu den Mischwesen gezogen, den Gebrochenen und Neuverfugten, denn genau so eine bist du auch. Kannst du wirklich so beschränkt sein, dass du darauf noch nicht gekommen bist?«

»Zeige mir etwas!«, forderte sie ihn auf. »Ich verstehe nicht, was du meinst. Zeige mir etwas, das mir die Welt bis jetzt noch nicht gezeigt hat!«

»Dir doch gern.« Er verschwand, und man hörte das Aufziehen und Ineinandergreifen von Maschinenteilen, das Knirschen geölter Zahnräder, das Flattern von Lederriemen, das Klickklack schwingender Pendel. »Eine Privataudienz beim Zeitdrachen persönlich.«

Obendrauf begann sich ein Ungetüm zu regen und flügelschlagend eine Reihe von Haltungen anzunehmen, die gleichzeitig einladend und abschreckend wirkten. Die Hexe blickte gebannt.

Ein kleiner Bereich auf halber Höhe wurde hell. »Ein Stück in drei Akten«, ertönte die Stimme des Zwerges von innen. »Erster Akt: Die Entstehung der Heiligkeit.«

Hinterher hätte sie nicht sagen können, woher sie wusste, was es darstellen sollte, aber was sie in einer pantomimischen Kurzfassung vorgeführt bekam, war das Leben der heiligen Aelphaba, der Mystikerin und Einsiedlerin, die zu einem Leben des Gebets hinter einem Wasserfall verschwand. Die Hexe beobachtete mit Schaudern, wie die Heilige schnurstracks durch den Wasserfall schritt (aus einem Speirohr kam richtiges Wasser heraus und ergoss sich unten in ein verstecktes Becken). Sie wartete darauf, dass die tiktakische Heilige wieder hervorkam, doch sie kam nicht, und zuletzt ging das Licht aus.

»Zweiter Akt: Die Entstehung des Bösen.«

»Warte mal, die Heilige ist nicht wieder zum Vorschein gekommen, wie es die Sage erzählt«, sagte die Hexe. »Ich will bitte schön die richtige Geschichte sehen oder gar keine.«

»Zweiter Akt: Die Entstehung des Bösen.«

Auf einer anderen kleinen Bühne gingen die Lichter an. Eine Pappkulisse im Hintergrund zeigte ein erkennbares Abbild von Kolkengrund. Eine kleine Figur, die Melena darstellte, küsste zum Abschied ihre Eltern und zog mit Frex davon, einer schmucken Puppe mit kurzem schwarzen Bart und beschwingtem Schritt. Sie zogen in eine kleine Hütte ein, und Frex küsste sie und ging dann los, um zu predigen. Die ganze restliche Szene über stand er außen am Rand und redete auf etliche Bauern ein, die es unterdessen vor ihm auf dem Boden miteinander trieben, sich gegenseitig in Stücke hackten und ihre Geschlechtsteile fraßen, wobei echte Soße floss, erkennbar an dem Geruch nach Knoblauch und gebratenen Pilzen. Zu Hause gähnte und wartete Melena derweil und kämmte sich ihre schönen Haare. Da kam ein Mann daher, von dem die Hexe zuerst nicht wusste, wer es war. Er hatte einen kleinen schwarzen Beutel dabei, dem er ein grünes Fläschchen entnahm. Er reichte es Melena, und als diese davon getrunken hatte, fiel sie ihm in die Arme, sei es, dass sie betrunken und benommen war wie die Hexe an diesem Abend oder erregt und enthemmt. Es war nicht klar. Der Fremde und Melena schliefen in demselben hüpfenden Rhythmus miteinander wie Frex' Gemeindemitglieder. Frex fing selbst in dem Rhythmus zu tanzen an. Als der Liebesakt schließlich erledigt war, erhob sich der Fremde von Melena. Er schnippte mit den Fingern, und von oben kam ein Ballon mit Korb herab. Der Fremde stieg ein. Es war der Zauberer.

»So ein Quatsch«, sagte die Hexe. »Das ist der reine Blödsinn.«

Die Lichter erloschen langsam. Von innen ertönte wieder die Stimme des Zwerges. »Dritter Akt«, rief er. »Die Hochzeit des Heiligen und des Bösen.«

Die Hexe wartete, doch kein Licht ging an, keine Puppe bewegte sich.

»Na?«, sagte sie.

»Na, was?«, kam die Antwort.

»Was ist mit dem Ende des Stücks?«

Er steckte den Kopf aus einer Klapptür und zwinkerte sie an. »Wer hat gesagt, das Ende wäre schon geschrieben?«, erwiderte er und knallte die Klappe zu. Unmittelbar neben der Hand der Hexe ging eine andere Tür auf, und ein Tablett glitt heraus. Darauf lag ein spiegelndes Glasoval, an einer Seite gesprungen, die Oberfläche zerkratzt. Es sah aus wie das Glas, das sie seit ihrer Kindheit gehabt hatte, das Glas, in dem sie sich einmal eingebildet hatte, das Andere Land zu sehen, früher, als sie noch an so etwas geglaubt hatte. Soweit sie sich erinnerte, hatte sie es zuletzt in ihrem versteckten Unterschlupf in der Smaragdstadt gehabt. In dem ovalen Glas erschienen ihr Vorspiegelungen von einem jungen und schönen Fiyero und einer jungen und leidenschaftlichen Fae. Die Hexe nahm das Glas, steckte es in ihre Rocktasche und ging davon.

In den Morgenzeitungen stand nichts von Madame Akabers Tod. Von heftigen Kopfschmerzen geplagt, entschied die Hexe, dass sie nicht länger warten konnte. Entweder Avaric und seine scheußlichen Gäste würden die Nachricht verbreiten oder nicht. Sie konnte nichts mehr tun.

Wenn doch nur der Zauberer davon erfährt, dachte die Hexe bei sich. Wenn das geschieht, wäre ich zu gern eine Fliege an der Wand seines Bunkers. Möge er denken, ich hätte sie umgebracht. Möge ihn die Meldung in dieser Version erreichen.

## 9

Sie kehrte nach Munchkinland zurück, und der anstrengende Flug erschöpfte sie völlig. Sie hatte sehr wenig geschlafen, und ihr Kopf hämmerte immer noch. Doch sie war stolz auf sich. Sie landete vor Boqs Haus und rief laut, damit die Familie herauskam.

Boq war draußen auf dem Feld, und eines seiner Kinder musste ihn holen gehen. Als er angelaufen kam, hatte er ein Beil in der Hand. »Ich hatte dich nicht erwartet, daher hat es ein Weilchen gedauert«, sagte er keuchend.

»Du wärst schneller gewesen, wenn du das Beil liegengelassen hättest«, bemerkte sie.

Doch er legte es nicht weg. »Elphie, warum bist du zurückgekommen?«

»Um dir zu erzählen, was ich getan habe«, sagte sie. »Ich dachte, du würdest es gern erfahren. Ich habe Madame Akaber umgebracht, jetzt kann sie niemandem mehr schaden.«

Doch Boq blickte keineswegs erfreut. »Du hast dich an dieser alten Frau vergriffen?«, sagte er. »Sie war doch bestimmt über den Punkt hinaus, wo sie noch jemandem etwas tun konnte, oder?«

»Du machst denselben Fehler wie alle anderen.« Die Hexe war bitter enttäuscht. »Weißt du nicht, dass es einen solchen Punkt nicht gibt?«

»Du hast dich früher für den Schutz der Tiere eingesetzt. Aber du wolltest dich nie auf die Stufe derjenigen hinabbegeben, die sich an ihnen vergingen.«

»Ich habe Feuer mit Feuer bekämpft, und ich hätte es eher tun sollen. Boq, du bist ein feiger Kompromissler geworden.«

»Kinder«, sagte Boq, »lauft ins Haus zu eurer Mutter!«

Er hatte Angst vor ihr.

»Du willst es dir mit niemandem verderben«, sagte sie, »und das, obwohl dein geliebtes Munchkinland wieder unter die Knute von Oz und Seiner Kaiserlichen Hoheit dem Zauberer kommen soll. Und obwohl du genau weißt, was Glinda im Schilde führt, lässt du dieses Kind mit den Schuhen gehen, die mir gehören. Als du jung warst, hast du noch Stellung bezogen, Boq. Wie konntest du derart ... verkommen?«

»Elphie«, sagte Boq, »sieh mich an! Du bist völlig außer dir. Hast du etwa getrunken? Dorothy ist nur ein Kind. Du kannst es nicht so hinstellen, als ob sie ein skrupelloser Bösewicht wäre!«

Milla kam heraus, in Kenntnis gesetzt von der heftigen Auseinandersetzung draußen vor dem Haus, und stellte sich hinter Boq. Sie hatte ein Küchenmesser in der Hand. Aufgeregt flüsternd sahen die Kinder vom Fenster aus zu.

»Ihr müsst euch nicht mit Messern und Beilen verteidigen«, sagte die Hexe kalt. »Ich hatte geglaubt, ihr würdet das mit Madame Akaber gern erfahren.«

»Du zitterst ja«, sagte Boq. »Schau, ich lege dieses Ding weg. Du bist ganz offensichtlich nicht bei dir. Nessas Tod hat dich arg mitgenommen. Aber du musst wieder zu dir kommen, Elphie. Mach Dorothy keine Vorwürfe! Sie ist harmlos. Sie ist ganz allein. Ich bitte dich.«

»Hör bloß auf zu bitten!«, rief die Hexe. »Ich ertrage es nicht, wenn du mich anbettelst, ausgerechnet du!« Sie knirschte mit den Zähnen und ballte die Fäuste. »Ich verspreche dir nichts, Boq.«

Und diesmal stieg sie auf ihren Besen und flog davon. Tollkühn ließ sie sich von den Luftströmen emportragen, bis sie auf dem Boden unter sich nichts mehr erkannte, was ihr wehtun konnte.

Ihr Gefühl sagte ihr, dass sie zu lange von Kiamo Ko weg gewesen war. Liir war ein Trottel, abwechselnd halsstarrig und ängstlich, und Ämmchen vergaß gelegentlich, wo sie war. Die Hexe wollte nicht an gestern denken, an den Tod von Madame Akaber, an die in dem Puppenstück aufgestellten Behauptungen. Sie hasste den Zauberer, wie man einen Menschen nur hassen konnte, doch wenn auch nur der Hauch der Möglichkeit bestand, dass er sie tatsächlich gezeugt hatte, dann steigerte das ihren Hass noch mehr. Sie wollte Ämmchen danach fragen, wenn sie wieder zu Hause war.

Wenn sie wieder zu Hause war. Sie war achtunddreißig und merkte jetzt erst, was es bedeutete, sich irgendwo zu Hause zu fühlen. Vielleicht sollte man das Zuhause als den Ort definieren, wo man niemals verziehen bekommt und daher immer durch Schuld gebunden bleibt, ewig zugehörig. Und vielleicht ist die Zugehörigkeit diesen Preis wert.

Doch sie beschloss, auf dem Rückweg nach Kiamo Ko der Gelben Ziegelstraße zu folgen. Sie wollte noch einen letzten Versuch unternehmen, sich die Schuhe zurückzuholen. Sie hatte nichts mehr zu verlieren. Wenn die Schuhe dem Zauberer in die Hände fielen, würde er sie zur Bekräftigung seines Anspruchs auf Munchkinland benutzen. Vielleicht brachte sie es ja fertig, Munchkinland achselnzuckend seinem Schicksal zu überlassen – aber die Schuhe, die Schuhe, die gehörten ihr!

Irgendwann traf sie einen Hausierer, der Dorothy gesehen hatte. Während er sich mit ihr unterhielt, stand er an seinem Wagen und kraulte seinem Esel die Ohren. »Sie ist vor ein paar Stunden hier durchgekommen«, sagte er und kaute dabei an einer Mohrrübe, von der auch der Esel fraß. »Nein, sie war nicht allein. Sie hatte eine abgerissene Schar von Gefährten dabei. Leibwächter, vermute ich.«

»Ach, das arme, verängstigte Ding!«, sagte die Hexe. »Was denn für Gefährten? Munchkinsche Muskelprotze, nicht wahr?«

»Eher nicht von der Art«, sagte der Hausierer. »Es waren ein Strohmann und ein Holzfäller aus Blech und eine große Katze, die sich im Gebüsch versteckte, als ich vorbeifuhr, ein Leopard vielleicht oder ein Panther.«

»Ein Mann aus Stroh?«, staunte die Hexe. »Sie erweckt die Gestalten der Märchen zum Leben? Das muss ja ein ganz besonderes Kind sein. Sind Ihnen ihre Schuhe aufgefallen?«

»Allerdings. Ich wollte sie ihr abkaufen.«

»Tatsächlich? Und, haben Sie es getan?«

»Unverkäuflich. Sie schien sehr daran zu hängen. Sie hat sie von einer guten Hexe geschenkt bekommen.«

»Von wegen.«

»Geht mich nichts an«, sagte der Hausierer. »Kann ich Sie für irgendwas interessieren?«

»Ich bräuchte einen Schirm«, entgegnete die Hexe. »Ich bin ohne losgezogen, und das macht sich nicht so gut.«

»Ich kann mich noch an die gute alte Zeit der Dürre erinnern.« Der Hausierer kramte einen etwas abgewetzten Schirm hervor. »So, da ist das gute Stück. Für fünf Kreuzer gehört er Ihnen.«

»Den bekomme ich geschenkt«, sagte die Hexe. »Das werden Sie einer armen, alten, bedürftigen Frau doch nicht abschlagen, nicht wahr, mein Freund?«

»Nicht, wenn mir mein Leben lieb ist, wie es aussieht«, antwortete er und zog unbezahlt seines Weges.

Doch als der Wagen anfuhr, hörte die Hexe eine andere Stimme: »Natürlich fragt niemand ein Zugtier, aber meiner Meinung nach ist sie die aus dem Tiefschlaf erwachte Ozma, die in die Smaragdstadt marschiert, um sich wieder des Throns zu bemächtigen.«

»Ich kann Royalisten nicht leiden«, sagte der Hausierer und schlug mit der Peitsche zu. »Und vorlaute TIERE schon gar nicht.« Doch statt einzuschreiten, flog die Hexe davon. Sie hatte es bis jetzt nicht geschafft, Nor zu befreien, sie hatte kein Tauschgeschäft mit dem Zauberer zustande gebracht. Sie war einen Augenblick zu spät gekommen, um Madame Akaber zu ermorden – oder war sie doch rechtzeitig gewesen? So oder so sollte sie sich um nichts bemühen, was ihre Kräfte überstieg.

## 10

Die Hexe hing flatternd am Rand eines Aufwinds. Sie hatte den Besen höher als je zuvor gelenkt und war hin- und hergerissen zwischen Überschwang und Panik. Sollte sie Dorothy verfolgen, sollte sie ihr diese Schuhe entreißen – und was war ihr wirkliches Motiv? Wollte sie verhindern, dass der Zauberer sie bekam, so wie Glinda gewollt hatte, dass sie nicht in die Hände machthungriger Munchkins fielen? Oder wollte sie damit Anspruch auf ein klein wenig Zuwendung von Frex erheben, ob sie diese nun verdient hatte oder nicht?

Unter ihr zogen die Wolken auf und verschleierten den Blick auf geröllübersäte Berge und Flickenteppiche aus Melonen- und Maisfeldern. Die dünnen Dunstfahnen sahen aus wie die Radierspuren in einem Schulheft, weiße Schmierstriche auf einer aquarellierten Landschaftsskizze. Was würde geschehen, wenn sie den Besen einfach immer höher hinauf trieb? Würde er irgendwann am Firmament zerschellen?

Sie konnte auch die Bemühungen aufgeben. Sie konnte Nor ihrem Schicksal überlassen. Sie konnte Liir zum Teufel schicken. Sie konnte von Ämmchen fortgehen. Sie konnte Dorothy laufenlassen. Sie konnte auf diese Schuhe verzichten.

Doch da kam ein Wind auf, eine Wand harter Luft an ihrer linken Seite. Sie kam nicht dagegen an. Sie wurde zur Seite und nach unten gedrängt, bis sie zwischen Wäldern und Feldern wieder den goldenen Faden der Gelben Ziegelstraße erblickte. Am Horizont hing ein Gewitter, senkrechte braune Regenstreifen zwischen grauvioletten Wolken und graugrünen Feldern. Es blieb ihr nicht viel Zeit.

Auf einmal meinte sie, die vier unter sich zu erspähen, und stieß hinab, um sich zu vergewissern. Machten sie unter einer Schwarzweide Rast? Wenn ja, dann konnte sie die Sache jetzt hinter sich bringen.


# 11

Als das Gewitter schließlich abzog und die Hexe erwachte, nachdem sie endlich ihren Rausch ausgeschlafen hatte, wusste sie nicht, welcher Tag war und wie lange sie dort gelegen hatte. War sie überhaupt in die Nähe der vier gekommen oder hatte sie sich das in ihrem benebelten Zustand bloß eingebildet? Wie auch immer, die Hexe wagte nicht, ihnen in die Smaragdstadt zu folgen. Madame Akaber hatte in der Führungsriege viele Freunde gehabt, und die Meldung musste inzwischen dort angelangt sein. Vielleicht waren sogar Suchtrupps hinter ihr her.

Obwohl es sie ärgerte, gab sie das Vorhaben, sich Nessas Schuhe zurückzuholen, fürs Erste auf. Auf dem Rückflug nach Kiamo Ko legte sie kaum eine Pause ein, sie pflückte sich höchstens einmal ein paar Beeren und knabberte ein paar Nüsse und Süßwurzeln, um bei Kräften zu bleiben.

Die Burg war nicht niedergebrannt worden. Die gelangweilten Truppen des Zauberers standen immer noch auf dem Außenposten in Rotmühlen in Bereitschaft. Ämmchen war emsig dabei, eine hübsche Decke für ihre Beerdigung zu häkeln und die Gästeliste zu schreiben. Die meisten Gäste waren bereits im Anderen Land, und Ämmchen hoffte, auch dorthin zu kommen.

»Es wäre wirklich schön, Muhme Schnapp wiederzusehen, das finde ich auch«, schrie die Hexe und drückte Ämmchen die Schulter. »Ich habe sie immer gemocht. Sie hatte mehr Charakter als diese affektierte Glinda.«

»Du hast Glinda zu Füßen gelegen«, sagte Ämmchen. »Das wussten alle.«

»Jetzt jedenfalls nicht mehr«, erklärte die Hexe. »Elende Verräterin!«

»Du riechst nach Blut, geh dich waschen!«, sagte Ämmchen.

»Ich wasche mich nie, das weißt du doch. Wo ist Liir?«

»Wer?«

»*Liir!*«

»Ach, irgendwo.« Sie lachte. »Schau mal im Fischbrunnen nach.« Das war inzwischen ein stehender Witz zwischen ihnen.

»Was ist das für ein neuer Unfug?«, fragte die Hexe, als sie Liir im Musikzimmer antraf.

»Sie hatten doch recht«, sagte er. »Sieh nur, was ich nach all den Jahren endlich gefangen habe.«

Es war der goldene Karpfen, der so lange im Fischbrunnen gelebt hatte. »Ich gebe zu, er war schon tot, und ich habe ihn mit dem Eimer herausgefischt, ohne Netz oder Haken. Aber trotzdem. Meinst du, wir werden ihnen jemals erzählen können, dass wir ihn doch noch erwischt haben?«

Die letzten Monate über hatte er angefangen, von Sarima und ihrer Familie zu sprechen, als ob sie Gespenster wären, die sich gleich hinter der Biegung der Wendeltreppe im Turm versteckten und sich über dieses ewig lange Versteckspiel das Kichern verbeißen mussten.

»Das können wir nur hoffen«, antwortete sie. Sie fragte sich flüchtig, ob es unmoralisch war, Kinder mit Hoffnungen aufwachsen zu lassen. Fiel es ihnen dann letztlich nicht schwerer, sich damit abzufinden, wie es wirklich in der Welt zuging? »War sonst alles in Ordnung, während ich weg war?«

»Alles bestens«, sagte er. »Aber ich bin froh, dass du wieder da bist.«

Sie knurrte etwas und ging Plapperaff und seine schnatternde Meute begrüßen.

In ihrem Zimmer hängte sie die alte Glasplatte mit einer Schnur an einen Nagel und vermied es, hineinzuschauen. Sie hatte das schreckliche Gefühl, dass sie Dorothy sehen würde, und davor graute ihr. Das Kind erinnerte sie an irgendjemanden. Es war diese selbstverständliche Direktheit, dieser Blick ohne schamhaftes Abwenden. Sie war so natürlich wie ein Waschbär – ein Farn – ein Komet. Die Hexe dachte: Ist es Nor? Erinnert mich Dorothy an Nor?

Doch damals hatte die Hexe sich nicht für Nor interessiert, obwohl ihr Gesicht ein kleines, samtweiches Abbild Fiyeros gewesen war. Abgesehen von Nessarose und Krott hatte die Hexe sich nie für Kinder erwärmt, ihrer leuchtenden Verheißung nie geglaubt. Durch diese Einstellung hatte sie sich stets noch stärker isoliert gefühlt als durch ihre Hautfarbe.

Nein – und jetzt fiel ihr Blick doch gegen ihren Willen auf das mitgenommene Stück Glas. Die Hexe mit ihrem Spiegel, dachte sie. Wir sehen nie jemand anders als uns selbst, und *das* ist der Fluch. Dorothy erinnert mich an mich selbst …

… Die Zeit in Huden. Das grüne Mädchen, schüchtern, linkisch und gedemütigt. Um die Qual nasser Füße zu vermeiden, stapft sie in klammen Gamaschen aus Sumpfkalbsleder und wasserdichten Stiefeln herum. Mama, schwanger mit Krott, rund und dick wie ein Schiff. Mama, wie sie seit Monaten unablässig darum betet, endlich ein gesundes Kind zur Welt bringen zu dürfen. Mama, wie sie die Flaschen mit Alkohol und die Spitzlappblätter in den Matsch kippt.

Ämmchen kümmert sich um die kleine Nessa und schleppt sie auf der täglichen Suche nach Kohlfischen, Nadelblumen und Ackerbohnenstengeln herum. Nessa kann alles sehen, aber sie kann nichts anfassen: Was für ein Fluch für ein Kind! (Kein Wunder, dass sie an Dinge glaubte, die sie nicht sehen konnte, die nicht durch Anfassen zu beweisen waren.) Zu seiner Entsühnung nimmt Papa das grüne Mädchen auf eine Fahrt zu den Verwandten von Schildkrötenherz mit, einer weitverzweigten Familie, die in einem Nest von Pfahlhütten und Laufstegen in einem Wald von breiten, vermodernden Bimbäumen wohnt. Die Quadlinger, die lieber in der Hocke als auf Stühlen sitzen, ziehen die Köpfe ein. Der Geruch nach rohem Fisch in ihren Hütten, an ihrer Haut. Sie fürchten sich vor dem unionistischen Pfarrer, der sie in ihrem armseligen Dorf aufsucht. Ich habe keine deutliche Erinnerung an Einzelne außer an eine alte Matriarchin, zahnlos und stolz.

Nach einer Weile scheuer Zurückhaltung nähern sich die Quadlinger nicht dem Pfarrer, sondern mir, dem grünen Mädchen. Sie ist nicht mehr ich, sie ist zu lange vergangen, sie ist nur sie selbst, ein unergründliches Geheimnis. Kraft eines angeborenen Mutes steht sie kerzengerade da, genau wie Dorothy, den Rücken durchgedrückt, mit keiner Wimper zuckend. Die Schultern gestrafft, die Hände angelegt. Das Streichen vieler Finger über ihr Gesicht erduldend. Für die gute Sache der Missionsarbeit durch nichts zu erschüttern.

Papa bittet um Vergebung für den Tod von Schildkrötenherz vor ungefähr fünf Jahren. Er sagt, es sei seine Schuld. Er und seine Frau hätten sich beide in den Glasbläser verliebt gehabt. Womit kann ich euch für den Verlust entschädigen?, fragt er. Das Mädchen Elphaba denkt, er ist verrückt, sie denkt, die hören gar nicht zu, sie sind bloß von ihrem andersartigen Aussehen fasziniert. Bitte vergebt mir, sagt er.

Allein die Matriarchin reagiert auf diese Worte; vielleicht ist sie die Einzige, die sich wirklich an Schildkrötenherz erinnern kann. Sie sieht aus wie ein Tier, das man dabei ertappt hat, wie es sich gerade unter einem Stein hervorwagt. Bei einem Volk, dessen Sittenkodex so lax ist, gibt es kaum so etwas wie eine Verfehlung. Für sie ist diese Begegnung eine mysteriöse, komplizierte Verkettung.

Sie sagt etwas wie: Wir verzeihen nicht, wir verzeihen nicht, und nicht das mit Schildkrötenherz, nein, und sie schlägt Papa mit einem Schilfhalm ins Gesicht, der messerscharf schneidet. Ich war nur eine Zeugin, ich wusste damals noch nichts vom Leben, aber ich habe es gesehen. Damals ist Papa von seinem Weg abgekommen, mit dieser Auspeitschung fing es an.

Ich sehe seinen Schock: Nach seinem Moralbegriff kann es nicht sein, dass manche Sünden unverzeihlich sind. Er wird kreidebleich bis auf die Blut perlenden Schnitte, die sie ihm beigebracht hat. Vielleicht hat sie hundertmal recht mit dem, was sie getan hat, aber in Papas Leben ist sie zur alten Kumbricia geworden.

Ich sehe sie, starrsinnig, stolz: *Ihre* Moral lässt keine Vergebung zu, und sie ist darin genauso eingesperrt wie er in seiner, aber sie weiß es nicht. Sie grinst zahnlos und drohend und lässt den Schilfhalm an ihr Schlüsselbein sinken, wo sich ihr die rispige Spitze wie ein Band um den Hals legt.

Er deutet auf mich und sagt – nicht zu mir, sondern zu ihnen allen: Ist sie nicht Strafe genug?

Das Mädchen Elphaba kann ihren Vater nicht als gebrochenen Mann begreifen. Sie weiß nur, dass er seine Gebrochenheit auf sie überträgt. Tag für Tag wird sie von seiner Verachtung und Selbstverachtung verkrüppelt. Tag für Tag gibt sie ihm Liebe zurück, weil sie es nicht anders weiß.

Ich sehe mich selbst dort: die kleine Augenzeugin, entgeistert wie Dorothy. Den Blick starr auf eine unfassbar grauenhafte Welt gerichtet, durch Unwissenheit und Unschuld dem Glauben anhängend, dass hinter diesem unverletzlichen Vertrag von Schuld und Schande immer ein älterer Vertrag steht, der auf eine heilsamere Art bindet und löst. Eine uralte Vorform der Erlösung, die bewirkt, dass wir nicht auf alle Zeit von unserer Schande gefoltert werden. Weder Dorothy noch die junge Elphaba können das sagen, doch der Glaube steht uns beiden im Gesicht geschrieben …

Die Hexe hatte die grüne Glasflasche an sich genommen, auf deren Etikett immer noch WUNDERELI- stand, und sie auf ihren Nachttisch gestellt. Vor dem Einschlafen nahm sie einen Löffel des alten Elixiers und hoffte auf ein Wunder, auf eine Abart der phantastischen Geschichte, mit der Dorothy sich zu rechtfertigen versuchte, dass sie nämlich aus einem irgendwie *anderen* Land gekommen war, das nicht einer der realen Staaten jenseits der Wüste war, sondern eine ganz eigene geophysikalische, ja metaphysische Wirklichkeit. Der Zauberer behauptete für seine Person dasselbe, und wenn der Zwerg recht hatte, stammte die Hexe ebenfalls dorther. Nachts übte sie sich darin, auf die Peripherie ihrer Träume zu achten, die Einzelheiten zu bemerken. Es war ein wenig so, als wollte sie hinter einen Spiegel gucken, doch ergiebiger, stellte sie fest.

Was aber bekam sie zu sehen? Alles flackerte wie eine Kerze im Wind, nur wilder, heftiger. Leute machten kurze, ruckartige Bewegungen. Sie waren farblos, sie waren wesenlos, sie waren wie betäubt, sie waren manisch. Die Häuser waren hoch und schroff. Der Wind war stark. Der Zauberer ging in diesen Bildern aus und ein, ein sehr bescheiden aussehender Mann in diesem Zusammenhang. Im Schaufenster eines Ladens, aus dem der Zauberer niedergeschlagen trat, meinte sie einmal, ein paar Worte zu entziffern, und mit ungeheurer Anstrengung zwang sie sich, wach zu werden, damit sie sie aufschreiben konnte. Doch sie konnte darin keinen Sinn erkennen. BEWERBUNG VON IREN ZWECKLOS.

Eines Nachts hatte sie einen Albtraum. Wieder fing es mit dem Zauberer an. Er ging über Sandhügel mit hohem grauen Gras, das im Sturm wogte, abertausend Grashalme ähnlich dem rauhen Schilfhalm, mit dem die alte Quadlinger Matriarchin Frex geschlagen hatte, und dann blieb er auf einer weiten ebenen Fläche stehen. Er schlüpfte aus seinen Kleidern und blickte auf die Uhr in seiner Hand, als wollte er sich einen historischen Moment einprägen. Nackt und gedrückt setzte er sich wieder in Bewegung. Als die Hexe begriff, worauf er zuging, schrie sie auf und versuchte, dem Traum zu entkommen, doch sie konnte sich nicht davon freimachen. Dies war das mythische Meer, und der Zauberer schritt ins Wasser, bis es ihm zu den Knien, zu den Oberschenkeln, zum Bauch ging. Zitternd blieb er stehen und bespritzte als eine Art Sühne den Oberkörper mit Wasser. Dann ging er weiter und verschwand ganz und gar im Meer, wie die heilige Aelphaba hinter ihrem Wasserfall verschwunden war. Das Meer donnerte wie ein Erdbeben, warf sich gegen das sandige Ufer, schlug wie ein unaufhörlicher Trommelwirbel darauf ein. Es hatte keine »andere Seite«. Es schleuderte den Zauberer ein ums andere Mal ans Ufer zurück, und ein ums andere Mal warf er sich wieder hinein, mit wachsender Erschöpfung. Die Unerschütterlichkeit, die Entschlossenheit: kein Wunder, dass er sich ein ganzes Land unterworfen hatte. Der Traum endete damit, dass er ein letztes Mal ans Ufer gespült wurde und dort vor Enttäuschung weinend zusammenbrach.

Würgend wachte sie auf, von unsäglicher Furcht erfüllt, Salz in der Nase. Danach mied sie das Wunderelixier. Stattdessen mischte sie sich auf der Grundlage von Ämmchens Rezeptbuch und den Marginalien des Grimoriums einen Trank, der sie wachhalten sollte. Sie fürchtete, wenn sie wieder einschlief, diesem Bild irdischer Vernichtungsgewalt ausgesetzt zu sein, und sie wäre lieber gestorben.

Ämmchen hatte über Albträume nicht viel zu sagen. »Deine Mutter hatte auch welche«, meinte sie irgendwann. »Sie sagte immer, sie würde im Traum die unbekannte Stadt des Zorns sehen. Sie war so erbittert darüber, wie du ausgefallen warst – körperlich, meine ich, schau mich nicht so an, ein grünes Kind bringt jede Mutter in Erklärungsnot –, so erbittert, dass sie die Pillen, die ich ihr mitbrachte, wie Bonbons weglutschte, als Nessarose im Anzug war. Wenn Nessarose noch lebte und einen Groll fassen könnte, könnte sie in gewisser Weise dir die Schuld daran geben, was mit ihr geschah.«

»Aber wo hattest du diese grüne Flasche her?«, fragte die Hexe in Ämmchens gutes Ohr. »Liebes Ämmchen, versuche, dich zu erinnern!«

»Ich meine, ich habe sie auf einem Flohmarkt gekauft«, antwortete sie. »Ich konnte gut haushalten, das kannst du mir glauben.«

Auch mit der Wahrheit, dachte die Hexe. Sie unterdrückte den Drang, irgendetwas zu zerschmettern. Wie sehr wir doch alle von den ererbten Stricken des Zorns gefesselt sind. Keiner von uns kann sie zerreißen.

## 12

Einige Wochen später kam Liir nachmittags ganz erhitzt und aufgeregt von einem Streifzug zurück. Der Hexe missfiel es außerordentlich, dass er sich wieder mit den Soldaten des Zauberers unten in Rotmühlen herumtrieb.

»Sie hatten Neuigkeiten, eine Meldung aus der Smaragdstadt«, sagte er. »Eine Abordnung von Fremden ist zum Zauberer vorgelassen worden. Angeführt von einem Mädchen! Dorothy heißt sie, sagten die Soldaten, ein Mädchen aus dem Anderen Land. Und ihre Freunde. Der Zauberer hat seit Jahren keinem seiner Untertanen mehr eine Audienz gewährt, er regiert durch seine Minister, heißt es. Viele Soldaten meinen, dass er schon lange tot ist und der Palast es geheimhält, damit der Friede gewahrt bleibt. Aber Dorothy und ihre Freunde wurden vorgelassen, und sie haben ihn gesehen und allen erzählt, wie es war.«

»Soso«, sagte die Hexe. »Sieh mal einer an. Ganz Oz, ob loyal oder sonst wie, ist hin und weg von dieser Dorothy. Was haben die Trottel sonst noch erzählt?«

»Der Bote meinte, die Gäste hätten den Zauberer gebeten, ihnen je einen Wunsch zu erfüllen. Die Vogelscheuche bat um Verstand, Nils Hacker, der blecherne Holzfäller, bat um ein Herz, und der feige Löwe bat um Mut.«

»Und Dorothy bat um einen Schuhlöffel, nehme ich an.«

»Dorothy bat darum, nach Hause geschickt zu werden.«

»Ich hoffe, sie bekommt ihren Wunsch erfüllt. Und?«

Aber Liir zierte sich auf einmal.

»Nun sag schon, ich bin zu alt, um mir das Abendessen von Klatsch vermiesen zu lassen«, fuhr sie ihn an.

Vor Scham über seine heimliche Freude wurde Liir rot. »Die Soldaten sagten, der Zauberer hätte die Wünsche abgeschlagen.«

»Und das erstaunt dich?«

»Der Zauberer hat zu Dorothy gesagt, er würde ihnen die Wünsche erfüllen, wenn sie ... wenn sie ...«

»Du hast schon seit Jahren nicht mehr gestottert. Fang ja nicht wieder an, oder es gibt Schläge!«

»Dorothy und ihre Freunde müssen herkommen und dich töten«, brachte er endlich heraus. »Und zwar deswegen, sagten die Soldaten, weil du in Shiz eine alte Frau ermordet hättest, eine berühmte alte Frau. Du wärst eine Mörderin. Außerdem wärst du verrückt, sagten sie.«

»Ich bin jedenfalls eher eine Mörderin als diese unfähigen Vagabunden«, sagte die Hexe. »Er wollte sie bloß loswerden. Wahrscheinlich hat er seiner Sturmtruppe den Befehl gegeben, dem Mädchen den Hals abzuschneiden, sobald sie nicht mehr im Rampenlicht steht.« Und zweifellos hatte der Zauberer ihr die Schuhe abgenommen. Es ärgerte sie. Dafür fühlte sie sich geschmeichelt, dass ihre Tat sich herumgesprochen hatte. Mittlerweile war sie selbst davon überzeugt, dass sie Madame Akaber getötet hatte. Es konnte gar nicht anders sein.

Aber Liir schüttelte den Kopf. »Die Soldaten in Rotmühlen meinten, die Leute von der Sturmtruppe hätten sie aus irgendwelchen abergläubischen Gründen nicht angerührt.«

»Was wissen diese Soldaten hier draußen am Ende der Welt schon von den städtischen Intrigen.«

Liir zuckte die Achseln. »Bist du nicht beeindruckt, dass der Zauberer von Oz dich überhaupt kennt? Bist du wirklich eine Mörderin?«

»Ach, Liir, das wirst du verstehen, wenn du älter bist. Oder das Nichtverstehen wird dir zur zweiten Natur werden, und es wird keine Rolle mehr spielen. *Dir* würde ich nie etwas tun, wenn du das meinst. Aber warum erstaunt es dich so, dass man mich in der Smaragdstadt kennt? Meinst du, nur weil du mir nicht gehorchst und mich schlecht behandelst, würden alle das tun?« Doch innerlich war sie zufrieden. »Aber hör mal, Liir, wenn auch nur die geringste Chance besteht, dass an diesen Gerüchten etwas dran ist, solltest du Rotmühlen eine Zeitlang meiden. Sie könnten dich entführen und dich als Geisel benutzen, damit ich mich diesem kleinen Mädchen und ihren armseligen Kumpanen ausliefere.«

»Ich möchte Dorothy gern kennenlernen«, sagte er.

»Du bist noch nicht in dem Alter, erspar uns das bitte«, erwiderte sie. »Ich wollte dich immer schonen, bis du in die Pubertät kommst.«

»Ich werde mich nicht entführen lassen, keine Sorge«, sagte er. »Außerdem will ich hier sein, wenn sie kommen.«

»Sorge wäre das Letzte, was ich empfinden würde, wenn man dich entführte«, entgegnete sie. »Dann wärst du selber schuld daran, und ich hätte einen Mund weniger zu stopfen.«

»Ach ja? Und wer würde dir dann im Winter das Brennholz die Treppe hinauftragen?«

»Dafür würde ich diesen Nils Hacker anstellen. Seine Axt kommt mir ziemlich scharf vor.«

»Du hast ihn schon mal gesehen?« Liir staunte mit offenem Mund. »Nein, das gibt's nicht!«

»Doch, habe ich«, bestätigte sie. »Wer sagt, dass ich nicht in den besten Kreisen verkehre?«

»Wie ist sie?« Sein Gesicht glühte vor Spannung. »Da musst du doch auch Dorothy gesehen haben. Wie ist sie, Tante Hexe?«

»Hör auf, mich Tante zu nennen! Du weißt, dass mich das krank macht.«

Er ließ ihr keine Ruhe, bis sie ihn schließlich anschreien musste. »Sie ist ein hübsches kleines Dummchen, das alles glaubt, was die Leute ihr sagen. Und wenn sie herkommt und du ihr sagst, dass du sie liebst, wird sie dir wahrscheinlich auch glauben. Und jetzt scher dich raus, ich habe zu arbeiten!«

Er blieb an der Tür stehen und sagte: »Der Löwe wünscht sich Mut, der Blechmann ein Herz und die Vogelscheuche Verstand. Dorothy will nach Hause. Was wünschst du dir?«

»Ein bisschen Ruhe und Frieden.«

»Nein, im Ernst.«

Sie konnte nicht Vergebung sagen, nicht zu Liir. Sie setzte an, »einen Soldaten« zu sagen, um sich über seine Schwärmerei für die Männer in Uniform lustig zu machen. Doch als sie den Mund aufmachte, begriff sie, dass es ihn verletzen würde, und sie schluckte es hinunter. Was ihr schließlich über die Lippen kam, überraschte sie beide. Sie sagte: »Eine Seele ...«

Er sah sie stirnrunzelnd an.

»Und du?«, fragte sie mit leiserer Stimme. »Was würdest du dir wünschen, Liir, wenn der Zauberer dir jeden Wunsch erfüllen könnte?«

»Einen Vater«, antwortete er.


# 13

Sie überlegte kurz, ob sie dabei war, wahnsinnig zu werden. In jener Nacht saß sie lange wach und dachte darüber nach, was sie gesagt hatte.

Ein Mensch, der nicht an den Namenlosen Gott glaubt und an sonst auch nichts, kann nicht an eine Seele glauben.

Wenn man die Nägel der Religion entfernen könnte, die einen durchbohren und sich bei jeder Bewegung bemerkbar machen, wenn man die Nieten der Religion aus seinem weltanschaulichen und moralischen Gerüst herausziehen könnte, könnte man sich dann überhaupt noch auf den Beinen halten? Oder braucht man die Religion, wie, sagen wir, die Flusspferde im Grasland die giftigen kleinen Parasiten in ihrem Leib brauchen, um harte Fasern verdauen zu können? Die Geschichte der Völker, die jegliche Religion abgeschüttelt haben, liefert keine sonderlich guten Argumente dafür, ohne sie auszukommen. Ist die Religion selbst das notwendige Übel?

Die Religion war etwas für Nessarose, sie ist etwas für Frex. Vielleicht gibt es in Wirklichkeit keine Stadt in den Wolken, aber davon zu träumen kann den Geist erheben.

Haben wir etwa mit dem unionistischen Glauben unserer Zeit, der allen frommen Trieben großzügig ein Existenzrecht unter dem Dach des Namenlosen Gottes gewährt, unseren Untergang besiegelt? Vielleicht ist es an der Zeit, den Namenlosen Gott zu benennen, wenn auch schwach und nach unserem eigenen bösen Bild, damit wir wenigstens mit der Illusion einer höheren Macht fortleben können, die sich unser annehmen *würde*.

Denn wenn man von dem Namenlosen Gott alles abzieht, was nach einer Eigenschaft aussieht, was behält man dann übrig? Einen großen leeren Wind. Und ein Wind kann Sturmgewalt haben und hat doch keine moralische Gewalt, und eine Stimme in einem Wettersturm ist der Trick eines Marktschreiers.

Verlockender, erkannte sie jetzt zum ersten Mal, waren die heidnischen Vorstellungen der Alten. Lurlina, die in ihrem Feenwagen unsichtbar durch die Wolken fährt, immer bereit, in diesem oder jenem Jahrtausend herabzustoßen und sich unser zu erinnern. Vom Namenlosen Gott in seiner Anonymität ist niemals ein Überraschungsbesuch zu erwarten.

Und würden wir den Namenlosen Gott erkennen, wenn er bei uns an die Tür klopfte?

## 14

Es kam vor, dass sie wider Willen einnickte und ihr der Kopf auf die Brust fiel und manchmal sogar auf den Tisch schlug, so dass sie mit schmerzender Stirn hochschreckte und erwachte.

Sie hatte sich angewöhnt, am Fenster zu stehen und ins Tal hinabzuschauen. Es würde Wochen dauern, bis Dorothy und ihre Schar eintrafen, falls sie nicht längst ermordet und ihre Leichen verbrannt worden waren, wie es mit Sarima geschehen sein musste.

Eines Abends kam Liir von einem Besuch in der Kaserne zurück. Er war verheult und brachte zunächst kein Wort heraus, und sie versuchte, es zu ignorieren, war aber dann doch zu neugierig. Schließlich redete er. Einer der Soldaten hatte seinen Kameraden vorgeschlagen, wenn Dorothy kam, sollten ihre Freunde getötet und sie selbst gefesselt werden, damit die einsamen dreisten Männer sich mit ihr verlustieren konnten.

»Ach, Männer und ihre Phantasien«, sagte die Hexe, doch sie war beunruhigt.

Geweint aber hatte Liir deswegen, weil die Kameraden des Soldaten seine Bemerkung ihrem Vorgesetzten gemeldet hatten. Der Soldat war ausgezogen und kastriert und an die Windmühle genagelt worden. Sein Körper ging mit dem Flügel im Kreis herum, während die Geier kamen und an seinen Eingeweiden pickten. Er war noch immer nicht tot.

»Es ist nicht schwer, in dieser Welt auf böse Ideen zu kommen«, sagte die Hexe. »Das Böse lässt sich irgendwie immer leichter ausdenken als das Gute.« Aber die Heftigkeit, mit der der Kommandeur gegen einen seiner eigenen Männer vorgegangen war, bestürzte sie. Dorothy war also wahrscheinlich noch am Leben und stand offenbar unter dem Schutz der höchsten militärischen Instanzen im Land.

Liir hatte Plapperaff auf dem Schoß und schluchzte ihm ins Kopffell. Plapperaff sagte: »Heul weil Beul heil eil«, und er weinte mit ihm.

Im Schutz der Dunkelheit stahl sich die Hexe auf ihrem Besen davon und beendete das Leiden des gefolterten Soldaten.

Eines Nachmittags dachte sie unerklärlicherweise an das Löwenjunge in Shiz, das seiner Mutter entrissen und von Doktor Nikidik als Versuchsobjekt missbraucht worden war. Sie erinnerte sich, wie es sich ängstlich geduckt hatte und, wie sie sich darüber empört hatte.

Falls es derselbe LÖWE war, wider die Natur zu einem Feigling herangewachsen, dann dürfte er mit ihr kein Hühnchen zu rupfen haben. Sie hatte ihn gerettet, als er noch jung war. Oder?

Sie verwirrten die Hexe, diese Ritter von der Gelben Ziegelstraße. Der blecherne Holzfäller war hohl, eine Tiktaknull – oder ein verzauberter, ausgeweideter Mensch. Der LÖWE war ein Wesen, das gegen seine eigenen natürlichen Instinkte handelte. Mit Tiktakautomaten konnte sie umgehen, mit TIEREN verstand sie sich gut. Aber wen sie fürchtete, war die Vogelscheuche. War sie verzaubert? War sie eine Maske? Versteckte sich darin lediglich ein geschickter Tänzer? Alle drei waren auf die eine oder andere Art entmannt, von der Unschuld des Mädchens verblendet.

Sie konnte sich vorstellen, dass der LÖWE das missbrauchte Junge aus einem Labor an der Akademie Shiz war. Sie hatte den Verdacht, dass Nils Hacker der heimtückischen Magie ihrer eigenen Schwester zum Opfer gefallen war, der von ihr verzauberten Axt. Aber die Vogelscheuche konnte sie nirgends unterbringen.

Ihr kam allmählich der Gedanke, dass sich hinter dem mit einem Gesicht bemalten Getreidesack ein wirkliches Gesicht verbarg, das sie kannte, ein Gesicht, auf das sie schon lange wartete.

Sie zündete eine Kerze an und sprach es laut aus, als ob sie tatsächlich zaubern könnte. Die Worte wehten die graue Rauchfahne zur Seite, die von dem Talgstengel aufstieg. Ob sie noch etwas anderes bewirkten, wusste sie nicht. »Fiyero ist nicht tot«, sagte sie. »Er wurde gefangengenommen, und er ist entkommen. Er kommt zurück nach Kiamo Ko, er kommt nach Hause zu mir, und er hat sich als Vogelscheuche verkleidet, weil er noch nicht weiß, was ihn erwartet.«

Es brauchte Verstand, um sich einen solchen Plan auszudenken.

Sie suchte ein altes Hemd von Fiyero hervor. Sie rief den alten Mordefroh, ließ ihn ordentlich schnuppern und schickte ihn dann jeden Tag hinunter ins Tal, damit er die Reisenden, falls sie auftauchten, aufspüren und freudig heimführen konnte.

Und obwohl sie versuchte, nicht einzuschlafen, konnte sie es doch hin und wieder nicht verhindern. Ihre Träume brachten Fiyero der Heimat immer näher.

## 15

Eines Tages, während der ersten Herbststürme, kam unten im Lager Bewegung in die Fahnen und Standarten, und Hörnerklang schallte blechern zur Burg hinauf. Daher vermutete die Hexe, dass der Trupp in Rotmühlen eingetroffen war und einen königlichen Empfang bereitet bekam. »Sie sind so weit gekommen, sie werden jetzt nicht mehr warten«, sagte sie. »Lauf, Mordefroh, lauf zu ihnen und zeige ihnen den schnellsten Weg hierher.«

Sie ließ den Hund von der Leine, und sein Bellen hatte so eine aufmunternde Wirkung, dass die ganze Meute, der er als Ältester vorstand, vor Freude heulte und mit ihm lief, ganz versessen darauf, ihre Pflicht zu tun.

»Ämmchen«, rief die Hexe, »zieh einen sauberen Rock und eine frische Schürze an, gegen Abend werden wir Gesellschaft haben.«

Doch der Nachmittag verging und es begann zu dämmern, und die Hunde kamen nicht zurück. Da holte die Hexe ihr teleskopisches Auge in einem zylindrischen Gehäuse hervor – ihre eigene Erfindung auf der Grundlage von Doktor Dillamonds Arbeit mit gegenüberstehenden Linsen –, und als sie hindurchguckte, wurde sie Zeuge eines entsetzlichen Gemetzels. Dorothy und der Löwe hielten sich zitternd mit der Vogelscheuche im Hintergrund, während der blecherne Holzfäller den Hunden einem nach dem anderen mit seiner Axt den Kopf abschlug. Mordefroh und seine wolfsähnlichen Verwandten lagen verstreut wie tote Soldaten auf einem Schlachtfeld.

Die Hexe tobte vor Wut und rief Liir herbei. »Dein Hund ist tot. Sieh dir an, was sie getan haben!«, schrie sie. »Sieh es dir an und sage mir, ob ich es mir nicht nur einbilde!«

»Ich habe den Hund sowieso nicht mehr besonders gemocht«, sagte Liir. »Er hat auf jeden Fall ein gutes langes Leben gehabt.« Erschrocken bestätigte er die Beobachtung der Hexe, dann aber richtete er das Fernrohr abermals auf den Hang.

»Du Narr, mit dieser Dorothy ist nicht zu spaßen!«, rief sie und schlug ihm das Instrument aus der Hand.

»Für eine, die Besuch erwartet, bist du ziemlich gereizt«, sagte er mürrisch.

»Erinnerst du dich, dass sie mich töten sollen?«, sagte sie, dabei hatte sie das selbst vergessen gehabt, wie ihr auch das Verlangen nach den Schuhen erst wieder eingefallen war, als sie diese durch das Fernrohr gesehen hatte. Der Zauberer hatte sie Dorothy doch nicht abgenommen. Warum nicht? Was war das für ein neues Ränkespiel?

Sie wirbelte im Zimmer herum und blätterte wie wild im Grimorium. Sie sprach einen Zauber, sprach ihn falsch, sprach ihn noch einmal und fuhr dann herum und probierte ihn an den Krähen aus. Die ursprünglichen drei Krähen waren zwar schon vor langem steif vom Türrahmen gefallen, doch es wohnten noch viele andere im Haus, eine inzüchtige, dümmliche Schar, aber wie jede Meute leicht zu beeinflussen und aufzuhetzen.

»Macht euch auf!«, sagte sie. »Ihr seht mit euren Augen mehr als ich. Reißt der Vogelscheuche die Maske herunter, damit wir wissen, wer dahinter steckt! Bringt sie mir alle her! Hackt Dorothy und dem Löwen die Augen aus! Und ihr drei fliegt weiter zu der alten Fürstin Nastoya draußen im Tausendjährigen Grasland, denn die Zeit des allgemeinen Zusammenschlusses naht. Mit Hilfe des Grimoriums können wir den Zauberer endlich stürzen.«

»Da komme ich nicht mehr mit«, sagte Liir. »Du kannst ihnen doch nicht die Augen aushacken!«

»Das wirst du ja sehen«, fauchte die Hexe. Die Krähen sausten in einer schwarzen Wolke davon und schossen wie Schrot durch die Luft und die schroffen Steilwände hinunter, bis sie die Wanderer erreichten.

»Ein schöner Sonnenuntergang, nicht wahr?«, sagte Ämmchen, die auf einem ihrer seltenen Ausflüge in das Zimmer der Hexe eintrat, wie immer gestützt von Plapperaff.

»Die Krähen sollen den Gästen die Augen aushacken!«, rief Liir ihr zu.

»Was?«

»Sie lässt DEN GÄSTEN DIE AUGEN AUSHACKEN!«

512

»Sie denkt, auf die Weise spart sie sich das Saubermachen, nehme ich an.«

»Seid ihr Irren vielleicht mal still!« Die Hexe zuckte am ganzen Leib, als hätte sie einen Anfall, und schlug mit den Ellbogen, als ob sie selbst eine Krähe wäre. Sie stieß ein langgezogenes Heulen aus, als sie die Szene durchs Fernrohr sah.

»Was ist? Lass mich sehen!«, sagte Liir und nahm sich das Gerät. Er redete mit Ämmchen, weil es der Hexe inzwischen die Sprache verschlagen hatte. »Tja, wie es aussieht, weiß die Vogelscheuche, wie man Vögel scheucht.«

»Warum? Was macht sie?«

»Die Krähen kommen nicht wieder, mehr sage ich nicht«, erklärte Liir mit einem Seitenblick auf die Hexe.

»Er könnte es trotzdem sein«, sagte sie schließlich schwer atmend. »Dein Wunsch könnte doch noch in Erfüllung gehen, Liir.«

»Mein Wunsch?« Er hatte vergessen, dass er sich einen Vater gewünscht hatte, und sie hatte nicht vor, ihn daran zu erinnern. Bis jetzt deutete nichts darauf hin, dass die Vogelscheuche kein verkleideter Mann war. Wenn Fiyero nicht tot war, bedurfte sie überhaupt nicht der Vergebung!

Im schwindenden Licht stieg die sonderbare Freundesschar zügig den Hügel hinauf. Die vier kamen ohne Soldateneskorte, vielleicht weil die Soldaten tatsächlich glaubten, dass auf Kiamo Ko eine Böse Hexe herrschte.

»Auf, ihr Bienen«, sagte die Hexe, »jetzt tut einmal etwas für mich! Alle zusammen. Wir brauchen ein bisschen Stechen, wir brauchen ein bisschen Brennen, wir wollen ein bisschen gemein sein, könnt ihr mit ein paar Stacheln dienen? Nein, nicht *uns* sollt ihr stechen, hört zu, wenn ich mit euch rede, ihr Tölpel! Das Mädchen dort unten am Berg. Sie hat es auf eure Königin abgesehen. Und wenn ihr euren Auftrag erledigt habt, komme ich und nehme mir die Schuhe.«

Die Bienen reagierten auf den Ton der Hexe, und sie stiegen auf und schwärmten zum Fenster hinaus.

»Guck du, ich kann nicht hinschauen«, sagte die Hexe.

»Der Mond geht über den Bergen auf wie ein goldener Pfirsich«, sagte Ämmchen und hielt sich dabei das Teleskop vor ihr altes Auge. »Warum pflanzen wir hinterm Haus nicht ein paar Pfirsichbäume statt dieser grässlichen Äpfel?«

»Die *Bienen*, Ämmchen! Liir, nimm ihr das Ding weg und sage mir, was passiert!«

Liir gab einen minutiösen Bericht. »Sie stoßen nieder, sie sehen aus wie ein Flaschengeist oder so was, wie sie da alle in einem großen Klumpen mit lang auslaufendem Schweif fliegen. Die vier sehen sie kommen. Ja! Ja! Die Vogelscheuche rupft sich Stroh aus Brust und Beinen und deckt den LÖWEN und Dorothy damit zu, und ein kleiner Hund ist auch dabei. Jetzt können die Bienen nicht durch das Stroh dringen, und die Vogelscheuche liegt verstreut am Boden.«

Das konnte nicht sein. Die Hexe griff sich das Fernrohr. »Liir, du bist ein Lügner!«, schrie sie. Ihr Herz raste wie wild.

Doch es stimmte. In den Sackkleidern der Vogelscheuche war nichts als Stroh und Luft. Kein heimlich zurückkehrender Geliebter, keine letzte Hoffnung.

Und da die Bienen somit nur noch den blechernen Holzfäller angreifen konnten, stürmten sie gegen ihn an, prallten mit geknicktem Stachel an seinem Blechpanzer ab und fielen in schwarzen Haufen zu Boden wie verkohlte Krümel.

»Einfallsreich sind unsere Gäste, das musst du ihnen lassen«, sagte Liir.

»Hältst du jetzt endlich den Mund, oder muss ich dir einen Knoten in die Zunge machen?«, herrschte die Hexe ihn an.

»Ich sollte wohl mal in die Küche gehen und ein paar Kleinigkeiten vorbereiten, sie werden Hunger haben nach den Anschlägen«, sagte Ämmchen. »Seid ihr eher für Käse mit Knäckebrot oder für frisches Gemüse mit Pfeffersoße?«

»Ich bin für Käse«, sagte Liir.

»Elphaba? Wofür bist du?«

Aber sie war zu sehr damit beschäftigt, im Grimorium nachzuschlagen. »Es bleibt also wie immer an mir hängen«, sagte Ämmchen. »Ich muss die ganze Arbeit machen. In meinem Alter sollte ich mich nur still vor mich hin freuen. Man sollte meinen, ich dürfte wenigstens einmal die Füße hochlegen, aber *nein*. Immer die Brautjungfer, nie die Braut.«

»Immer der Knecht, nie der Herr«, sagte Liir.

»Wollt ihr beiden mich jetzt endlich verschonen! Wenn du gehen willst, Ämmchen, dann geh!« Ämmchen wackelte zur Tür hinaus, so schnell ihre alten Beine sie trugen. Die Hexe sagte: »Plapperaff, lass sie allein gehen, ich brauche dich hier.«

»Aber sicher, ich kann mich ruhig auf der Treppe zu Tode stürzen, immer gern zu Diensten«, sagte Ämmchen. »Jetzt wird es also Käse geben.«

Die Hexe erklärte nun Plapperaff, was sie von ihm wollte. »Es ist zu gefährlich. Es wird bald dunkel werden, und dann stürzen sie irgendwo ab, die Ärmsten, und sind tot. Das würde ich gern verhindern. Das heißt, der blecherne Holzfäller und die Vogelscheuche, die können meinethalben abstürzen, die tun sich eh nicht viel, denke ich mir. Ein guter Spengler kann einen zerdellten Blechkörper wieder richten. Aber bring mir Dorothy und den Löwen her. Dorothy hat meine Schuhe, und mit dem Löwen bin ich gewissermaßen verabredet. Wir sind alte Freunde. Schaffst du das?«

Plapperaff runzelte die Stirn, nickte, schüttelte den Kopf, zuckte die Achseln, spuckte aus.

»Na, versuch's. Wenigstens einen Versuch bist du mir schuldig«, sagte sie. »Ab mit dir, und nimm deine Kumpane mit.«

Sie wandte sich Liir zu. »So, bist du nun zufrieden? Ich habe nicht befohlen, sie umzubringen. Sie werden als unsere Gäste hierhergeleitet. Ich nehme mir die Schuhe und lasse sie wieder ziehen. Und dann gehe ich mit diesem Grimorium in die Berge und lebe in einer Höhle. Du bist alt genug, für dich selbst zu sorgen. Wenn ich nur endlich alles los bin! Wer braucht jetzt noch Vergebung?«

»Sie kommen, um dich zu töten«, sagte er.

»Darauf wartest du wohl.«

»Ich werde dich beschützen«, sagte er ein wenig unsicher und fügte dann hinzu: »Aber nur, wenn Dorothy nichts passiert.«

»Ach, geh den Tisch decken, und sage Ämmchen, sie soll statt Käse und Knäckebrot lieber Gemüse machen.« Sie drohte ihm mit dem Besen. »Wirst du wohl gehen, wenn ich es dir sage!«

Als sie allein war, sank sie in sich zusammen. Entweder hatten diese vier Wanderer unglaubliches Glück, oder sie hatten alle zusammen Mut, Verstand und Herz im Überfluss. Sie ging die Sache ganz offensichtlich falsch an. Sie sollte die Kleine nett begrüßen, ihr die Situation freundlich erklären und ihr möglichst rasch die verdammten Schuhe abknöpfen. Mit den Schuhen und mit Hilfe der Fürstin Nastoya konnte sie vielleicht doch noch an dem Zauberer Rache nehmen. Auf jeden Fall wollte sie das Grimorium verstecken, so oder so. Und die Schuhe vor dem Zauberer in Sicherheit bringen.

Aber der Schreck über den Tod ihrer tierischen Helfer ließ ihr das Blut in den Adern gefrieren. Sie fühlte, wie ihre Gedanken und Vorsätze sich in ihr überschlugen. Und sie war sich nicht sicher, wie sie sich verhalten würde, wenn sie Dorothy Auge in Auge gegenüberstand.

## 16

Liir und Ämmchen standen lächelnd links und rechts vor dem Eingang, als Plapperaff und seine Genossen angeflogen kamen und ihre Fracht recht grob auf das Hofpflaster plumpsen ließen. Der Löwe jaulte vor Schmerz und weinte vor Höhenangst. Dorothy setzte sich auf, den kleinen Hund fest umklammert, und sagte: »Und wo sind wir jetzt gelandet?«

»Willkommen«, sagte Ämmchen und knickste.

»Hallo«, sagte Liir, wobei er einen Fuß um den anderen schlang, das Gleichgewicht verlor und in einen Eimer Wasser fiel.

»Ihr müsst müde sein nach eurer langen Reise«, sagte Ämmchen. »Würdet ihr euch gern frischmachen, bevor wir zusammen eine Kleinigkeit essen? Nichts Besonderes, nicht wahr, dafür leben wir zu weit ab vom Schuss.«

»Dies hier ist Kiamo Ko«, sagte Liir, während er sich knallrot wieder aufrappelte. »Die Feste des Stamms der Arjikis.«

»Sind wir denn nicht mehr auf dem Gebiet der Winkies?«, fragte das Mädchen besorgt.

»Was hat sie gesagt?«, fragte Ämmchen. »Sag ihr, sie soll etwas lauter sprechen.«

»Das Land nennt sich Winkus«, sagte Liir. »›Winkie‹ ist ein wenig beleidigend.«

»Um Gottes willen, ich möchte doch niemanden beleidigen!«, sagte Dorothy. »Bloß nicht!«

»Du bist ja ein hübsches kleines Mädchen«, sagte Ämmchen und lächelte.

»Ich heiße Liir, und ich wohne hier. Das ist meine Burg.«

»Ich heiße Dorothy, und ich mache mir große Sorgen um meine Freunde, den blechernen Holzfäller und die Vogelscheuche. Ach, bitte, kann jemand etwas für sie tun? Es ist dunkel, und sie werden sich verlaufen.«

»Ihnen kann nichts passieren. Ich gehe sie morgen bei Tageslicht holen«, sagte Liir. »Versprochen. Ich würde alles für dich tun. Wirklich alles.«

»Du bist so lieb, genau wie alle anderen hier«, sagte Dorothy. »Löwe, geht es dir gut? War es sehr schlimm?«

»Wenn der Namenlose Gott gewollt hätte, dass Löwen fliegen, hätte er ihnen Heißluftballons gegeben«, erwiderte dieser. »Ich fürchte, mir ist irgendwo über der Schlucht mein Mittagessen verloren gegangen.«

»Seid herzlich willkommen«, flötete Ämmchen. »Wir haben euch schon erwartet. Ich habe euch einen kleinen Begrüßungsschmaus gemacht. Es ist nicht viel, aber alles, was wir haben, gehört euch. Das ist unser Motto hier in den Bergen. Reisende sind immer willkommen. So, und jetzt könnt ihr euch an der Pumpe mit warmem Wasser und Seife waschen, nicht wahr, und dann gehen wir hinein.«

»Das ist sehr freundlich, aber ich muss die Böse Hexe des Westens finden«, sagte Dorothy. »Ich sagte, DIE BÖSE HEXE DES WESTENS. Tut mir sehr leid, wenn ihr euch Umstände gemacht habt. Es sieht wirklich wie eine ganz wunderbare Burg aus. Vielleicht auf dem Rückweg, wenn ich dann wieder hier vorbeikomme.«

»Ach, die wohnt auch hier«, sagte Liir. »Bei mir. Keine Sorge, sie ist hier.«

Dorothy wurde ein wenig blass. »Tatsächlich?«

Die Hexe erschien im Eingang. »Allerdings, und hier ist sie«, sagte sie und kam mit wehendem Rock zügig die Treppe herunter, so dass der Besen Mühe hatte mitzukommen. »Gut gemacht, Plapperaff. Es freut mich, dass nicht alle meine Bemühungen umsonst gewesen sind. Du bist also Dorothy, das Mädchen, das mit seinem Haus eine brutale Bruchlandung auf meiner Schwester gemacht hat!«

»Na ja, eigentlich war es gar nicht mein Haus, rechtlich gesehen«, sagte Dorothy, »und Tante Em und Onkel Henry hat es im Grund auch kaum gehört, höchstens vielleicht ein paar Fenster und der Schornstein. Es ist nämlich eine Hypothek der Landesbank für Handwerker und Bauern von Wichita drauf, deshalb sind die dafür zuständig. Also falls du mit jemandem in Kontakt treten möchtest. Das ist die Beraterbank«, setzte sie erklärend hinzu.

Eine eigentümliche Ruhe kam plötzlich über die Hexe. »Es ist mir gleichgültig, wem das Haus gehört«, sagte sie. »Tatsache ist, dass meine Schwester am Leben war, ehe du kamst, und jetzt ist sie tot.«

»Oh, das tut mir furchtbar leid«, sagte Dorothy nervös. »Ganz ehrlich. Ich hätte alles getan, um es zu verhindern. Ich weiß, wie schlimm ich es fände, wenn ein Haus auf Tante Em fallen würde. Einmal ist auf der Veranda ein Brett auf sie gefallen. Sie hatte danach eine große Beule am Kopf und hat den ganzen Nachmittag Kirchenlieder gesungen, aber am Abend war sie wieder dieselbe schlecht aufgelegte Tante wie immer.«

Dorothy klemmte sich ihren kleinen Hund unter den Arm und ging zur Hexe hin und nahm ihre Hand. »Es tut mir wirklich sehr leid«, beteuerte sie. »Es ist schrecklich, jemanden zu verlieren. Ich habe meine Eltern verloren, als ich klein war, das habe ich nie vergessen.«

»Bleib mir vom Leib!«, sagte die Hexe. »Ich hasse Rührseligkeiten. Davon wird mir übel.«

Doch mit einer unbeholfenen Innigkeit hielt das Mädchen weiter ihre Hand fest und sagte nichts, wartete nur.

»Lass los, lass los!«, sagte die Hexe.

»Hast du deine Schwester sehr geliebt?«, fragte Dorothy.

»Darum geht's nicht.«

»Weil ich meine Mama sehr geliebt habe, und als sie und Papa auf dem Meer blieben, konnte ich es kaum ertragen.«

»Auf dem Meer blieben, was meinst du damit?«, fragte die Hexe und machte sich von dem klammernden Kind los.

»Sie waren auf dem Weg, meine Oma in der alten Heimat zu besuchen, weil sie im Sterben lag, und dann kam ein Sturm, und ihr Schiff kippte um und zerbrach und sank auf den Grund des Meeres. Und sie ertranken, alle Seelen an Bord.«

»So, sie hatten Seelen«, sagte die Hexe. Sie schauderte innerlich vor der Vorstellung eines ganz im Wasser versunkenen Schiffs zurück.

»Haben sie immer noch. Ich denke, das ist alles, was ihnen geblieben ist.«

»Fang bitte nicht wieder an, dich so an mich zu klammern! Und komm zum Essen!«

»Komm du auch«, sagte das Mädchen zum Löwen, und dieser stellte sich schmollend auf seine großen gepolsterten Pfoten und trottete hinterher.

Jetzt bewirten wir sie auch noch, dachte die Hexe finster. Soll ich vielleicht gar einen fliegenden Affen nach Rotmühlen schicken, damit er einen Geiger zur musikalischen Untermalung holt? Sie scheint mir eine sehr eigenartige Mörderin zu sein.

Die Hexe begann darüber nachzudenken, wie sie das Mädchen entwaffnen konnte. Doch sie konnte an ihr keine Waffen entdecken, höchstens ihre alberne Gutmütigkeit und sentimentale Ehrlichkeit.

Während des Essens fing Dorothy zu weinen an.

»Was ist, wäre ihr Käse doch lieber gewesen als Gemüse?«, fragte Ämmchen.

Aber das Mädchen gab keine Antwort. Sie legte beide Hände auf die gescheuerte Eichenplatte, und ihre Schultern zuckten vor Kummer. Liir wäre am liebsten aufgestanden und hätte die Arme um sie geschlungen. Mit grimmigem Nicken befahl ihm die Hexe, sitzenzubleiben. Verärgert knallte er seinen Milchbecher auf den Tisch.

»Es ist ja alles sehr nett«, sagte Dorothy schließlich, »aber ich mache mir solche Sorgen um Onkel Henry und Tante Em. Onkel Henry regt sich schon auf, wenn ich nur ein klein bisschen zu spät von der Schule komme, und Tante Em ... sie kann richtig böse werden, wenn sie nicht weiß, was los ist.«

»Alle Tanten sind böse«, sagte Liir.

»Iss!«, sagte die Hexe. »Wer weiß, wann du wieder etwas zu essen bekommst.«

Das Mädchen versuchte aufzuessen, aber brach immer wieder in Tränen aus. Irgendwann fing Liir ebenfalls zu weinen an. Der kleine Hund Toto bettelte um Brocken, und da musste die Hexe an Mordefroh denken. Acht Jahre lang war er bei ihr gewesen, und jetzt lag er zwischen seiner ganzen Nachkommenschaft als fliegenübersäter Kadaver am Hang. Der Verlust der Bienen und der Krähen machte ihr nicht so viel aus, aber Mordefroh war ihr Liebling gewesen.

»Eine traurige Gesellschaft«, sagte Ämmchen. »Ich frage mich, ob ich den Tisch etwas schöner hätte decken sollen, vielleicht mit einer Kerze.«

»Kerze Krätze krieg'se«, sagte Plapperaff.

Ämmchen zündete eine Kerze an und stimmte ein Lied an, um Dorothy aufzuheitern, aber niemand sang mit.

Schweigen trat ein. Nur Ämmchen aß weiter, bis das Gemüse alle war. Liir wurde abwechselnd weiß und rot, und Dorothy starrte ausdruckslos auf ein Astloch im blanken Holz der Tischplatte. Die Hexe schabte sich mit dem Messer die Finger und strich mit der Klinge sacht über den Zeigefinger, als wäre sie eine Phönixfeder.

»Was wird mit mir geschehen?«, fragte Dorothy unvermittelt mit gedrückter Stimme. »Ich hätte nicht herkommen sollen.«

»Ämmchen, Liir«, sagte die Hexe, »verschwindet aus der Küche! Und nehmt den LÖWEN mit.«

»Redet das alte Ekel mit mir?«, fragte Ämmchen Liir. »Warum weint das kleine Mädchen, ist unser Essen nicht gut genug für sie?«

»Ich weiche nicht von Dorothys Seite!«, erklärte der LÖWE.

»Ach ja?«, sagte die Hexe mit verhaltener Stimme. »Du warst das Junge, mit dem sie vor langer Zeit im naturwissenschaftlichen Labor in Shiz experimentiert haben. Du hast dich damals gefürchtet, und ich habe mich für dich eingesetzt. Ich werde dich wieder retten, wenn du brav bist.«

»Ich will nicht gerettet werden«, sagte der LÖWE verdrießlich.

»Das Gefühl kenne ich«, sagte die Hexe. »Aber du kannst mir etwas über TIERE in freier Wildbahn beibringen. Ob sie zurückmutieren, oder wie sehr. Ich nehme an, dass du in freier Wildbahn aufgewachsen bist. Du kannst mir von Nutzen sein. Du kannst mich beschützen, wenn ich hier mit meinem Grimorium weggehe.«

Der LÖWE brüllte so plötzlich, dass alle auf ihren Plätzen zusammenfuhren, selbst Dorothy. »Donner am Abend, den Teufel erlabend«, bemerkte Ämmchen und blickte zum Fenster hinaus. »Ich hole lieber die Wäsche rein.«

»Ich bin größer als du«, sagte der LÖWE zur Hexe, »und ich lasse Dorothy nicht mit dir allein.«

Die Hexe bückte sich flink und raffte den kleinen Hund auf. »Plapperaff, schmeiß den Köter in den Fischbrunnen!«, sagte sie. Plapperaff blickte skeptisch, aber hoppelte gehorsam los, Toto unter den Arm geklemmt wie einen kläffenden Laib Brot mit Fell.

»O nein, rettet ihn bitte!«, sagte Dorothy. Die Hexe griff zu und hielt sie am Tisch fest, aber der LÖWE schoss hinter dem Schneeaffen und Toto in die Küche.

»Liir, schließ die Küchentür zu!«, schrie die Hexe. »Leg den Riegel vor, damit sie nicht wieder reinkommen können!«

»Nein, nein!«, rief Dorothy. »Ich komme mit dir, wenn du nur

Toto nichts zuleide tust! Er hat dir doch nichts getan!« Sie wandte sich Liir zu und sagte: »Bitte lass nicht zu, dass dieser Affe meinem Toto etwas tut. Der LÖWE ist unfähig, er wird mein Hündchen nicht retten.«

»Verstehe ich das richtig, dass wir den Nachtisch am Feuer essen?«, fragte Ämmchen und blickte munter in die Runde. »Es gibt *Karamellcreme.*«

Die Hexe fasste Dorothy an der Hand und zog sie fort. Plötzlich sprang Liir herbei und ergriff Dorothys andere Hand. »Du alte Hexe, lass sie in Ruhe!«, schrie er.

»Liir, du suchst dir wirklich den schlechtesten Augenblick aus, um Charakter zu zeigen.« Die Hexe schüttelte müde den Kopf. »Mach dich und mich mit dieser Tapferkeitsnummer nicht lächerlich.«

»Lass mich nur, kümmere dich bitte um Toto«, sagte Dorothy. »Ach, Liir, was auch passiert, kümmere dich um Toto, bitte! Er braucht ein Zuhause.«

Liir beugte sich vor und küsste Dorothy, die daraufhin vor Überraschung an die Wand fiel.

»Erbarmen«, murmelte die Hexe. »Was ich auch falsch gemacht habe, das habe ich nicht verdient.«

## 17

Sie schob Dorothy ins Turmzimmer und schloss die Tür hinter sich ab. Von der langen Schlaflosigkeit war ihr ganz schwindlig im Kopf. »Warum bist du hier?«, fragte sie das Mädchen. »Ich weiß, warum du zu Fuß den weiten Weg von der Smaragdstadt gekommen bist – aber los, sag es mir ins Gesicht! Bist du gekommen, um mich zu ermorden, wie man sich erzählt, oder bringst du vielleicht eine Botschaft vom Zauberer? Ist er jetzt bereit, das Buch gegen Nor einzutauschen? Die Magie gegen das Mädchen? Sag's mir! Oder – ich weiß – er hat dir aufgetragen, mir das Buch zu stehlen! Das ist es!«

Aber das Mädchen wich nur zurück und hielt links und rechts nach einer Fluchtmöglichkeit Ausschau. Sie konnte nur aus dem Fenster springen – in den sicheren Tod.

»Sprich endlich!«, sagte die Hexe.

»Ich bin ganz allein in einem fremden Land, sei doch nicht so zu mir!«, sagte das Mädchen.

»Du bist gekommen, um mich zu töten und dann das Grimorium zu stehlen.«

»Ich weiß nicht, wovon du redest!«

»Zuerst gib mir die Schuhe«, sagte die Hexe, »denn sie gehören mir. Dann werden wir reden.«

»Ich kann nicht, sie lassen sich nicht ausziehen«, sagte das Mädchen. »Ich glaube, diese Glinda hat sie verzaubert. Ich versuche es schon seit Tagen. Meine Strümpfe sind so verschwitzt, dass es gar nicht zu glauben ist.«

»Gib sie her!«, fauchte die Hexe. »Wenn du mit ihnen zum Zauberer zurückkehrst, spielst du sie ihm direkt in die Hände.«

»Nein, sieh doch, sie sind fest!«, schrie das Mädchen. Sie trat mit der Spitze des einen auf die Ferse des anderen. »Siehst du, ich will ja, ich will ja, aber sie lassen sich nicht ausziehen, ganz ehrlich! Ich habe versucht, sie dem Zauberer zu geben, als er sie von mir haben wollte, aber es ging nicht! Irgendwas ist mit ihnen, sie sind zu eng oder was weiß ich. Oder vielleicht bin ich am Wachsen.«

»Du hast kein Recht auf diese Schuhe«, sagte die Hexe. Sie ging auf die Kleine zu, und diese wich zurück und geriet ins Stolpern, wobei sie den Bienenkorb umstieß und auf die Königin trat, als diese herausgekrabbelt kam.

»Alles, was mir lieb ist, stirbt, wenn du in seine Nähe kommst«, sagte die Hexe. »Liir unten ist bereit, mich für einen einzigen Kuss von dir fallenzulassen. Meine Tiere sind tot, meine Schwester ist tot, du streust Tod auf deinen Weg, und dabei bist du noch ein Kind! Du erinnerst mich an Nor. Sie dachte, die Welt wäre magisch, und sieh dir an, was mit ihr passiert ist.«

»Was ist denn mit ihr passiert?«, fragte Dorothy in ihrer Not, um Zeit zu schinden.

»Sie hat am eigenen Leib erfahren, wie magisch die Welt wirklich ist. Sie wurde entführt und führt jetzt ein elendes Leben als politische Gefangene.«

»Aber du hast mich auch entführt, und ich habe nichts getan, gar nichts. Hab doch Erbarmen!«

Die Hexe trat heran und packte das Mädchen am Handgelenk. »Warum willst du mich ermorden?«, fragte sie. »Glaubst du im Ernst, der Zauberer tut, was er gesagt hat? Er weiß nicht einmal, was Wahrheit heißt, deshalb weiß er auch nicht, wie sehr er lügt. Und ich habe dich nicht entführt, du dummes Ding! Du bist aus freien Stücken gekommen, weil du mich ermorden willst!«

»Ich will niemanden ermorden«, sagte das Mädchen und wich weiter zurück.

»Bist du die Adeptin?«, fragte die Hexe plötzlich. »Aha! Bist du die dritte Adeptin? Ist es das? Nessarose, Glinda und du? Hat Madame Akaber auch dich für die verborgene Macht angeworben? Ihr seid miteinander im Bund: die Schuhe meiner Schwester, der Zauber meiner Freundin und deine unschuldige Kraft. Gib es zu, gib zu, dass du die Adeptin bist! Gib es zu!«

»Ich bin keine Adeptin, ich bin adoptiert«, erwiderte das Mädchen. »Ich weiß nicht mal, was eine Adeptin ist.«

»Du bist meine Seele, die nach mir sucht, ich fühle es«, sagte die Hexe. »Ich will es nicht, ich will es nicht, ich will keine Seele haben. Mit einer Seele hat man ewiges Leben, und dieses Leben hier quält mich schon genug.«

Die Hexe zerrte Dorothy ins Treppenhaus zurück und hielt das Ende ihres Besens in eine brennende Fackel. Ämmchen kam gerade die Treppe hinaufgewackelt und stützte sich dabei auf Plapperaff, der außerdem ein Tablett mit ein paar Schalen Pudding trug. »Ich habe die ganze Bande in der Küche eingesperrt, da können sie bleiben, bis sie mit ihrem Radau aufhören«, murmelte sie. »So ein Lärm, so ein Krakeel, so ein Krawall! Aber nicht mit Ämmchen, das Ämmchen ist dafür zu alt. Sie sind wie die Wilden.«

Unten in der Küche bellte der Hund, der Löwe brüllte und hämmerte gegen die Tür, und Liir kreischte: »Dorothy, wir kommen!« Aber die Hexe fuhr herum und stellte Ämmchen ein Bein, so dass die alte Frau unter großem Ach und Weh die Treppe hinunterkullerte, gefolgt von dem bestürzten Plapperaff. Da brach die Küchentür aus den Angeln, und der Löwe und Lir kamen herausgestürzt und fielen über das am Fuß der Treppe liegende Ämmchen. »Los, hinauf mit dir!«, schrie die Hexe. »Ich werde dich erledigen, bevor du mich erledigen kannst!«

Dorothy hatte sich losgerissen und rannte vor der Hexe die Wendeltreppe hinauf. Es gab nur einen Ausgang, und der führte auf die Burgmauer hinaus. Die Hexe eilte hinter ihr her, denn die Tat musste getan sein, bevor der Löwe und Lir bei ihnen waren. Sie würde die Schuhe bekommen, sie würde sich das Grimorium nehmen, sie würde Liir und Nor vergessen und in die Wildnis ziehen. Sie würde das Buch und die Schuhe verbrennen, und dann würde sie sich selbst vergraben.

Dorothy kauerte in einer dunklen Ecke und erbrach sich auf die Steine.

»Du hast meine Frage nicht beantwortet«, sagte die Hexe. Sie hielt die Besenfackel in die Höhe, so dass zwischen den Schatten der Zinnen Schemen und Gespenster tanzten. »Du hast mich hartnäckig verfolgt, und ich will es jetzt wissen: Warum willst du mich ermorden?«

Die Hexe schlug die Tür hinter sich zu und drehte den Schlüssel um. Wieder Zeit gewonnen.

Dorothy starrte sie nur fassungslos an.

»Meinst du, man würde sich nicht in ganz Oz Geschichten über dich erzählen? Meinst du, ich wüsste nicht, dass der Zauberer dich geschickt hat, damit du ihm Beweise für meinen Tod zurückbringst?«

»Ach, das meinst du«, sagte Dorothy. »Das stimmt, aber deswegen bin ich nicht gekommen.«

»Mit deinem Gesicht taugst du nicht zur Lügnerin.« Die Hexe leuchtete sie mit dem brennenden Besen an. »Du sagst mir jetzt die Wahrheit, und danach werde ich dich töten, denn in Zeiten wie diesen, meine Kleine, muss man töten, bevor man getötet wird.«

»Ich könnte dich niemals töten«, sagte das Mädchen weinend. »Ich war schon am Boden zerstört über den Tod deiner Schwester. Wie könnte ich dich da auch noch töten?«

»Entzückend«, sagte die Hexe. »Sehr lieb, sehr rührend. Warum bist du dann hergekommen?«

»Ja, der Zauberer hat gesagt, ich soll dich ermorden«, gab Dorothy zu, »aber ich hatte niemals die Absicht, und deshalb bin ich nicht gekommen!«

Die Hexe hielt den brennenden Besen noch höher und dichter, um dem Mädchen ins Gesicht zu schauen.

»Als sie sagten ... als sie sagten, dass sie deine Schwester gewesen war ... und dass wir hierherkommen müssten ... da war das wie eine Gefängnisstrafe, und ich wollte nicht ... aber ich dachte, gut, ich gehe, und meine Freunde wollten mitkommen und mir helfen ... und ich wollte zu dir gehen ... und ich wollte sagen ...«

»Was sagen?«, schrie die Hexe völlig von Sinnen.

»Ich wollte sagen«, erklärte das Mädchen und richtete sich auf, die Zähne zusammengebissen, »ich wollte zu dir sagen: Kannst du mir jemals diesen Unfall vergeben, den Tod deiner Schwester? Kannst du mir jemals vergeben, denn ich kann mir selbst niemals vergeben!«

Entsetzt schrie die Hexe auf, außerstande zu glauben, dass die Welt sie selbst jetzt noch überlistete, sie abermals verletzte: dass Elphaba, die mit Sarimas Weigerung zu vergeben hatte leben müssen, jetzt von einem stammelnden Kind um das Erbarmen angebettelt wurde, das sie nie bekommen hatte. Wie konnte sie aus ihrer eigenen inneren Leere heraus so etwas geben?

Sie saß in der Falle, wand sich, spannte ihre ganze Willenskraft an, – aber was wollte sie eigentlich? Da flog ein brennendes Reisigteilchen des Besens auf ihren Rock, der Feuer fing, und im Nu stand sie in Flammen. »Oh, nimmt dieser Albtraum denn nie ein Ende!«, schrie Dorothy, und sie schnappte sich einen Eimer mit Regenwasser, der in der plötzlichen Feuersbrunst sichtbar geworden war. »Ich werde dich retten!«, rief sie und schleuderte das Wasser auf die Hexe.

Ein jäher scharfer Schmerz vor der Taubheit. Die Welt war Wasser oben und Feuer unten. Wenn es so etwas wie eine Seele gab, dann hatte die Seele auf eine Art Taufe gesetzt, und hatte sie das Spiel gewonnen?

Der Körper entschuldigt sich bei der Seele für seinen Irrtum, und die Seele bittet um Vergebung dafür, dass sie den Körper ungebeten bewohnt hat.

Ein Ring erwartungsvoller Gesichter, bevor das Licht erlischt: Sie wabern im Dunkel wie Gespenster. Da ist Mama, sie spielt mit ihren Haaren; da ist Nessarose, streng und bleich wie verwittertes Holz. Da ist Papa, in seinen Gedanken versunken, in den Gesichtern misstrauischer Heiden sich selber suchend. Da ist Krott, noch nicht ganz er selbst, obwohl ihm nichts zu fehlen scheint.

Sie werden zu anderen: Sie werden Ämmchen in jungen Jahren, spitzzüngig und geschäftig, und Muhme Schnapp und Muhme Schmund und die anderen Muhmen, die jetzt in einem allgemeinen mütterlichen Brei verschwimmen. Sie werden Boq, lieb und gelenkig und ernst, noch ungebeugt, und Krapp und Timmel mit ihrem drolligen weibischen Bemühen, gemocht zu werden, und Avaric mit seiner Überheblichkeit. Und Glinda mit ihren Kleidern, wie sie darauf hofft, dass ihr eines Tages gebührt, was sie bekommt.

Und diejenigen, deren Geschichten vorbei sind: Manek und Madame Akaber und Doktor Dillamond und vor allem Fiyero, dessen blaue Tätowierung die Farbe des Wassers wie auch des schwefligen Feuers hat. Und diejenigen, deren Geschichten offenbleiben mussten (war es so gedacht?): Nastoya, die Fürstin der Schrähen, deren Hilfe nicht rechtzeitig eintraf, und Liir, der vaterlose Junge, wie er aus seinem Ei schlüpft. Sarima, die bei aller liebevollen schwesterlichen Gastlichkeit nicht vergeben wollte, und Sarimas Schwestern und Kinder und Zukunft und Vergangenheit ...

Und diejenigen, die dem Zauberer zum Opfer gefallen sind, darunter Mordefroh und die anderen Tiere von Kiamo Ko, und hinter ihnen der Zauberer selbst, ein Versager, bis er aus seinem Heimatland floh, und hinter ihm wiederum Schackel, wer sie auch sein mochte, und die unbekannten Adeptinnen, falls es sie gab, und der Zwerg, dessen Namen ungenannt blieb.

Und die Geschöpfe ohne rechtes Eigenleben, die Zusammengeflickten, die Entrechteten und die Missbrauchten: der LÖWE, die Vogelscheuche, der verstümmelte blecherne Holzfäller. Für einen Augenblick aus dem Schatten aufgetaucht ins Licht, dann wieder zurückgesunken.

Als Letzte die Göttin der Geschenke, wie sie sich zwischen Flammen und Wasser zu ihr hinabbeugt, sie auf den Arm nimmt, ihr zärtlich etwas zuraunt – doch die Worte bleiben undeutlich.

## 18

Oz erstreckte sich von Kiamo Ko aus mehrere hundert Meilen nach Westen und Norden und noch weiter nach Osten und Süden. An dem Abend, als die Böse Hexe des Westens starb, hätte jemand mit besonders guten Augen von der Burgmauer aus das Land überblicken können. Im Westen ging der Mond über dem Tausendjährigen Grasland auf. Auch wenn die friedlichen Yunamatas sich nicht anschließen mochten, versammelten sich die Stämme der Arjikis und der Schrähen, um über ein Bündnis zu beraten, denn in der Kumbricia-Schneise marschierten die Truppen des Zauberers auf. Der Anführer der Arjikis und die Fürstin Nastoya kamen überein, eine Delegation zur Hexe des Westens zu senden und um Rat und Unterstützung zu bitten. Noch während sie auf das Wohl der Hexe anstießen, keine Stunde nach ihrem Tod, wurden die Krähen, die Elphaba mit einem Hilfeersuchen ausgeschickt hatte, von nächtlichen Simurgen geschlagen und aufgefressen.

Der Mondschein floss silbern die Hänge der Großen Kallen hinauf und hinunter, und blaue Schatten setzten sich in den Tälern der Kleinen Kallen ab. Die Skorpione des Sauren Sandes kamen zum Stechen hervor, die Schnarken der Wüste Thursk paarten sich in ihren Nestern. Am Kvon-Altar brachten Anhänger einer obskuren namenlosen

Sekte den Seelen der Toten nächtliche Opfer, denn wie die meisten Leute nahmen sie an, dass die Toten Seelen gehabt hatten.

Quadlingen, ein von Fröschen bevölkertes Schlammland, faulte die Nacht über still vor sich hin, abgesehen von einem Vorfall in Qhoyre. Ein KROKODIL drang in ein Kinderheim ein und fraß einen Säugling. Das TIER wurde getötet, und unter lauten Klagen und Beschimpfungen wurden beide Leichen verbrannt.

In Gillikin hielten die Banken ihr Geld in Umlauf, damit es frisch und knisternd blieb, die Fabriken hielten ihre Waren in Umlauf, die Kaufleute hielten ihre Frauen in Umlauf, die Studenten in Shiz hielten ihre Theorien in Umlauf, und die Arbeiterschaft der Tiktaks versammelte sich heimlich im früheren Philosophischen Club, um zu hören, wie der befreite und erboste Grommetik klassenkämpferische Reden schwang. Frau Glinda schlief schlecht und wurde in der Nacht von Schüttelkrämpfen, Reue und Schmerzen heimgesucht; sie sah darin frühe Anzeichen von Gicht als Folge ihrer üppigen Ernährung. Doch sie saß die halbe Nacht wach und zündete eine Kerze im Fenster an, ohne dafür einen Grund angeben zu können. Der Mond zog auf seiner Bahn vom Winkus über sie hinweg, und sie fühlte seinen vorwurfsvollen Schein und trat von den hohen Fenstern zurück.

Auf seiner weiteren Reise kam der Mond über den niedrigen Bergrücken der Madeleines ins Kornkammergut und blickte in die Fenster von Kolkengrund. Frex schlief und träumte von Schildkrötenherz und, ja, von Melena, davon, wie seine schöne Melena ihm am Tag seiner Predigt gegen die böse Uhr Frühstück gemacht hatte. Melena schäumte über vor Schönheit, und groß wie eine Welt beschenkte sie ihn mit Mut, Kühnheit, Liebe. Frex regte sich kaum, als Krott auf Zehenspitzen von einem heimlichen Rendezvous zurückkehrte und sich auf seine Bettkante setzte. Krott war sich nicht sicher, ob er es überhaupt merkte, er war sich nicht sicher, ob sein Vater wirklich wach wurde. »Was ich nie verstanden habe, waren die Zähne«, murmelte Frex. »Warum die Zähne?«

»Wer weiß?«, sagte Krott liebevoll, obwohl er mit dem Traumgebrabbel nichts anfangen konnte.

Der Mond über der Smaragdstadt? Er war nicht zu sehen: die Lichter zu hell, die Energie zu hoch, die Hirne zu hektisch. Niemand schaute nach ihm. In einem Zimmer, das für einen so mächtigen und hochstehenden Besitzer erstaunlich karg und einfach war, wischte sich der schlaflose Zauberer von Oz die Stirn und fragte sich, wie lange sein Glück noch anhalten mochte. Er fragte sich das schon seit vierzig Jahren, und bisher hatte er gehofft, dass das Glück irgendwann zum verdienten Gewohnheitsrecht werden würde. Doch jetzt hörte er an den Fundamenten seines Palastes die Mäuse nagen. Die Ankunft dieser Dorothy aus Kansas war ein Ruf, das wusste er, er hatte es sofort gewusst, als er ihr Gesicht gesehen hatte. Es hatte keinen Zweck, noch weiter nach dem Grimorium zu suchen. Sein Racheengel war gekommen, um ihn heimzuholen. In seiner eigenen Welt wartete der Selbstmord auf ihn, und mittlerweile sollte er genug Erfahrung haben, um ihn auch zu Ende zu bringen.

Er hatte Dorothy in diesen Schuhen, in denen sie steckte, ausgesandt, damit sie die Hexe tötete. Er hatte ein Mädchen mit einer Männerarbeit betraut. Wenn die Hexe Sieger blieb – nun, dann war er das lästige Mädchen los. Doch widersinnigerweise hegte er auf fast väterliche Weise die Hoffnung, Dorothy möge ihre Prüfungen unversehrt überstehen.

Der Tod der Bösen Hexe des Westens wurde ein großer Feiertag. Er wurde als politisches Attentat oder als skandalträchtiger Mord begrüßt. Dorothys Darstellung des Geschehens wurde bestenfalls als Selbsttäuschung aufgefasst, ansonsten als glatte Lüge. Ob Mord oder Gnadentod oder Unfall, auf indirekte Weise trug die Sache dazu bei, das Land von seinem Diktator zu befreien.

Bestürzter denn je zog Dorothy mit dem LÖWEN, dem blechernen Holzfäller, der Vogelscheuche und Liir in die Smaragdstadt zurück. Dort hatte sie ihre berühmte zweite Audienz beim Zauberer. Vielleicht versuchte er abermals, ihr die Schuhe abzuluchsen, und vielleicht konnte Dorothy ihn überlisten, weil die Warnungen der Hexe sie vorbereitet hatten. Auf jeden Fall legte sie ihm etwas aus dem

Haus der Hexe vor zum Beweis, dass sie wirklich dort gewesen war. Der Besen war völlig verbrannt, und das Grimorium war ihr zu schwer und sperrig gewesen, und deshalb hatte sie das grüne Glasfläschchen mitgebracht, auf dessen Etikett WUNDERELI- stand.

Es mag lediglich ein Gerücht sein, dass der Zauberer beim Anblick des Fläschchens erschrak und sich ans Herz fasste. Die Geschichte wird auf viele verschiedene Weisen erzählt, je nachdem, wer sie erzählt und was die Leute jeweils hören wollen. Es ist jedoch eine historische Tatsache, dass der Zauberer kurz danach aus dem Palast floh. Er ging, wie er seinerzeit gekommen war – in einem Heißluftballon –, wenige Stunden, bevor umstürzlerische Minister eine Palastrevolution anzetteln und eine Hinrichtung ohne Prozess durchführen wollten.

Darüber, wie Dorothy Oz verlassen hat, ist viel Unsinn verbreitet worden. Manche sagen, sie hätte das Land überhaupt nicht verlassen; wie vor ihr schon von Ozma sagen sie, sie halte sich irgendwo versteckt und warte geduldig darauf, wieder hervorzukommen und sich den Leuten zu zeigen. Andere behaupten steif und fest, sie sei zum Himmel aufgefahren wie eine Heilige ins Andere Land, diesen dämlichen Hund an die Brust gedrückt und wild mit ihrer Schürze winkend.

Liir tauchte in der Smaragdstadt in das Menschenmeer ein, um nach seiner Halbschwester Nor zu fahnden. Von ihm hörte man lange nichts mehr.

Was mit den einmaligen Schuhen geschah, weiß niemand, aber alle haben sie als sagenhaft schön in Erinnerung behalten. Gut gemachte Imitate waren immer auf dem Markt und blieben lange in Mode. Die Schuhe beziehungsweise ihre Kopien, denen auch einem gewisse magische Kraft nachgesagt wurde, tauchten bei so vielen öffentlichen Anlässen auf, dass wie bei Reliquien von Heiligen die Nachfrage nach ihnen ständig stieg.

Und die Hexe? Im Leben einer Hexe gibt es kein Jenseits; in der Geschichte einer Hexe gibt es kein Nachwort. Von dem Teil, der jenseits der Lebensgeschichte liegt, lässt sich – leider oder vielleicht zum

Glück – nichts erzählen. Sie war tot, mausetot, und was von ihr übrigblieb, war allein die äußere Schale ihres schlechten Rufs.

»Und dort musste die böse alte Hexe lange, lange bleiben.«
»Und ist sie je wieder rausgekommen?«
»Bis jetzt nicht.«

# Danksagung

Ich danke denen, die dieses Buch in einer frühen Fassung gelesen haben: Moses Cardona, Rafique Keshavjee, Betty Levin und William Reiss. Ihr Rat war mir stets eine Hilfe. Was an Mängeln verblieben ist, geht allein auf mein Konto.

Für die Begeisterung, mit der sie *Wicked* aufgenommen haben, möchte ich außerdem Judith Regan, Matt Roshkow, David Groff und Pamela Goddard danken.

Schließlich noch ein Dankeschön an die Freunde, mit denen ich über die letzten zwei Jahre das Problem des Bösen gewälzt habe. Ich kann nicht alle aufführen, dazu sind es zu viele, aber nennen möchte ich Linda Cavanagh, Debbie Kirsch, Roger und Martha Mock, Katie O'Brien und Maureen Vecchione, die Gang in Edgartown, Massachusetts, sowie meinen Bruder Joseph Maguire, von dem ich mir die eine oder andere Idee geborgt habe. Bitte verklage mich nicht.

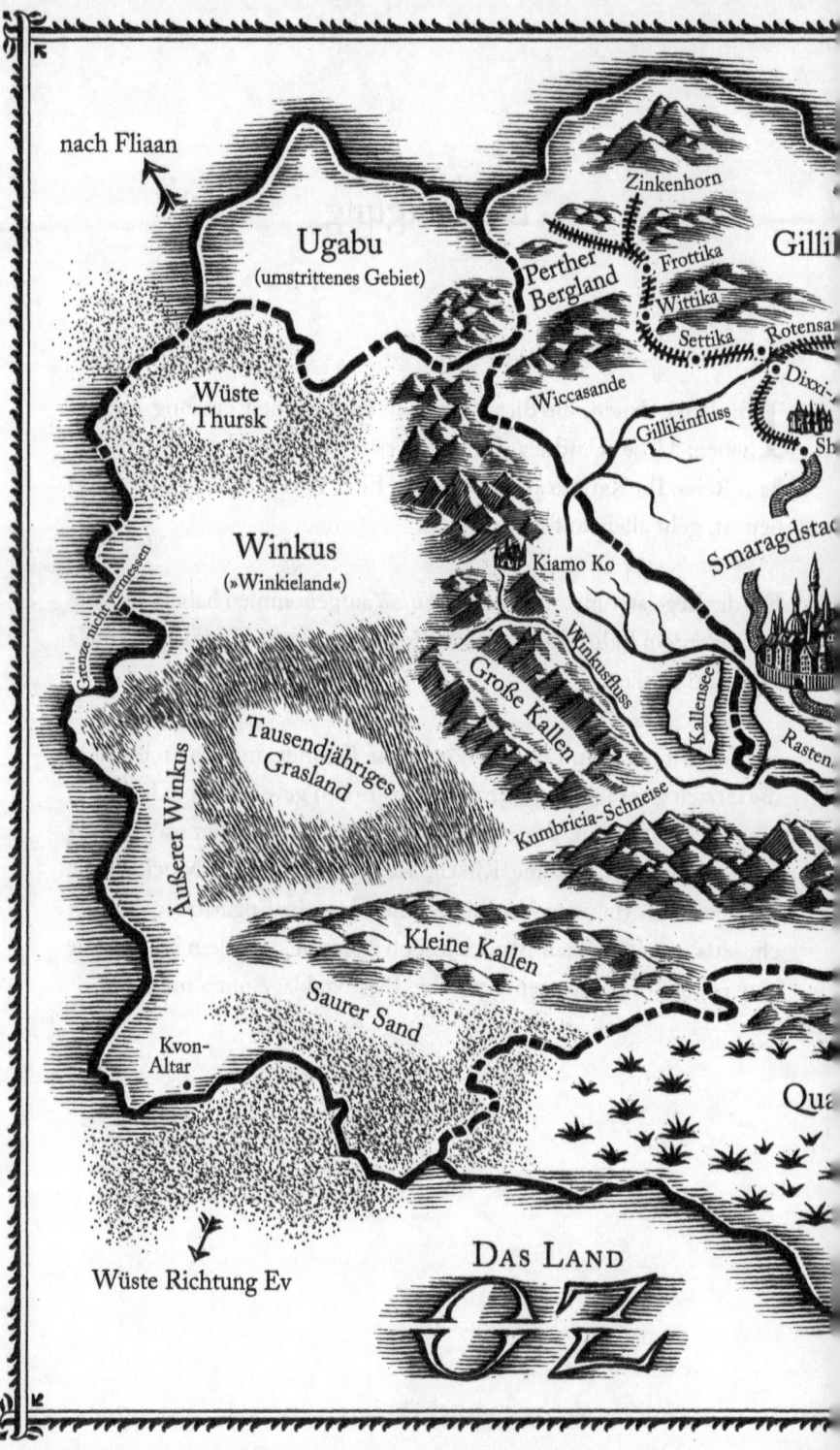

Genoveva Dimova
**Tage einer Hexe**
Das Hexenkompendium
der Monster
Aus dem Englischen von Andrea
Wandel und Wieland Freund
464 Seiten, gebunden mit Schutz-
umschlag, gestalteter Buchschnitt
ISBN 978-3-608-96608-4

## Eine unvergleichliche Geschichte voller Monster und dunkler Magie

Als Hexe hat Kosara viel Übung im Kampf gegen
die gefährlichen Fabelwesen, die in jeder Neu-
jahrsnacht über ihre Stadt herfallen. Es gibt nur
ein Monster, das Kosara nicht besiegen kann: den
Zmey, bekannt als Zar der Monster, dem sie als einzige je entkommen ist. Sie hat ihn einmal zu oft
gereizt, und nun beginnt er sie zu jagen ...